彙編校註綴白裘

第四冊

黃婉儀　編註

臺灣學生書局印行

彙編校註綴白裘
第四冊

目　次

副末

世態有常有變

英雄能弱能強

從來海水斗難量

運乖金失色

時至鐵生光

休論先期勝負

何須預卜興亡

高歌一曲解愁腸

柳遮庭院綠

花覆酒罇香

　　　——交過排場

琵琶記‧諫父

外：牛丞相。
貼：牛小姐，丞相之女。

（外上）

【西地錦】好怪吾家門婿，鎮日不展愁眉。教人心下常縈繫，也只為著門楣。

入門休問榮枯事，觀著容顏便得知。老夫招贅蔡伯喈為婿，可謂得人矣！只是一件，自從他到此間，眉頭不展，面帶憂容，不知為著甚？必有緣故。且待女孩兒出來，問他便知端的。

（貼上）

【前腔】只道兒夫何意，如今就裡方知。萬里關山要同歸去，未知爹意何如？

爹爹萬福。（外）罷了。我兒，吾老入桑榆，自嘆吾之皓首；你今幸調琴瑟，每為汝而忘憂。夫婿何故不樂？吾兒必知其故。（貼）告爹爹知道，伯喈娶妻六十日，即赴科場；別親三五載，並無消息。溫清之禮既缺，伉儷之情何堪！今欲歸故里，辭至尊家尊而同行；待共侍高堂，執子道婦道以盡禮。特此拜稟，求爹爹允從。（外）吾兒差矣！吾乃紫閣名公，汝是香閨豔質，何必顧彼糟糠婦？焉能事此田舍翁？他久別雙親，何不寄一封音信問去？汝從來姣養，安能涉萬里之程途？休惑夫言，當從父命。（貼）爹爹，孩兒曾觀典籍，未聞婦道而不拜姑嫜；試論綱常，豈有子職而不事

父母？若從唱隨之義，當盡定省之儀。彼荊釵裙布，既已獨奉親闈之甘旨；此錦屏繡褥，豈可久戀廈宅之歡娛？爹爹身居相位，坐理朝綱，豈可斷他人父子之恩，絕他人夫婦之義。使伯喈有貪妻之愛、不顧父母之懲；孩兒有逆夫之命、不事舅姑之罪。望爹爹容恕，乞賜矜憐。（外）休得胡說！他家既有媳婦在家，你去做什麼？

（貼）爹爹：

【獅子序】他媳婦，雖有之，念奴家須是他孩兒的次妻，哪曾有做媳婦的不事親闈？（外）你去有何勾當？（貼）若論做媳婦的道理，自當奉飲食，問寒暄，相扶持，蘋蘩中饋。（外）他有媳婦在家，自能奉養，你便不去也不妨。（貼）爹爹，又道是養兒待老，積穀防飢。

（外）既道是養兒待老，積穀防飢，何不當初休叫他來應舉麼？

（貼）

【太平歌】他來求科舉，指望錦衣歸，不想道爹爹留他為女婿。（外）這也是有緣千里能相會，須強他不得。（貼）他埋怨洞房花燭夜，那些個千里能相會？（外）他當初為何應允了？（貼）他只要保全金榜掛名時，事急且相隨。

（外）事已如此，伯喈也枉自愁悶吓！

（貼）

【賞宮花】他終朝慘悽，我如何忍見之？（外）他自慘悽，你管他怎的。（貼）若論為夫婦，須是共歡娛。（外）不妨，你對他說，教他住在這裡，我與他做個大大官兒便了。（貼）他數載不通魚雁信，枉了十年身到鳳凰池。

　　（外）唔！你聽了丈夫的言語，卻不聽我做爹爹的說話，你這妮子好痴迷也！

　　（貼）

【降黃龍】須知，非是奴痴迷。（外）你既不痴迷，為何有這許多絮絮叨叨？（貼）已嫁從夫，怎違公議？（外）你去不妨，只是我沒個親人在傍，如何捨得你去？（貼）爹爹猶念女，怎教他爹娘不念孩兒？（外）不是我不放你去，他既有媳婦在家，你去的時節，只怕耽擱了你。（貼）休提，縱把奴耽擱，比耽擱他媳婦何如？（外）既然如此說，叫伯喈自去便了。（貼）爹爹，那些個夫唱婦隨，嫁雞逐雞飛。

　　（外）我兒，他是貧賤之家，你如何去侍奉他的父母？

　　（貼）爹爹：

【大聖樂】婚姻事難論高低，若論高低何如休嫁與。（外）不論高低，也論貴賤。（貼）假饒伊親賤孩兒貴，終不然便拋棄。（外）他自有媳婦在家，你去做甚麼？（貼）奴須是他親生兒子親媳婦，難道他是何人我是誰。（外）如此說，連伯喈也不放他回去，看他怎生奈何了我。（貼）爹居相位，怎說出傷風敗俗，非禮的言語？

　　（外怒介）（貼跪介）（外）呢！這妮子如此無禮！吓，你聽了丈夫的言語，反把我來挺撞。正是：夫言終是父言非，怪恨吾兒識見迷。我本將心托明月，誰知明月照溝渠！（欲下，又看介，回首看介）真個女生外向，這等無禮，唔！（恨下）

　　（貼起介）呀，正是：酒逢知己千盃少，話不投機半句多。好笑我爹爹不顧仁義，反道奴家沖撞了爹爹。昨日相公原叫我休要說破，我如今有何面目去見他？咳，相公吓相公，你一心只想轉家

鄉，怎耐我爹行不忖量。正是：大風吹倒梧桐樹，自有傍人說短
長。（下）

按　語

〔一〕本齣主體情節、曲文接近汲古閣《六十種曲》本《琵琶記》
第三十一齣〈幾言諫父〉前半齣。

〔二〕選刊此齣的坊刻散齣選本還有：《風月錦囊》、《樂府萬象
新》、《樂府玉樹英》、《來鳳館合選古今傳奇》。選抄此齣的散
齣鈔本則有中國社科院圖書館藏《集錦》。

琵琶記・描容

旦：趙五娘，貧婦。

　　（旦上）

【胡擣練】辭別去，到荒坵，只愁途路煞生受。畫取眞容聊藉手，逢人將此免哀求。

　　鬼神之道，雖則難明，感應之理，不可不信。我前日獨自在山築墳，身子睏倦，偶然睡去，忽夢神人自稱當山土地，帶領陰兵與奴助力。卻又囑咐，叫奴改換衣妝，逕往長安尋取兒夫，又說明日自有兩位仙長指引去路。醒來時，果然墳塋已完。昨日果有兩位仙長贈我雲巾、道服、琵琶。這分明神道護持！如今只得改換衣妝，打扮做道姑模樣，將琵琶做個行頭，一路唱些行孝曲兒，抄化前去。吓，只是一件，這幾年和公婆廝守，如何一旦拋離前去？想奴向來頗曉丹青，何不想像，畫取公婆眞容？背著路上，恰似相親相傍一般。若遇小祥忌辰，展開燒些香紙，奠些酒飯，也是奴家一點孝心。我且描畫眞容則個。

【三仙橋】一從公婆死後，要相逢不能夠，除非是夢裡，暫時略聚首。苦要描，描不就，暗想像，教我未寫先淚流。描不出他苦心頭，[1]描不出他飢症候，畫不出他望孩兒

---

[1]　底本此句脫，參考曲格，並據清陸貽典鈔本《新刊元本蔡伯喈琵琶記》（《古本戲曲叢刊》初集景印）、《六十種曲》本《琵琶記》補。

的睜睜兩眸。只畫得他髮䰄䰄，和那衣衫敝垢。若畫做好容顏，須不是趙五娘的姑舅。

【前腔】我待畫你個龐兒帶厚，你可又飢荒消瘦；我待要畫你個龐兒展舒，你自來常面皺。若畫出來，真是醜，那更我心憂，也畫不出他的歡容笑口。吓，不是我不會畫著好的，我自從嫁到他家呵，只見他兩月稍優游，其餘的都是愁。這幾年間，我只記得他形衰貌朽。這真容呵，便是他孩兒，怕也認不出當初父母。縱不認得是蔡伯喈昔日的爹娘，須認得是趙五娘近日的姑舅。

真容已完，不免張掛起來。公婆吓！你媳婦今日遠行，本該做碗羹飯，奈身無半文，難以措辦，只有一炷清香，望公婆鑒納。

【前腔】非是奴要尋夫遠遊，只怕你公婆絕後。奴見夫便回，此行安敢久。苦！途路中，奴怎走？望公婆，相保佑我出外州。我倒差了，奴家去後，公婆的墳墓誰人看守？他尚兀自沒人看守，如何來相保佑？只怕奴去後，冷清清有誰來奠酒？縱使遇春秋，一陌紙錢怎有？你生是個受凍餒的公婆，死做了絕祭祀的姑舅。

拜告已畢，不免去拜別了張大公，就起行便了。（暫下）

按 語

〔一〕本段主體情節、曲文接近汲古閣《六十種曲》本《琵琶記》第二十九齣〈乞丐尋夫〉前半齣。

〔二〕選刊此段的坊刻散齣選本還有：《風月錦囊》、《樂府萬象新》、《樂府玉樹英》、《樂府紅珊》、《大明春》、《詞林一枝》、《堯天樂》、《時調青崑》、《玄雪譜》、《新鐫歌林拾翠》、《樂府歌舞台》、《歌林拾翠》。

琵琶記・別墳

旦：趙五娘，貧婦。
生：張大公，趙五娘的鄰居。

（生上）衰柳寒蟬不可聞，金風敗葉正紛紛，長安古道休回首，西出陽關無故人。五娘子，開門。（旦上）是哪個？（生）是老漢在此。（旦）原來是大公。大公萬福。（生）不消。聞你遠行，特來相送。（旦）奴家正要到來拜別，恰好大公來了。（生）幾時起行？（旦）奴家今日就行了。（生）吓！今日就行了？（旦）是。（生）老漢帶得碎銀三兩，請收了。（旦）受惠多番，不敢再領。（生）莫嫌輕，請收了。（旦）多謝大公。

（生）你桌上的是什麼東西？（旦）是公婆的真容。（生）咳！五娘子，這等年成，口食尚且艱難，哪得錢來倩人描畫真容？（旦）不瞞大公說，奴家將就自己畫的。（生）自己畫的？（旦）正是。（生）若是倩人畫的呢，老漢不看也罷；既是五娘子自己畫的，借來一觀。（旦）只是拙筆不足以當大觀。（生）好說。嘖嘖嘖！畫得像吓，畫得像。阿呀，老哥！老嫂！咳……（鷓鴣天）你死別多應夢裡逢，漫勞孝婦寫遺蹤。可憐不得團家慶，辜負丹青泣畫工。老哥，看你衣破損，老嫂，看你鬢蓬鬆，千愁萬恨在眉峯。咈，只怕蔡郎不識你年來面，趙女空描別後容。畫得像吓！五娘子，你孝心所感，所以畫得的真。（旦）好說。（生）收好了。

（旦）是。奴家有一句不知進退之言相告。（生）有何說話，

你可道來。（旦）奴家今日遠行，別無掛念，只有公婆的墳墓，望大公早晚看管一二；可憐看這兩個老人家面上。（生）這個不消吩咐。五娘子，你今日遠行，老漢也有幾句言語囑咐。（旦）大公有何說話，自當謹記在懷便了。（生）五娘子吓，我想你少長閨門，哪識路途？當初蔡郎在家的時節，你青春嬌媚，如今遭此年荒歲歉，你貌陋[1]身單。咳！正是：桃花歲歲皆相似，人面年年便不同。五娘子。（旦）大公。（生）那蔡郎臨別之時，可不道來。（旦）他道些什麼來？（生）他道此去倘有寸進，即便回來。哪！如今年荒親死，一竟不回，你知他心事如何？正是：畫虎畫皮難畫骨，知人知面不知心。那蔡郎原是讀書人，一舉成名天下聞，久留不知因甚故，年荒親死不回門。你去京城須仔細，逢人下禮問虛真。你若見蔡郎，漫說千般苦，只把琵琶語句訴原因。你未可便說他妻子，未可便說喪雙親，未可便說裙包土，未可便說剪香雲。吓！若得蔡郎思故舊，可憐張老一親鄰。我今年已是七十歲，比你公公少一旬。五娘子，你今日去時，還有張老來相送，只怕你回來時，未知張老死和存。逢人且說三分話，未可全拋一片心。你牢牢記著。（旦）多承指教，奴家怎敢遺忘。大公，還有一事相求。公公在日寫的遺囑已帶在此，請大公收了。奴家此行，一路平安，尋見丈夫回來，這話不必提起。若尋不見丈夫，在路上倘有些差池，等那伯喈回來，大公可將遺囑并剪下的頭髮與他，以表奴家一點孝心。（生）是吓！虧你想得到，我且收在此便了。

　　（旦）奴家還要到公婆墳上去拜別。（生）正該如此，去拜一拜，待他陰空保佑你前去。轉過翠柏蒼松。（旦）來到荒圻古墓。

---

[1]　《六十種曲》本《琵琶記》作「貌怯」。

吓！阿呀公婆吓：媳婦今日拜別你，前往洛陽尋取丈夫，望公婆陰空護佑。（生）老哥、老嫂：你媳婦今日拜別你二人，前往洛陽尋取你孩兒，願他在路上好行好走，望你陰空保佑。

【憶多嬌】（旦）他魂渺漠，我無倚托，程途萬里教我懷夜壑。大公請上，受奴一拜。（生）不消，不消。（旦）此去孤墳望公公看著。（合）舉目蕭索，舉目蕭索，滿眼盈盈淚落。

【前腔】（生）承委託，當領略，這孤墳看守我決不爽約。但願你在途中身安樂。（合）舉目蕭索，滿眼盈盈淚落。

【鬪黑麻】（旦）我深謝得公公，便相允諾。從來的深恩，怎敢忘卻。只怕途路遠，體怯弱，病染孤身，衰力倦腳。（合）此去孤墳寂寞，路途滋味惡。兩處堪悲，兩處堪悲，萬愁怎摸！

【前腔】（生）伊夫婿多應是貴官顯爵，伊家去須當審個好惡。五娘子，似你這般喬打扮，他便怎知覺？一貴一貧，怕他將錯就錯。（合）此去孤墳寂寞，路途滋味惡。兩處堪悲，兩處堪悲，萬愁怎摸！

【哭相思】（旦）為尋夫婿別孤墳。（生）只怕你兒夫不認眞。（合）流淚眼觀流淚眼，斷腸人送斷腸人。

（旦）五娘子，路上小心，我方纔這些話不可忘了。（旦）曉得。（生）若尋見了伯喈，即便回來。（旦）是。大公保重，我去了。（生）寧可早歇晚行，保重要緊。若見你丈夫，與我多多致意。（旦）是。大公請轉！（生）怎麼？（旦）奴家去後，我公婆的墳墓，望大公千萬看管一二吓！（生）這個不消吩咐，你自放心

前去。（旦）是。（各哭，旦下）

　　（生）咳，可憐，可憐！我那老哥，老嫂：你媳婦起身尋你兒子去了，一路陰空指引他去，得見你兒子之面，早早回來。吓，我是去了，改日再來看你。（拭淚回頭泣下）

按　語 ✎

〔一〕本段主體情節、曲文接近汲古閣《六十種曲》本《琵琶記》第二十九齣〈乞丐尋夫〉後半齣。

〔二〕選刊此段的坊刻散齣選本還有：《風月錦囊》、《樂府玉樹英》、《樂府紅珊》、《大明春》、《詞林一枝》、《堯天樂》、《時調青崑》、《玄雪譜》、《新鐫歌林拾翠》、《歌林拾翠》，上述選本均為〈描容〉帶〈別墳〉。又《樂府萬象新》、《樂府歌舞台》目錄有〈描容〉，惜正文在佚失的卷冊，不知是否帶〈別墳〉。

紅梅記・算命

貼：盧昭容。
淨：算命師。
丑：算命師的瞽妻。

　　此齣無曲文，只仗科白，淨、丑須要一口揚州話為妙。

　　（貼上）
【玉芙蓉】為心中事幾般，添一夜心撩亂。向詩書繡房，鋪設處為歡。夢兒中驚醒有誰來喚？醒後只落得強自寬。憑欄望，站得俺[1]腿酸，隱沉沉沒個音信斷青鸞。（下）
　　（淨彈絃子，丑搖算盤同上）（淨）鐵嘴講流年。（丑）新來到此間。（淨）命講八個字。（丑）不準不要錢！（淨）老年的問問壽數；中年的問問子息功名；若是人家小孩子，問問關煞。一分一命，不準倒貼三分！（丑）老子，甚的不準倒貼三分？（淨）算不準，貼人家錢把銀子，沒得說。（丑）慢來，我和你算算瞧。（淨）算甚的？（丑）一命三分，十命三錢。（淨）是，三錢。（丑）一百命三兩。（淨）三兩。（丑）一千命三十兩。（淨）哪裡有這許多命！（丑）你把我賣掉了還貼不來人家呢！（淨）呸！

1　底本「俺」字脫，參考曲格，並據《玉茗堂批評紅梅記》（《古本戲曲叢刊》初集景印）補。

我把你這臭騷姆！我每是嘴上掛個招牌，算不準貼人家三分銀子，哄人家上當，眞有得貼人家麼？賣掉你也不值五百個小錢。（丑）怎的這樣賤吓？（淨）哪個要你這樣臭貨啥？（丑）不要說了，走罷喲。

　　（淨）走僭。阿呀，媽媽子，不好了！（丑）甚的不好了？（淨）一個水汪子在這塊了。（丑）老子，我們回去罷。（淨）你倒住在家裡吃飯罷。（丑）甚的吃飯？（淨）做生意，纔出門就走回頭路。（丑）你說有個水汪子嘿。（淨）吓，待我來看看這水汪子多闊，待我先過去，把明杖來接你。（丑）阿呀，老子，叫我住在這裡一夜麼？（淨）甚的住在這裡一夜？（丑）你說明朝來接我。（淨）呸！你的眼瞎了，連耳朵都聾了。我說先過去，把明杖來接你吓！（丑）我只道明朝來接我……（淨）莫打咤。媽媽子，不多闊，只得一尺二三寸，待我先過去了，你站在那裡莫動。（跳介）好！竟過來了。（丑）老子，你過去了麼？明杖呢？（淨）在這裡。（丑）在哪裡？（淨）在這裡！（丑）在哪塊僭？（淨）總在那裡瞎摸。（丑）在這塊了。（淨）撸起裙子來，趁勢這麼一縱就過來了。（丑）我過來了。（跳介）阿呀，老子，不好了，踹在水汪子裡去了！（淨）吓！你穿的是新鞋子舊鞋子？（丑）是新鞋子。（淨）吓！可是過年做的那雙紅布的新鞋子？（丑）是紅布的。（淨）咳咳咳！我把你這不做人家的臭騷姆！我買了三尺布，還不夠你做一雙鞋子，怎的踹在水汪子裡去了！透過來不曾？（丑）透過來了，你摸摸瞧。（淨）阿呀，透過來了，透過來了。（丑）可是透過來了？（淨）甚的這樣粘子趷踏的？（丑）你看瞧。（淨聞介）呸，呸！不知哪個臭害傷寒的，獨獨的窩泡屎在那裡頭。媽媽子，累了屎了！（丑）怎樣僭？（淨）媽媽子，你脫

偺？（丑）我在捆脫呢。（淨）你脫偺？（丑）我脫呢。阿呀不好了！高底子都脫掉了，怎麼樣走路偺？（淨）入娘！三尺布做雙鞋子，還要襯高底，虧你。拿來我看看瞧……（淨吐介）阿唷歪死了！幾百個老鼠在裡頭。咳咳咳！我哪世裡的晦氣，討著這個東西，又拉塌、又醜、又饞嘴。

（丑）我吃了甚的東西，你說我饞嘴？（淨）還說不饞嘴！（丑）我吃了甚麼東西，我饞嘴？（淨）還說不饞嘴！昨日上街算了四個命，四八三十二個錢，你就說：「老子，今日發了財了，我們買個東西嗒嗒，買個甚的東西嚼嚼。」我說：「有甚的東西嗒嗒啥？間壁米舖裡新到的蠶豆，七個錢一升。」十四個錢買了兩升子蠶豆。我說：「媽媽子，你把那蠶豆炒起來，待我到堂子裡洗洗澡，間來吃個晚飯酒兒好睡覺。」竟好得狠！把那蠶豆一炒炒起來，弄個罐子盛了，端了一條板橙坐在鍋前，一頭炒，一頭是這樣嗶囉剝彔，吃得一顆也沒得剩。（丑）難道你一顆也沒有吃過？（淨）阿呀阿彌陀佛，我何曾吃一顆？（丑）難道一顆也沒有吃？（淨）我何曾吃一顆？咳咳咳！那二升蠶豆是小事，吃了也罷了，你睡到半夜裡，只聽得你的屁眼子裡頭匹拍匹拍，放了一夜的甕臭屁。咳，你就放幾個乾的也罷了，竟臨了又放個帶漿屁，弄了一被窩屎，把我的臉都熏黃了。（丑）罷喲，走罷。（淨）不走待請呢。

（合）

【前腔】三言命已完，一句無遺斷。好先生，說事真個如觀。吉兇禍福從頭斷，富貴窮通著意鑽。會得算，會得算，並沒個人來喚，沿街叫得口兒乾，沿街叫得口兒乾。

（貼上）先生，這裡來。（淨）可是算命麼？（貼）正是。

（淨）吓，媽媽子，生意來了。（丑）發財了！（淨）在哪裡算？（貼）在裡頭來。（丑）可有狗的？（淨）沒得的。看門檻子！小娘子，算命夫婦見禮了。（撞介）（淨）甚的東西？（丑）是我的頭。（淨）呀啐！小娘子在上頭。重來見禮。（各轉身又掽介）（淨）又是甚的東西？（丑）我的屁股。（淨）阿呀，好個大屁股！這麼個大落地滑見你的屁股。（丑）我們在哪裡坐？（貼）在堦坡下。（丑）可有雞屎？（淨）一泡「文錢順子」。（丑）甚的「文錢順子」？（淨）希屎啥！坐嘿坐罷了，有這許多的嗒。（丑）我在哪塊坐？（淨）我在這裡了，要坐就坐下來。（丑）老子，我坐下來了。（淨）呸！甚的東西？（丑）我的屁股。（淨）又是你的屁股！嘖嘖嘖，好尊貴的屁股，竟坐到我頭上來了。（丑）我在哪塊坐啥？（淨）不拘就在哪塊坐坐罷了。（丑坐介）（淨）請問貴造？（貼）十九**2**歲。八月十五丑時生的。（淨）是男命女命？（貼）是男命。

【前腔】先生仔細觀，將他八字從頭算。我要問佳期。（淨）要問家宅嘿，替你起當課罷了。（丑）老頭子，小娘子進去尿尿去了。（貼）先生。（淨）唔！莫說胡話。（貼）先生，我要問佳期，何日得夫婦團圓？紅鸞目下紅絲挽，只恐怕白虎星是他來守命垣。先生你從直斷，休得要隱瞞。（丑）小娘子，先賜命金。（貼）怕無錢謝你，我有押鬢的小釵鸞。

（作拔釵與丑介）（丑）小娘子，是金的銀的？（淨）它是木頭打的！（丑）甚的木頭打的？（淨）人家送的東西，拿來把我

2　底本作「八」，據下文、《玉茗堂批評紅梅記》改。

看，還問人家金的銀的！（丑）拿來待我收起來。（淨）收好了。
（丑）小娘子，你要算多少命？（淨）他要算一藏的命。（丑）甚
的一藏的命？（淨）大人家幹事，帶舊的金釵子送把你，你這不見
食面的，倒問人家算多少命；請你在家算一年的命罷。（丑）罷
吓。（淨）叫你莫多說，你若要說，不許你開口！（丑）是了，我
不說了。

　　（淨）小娘子，講命了。吓，男命，年[3]庚十九歲，八月十五
丑時生。若是丑時算命，父母就該不全；若是父母雙全，算不得丑
時算命了。吽吽吽……只好丑末寅初算命。（貼）不全的了。
（淨）吽吽吽，這就真正丑時算命了。吽吽吽，壬寅年，己酉月，
甲辰日，乙丑時，是理取雜氣傷官格，好一點印星！印乃扶身之
本，財乃養命之源，這一點官星透得好。自古道：「官與祿，祿則
清高；財要藏，藏則豐厚。」咳，可惜甲木生于秋了！是個凋零之
木，若得戊土培垣，這就好了。這命不但父母刑尅，就是兄弟也難
植，好似廟堂前一根旛竿，竟是獨打獨。他是八歲七分行運的，借
了三分。九歲行運，一九不通，二九欠美，猶如蜘蛛結網在檐前，
恐被狂風捲半邊。幾番圓了重又破，幾番破了重又圓，好似皂雕旗
上畫烏龍，看得真時一場空。二十八九看明月，手拿扒去撞木鐘。
小娘子，莫怪我說，這個八字……著實有些嚕囌跂踏在裡頭！吓，
自古道：「留情不算命，算命不留情。」他舊年日犯羅君。自古
道：「太歲當頭坐，無災定有禍。」今年又吊動了三方。小耗捲
舌，白虎闌杆，阿呀，這個羅計星是他的仇星，他舊年九月十三日
進宮！我替他輪一輪瞧：十月，十一月，十二月，正月，二月，三

3　底本作「金」，參酌文意改。

月，四月，五月，六月，七月，要到七月十三日出宮，准准的在宮裡坐了十個月。

　　（丑）小娘子，他十個月沒有出恭。（淨）呸！叫你莫多說，只管多說！自古道：「羅與計，真淘氣，計與羅，被他魔。」好了，中間有一點紅鸞星在裡頭，解散解散。小娘子，這個紅鸞星雖是好星，但是有喜見喜，無喜定見災哩。他門少入閒事，少管別人。偷了牛去，要他身上拔椿呢。他是比肩之年，我行我運。依我們這些敝道中的朋友說道，比肩不好；依小子看起來，莫道比肩無用處，比肩反助一精神。好了，挨過今年，明年就發財了。漸漸精神爽，看看喜氣多。撥開雲裡月，剔起暗中燈。矮子上樓梯，一步高一步了。媽媽子，批命。（丑）是了。（批命）甲木生秋內欠剛，一派烏雲掩月光。太歲立命當頭坐，遭逢羅計定為殃。夫妻一對子一雙，功成名就鎮家邦。守株待兔行甲運，一跳龍門姓字香。

　　（淨、丑合）

【前腔】他五星只一盤，七政俱先算，問科名，文曲要得令歸垣。流年一去無由換，金水傷官要見官。行東方運，志得意滿，管扶搖萬里上鵬摶。

　　算完了。可算了？（貼）不算了。（淨）多謝小娘子，我們去了。（貼）吓，女先生，你們住在哪裡？（丑）住在三板橋花園巷。（貼）可認得賈府麼？（丑）我每住他家的房子。（貼）可曉得招親之事怎麼樣了？（丑）招了。（貼）怎麼就招了？（丑）他是個窮秀才，相府招親，有甚的不就。（貼）吓，去罷。好苦吓！（下）

　　（丑）我們去了。（淨）怎的不出來了？媽媽子！（丑）來了。（淨）走罷了，你在裡頭嗒甚的？（丑）小娘子問我的話哩。

（淨）他問你甚的話？（丑）他問我住在哪裡，我說：「住在三板橋」。他說：「可認得賈府？」我說：「就住他家的房子。」他又問我招親之事，我說招了。他說：「怎麼就招了？」我說：「他是個窮秀才，相府招親，有甚的不就。」（淨）咳！你把這些話一總告訴他了？（丑）總告訴了他了。（淨）都告訴了他了？（丑）都告訴了他了。（淨）吓，我把你這臭歪辣！你又管人家的閑事了。（丑）我管甚的閑事啥？（淨）不記那一日管了人家閑事，那個毢養的不存我的臉面，把你一個大嘴把子，打得這樣腫？你今日又管人家閑事了。（丑）我管甚的閑事啥？（淨）我也不要你這臭騷姆子，我家去了，家去了。（下）

　　（丑）阿呀老子，老子……阿呀臭害傷寒的！（哭介）叫我怎樣回去偌？大爺，借問一聲。（內）問甚的？（丑）我要到三板橋去，打哪塊走偌？（內）轉過灣就是了。（丑）多謝了。（內）先生，替我掐個課。（丑）要我掐個課？（內）正是。（丑）你報個時辰來。（內）未時。（丑）未時？做甚的用偌？（內）不見了一個毛。（丑）不見了一個毛？（內）正是。（丑）只怕在屋上嘻。（內）不是，是船上的毛。（丑）是船上的鐵毛？這我就不知道了，這就不知道了……（渾下）

按　語

〔一〕本齣根據周朝俊撰《紅梅記》第十一齣〈私推〉改編，原作本來只有丑扮的盲眼算命師一人，改編成淨扮的算命師與丑扮的瞽妻兩人。

〔二〕齣首說明「此齣無曲文」，事際上並非如此，這齣雖然刪去原作中盧昭容唱的【繞池游】、【雁來紅】兩支、【朱奴兒】兩支，但還是有四支【玉芙蓉】。其中算命師夫妻齊唱的【玉芙蓉】（三言命已完）是本齣獨有的。

〔三〕《歌林拾翠》也選刊〈私推〉，文字、情節與原作劇本同，沒有修編。

吉慶圖‧扯本

小生：柳圖，字芳春，佞臣趙文華的書記。
淨：趙家的僕人。
丑：趙文華，嚴嵩黨羽。
雜：趙家的家丁。

（小生上）

【引】胸中萬卷成何濟，輾轉對穹蒼揮涕。

　　神龍不在沼，威鳳豈卑棲。我，柳芳春。寄居趙府，止不過免其窮途謀食而已。我想，簞瓢陋巷，貧士之常；衣敝縕袍，達人之素。又道，勞其筋骨，餓其體膚，亦我輩之所宜。咳！我柳芳春不度德量力，甘投朱門就食，豈不有玷於聖賢乎？然而每每見趙文華行事，無不倚仗嚴家勢耀，曲盡如貪，賄賂如山，官爵如市。如此行徑，在于匹夫尚且寒心，志士豈不髮指？奈我一時落在其中，也無如之奈何！他今早又發下許多本章，命我抄寫，待我逐項的看去，要緊的就先把它騰出來。（哈㖽介）

　　（淨上）閑花消歲月，村酒解愁腸。我里老爺聘介個書記柳相公，再弗曉得是酒養命個！若是一頓無得個黃湯呷下去嚛，個個酒鱉蟲就要狄踱狄踱介扒出來哉。個歇已經是介時候哉，等我不一壺哩嗒嗒介。相公，相公！酒拉里。（小生抬頭作碰介）阿唷，阿唷！吓，是哪個？（淨）是我儕。（小生）是你吓，做什麼？（淨）燙個酒拉里。（小生）酒吓？（淨）正是。（小生）妙哉！

斟酒。（淨）吷，篩酒。

（小生）好，知趣得緊。（淨）我看見相公用得著乃哉，送介一壺得來，阿好？（小生）妙得緊！（吃介）吓？這酒不是昨日的了？（淨）弗是哉。（小生）昨晚的平常。（淨）昨夜頭個酒弗好了，今朝特地到陸家裡去打個嚷。（小生）你見我相公在此寂寥，所以送這酒來吓？（淨）正是哉。（小生）好，可謂體貼人情矣！斟酒。（淨）吷。（小生）斟滿了。（淨）吷。（小生）叫你斟滿了吓。（淨）吃子再篩。（小生）吓，你說什麼？（淨）今夜頭亦弗拉里猜拳行令，僭個篩淺子要上倉個了，所以說吃子再篩。（小生）吓，我纔吃得一盃吓。（淨）橫是吘吃個，僭個滿阿淺。（小生）壺內有酒沒有？（淨）哪說無得。（小生）放下。（淨）吷，放下。（小生）閃開！（淨）吓，走開。

（小生）吓，今晚是什麼意思？（淨）今晚是什麼意思？（小生）呸！我問你什麼意思？（淨）我弗曉得僭個意思。（小生）不曉得。可惡！（淨）囉個可惡？（小生）可惡之極，放肆！（淨）無人放肆吓。（小生）我對你說，自今日為始，你情願伏侍我相公呢，在這書房中走走；你心上若有不悅意，明日對你家老爺說得的吓，另撿一名，不必勉強。（淨）阿呀，阿呀相公，我老老拉書房裡伏侍相公極週到個，為僭相公發起說話來？倘然老爺曉得子，老老就該死哉。

（小生）吓，我想你惹大年紀，豈不知俗諺云……（淨）銅面盆放水拉乃。（小生）啐！我說是俗諺吓。（淨）吓，相公要吃肉麵吓？僭了弗早說。（小生）蠢才！那俗諺是常言的話吓。（淨）僭個話介？（小生）「識性者可以同居」可有這句話的麼？（淨）僭個肉麵吓、同居吓？（小生）故此屢屢吩咐你，須要……咻！哪

裡去了？老兒，老兒。（淨）拉里。（小生）在那裡做什麼？
（淨）吾拉里革里想……（小生）吓，想什麼？（淨）想個個一句
話哉那。（小生）這句話還要想吓？（淨）哪說弗要想，直頭要想
丟嘻。（小生）嗨，想來。（淨）個句話聽得別人說歇個，像道有
個。（小生）有的？（淨）有個，我曉得個哉。（小生）曉得了尤
其可惡！（淨）阿呀，是介說起來，個句話我竟曉得弗得個哉嚎。

　　（小生）渾賬！你既然曉得，我相公在此，不是看本，定是閱
報，還有許多書札應酬；總之，片刻也不得空閑。（淨）忙吓。
（小生）每日裡無非……咳！說嚒，倒也小氣了，無非吃這幾盃
酒。（淨）個個弗是酒，倒是水了。（小生）咻咻！怕、怕不是
酒！你非但這一次，屢次拿來的酒只得半壺，再不滿的。今晚
是……來，來，你看連這半壺也未必有在裡頭。你何苦偏要在我相
公面上做工夫，這是怎麼說？（淨）吓，我說為偧了，原來為個呷
酒淺子了！個個相公，弗要怪差子人，個是燙酒個人緣故，關我老
娘家偧事。（小生）好支吾。（淨）弗是支吾，倒是實話。（小
生）住了，我且問你，你所司者何事？煖酒的時節就該站在傍邊，
那些人就不敢作弊了吓。（淨）弗要說哉，讓我去撂坡介燙一壺得
來何如？（小生）多少？（淨）相公嚒吃起個壺淺個來，等我老老
去撂坡介燙一壺得來哉那。（小生）一壺？（淨）一壺哉那。（小
生）吓，大都是你的意思了。（淨）個是我老老個點巧處。（小
生）咳！天下的蠢人再沒法的。（淨）為偧了亦是我老老蠢介？
（小生）大凡吃酒這節事，原拘不得數目的。（淨）拘弗得數目
個？難道相公要吃一缸，我也抬一缸來罷？（小生）放屁！蠢才，
假如我相公今晚有興多吃幾盃，沒興就可以中止了，怎麼恰恰的一
壺？難道兩壺是犯了戒、越了例，再再也使不得的？（淨）讓我去

開一鬆，憑吼吃到大天白亮嘿是哉。（小生）滿了。（淨）阿呀壞哉！哩亦說子一句儕個哉，相公亦說儕個嘿？（小生）滿了。（淨）是哉，還經得弗滿來，老大個人還要爭嘴勒。（下）（小生）老狗才，偏在我相公面上做工夫。（斟酒介）

【太師引】對孤燈，輾轉愁無際，夢魂兒無寐怎歸？呀，你看好一天月色也！窗兒外月明孤館，似寒威一戶侵衣。如此清光，豈可虛度。我且勞之。乾！哈哈……幸得盃深不嫌長漏滴，亂心曲松濤鶴唳。待我把這些本章從頭看去，早翻出封章考稽。「吏部一本，為會推事：鄒懋卿該陞三邊巡撫，奉內閣嚴議，請覆旨定奪。」咳，咳！第一道本章就是放屁。我想，鄒懋卿初登甲第，有何功績，就陞三邊巡撫？可發其大笑者也！我想，此等大都賄賂夤緣，乃權門之走狗，名教中之罪人，衣冠中之禽獸。他若不是昏夜乞憐，焉能白晝驕人？鄒懋卿竟陞三邊巡撫！我且浮其一大白。咻！細思之，恁不先列宮幃。

　　（淨上）時常爭酒食，累殺老蒼頭。相公。（小生）哪個？（淨）酒拉里哉。（小生）滿不滿？（淨）讓我呈呈堂介，阿是拍滿個？（小生）嗨，嗨！蠢才，斟酒。（淨）哦。

　　（小生）方纔你去煖酒，可有人作弊麼？（淨）有個。（小生）什麼人？（淨）我正拉氙燙酒，一個小男兒拿子一隻鍾子，說道：「伯伯不呷酒拉我烹烹菜蔬。」乞我甲頭介一記，個個男兒哭子去哉。（小生）不與他就罷了，不該又去打他。（淨）亦有介一個弗知趣個人，竟拿子一隻碗來說道：「伯伯倒一碗酒拉我烹烹個肚子。」我說道：「個個酒是柳相公吃個，動弗得個。」不拉我一場發作，討子無趣去哉。（小生）何如？天下只有一個理，你是這等，他們就不敢作弊了吓。（淨）弗是，相公，府裡個人纔是怕我

個囄。（小生）不是我相公瑣瑣，大凡說話，不說不知。（淨）自然麼。

（小生）斟酒。（淨）吷。（小生）吓！這個酒不是前番的了？（淨）弗是哉。姜姜是「元燥」，故歇是我回子老爺，哩換子「福貞」哉囄。（小生）吓！你曾回過老爺？（淨）回個。（小生）你怎麼樣回呢？（淨）我說：老爺吓，柳相公拉丒書房……（小生）勞碌。（淨）弗是勞碌。（小生）辛苦。（淨）也弗辛苦。（小生）說些什麼？（淨）我說，著實介拉丒爭酒。（小生）囄呸！再沒有別的話，說偏偏說「爭酒」二字。（淨）弗說道爭酒，囉里肯拿出來吓？（小生）眞正蠢才！天下之蠢，無出其右。

（吃酒介）咻！（淨）亦是僑個？（小生）我相公在外散淡之極，自從到你每爺這裡，反覺拘束得緊。（淨）這也罷了。（小生）咻！僑個了？（小生）我相公在外散淡之極，自從到你老爺這裡，反覺拘束得緊；是這等講吓！（淨）我老老直頭弗懂。（小生）哪！我相公在外的時節，終日淹于醉鄉。況我相公善于丹青……（淨）好吃吓。（小生）什麼好吃？（淨）丹青哉那。（小生）吓吓吓，丹青是吃得的？老兒來，我倒要請問你：丹青是何物？吃得的？（淨）哪說吃弗得！脆脆碌碌，好吃得勢個！我還是小哈里吃個，那間[1]弗見有得賣哉。（小生）哈哈哈！蠢才，丹青者，乃是畫也，什麼吃得的！（淨）吓？丹青是話了？阿是方纔相公說個，常言個句話哉阿拉？（小生）咳，此等人不知天地為何物。斟酒！（淨）吷，篩酒。

（小生欲吃又遞介）唔！（淨）做僑？（小生）勞你一盃。

---

1 底本作「介」，參酌文意改。

（淨）阿是賞個鍾酒拉我吃？（小生）姆。（淨）阿呀相公，饒[2]我哉。（小生）怎麼？（淨）弗會吃個。（小生）吓？不吃的？（淨）前日子吃子一個糟餅，今日還是昏頭搭腦介拉里來。（小生）奇事！這也大奇，世上竟有人不吃酒的。我相公是海量，（吃介）我輩之人，詩揮百篇，乃我等之長技。（淨）個是不怕哩的。（小生）怕哪個？（淨）怕囉個？我老娘家怕囉個？（小生）你不懂麼？（淨）古董還有一個老壽星讑來。（小生）渾賬！唐朝有個李白，他能飲斗酒，詩揮百篇，故此說我輩之人，詩揮百篇，是我等之長技吓。（淨）吓！個個李白我認得個。（小生）吓？李白你多認得的？（淨）哪弗認得！就住讑轉灣頭，做裁縫個李三官個阿哥嗓。

　（小生）啐！外邊什麼時候了？（淨）深黃昏哉。（小生）你家爺呢？（淨）太老爺讑去哉。（小生）哪個什麼太老爺？（淨）就是嚴閣老太老爺哉。（小生）吓！就是那嚴嵩？（淨）老爺吩咐，合府個人纏要叫太老爺個。（小生）嚴嵩！（淨）太老爺。（小生）嚴介溪！（淨）太老爺嘿太老爺哉。（小生）啲呸！（潑酒介）（淨）阿呀壞哉，壞哉！（小生）嚴嵩乃當世之大奸臣！（淨）弗好哉，吃媽讑哉！（小生）非但嚴嵩是奸臣，就是你家趙文華未必不是。他門下奸黨，我相公儘知。那個不曉得，我相公明白，少不得惡貫滿盈，有這一日吓……（淨）壞哉！讓我去拿粥拉里吃罷。（走介）（小生）老兒，拿酒來。（淨）舌頭吃得杠棒粗讑哉，還要酒來酒來。（下）

2　底本作「摟」，參酌文意改。

（小生）我往常[3]見這些本章，也有忠良為國的，也有奸邪合黨的。他如今命我抄寫，只不過把忠良的本藏匿過了，然後用計處之。咳！我柳芳春平生頗有凌雲志氣，到今日裡呵，

【前腔】不能個步蟾宮攀仙桂，忍蒙恥朱門遣提。怎埋沒凌雲豪氣？甚日得有分荷衣？「禮科給事湯本立一本，為請除奸黨，肅清朝野，以安社稷事：權臣嚴嵩五奸十惡，賣官鬻爵霸，佔朝綱等事。」阿呀妙阿！只此一本，言言一似金石比。可惜老先生忠良為國，此本倒落于趙文華之手。咻！又何曾到龍書案題？妙！看了半日，此本為最。請過一邊，奉敬一盃。老先生請吓。乾。我想，廟堂之上，若多像老先生，哪怕這些狐羣狗黨吓。（又看介）「邊將仇鸞，為開馬市，特爾題疏奏聞。」放、放屁，放其大狗之屁！那楊椒山為諫阻馬市，身家不保，如今又開什麼馬市？他懷藏著奸謀禍機，頓教人心兒裡怒髮吁欷。

噯噯噯！看不得的了，看了這樣本章豈不污目？罰他一大杯。（吃介）不是我酒後狂言，也是我忠心不泯。我如今把他這些惡款一樁樁多記在本上，待等日後遇著忠良義士，教他奏聞聖上。那時，必定根究此本是何人集成的……噯，就說是我何妨！

【三學士】只說我柳氏芳春為書記，目覩細載奸機。但將仕路除荊棘，不望名高博錦衣。恨殺冠裳無大體！咻！這些本章多是敗倫傷化的，呀啐！碎封章當雪飛。

（扯本，睏介）

（淨上）一碗種種種，是介貢貢貢，亦無濃濃濃，纔是個洞洞洞……阿呀，倒睏著𠲎哉。相公，相公，起來吃粥。阿呀壞哉！個

---

3 底本作「往」，參酌文意改。

星是本章嚜，哪說纔扯碎哉介？讓我叫老爺出來。老爺有請。（丑上）樓臺歌館細，庭院百花香。怎麼說？（淨）老爺，弗好哉！柳相公吃醉子，弗知為僒了，拿個星本章纔扯碎哉。（丑）有這等事！這多是要緊本章，如何扯碎了？你少把些與他吃便好。（淨）弗不拉哩吃就要爭哉。（丑）咊，好誤事！（淨）還好，有一本圇圇個里來。（丑）取來。咻！這小畜生將我這些過端多寫在一處。倘然傳出去，有人奏與聖上，那時怎了？眞個是養虎傷身。快喚家丁！（淨）老爺叫家丁走兩個出來。（雜扮家丁上）夜深何事急？齊來聽使令。老爺，有何吩咐？（丑）可恨這柳圇，吃醉了，把各路本章扯碎。你們將他送到刑部牢中監禁，明日細細勘問。（眾）曉得了。走走走。（扶小生下）（丑）柳圇吓柳圇！

【尾聲】狂儒枉費千般計，只落得一朝杖斃。我這般待他，報德如何報怨兮？

　　　吓，可惱吓，可惱！（下）

按　語

〔一〕本齣出自佚名撰《吉慶圖》。

麒麟閣‧反牢

末：柳周成，獄卒。

付：獄官。

淨：尤俊達。

丑：程咬金。

生：守城的將官。

　　（末上）虎頭門裡偷生少，枉死城中冤鬼多。自家乃濟州府歷城縣獄中一個禁子，柳周成是也。我身在公門，志存豪俠，相交的盡皆有義氣的好漢，往來的都是未遇時的英雄。怪的是趨財附勢，喜的是濟困扶危。近日有尤俊達、程咬金二人，劫了皇綱，問罪在獄。那兩個雖在綠林，甚有俠氣，所以昨日徐大哥同我商議，趁著今日蕭王老爺誕日，設計救他。專待獄官下來點開，只得在此伺候。正是：不施萬丈深潭計，怎得英雄脫獄災？（下）

　　（雜扮兩皂隸，引付上）

　　（合）

【好姐姐】奉命向虎頭門，點獄囚須當防禦，留心防備莫叫縱放取。（末上）禁子迎接老爺。（付）原何事，燈燭燦煌人聲沸，酒泛金樽筵席齊？

　　（末）今日是蕭王老爺聖誕，年常舊規擺設壽筵祭獻，合監犯人都要出來叩頭禮拜。難得老爺到來，請老爺拈香。（付）是吓，我在此出入，也該禮拜禮拜。看香來。（末）有香。（皂隸下）

（付）

【風入松】虔誠頓首爇名香，望洪恩降福驅殃。想區區微職受盡多魔障，怎能個日進分文兩？垂恩賜福降禎祥，保佑我壽綿長。

（末）一應在監犯人都來禮拜叩壽。（淨扮尤俊達，丑扮程咬金，引眾囚犯上）來了。

（合）

【急三鎗】犯王法，遭三木，經百鍊，短一尺，也尋常。坐牢獄，枷鎖扭，遭魔障。心未死，志難降。

老爺，眾囚犯叩頭。（付）罷了。今日是蕭王老爺聖誕，你們該上前叩祝千秋。（眾）吓，我們大家上前來拜吓。阿呀，蕭王老爺吓：

【風入松】雖然作事犯王章，乘興偶然無狀。洗心改過修行樣，望早賜天恩釋放。（付）禁子過來。（末）有。（付）這些都是要緊人犯，把枷杻多要緊一緊。（末）吓。（眾）阿呀老爺吓！望垂憐略略鬆放，行方便壽綿長。

（末）今日是蕭王老爺壽誕，難得老爺駕到，有酒在此，你們該各人奉敬老爺一杯。（眾）是吓。我們奉敬老爺一盃壽酒。（付）我怎好吃你們的酒。（眾）蒙老爺的恩典，略盡小的們的敬心。（付笑介）只是，難為你們。

（眾合）

【急三鎗】我這裡獻金樽，列仙果，陳餚饌，開懷飲酒何妨。滿斟獻香噴噴葡萄釀，常言：主不飲，客徬徨。

（付）難為你們。我老爺有什麼好處與你們？倒吃你們的酒。（眾）多蒙老爺照看小的們，只是老爺的大量。柳大爺，取好燒酒

來！（付）吓，有燒酒麼？妙吓！快拿來，快拿來。（末取酒篩介）老爺，這是出奇的裹子燒。（付）好吓，妙哉，妙哉！這樣好酒好菜，甚是美哉！只是我老爺一生吃不慣悶酒，做個什麼耍子耍子兒纔好。（眾）老爺，小的們會唱姑娘腔，可要唱與老爺聽？（付）吓！你們會唱姑娘腔？（笑介）哈哈哈！妙極，妙極！我老爺最愛聽的是姑娘腔。你們好好的唱，我老爺慢慢的吃酒消遣。（眾）求老爺把我們的刑具鬆一隻手。（付）禁子。（末）有。（付）把他們的手杻鬆一鬆，暫時做個人情，過了蕭王老爺壽誕，原舊上了刑具。（末）老爺，這是監中的規矩，使不得的！（付）不妨，有我在此，怕什麼？（末）如此，鬆一隻手。（眾）柳大爺斟酒吓。老爺請上酒，小的們就唱起來了。

【姑娘腔】高高山上有一家，一家子生下姊妹三。大姐叫了呀咱咻，二姐叫了咻呀咱。（浪腔介）只有三姐沒得叫，叫他田裡去摘棉花。放著棉花不肯摘，倒在田裡去採甜瓜。（浪腔介）大的採了無其數，小的採了八十三。（浪腔介）吃得肚子斗來大，順著田溝這一耙。放了一個吓留屁，好像人家吹喇叭。（浪調介）（付）好吓！（笑介）我老爺也會唱。（眾）好吓！老爺也來唱！（付）娘娘廟，造得高，夫妻兩個把香燒，或男或女生一個，我與娘娘掛紅袍。（浪介）小棗兒本在樹上結，青枝并綠葉，碙碌的兩頭尖，相思兩下結。咬一口，香噴噴，吃在嘴裡甜蜜蜜。叫丫鬟忙把香案設，禱告蒼天拜明月。二郎爺，本姓楊，身穿鴨蛋黃，手執彎弓銀彈子，梧桐樹上打鳳凰。打一個不算數，打下兩個湊成雙。有心再來打幾個，恐怕舟山趲太陽。（浪介）

（淨、丑打付下）（末開監門，眾拿兵器喊叫，放火下）

（生扮將官持鎗上）城門失火，殃及池魚。自家守城將官是也。方纔傳報，說歷城縣監中反牢放火，甚是兇勇，為此急點兵馬防禦。（眾上）（生）吒！賊子往哪裡走！（眾喊對殺介）（生敗下）（淨、丑）眾位好漢，我們都到黃泥崗去紮會，那邊有這些弟兄們接應，快些走吓！（眾）說得有理。

（合）

【風入松】霎時間脫離了這牢牆，疾走如飛似電光。饒伊鐵騎雄威壯，怎當俺橫衝直撞？好一似龍駒脫韁，頃刻裡近山崗。

（眾同奔下）

按　語

〔一〕李玉撰《麒麟閣》第一本下卷第十三齣〈報反〉提到探子向王府殿十二太保賀芳報告，程、尤越獄劫庫，反入瓦崗寨去了，但並沒有具體寫出反牢過程。本齣是梨園表演藝術家根據探子報告的消息編創的。錢德蒼編《綴白裘》中有十餘齣崑腔選齣是梨園表演藝術家編創的，它們與原作的關係，可分為擴充、補述、稼接三種類型。本齣是補述類，此類選齣根據劇作內隱或外顯的線索編創而成，若與同劇其他選齣串演，情節線更加完整明晰。本齣具體展演程、尤越獄過程，有助觀眾明瞭事件始末。

麒麟閣・激秦

貼：張紫煙，青齊王府中的歌妓，假扮差官。
老旦：營門官。
生：秦瓊，青齊王麾下的將軍。

　　（貼上）

【鎖南枝】如簧口，心性喬，牢籠計成興禍苗。驀地假扮潛行，透出風聲杳。奴家張紫煙，因見賀方讒譖，要害秦將軍性命，因此奴家呵，夤夜間，不憚途路遙。怕逢人，識奴舊容貌。

　　這裡已是營門首了。有人麼？（老旦上）上府傳金劄，前軍擁鐵衣。是哪個？（貼）奉大王鈞旨，要見秦將軍。（老旦）請少待。老爺有請。

　　（生上）令嚴鼓角三更靜，夜宿貔貅萬灶炊。（老旦）稟爺，大王令旨，有差官要見。（生）道有請。（老旦）老爺出來。（生）尊官請。（貼）請。（生）尊官何來？（貼）我奉大王令旨，著將軍速備鞍馬、器械、衣甲、乾糧，星夜往潼關公幹。（生）過來。快備我坐騎、衣甲、乾糧伺候。（老旦應下）

　　（貼）大王，還有要緊說話當面吩咐。（生）如此，尊官請。（貼）請。（生）吓。

【前腔】只見熒熒月光照，清霜濕征袍。憑著俺追風單騎，千里宵征，一羽輕如鳥。（貼）秦瓊。（生）吓！你怎麼

叫我的名字？（貼）你往哪裡去？（生）到大王營中去。（貼）你要到大王營中去麼？（生）正是。（貼）吓！這是鬼門關，教伊魂魄飄。若不早回頭，只怕你命難保。

（生）尊官何出此言？（貼）你可曉得大反山東之事麼？（生）噤聲！哪個反了山東？（貼）就是你前日攛掇大王，把程達、尤金監禁濟州獄中。誰知他結連了李密、王伯當等，焚燒倉庫，拒殺官兵，都往瓦崗寨去了！濟州申文告急，賀方在大王面前說你暗通線索，必須先斬秦瓊，然後發兵剿滅。為此，大王大怒，頃刻要把你斬首了。（生）阿呀！望尊官救我一救！（貼）咳，我哪裡是什麼尊官！（生）汝乃何人？（貼脫帽介）奴家就是歌姬張紫煙。（生）原來就是小娘子。

（貼）奴家呵，

【前腔】不忍見英雄漢，餐寶刀，因此喬裝悄然告爾曹。你把這枝令箭呵，疾忙奔出潼關，急去偷生好。（生）感深恩，天樣高。倘重生，粉身報。

俺秦瓊就此去也！

【前腔】鰲魚脫金鉤，逃生敢憚勞？幾次行行還止。小娘子！（貼）你去了，怎麼又轉來？（生）小娘子，我去便去了，豈可貽累姣娥，反惹人嘲笑。俺秦瓊為朋友而死，理所當然，豈可累及小娘子，於心何忍？罷！不如仍舊歸營，但憑大王處分便了。（貼）將軍此身駕海擎天，關係非小；奴家一身與草木同腐，何必慮及？吓，必須當面決裂，你纔得放心。把微軀，委短蒿。女英雄，萬年表。

將軍，你看：那邊官兵來了！（作自刎下）（生）在哪裡？呀！你看，小娘子哄我回頭，竟自刎了。真乃女中豪傑也！阿呀小

娘子吓！

【撲燈蛾】看英風天與齊，英風天與齊，勁節人爭道。含笑赴青萍，愧我鬚眉苟活也。小娘子吓，鞠躬拜倒，待他年墓碣重標，今日裡權堆荒草。（拭淚介）痛孤魂，香醪一滴有誰澆？

　　且住，小娘子已死，哭之無益。不免速到營中，騎了黃驃馬，連夜奔出潼關便了。我雙手撇開生死路，也罷！一身跳出是非門。阿喲，小娘子吓……（下）

按　語

〔一〕本齣出自李玉撰《麒麟閣》第一本下卷第十四齣〈姬洩〉。

〔二〕選抄此齣的散齣鈔本有中國國家圖書館藏朱執堂抄《時劇集錦》。

麒麟閣‧三擋

付：賀方，楊林的下屬。

末：楊林，皇叔，青齊王。

小生（前）：上官儀，楊林的部將。

生：秦瓊，楊林麾下的將軍。

小生（後）：守關的將官。

丑：程咬金，瓦崗寨英雄。

　　（付上）忙將破膽驚天事，報與金枝玉葉人。大王有請。（四小軍引末上）

【引】日月依龍德，風雲挾豹韜。

　　（付）賀方參見。（末）秦瓊拿到了麼？（付）秦瓊走了！（末）吓！怎麼，走了！（付）賀方奉大王令旨，去拿秦瓊到。他營中說，昨夜黃昏時分，有一軍官，手執令箭一枝，說奉大王將令，差秦瓊往潼關公幹，因此連夜走了。（末）吓，那軍官一定是奸細了，查出一同處斬。

　　（小生上）智號人中傑，威分闔外司。上官儀稟上大王，小將奉令往郊外巡緝，見一被殺婦人屍首，身邊有男人衣帽一副，仔細檢驗，乃是歌姬張紫煙，特來報知。（末）吓，一定是這賤婢竊聽消息，盜我令箭，報知秦瓊一同逃走，那秦瓊恐怕婦人拖帶不便，故爾殺卻紫煙去了。可惱，可惱！上官儀過來。秦瓊此去，必出潼關，你可取我令箭一枝，連夜趕上前去，說孤毫不見罪，喚他轉

來，還要重用。快去！（小生）得令。一心忙似箭，兩脚走如飛。
（下）

（付）賀方啓上大王，上官儀此去，秦瓊決不轉來。（末）也
罷，就著你帶領五百鐵騎，星夜趕上擒回便了。（付）得令。（引
兩小軍下）

（末）我想，賀方不是秦瓊的對手，孤須親自走遭。秦瓊，秦
瓊！這回好似泰山來壓卵，須知螳臂怎當車。眾將官，就此追上前
去。（兩小軍應，引末下）

（生上）踹破玉籠飛彩鳳，頓開金鎖走蛟龍。俺秦瓊，被賀方
讒譖，險些身首不保。幸得張紫煙報知得脫，但是累他自刎身亡，
實為悲慘。只得連夜逃奔，恐有追兵，須速趲行也。

【醉花陰】戴月披星離深壘，仗龍駒迢迢萬里。銀河轉，
斗柄迴，百忙裡曲徑高低。赤緊的持征轡，也顧不得冷冷
露濕征衣。猛跳出虎窟龍潭，俺可也覓知己。（下）

（小生上）

【畫眉序】唧命疾驅馳，永夜螢光伴單騎。看殘星幾點，
天際生輝。深林內鴉鵲驚飛，疏籬下雞聲爭沸。自家上官
儀。奉大王令旨，追趕秦瓊，行了一日一夜還趕不上；恐怕大王性
急，只得再趕上去。迾著這曙光一片開雲翳，匆匆玉勒頻
揮。（下）

（生上）

【喜遷鶯】遙望著一輪旭日，遙望著一輪旭日，猛回頭帝
里雲迷。驅也麼馳，俺好似逃秦境孟嘗狼狽，怎能彀偷渡
函關歸故齊？（小生上）秦將軍，請住馬！上官儀在此。（生）
原來是上官將軍。到此何幹？（小生）奉大王令旨，請將軍轉去。

（生）大王聽細人之言，要斬秦瓊，故此連夜走了。（小生）大王說毫不見罪。為何不別而行？請將軍轉去，還要重用哩。（生）上官將軍，這話哄誰？煩你多多拜上大王，說秦瓊蒙大王厚恩，未曾報答；倘日後相逢，效華容道上雲長報效曹公便了。請！我提鞭去，休指望勃勃故國，（小生）秦將軍請轉！（生）咳，俺可也浪蕩天涯。（急下）

　　（小生）呀！你看，他竟自去了，我怎好惡識他？不免回覆大王便了。正是：將軍不下馬，各自奔前程。（下）

　　（四小軍引付上）

【滴滴金】紛紛軍馬弓刀集，赫赫威名神鬼泣。急煎煎不管朝共夕，怒轟轟心急急。雷轟怒激，潑殘生怎教留頃刻？有地難逃，無天可逸。（下）

　　（生上）

【刮地風】呀！這馬兒一聲聲不住嘶，休做了項羽烏騅，俺可也負驒驢似向鹽車棄。不能彀百戰騰飛，反做了一宵潛逝，怎吐得萬丈虹霓？（付上）秦瓊，往哪裡走？（生）賀方，我饒你這狗頭性命，你反來送死麼？（付）我奉大王令旨，特來抓你首級，還不下馬？（生）胡說！放馬過來。（殺介）（打付下）（生）我打、打得他兵似泥將似薑，纏得個逍遙雲際。呀！早來到玉關岌鐵鎖巍。嗐！開關。（小生暗上）是誰叫關？（生）奉大王鈞旨，要往山東公幹的。（小生）可有令箭？（生）怎麼沒有？憑著這羽箭兒賽過了文移。（小生）果是老大王令箭。吩咐開關。（眾應，開關介）（小生）吩咐掩關。（下）（生）俺秦瓊且喜賺出關來也！這的是他鄉遇故知。親娘吓！痛慈親，珠淚垂。痛慈親，珠淚垂。（下）

（四小軍引末上）

【鮑老催】雄關暗襲，竊符虎帳如姬急，偷過函關商君殛。超海威，拔山力，垂天翼，貔貅勇猛羅鋒鏑。山川搜索窮南北，軍威振聲靈赫。（下）

（生上）

【四門子】半空中隱隱征塵起，看看看、看連天展羽麾，聽聽聽、聽喧天鼓角來何地？（末內）呔！秦瓊哪裡走？（生）阿呀這這這、這的是老親王軍自追。馬呵，步兒要忙，鞭兒要催，非比得等閒間看花遊嬉，鐧兒似龍，人兒似羆，呀！忙整頓衝天壯氣。

（末上）呔！秦瓊，還不下馬受縛，更待何時？（生）大王，秦瓊並無一毫過犯，為何要斬秦瓊？（末）你通同反賊，大反山東，殺我愛姬，盜我令箭，斬我上將，偷出潼關；罪惡滔天，還敢調嘴！看鐧！（生）這都是賀方妒賢嫉能，進讒誣陷，與秦瓊什麼相干？（末）休得多言，看鐧！（生）大王再四逼迫，恕秦瓊無禮了。（殺介）（生敗，末追下）

（丑上）

【雙聲子】髫齡識，髫齡識，念患難同今昔。雲天誼，雲天誼，念生死同休戚。嗱程咬金。奉徐大哥將令，前來接秦大哥。一路行來，聞得大哥與楊林這老頭兒戰了一日一夜，追至石龍橋。我此時不去接應，更待何時？合共[1]敵，應[2]努力，捐軀報効，敢憚荊棘？

1　底本作「兵」，據舊鈔本《麒麟閣》（《古本戲曲叢刊》三集景印）改。

2　底本作「勢」，據舊鈔本《麒麟閣》改。

　　（末、生殺上，丑接戰介）（末）殺了半日，殺出一個毛賊來了。（丑）毛賊，我肏死你的老娘！（殺介）（生雙戰，末敗下）

　　（丑）秦大哥，小弟程咬金在此。（生）原來是兄弟。（丑）大哥，伯母、嫂嫂搬入瓦崗去了。我們這樣人做什麼官！還是做強盜好。（生）罷罷罷！

【合尾】且權向山林學避世。論英雄怎做得束手攢眉，早打點揭地掀天圖形在麟閣裡。

　　（生下）（丑使斧介）徎穿吓個花娘！吃力個！（下）

按　語

〔一〕本齣出自李玉撰《麒麟閣》第一本下卷第十五齣〈三擋〉。

〔二〕選抄此齣的散齣鈔本有：中國藝術研究院藏佚名抄《崑弋曲選》、中國國家圖書館藏朱執堂抄《時劇集錦》。

金雀記・喬醋

小生：潘安仁，新任縣令。

付：瑤琴，潘家的僕人。

旦：井文鸞，潘安仁之妻。

丑：彩鶴，潘家的僕人。

　　（小生上）

【引】承恩命，除授新任河陽令。種花滿縣，曷勝榮幸！

　　賦罷氣凌霄漢，文成口吐珠璣。夜扶老叟青藜，杖上紅光焰起。下官自到任以來，且喜黎民從約，士子循文，坐致物阜民安，一見太平景象。又得山公，近與嵇、阮諸君子會集于此，因此，多覓奇花異卉，時時相邀，共談詩酒。前差瑤琴遍訪名花異種，待他回來便知端的。

　　（付上）正欲清談逢客至，偶思小飲報花開。老爺，瑤琴叩頭。（小生）瑤琴，你回來了麼？（付）正是，回來了。（小生）所覓奇花，今有得幾種？（付）花樣甚多，花名不一，止帶得一種金雀花回來。老爺請看！（小生）這花生得果然古怪！（付）古怪古怪真古怪，說來一場好驚駭。老爺請看這封書，管教淚濕香羅帶。（小生）有什麼書？取來我看。把這花供在書房中，你自茶飯去。（付）曉得。（下）

　　（小生）待我拆開看來。「遭兵守志入空門，幸遇瑤琴達遠音。不識河中金雀女，可能再會月中人？」

【太師引】呀！頓心驚，驀地如懸罄，止不住盈盈淚零。記當日在長亭分袂，問歸期細囑叮嚀。卻緣何身罹陷阱？幸喜得保全軀命。劈鴛鴦是猖狂寇兵，最堪憐蓬蹤浪迹似浮萍。

（丑內）請夫人下轎。（旦上，丑隨上）

【賺】遠涉兼程，來到河陽錦繡城。（丑）此是官衙近。（旦）彩鶴，忙行通報便相迎。（丑）曉得。（進介）老爺，彩鶴叩頭。（小生）彩鶴，夫人到了麼？（丑）是，到了。（小生）吩咐開正門。（丑）吩咐開正門。（內）吓。（小生）出公庭。夫人在哪裡？（旦）相公。（小生）夫人請。（旦）相公請。喜今官爵威儀盛，不棄糟糠感至誠。（小生）說哪裡話！夫人請上，下官有一拜。（旦）妾身也有一拜。（同拜介）（小生）真僥倖，偶因代賦承新命，有慚為令。

（付上）啟爺，外面有緊急公文，請老爺上堂掛號發遣。（小生）看大衣服過來。（付）是。（小生）夫人請少坐，待下官出去發遣了文書，即刻就來與夫人細談。（旦）請便。（小生）請坐了。（付）開門。（內）吓。（小生下，失書介）

（旦）呀！你看，相公袖中遺下什麼東西？待我拾起來看。（念書介）「遭兵守志入空門，幸遇瑤琴達遠音。不識河中金雀女，可能再會月中人？」吓，原來是巫妹所寄之書，可見相公時刻在念，如今我且藏在袖中，慢慢把言語打動他便了。

【前腔】剪雪裁冰，袖失遺書似薄情。巫妹吓，似楊花性，沾泥飛絮類書生。（內）掩門。（小生上）見卿卿，夫人吓，今朝喜得交鴛頸。（旦）不負當年金雀盟。（小生）是吓，我與夫人所分金雀，想必帶來也。（旦）當年惜別，金雀輕

分；今日重逢，依然成對。吓，去。（小生）哪裡去？（旦）你可
去取來，待我仍以繡線同心繫于一處。（小生）是，多謝夫人的美
意，待下官去取來。（旦）快去取來。（小生）是吓，待夫人仍以
繡線同心繫于一處。好吓，好個「同心」兩字！待下官去取來。
　　（旦）快去取來。看他到哪裡去取。（小生）呀，且住，夫人初
到，未可輕言巫姬一事。他倒提起金雀，叫我將什麼與他對合呢？
（旦）相公。（小生）來了。吓吓，有了！待我就將巫彩鳳所寄之
書與他一看，或者見他為我守志投崖，接來完聚，也未可知。有
理。（旦）相公。（小生）吓，就來了……（摸袖介）呀！何為書
不見了？呀，哪裡去了？（旦）相公快來！（小生）來了。（旦）
金雀呢？（小生）有吓。（旦）取來。（小生）是。（欲走，旦扯
住介）（旦）哪裡去？（小生）請坐了。不是吓，下官一時尋不見
書箱上鎖匙，所以不曾取來，待尋見了鎖匙，就有金雀取與夫人
了。（旦）**真薄倖**，（小生）呀？哪見下官薄倖？（旦）**緣何隴
蜀相兼并？這般渴病。**

　　（小生）呀，夫人太多心了，那金雀好好藏在書箱內，就是明
日取與夫人也未為遲。（旦）吓，在書箱內麼？（小生）在，在書
箱內。（旦）咳，那金雀乃至靈之物，先已飛到我袖中來了。（小
生）吓？在夫人袖中？（旦）在我袖中。（小生）豈有此理！不
信。（旦）你不信麼？待我取出來。（小生）取出來。（旦）這不
是？（小生）這是夫人的。（旦）不差，是我的。（小生）如何？
可是夫人的？（旦）還有。（小生）吓？還有？一發取出來看。
（旦）這不是一對？（小生）呀，這又奇了！

　　（旦）咳，相公吓：

【江頭金桂】休得要喬妝行徑，我跟前不耐聽。（小生）那

金雀有個緣故吓。（旦）金雀當年婚訂姻，得諧雙姓，挽紅絲牽定盟。（小生）夫人取來，待下官再看看。（旦）我與你鴛侶交頸，連枝同並。（小生）夫人，今日重逢，合當歡喜。（旦）只合契求相應，共享安寧。（小生）夫人說得是。（旦）你傍枝為何覓小星？（小生）夫人太多心了，下官哪有此事。（旦）你言清濁行。（小生）並無濁行。（旦）虧心短行。（小生）有甚短行？（旦）你還要語惺惺？（小生）何曾饒舌？（旦）走來。（小生）在。（旦）這題詩絕句（指書介）是誰寄？（小生）阿呀好奇怪！怎麼這書也在夫人處？（旦）雀解雙飛卻怎生？

（擲書介）（小生）夫人吓：

【前腔】非是我虧心短行，夫人吓，你從來賢惠稱。（旦）我一向原是賢惠的，今日權且不賢惠這一遭。（小生）呀，這也是兒女之態吓。一自與卿卿分手，良朋胥慶，喜巫……（旦）巫什麼？巫什麼？（小生）喜巫姬守志堅貞。（旦）我不曉得什麼無雞、有雞！（小生）夫人，不是有無之無。那巫姬者，名彩鳳，乃青樓守志之女子也。（旦）青樓女子守什麼志來！（小生）阿呀守志嘻。（搫旦介）（旦）不識羞！（推介）（小生）我說與夫人聽。我與山公名山酌酒，見他執爵徬徨，舉止羞恥，山公細鞫其情，頓生憐憫。下官實無意于他，當不過山公再三攛掇……（旦）山公作的主？（小生）山公做主的，下官也是沒奈何。因此上未聞尊命，偶遇私成。（旦）可又來！你既有意于他，何不先著人來報我知道，然後成事？而乃率意竟行。這等大膽！可惡！（小生）夫人，這節事，下官原有些欠通。夫人，這時節原要差人來報，怎奈一時情牽，欲罷不能，只得不告而娶。（旦）呀，

好個不告而娶。（小生）若是夫人見他守志投崖，未免也要見憐。
（旦）我倒不曉得什麼見憐。（坐介）（小生）我偏要見憐！（扯
開旦自坐介）（旦）擲果之生，你好不知恥也！（小生）恥吓！
吓，夫人，那巫姬原無一端可取吓。（旦）住了！既無一端，緣何
兩下相投？（小生）不是這等說。哪！**聞說寇兵入境，他投崖
捐軀，感神救之為尼僧。**（旦）可又來！他既做了尼僧，也是
六根清淨之人，你又去纏他怎的？（小生）夫人既知道了，我就差
人去叫他來伏侍夫人便了。（旦）官衙內豈無丫鬟伏侍？要這尼僧
伏侍？不勞。（小生）豈有此理，即刻差人去。吓，哪個在？
（旦）呀，官衙中豈容尼僧出入，成不得！（小生）夫人，不要作
難噱，**望海涵仁宥，畢吾狂興。**（旦）你本是狂生，如今的興
太狂了些。（小生）夫人，你若是肯相容，是**免得意盈盈。**
（旦）不許！（小生）若夫人執意不許，我就……（旦）就什麼？
（小生）就跪。（跪介）（旦）呀！堂堂縣令，作此醜態，家人每
看見了，可不羞恥？（小生）家人每看見我跪的夫人，何妨？
（旦）起來。（小生）候夫人見允了纔敢起來。（旦）起來了纔
說。（小生）如此。（立起揖介）多謝夫人見允。（旦）此事斷然
成不得，你休要作此想！（小生）阿呀，就不成也罷，不要氣壞了
身子。咳！只是異哉，金雀緣何都在夫人處？**正是鹿麋鄭相難
分辨，唔，難道蝶夢莊周不易明。**

　　請教夫人明白。（旦）路上辛苦，要去安歇了，有話明日說
罷。（小生）夫人莫辭勞倦，下官還要與夫人接風。（旦）接風
麼？待你心上人來罷。（小生）夫人，難道你倒不是我心上人麼？
（旦）放手！（小生）要與夫人接風。（旦）啐！（推小生跌介）
（旦下）

　　（丑上）好跌吓！此跌美跌，非凡之跌，乃天下第一跌也。
（小生）狗才！我老爺下堦錯步。（丑）弗是錯步，倒是夫人
吃……（小生）吃什麼？（丑）拉里吃醋。（小生）狗才！（丑）
老爺，夫人關子房門，弗肯開個哉，倒弗如到書房裡去修修舊罷。
　　（小生踢丑介）這狗才，可惡！（下）

　　（丑）弗要踢咭，踢碎子無得用哉個㖏。話巴笑煞，再弗曉得
怕家婆個風氣直頭野筍拉哈！（下）

按　語

〔一〕本齣出自《金雀記》第二十八齣〈臨任〉。

〔二〕選刊此齣的坊刻散齣選本還有《醉怡情》。選抄此齣的散齣
選本有中國社科院圖書館藏《集錦》。

牧羊記・大逼

外：匈奴百花元帥。

淨：衛律，漢降將，投降匈奴後封丁靈王。

生：蘇武，漢使節。

　　（雜扮四小軍，引外上）

【出隊子】心粗膽壯，百萬雄兵誰敢當。叵耐漢朝蘇武恁強梁，苦要他降不肯降。只為籌兒，惱我寸腸。

　　事不關心，關心者亂。咱百花元帥是也。昨奉狼[1]主之命，著俺說化使臣蘇武降順，又不許打罵他，又不許凌辱他，只把那善言善語說他。不知那蘇武有甚名節，俺狼主這般敬重他？早上遣丁靈王前去說他，待他回來，便知分曉。

　　（淨上）千軍容易伏，一將最難降。將相本無種，男兒當自強。元帥，衛律把酥。（外）丁靈王少禮。著你說化蘇武，怎麼樣了？（淨）奉元帥鈞旨，說化蘇武，他心如鐵石堅剛，倒把衛律挺撞！（外）怎樣挺撞你？（淨）他說寧死做忠良之鬼，決不圖賜號封王。後邊這兩句，只是不好說得。（外）就說何妨。（淨）他說：「單于若要咱降，直待西方日上。」（外）吓！那西方怎能日上？明明是奚落俺。小番，拿去哈辣了！（眾內喊介）（淨）住了，住了！元帥且放下急性兒。那蘇武是鐵錚錚不怕死的好漢，元

---

[1]　底本作「郎」，參考〈看羊〉改。下文同。

帥須要善言善語的說化他，待衛律在傍邊打幾下攛掇鼓兒，不怕他不降順。（外）如此，叫他來。（淨）元帥，還要尊他這麼一尊。（外）也罷，你去說，俺這裡鎮國都督大元帥相請。（淨）蘇相，俺這裡鎮國都督大元帥相請。

（生上）

【引】忽聞元帥請蘇君，未審相見有何因。（淨）蘇相，他名位甚高尊，相見時禮宜謙遜。

蘇相，昨日言語衝撞，休惱。（生）我也不計較你。（淨）也不在我心上。蘇相，元帥請你講話，你把這節竿兒放下，好進去施禮。（生）你又來多事了，這節竿乃是吾皇所賜，勝如一道符命寶誥，怎肯輕輕的就放下？（淨）蘇相，偏你這等清奇古怪，難道皇帝老兒坐在那節竿頭上不成？我記得那年來的時節，也有這麼一根，如今不知撩在哪裡去了。（生）不必多講，見了你家元帥自有道理。（進介）

（淨）元帥，蘇相來了。（生）元帥，支揖了。（外）這就是蘇武麼？（淨）正是。（外）吒！你是南漢來的使臣，必然知書達禮，見了俺大大的元帥，怎麼不下全禮？誰與你支揖！（生）俺國中的禮法與將軍這裡不同。（外）天下禮則一禮，法則一法，有什麼不同？（生）譬如俺國中有個武安侯田蚡，身為貴戚，權傾天下，那汲黯是小小主爵都尉，見他只也是常禮，並不曾下什麼全禮。（外）丁靈王，難道你那裡有這個禮麼？（淨）有是有的，只是年遠，都已忘懷了。（生）可又來！我蘇武這兩塊精骨頭怎肯屈志于人？吓，將軍，你既以禮責人，必然以禮待人。我蘇武曾讀孔聖之書，那蘧伯玉使人於孔子，孔子與之坐而問焉，所謂「敬其主以及其使」。吾王乃萬乘之尊、四海之主。我蘇武雖不才，也是中

國差來的一個使臣，怎麼座兒也不設一個與我，反爭別人之過？
咳，你好不達理也！（外）丁靈王在此賜號封王，尚且沒他的座
位；你纔到此間，就爭俺的座兒？尚早！（生）你把他來比我就差
了。（外）難道他不是人養的？（淨）難道我是狗養的？（外）咈
咈咈！俺這裡是粗魯噠唠[2]，不曉什麼通文調武，有話講上來。

（生）

【泣顏回】蘇武漢朝臣，（眾吶喊介）（外）休賣弄，休賣
弄，誰不曉得你是漢朝臣子？到我跟前賣弄。（生）赤心供奉明
君。（外）明君，明君，打探俺這裡的事情。（生）非也。
（外）怕你飛上了天去。（淨）非為此說。（外）吓？倒是我差
了？（生）只為邊疆多事，騷擾兩國軍民。（外）俺這幾年不
曾來騷擾你的地方。（淨）多是邊上這些野騷子[3]。（外）咈咈
咈！（生）吾王見憫，使咱來特致安邊信。（外）你信上便怎
麼樣？（生）要罷干戈結好和親。（外）你若降順在此，俺這
裡就罷干戈；你若不降，俺這裡煞時起干戈了。（眾吶喊介）
（生）住了！你這裡起干戈，難道我每那裡就罷了不成麼？因此
上遠涉胡塵[4]。

（外）你昨宵在哪裡安歇的？

【前腔】（生）昨宵在館驛暫安身。（外）我差丁靈王來問
你。（生）那衛律特來詢問。（外）他怎麼叫你的名字？

2　集古堂共賞齋本作「直漢」。
3　「野騷子」三字集古堂共賞齋本作「小蠻子」，學耕堂本、博雅堂本、可
　經堂本作「野騷」。
4　集古堂共賞齋本作「風塵」。

（淨）我那裡叫名字最大。（生）元帥，他的言語一句句都是不公道的。（外）他有名叫做丁公直。（淨）我又叫丁公道。（生）他把花言巧語，將咱強逼降順。（外）不怕你不降。（生）我懷忠守節。（外）呸！你又不是婦人家，守什麼節？（淨）哪哪哪！是節竿之節。（外）吓吓吓！我又差了，又差了。（生）咳！我自不合搶白了他一頓。（外）我差來的，就不該搶白他了。（生）我曉得，料他來搬鬥與將軍。（外）我也不是聽是非的。（淨）我也不是搬是非的。（生）將軍既不聽是非，吶！衛律！（淨）又大了，又大了。（生）你既不搬是非，今日裡呵，緣何有這許多唇吻？

（外、眾合）

【太平令】堪笑痴呆蠢蠢，出言歪噴人。若還再不相從順，定教伊受災迍。

（淨）

【前腔】元帥，你息怒停嗔。蘇相，你直恁痴呆直恁村，一身萬里難逃遁，除非是會騰雲。

（生）

【撲燈蛾】將軍聽訴因，為臣子要當忠藎。咱本是忠良將，如何強逼我降順也？（外）你若不降，只怕受不得這飢餓！（生）我寧甘餓死，決不肯背義忘恩，若要咱降順除非殞身。怎教咱，順從夷虜[5]背君恩？

（外）小番，拿去哈辣了！（眾吶喊介）（生）住了！要殺就殺，也要講個明白。（外）講什麼明白？

5　集古堂共賞齋本作「外國」。

（生）

【前腔】那朝鮮殺漢臣，當時便誅盡。南越囚來使，南越變為九郡也。那燕王狡猾，囚使臣懸首北門。你若還敢殺我們，定叫你一時城邑化為塵。

（外、淨、眾合）

【節節高】咍耐無禮漢，煞欺人，好言勸你全不聽。忒愚蠢，弄強脣，撒歪噴。教人怒氣騰騰忿，便是咱親爹爹勸解難容忍。寶刀提起火光奔，一霎時教你成虀粉。

（生）

【節節高】笑你每不思忖，詖咱每，此身不動如山穩。難消恨！（淨、外）恨哪一個？（生）咄！恨你每，忒毒狠。匈奴為咱結仇恨，[6]一朝禍來難逃奔。上告蒼天乞憐憫，也罷！一刀自把頭來刎。

（眾扶住生介）有銳器[7]！（眾、生下）（外）吶喲，吶喲！這把關頭目好不小心，怎麼容他帶銳器進來？丁靈王，好一個鐵錚錚不怕死的好漢！（淨）我每南朝一個個都是這樣不怕死的。（外）你怎麼這等軟弱？（淨）只有我好說話，好相知些。（外）我如今將他冠帶盡行剝去，發在大窖之中，不與他飲食，不要說是蘇武，就是一塊生鐵，俺這裡架起火來，燒得軟軟兒的。（淨）有理。（外）咍耐蘇君一漢臣。（淨）逼他降順反生嗔。（外）縱然一命歸陰府。（淨）依舊誰知假與真？（外）丁靈王，他若不降便怎麼？（淨）今日不降，自有明日。（外）明日不降呢？（淨）自

6　集古堂共賞齋本作「讒奸與咱結仇恨」。

7　底本作「氣」，據清·寶善堂校改鈔本《蘇武牧羊記》改。以下同。

有後日。（外）丁靈王，此事都在你身上。（各笑介）哈哈哈……
（下）

按　語

〔一〕本齣情節、曲文與寶善堂校改鈔本《蘇武牧羊記》第九齣
〈逼降〉高度接近。

〔二〕選刊此齣的坊刻散齣選本還有：《醉怡情》、《歌林拾
翠》、聞正堂刊《綴白裘全集》。

牧羊記‧看羊

付：牧羊總領，單于的部下。
生：蘇武，漢使節。
外：黃石公。
小生：張良。
雜：野人。

　　　（付上）
【字字雙】一隊羝羊壯又肥，尊貴。搖頭擺尾自相隨，託
庇。便教蘇武去牧羝，嘔氣。直待羝羊生乳放回歸，後世。
　　蘇相有請。（生上）忽聞人喚語，未審有何因。你是何人？
（付）蘇相，好了。狼主道你是個忠義漢子，送你一隊羝羊哩。
（生）敢是送我回去的麼？（付）你倒快活！這一隊羝羊，教你在
北海岸邊牧養，直待羝羊生乳，放你回去。（生）羝羊是個雄羊，
怎能個生乳？（付）俺狼主說，西方怎能個日上？（生）不要胡
說！北海岸邊在哪裡？（付）隨我來。你小心承值這羝羊，直待羝
羊生乳放還鄉。（下）
　　　（生）呀，你看，北海岸邊，這般光景，好不傷感人也！
【山坡羊】只見浪滔滔無邊無際，風淅淅穿衣穿袂，急煎
煎敗群隊幾隻亂羊，實丕丕叫我難分理。命限危災來怎躲
避？喪門纏脫離，又撞黃旛并豹尾。思君，思君淚暗垂；
思親，思親淚暗垂。不覺神思睏倦，不免就此打睡片時。

（外、小生上）（外）徒弟，走吓。

【花嚴海會】朝遊北海暮滄溟，曾見黃河幾度清。道者若來相問訊，橋邊黃石是吾名。

（小生）師父稽首。徒弟跟隨師父雲水多年，不曾問得師父，自古及今忠臣烈士那幾個。（外）你要問哪幾個？（小生）敢問師父豫讓吞炭一事。（外）且聽我道：

【雁兒落】那豫讓不忘了國主恩，（小生）程英報冤為誰？（外）程英的能雪孤兒恨。（小生）風飄易水寒，壯士一去不復還，好個刺客！（外）說甚麼荊卿易水寒。（小生）比著紀信何如？（外）怎如那紀信能排難？（小生）敢問投水的怎麼？（外）楚屈原投水在魚腹葬忠魂。（小生）潮端現形的就是他？（外）這的是伍子胥立馬在潮端現。（小生）忠臣不怕死，將士同心，哪幾個？（外）田橫有五百人在海島皆能死。（小生）做事不成，被人笑話的是誰？（外）項羽有八千兵，渡江東曾無一騎還。（小生）楚強漢弱，為何這等？（外）那項羽沐猴而冠，怎敵得隆準與龍顏？（小生）師父待學哪個？（外）咱心似雲閒，又被那清風兒將咱引出了山。

（生）這裡北海岸邊，哪有人聲？不免叫一聲。救人吓！（小生）師父，北海岸邊什麼人叫苦？（外）這就是南漢使臣蘇武，被衛律讒言譖害，在此牧羊。和你上前去救他則個。咻！漢子，你是何方人氏？為何倒在此間？

（生）

【山坡羊】咱是遠迢迢南漢來的天使，（外）既是使臣，立志如何？（生）鐵錚錚懷著不怕死的英氣。（外）看你怒轟轟恨著誰來？（生）惡狠狠罵那叛臣的衛律，急煎煎斷送我在

無人地。（外）在此何幹？（生）他叫我牧守羝，直待羝羊生乳始放回。（外）衣衫飯食，靠誰週濟？（生）衣衫飯食兩事渾無計，腹餒飢寒難度時。（外）你在此可想君麼？（生）思君，思君淚暗垂。（外）可思親麼？（生）思親，思想君親兩淚垂。

（外）咳，可憐！徒弟，我帶得一丸辟穀靈丹在此，教他不要嚼碎，吐津嚥下去。（小生）吓，漢子，師父與你一丸藥吃，不要嚼碎，吐津嚥下去。（生吃介）（外）漢子，你吃了這藥，可有些精神力氣麼？（生）吃了這藥，覺道有些精神力氣了。（外）如此，你可掙起來。（生）掙不起。（外）在節竿兒上掙起來，徒弟，你扶他一扶。（小生）是。（生）多謝師父。（外）好說。（生）請問師父，這藥可有得賣麼？（外）藥是還有，不要你別的東西，你把手中那節竿兒換與你吃。（生）寧甘餓死，怎肯失節！（外）果然是個忠臣烈士！漢子，你在此不濟事，莫若跟隨我去出家罷。（生）願隨師父出家，但不知仙觀何處？（外）家鄉不遠，地理非遙，前面倒旗桿便是。（小生）漢子，羊走了。（生回頭看介。外、小生）遊徧世間人不識，朗吟飛過洞庭湖。（下）

（生）呀，好奇怪，這兩個道人怎麼不見了？呀！只見白鶴一雙，騰空而去，莫非是神仙指引？前面是一所瓦房，如今變成土壤，不免上前看來。（雜扮二野人上，跳介）

（生）呀！

【惜奴嬌】瞥見驚疑，你是何人，輒敢露形相戲？急迴避，休逞昏迷無知，你是何姓何名？原是甚人家？居何處？羞恥，看兩兩向人前攧趾，自相嗔喜。

【黑麻序】思之，莫是胡兒，為咱每，特來弄些姣痴？向

前行，再三查問詳細。蹺蹊，咱每待向前，他每又去離。細思之，看他各各，一似野人行止。

　　且住，若是野人，土壙中必有可食之物，且進去看來。妙吓！這壙中暖烘烘，多是可食之物，我蘇武今番凍餓不死了。不免拜謝天地。

【錦衣香】謝老天，相憐憫；謝神明，相周濟。猶如墮落陰司，再回陽世。如今不怕肚中飢，溫溫壙中，且自棲遲。恨奸臣衛律，又怎知我每如是？感謝天和地，暫時舒氣。寬心等待，再作區處。

【漿水令】野畜生聽我指揮，好相隨不得亂為。一人與我去牧羝，一人與我取食充飢。休違背，莫暫離，隨我處置相和氣。違我令，違我令，定行打你。勤勞的，勤勞的，賞你酸梨。

【尾聲】深謝神明提掇起，幸遇野人隨我驅使，況得些草食充飢。

　　野性莫差遲，隨我聽指揮。情知不是伴，事急且相隨。（下）

按　語

〔一〕本齣主體情節、曲文與寶善堂校改鈔本《蘇武牧羊記》第十六齣〈牧羊〉高度接近。

〔二〕選刊此齣的坊刻散齣選本還有：《風月錦囊》、《醉怡情》、《歌林拾翠》、聞正堂刊《綴白裘全集》、石渠閣主人輯《續綴白裘》。

雷峰塔‧水漫

付：金山寺的監寺。

小生：許仙。

淨：艄公。

旦：白素貞，許仙之妻。

貼：青兒，白素貞的婢女。

外：法海禪師。

　　（付上）濟度慈悲大，雲遊歲月深。胸懷無別事，一片淡然心。小僧乃金山寺中監寺是也。今日師父吩咐，等待許官人到此，先進講堂，然後引進方丈；只得在此伺候。正是：不因林像龍間伏，爭看輪迴次第來。（下）

　　（小生上）

【一江風】為蛇妖，特地前來到，又怕他行曉。因此上，只說燒香，私去相祈禱。我，許仙。只為要往金山寺中拈香，娘子吩咐拈了香就回，不要到講堂與和尚交談。阿呀！我懼此二妖，已非一日，幾番欲要避他，被他緊緊隨定，不能逃脫。今日往寺中拈香，為何又如此囑咐？其間必有隱情。也罷！且到彼便知分曉。來此已是江邊。吓，船家，擺船過來。（淨上）來哉，到囉裡去了？（小生）金山寺去的。（淨）下船來，下船來。（小生下船介）誰知冤孽遭？誰知冤孽遭？緊緊來纏擾，只為著此事縈懷抱。

（淨）到哉。官人上岸罷。（小生付錢）（淨）扳得來吓。
（下）（小生上山介）

（付上）禪明一片月，緣覺數聲鐘。居士稽首。（小生）師
父，法海禪師可在山上麼？（付）在。居士可是姓許麼？（小生）
正是。師父何以知之？（付）禪師著我在此等候多時了。（小生）
吓，如此，煩師父指引。（付）請。曲徑通幽處。（小生）禪房花
木深。（下）

（且隨貼上）（且）

【醉花陰】忽地機關已分曉，把緣情長驅直搗。俺這裡急
去叩僧寮，放吾夫相會早。奴家只為許郎要到金山拈香，再三
要去，因此叫他不要與和尚講話。他雖允從而去，到底放心不下，
為此，同著青兒接他回去。（貼）娘娘，官人不過到金山拈香，少
不得回來，為何如此放心不下？（且）你不知，那寺中這個法海是
個聖僧，倘然點醒許郎，我就無結局了。（貼）原來如此！（且）
奴家呵，急切切跟尋到，到金山恭叩僧寮，為夫君難丟掉。

（貼）已到金山了。（且）上岸去。我在此等候，你去喊了官
人出來。（貼）是。吓，許官人，許官人！（付上）偌人拉山門外
頭猪華百叫？原來是二位女菩薩，阿是燒香個？（且）不是。
（付）求子個？（貼）也不是。（付）介沒偌個了介？（貼）我們
是來尋官人的。（付）吳乿官人是偌人？（貼）叫許仙。（付）是
許官人吓！吳乿去罷，去罷。（且）為何？（付）我里師父說道，
有偌個青蛇吓、白蛇吓拉乿鬧哩了，出子家哉。（且）呢！何物妖
僧誘引良家子弟？若是還我官人就罷，不然，叫你每俱是個死！
（付）阿呀弗好哉！師父有請。

（外、小生上）

【畫眉序】忽聽語聲嘈，必是此妖前來到。（付）師父，弗好哉！外頭有兩個堂客拉圱鬧哩，要尋許官人個。（小生）這便怎麼處？（外）不妨，你且躲在裡面，待我去看來。（小生）是。（下）（外）恁無知孽畜，敢弄虛嚻！（出介）（旦）吓，老師父。（外）咳，孽畜吓孽畜！（旦、貼）吓！（外）恁般的不肯回頭，尤兀自上前厮鬧。饒伊妖力千般大，怎敢在佛前亂繞？

　　（旦）

【喜遷鶯】咳！出言詞將咱奚落，出言詞將咱奚落，怒轟轟罵咱孽妖，怎不心焦？（外）孽畜，還敢在此胡言麼！（旦）阿喲急煎煎中心火燎，因此上趕仙郎到金山費勞。吓，師父，老師父！阿呀聲聲叫，善言兒哀告僧寮。按三尸暫掩三焦，按三尸暫掩三焦。

　　（外）孽畜這等無禮！護法神何在？（內）來也。（哪吒、木吒、殷太歲、韋馱上，殺介）（旦敗下）（眾）啓禪師，妖魔逃去了。（立兩邊介）

　　（外）

【畫眉序】直恁怪魔妖，不量自力同咱擾，教伊今日怎得開交！許仙的善根不昧，恁妖魅何故隨牢？人妖兩地多分曉，善惡到頭有報。

　　（旦、貼又上）秃驢，還我丈夫來吓！（外）你丈夫已皈三寶，是佛弟子了，怎肯還你。（旦）真個？（外）真個！（旦）果然？（外）果然！（旦）噯！

【出隊子】堪笑你秃厮無道，同吾行舌鼓唇搖，卻便似口懸河泛濫雲霄。因此上趕靈山到靈臺費牙敲，一任你活如

來將他扳倒。

（外）孽畜這等無禮！護法神。（眾）有。（外）取青龍禪杖，打這孽畜者。（眾）領法旨。（旦接杖同貼下）（青龍、白蛇上，鬥介）（四水族上，扛龍下）

（外）

【滴溜子】孽妖的，孽妖的，敢抗吾曹。俺自有，俺自有，佛力法妙。輒敢頓生強暴？我杖著這青龍，張牙舞爪，打得你元形出現，魄喪魂消。

（旦、貼又上）禿驢，你將青龍禪杖來降俺，俺豈能懼哉！（外）俺禪法圓通。

【刮地風】（旦）噯呀！恁仗禪機肝膽圓通妙。（外）我今饒你性命，好好去罷。（旦）何用你禿念相饒？氣沖沖怒發凌蒼昊。（外）哈哈哈，好孽畜！不知分量。（旦）他那裡一味飄搖，望兒夫密密無音耗。隱隱見雲霧相包，這壁廂那壁廂鐘鼓齊敲，天星振，心膽搖。（貼）娘娘，還是善言哀求罷。（旦）也說得是。吓，禪師，你是出家人，慈悲為本，煩你還我丈夫，感恩不盡矣。恁佛心最是完人好，今日個還我夫君恩不小，願世啣環共結草。

（拜介）吓，我這等哀求，全然不睬。好禿驢吓！（外）還在此胡鬧。護法神，取風火蒲團，打這孽畜者。（韋馱）吓。（煙火、風火神上，殺介。風火神敗下。旦、貼追下）

（外）

【滴滴金】蒲團風火天生妙，要打那作孽靈蛇休混擾。邪心不滅來胡鬧，想夫郎怎能到？乾坤靜了，仗威風捉將來將功報，擒取妖魔，只在這遭。

（旦、貼上）禿驢，你的法寶安在？（貼）法寶安在？（旦）阿呀，禿驢吓禿驢：

【四門子】恁亂紛紛法寶知多少？亂紛紛法寶知多少？鬧垓垓多休了。佛力兒低，俺力兒高，看今朝必要分白皂。言語兒求，下禮兒告，全不睬心中焦燥。

（外）

【鮑老催】無知孽妖，緣何犯我禪關道？幾回不怕無窮寶。還待要，逞邪術，弄狐騷，管教瞬息成虛耗。江心一旦屍流暴，悔之時已遲了。

（旦）吓，禿驢，你執意如此……罷！也說不得了。水族們！（蝦、蟹、龜、蚌上）有。（貼）與我把水勢大作，漫過金山，只救俺官人便了。（眾）領法旨。

（合）

【水仙子】呀呀呀、恁自招，呀呀呀、恁自招，亂亂亂、亂紛紛水族知多少？浪浪浪、浪滔滔一似天河倒，鬧鬧鬧、鬧垓垓趕水潮。聽聽聽、聽水聲兒江波嘯，看看看、看霎時間無分清濁。是是是、是僧人恁般胡撩，這這這、這的是出于無奈將夫君討，恨恨恨、恨的是命薄總徒勞！（下）

（付上）啓上師父：不好了！揚子江中水勢大作，漫過山來了。（外）不妨，將我這袈裟兜在這半山之中。（付）吓。（下）

（外）護法神。（眾）有。（外）與我趕散水族者。（眾）吓。

（蟹上，同哪吒殺介，敗下。蝦上殺介，哪吒奪鎗，蝦敗下。蚌上殺介，木吒上殺介，蚌下。龜上殺，木吒奪槌，敗下，木吒追

下。）

（外）護法神。（韋馱）有。（外）取寶鉢罩住妖蛇者。（韋馱）領法旨。

（旦、貼同哪吒、木吒殺上。韋馱取鉢盒介。旦、貼倒介）

（魁星上，將斗托住，旦、貼下，魁星下）

（眾）啓禪師，纔祭起寶鉢，忽被文曲星托住，不能罩住此妖。（外）原來如此。速退。（眾）領法旨。（下）

（小生上）吓，禪師，可曾收那妖孽麼？（外）這孽畜腹中懷孕，未曾收取。（小生）他如今往哪裡去了？（外）他此去必往臨安，待我送你前去，了此孽緣便了。（小生）阿呀禪師吓，他如今必然懷恨於我，此番見面，怎保殘生？弟子是決不去的嘻！（外）不妨。你與他宿緣未滿，還不加害，且待他分娩了再處。（小生）是。

（外）

【雙聲子】緣未了，緣未了，難已就分開了。情意好，情意好，速往卻休驚擾。待分娩，滿月朝，付你鉢兒，將他收罩。

（小生）多謝禪師。（拜介）

【煞尾】謹遵師命難違拗。（外）赴臨安，途路非遙。（小生）幸喜得遇著個老禪師。（合）收取那妖魔怎脫逃！

（下）

按　語

〔一〕本齣情節接近陳嘉言父女寫定《雷峰塔》第二十七齣，以及
方成培撰《雷峰塔》第二十五齣〈水鬥〉，但曲文不同。

〔二〕選抄此齣的散齣鈔本有：中國藝術研究院藏佚名抄《崑弋曲
選》、中國國家圖書館藏朱執堂抄《時劇集錦》。

雷峰塔・斷橋

旦：白素貞，許仙之妻。
貼：青兒，白素貞的婢女。
小生：許仙。
外：法海禪師。

　　（旦、貼上）

【山坡羊】頓然間鴛鴦折頸，悔無端燒香生釁。命兒乖致遇惡僧，霎時一似飄蓬梗。青兒吓，不想許郎頓背前盟，聽信法海之言，竟不下山。我和他爭鬥，奈他法力甚大，險被擒拿。幸虧我借水遁得到臨安，阿呀小青吓，不然，是和你俱喪于法海之手了嘘。（貼）娘娘，此禍非關法海之事，皆是許仙之過，若此番見面，斷斷不可輕恕！（旦）是。（貼）但是……我們到何處安身？（旦）我聞許郎有一姐丈，名喚李仁，在此錢塘居住，我和你且到彼安身便了。（貼）但我二人從未與他識面，倘他不留，如何是好？（旦）這……且到彼再處。（貼）如此，娘娘請。（旦）阿喲，阿喲！（貼）吓！為什麼？（旦）腹中疼痛，寸步難行，怎生捱得到彼？（貼）想是要分娩了，且到前面斷橋亭內，暫坐片時，再行便了。（旦）阿喲！許郎吓，你好薄倖也！忒硬心，淚珠撲簌心中恨。千般恩愛今朝盡，一旦負恩把我嗔。淒清，滿懷兒愁怎禁？傷情，苦一旦成孤另。（下）

　　（外、小生上）

【前腔】半空中風裡行身，金山寺望無蹤影。早已見錢塘至矣，霎時間飛下瓊珠境。（小生）師父，此間是何地方吓？（外）已是臨安了，你去罷。（小生）阿呀禪師吓！弟子是決不去的噓。（外）不妨，你與他夙緣未盡，彼無加害之心，去也不妨。（小生）阿呀，弟子是決不放禪師去的噓。（外）不妨，我此去在淨慈寺安身，待他分娩之後，付汝法寶，收鎮此妖便了。（小生）是。（外）方纔之言呵，須記清，懸懸相待等。（下）（小生）將行又止心難定，只怕他愁雨愁雲恨未平。（旦內）許仙，你好負心也！（小生）誂、誂、誂死我也！你看，那邊明明是白氏、小青！今番向何處躲避？阿呀堪驚，又遇著災和眚。（旦）許仙，你好狠心也！（小生）阿唷忙行，步趑趄難前進。（下）

（旦、貼上）

【玉交枝】輕分鸞鏡，一霎時雙鴛分影。恨他行負了恩深，致奴身受苦伶仃。（貼）娘娘你看，許仙那廝見了我每，反自飛奔而去，好生無禮吓！（旦）不要多言，和你急急走上前去。忙忙趕上休遲迴，急急追來莫待停。教我悲痛處兩淚盈盈，縱生翅何處飛騰？（下）

（小生上）阿呀不好了噓！

【川撥棹】行步緊，願蒼天相憐憫。誂得我魄散魂驚，誂得我魄散魂驚。且住，方纔禪師說，遇妖不可害怕。咳！我如今大膽上前，生死由天便了。急趨迎哀求負荊。（旦、貼上）笑伊行何處行？笑伊行何處行？

許仙，你好負心也！（小生）阿呀娘子，為何這等狼狽？（旦）多是你害得我這般光景，還要假做不知麼？（小生）娘子，

你且請息怒，且坐了容卑人相告。那日上山，即欲歸家，被法海禪師將言煽惑，勒令出家，幾欲逃回，奈無路可行；今喜脫逃，得見娘子，實非干卑人之故嘻。（貼）許仙，你還要假惺惺！過來。

（小生）是。（貼）我娘娘何等待你，虧你下得這般狠心，咻！於心何忍？（小生）阿呀青姐吓，卑人之事，多是妖僧之故，實非干卑人之故嘻。（旦）咳，許郎吓，和你，

【金絡索】曾同山海盟，一似鴛交頸，舉案齊眉，和你相依並。誰想時乖心變更，一旦忘恩負義人。（小生）阿呀娘子，請息怒嘻。（旦）聽信那金山寺中惡僧語，將我這薄命微軀幾致傾。真薄倖！害得我無地堪為寄此身，步跟蹡兩足難行，心兒痛，腹兒疼。

　　（小生）

【前腔】怎、怎敢負卿？孰料僧為黌，勒住在禪堂，害我夫妻離影。天可鑒吾[1]誠，望垂憫。那妖僧呵，他一剗胡言我也不耐聽，今得逃回喜不勝，夫妻重會真僥倖。望去愁行徑。青姐……（貼）啐！（小生）分珠再合凡事賴卿卿，勸娘行請寬離恨，乞恕我孤單影。

　　（旦）下次可敢了？（小生）再不敢了。（旦）如此，起來。（小生）多謝娘子，多謝青姐。（貼）啐！（旦）只是，我們如今到哪裡去安身？（小生）不妨，且到我姐丈家中權住，再作區處。

（旦）但此去，前日金山之事，切不可提起，若一洩漏，決不與你干休！（小生）這個怎敢！娘子請。（旦）阿唷，阿唷！（小生）娘子為何？（貼）娘娘將要分娩。行走不動，須喚乘小轎抬去纏

1　底本作「告」，參酌文意改。

好。（小生）旣如此，且和你挨到前面，喚轎而行便了。

【尾】此行休得洩眞情，兩下從今歡慶。休得負了前盟，
須念舊日情。

　　　（下）

按　語

〔一〕本齣情節接近陳嘉言父女寫定《雷峰塔》第二十八齣，以及
方成培撰《雷峰塔》第二十六齣〈斷橋〉。

〔二〕選抄此齣的散齣鈔本有中國國家圖書館藏朱執堂抄《時劇集
錦》。

繡襦記‧扶頭

付：樂道德，幫閒。
老旦：李大媽，鴇母。
小生：鄭元和，貴公子。
旦：李亞仙，名妓。
貼：銀箏，李亞仙的婢女。

（付上）

【出隊子】浮生如寄，浮生如寄，四海為家有故知。花朝月夕醉金卮，不費錢財只動嘴。想冷熱醎酸年來自知，想費用盤桓心中自知。

自家樂道德。自從相隨鄭元和到此赴選，誰想試期尚遠，偶爾平康閒步，見了李亞仙。如今迷戀他家，日夜追歡買笑，朝雲暮雨，撇我在下處寂寥難過。今日等我走得去，只說與他扶頭，騙呷酒水吃吃，有何不可。且住，去扶頭嘎，原要帶點銅錢銀子去個，哪哼空手捻子兩拳頭竟去吃？個沒哪處？吓，有裡哉！等我拿介塊泥得來包好子，料來弗開來看個。哩若是弗受，騙子過去；倘然受子，我且再處。竟是介！咦，弗多幾步，到踱到拉里哉。為僥了冷清清，立門頭個丫頭無得介一個？呃黑！阿有囉個拉虱嘘？

（老旦上）

【引】戶外有人聲，想是嘉賓至。

是哪個？（付）是我。（老旦）原來是位相公。相公請。

（付）老親娘，吓瓸個夥計囉里去哉了，自家出來開門？（老旦）不瞞相公說，那些丫頭、小厮單會吃飯，件件不肯當心的。（付）咳，個個東家原是難做個，弗如做夥計個好。請吓。（進見介）

（老旦）相公請坐。久違了，一向常想。（付坐介）（老旦）看茶來。（付）老親娘，久違哉。（老旦）正是，一向了，常想得緊。（付）老親娘，吓瓸個星姊妹人家個七十二把神拿，第一把，一見子朋友，弗管認得弗認得，總是久違、久闊、常想、一向……嘴裡是介連連牽牽，眞正伏臘！（老旦）這是禮數，難道不要的？（付）且住子，請教阿曉得學生姓偌？（老旦）吓，相公是……（付）是偌？（老旦）相公貴姓是……啐！就在口頭，一時說不出了。（付）如何？忘記哉。阿記得吓當初要跟我逃走，多化臭肉麻，哪哼忘記哉？弗要怪，吓閱人多矣，囉哩記得介多化。吓，我替吓說子罷，鐘徐邱，滴瀝瓸。（老旦）是吓，我說是樂相公！失敬了，看茶來。（付）弗消得。老親娘，一向弗會，保養得個尊容好像剝光雞蛋能，發財個嘘。（老旦）老邁了。（付）正是發財個時候來。（老旦）依金口。銀筝，看茶來。

（貼上）吓，來了，茶在此。（老旦）相公請茶。（付）請吓。（老旦）過來，見了樂相公。（貼見介）（付）罷哉，罷哉。老親娘，個位姐姐幾時來個？（老旦）是從小在這裡的嚷。（付）從小拉裡個，哪了我弗認得哉？阿就是小時節坐拉門檻浪，看見子一堆雞糖屎認子蛤蜊醬了，只管撈來吃個個大姐？（老旦）休得取笑。（付）我還記得，頭浪生子星黃水瘡，好像合子半隻破香圓。那間倒是烏梅能介一頭頭髮，直頭透變得好瓸！拿個脚拉我看看。（貼笑介）（付）老親娘，個個脚哈還要替哩纏纏瓸勒嘘！個歇阿像個邊魚？（貼）啐！（付）阿曾梳櫳個來？（老旦）還沒有。

（付）介沒拉我身浪！等我尋介個大老官得來發利市。（老旦）全
仗作成。（付）叫僥名字？（老旦）叫銀箏。（付）叫銀官，好得
勢。個個老鄭拉裡，是得意個嘻。（老旦）吓，樂相公也認得的
麼？（付）哪說也認得個！個是學生個所荐，哪說也認得個。（老
旦）吓，是相公荐來的，多謝得緊！（付）乃父是常州刺史，此公
是個新出魔子；吾弗只管斬哩沒是哉……喂，銀官，看鄭大爺阿曾
起來列？說我樂相公拉里。若是弗曾起來嘮，我搭老親娘著盤棋，
白相白相，後生家讓哩弗睏睏，弗要去驚動哩。（貼）鄭大爺已起
來梳洗了。（老旦）如此，請出來，說樂相公在此。（貼）曉得。
（下。隨小生、旦上）

　　　　（小生）

【引】偎紅倚翠，任意棲遲行樂地。

　　　（付見介）鄭兄。（小生）連日失陪，多多有罪。（付）好
說，足見拋撇。（老旦）樂相公，小女求見。（付）個位就是亞
老？學生要庭參。（老旦）這樣志誠！（付）賈志誠就是學生做
個。（老旦）休得取笑。（付）好吓，妙得勢！老鄭置貨置得弗
差，果然好！有僥說，我裡個鄭兄呢，是文章魁首；亞老嘮，是個
仕女班頭。真正是一對！（小生）偶爾姻緣輻湊。（旦）山雞羞配
鸞儔。（付）吓嗄，不但風流出眾，內才更妙；出口成章，滿肚猪
屎。（小生）書史！（付）污子學生個嘴哉。喂，鄭兄，學生今日
特來與兄扶頭。（小生）不勞樂兄費心。（付）老親娘，一兩白物
丟，勞吾備備。（老旦）這個小東，哪裡敢要相公費心！使不得。
（付）是一塊細絲銀子，哪說使弗得？（小生）大媽，不要受。
（老旦）不敢受，老身自然款待樂相公的。（付）個是學生個點
情。弗要費子，竟是五篤，只要吃得個，嚼嚼寡蛆。弗要推，也弗

要看，竟袋子嚜是哉。（小生）過來，叫大媽不要受樂相公的銀子。（貼）是，娘吓，鄭大爺說不要受。（老旦）不受他的。覺道不像銀子，待我開來看看。（貼）是一塊土泥。（老旦）唔？（付）老鄭，吓步子月宮裡來哉，自然弗想下處哉。（老旦看介）（小生）多承大姐款待，以致拋撒。（老旦）樂相公，來。（付）弗拘儜個，只揀吃得個買[1]嚜是哉。（老旦）不是銀子，是塊土泥！（付）己俚個轉，弗曾帶儜土儀，下遭來送拉吓罷。（老旦）不是吓，方纔見賜的，不是銀子，是塊土泥吓。（付）咻咻咻，個是哪說？哪說銀子到子吓丒屋裡來，就變子土泥哉？（老旦）樂相公，你看嘘。（付看介）個也奇哉！老娘親，自古好嫖子弟，揮金如土。灰得過，替我灰子灰；灰弗過，學生道[2]別哉。（老旦）豈有此理！請坐。喂，樂相公，承光輝。（付）豈敢豈敢。（老旦）承惠土泥。（付）弗成儜個。（老旦笑，付亦笑介）（小生）樂兄為何大悅？（付）吓，個個老親娘替我討點土儀了，我說下處有個京東人事丒，改日送來，老親娘忒個快活得勢子了，連學生也笑哉。（貼）酒完了。（老旦）請安席。

　　（付）弗要送，若是定席，倒覺虛套哉。擺鍾、筷[3]。個位老鄭，個位亞老，個搭老親娘，學生竟荐哉一個字籃喏，阿覺道省便脫套？（老旦）銀笲，看酒來。（貼）白玉杯中浮綠蟻，水晶壺裡噴清香。（付）好，妙得勢！出口成章。說得出介兩句就是有懃個哉。請吓。（老旦）這酒如何？（付）阿呀，忒個吃快子點了，竟

1　底本作「賣」，參酌文意改。

2　底本作「到」，參酌文意改。

3　底本作「快」，參酌文意改。

弗曾辨得滋味。再篩來。（吃介）好酒，佳釀。（老旦）就是他
罷。（付）好，竟是哩。喂，老鄭，下處個酒直頭吃弗得！個星酒
店裡打來個，非但是鄉下新酒，更兼鑲子糖湯橘滷，伊伊齊齊，吃
多子，直頭要反胃個嘘。個個酒是囉丑個，能好？（老旦）這是陸
家老店裡的，樂相公果然是識者。銀箏，取琵琶、弦子出來。
（貼）吓。

　　（付）住子，住子。要琵琶、弦子做倽？（老旦）待小女獻醜
一曲，奉敬樂相公一盃。（付）銀箏姐，弗要去拿。我里今日吃呷
酒，談談嚼嚼，亦弗是親筵喜事，要倽個琵琶、弦子？請吓。
（眾）請。（付）喂，亞老一向阿曾學兩套新曲子？（老旦）沒有
新曲，多是舊的。（付）舊個唱弗出，必要新點沒好。（旦）沒
有。（付）我有丑。（旦）樂相公帶來的？（付）是新做個。前日
子去望望一個朋友，承哩留學生吃朝飯，在座有三四個客人說，左
右門拉裡，拿個骨牌出來，磋介一副百子白相相吓。（老旦）樂相
公是贏的，是輸的？（付）咳，輸哉！（小生）輸了多少？（付）
身邊個一隻小錠輸落子，連手浪個金戒指纏押子三百個銅錢。（小
生）小事吓。（付）雖然小事，覺道心頭是介意意能。到子下處，
已經一根燈燭哉，承個老熊亦拿介八個攢盆，搭我兩個談談。吃得
三四鍾酒，個個老熊磨弗起夜作，先去眠哉。學生自覺無聊，趁子
個殘燈，竟做起曲子來哉。一時筆興發狂，一揮而就，做子三百六
十四隻。（老旦）銀箏，看酒來。送與樂相公，請教新曲。（付）
阿唷，說得一句就要我唱哉，但是弗要見笑吓。（老旦）那新曲是
什麼牌兒名？（付）牌兒名是舊個，叫子「壞眉遂」[4]！（眾）敢

4　集古堂共賞齋本作「壞眉送」。

是「畫眉序」？（付）正是。個是張敞個故事，唱出來句句是惹贊
個噱。（老旦）銀箏，送大盃與樂相公，求教新曲。（付）豈敢。
我里亞老拉里，學生哪哼好班門弄斧。（老旦）舊的呢，小女唱；
新的一定要請教。（付）吓，必定要學生獻醜，只得領子個鍾罷。
銀官，篩酒來。個個新曲子，各位也要敬介一盃，請吓。（各吃
介）（付）多時弗曾唱曲子哉，試試喉嚨看。（作嗽介）阿呀，鏽
哉。（老旦）看茶來。（付）弗要茶，學生是酒喉。（眾）有什麼
酒喉的？（付）非但酒喉，也有茶喉、煙喉。若是會吃烟個，無得
烟吃，就斷子咽喉哉。篩得來。（吃介）弗好，再篩一鍾來。祖宗
叫得應個，得罪。（眾）樂相公好品吓。（付）亞老，但凡唱曲
子，一唱唱起來，眼睛閉哉，嘴歪哉，面孔嗹紅哉，唱到高調，一
個頭頸裂子背心浪去哉，纔是賤相！學生唱起來，一點毛病無得
個，務要卓卓然……（嗽介）（老旦）這是什麼意思？（付）個是
曲屁。（老旦）是曲氣吓。（付）洗耳。

【畫眉序】修眉，個個梅要碧翠個梅，遠……（作哼介）
（眾）做什麼？（付）個是東鄉來個搖棉花腔；那間是高調哉。
山碧。（旦接唱介）修眉遠山碧，脂粉翻嫌涴顏[5]色。（付）
佳子！個是學生做個曲子，吾弗囉哩曉得，竟唱出來？（旦）這原
是舊的，我們刻本上有的。（付）曲子呢，原是舊個，不過學生費
子一番心血，是介點綴點綴，說是新個。哪說吾弗個星婊子弗就翻
了我個板哉！也罷噱，讓學生吃介一杯，倒請教我里亞老唱完子
罷。（旦）看嫣然一笑，果然傾國。秋波瑩眼角留情，金蓮

5　底本「顏」字脫，參考曲格，並據明末朱墨本《繡襦記》（《古本戲曲叢
　　刊》初集景印）補。

小香塵無跡。（合）綺羅叢裡春風暖，塵思坐來消釋。

　　（付）好，唱得好！真正是詞出佳人口，自是不同別哉。（小生）再請少坐，必竟要盡興。酒來。（付）酒呢學生還可以用得來，但是一來下處乏人，二來恐怕耽誤子二位個正經。（小生）又來取笑了。大盃來。（老旦）銀箏，看色盆來，樂相公行令。（付）既要學生行令，弗要骰子仃伶當郎，竟是口令何如？（眾）口令甚使得。（付）銀官，篩一盃鄭大爺行令。（小生）豈敢，自然是樂兄請。（付）介嘎，老親娘來。（老旦）豈有此理，自然是樂相公。（付）介嘎，請教我里亞老來。（旦）豈敢。（付）阿呀，吓乱必竟要學生做列位個令尊偌？（小生）討便宜。令官，什麼令尊！（付）也無偌便宜，若做子老鄭個令尊，何等軒昂！頭上此物，腰裡此物，腳上是此物；若做子亞老個令尊，就是「此物」，背浪還要馱個此物。（老旦）嚼蛆！

　　（付）取笑，亞老弗要動氣。吓，酒來。吓乱聽子：酒到手不要停，要吃得豪暢找絕就乾淨，不許鏖糟革搭唔遲笨。乾！（吃介）（眾）什麼？（付）酒面。（眾）難得緊，再宣一宣。（付）弗多幾句，偌難？酒來。聽子吓：酒到手不許停，要吃得豪暢找絕就乾淨，不許鏖糟革搭唔遲笨。乾！（眾）字多，請改一改。（付）要改一改？介嘎篩酒來。竟是一個「乾」字罷。（吃介）乾！（眾）這倒好。求令。（付）令吓……要說個水裡介兩樣物事相像個。酒來。乾！我說個是：斑魚雖小，好像河魨之子。順行，鄭兄來。（小生吃酒介）泥鰍若大，一似初出鰻鯉。（付）少子一個「乾」字，罰一杯。（小生）受罰了。（付）我里亞老哉。銀官，篩[6]

6　底本作「洒」，參考上文改。

酒。（旦）螃蟹橫行，恰與螯蜞無異。乾。（付）好！真正聰明！
那間是老親娘哉。（老旦）求免了罷。（付）弗難個，一定要請
教。篩酒。（老旦）蝦蟇縱跳，豈不錯認田雞？乾。（付）吓嗄，
纔不吓丑說子去哉，叫我拿僭個收令介？吓吓吓，有里哉！篩酒
來。（吃介）乾！團魚縮頸，分明翻板烏龜。（眾）犯諱，罰一
杯。（付）我個張嘴原弗好，該罰，該罰。

　　（吃介）那間要換令哉。（眾）求教。（付）方纔銀箏姐說個
「水晶壺裡噴清香」，弗拘詩詞歌賦，只要「水晶」二字竟過；若
無「水晶」兩字，罰一巨觥。（小生私對旦介）只要「水晶」二
字。（付）鄭兄忒俗哉，人家相與子暗暗能有趣，僭個測勒測？此
乃交頭接耳，要罰個；笑語喧嘩，也要罰。老親娘拿突子手，弗許
僭檯靠桌。（老旦）酒來。（付）順行。（小生）奉令。（付）戒
虛文。（小生）水晶簾捲微風起。（付）妙，竟過。（老旦）樂相
公喧嘩。（付）個是小弟讚個鄭兄。（眾）敬一杯。（付）算子喧
嘩，我若弗吃，以後就弗服哉。（小生）一催，二催。（付）乾！
（小生）順行。（旦）家母在。（付）間跳一枝花，竟是老親娘
來。（老旦）乾，盤中惟有水晶鹽。（付）好，妙！（老旦）倚
檯。（付）囉個倚檯？（老旦）樂相公倚檯。（付）學生出神哉，
該罰，該罰。（老旦）一請，二請。（付作醉態介）乾！令拉囉
裡？（老旦）小女順行。（付）老亞來哉。（旦）乾，一盆花浸水
晶球。（付）個是老鄭教個。（小生）樂兄交頭。（付）個是兄拿
個頭湊得來個噓。乾！別過哉。（小生）還沒有收令。（付）明朝
收令。（眾）令怎麼明日收？（付）我做令官，但憑我。（眾）如
何使得！（付）必要我收令？酒來。乾！盤中惟有水晶鹽。（眾）
說過的了。（付）說過個哉？介嚜，一盆花浸水晶球。（眾）也說

過的了。（付）我要放丟收令個，囉個叫唔丟先說子去哉，學生要改令哉。（眾）令如何改得。（付）哪說改弗得？偏要改！（眾）就改。（付）改便改，原用「水晶」兩字。（眾）原是「水晶」兩字，極妙的了。（付）眼前纔是水晶！（眾）這是怎麼說？（付）老鄭是個敗家精，老亞是個害人精，老媽是個愛財精。（眾）取笑！沒有水吓。（付）水吓，銀箏個個丫頭面湯水、脚湯水，是介掇出掇進，阿是水？（貼）樂相公倒有兩個精。（付）哪哼兩個精？（貼）哪！精光棍、光棍精。（眾笑，付怒介）放屁！儕個精光棍，哪說光棍精？銀箏個小妖精！（貼）樂相公，是取笑喲。（付）放屁！囉個搭唔取笑……（吐介）（小生、旦下）（付又吐，老旦扶介）樂相公醉了，請回罷。（付）我倒弗居去哉。（老旦）就住在這裡。（付）大家囉個睏？（老旦）就同老身睡罷了。（付）介沒今夜頭倒要佧唔個老乇丟！（渾下）

按　語

〔一〕本齣據《繡襦記》第十齣〈鳴珂嘲宴〉前半齣修編而成，刪去【玩仙燈】等多支曲牌，增加樂道德插科打諢情節。

〔二〕選抄此齣的散齣鈔本有中國社科院圖書館藏《集錦》。

繡襦記・賣興

末：熊佬，熊店主，旅店老闆。

小生：鄭元和。

丑：來興，鄭元和的書僮。

外、生：崔尚書府的僕人。

（末上）床頭黃金盡，賣僕因無計。不聽老人言，終有悽惶淚。自家熊店主是也。榮陽鄭公子來此求科舉，迷戀煙花，不聽我勸，把金銀多已闞盡。如今被老鴇要錢，無從處置，央我作中，把來興賣與崔尚書府中，身價銀十兩。只等鄭大爺到來，叫他寫了文契，就交付與他便了。

（小生上）咳！

【金蕉葉】有緣有緣，遇佳人情濃眷戀。燕蹴飛花落舞簷，咳！嘆囊空興味蕭然。

吓，昨日店主人有約，不知事體若何？吓，店主人。（末）鄭大爺來了，請坐。（小生）店主人，昨日相煩之事，可有？（末）有了。（小生）是何等人家？（末）就是崔尚書府中。（小生）可曾把身價銀講一講？（末）講定了。（小生）多少？（末）十兩。（小生）這是老丈的謝儀。（末）什麼謝儀！身價銀只得十兩。（小生）咻！身價銀止得十兩嗄，豈有此理！難道這樣一個乖巧小廝，不值三百兩銀子？（末）呀，相公又來了，一個小廝罷了，什麼三百兩！（小生）不是，這個小廝從幼在我書房中伏侍，況且未

冠，又伶俐，二百兩是要的。（末）就是這十兩銀子，老漢再三攛
掇，方纔肯出。（小生）唔，最少一百兩是要的了。（末）相公，
這樣說起來，這事不成了。吓，待我回了他罷。（小生）住在此！
還有商量。難道止得十兩？（末）止得十兩。（小生）咳，只是不
彀我用。（末）這個哪裡管得相公彀用不彀用。（小生）如此，銀
子呢？（末）在老漢處。（小生）取來。（末）且慢。相公，文契
可曾寫？（小生）文契？哪哪！寫得停停當當，請看。（末）正是
這等樣寫的。（小生）老丈是作中，這個謝儀是要承讓的了。
（末）喲，說哪裡話！（小生）銀子來。（末）相公，你呢，叫來
興出來，吩咐他一番，然後纔交銀子與相公。（小生）不是吓，你
把銀子交付與我，你領了他去就是了。（末）相公說哪裡話！來興
這小廝乖巧得緊，倘相公拿了銀子去，來興又不肯去，難道這宗銀
子叫老漢代賠？（小生）吓，老丈這等不托的緊！待我喚他出來
嚇。吓，這個……老丈，你去叫他來。（末）相公的人，怎麼老漢
去叫他？還是相公叫他出來吩咐一番。（小生）唔……一定要我去
喚他出來？（末）這個自然。（小生）容易，容易吓。咳，太難為
情了！咳，來……來興，來興。（丑內應）哎。（小生）應了。銀
子來！（末）相公這等性急，待他出來，方好交銀子吓。（小生）
呀，十兩銀子什麼大事，這樣難得緊？（末）銀子不難，什麼難？
（小生）吓，銀子難的。（末）難的。（小生冷笑）吓，銀子是難
的……快來！（末）這是一定要吩咐他的。把銀子看輕了，所以如
此。

　　（丑上）來哉。只為思鄉切，家鄉入夢頻。相公，居去罷！寧
為故鄉犬，莫作異鄉人。相公。（小生）你這樣不學好！（丑）亦
是倚弗學好哉？（小生）身上骯骯髒髒，也不脫下來漿洗漿洗。

（丑）兩件燒灰個纔當落哉，叫我拿倚個替換吓？（小生）頭也不梳梳，這般光景！（丑）正要告訴相公，我今朝起來梳梳頭，一個木梳突下來跌子兩段，只怕弗是好兆嘸。（小生）咳，不妨……（丑）相公，叫我出來做倚？（小生）來興，我有事要用著你。（丑）差我落里去下書？（小生）不是。（丑）落里去借盤纏？（小生）也不是。來興吓，我只為久居于此，盤纏用盡……（丑）傍早居去個是吓。（小生）欲要回去，又無盤纏。（丑）相公吓，我身邊用得半個低銅錢無得個哉。（小生）來興，方纔店主人說，這裡崔尚書家待人甚厚……（丑）相公，沒得要去處館吓？（小生）不是。我意欲……咳！（丑）相公說話，說哉那。（小生）我意欲把你……（丑）倚個介？說譴。（小生哭）

　　（丑）人倒弗得運個！說話纔說弗出個哉。我去問熊伯伯。熊伯伯來！（末）怎麼？（丑）我裡相公眼淚包子眼烏珠，一句說話說弗出，倚個意思？（末）你相公麼，終日在李亞仙家闖，把金銀闖盡。（丑）應為哉。（末）如今那老鴇要錢。（丑）老花娘還要來？（末）怎麼不要？你相公無從措辦，只得把你賣與崔尚書府中了。（丑）說破撻殺！人阿倚賣得個？（末）你不信？（丑）弗信！（末）哪！這是文契，這是身價銀子。（丑）倚個？個是身價銀子，我哩相公當真賣哉？（末）真個把你賣了。（丑）相公，果然？熊伯伯，當真？阿呀相公吓！（跌倒哭介）阿呀相公吓！容小人一言告稟：你賣了我也罷！苦憐小人垂髫入府，豈易成人？受老爺十年豢養，奚啻一飯之恩？蒙奶奶半生撫育，實受萬千之德。感相公另眼相看，掌管圖書之府，夜半即興；隨侍講讀之筵，宵分乃寐。秋風旅館共受悽涼；夜雨青燈同甘辛苦。負笈到長安，不辭勞碌。指望相公挾策獻天子，一舉成名；誰想不以功名為念，倒將花

柳為情。小人欲圖報答，素志未酬，今使一旦抛離，於心何忍？相公吓，你若速歸鄉井……也罷！小人情願賣身以作盤費；你若仍戀煙花，決難奉命！興言及此，痛淚難禁！相公吓！（哭介）（小生）來興，我也是捨你不得的嘘！（丑）賣也賣哉，有僑捨弗得來？（末）可憐！待我進去看看。（虛下）

【山桃紅】（小生）我只為黃金散盡，（丑哭介）也弗關我事。（小生）翠館難淹，鬻汝休含怨。（丑）小人怎敢怨相公。（小生）你且從容向前。（丑）阿呀弗去個嘘，小人捨弗得相公介[1]。（小生）來興，我必竟是個窮儒了。（丑）有好日個，僑了說個樣無志氣個說話？（小生）你隨我無榮顯。那崔尚書府中甚有勢頭。（丑）我里也有勢頭個。（小生）適彼竊威權，將托身，食人食，事必要從驅遣也。你到他家去，須要學好。（丑）吴自家也弗學好，倒叫我學好。（小生）免受鞭笞使我掛牽。（丑）那間有子盤纏，早點居去罷。（哭介）（小生）故園羞回轉，生死聽天，羊觸藩籬敎我進退兩難。（哭介）

　　（丑）相公吓！

【下山虎】遠隨科試，來到長安。指望你登高選，我也喜歡。誰知眷戀煙花，把輜裝罄然。（小生）我如今悔之晚矣！（丑）從前熊伯伯搭樂相公再三再四勸，吴阿肯聽俚半句？你卻把忠言當惡言，不聽人之勸。我想幾哈金銀纏閼完子，到今日里，賣我微軀值幾錢。老爺！奶奶！阿媽！阿伯吓！我今生不能見面個哉！我欲見爹娘面，除非夢還故園，望斷孤雲淚兩懸。

---

[1]　底本作「了」，參酌文意改。

（外、生[2]扮院子上）

【蠻牌令】離相府路途遠。這裡是了。店主人。（末上）二位大叔請了。（外、生）小厮，你辭舊主莫留連。（末）小厮，崔府中來的二位大叔。（丑）兩位大叔，只算做好事，讓我主僕分離分離。阿呀我個相公吓！想關山無日轉，音信倩誰傳？相公吓，倘爹知道難容見面，只苦殺老母愁煩。想晨昏，望兒眼穿，你莫困窮途，速整歸鞭。（末）文契寫在此了，請收。（外、生）寫得好！

（丑）

【尾聲】臨行再拜肝腸斷，望乞代言千萬，死當結草啣環。

（小生）銀子呢？（丑哭拜小生介）（末）方纔拿了。（小生）何曾拿什麼銀子？（末）這不是銀子？（小生）吓，有了，請了。（下）

（末）小厮，你相公去了。（丑）阿呀我俚個相公介？（末）相公麼，原到李亞仙家去了。（丑）亦去哉！讓我趕上去……（末）他不顧你了，你去顧他怎麼？（丑）個弗長[3]進個，看俚哪道吓？俚嘸弗來顧我哉，我顧俚偌？（末）吓，哪裡去？（丑）我要進去謝聲親娘了拉裡照照料料。（末）我代你說一聲罷。（丑）咻……（末）做什麼？（丑）我還有一雙裹脚、一個被囊做枕頭拉丒。（末）改日來看你送來罷。（丑）介沒，拿拉我子。（末）自然帶還你的。（丑）阿呀熊伯伯，吾自我個親人哉，走過沒張張

2　底本作「老生」，參考下文改。
3　底本作「獎」，參酌文意改。

我。（末）自然來看你。（丑）介沒，我去哉，去哉……（哭介）
（末）這小厮年小，全仗二位照看照看。（外、生）這個自然，請
了。（末）請了。（下）

　　（丑哭介）（外、生）小厮，走吓。（丑）吷，能厭！人家哭
也弗曾哭完來，只管扯子別人走哉。（外、生）旣如此，讓他哭完
了走。（丑）阿呀我個相公吓！我記得吽出門是一隻座船，一隻馬
船，一百名人伕，咳哈咳哈拽子來個。吽那間弄得介光景，連我纔
賣落哉。阿呀相公吓……（外、生）如今哭完了麽？（丑）哭完
哉。（外、生）快些去罷。（丑）吷，讓我揩乾子眼淚介。伯伯尊
姓？（外）我姓祖。（丑）叔叔呢？（生）我姓宗。（丑）介沒二
位伯伯叔叔，男兒小了，凡事要吽虱照看照看個嘘。（外、生）這
個自然。（丑）吽虱老爺買我去做儕？（外、生）在書房中承值。
（丑）吓！拉書房裡？（笑介）掯子我科門裡來哉！哪！掛畫、燒
爐、拂紙、磨墨，樣樣會個嘘。（外、生）吓，多是會的？（丑）
就是打圖書拿手！（外、生）這也好，就是圖書也是你掌管。
（丑）儕個？圖書也是我掌管？介沒，隨我來……（外、生）做什
麽？（丑）如此嘮，待我照顧你們！（下）

　　（外、生）這小厮乖惡得緊吓！（同下）

按　語

〔一〕本齣主體情節、曲文接近明末朱墨本《繡襦記》第十六齣
〈鬻賣來興〉。

〔二〕選刊此齣的坊刻散齣選本還有：《詞林落霞》、洞庭蕭士輯
《綴白裘三集》、《醉怡情》、《來鳳館合選古今傳奇》、《歌林
拾翠》、聞正堂刊《綴白裘全集》、石渠閣主人輯《續綴白裘》。

滿床笏・卸甲

外：龔敬，相國。
小生：李白，大學士。
末：唐肅宗。
淨、付：太監。
生：郭子儀。

（小生上）

【點絳唇】醉裡乾坤，金門宮隱。（外上）忠心悃，補袞何能，怎敢尸高品。

（小生）請了。今日新帝回鑾，再安唐祚，特敕郭子儀歸朝，進爵中書令，召百官遠迎長樂驛中，帝御望春樓以待。又奉旨著他戎服面君，聖上親為解甲，也是曠古希奇的事呢！（外）學士公，今日為何不醉？（小生）遇此隆恩，恐乖盛典，不敢飲耳。（外）少頃，聖上自有醇醪之賜也。呀！香煙繚繞，樂奏鈞天，聖上出宮也。（淨、付扮太監，引末上）

【前腔】電走星奔，金甌虧損。天心愍，掃蕩煙塵，報德難抒悃。

百戰身經鐵甲穿，唐家再造靖風煙。今朝特拜中書令，親解征袍醉御筵。寡人大唐天子。因父王避兵西蜀，幸諸臣推戴，即位靈武，改元至德。又賴上蒼福庇，更叨列祖宗輝，眾文武之匡勤，郭元帥之英武，方得逆賊纖芥不留，復得盛唐景象。今日特敕郭子儀

回朝，拜為中書令，封汾陽王。內侍。（淨、付）有。（末）傳旨
眾官：俱在樓下分班，只宣相國龔敬、學士李白上樓陪侍。（淨、
付）領旨。（傳介）（外、小生）領旨。臣龔敬，李白見駕。願吾
皇萬歲，萬歲，萬萬歲！（末）平身。即宣郭先生朝見。（淨、
付）領旨。（傳介）

（生戎裝上）

【北一枝花】念微臣草莽一小臣，何幸逢堯舜。幾年間鞍
馬西風冷，又誰知一朝兒臺闕五雲新？你看這甲冑隨身，
竟公然敢去把明君覲，難道是雄飛在禁庭。又不能舞蹈與
趨迎，只好拜君王鑒小臣一點忠悃。

臣郭子儀甲冑在身，不能全禮，恕臣萬死。（末）先生久勤王
事，鞍馬辛勞，正該今日投戈講禮，為何反穿甲冑？只因寡人夢寐
之間，常念先生親歷行間之景況，望先生手舞足蹈，一一奏朕知
之，使朕心中一暢。（生）雖承聖恩，但恐侮慢聖前，有失臣體。
（末）自朕所命，于卿何罪？（生）陛下在上，那逆賊呵，

【牧羊關】他與隣境成吳越，迅如雷急如焚，那其間戰和
守三[1]字難論。幸得個忠義士節度孤臣，他乏軍需甘身殉，
直殺得血腥射斗光遮日，最堪憐箭滿長空氣作雲。小臣
呵，匹馬爭先單刀奮，這的是直斬樓蘭報主恩。

（末）這一場首功全虧了先生。將酒來。（眾應介）（末）連
營接戰，縛醜獻俘，這許多奇功，再講一講。

（生）

【四塊玉】他他他、揚兵犯帝京，周鼎輕相問。哪裡有勤

1　《十醋記》（《古本戲曲叢刊》五集景印）作「兩」。

王一旅疾如雲？把三宮六院轟雷震。痛傷心，不忍聞。俺可也乘時兼程進，端平了賀蘭山萬馬屯。

（末）內侍們，取袍帽過來，朕與先生解甲更衣者。

（生）

【烏夜啼】臣怎敢妄動了聖人天子，臣怎敢消受得當代明君。（外、小生）陛下隆恩已極，郭子儀固不敢當。伏乞聖恩，俯准臣等代卸甲胄罷。（末）二卿雖代，朕心終于未洽。既是郭先生力辭，姑准二卿之請，以代朕勞。（外、小生）領旨。（生）雖然宰輔的全君信，難叫學士把聲名損。這不是榮耀孤臣，反累孤臣，是和非椿椿件件費荊榛。從來說：「大將功成，書生執筆以議其功。」若今日恩禮過隆，元老解甲呵，免不得書生執筆閑評論，那其間翻矛盾。卻不道蛇足多綱目混，反被那片雲掩月，一案防仁。

（末）既是先生苦辭，內侍們，代朕卸甲罷。（淨、付）領旨。（與生更衣介）（末）以後軍國大事，全仗先生贊化。（生）小臣呵，

【煞尾】微臣武弁千人吶，今日隆恩莫比倫[2]。不過是劍戟戈矛常親近，又何曾善武能文，十年來專閫？（末）二卿同郭先生便殿赴宴，朕先發駕，卿等隨駕而行。（外、小生、生）領旨。（末下，淨、付同下）（外、小生）恭喜，賀喜！（生）此皆二位推薦之力也！（外、小生）不敢！請。（生）再休將禮數謙恭，則薦舉師生還論甚卑崇品。（同下）

2　底本作「論」，參考曲格，並據《十醋記》改。

按 語 ✎

〔一〕本齣出自范希哲撰《十醋記》第貳拾柒齣〈陛見〉。

〔二〕選抄此齣的散齣鈔本有中國國家圖書館藏朱執堂抄《時劇集錦》。

長生殿・聞鈴

丑：高力士，太監。

小生：唐明皇。

（丑扮高力士上）請萬歲爺縮定絲韁，緩緩而行。（淨扮陳元禮隨小生上）

【武陵花】萬里巡行，多少淒涼途路情。看雲山重疊處，似我亂愁交并。無邊落木響秋聲，長空孤雁添悲哽。寡人自離馬嵬，飽嘗辛苦。中路之間，已遣使臣齎捧璽冊，傳位太子去了。行了一月，將近蜀中，且喜賊兵漸遠，可以緩轡而進。只是一路鳥啼花落，水綠山青，無非助朕悲悼，如何是好？（丑）萬歲爺，路途勞頓，鞍馬風霜，請自排遣，幸勿過傷龍體。（小生）咳，高力士，你哪裡知道！朕與妃子，坐則同肩，行則並體，今日萬里西巡，斷送他這般結果，叫寡人如何撇得下也？（淚介）提起傷心事，淚如傾。回望馬嵬坡下，不覺恨填膺。（丑）來此已是棧道了，請萬歲爺緩緩而行。（小生）裊裊旗旌，背殘日風搖影，匹馬崎嶇怎暫停？只見黃砂散漫天昏暝。哀猿斷腸，子規啼血，好叫人怕聽。兀的不慘殺人也麼哥，兀的不苦殺人也麼哥！蕭條悾[1]生，峨嵋山下少人經，冷雨斜

1　底本作「怎」，據清康熙稗畦草堂《長生殿》（《古本戲曲叢刊》五集景印）改。

風撲面迎。

（丑）下雨了。來此已是劍閣，請萬歲爺且避雨片時。（小生下馬登閣介）（丑向內介）軍士們，且暫駐扎，雨住再行。（內應介）（小生坐介）獨自登臨意轉傷，蜀山蜀水恨茫茫。不知何處風吹雨，點點聲聲送斷腸。你聽：那壁廂不住的聲響，聒的人好不耐煩！高力士。（丑）有。（小生）是哪裡這般聲響？（丑）待奴婢去看來。呔！萬歲爺傳旨，是哪裡這般聲響？（內）是簷前鈴鐸，和著雨聲，隨風而響。（丑跪奏介）啓萬歲爺，是簷前鈴鐸，和著雨聲，隨風而響。（小生）平身。（丑）萬歲。（小生）咳，這鈴聲好不做美也！

【前腔】淅淅零零，一片悲悽心暗驚。遙聽隔山隔樹，戰合風雨高響低鳴。一點一滴又一聲，和愁人血淚交相迸。對這傷情處，轉自憶荒塋。白楊蕭瑟雨縱橫，此際孤魂淒冷，鬼火光寒草間濕亂螢。只悔倉惶負了卿，我便獨在人間委實的不願生。寄語娉婷，相將早晚伴幽冥。一慟空山寂靜，鈴聲相應，閣道崚嶒，似我愁腸恨怎平！

（丑）雨止了，請萬歲爺起駕。（小生下閣上馬，淨向內介）眾將官就此起行。

（小生）

【尾聲】迢迢前路愁難罄，招魂去國兩關情。妃子吓妃子！望不盡雨後雲山萬點青。

（同下）

按　語

〔一〕本齣出自洪昇撰《長生殿》第二十九齣〈聞鈴〉，文字與稗畦草堂本有出入。

〔二〕選刊此齣的坊刻散齣選本還有《審音鑑古錄》。選抄此齣的散齣鈔本有中國國家圖書館藏朱執堂抄《時劇集錦》。

八義記・鬧朝

外：趙盾，丞相。

淨：屠岸賈，下大夫。

　　（外上）

【端正好】輔三朝，承八命，忍宗社一旦衰零？晉侯驕縱親奸佞，只索輸[1]忠藎。

　　主憂臣辱，主辱臣死。我，趙盾。身為正卿，調和鼎鼐，燮理陰陽。近來晉侯無故起造絳霄樓，終日與諸王公子飲宴，不理朝綱，不容諫諍，今日不免進朝苦諫一番。

【接前】兀的不壞朝綱傷人命！不知是哪一個讒佞公卿？把幞頭按著朝衣整，牙笏當胸叉定。俺這裡一椿椿奏與君王聽，赦微臣萬死千生，做不得揚塵舞蹈丹墀下，願准奏傳宣，赦宥微臣。

　　誠惶誠恐，稽首頓首。臣趙盾今有短章，冒奏天顏。（淨內）奏來。（外）臣聞舜造漆器，諫者十人。舜帝曰：「朕造漆器乃小事，卿等何故苦諫？」其中一人應曰：「小事不諫，漸成大事。」今吾王禁苑之中有萬千遊玩之所，無故起造絳霄樓；寵麗姬，信讒佞，壞平人；要熊掌煮御羹；壇臺上彈打人，打落人牙，傷殘民命，恐失其民心。願吾王拆毀絳霄樓，逐麗姬，遠讒佞，立見太

---

[1]　底本作「攄」，據明天啟西爽堂刊《萬壑清音》改。

平。（淨內）晉侯怒。（外）咳！晉侯吓晉侯，怎做得納諫如流。（淨）晉侯大怒，罷宴入宮去了。（外）吓！晉侯大怒，罷宴入宮去了，那傳旨者是何人？

【滾繡球】打聽得潑讒臣是甚人？（淨上）何人在樓下苦諫？呀，原來是老丞相。請了。（外）呀，卻原來是你每價作豐。（淨）俺岸賈作何釁來呢？（外）俺和你做頭敵辨別個清渾。（淨）你是文，俺是武，辨什麼清渾？（外）俺文官管著晉國民。（淨）俺武將呢？（外）恁武將管著晉國軍。（淨）可又來！（外）俺和你文武官皆賴一人有慶，卻不道民為邦本本固邦寧？（淨）你文官便怎麼樣？（外）俺文官把筆安天下，（淨）俺武將也不弱與你。（外）哪曾見武將持刀定太平？敢與俺評論！

（淨）老丞相，俺岸賈雖非人才，也頗曉得這麼一二。（外）你曉得什麼來？（淨）我怎麼不曉得？吾聞古之帝王，瓊其宮而瑤其臺。晉侯乃一國之主，就起一座絳霄樓，也不為過。今日拆毀絳霄樓，明日拆毀絳霄樓！吾聞田舍翁多收十斛麥，尚且易一婦，晉侯乃一國之主，就寵了一個麗姬，何害于理？今日逐麗姬，明日逐麗姬！你看滿朝文武，哪個是賢，哪個是佞？今日遠讒臣，明日逐佞臣！老丞相，今後勸你將就些罷。（外）咻！

【倘秀才】你大膽敢和咱廝挺，（淨）我就挺著你，怎麼樣？（外）你認我一認是誰？（淨）認得你是老趙。（外）可又來！俺趙宣子何曾怕恁，（淨）俺岸賈也不是怕人的。（外）你這般無禮，我就打你。（淨）你敢打我？（外）我就打你！（打介）（淨）吒呀，吒呀！好打，好打！兩班文武多看見的。（外）我就打你這潑讒臣待怎生？你只好合著口，噤著聲，俺跟前

使不得恁强挺。（淨）住了！我有何罪過，你敢打我？（外）還說沒有？

【滾繡毬】你要熊掌煮御羹。（淨）一椿。（外）壇臺上彈打人。（淨）算是兩椿。（外）則這兩椿兒傷殘了幾家百姓，搬鬪得晉靈公曉夜價荒淫。恁道納諫不從便索停，整半月不臨朝，卻不道有妨國政，外邦聞知不雅笑俺朝廷。只教你昨宵讒佞今朝報，遠在兒孫近在身，仔細叮嚀。

　　（淨）丞相怒，岸賈且退。我假做痴呆漢，也罷！權為懳憧人。（下）

　　（外）咳，奸賊吓！

【煞尾】只教你一朝馬死黃金盡，萬剮凌遲潑佞臣。（淨又上）住了！你要剮誰？（外）剮你！（淨）要剮我？我一日先剮，你一日……（淨欲打外，佳介）也罷。（下又上）老趙，老趙，吙呀，吙呀……也罷！（下）（外）奸賊呀奸賊！以酒為池肉為林，每夜元宵喜放燈。高築壇臺彈打人，打落人牙並眼睛。有日他邦起戰爭，軍馬臨城待怎生？把錦繡江山多吞併。那時節敗了國、亡了家，阿呀，晉侯吓晉侯，那時節你方纔醒。

按　語

〔一〕歷來選刊趙、屠相爭情節的坊刻散齣選本計有《風月錦囊》、《萬壑清音》、《醉怡情》、石渠閣主人輯《續綴白裘》，以及錢德蒼編《綴白裘》。《風月錦囊》、《醉怡情》、石渠閣主人輯《續綴白裘》出自佚名撰《八義記》第十三齣〈宣子爭朝〉。《萬壑清音》的〈趙盾挺奸〉與眾不同，杜穎陶先生、吳書蔭教授、郭英德教授都曾指出可能是出自徐叔回撰《八義記》。本齣則是兩個版本的融合，第一支【端正好】與《萬壑清音・趙盾挺奸》接近，之後的曲文則出自佚名撰《八義記・宣子爭朝》；經此修編，開場變得簡潔有力。

〔二〕選抄此齣的散齣鈔本有中國藝術研究院藏佚名抄《零錦》。

八義記‧盜孤

生：韓厥，守門將軍。
末：程嬰，趙家門客，偽裝成草澤醫人。
丑：張戶侯，屠岸賈的手下。
二旦、雜：士兵。

（外、生、老旦、付扮四小軍，引生上）
【引】單刀匹馬定乾坤，果有聲名震，威風膽略冠三軍。
主有道，民安靜，樂昇平。

當代麒麟閣，何人第一功？君王自神武，駕馭必英雄。自家韓
厥，三代將門，一生驍勇。十八般武藝，件件皆能；十三篇兵書，
章章記得。本是忠良門下客，今作讒佞爪牙人。我奉屠相之命，把
守後宰門，恐有奸細藏出孤兒，細心查察。眾將官。（眾）有。
（生）凡有出入者，仔細搜檢。（眾應介）

（二旦喝，丑上）纔離將相府，又到後宰門。（二旦）張老爺
到。（眾報介）（生）請進來。（丑進見介）（生）請問張戶侯，
到此何幹？（丑）小官[1]奉屠爺鈞旨，上覆將軍：好生把守後宰
門，恐有奸細藏出孤兒，不當穩便。（生）怎麼一口氣？（丑）也
是沒奈何。（生）看椅兒來，同在此把守。（丑）小官還要到前朝
李將軍那裡去。（生）是吓，那前門也是要緊的。（丑）你的後門

---

[1] 集古堂共賞齋本作「下官」。

更要緊。左右，前朝門去。（二旦）吓。（同下）（生）眾將官，好生把守。（眾）吓。

　　（末上）心慌有事出宮庭，如履深淵立薄冰。假饒你有殺人膽，到此須教也喪魂！俺程嬰若出得此門，是猶如火裡開蓮，死而復生。你看，那邊有大隊人馬把守，怎麼處？罷！且放大了膽，闖將過去。（眾）什麼人？哪裡走！（生）拿過來！你是什麼人？（末）是草澤醫人。（生）哪裡來？（末）冷宮中來。（生）醫什麼人？（末）德安公主。（生）什麼病？（末）產後驚風。（生）用什麼藥？（末）四物湯。（生）可見效？（末）一服就見效。

　　（生）藥箱之中可有孤兒？（末）沒有這味藥。（眾）他不懂。（生）既沒有，放他去罷。（眾）吓，去罷。（末亂跌介）（生）拿過來！（眾應介）（末）將軍。（生）我放你去，為何這等慌張？（末）將軍，小人是鄉里郎中，從不曾進城的；今見將軍這等威嚴，不由人不怕，不由人不慌。（生）吓，你見我的人馬威嚴，害怕麼？（末）是。（生）既如此，眾將官，放一條大路與他走。（末）多謝將軍。（走又跌介）（生）拿住了！

【雁過沙】聽得此人語，教他自出去，三回五次沒了期，心慌戰兢失張智。莫非有那孤兒的？左右，與我從頭一一搜取。

　　（末）

【前腔】將軍聽因伊，張鼎會行醫，不曾冒犯有甚罪？藥箱中只有鹿茸並官桂，不曾有甚孤兒的，小人怎敢與他閒擔是非。

　　（生）口說無憑，眾將官，與我搜。（眾）吓。有孤兒！（生）有孤兒！拿去見屠爺。（眾）吓。（末）咳，休拖，休拖！

大丈夫做事得成，乃其功也；做事不成，乃其禍也。啲！韓厥，你非不認得我，我非不認得你。你我都是趙正卿門下之人，你如今助惡無道，拿我去請功受賞，值得什麼？咳，只是可惜……（生）可惜什麼？（末）可惜此子，要報三百口冤仇之主。（生）咳！（末）將軍，你謾自哀憐空嘆息。你是英雄好漢，反去助讒賊！他做高官寵用伊，孤兒死做黃泉客。你富你貴你身榮，他死我死說不得。史書萬載表咱名，呸！韓厥枉做忠良直！（生）咳！聽得此言我淚零，男兒到此好施仁。得放手時須放手，得饒人饒處且饒人。眾將官。（眾）有。（生）放了他去罷。（眾）呀，將軍，這個放不得！（生）哇！兵權誰掌？（眾）吓。（末）多謝將軍。

（走想介）阿呀且住！我程嬰聰明了一世，懞懂在一時。那韓厥被我道了幾句言語，喬作人情，放我走了，他後面又差別人來拿住了，少不得也是個死，不如死在他跟前，倒得個明白。（轉介）將軍。（生）哇！你這廝買乾魚放生，不知死活。我好意放了你去，為何又轉來？（末）將軍，不是我買乾魚放生，不知死活。將軍，你哄誰，你哄誰？你方纔被我道了幾句，你喬作人情，放我走了，以後原差人來拿住了我，少不得也是個死；孤兒又死得不明不白。我今死在將軍跟前，倒得瞑目。將軍，來來來，砍了罷！（生）你這廝倒也乖巧，諒我怎生饒得你過。眾將官。（眾）有。（生）快報與屠爺知道，說後宰門搜出孤兒了。（眾）吓。（下）（末跪介）阿呀將軍吓！報不得的。（生）程嬰哥請起。你非不認得我，我非不認得你。你我都是趙正卿門下之人，我豈肯助惡無道？那趙氏于我多少恩。（末）可又來！（生）今朝盡付與其孫。程嬰哥，你此去休疑我。（末）實是要疑將軍。（生）你還要疑我？（末）怎麼不要疑？（生）你果然疑我？（末）果然！（生）

那邊人馬來了。（末）在哪裡？（生）罷！我刎死教伊放下心。（自刎下）

（末）將軍，沒有什麼人馬。將軍，將軍……吓，原來將軍自刎了！咳，好將軍吓好將軍！韓厥自刎放孤兒。小恩主吓，待伊長大說交知。啲！屠賊吓屠賊，你一心貪看中秋月，呀呸！失卻盤中照殿珠。我此時不走，更待何時？（走又回看生介）阿呀，好將軍！（內嗽介）（末急暗下）

（二雜引丑上）一心忙似箭，兩腳走如飛。阿呀將軍！恭喜，賀喜！屠爺多多拜上：將軍搜出孤兒，千歡萬喜，萬喜千歡，有官有賞。（二雜）韓老爺睡在那裡。（丑）吓，將軍連日辛苦，所以打個磕銃，你每不要叫他，等俚睏醒子介。（二雜）老爺，將軍自刎了！（丑）哪說？（二雜）自刎死了。（丑看介）阿呀不好了！脖子底下一個大窟籠。個是倸意思？吓，是了，那韓厥將軍是趙正卿門下之人，這個草澤醫人也是趙正卿門下之人，想必被他道了幾句言語，韓厥將軍自刎了。草澤醫人走了，孤兒去了，這樁事只好罷了。左右，把屍首抬過一邊。（二雜）吓。

（抬介）阿呀奇怪，抬他不動。（丑）抬弗動吓？吥吙個班無行用個，單會吃飯！幾個人抬一個抬弗動，讓我來。（抬介）曷卓，曷卓……咦，奇怪哉！哪說動嘵弗動？吓，也罷，我老爺向年拉茅山進香，學介一個茅山法拉里，等我遣子俚進去罷。拿俚個劍得來。（二雜應，拔劍付丑，接介）阿呀，無得淨水碗嘿哪？吓，有里哉！拿個紗帽得來當子淨水碗嘿哉。天王，天王，助我剛強。昨宵有鬼，走入臥房，拿了兩個，走了一雙。我奉太上老君急急如律令，敕！阿，動吓……（二雜）不動。（丑）弗動？介嘿，還要踏罡步來。（作踏罡步介）（二雜）看他做什麼鬼臉。（先下）

（丑）左手起！（生起左手介）（丑）右手起！（生起右手介）
（丑）立起來！（生立起介）（丑）老吼個面皮，快點走拉戲房裡
去罷！（推生背，渾下）

按　語

〔一〕本齣【引】的曲文接近佚名撰《八義記》第三十二齣〈韓厥
死義〉的【梁州令】，兩支【雁過沙】則出自明富春堂本《趙氏孤
兒記》第二十七折。

八義記‧觀畫

末：程嬰，撫養屠程的趙家門客。
貼：屠程，趙氏孤兒。本是趙朔之子，誤認程嬰為生父、屠岸賈為義父。
生：趙朔，屠程之生父。
旦：公主，屠程之生母。

　　（末上）造惡欺君不敬神，殺人放火逆雙親。此事若還不報應，鬍臉閻王管甚人？昨日屠賊在太平莊上經過，眼花撩亂，口稱有鬼。我想，那賊惡貫滿盈，所以有此。我到陰陵地方見過駙馬、公主，把殺害鱉哥救孤兒一事說明。他每都在我家，要見孤兒。我想，孤兒在此享榮華，受富貴，焉肯認自己的爹娘？為此，把一十八年之事畫成一軸，名曰「雪冤圖」，待屠程到來，慢慢說明此事，叫他骨肉團圓便了。

　　（貼上）踏盡天涯路，平生豈信邪。為人不怕鬼，怕鬼是心邪。爹爹拜揖。（末）罷了，你在哪裡來？（貼）孩兒在那壁廂爹爹處來。（末）咳，我想，為了一個人，怎麼有兩個爹爹？我好不明白吓！

　　（貼）呀！

【村里迓鼓】俺爹爹為何眉皺？莫不是與娘、與娘行每爭鬧？（末）負心的禽獸吓！（貼）他那裡一聲聲罵著，誰是負心的禽獸？（末）咳！（貼）他那裡長吁氣，拭著淚，顫著

頭，莫不是老人家今日㷀酒？（末）我何曾吃酒來。（貼）既然不㷀酒呵，也不索恁憂，俺待要將潑天關手段，只是解爹愁。（末）好誇口吓！（貼）罷罷罷！又道是屠程的誇大口。

（末）三六年間問是非，此情莫與外人知，伊心哪曉我心事，仔細端詳仔細猜。咳，怎麼了？（下）

（貼）呀，爹爹方纔說什麼「仔細端詳仔細猜」，將它展開看來，不知什麼故事。

【元和令】這幾個在燈下遊，那婆娘將衣袂扭。這一個臥在桑林下，那兩個多應是公與侯。這一個貌皺搜，那兩個燒香、燒香稽首。

【柳葉兒】穿紅的引惡犬在堦下吼，穿紫的得一人背負走。呀，想一家怎有這將軍自刎、自刎其首？那老兒在莊上遭枷杻。這一個埋屍首，那婆娘淚交流。天吓！不知他有甚冤仇？

（末上）解得其中意，方知事有因。吓，屠程，你看完了麼？（貼）看完了。（末）看來哪個多事，哪個不多事？（貼）孩兒看起來，那穿紅的多事，穿紫的不多事。（末）吓！你也曉得穿紅的多事？我如今與你說明了，你可肯替那穿紫的去殺那穿紅的？（貼）若說得明白，孩兒就替那穿紫的去殺那穿紅的。（末）好！如此，你坐了，待我說來與你聽。（貼）爹爹，哪有子坐父站之禮，外觀不雅。（末）原無此禮，只是當先原畫工成畫之時，說道：「但人家父子欲觀此畫，須要子坐父站，方說得明白；若子不坐，父不站，再也講不明白。」（貼）孩兒要明白此事，只得告坐了。（末）那時，正遇元宵花燈滿市。（貼）這什麼樓？（末）名

曰「望春樓」。（貼）那戴鳳冠霞帔的與那穿白的是什麼人？
（末）吓！這麼，

【啄木兒】是趙駙馬，和公主，為結彩觀燈樂盛時。（貼）
這醉漢是誰？（末）這醉漢名喚周堅，賒酒飲潛奔天街。
（貼）這婆子為何扭住他？（末）那婆子是天津橋賣酒的王婆，
索酒價扭告樓底。（貼）可有得還他麼？（末）只因那醉漢的
面龐與那穿白的呵，儀容舉止渾無二，與他代還酒價就留他
住。（貼）此人後來可有用處？（末）到後來大有用處。（貼）
這幾個是什麼人？（末）那穿紫的是穿白的父親，當朝宰相。
（貼）這地名是何處？（末）名曰「翳桑」，為勸課農民到此
處。（貼）那樹下坐的是什麼人？（末）那人，

【前腔】名靈輒，病又飢。那趙老丞相見他飢餓，賜飯充飢
並不食。（貼）他為何不食？（末）待攜歸奉養慈母。（貼）
如此說，是個孝子了。（末）兆！因孝義贈他銀米。（貼）此
人後來如何？（末）也有用處。那穿紅的與那穿紫的生嫉忌。
（貼）生什麼嫉忌？（末）只因那趙老丞相下鄉勸農，不曾帶那穿
紅的同去，他就遣人行刺三更裡。（貼）那刺客叫什麼名字？
（末）那刺客名喚鉏麑。等待三更時分，跳牆過去，躲在大樹下。
那趙老丞相父子，每遇朔望日期，在後花園中燒香。那鉏麑聽得趙
老丞相父子一句句忠言忠語，一聲聲赤膽忠心，他就不忍行兇反
自觸槐而死。

　　（貼）觸槐死了？也難得！（末）他家有一惡犬，名曰神獒，
遍身赤色，諸物不食，止吃羊肉。他就吩咐心腹之人縛一個草人，

【前腔】冠緇弁，掛紫衣，與丞相儀容克肖的。設香餌腹
匿羊羔，使惡犬嗅而食之。三朝五日，演熟神獒。讒言奏主

滅天理。（貼）所奏何事？（末）假傳外邦進一犬，名曰神獒，能識忠佞。晉侯著虎豹房收下，當時就傳旨，命文武百官，文東武西兩班站立。滿朝文武只有趙老丞相穿紫，彼時放出神獒，果然犬兒來撲取，把個柱國忠臣無計施。（貼）其時便怎麼？（末）其時虧了值殿將軍。（貼）叫什麼名字？（末）名喚提彌明。（貼）是忠是佞？（末）好將軍吓好將軍！

【前腔】真烈士，義氣舒，怒執金瓜將犬擊死。趙老丞相呵，出朝門忽遇靈輒。（貼）可就是桑間那個人麼？（末）是吓，得此人背負前去。那穿紅的，奏君又欲傷其子。（貼）此子可曾傷？（末）還好，幸得周堅拚死來相替。三百口冤仇誰報取？

（貼）這兩個婦人抱著個孩子在那裡啼哭，卻是為何？

（末）

【黃鶯兒】這是公主痛分離，在冷宮中產下兒。那穿藍的，他喬裝草澤入宮去，把孤兒放在箱中，藏出禁闈。行至後宰門，正遇韓將軍把守。阿呀！被他搜出。那穿藍的見事已急了，反觸他幾句傷心語，好傷悲！將軍義勇放孤兒。

（貼）吓，走了孤兒，難道那穿紅的就罷了不成？（末）那穿紅的知道走了孤兒，他就詐傳一道旨意。

【前腔】出榜限三日，三日內若無孤兒放出，把同年月兒盡誅。那穿藍的無計可施，只得把自己的孩兒，名喚驚哥，悄然送到公孫處。那穿藍的反到那穿紅的那裡去出首，只說城北十五里太平莊公孫杵臼家，窩藏趙氏孤兒。那穿紅的一聞此言，他就領兵四面圍。（貼）圍住哪裡？（末）圍住太平莊，拿住公孫杵臼，搜出驚哥，只道是真正孤兒，把他一刀殺取。（貼）咻！好

狠心的賊吓！（末）那時，穿紅的反錯認穿藍的是個好人，他欣然結拜為兄弟，把孤兒，螟蛉為子。（貼）此子今年幾歲了？（末）一十八歲了。（貼）可能文？（末）能文。（貼）能武？（末）能武。咘！這冤恨有誰知。

（貼）

【簇御林】聽他言，自三思，舉一隅，人當三反之。看他愁容慼損無些喜，阿呀爹爹吓！說明白與此子爭些氣。免傷悲，從頭至尾，說與恁孩兒。

（跪介）（末）起來，我對你講。（貼）是。（末）吓，阿呀！

【前腔】言將發，又三思，說將來，無甚益。吓，屠程，我說便對你說，阿呀，只、只怕你受恩深處冤難洗。阿呀皇天吓！枉教人墮下千行淚，話難提。（貼）阿呀爹爹吓，快些說與孩兒知道。（末）住了，我不是你爹爹，哪哪哪！那穿白的是你父親。（貼）帶鳳冠霞帔的呢？（末）是你母親。那穿紫的是你公公。（貼）那穿紅的呢？（末）咘！就是那狠心的屠賊。（貼）那穿藍的呢？（末）那穿藍的就是我，你就是趙孤兒。

（跪介）（貼）請起。阿呀！我一十八年，反叫佞臣為父，兀的不痛殺我也！（昏倒介）（末）阿呀，駙馬爺，公主，快來！

（生、旦上）阿呀親兒吓！

【荷葉鋪水面】不甦醒怎奈何，屠賊那曾發付我。三百口冤仇，靠著兒一個。兒今又死，叫我怎生結果？怎不叫人恨殺屠岸賈！（貼作醒介）阿呀爹娘吓！（末）你爹爹、母親在這裡。（貼）阿呀，爹爹，母親吓！（生、旦）親兒吓！（貼）爹爹，母親請上，待孩兒拜見。

【大環著】因孩兒觀畫，因孩兒觀畫，問及恩人。說起當初分散緣由，提起叫人怒增，把我一家老幼遭刑。恨奸臣直恁誑君，萬剮凌遲報答不盡。今日裡恩報恩，怎知道相逢到此前生定。

（生、旦先下，末、貼讓下）

按　語

〔一〕本齣主體情節、曲文接近佚名撰《八義記》第四十一齣〈報復團圓〉。

〔二〕選刊類似情節的坊刻散齣選本有：《風月錦囊》、《大明天下春》。

金印記‧逼釵

旦：周氏，蘇秦之妻。
生：蘇秦。

（旦玄色襖上）

【引】榮華富貴，總是前緣宿世。（生巾、玄色褶子上接）風雲際會，正是魚化龍之日。

（旦）官人。（生）娘子。（旦）咳，一家輕賤笑寒儒，道你滿腹文章不療飢。（生）目下秦朝黃榜動，管教平步上雲梯。（旦）官人，你時運未通，只恐前程難料。（生）娘子，昨日那星士說我有卿相之分，如今秦國掛榜招賢，卑人意欲前去，奈乏盤費。多蒙三叔公贈我一半，前去求官……（旦）那一半呢？（生）卑人意欲將娘子頭上釵梳典賣，不知意下如何？（旦）官人差矣！三叔公贈你一半盤纏，猶如太倉一粟，九牛一毛；我每乃儒素之家，釵梳有限，若將來典當去，求得功名還好，倘不得功名，如何是好？（生）我一定要去，娘子不必阻我。

（旦）

【集賢賓】君身恨不能插翅飛，要上雲路天梯。你休恁心高自負實，[1]未來事似暗如漆。你強要去求名奪利，哪趕得

1　明刊《重校金印記》（《古本戲曲叢刊》初集景印）作「休恁心高不務實」。

銅斗家計？我須勸你：且安分守己別尋活計。

　　（生）

【前腔】詞源倒流三峽水，論胸中才學無敵。（旦）如今世態炎涼，輕文重武，休惹傍人恥笑。（生）我哪管傍人講是非？愁只愁缺少盤纏，把你的釵梳賣取，（旦）當了釵梳，不得功名怎麼好？（生）管博換得鳳冠霞帔。（旦）我也不指望。（生）你休笑恥，讀書人終有日發迹。

　　（旦）

【前腔】前程萬里全靠你，（生）不靠我靠哪個？（旦）奴豈不願榮貴？（生）不願榮貴，讀他怎麼？（旦）費了家私不得功名呵，這是漾了甜桃倒去尋苦李，怕只怕外人談議。（生）談議我什麼來？（旦）你全不記得，（生）我不記得什麼？（旦）前日公婆、伯母在園亭賞玩之時呵，道你滿腹文章不療飢。我還勸你，把心猿意馬牢拴住。

　　（生怒介）哇！

【前腔】你是裙釵女流有甚見識，（旦）你的見識在哪裡？（生）還說！我蘇秦呵，好一似龍被蝦戲。（旦）是龍便上了天。（生）不賢之婦，激得我怒從心上起。（旦）是你敗了家私，倒怨誰來？（生）住了，你把我什麼樣人看待？（旦）你麼，不過是敗家夫婿。（生）吓！將咱做敗家夫婿。就是這幾件釵梳吓，也值得甚的！罷罷罷！男子漢自當成器。只可恨你這不賢之婦全沒些恩和義，我自今以後有何顏再與伊完聚？

　　（旦）官人。（生）嗨！（走介）（旦隨走介）

【貓兒墜】官人息怒，妾身敢不依？（生）這幾件釵梳不肯依，依我什麼來？（旦）官人，我和你是夫妻，凡事商量，何須著

惱。就當了釵梳與你為盤費。（生）好！這便纔是賢德娘子。
（旦）咳，嫁雞怎不逐雞飛？須知道[2]，世態炎涼，莫笑寒
儒。

（生）

【前腔】自思厚德，兀的不是有賢妻。娘子，我倘得成名
先報伊，管教夫婦受榮貴。我是男兒，好和歹，皆由在這
番命裡。

【尾】（旦）君家不必多憂慮，早把釵梳當取。（生）娘
子，我有日龍頭奪錦歸。

　　釵梳典當去求名。（旦）願你功名唾手成。（生）天生我才必
有用，黃金散盡復還生。（旦）官人，要當多少？（生）娘子，只
要當二十兩就夠了。（旦）曉得了。（生）娘子，卑人是這等性
兒，娘子切莫記懷。（旦）奴家怎敢。（生）好！好個賢德娘子，
難得，難得！（下）

　　（旦）咳！為人莫作婦人身，百般苦樂由他人。我丈夫要往秦
邦求取功名，要將釵梳典賣，若不依他，只恐傷了夫妻情分。不免
進去收拾，央著王婆去當便了。（下）

2　底本作「教」，參酌文意改。

按　語

〔一〕本齣主體情節接近明刊《重校金印記》第八齣〈逼妻賣釵〉前半齣，曲文有些不同。

〔二〕選刊類似情節的坊刻散齣選本有：《風月錦囊》、《徽歌集》、《摘錦奇音》、《新鐫樂府時尚千家錦》、《賽徽歌集》、《怡春錦》、《來鳳館合選古今傳奇》、《萬錦嬌麗》、《歌林拾翠》、《方來館合選古今傳奇萬錦清音》、《萬家合錦》。《千家錦》筆者未寓目，餘可分為二系。第一系是《摘錦奇音》、《歌林拾翠》、《萬家合錦》，此系選刊篇幅有長有短，《歌林拾翠》、《萬家合錦》選刊全齣，而《摘錦奇音》只到蘇秦夫妻達成賣釵共識為止，並沒有接下來周氏與王婆的段落。第二系是曲文和明刊《重校金印記》接近的《徽歌集》、《賽徽歌集》、《風月錦囊》、《怡春錦》、《來鳳館合選古今傳奇》、《萬錦嬌麗》、《方來館合選古今傳奇萬錦清音》與本齣，選刊篇幅也是有長有短，前二者選刊全齣，餘六種只到蘇秦夫妻達成賣釵共識為止。

〔三〕選抄此齣的散齣鈔本有中國社科院圖書館藏《集錦》。

紅梨記‧花婆

老旦：花婆，因戰亂投靠縣令錢孟博。

小生：趙汝州，書生，因戰亂投靠好友錢孟博。

　　（老旦上）萬紫千紅色色新，擔頭挑盡洛陽春。一聲叫過紗窗外，忙殺梳妝對鏡人。老婢花婆是也。領錢爺之命，去說趙解元赴京應試，提著這花籃兒，往西園採花去走一遭也。

【點絳唇】只為著年老甘貧，滿街廝趁。提這個籃兒呵，為營運，且度朝昏，將花朵兒作資本。入得園來，好一派花卉也！

【混江龍】恁看那洛陽丰韻，三春紅紫鬥精神。白的白，碧桃初綻；紅的紅，仙杏芳芬。嬌滴滴海棠開噴，香馥馥含笑氤氳。呀，什麼人扯住我？阿，原來是牡丹枝掛住了團花襖，又是什麼？薔薇刺抓扎起石榴裙。為甚麼蝶翻了兩翅粉，蜂惹得滿頭紛？非關是金谷園中千朵豔，端只為賣花人頭上一枝春，把蜂蝶來勾引。

　　呀，遠遠望見趙解元來了，咱只顧採花，看他問咱也不問咱。（小生內）吓，婆子，為何折我的花朵兒吓？

　　　　（老旦）

【油葫蘆】驀聽得喚一聲婆子把咱嗔，引三魂嚇得俺兢兢戰戰可也沒逃奔。那哥哥咬定牙將人狠，俺這裡便忙伸手將花籃來搵。俺又不是園主家掌花人，又沒有斗大花門

印，為甚麼平白地將他花枝來損？（小生上）（老旦）只得
上前去告一個不是罷。哥吓，萬福。（小生）罷了。（老旦）折了
花枝，是老婢不是了，望乞恕罪。別的休說，可看俺貧老又單
身。（小生）這也罷了。

（老旦）

【天下樂】只見他叉手忙將也那禮數論，回也不嗔，喜津
津。（小生）我看你年紀已老，採這許多花朵何用？難道自己插
戴麼？（老旦）老婢哪有福插戴它，只因為老年人沒計度饗
飧，俺採將來賣幾文，賣得來換米薪，常言道：人怕只是
老來貧。

（小生）原來是賣花為活的。也罷，你取來我看，有好的，我
買你幾種。（老旦）好的，待我取來。這種何如？（小生）這是竹
葉兒，插也插不得，戴也戴不得，要它何用。（老旦）哥吓，你不
知。那竹葉兒呵，

【哪吒令】想當初李白的開樽，虛疑是故人。王猷的造
門，不須問主人。我愛他絕塵，報平安好信。搖風月梢拂
雲，傲冰霜無淄磷，哥吓，你不見麼：湘江上二女淚斑痕。

（小生）再取一種來看。（老旦）這種可好麼？（小生）這是
桃花兒，沒甚稀罕。

（老旦）

【鵲踏枝】這桃花從蓬島分，休只向玄都問。誰知道前度
劉郎，哩再來時面貌堪噸。不爭的把漁郎來勾引，惹得人
急攘攘爭去問迷津。

（小生）不好，另取一種來。（老旦）這花何如？（小生）這
是海棠花，也不見得。

（老旦）

【勝葫蘆】那杜鵑啼血感離人，妝點上陽春，嬌[1]似紅脂嫩膩粉。這花枝夜[2]間最好！倚東風睡足，高燒銀燭，爛熳月黃昏。

（小生）再取一枝來。（老旦）只有柳枝兒了。（小生）這一發沒用。（老旦）偏是這柳枝兒最可恨！

【么】他在渭城客舍聞清新，慣會送行人，早已是章臺今日長條盡。則見他迎風裊裊，籠煙裊裊，腸斷灞橋濱。

（小生）你籃內還有麼？（老旦）你不見？這籃筐兒是空空的了。（小生）原來就是這幾種，甚是平常。（老旦）這園中也只有這幾種吓。（小生）難道再沒有別種？我倒有一種異花在那裡，與你去多賣幾文錢罷。（老旦）生受你，借來一看。（小生）我好好的供在書房內，隨我來。

（取介）婆子，你看這花可是異種麼？（老旦驚介）阿呀，有鬼，有鬼！（小生）婆子，青天白日，有什麼鬼吓？（老旦）哥吓，你卻不知；這不是人間花，這是鬼花！（小生）胡說！鬼哪裡有花？倒要你說個明白。（老旦）恐誤了老婢的賣花生意，明日來說與你聽罷。（小生）婆子，你說個明白，方許你去。（老旦）我說來恐你害怕。（小生）你且說來，我不怕的。（老旦）你不怕。我且問你，這所花園是誰家的？（小生）是王太守家的。（老旦）可知這花園的緣故麼？（小生）卻倒不知。（老旦）王太守有一個

1　底本作「林」，據明泰昌閔氏朱墨本《紅梨記》（《古本戲曲叢刊》初集景印）改。

2　底本作「春」，據明泰昌閔氏朱墨本《紅梨記》改。

女兒，性愛看花，故此蓋造這所花園。到得三春萬花開放之時，那小姐日日坐在亭子上看花。不意牆外有一少年秀才闖入園中，與小姐四目相覷，兩情眷戀，只恨沒有下手處。那小姐終朝思想，害成相思病死了。

　　（小生）吓，死了！後來便怎麼樣？（老旦）王太守與夫人捨不得遠離，就葬在亭子後邊。豈知他陰靈不散，塚墩上長出一枝樹來。哪哪哪！開的就是這紅梨花。（小生驚介）吓！就是這紅梨花？（老旦）那小姐每遇開花之時，風清月朗之夜，時常現形，坐在亭子上邊，只要纏那年少的秀才。阿呀，好苦吓……（小生）吓，婆子，你為何哭起來？（老旦）老婢有個孩兒，也是個秀才。為城中熱鬧，亦借此花園看書。一日，見月明如畫，走到亭子邊散步，不覺亭子內起一陣怪風，現出一個如花似玉的小娘子來，與我孩兒四目相覷，兩情眷戀，當夜就要到孩兒書房去。（小生）可曾去麼？（老旦）只聽得亭子後邊高叫一聲「老夫人睡醒了」，那小姐倉忙而去，說明晚再來……（小生）明晚可曾來？（老旦）到得明晚，果然又到孩兒書房中來，手中折了這紅梨花。（小生）呢！我趙相公是不怕鬼的嚕。（撇花地介）（老旦）那時，我孩兒幼小，春心蕩漾，與他那話兒了。從此以後，明去夜來，不上一月，把我孩兒斷送了！可憐吓，如今只剩得老身一人在此受苦哩！（小生）吓，婆子，你可曾看見小姐的模樣麼？（老旦）老婢哪能得見！只聽我孩兒臨終之時曾說道：

【寄生草】他梳妝巧，打扮新，藕絲裳愛把纖紅襯。眉彎新月微微暈，櫻桃小口時時哂。青螺小髻挽烏雲，那千般淹潤都妝盡。

　　你看，怪風又起了……

【么】喂律律，旋風刮，黃登登幾縷塵。王小姐吓！你把我孩兒纏死真堪憫，送得我老年孤獨無投奔，今朝又待將咱近。哥！哪裡去尋法師仗劍頌天蓬？先打個恁娘五十生桃棍。

（小生）婆子，你不說我哪裡知道。兀的不嚇死我也！（老旦）這不是久居之地，我去也。（小生）婆子，你且不要去。（老旦）哥吓，你莫非也著他手了？咳，王小姐吓：

【煞尾】我與你前生本無仇，今日個賺得我無人問。你怎不把陰靈忖忖？但只顧將平人來害損。恁便是惡凶神、女弔客、母喪門！阿呀兒吓，可惜你三載幽魂，何處沉淪？且喜這位哥呵，早有了替代，恁的生天路兒穩。（下）

（小生扯老旦衣，老旦撒，下）（小生）婆子，轉來呀。諕死我也！哪知王小姐是個鬼！如今怎麼處？也罷，建康開科，錢孟博兄幾次來催，正為那些頭腦不肯去，如今只得去罷。琴劍書箱在內，怎生是好？罷，只得撒下了罷。今日就去別了孟博兄，與他取些盤纏，快快上路去罷。

【撲燈蛾】聞言膽戰驚，聞言膽戰驚，闖入迷魂陣，廢園遇妖人。豈是香閨姣倩也？想偷香錯認。男兒志氣欲凌雲，那花妖怎同衾枕？心中自忖，難道是時衰鬼弄人、時衰鬼弄人？

阿呀，有鬼！有鬼！（作驚下）

按　語

〔一〕本齣出自徐復祚撰《紅梨記》，結合第二十三齣〈計賺〉與第二十四齣〈辭行〉的開頭。

〔二〕選刊此齣的坊刻散齣選本還有：《萬壑清音》、《怡春錦》、《玄雪譜》、方來館主人點校《萬錦清音》、《樂府歌舞台》、《醉怡情》、《來鳳館合選古今傳奇》、《方來館合選古今傳奇萬錦清音》、閒正堂刊《綴白裘全集》、石渠閣主人輯《綴白裘全集》、《審音鑑古錄》。

西廂記‧遊殿

付：法聰，普救寺的和尚。
小生：張生，張珙，字君瑞，書生。
旦：崔鶯鶯，相國千金。
貼：紅娘，崔鶯鶯的婢女。

（付上）

【賞宮花】和尚出家，清雅，燒香吃苦茶。挂一幅單條畫，供幾枝得意花。清靜禪房真瀟灑，想來只少個俏渾家。

　　我做和尚吸哄，生平酷好男風。竭男兒徒弟，只算家常茶飯。笫先生師父，本是的親老公。騷尼姑天生是我房下，媒人婆將就搭俚儂儂。吃酒不論燒刀黃白，牛肉必要多點薑葱。還受生塑佛像，乃平素口腳生意。送天竹，耽小菜，是年底下個秋風。打坐參禪並弗曉得半點，道場拜懺單會鐃鈸叮咚。召亡澱浴，拿個星娘娘奶奶齋我里個眼睛。鋪燈渡橋，哭得呀呀呀，何曾有一點行用？官人、小姐最歡喜是介說說笑笑，丫頭、阿媽囉個弗思量搭我活動活動？個星看戲個人，只道我是個翻板勢利和尚，再弗曉得，我小時節出身原是個套童！小僧法聰。師父下山討賬去哉，不免到山門外頭去步步。吓，道人，風爐浪增點炭哈，恐有遊客到來，烹茶伺候。咳，吃飽子個飯地下也弗掃掃。（下）

　　（小生上）

【菊花新】未臨科甲暫羈程，旅況淒涼動客情。

「敕建普救禪寺」好一座大寺院！正乃：人間勝景誰遊盡？天下名山僧佔多。（付上）山僧不敢穿芳逕，恐防遊客到荒山。（小生）長老。（付）阿呀，原來是一位相公！請吓。（小生）長老請。（付）相公，小僧稽首哉。（小生）奉揖了。（付）相公請坐。（小生）有坐。

（付）請問相公尊姓？（小生）姓張。（付）張，弓長呢立早？（小生）是弓長。（付）妙阿！弓長乃天階之列宿，立早乃月府之文章。好得勢！小僧個俗家嘸姓張嘘，一到到子新年裡，掛起行樂來，好看得勢個嘸！嘸有紗帽員領個、嘸有頂盔貫甲個、嘸有戴道冠騎老虎個，下頭是白髭鬚戴氈帽個，還有狗嘴髭鬚戴一撮頭帽子個。（小生）為何有這許多？（付）喏，戴紗帽員領個呢，是上代頭公公張居正。頂盔貫甲個呢，是黑面孔個張飛。騎子老虎戴道冠個，是通譜個張道陵。戴白氈帽個老娘家，是我里個太公張別古。個個戴一撮頭帽子個，就是我里個溜兒叔祖。（小生）取笑。

（付）近來個個姓張個嘸少哉。請教相公尊諱是？（小生）名珙，字君瑞。（付）阿是斜王幫加一個「共」字？（小生）正是。（付）君瑞，大多是君子之「君」，祥瑞之「瑞」哉？（小生）正是。（付）好得勢！「珙」乃王家之珙璧，「瑞」為席上之奇珍。相公貴處是囉裡？（小生）西洛。（付）尤其更妙！是古洛下多才子，西方有美人。相公姓子個樣好姓，取子個樣好名字，亦住子個樣好場哈，直頭書嘸弗要讀得個，虱得去就是一位狀元！（小生）長老為何如此謬讚？（付）非謬讚也，近來個星文人墨士無不好讚者。小僧初進山門個時候，看見家師對子別人是介白齏白嚼，原覺道有點筋肉瘰子皺皺能，那間讚慣子，倒也弗覺著哉。請問相公，

到此荒山有何貴幹？（小生）一來瞻仰佛像，二來拜訪法本長老。
（付）法本就是家師。（小生）首坐莫非是法聰麼？（付）不敢不
敢。（小生）失敬了！久慕令師善于詩賦，特來請教。（付）山腔
野調，何以詩稱？（小生）不必太謙。（付）只是，家師不在，故
沒哪處？（小生）或有詩稿，借來一觀。（付）詩稿是有個，纔鎖
盂廚裡嘿哪？吓，吓，小僧記得介兩首拉里，念出來請相公是介筆
削筆削，何如？（小生）豈敢。請教。

　　（付）其日我搭家師兩個拉山門前去步步，只聽得低低哆哆，
對河人家拉盂嫁囡兒。少停花花轎過哉，但聽見轎子裡吥勒吥拉哈
哭，我里家師一時高興，做起詩來哉。（小生）請教。（付）起句
是「八齊」韻，說道：「隔岸人家嫁女啼，婚姻宜喜不宜悲。今日
白面黃花女，明日朱顏綠鬢妻。」（小生）妙阿！（付）那時小僧
來哉。（小生）益發請教。（付）亂道噓。（小生）好說。（付）
「鴛鴦枕上雙交頸，紅綾被底雨雲迷。今宵嚐卻其中味，只恐怕明
朝是叫你回時不肯居。」（小生）出家人怎曉其中意趣？（付）弗
噓，不過模擬其意思而已。

　　（小生）休得取笑。煩首座指引，到佛殿上一遊。（付）當
得。我里先到山門外頭，一路白相得進來，何如？（小生）好吓，
請。

　　（付）請吓。哪！「敕建普救禪寺」。個六個字寫得何如？
（小生）好！（付）名人之筆噓。（小生）果然寫得好！（付）個
是四金剛。（小生）好吓！塑得威嚴。（付）個是虎丘去請個做鈸
弗倒個塑個。其日塑完子，我里家師說道：「徒弟吓，若有人來看
金剛者，要他題詩一首。」（小生）可有人題麼？（付）有個。先
是一個外路朋友來看，小僧說道：「家師有言，凡來看金剛者，要

請教題詩一首。」個個客人說：「容易，拿筆硯來！」就提起筆來，拉牆頭浪是介一揮而就，說道：「一進山門四大人，腳尖踏定小妖精。睜起眼睛光油油……」結句甚是平常。（小生）卻是哪一句？（付）個個客人是冒入鬼，看見個蛇頭伸丑下底，竟認錯哉，說道：「雞巴好像黃瓜能」。剛剛寫完，亦有介一位刻字先生來哉，小僧說：「嗓要請教介一首」。個個友朋說道：「個是麵袋裡貨色！」竟不推辭，提起筆來，就拉底下一連寫子四句，說道：「精刻詩文，每百三分。看我寫樣，翻板者請。」到子夜頭，家師居來，問道：「今朝阿有人來看金剛？」我說：「有個。」家師說：「阿曾題詩？」我說：「題個。」家師說：「介嘿，讓我看看題得阿好。」那時小僧照子蠟燭，我里家師是介一直念得下去，說道：「一進山門四大人，精刻詩文。腳尖踏定小妖精，每百三分。睜起眼睛光油油，看我寫樣。雞巴好像黃瓜能，翻板者請。」（小生）妙阿！

（付）哪！東邊是鐘樓，西邊是放生池。池裡多哈希希奇奇個物事拉哈嗉。嗓有有頭無腳個，嗓有有腳無頭個，嗓有有頭有腳個，嗓有無頭無腳個！（小生）吓？卻是些什麼東西？（付）個個有頭無腳個呢，鰻搭子個鱔。有腳無頭個呢，蟹搭子個蝤蛑。有頭有腳個呢，團魚搭子[1]烏龜。無頭無腳個呢，碖碖軋軋阿姨。（小生）這是怎麼說？（付）蚌搭子個蛤蜊哉那！（小生笑介）請。

（付）請吓。這是香積廚。道人，備素齋。（小生）不消。（外）介嘿，打餅。（小生）也不消。（付）介是虛邀嘿那！幾里是浴堂哉。（小生）好吓，廣闊得緊！（付）我里澱起浴來最好

1　底本作「大皆」，參考上、下文改。

看，五十個和尚下子浴堂就是一百個乿，大和尚小和尚枲子一面，好看得勢個嘘。（小生）休得取笑。（付）道人，燒水。請張相公濊浴。（小生）不消。（付）虛邀哉。請。（小生）請。（付）吥吥吥！個是東圊。（小生）何謂東圊？（付）俗家人叫毛坑，出家人謂之東圊。道人，拿草紙來。（小生）做什麼？（付）請相公出恭。（小生）不消。（付）小恭？（小生）也不消。（付）介嘿，屁嗓放介一個。（小生）休得取笑。（付）那讀書人肚裡，屁纔無得個！連次虛邀，請相公隨喜隨喜。

　　（小生）

【忒忒令】**隨喜到僧房古殿。**（付）請看：七層寶塔。（小生）**瞻寶塔，**（付）打廻廊下走。（小生）**將廻廊遶遍。**（付）大殿浪哉。哪！兩邊是十八尊羅漢。（小生）**參了羅漢。**（付）募化裝金，隨緣樂助。請拜子菩薩。（小生）**拜了聖賢。**（付）募化燈油，功德無量。吓嘠，看哩弗出，倒是個硬客。請相公法堂浪走走。（小生）**行過了法堂前，**（旦內）紅娘。（貼）吠。（隨旦上，旦）紅娘，這是什麼佛？（貼）是三世佛。（旦）這一尊呢？（貼）是觀音菩薩。（小生）呀！**正撞著五百年風流孽冤。**

　　（看呆介）（付）喂，相公，文士須尊禮。（小生笑介）請。（付作偷看出神介）（小生）吓，首座，高僧定守規。（付笑介）承教。請吓。道人，泡茶到客堂裡來吓。（同小生下）

　　（旦）

【園林好】**偶喜得片時稍閑，**（貼）小姐，自古說，偷得浮生半日閑喲。（旦）**且和你向花前自遣。**（內作鸚哥叫介）（貼）小姐，你聽那鸚哥叫得好聽吓。（旦）**那鸚鵡在檐前巧囀。**（小生、付上）（付）張相公，幾里來。（小生）請吓。

（旦）驀聽得有人言，須索要自迴還。

　　暫離三寶殿。（貼）緩步百花亭。（旦）紅娘。（貼）咦。
（同下）

　　　（小生揖介）阿彌陀佛。（付將扇柄戲小生臀介）插介一籙線
香。（小生）吓，首座，你可看見觀音出現？（付）嚼蛆連片！小
僧在此出子七八十年個家……（小生）敢是七八年？（付）正是十
七八年吓，從弗曾看見僮個觀音出現，相公頭一遭來就看見哉。
（小生）你不見麼？那前面行的是觀音，後面跟的是龍女。（付）
吓？阿是姜姜個兩個女客麼？（小生）正是。（付）非也！前面走
的是崔相國家鶯鶯小姐者，後面隨的乃侍妾紅娘也，豈是觀音出現
也乎哉！（小生）既是相國之女，為何在此寺中遊玩？（付）有個
緣故，這寺乃崔相國所蓋造，家師與老夫人又是中表之親，因此暫
借寺側西廂停喪避亂，常常出來白相個。（小生）世間有這等女
子，豈非天姿國色乎！（付）咦，嚟拉哈講究個介。

【伊令】[2]（小生）顛不剌見了萬千，似這般龐兒罕見，
（付）好出神。（小生）好教人眼花撩亂口難言。（貼隨旦
上）小姐，這裡來。（付）咦，亦出來哉。（小生）他掩映並香
肩，（旦）紅娘，這是什麼花？（貼）是垂絲海棠。（旦）那邊
的呢？（貼）是鐵梗海棠。（旦）折一枝來。（貼）曉得。（小
生）將那花枝來笑撚。（付）阿呀，阿呀！一世採花三世醜，
個個丫頭故世去，必定變個鬎鬁頭。（貼）小姐，纔折得一枝花在
手，便惹狂蜂浪，蝶舞蹁躚。（旦）紅娘，飛來飛去的是什麼
東西？（貼）吓，前面飛的是蝴蝶，後面隨的是遊蜂。（旦）去撲

2　底本牌名不確，以下是【園林好】與【皂羅袍】。

一個粉蝶來耍子。（貼）曉得。吓，和尚。（付）哪哼？（貼）小姐要粉蝶耍子，你不要趕了去吓。（付）小姐要蝶，和尚不趕。[3]

（貼）啐！**我幾回要撲展齊紈，**（撲介）（付）拉里哉……阿呀，飛子去哉。（貼）**飛向錦叢裡叫我尋不見。**（小生見旦，偷作揖介）（付見，扯小生，作揖介）（小生笑介）（旦）**又被燕啣春去，芳心自歛。怕客隨花老，無人見憐[4]。臨風不覺增長嘆。**

（貼）小姐，我們到碧梧亭去耍子吓。（旦）**欲過畫闌穿蛺蝶。**（貼）小姐，慢些走！你看：**薔薇花刺礙人行。**（同下）

（小生）這相思病害殺我也！（付）一隻隔年陳個佛手拉里。（小生）要它何用？（付）泡湯吃，解子吓個噁心哉。這裡是清淨道場，說這樣葷話。（小生）什麼清淨道場！分明是相思第，離恨天！

（付）阿呀，張相公吓：

【江兒水】**這裡是兜率院，休猜做離恨天。**（小生）**看他宜嗔宜喜春風面。**（付）個個眉毛眼睛生得何如？（小生）**弓樣眉兒新月眼，未語人前先覥靦。**（旦內）紅娘，這裡來。（貼）呋。（付）阿聽得好嬌聲吓？（小生）**恰便是嚦嚦鶯聲花外囀。解舞腰肢，似垂柳在風前嬌軟。**

（付）張相公，方纔紅娘個丫頭說，到碧梧亭去哉，我搭吓打個邊轉得去吓。（小生）請。（同下）（貼隨旦上）

【皂羅袍】**行過碧梧庭院。**（貼）小姐，步蒼苔已久，濕透

3　底本作「小姐要迭，和尚不敢」，參酌文意改。
4　底本「憐」字脫，據《六十種曲》本《南西廂記》補。

金蓮。（付扯小生上）張相公，幾裡來。（旦、貼合）**紛紛紅紫
鬥春妍，雙雙瓦雀行書案。聽禽藏竹裡，悠悠靜言。**（付）
我俚個搭轉得去，快點，快點！（旦、貼合）**見人行花外，翩
翩少年。**（付）張相公，我搭吥兩個阿像趕騷雄雞？（旦）**將輕
羅小扇遮羞臉。**（旦下）（付）**褊衫大袖遮花臉。**

　　（貼打介）啐！（付）阿唷，好打！（貼）我同小姐在此遊
玩，你這和尚故意領了外人隨來隨去，什麼意思？（付）弗是偌外
頭人，個是我個內姪嘘。（貼）我去對老夫人說了，叫你這和尚不
要慌。（付）我嚇要去告訴老夫人处。（貼）吓？你說我什麼來？
（付）我說：「紅娘姐姐出來嘿，就要打和尚。」（貼）啐！（小
生）原不該吓。（貼）什麼該不該？你也是個人，我也是個人，什
麼好看？（小生）看看何妨？（貼）要看，再看看！（付推小生
介）叫吥再看看。（旦內）紅娘。（貼）來了。（下）

　　（小生）首座，且不要說他別的，就是他這一雙小腳兒，足值
一千兩碎金子。（付）還要加介三個銅錢。（小生）卻是為何？
（付）裡向個對高底哉那。（小生）休提。（付）只見那小姐穿著
那遢地長裙，怎見他腳兒大小？（小生）可見你出家人不曉其中的
意思。（付）嗨！和尚倒拉哈講究講究個嘘。

　　（小生）
**【川撥棹】若不是襯殘紅芳徑軟，怎顯得步香塵底樣淺？
休提他眼角留情，休提他眼角留情。**（付）何以見得？（小
生）你看：蒼苔上這一步是去的，那一步也是去的。這一步一勾，
勾將轉來，腳尖對腳尖，深有顧盼小生之意。只這[5]**腳踪兒將心**

5　底本「這」字脫，據《六十種曲》本《南西廂記》補。

事傳。（付）住了！閃開。（小生）做什麼？（付）和尚雖是麥鬼，等我也來模擬模擬介。方纔小姐這一步是去的……（小生）不要踹壞了。（付）弗番道個！那一步也是去的，這一步一勾，勾將轉來，脚尖對脚尖，甚有顧盼小僧之意。（小生）小生！（付）小僧！（小生）是小生！（付）嗳，我要死哉。（小生）為什麼？（付）和尚嘿崇要死拉女客脚裡個哉。**風魔了張解元，似神仙歸洞天。**

　　（旦內）紅娘（貼）來了。（付）亦出來哉。（貼上，噴水即下）（付）壞哉，壞哉！丫頭家水傕能介多介？做子葱椒燒和尚拉里哉。

【前腔】（小生）**門掩梨花深小院，**（付）阿要跳牆過去吓？（小生）**奈粉牆兒高似青天。玉佩聲看看漸遠，玉佩聲看看漸遠，空教我餓眼望將穿。怎當他臨去秋波那一轉！不要說是小生，便是鐵石人也情意牽。**

【尾聲】**東風搖拽垂楊線，遊絲飛惹桃花片。爭奈玉人不見，將一座梵王宮疑是武陵源。**

　　告辭了。令師回來多多致意。（付）再請寬坐。（小生）不消了。花前邂逅見芳卿。（付）頻送秋波似有情。（小生）欲借禪房勤講習。（付）張相公，只怕你無心獻策上宸京。（小生）請了。（付）張相公，明朝早點來。（小生）為何？（付）來看觀音出現。（小生）休得取笑。（虛下）（付）咦！亦出來哉。（小生上）在哪裡？（付）明朝出來丒。（小生）啐！（下）

　　（付）吓嗄，再弗曉得，讀書人看女客比子我里出家人尤其精妙。個個臭賊，方纔說個鶯鶯小姐，個雙眼睛嘿那哼那哼，個眉毛嘿亦是那哼那哼，脚嘿亦是那哼那哼……直頭有講究丒！我輩弗

如，我輩弗如！阿呀弗好哉，要乍尿哉。（下）

按　語

〔一〕孫崇濤教授指出《南西廂記》版本概可分為二系，一是以富春堂本《南調西廂記》為代表的雜調系，二是以汲古閣本《南西廂記》為代表的崑腔系。本齣接近汲古閣本第五齣〈佛殿奇逢〉。

〔二〕歷來選刊《南西廂記》（含雜調系與崑腔系）這一齣的坊刻散齣選本有：《玄雪譜》、《新鐫歌林拾翠》、鬱岡樵隱輯《新鐫綴白裘合選》卷三、《醉怡情》、《來鳳館合選古今傳奇》二集〈風懷集〉上、《方來館合選古今傳奇萬錦清音》、石渠閣主人輯《綴白裘全集》、《審音鑒古錄》。選刊王實甫撰《崔鶯鶯待月西廂記》相同情節的坊刻散齣選本有：《風月錦囊》、《樂府紅珊》、《萬曲合選》、《賽徵歌集》、鬱岡樵隱輯《新鐫綴白裘合選》卷一、《歌林拾翠》。又，閩正堂刊《綴白裘全集》選目也有〈奇逢〉，惜該書下落不明，不知出自《南西廂記》抑或《王西廂》。

西廂記‧寄柬

貼：紅娘，崔鶯鶯的婢女。
小生：張生，張君瑞，書生。
丑：琴童，張生的書僮。

（貼上）

【降黃龍】相國行祠，寄居蕭寺，苦[1]因喪事。孤兒幼女，將欲從軍而死。張生，此時伸志，一封書興師疾至。方顯得，文章有用，天地無私。

【又】若非翦殺賊寇，險些個滅門絕戶，一家兒。鶯鶯君瑞，在危急許配雄雌。夫人，背盟失信，卻就以兄妹為之。把婚姻，一時打滅，頓成拋棄。我想，那張生與小姐，兩下裡都害得瘦了。

【滾】[2]潘郎鬢有絲，潘郎鬢有絲，杜韋娘非舊時。一個帶圍寬清減了小腰肢。一個睡昏昏不待觀經史，一個意懸懸懶去拈針黹。一個筆下寫幽情，一個絃[3]上傳心事，他兩下裡，都一樣，害相思。

　　已到書院門首了，我且不要叩門，把吐津兒潤破紙窗，看他在

1　底本作「方」，據《六十種曲》本《南西廂記》改。
2　指南黃鐘宮過曲【黃龍滾】。
3　底本作「絲」，據《六十種曲》本《南西廂記》改。

裡面做什麼。

（小生上）欲將春夢遊巫峽，苦被鶯聲喚醒來。

（貼）

【前腔】潤破紙窗兒，潤破紙窗兒，俏聲兒窺視。見他和衣初睡起，前襟有摺痕。孤眠滋味，淒涼情緒，這瘦臉兒，不悶死，是害死。且住，他哪裡曉得我在此？吓，有了！

【又】將金釵敲門扇兒，將金釵敲門扇兒，（小生）是哪個？（貼）我是散相思五瘟使。（小生）想是紅娘姐，待我開門。呀，果是紅娘姐。紅娘姐拜揖。（貼）張先生萬福。（小生）我望得你好苦也！（貼）小姐想著伊，使紅娘來探取。（小生）小姐著你來，必有好音。（貼）道風清月朗，聽琴佳趣，到如今，念千遍，張殿試。

（小在）既蒙小姐垂念，待我修書一封，煩紅娘姐帶去與小姐看，何如？（貼）這個使不得！

【前腔】他若見了書，他若見了書，顛倒費神思。拽扎起面皮，道憑誰寄言語？他道：咦！這妮子，敢胡行事？當面前，嗤嗤的，扯做紙條兒。

（小生）紅娘姐，你與我寄了書，多將金帛酬謝你。

（貼）

【前腔】饞窮酸餓鬼，饞窮酸餓鬼，賣弄你有家私。我不為圖財，特來到此。怕有情人，乖劣性子。（小生）紅娘姐有甚方法，教我一個？（貼）只說道，可憐見，我是孤身己。你且快些寫起書來。

【尾聲】從教宋玉愁無二，瘦損了相思樣子。百歲歡娛全憑這張紙。

（小生）紅娘姐，請坐。待小生寫起書來。琴童，看茶來。
（丑內應介）（貼）這小廝不好，休要喚他。（小生）他已應了。
你且躲一躲，待我打發他去。（貼）教我躲在哪裡？（小生）桌兒
底下罷。（貼）不好，怎麼躲？（小生）略躲一躲兒。（貼）既如
此，就打發他去吓。（小生）自然。

（丑上）聽得叫琴童，兩脚走如風。官人，儕個？（小生）取
茶來。（丑）吷哉。（小生）住了，要兩杯。（丑）一個人儕了要
兩盃茶？（小生）不是吓，一杯熱的，一盃冷的。（丑）官人亦拉
丑顛寒作熱哉。（小生）胡說！快去拿來。（丑）是哉，想是紅娘
個丫頭拉丑哉，等我摟摟哩介。（下）

（取茶上）官人，冷茶拉里，熱個無得。（小生）怎麼沒有？
（丑）無得炭。（小生）快去買。（丑）我姜姜才去買炭，[4]山門
前軋得勢丑，所以弗曾去買。（小生）為什麼？（丑）一個說書個
拉丑說《西遊記》，眞正好聽！我學拉官人聽聽，說的是《西遊
記》大唐僧。（小生）狗才，誰要你說！（丑）山裡走，山裡行。
盆盆盆！（小生）狗才，還不走！（丑）山中和尚念山經，盆盆
盆！行者開山路，唐僧去取經。八戒挑行李，沙僧隨後跟。盆盆
盆！磚頭也是怪……（小生）狗才，快些走！（丑）瓦片也是精。
（打桌介）拍撻一聲響。（貼鑽出介）（丑）咻！妖精出洞門。阿
呀，吪是紅娘姐喲，為儕了伴拉檯底下？（貼）我不是私來的，老
夫人著我來看你官人。（丑）等我去問老夫人。（小生）哇！狗
才，還不走！（丑）專惱哩做腔做勢，要叫我一聲好聽個便罷。
（小生）叫你什麼？（丑）要叫我小趣陀。（小生）小趣陀。

4　底本作「我姜方去買七炭」，參酌文意改。

（丑）個個老貓聲枕頭邊叫，歇個聽得出個？弗算數！（貼）小趣陀。（丑）老肉麻。（小生）哎！狗才，還不走！（打丑下）

（貼）我說不要叫他出來，受這場氣！（小生）看小生分上，不要記懷。（貼）快些寫書。（小生）是。（寫介）

（貼）

【一封書】殷勤處可喜，拂花箋打稿兒。忒聰明忒煞思，忒風流忒浪子。先寫下幾句寒溫序，後題著五言八句詩。可知之，疊做同心方勝兒。

倒了。（小生）是要這樣的。

【皂羅袍】顛倒寫鴛鴦兩字，方信道在心為志。紅娘姐，你到他跟前，看他喜怒其間覷個意兒，擇其善者而從事。（貼）放心學士，自當區處。（小生）言談之際，作個道理，只說彈琴那人教傳示。

書已修完，全仗紅娘姐帶去。（貼）嗨，就是這樣帶去麼？還有算計。（小生）什麼算計？（貼）方纔受了你琴童的氣，如今要在你身上出我的氣，纔與你帶去。（小生）這個題目倒難，怎麼樣出氣？（貼）也要你叫我一聲。（小生）這個何難？紅娘。（貼）啐！紅娘是夫人、小姐叫的，是你叫的麼？（小生）得罪了。紅娘姐。（貼）希罕這個「姐」字！（小生）如此，要叫什麼？（貼）你把「紅娘姐」三字去了上下就是了。（小生）難道叫你「娘」不成？（貼）不叫？我去了……（小生）叫叫叫！我的娘！如何？（貼）不是這等叫。待我坐在上面，你便雙膝跪下，叫我一聲「嫡嫡親親的娘」，纔與你帶去。（小生）這個使不得，男兒膝下有黃金，怎麼跪你？就一世沒有妻子也不跪。（貼走介）（小生）且住，從容些。真個要這樣？（貼）嗨。（小生）如此，你坐了。我

的嫡嫡親親的娘！（貼）乖乖的兒，起來。（丑上）還有一個太太公拉里來……（貼下）（小生）咦！狗才，放肆！（打丑，渾下）

按　語

〔一〕孫崇濤教授指出《南西廂記》版本概可分為二系，一是以富春堂本《南調西廂記》為代表的雜調系，二是以汲古閣本《南西廂記》為代表的崑腔系。本齣接近汲古閣本第二十齣〈情傳錦字〉，把【尾聲】移到前面，較為特殊。

〔二〕歷來選刊《南西廂記》（含雜調系與崑腔系）這一齣的坊刻散齣選本還有《來鳳館合選古今傳奇》二集〈風懷集〉上（該卷佚失，但目錄有註明「南西廂、李日華編」）。選抄此齣的散齣鈔本有：中國國家圖書館藏佚名抄《戲曲選抄》、復旦大學圖書館藏佚名抄《戲曲五種選抄》、中國社科院圖書館藏《集錦》。選刊王實甫撰《崔鶯鶯待月西廂記》相同情節的坊刻散齣選本有：《風月錦囊》、《樂府紅珊》、《大明春》、《玉谷新簧》、《新鐫樂府時尚千家錦》、《怡春錦》、鬱岡樵隱輯《新鐫綴白裘合選》、《歌林拾翠》、石渠閣主人輯《綴白裘全集》、敏修堂刊《清音小集》。又，《樂府萬象新》、《樂府玉樹英》也選刊這齣，惜在佚失的卷冊，不知選自《南西廂》抑或《王西廂》。

盤陀山‧拜香

丑：化吉，保護朝山香客的痴道人。
付：成祥，保護朝山香客的醉太保。
淨：童代，無賴漢。
外：澹臺勉，山寺道人。

　　（丑提金鑼上）五穀豐登大有年，黎民歡慶鬧喧喧。太平無以酬恩德，辦炷明香答謝天。我乃痴道人化吉是也，在龍山里中假作痴呆狂笑，勸人念佛，不覺過了四十餘年，一生無非安飽而已。近來里中田稻大熟，斗米十錢，故此多感激上蒼，發願多要到盤陀山去進香。又恐路上難行，須同了化吉、成祥前去，方保無事。為此一個痴道人，一個醉太保，把拉渠乱纏子牽了同來，一路上多道：「逢凶來化吉，遇難便成祥。」是取這個意思。自從同了眾香客起程，在路行了三個月餘，且喜已到盤陀山口，眾香客多要拜香上山。阿彌陀佛，個也難得勾噦！我為首領，不免催眾香客拜上山去朝見菩薩。眾香客，如今要上山了，你每聽鑼聲為號，十步一拜，拜上山去朝見菩薩。（末、二生、三旦扮香客，淨扮童代，付扮成祥押後上）阿彌陀佛。

【朝元令】龍山里民，為生死心誠懇。（丑打鑼一聲）南無佛阿彌陀佛。（拜介）名山世尊，伏願哀憐憫。（鑼一聲）南無佛阿彌陀佛。（拜介）投入空門，不忘性本。（鑼一聲）南無佛阿彌陀佛。（拜介）大地紅塵滾滾，色界昏昏，

輪迴六道似火焚。（鑼一聲）南無佛阿彌陀佛。（拜介）禮拜法王恩，慈雲照覆津。（鑼一聲）南無佛阿彌陀佛。（拜介）（合）向西方導引，登彼岸蓮花堪問，蓮花堪問。（下）

　　　（外上）

【前腔】冉冉年華一瞬，勞騷赴水濱，富貴共浮雲。多教笑哂，浮生如夢萍。苦海回頭是岸，早晚辛勤，彌陀一卷了此身。（內鑼一聲）（眾）南無佛阿彌陀佛。（外）呀，看香氣滿氤氳，皈依三寶尊。（丑領眾上合）向西方導引，登彼岸蓮花堪問，蓮花堪問。

　　　（外）眾香客，不要拜了。此是盤陀窟中，多請進去香湯沐浴、用齋，然後到螺頂朝拜菩薩。（眾念佛下）（外看付介）這位香客有些面善。（付）我也有些面善。（外）請問香客是哪一府來的？（付）我每是晉陽龍山里中來的。（外）吓！老道也是晉陽龍山里中人。（付）吓！老道也是晉陽龍山里中人？（外）正是。（付）是介說起來是鄉親哉。請問老道尊姓？（外）貧道在俗，覆姓澹臺，名勉。（付）吓！莫非那年在路遇盜的麼？（外）便是。香客何以知之？（付）難道不認得我了麼？（外）請問尊姓大名。（付）我就是太保成祥。將木錠誆騙強盜，員外去後，被我斷賊一臂，方脫巢穴，不想直到今日裡纔會！（外）原來是大恩人，失敬了。（揖介）（付）豈敢豈敢。員外，你進過子香，阿該應就居來，害得屋裡好苦吓！（外）我家中便怎麼？（付）員外的院君阿是叫雷氏蘭娘麼？（外）正是雷氏蘭娘。（付恨介）咻！

【前腔】我提起姣娃怨恨，冤仇何處伸？（外）我妻子與哪個為仇？（付）吾丟個好阿姪！（外）可是澹宗利麼？（付）那間

弗叫澹宗利哉。（外）叫什麼？（付）叫子爛心肺！**他要把家私搬運，又哄騙佳人，到荒郊外把命吞。**（外）難道他竟謀害伯母麼？（付）害得哩弗死弗活個，苦惱子！我一日吃醉子酒，睏拉亞土地堂裡，個入娘賊即道是無人場化了，一騙騙個院君得來，進子廟，關子門，竟拿一條索子對子院君頸裡，速碌，竟牽牛能介牽起來哉，連搭我纏拖翻子嘘，因此救出那紅裙。**一霎時，產欲分。**（外）什麼產欲分？（付）自員外起身之後，院君便已懷胎，其時十月滿足，我急忙領哩居去就養哉。（外）生了產，是男是女呢？（付）倒是一個有柄個。（外）是個小廝？（笑介）如今算來已是十七歲了。（付）有十七歲哉。（外）可在家讀書麼？（付）哪弗？忒個讀書通透子了，竟中哉。（外）吓！中了？（付）亦做子官哉。（外）又做了官了？（大笑介）這是澹門有幸吓！（付）有幸個。（外）大恩人，做了什麼官呢？（付）做子一個判官。（外）敢是做了哪一府的通判麼？（付）是酆州府喲！忒煞抱穩子介，他做了鏡中虛影，**哭得我淚珠兒欲斷魂。**（外悲介）敢是落地而亡了？（付）若是落地而亡倒也罷哉。不想被仇人又起謀心，使人偷去謀死，院君無處伸冤，只得拋頭露面去告狀。（外）那狀詞可准麼？（付）狀子便弗准，一個人倒准子去哉。（外）怎麼說准了一個人去？（付）那官府帶了院君呵，**同朝覲至楓宸，存亡沒信音。**（外）大恩人，這些事情呢，我也略知一二。請到裡邊去用過了齋，朝見了菩薩，下來還要細細動問。（付）說子半日，肚裡也用得著哉。且吃點豆腐麵勔勒介。咳！有蓋樣沒良心個亞，出來子就弗想居去哉。無良心個老烏龜、老囚犯！（下）（外）我那妻吓！（哭介）**我和你三宵合巹，辜負你少年脂粉，辜負你少年脂粉。**（哭下）

按　語

〔一〕本齣出自《盤陀山》第念六齣〈進香〉。

鐵冠圖‧探營

淨、末、貼、丑：巡夜士兵。

外：孫傳廷，兵部尚書。

小生：孫傳廷的家將。

（淨、丑、末、貼扮巡更軍士上）

【山歌】日落邊城戍角哀，鐵衣擁雪臥荒崖。裂旗緊裹金瘡口，此地他生可再來？

（丑、淨）我們乃經略帥府夜巡軍是也。自從楊嗣昌老爺服毒身亡之後，一向缺官。（末）如今朝廷又命孫老爺出來督師征剿，已到任數日。（貼）天色已晚，今夜輪該我們巡夜。（丑）列位，新到任的老爺法令森嚴，須要小心巡緝。（眾）這個自然。

【水底魚】終夜巡更，金鑼不暫停。梆兒聲響，堂堂各各聲，堂堂各各聲。（打一更，下）

（外上，小生扮家將隨上）（外）

【新水令】擁¹蓮花高臥夢融融，聽刁斗聲聲傳送。挑燈參豹略，對月試雕弓。國事盈胸，趁良宵好把那機宜參用。

（小生）開門。（雜扮兵丁上，開門介）（眾巡上）什麼人出來？（小生）大老爺出來。（眾）小的們叩頭。（外）你們是什麼人？（眾）是夜巡軍。（外）你們報充在此幾年了？（丑）小的在

1 　底本作「掩」，據清‧同德堂巾箱本《虎口餘生》改。

此十來年了，他們多是新來的。（外）你在此年深了，那山嶺路徑必然多認得了？（丑）都認得爛熟，蘇菩提那些角角落落所在，都瞞不得小人。（外）我要往郊外閑步一回，就著你悄悄的引導。（丑）曉得。（外）眾人仍舊巡哨去。（眾）吓。（下）

（外）家丁，賞他一騎馬。（小生）吓。（外）帶馬。（各上馬介）（外）你可小心緊閉營門，不可洩漏。（雜應，隨小生下）

（外）

【駐馬聽】榮戟嶒嶸，離了這、離了這榮戟嶒嶸，休驚了獵獵旌旗鼓角風。（丑）老爺，這條路險滑。（外）把雕鞍頻控，橋板欹斜且把腳步鬆。過幾處垂楊曲岸暮煙濛，望一帶疏林棲鳥聲相閧。（丑）一陣雁來了。（外）雁字縱橫，聽哀鳴嘹嚦，逗得那沙場客難成夢。

（丑）老爺，這是萬松崗，上去玩月極妙的。（外）俺豈因玩月也！（上崗介）

（外）

【沉醉東風】上了這鬱²嶙峋蒼岩翠峯，影嵯岈古柏喬松。上得崗來，果然好月色也！整萬里清光如瑩，御天風八極飛沖。猛聽得鶴唳長空，頓令人心曠神怡不覺身世鎔，端可也驚醒了閻浮幻夢。

軍士，那一望去幾千里，瓦礫歷亂，塵土飛揚，是什麼所在？（丑）那是黃陂縣城池。（外）為何倒塌了？（丑）只為李自成來攻打，縣官懷印而逃，留下空城。那李自成委一賊人在內把守，不

2　底本作「言」，據清・同德堂巾箱本《虎口餘生》改。

想，城中百姓又殺了僞官，攬[3]城自守。闖賊知道，復統兵回來，打破城池，殺得百姓雞犬不留，把城池踹成平地了！（外）咳，使人見之好不傷心也！（丑）老爺，那闖賊不知打破了多少城池，都是這等踹成虀粉，老爺還氣不得這許多，惱不得這許多哩！

　　（外）那邊這高塚為何破損如此？（丑）那是顯陵。（外）原來是先帝陵寢，為何如此殘破了？（丑）不要說起！有個人叫楊成裕，曾在朝中做過欽天監的，投降了闖賊，自稱精明天文、禮樂、兵法，獻了毒計。（外）什麼毒計？（丑）教他發掘陵寢，以破朝廷風水氣脈。（外）有這等事！（丑）那些賊人正要發掘塚壙，也是先帝有靈，山谷中一聲響亮，如霹靂一般，諕得這些賊人跌的跌、滾的滾，一鬨而去，再不敢復來騷擾。那些樹木雖然倒塌，裡面梓宮寢殿卻不曾動。（外）這就是僥天之幸也！

【雁兒落】顛巍峨萬疊翠芙蓉，咽斷了冷潺潺千丈玉玲瓏。翠森森翔威鳳，青簇簇偃臥龍。呀！陡遇了浩劫黑罡[4]風，險做了燼空劫火紅。賴蒼天威靈震，怎得個好靈臺保砌封？待我下馬來，望陵遙拜一番。（下馬拜介）恭恭，向衰草坡頓首稱惶悚。忡忡，還只怕變滄桑無定蹤。

　　（丑）老爺，上了這座山頭，就望得見賊營了。（外）如此，同上去一望。（丑）只是馬上去不得。（外）你把馬拴在樹林中，步行上去便了。（上崗介）

【挂玉鈎】俺這裡舉手扳緣，石磴崇從容，早不覺腳趄趑步履慵。（內作風聲介）（外）哪裡虎嘯之聲？（丑）是松濤

3　底本作「鏤」，參酌文意改。
4　底本作「剛」，據清・同德堂巾箱本《虎口餘生》改。

響。（外）原來是絕巇長松吼晚風。（外）呀！那邊草叢中有
個猛虎。（丑）大老爺放心行走。小的只因沒有錢糧，日日在山林
裡射獵，不要說是狼蟲虎豹，連那山雞野鼠也打得乾乾淨淨，哪裡
尋出一個老虎來？（外）那邊不是？（丑）老爺看錯了，是塊頑
石。（外看）**果然是嵯峨怪石，呵！錯認做山君猛。趁著這
月淡天空，不覺的斗轉參橫。**

　　（丑）哪哪！那邊就是賊營了。（外望介）呀，但見千廬萬
幕，疊疊層營，戈戟凝霜，旗旛捲霧。怒馬千山嘶夜月，熊羆萬塞
臥秋風。好嚴整也！（望介）呀，那壁廂幾處高聳聳，烈燄飛騰，
是什麼所在？（丑）是賊營「打亮子」。（外）怎麼叫做「打亮
子」？（丑）殺了這些百姓，把屍首遶營堆了七八處，放起火來，
照得滿營如同白晝，儘他們飲酒取樂。（外）咳，這賊可謂至惡
矣！（丑）還活活的把人肚子剖開，當做槽兒餵馬。還把人身鑿
穿，流出血來和水飲馬；也說他們惡處不了……（內吹號打鼓介）
（外）呀？何處鼓角齊鳴，喧呼震地？（丑）賊營中比箭。（外）
怎麼晚上比箭？（丑）搶來那些百姓：男人當軍，女人姦淫、造
飯。小孩子拴上高竿，當個射箭打彈之標，賭賽眼力，射著者喝采
飲酒。大老爺你看：高竿上這個孩子動手動腳，還是活的哩。
（外）蒼天吓蒼天，百姓何辜，遭此慘毒也！

【川撥棹】**嘆蒼生厄運窮，嗟國祚殺刧逢。抵多少羅刹縱
橫，蜂蠆蒙茸，地軸銷鎔，天柱摧崩。闖賊吓闖賊，藐皇朝
似癬疥相同。**

【七弟兄】**咻！按錕鋙怒沖，濕征袍淚濃，頻叩齒向蒼穹
溟濛。問天天卻也難參詠，豁喇喇長嘯月明中。不由人怒
髮衝冠擁，呀！貫雲霄浩氣沖，貫雲霄浩氣沖。**

　　（望介）軍校，那邊這座山是何名？（丑）叫七盤山。（外）路通何處？（丑）前通潼關，後通藍關，是第一險峻所在。（外）那邊白茫茫大河是何名？（丑）這是汜水，那邊是陝西，那邊是河南。（外）那邊逶迤曲折的山徑是何名？（丑）是雙龍峽。（外）這邊的呢？（丑）是伏虎崖。（外）有這幾處險隘，闖賊不難擒獲也！

【梅花酒】相山形地脈蹤，配著這天時共人工，好藏機伏戎。要使那絕羣猛獸入樊籠，吞舟巨鱷遁深泓。呀！運韜鈐掌握中，運韜鈐掌握中。

　　（丑）天色將明，請大老爺下山去罷。（外）向林中帶馬。（丑）吓。

　　（外）

【收江南】呀！非是俺通宵遊衍呵，為國事怎匆匆。俺待把妖氛掃蕩慰重瞳，捷書飛奏未央宮。（丑）露水大得緊，衣服多濕了。（外）透霜袞露濃。（丑）那邊曉星上得多高哩。（外）恰又早晨星燦燦海天東。

【尾】只為天書特下多珍重，俺待半壁乾坤一臂撐，顧不得吐哺殷勤晨昏勞冗。未艾終軍恰早兩鬢蓬，兀的這千載興亡總付漁樵談笑中。（同下）

按　語 ✒

〔一〕本齣情節、曲文接近遺民外史撰《虎口餘生》第八齣〈夜觀〉。

鐵冠圖‧詢圖

生：鐵冠道人。
末：通積庫神。

（生上）

【浪淘沙】歲月大江流，逝水悠悠，皇圖霸業等浮漚。唯有明月清風依舊也，任我遨遊。

我乃鐵冠道人是也。憶昔洪武開疆，有劉青田匡輔，鼎新帝業，正是英主風雲際會。其時將後代興衰問我，俺不敢罔洩天機，隨畫成一圖授之，為日後應驗。洪武親封，密貯內庫，子孫未得開閱。今經二百七十年，明祚氣數當終，此圖應當發現。來此已是燕京地方，你看：瑞雲歛彩，旺氣沉輝。可惜一代有德之君，奈何劫數當然，難以挽回天意，不免喚內庫之神開示一番。庫神何在？

（末上）來了。看守通積庫，今經數百秋。庫神見。（生）不勞行禮。內庫所貯畫圖，原係預定國運，今明祚已終，合應發現。爾庫神可導引今上，親臨庫內，開看此圖，明示前機不罔。（末）國家興廢，乃上天循環之道，且自古帝王，三代以來無千年之基業也。（生）明祚于開創之先，預定二百七十年之數限，雖有一代有德之君，難以挽回造化。且聽我道來：

【大紅袍】天運有循環，月形有圓缺。看人世古往今來，數不盡滄桑興廢。羨上古唐虞世，仁風雨化，盡垂裳而治，盡垂裳而治。夏商周三代相繼，天命歸，人心歸，保

合雍熙。只為著分封列國，漸帝室衰微。暴秦虐民，鹿失爭相逐，楚漢鴻溝據。咳！嘆重瞳走烏江單騎，漢祚四百年洪基。吳魏蜀鼎足相持，三國爭衡，司馬乘機統劃一。又只見五代紛紛南北繼，休言唐宋元基。喜洪武開疆始，屈指年華二百七十。曆數時斯，當驗洪武圖記。

　　（末）既如此，小神引駕去也。（生）呀，庫神已去，不免回島去罷。

【煞尾】明家基業今已矣，好發圖中秘。成敗總由天，刼數難廻避。指日間，承大統，自有那英明帝。（下）

按　語

〔一〕選抄此齣的散齣鈔本有中國國家圖書館藏朱執堂抄《時劇集錦》。

鐵冠圖·觀圖

末：通積庫神。
小生：崇禎帝。
老旦：王承恩，司禮太監。
丑：太監。

（末上）

【點絳唇】六甲靈符，三台五庫。憑天數，旺氣消除，圖讖應非誤。

　　水殿雲廊別置春，門橫金鎖悄無人。金輿欲幸長生殿，不問蒼生問鬼神。小神乃通積庫庫神是也。自鐵冠先師留下畫圖，命俺守護，迄今二百七十餘年，無人開覽。今大明氣數將終，此圖亦當出現，就此入宮引駕者。速行化現朝真主，天機漏洩在須臾。（下）

　　（小生上）

【生查子】時勢欲猖狂，動地烽煙長。金甌愁破損，御[1]座難安享。

　　殘花落盡見流鶯，誰為傷心畫不成？三百年間同曉夢，暮雲宮闕古今情。寡人乃大明天子是也。承列聖之丕基，作中華之會主，自臨御以來，從無失德。不料，流寇猖亂，海宇分崩，近日秦關失守，邊疆告急，眼見兵鋒漸近神京。可恨那些文武大臣，並無一人

---

1 底本作「玉」，據清·同德堂巾箱本《虎口餘生》改。

能建奇策、為國家滅賊退兵者。豈祖宗王業將終于此乎？使朕寢食不安，這卻如何是好？（老旦上）民安物阜君臣樂，國祚遭危無一人。奴婢啓上萬歲：今奉旨向諸位勛戚大臣借銀助餉，應者寥寥數人，其餘盡推貧乏，不肯捐助，特來覆旨。（小生）吓，有這等事！咳！

【解三酲】歎臣僚勳爵坐享，山河誓簪笏綿長，更有那繫姻親的結契在椒房上，豈忍見邦家多淪喪？卻怎生忘情任逐秦家鹿，袖手傍觀歧路羊。（合）還思想，歎紆朱拽紫，詎少忠良。

　　（老旦）還有要緊事請旨定奪：前日安民廠火藥煙起，局房震倒，匠作居民，死傷甚眾。阜城西直門樓俱壞，乞估計修理，以資捍衞。（小生）便是。今日火災，眞非常異變也！

【前腔】驚心事皇宮舊廠，猛可的烈焰分張，城門失火池魚喪。焚廠舍，損金湯。須不是項王輕道阿房盛，怎做得一炬咸陽瓦礫荒？（合）還思想，歎火災金曜，詎非禎祥。

　　（老旦虛下）（末扮庫神上）（小生）哇！何方鬼魅，輒敢至此？看劍過來！（追庫神往通積庫介）（丑扮太監上）奴婢接駕。（小生）這是什麼所在，封鎖如此嚴密？（丑）此是通積庫，乃太祖高皇帝所封。（小生）宣力士與我打開來看。（丑）此庫太祖高皇帝御筆親封，傳諭子孫不得擅開，歷代以來，不敢開動，恐有未便。（小生）適朕追一鬼魅至此，忽然不見，若不開看，何以釋疑？快與朕打開來！（丑）萬歲爺有旨，傳力士將通積庫打開。（淨、付扮值殿將軍上）領旨。（作打開介）（丑虛下復上）啓萬歲爺：有黃絹包木匣一個。（小生）取來與朕看。（丑）領旨。

（捧木匣上）（小生看介）「朕蒙先師留記，子孫不得擅開。洪武十三年御筆書。」吓！原來是皇祖手書。快看香案過來。（丑）領旨。（淨、付下）（丑即將木匣放桌上，吹打，小生拜介）（丑又開匣，將畫掛起介）（小生）原來是鐵冠先師留下的畫圖！待朕細觀……（傍坐看介）你看，分作三層：第一層是君臣朝賀的光景，上有「垂裳而治」四字。

【太師引】細端詳，好似先朝像，這其間端冕垂裳。須知道四海安康，方得個朝廷揖讓。又道是太平有象，君臣輩喜氣明良。除則是唐虞夏商，好教人千秋萬古猶神往。

　　中間一片焦山，一枝枯樹，一人披髮覆面，一足無履。

【前腔】這是草莽中誰劣像？恁蓬頭跣足恓惶。卻怎無人埋葬，恁拋屍顛覆路傍？咳！看此光景，頗非佳兆。（丑）天道深遠，自古圖讖之言，未足深信，萬歲爺請免愁煩。（小生）你看：下面馬上又有許多兵將，手執大旗。那壁廂旌旗兵仗，盡都是糾桓形狀。唔，這是何故？令人不解。丹青內仙機暗藏，好教人心中惆悵意徬徨。

　　（丑）萬歲休得疑慮，且請間宮將息聖體。（小生）就此回宮。

【尾】通靈紗畫傳非妄，就裡陰符不可量，還只恐留予後人講。（同下）

按　語 _____ ✐

〔一〕本齣情節、曲文接近遺民外史撰《虎口餘生》第十九齣〈觀圖〉。

鐵冠圖·夜樂

末：虞候丞相府的堂候官。

丑：牛金星，李自成大順朝的丞相。

老旦、小旦、正旦、貼：歌伎。

外：報軍情的士兵。

淨、付：宮女。

　　（末扮堂候官上）錦堂月滿玳筵開，珠翠盈盈列玉堦。試聽簫聲天際樂，特迎元輔下三台。俺，牛丞相府中虞候是也。自從開國以來，就將襄城伯府第改為丞相府，又改造的天花地錦，少什麼珠殿瓊樓！又納無數宮娥彩女，又受那些官兒送的美女歌姬；眞個官妓千行，妖嬈百隊！今朝進朝侍宴去了，此時也該下朝，吩咐承值的，安排筵席伺候。（內應介）歌姬們。（內應）（末）相爺將次回府，簪上宮花寶髻，穿上繡襖舞衣，抱著笙簫鼓樂、琴瑟琵琶伺候。（內）曉得。（末下）

　　（丑扮牛金星，淨、小生、付、雜扮四小軍上）

【出隊子】朝回天上，紫極承恩醉御觴[1]。霏霏袍染御爐[2]

---

[1] 　底本作「鉅」，據清鈔本《虎口餘生》（《古本戲曲叢刊》五集景印）改。

[2] 　底本作「鑼」，據清鈔本《虎口餘生》改。

香，軟軟沙隄輦路長。傳殿[3]高呼，令人氣揚。

（吹打進介）（眾）相爺回府了。（丑）迴避。（眾下）

（老旦、小旦、正旦、貼四旦上接介）眾歌姬迎接相爺。
（丑）請起，請起。今日學生在內廷，蒙王爺留宴歸遲，有勞眾位
美人久待了。（眾）今夜月色團圓皎潔，賤妾每備有酒筵，請相爺
賞月。（丑）阿呀，有勞你們，怎好辭得？撤宴過來。（四旦與丑
換衣坐介）（四旦邊坐）

【惜奴嬌】蠶首蛾眉，效般勤軟款，高捧霞觴。如花似
綺，盈盈玉軟溫香。清商，聽皓齒輕歌聲嘹喨，舞霓裳似
嫦娥降。（合）笑語揚，今宵此樂，（丑）好吓。（四旦）不
枉人間天上。

（丑）唱得好！聽了諸位美人妙音，引得我曲興也發作起來。
（四旦）我每一向不知相爺會唱，倒先獻醜了。奉相爺一杯潤喉。
（丑）好個潤喉！眾位美人也要陪我一盃洗耳。（四旦）當得。
（各飲介）乾。（丑）前日值宿朝房，聽見御樂們唱一套新曲，倒
也清新婉麗，就叫一人到我房中來，足足唱了百十遍，第二夜又唱
了百十遍，我纔得學會。待我唱出來與眾位美人聽，只是老猫聲，
休得見笑。（四旦）賤妾們怎敢！再奉相爺一盃。（丑）乾。獻醜
了。

【疊字令】兀的不快殺人也麼，嗏！女娘行折末的多俊
雅，嬌嬌一會兒，好令著咱心坎裡滾來一盞熱水茶。癢又
癢雞皮鼓斷送咱，愛只愛鷹子爪輸了他，盼不上你的助情
花。嗏！屈數嬌名，一個兒紅，一個兒紫，一個兒青，一

3　底本作「轉展」，據清·同德堂巾箱本《虎口餘生》改。

個兒綠，湊著咱這黑黑魆魆的裴別駕，兀的不樂殺人也麼冤家！

（四旦）唱得好！（丑）唱完了。如今也要請教眾位美人了。（四旦）曉得。

【雌雄畫眉序】微歌囀囀，宮音姹姹，出出出出、出韻過了雲霞。玉關怨，玉關怨，楊枝兒吹折，故園情怎不念家？這壁廂座上唱支沙，那壁廂邊上落梅花。長城下看的一個個兒披掛，抵多少痛切切，使我停了琵琶。咱從前低問一聲，怎捱得畢撥兒歲華？莫莫莫莫、莫說折沒了長沙。陰山外，天山北，燐燐鬼火慘照著咱，盼家鄉那涯。忽忽忽忽、忽聽征捲胡笳，聲聲慢，將軍戰馬。哥吓！敢弔俺的一個老飛鴉？

（四旦）獻醜了。（丑）唱得好！

【灞陵橋】聽卿展碧牙，白雪暗含羞，聽你嬌聲咤，俺的神魂出落在天上下。不道恁胭脂妒殺紅裙馬，非是俺老花叢說幾句知心話，噤！我寧做道一不怕，早難道美娘不惹。

（四旦合）

【山東劉滾】白雲嫁，白雲嫁，弱娘娘細腰，噤！笑的急楚陽阿，踏仙仙影斜，步步襯蓮花。攛的俺撲簌簌的玉珮落生霞，翔蕭鳳鸞誇。最愛殺姑姑三尺的那一抹髻花，活舞殺回風，吹動了裙衩。對雙雙不住轉波，咱可也慌瞧瞧將胡雛耍。

（外扮報子上）有事不敢不報，無事不敢亂傳。開門，開門。（丑）吓，這時候半夜三更，什麼人如此驚天動地的敲門？家丁們

去問來。（末暗上）吓，你是什麼人？丞相爺說：「為什麼事？」
（外）俺是大王營中差來報緊急軍情的。（末）住著。稟相爺，他
是大王差來報緊急軍情的。（丑）喚他進來。（末）吓，相爺喚你
進去。（外）吓，報人叩頭。（丑）大王差你來報什麼事情的？
（外）阿呀相爺，不好了！（丑）卻是為何？（外）直北飛龍寨
主，統領八部雄兵，大同宣府遠相迎。真個山搖地震，一路勢如破
竹，果然雞犬無驚，團團圍住紫禁城……（丑）吓，為何不說了？
（外）這一句小的不敢說。（丑）你說不妨。（外）那些軍兵紛紛
攘攘，口口聲聲，必要拿住大王與相爺斬頭瀝血，為大明報仇洩
恨。（丑）阿呀，阿呀！這事怎了？這事怎了？我們這些兵馬哪裡
去了？怎不與他廝殺？（外）不要怪他們。這叫做「上樑不正下樑
歪」。向得明朝天下，只道穩如磐石安寧，終朝行樂伴紅裙，忘卻
朝綱大政，雖有雄兵猛將，卻無軍令施行。大家偷安幸免樂昇平，
禍到頭來難奔。（丑）咳！我往常間極是謹慎，一時忽略了些。
（外）大王著了忙，將細軟金珠寶貝、錦繡綾羅裝成幾百垜子，帶
了至親眷屬連夜逃出京城，從潼關一路逃去。教丞相爺也從潼關一
路逃去，千萬不可遲誤。（外走介）（丑）轉來，轉來！我還有話
問你。（外）俺也去收拾行李，逃命要緊。（急下）

　　（丑）完了，完了！把一天富貴化成半盃雪水。（四旦）當初
大王做下許多大事，全仗軍師神機妙算，如今還是軍師設個計較出
來，就可挽回了。（丑）自古道：「天攤下來自有長的撐」，如今
長人都去了，教我矮子做出什麼事來？家丁，傳令前去，命各營將
校作速整備盔甲，鞍馬停當，候我即刻發兵，遲誤了，梟首號令！
（末）得令。（丑）家將過來。速速進去，那些不值錢的東西多撇
下了，將金銀珠寶、錦繡綾羅多裝在牛皮哨馬內，裝成垜子幾百

個，隨身應用。（丑）吓，轉來，轉來！（末）有何吩咐？（丑）帶我的馬來。（末）吓。（下）

　　（四旦）阿呀丞相爺，千萬帶了我們去。（丑）我的冤家！你們去除了宮髻，脫了舞衣，換了坐馬，戴上邊帽，我帶你們去便了。（四旦換衣介）（丑）阿呀天地神聖爺爺！糶糠阿太鴨蛋頭菩薩！個是囉哩說起！

　　（合）

【錦衣香】這的是天降殃，人怎防。自作孽，忒疏曠。貪戀翠舞珠歌，紅裙醉鄉。盡將朝政都撇漾，把歡娛變做驚慌。休想為卿相！及早的山林草莽潛投夥黨。有日裡火滅煙消，餐刀下場。

　　（四旦下）（末上）稟相爺，垛子俱已起身，人馬在門外伺候。請相爺上馬。（丑）看我的盔來！（末）吓。（丑）取我的甲來！（末）吓。（丑）看我的鎗來！（末）吓。（丑）帶我的馬來！（末）吓。（下）

　　（淨、付扮宮女上）丞相爺，帶了我們去。（丑）不要扯，不要扯！你們放了，你們放了！我自己的性命顧不來，哪裡還顧得你們。（打馬下）

　　（付）啐！矮王八羔子！矮狗攮的！矮亡八肏的！（淨）姐姐，不要氣了。起初沒有他們，見了你我猶如寶貝一般。如今有了這幾個妖精，把你我多冷落了。（付）姐姐，不要惱。我們進去檢些細軟東西，裝上兩皮箱，揀個年貌相當的嫁了他，一生一世安心穩穩過日子，卻不是好？（淨）我的娘，你好主意！就是這般，好！我們進去裝束起來。

　　（合）

【尾】紅顏薄命從來講。好把金珠貼肉藏，早渡過苦海無邊安排嫁玉郎。（同下）

按　語

〔一〕本齣情節、曲文接近遺民外史撰《虎口餘生》第三十七齣〈夜樂〉。

白羅衫‧井會

末：徐繼祖的奶公。
小生：徐繼祖，蘇雲親生子，徐能養子。
老旦：張氏，蘇雲之母。

　　（末隨小生上）別卻嚴親就遠行，蕭蕭行李一身輕。遙觀客路三千里，願逐長風達九京。小生徐繼祖，年方弱冠，志在青雲。目今忝中鄉魁，上京會試。吓，奶公。（末）有。（小生）這裡什麼地方了？（末）這裡是涿州地面了。（小生）如此，趲行前去。（末）曉得。

　　（小生）

【新水令】辭親挾策赴皇州，逐風塵無分宵晝。遙瞻雲黯黯，慢策馬悠悠。不是遨遊，都只為利和名爭馳驟[1]。（下）

　　（老旦破衣上）

【步步嬌】破壁頹垣風吹透，這苦難禁受！老身張氏，自二兒亡後，家道消乏。雖蒙高大人周濟，家中略不十分艱苦。今日廚中乏水，不免到井邊汲些水來。吓，我想，親操井臼雖是婦人之常事，但我年紀高大，還不免辛勤勞苦。咳，天吓！我抱甕淚先流，頻往街頭，出乖露醜。誰人知道我窮愁？影蕭蕭只覺

1　底本作「馳」，據舊鈔本《羅衫記》（《古本戲曲叢刊》三集景印）改。

心如疚。

　　本為堂上榮封母，反作街頭擔水人！（下）

　　（小生、末上）

【折桂令】路迢迢景值深秋，兩岸疏林，一派寒流。見雲迷古道荒坵，似咱蕭條行李，笑語無由。想昨宵宿旅館淒涼似疚，怎能個到皇都卸卻征裘？眞個萬縷閒愁，總上心頭。怎禁那滾滾塵沙，只教人殢卻雙眸？（下）

　　（老旦上）

【江兒水】取次來村右，難遮滿面羞，嘆伶仃孤苦誰搭救？衰年遭難多僝僽，老天知道和天瘦，只落得淚濕青衣衫袖。這段情由，對著誰人分剖？（汲水介）

　　（小生、末上）

【雁兒落】俺只待步雲霄氣正遒，卻做了冒風霜眉先皺。望長安去路修，渴咽喉無由救。奶公，我口中甚渴，那井邊有個婆子汲水，你且帶住了馬。（末）是。（小生）吓，媽媽拜揖。（老旦）官人少禮。（小生）小生行路口乾，借些水來解渴。（老旦）吓，如此，請官人自用。（細看作悲介）（小生）咿？那婆子見了我，為何悲淚起來？呀！好教人驀地費追求，莫不是有冤仇？俺不免將他叩，媽媽，淚珠兒且暫收。有甚緣由？恁須是一一從頭剖。莫愁，恁若是說明白或分憂，說明白或分憂。

　　（老旦）官人若不棄嫌，寒家就在前面，請到舍下少息片時，待老身從頭告稟。（小生）如此，媽媽先請。（老旦）老身引導。（小生）奶公，帶了馬。（末）曉得。

　　（老旦）

【僥僥令】這情蹤真未有，冤抑幾時休。這是舍下了。官人請。（小生）媽媽請。（老旦）官人萬福。（小生）請問媽媽上姓？家下還有何人？（老旦）官人請坐。（小生）有坐。（老旦）老身有兩個孩兒：一名蘇雲，一名蘇雨。（小生）原來姓蘇。（老旦）大孩兒初登進士，赴任蘭谿。（小生）原來是前輩老先生的老夫人，失敬了。（又揖介）（老旦）不敢。（小生）老夫人，既是令郎貴顯，府上為何這般狼狽？（老旦）咳！一言難盡！他赴任三年，杳無音信。又著小孩兒去訪他消息，不道連他也不回來，說是不見兄嫂，悲痛而亡了。有人傳言說江中被劫，至今一十八載，不知下落。（小生）有這等事！（老旦）因此，老身守著這幾間茅屋，每日裡呵，但與七靈相廝守。我的兒吓！撇得我影煢煢作楚囚，影煢煢作楚囚。

（小生）

【收江南】呀！原來是這般樣落難呵，我心中霎時柔。（老旦哭介）（小生）老夫人不須煩惱，小生此去若得僥倖，我便接你回去養老終身；若不得意，差人徧訪令郎消息，報你知道。（老旦）多謝官人厚情！只是，榮貴之時哪裡還念及老身？（小生）咳，說哪裡話來！看你這般苦楚，不要說是小生，便是那鐵石人見說也煩愁。且自寬心免淚流，俺須把恁周，俺須把恁周。到今日一重愁反做兩重愁。

（老旦）多謝官人。老身有白羅二疋，孩兒起身時，做男女衫兩件。女衫媳婦穿去了，男衫被燈煤燒壞，留在家中。如今老身欲將此衫與官人帶去，若有認得此衫者，就好訪問孩兒消息了。（小生）這也使得。（老旦）待老身取來。（下）

（小生）吓，奶公，看這老夫人這般命苦！（末）便是，可

憐！（老旦拿衫上）官人，衫兒在此。（小生）奶公，收好了。
（末）是。（老旦）官人請上，待老身拜謝。（小生）豈敢。
　　（老旦）

【園林好】感君家情投意投，驀忽地伊愁我愁。（小生）請
起。（老旦）為甚麼衣衫濕透？豈司馬在江州？豈司馬在江
州？

　　（小生）

【沽美酒】偶相逢意甚優，不覺的話兜兜。俺只為恤老憐
貧腸欲柔，這籌兒須到頭。俺若是赴春闈、赴春闈把音書
迤逗，管教伊逍遙眉壽。（老旦）不知幾時有音信？（小生）
大約在明春時候。（末）天色已晚，相公請行路罷。（小生）
俺呵！一霎時款留，逗留，早七卻路頭。呀！速去趲程途
疾走。

　　（老旦）官人，此去旅店尚遠，若不嫌，就在舍下草榻一宵，
明日早行，如何？（小生）只是，打攪不當。（老旦）說哪裡話！
【尾】只是蓬茅幸不嫌卑陋。（小生）下榻情深[2]希邁。
（老旦）只是雞黍全無禮不週。

　　（小生）豈敢。（老旦）偶爾相逢途路中。（小生）一番清話
豈成空？（合）今宵賸把銀釭照。（老旦）咳！我猶恐相逢是夢
中。官人請。（小生）老夫人請。奶公，你把馬兒帶到後邊餵料。
（末）曉得。（同下）

2　底本作「竦」，據舊鈔本《羅衫記》改。

按　語

〔一〕本齣主體情節、曲文與抄本《羅衫記》第二十一折接近。

雙珠記‧二探

生：王楫。
末：葉青，監獄的獄卒。
旦：郭氏，王楫之妻。

（生上）

【引】誤嬰縲絏屬皋陶，咫尺天光不照。

　　我，王楫。自從監禁已來，不覺月餘。多蒙葉長官憐我是冤枉的，寬我的刑具，供我飯食，比別個犯人不同，此恩此德，何日得報？只是，我妻子在外，無人依賴；母妹在家，未知安否？苦吓！我總上心來，不勝傷感！好似和針吞卻線，刺人腸肚繫人心。

　　（末拿手扭鏈條上）可笑人移山不去，遂成天與水違行[1]。王先生。（生）長官拜揖。小生多蒙你大恩，愧無寸報。（末）說哪裡話！來來來，上了刑具。（生）大哥，今日為何要上刑具？（末）恐怕官府下來點閘，點過了再開。（生）多蒙你恩德，倘有天開眼之日，決不忘你的大恩。（末）咳，你要報我，我也不指望……喂，王先生，你及早打點打點後事罷。（生）大哥，敢是我有什麼不好的消息麼？（末）王先生，今早刑部詳允文書到了，你的罪名已實，秋後就要處決了。（生）怎麼說？（末照前

1　底本作「程」，據明汲古閣《繡刻演劇》本《雙珠記》（《古本戲曲叢刊》初集景印）改。

說，生驚倒跌介）阿呀！（奔介）放我出去，放我出去！（末）王
先生，你要哪裡去？你看，銅牆鐵壁，插翅也難飛出去。（生捧住
末面孔）我那妻吓！（末）我葉青。（生）郭氏的妻吓！（末）
咳！我是葉青，什麼郭氏的妻。（生）吓，阿呀！（末推生坐介）
（末）王先生醒一醒。（生哭介）阿呀皇天吓，親娘吓！我指望天
開眼之日，再得相見之期，誰想今生不能夠了。（末）咳，可憐，
可憐！

　　（生）大哥，我死何足惜，只是，我有三件事在心放不下。
（末）哪三件事？（生）第一件，母親年老，無人奉養。（末）第
二件呢？（生）妻單子幼，無人撫養。（末）第三件呢？（生）大
哥，蒙你的大恩，未曾報答。（末）王先生，你說哪裡話！且免愁
煩，說便這等說，秋後還有幾個月，且再處。況吉人自有天相，請
自保重。（生）親娘吓……

　　（末）喂，王先生，我有句話問你。（生）大哥有何見教？
（末）你的事雖則如此，只怕不到這個地位亦未可知。（生）親娘
吓！（末）王先生，你若典刑之後，令正還是守制呢，還是改嫁？
（生）大哥，我妻子年少無倚，說什麼守制，我死之後，由他去改
嫁。（末）好，有主意，老到！嫁人的是，嫁人的是。王先生，我
有句話，只是，不好說得……（生）大哥，你是我的大恩人，但說
何妨。（末）我近因喪偶，尚未續絃，若是令正果若改嫁，何不就
嫁了我？我[2]接你令堂到來侍奉，以待天年，令郎是我撫養長大，
延你的宗嗣，彼此兩全其美，不知意下如何？（生）好，如此極
妙！（末）說便這等說，不知令正可允？（生）大哥，我做主，不

2　底本原無「我」字，參酌文意補。

怕他不從，待他進來，待我對他說便了。（末）待我叫他每拿茶來你吃，你坐一坐，我到監門上去看看再來。

（旦上）

【引】夢魂顛倒，冤屈無門告。

來此已是監門上了。葉長官，煩你開一開。（末）是哪個？吓，王娘子來了麼？待我開你進來。（開介）

（旦）葉長官萬福。（末）王娘子拜揖。（旦）我丈夫在哪裡？（末）在這裡，隨我來。王先生，令正來了。（旦）官人在哪裡？（生）娘子，這幾日怎麼不來看看我？（旦）這幾日因孩兒費手，不曾進來看得你。（生）妻吓，你就日日進來看我，也不多幾時了。（旦）吓，官人何出此言？倘有天開眼之日，還要救你出獄。（生）妻吓，你還想我出獄，只怕不能夠了。（旦）官人，怎麼說不能夠了？（生）你去問葉長官。

（旦）吓，葉長官，我官人為何欲言不語？什麼緣故？（末）娘子，我實對你說了罷：今早刑部詳允文書到了，罪名已實，秋後就要處決了。（旦）怎麼說？（末）你丈夫的罪名已實，秋後就要處決了。（旦）吓！秋後就要處決了！官人，真個？果然？阿呀，阿呀……（暈倒，生扶住介）娘子，娘子！（末）叫吓，快些叫！（生）娘子醒來，娘子醒來！（末）王娘子醒一醒！（旦醒介）（末）好了。呀吓！倒吃我一驚。（作揖介）謝天地。冤家吓，你是死不得的嚄。待我去取些熱湯水來。（下）

（旦）

【祝英臺】事參商，心悒怏，歧路苦亡羊。狐媚妄侵，雕啄交攻，驀忽地禍生蕭牆。堪傷，那些兒公道天開，端的

是羅鈐結網。這時節，難道是當刑而亡[3]。

（生）

【前腔】悽愴，我只為犯三刑，臨五鬼，誠得這羸尪。那更母妹（末換褶子扇子暗上）（生）問疏，妻子蹤飄，溘爾夢炊黃粱。還想，（旦）還想什麼？（生）阿呀妻吓，我雖是棄市遺骸，你須把我薰蕮埋葬。（旦）官人，這個何消吩咐，奴家自然料理。（哭介）（末）喂，王先生，把我的說話也說說。（生）是了。吓，妻吓，此間葉長官是我的大恩人，倘我死之後，你心事，與他委曲籌量。

（旦）官人差矣！我的心事怎麼與葉長官籌量起來？（生）我的妻吓，你嫁我數年，並無一日安飽；我死之後，你青年子幼，終身不了。哪！此間葉長官近因喪偶，尚未續絃，你莫若嫁了他，一則保全你孤寡之命，二來遂我報答之心。阿呀妻吓，這事一定要依我的嚄！（旦）官人差矣！自古忠臣不事二君，烈女不更二夫。今日之禍，皆由我起，臨刑之日，甘與同死。只因婆婆在堂，乏人侍奉以終天年；孩兒在家，無人乳哺以延宗嗣，二事在心，苟延性命。我俟親終子壯，必當隨於九泉之下，此心已決，誓不改節！官人吓，你把此言切莫提起。（生）妻吓，你休執迷，我在時李克成把我送了性命，倘我死之後，再遇一個李克成，連你性命也難保了，還是依我的是。（旦）這是身後之事，我自能料理，方纔的言語，再不要提起！（末下，換舊衣上）官府下來點閘了，快些出去罷！

（合）

3　底本作「王」，參酌文意改。

【哭相思】死別生離實可傷，叮嚀後事免乖張。歸家不敢高聲哭，只恐人聞也斷腸。

　　（生）娘子，方纔的說話要依我的嚄。（旦）咳！我誓不改嫁的嚄。（下）

　　（末）王先生，方纔與你取笑，你當真對娘子說起來。方纔娘子這番說話，倒覺我面上沒趣。（生）大哥，等他進來，待我再對他說。（末）咳，還要說什麼？來來來，你看，上面是什麼？（生）這是天。（末）可又來！豈不聞「天理昭彰，人心難昧」？我如今不要了。（生）如此說，大哥真正是個好人。（末）不要說了，且進去歇息歇息罷。（生）多謝大哥。（末）看仔細，這裡來。（同下）

按　語

〔一〕本齣當是根據《雙珠記》第十八齣〈處分後事〉改編，文字有大幅變動，僅保留【紫蘇丸】、【霜天曉角】的前兩句作為引子，其他曲牌全刪，另譜【祝英臺】敷演情節。

孽海記‧下山

付：本無，碧桃寺和尚。

貼：色空，仙桃庵女尼。

　　（付上）

【皂羅袍】和尚出家，受盡波渣。被師父打罵，我只得逃往回家。一年二年養起頭髮，三年四年做起人家，五年六年討一個渾家，七年八年養一個娃娃，九年十年只落得和尚叫我一聲爹爹，和尚叫我一聲爹爹。

　　林下曬衣嫌日澹，池邊濯足恨魚腥。靈山會上千尊佛，天竺求來一卷經。貧僧本無的便是。自幼入空門，謹遵五戒，斷酒除葷，燒香掃地，念佛看經。今日師父、師兄下山抄化去了，不免到山門外閑步閑步，有何不可。（內作鳥鳴介）呀，你聽：處處黃鸝弄巧，雙雙紫燕唧泥。穿花蝴蝶去尋歸，那壁廂蜂把花心釀蜜。陣陣落花流水，聲聲杜宇催歸。不知春去幾時回，咳！怎奈我慾心猶未！

【江頭金桂】自恨我生來命薄，襁褓裡懨懨疾病多。咳！我這個和尚，在娘肚子裡，就是苦的了，因此上爹娘憂慮。我那時只得八歲，我那爹娘請個算命先生，把我的八字與他推算推算。咻！那先生就是我的對頭了，他道我命犯孤鸞，三六九歲難得過。那時我的爹娘也是沒奈何吓！就將我捨入空門，奉佛修齋學念經。我那時一進進了山門，見了師父，朝上深深作個

揖。他把我從頭至尾這麼一看，說道：「小官官，你還出不得家。」我說：「師父，怎麼出不得家？」他說道：「你若要在此出家，須要謹遵五戒，斷酒除葷，燒香掃地，還要念佛看經。那香醪美酒全無分，那個紅粉佳人不許瞧。雪夜孤眠寒悄悄，霜天削髮冷蕭蕭。」似這等暮暮朝朝，受盡了許多折挫。我前日同師父下山抄化，見人家有個標致女子，生得好吓！見一個年少姣娥，生得來十分標致。看他臉似桃花，鬢若堆鴉，十指尖尖，金蓮三寸。莫說是個凡間女子，就是那月裡嫦娥、月裡嫦娥，賽不過了他。因此上心中牽掛，暮暮朝朝撇他不下。咳！我是個和尚，怎麼想起人家婦女來？這就是沒正經的和尚了。不可！不可！我只是念彌陀。（敲木魚介）咳！木魚敲得聲聲響，意馬奔馳怎奈何？意馬奔馳怎奈何？說便這等說，只是放心不下，不免偷下山去飽看一回，有何不可。我只得拜辭了菩薩，下山去尋一個鸞鳳交。且住！我便下山去了，倘有那不成才的，走進房中，把這些鐘磬鐃鈸都盜了去，怎麼好？還是轉去。我只得脫了袈裟，把僧房封鎖，從此丟開三昧火。師父，師父！非是我背義私逃，做僧人沒妻沒子，終無結果。這裡是陷人之處，我把陷人牆圍從今打破，跳出牢籠須及早。嘆人生易老，想及時行樂。效當年劉郎採藥桃源去，未審仙姬得會麼，未審仙姬得會麼？

【尾】闍黎本是高人做，有幾個清心不戀花？爭奈花迷就出了家。

（貼內嗽介）阿彌陀佛。（付笑介）你看：那邊有個優尼來了。我且躲在一邊，聽他說些什麼。

（貼上）

【玉天仙】離了庵門來山下，一路裡難藏躲。瞻前顧後沒人家，只聽喜鵲喳喳，烏鴉呀呀。未知此去事如何，使我心驚怕，使我心驚怕。

（付上）女菩薩稽首。（貼）尚人稽首。（付）女菩薩何來？（貼）仙桃庵來。（付）何往？（貼）探望母親。（付）出家人不顧俗，怎麼說探望母親？（貼）母親有病，故此望之。（付）吓，原來如此。（貼）尚人何來？（付）碧桃庵來。（貼）何往？（付）下山抄化。（貼）難道沒有庵主，要你出來抄化？（付）我師父有病在身[1]，因此下山，效子路負米之故事耳。（貼）吓，[2]原來如此。大家分頭去罷。（付）哄，分頭去罷。

（貼）

【菩提】師父抄化為師尊。（付）尼姑下山探母親。（合）正是將軍不下馬，果然各自奔前程。南無佛，阿彌陀佛。（貼）我去了，因何你來瞧我？（付）哪個來瞧你！那邊有個小和尚來，恐他不識路徑，故此望之。（貼）吓，如今分頭去罷。（付）哄，分頭去罷。（貼）正是相逢不下馬。（付）大家各自奔前程。（合）南無佛阿彌陀佛。

（走介）（付）咻！我去得好好的，你為何也來瞧我？（貼）不是，那邊有個小尼姑來，怕他迷失路途，故此望之。（付）吓，原來如此。如今又該分頭去了吓。（貼）正是，分頭去罷。

【前腔】各人心事各人知。（付）你往東來我往西。（合）

1　底本作「山」，參酌文意改。
2　底本作「吓貼」，參酌文意乙正。

正是相逢不下馬，從今各自奔前程。南無佛阿彌陀佛。

（付下）（貼）一見風流和尚，聰明、俊雅、溫和。手中常把素珠摩，口念經文無錯。百樣身軀扭捻，一雙俊眼偷睃。牛郎織女會銀河，不把真情說破。這裡一所古廟，待我進去假意拈香，看他可來尋我。（下）

（付上）一見優尼容貌，傾城傾國堪誇。料然遍體盡酥麻，令人心癢難揸。好似王嬙出現，分明仙子無差。可惜他去了，若是在此，將他摟抱在山洼，管取一場戲耍。不知他哪裡去了？這裡一所古廟，想必躲在裡頭。喂！優尼，優尼。（貼）我去得好好的，怎麼又來叫我？（付）那邊有個小尼姑，忙忙的在那裡走，想是尋你，因此叫你。（貼）沒有吓。（付）你方纔說有個小尼姑吓。（貼）這是耍你和尚的尼姑。（付）倒來耍我！（貼）過來。你方纔說有個小和尚呢？（付）沒有吓。（貼）你方纔說的。（付）小和尚，小和尚，（笑介）這是耍弄你尼姑的和尚！（貼）咳，和尚，和尚，可曉得我逃下山來的尼姑？（付）咳，尼姑，尼姑，你可曉得我逃下山來的和尚？（貼）仙桃也是桃，碧桃也是桃；和尚與尼姑，都是「桃之夭夭」。（付）你既曉得「桃之夭夭」，當知「其葉蓁蓁」；我做個「之子于歸」，你做個「宜其家人」！（抱貼介）（貼）咳！

【一江風】恁輕狂，敢把春心蕩，真個是色膽如天樣。你是個人面獸心腸，不怕三光不畏四知、不怕三光不畏四知歹和尚，五戒何曾講。笑伊家不忖量，笑伊家不忖量。料此事焉敢強？（付）阿彌陀佛。（摟貼介）（貼）那邊有人來了！（付）南無阿彌陀佛，南無阿彌陀佛……沒有人吓！（貼）可、可不羞殺你那騷和尚，騷和尚。

（付）

【前腔】見姣娘，頓使我的魂飄蕩，論神女自古多情況。那裏王……（貼）那裏王便怎麼？（付）與神女在巫山，暮暮朝朝，為雲為雨在陽臺上。到如今名顯揚，到如今名顯揚。你何須苦自忙？（貼）你幹了這樣事，菩薩也不肯饒你。（付）來，來，就是大菩薩小菩薩、大菩薩小菩薩，他兩個、他兩個都是那爹娘養。我的姣姣，和你做夫妻，管教伊同諧歡暢，同諧歡暢。

（貼）被人看見像什麼？（付）有人看見，只說是夫妻。（貼）哪有光頭夫妻。（付）只說從小大起來的。（貼）不好！我有個道理在此：你在廟前過水，我在廟後過山，約定夕陽西下相會。（付）現鐘不打去鍊銅！（貼）我不哄你便了。（付）不哄我？（貼）不哄你。（付）如此，快些去罷。

【菩提】男有心來女有心，哪怕山高水又深。約定夕陽西下會，有心人對有心人。（合）南無佛阿彌陀佛。（貼下）

（付）咳！果然有搭水在此，怎生過去？說不得，只得要脫足了。

【前腔】男有心來女有心，哪怕山高水又深。約定夕陽西下會，有心人對有心人。（貼上）和尚。（付）優尼，你在廟後過山。（貼）那邊有人來了，快駄我過去！（付）你在那邊來。（貼）不然，我去了。（付）住在那里，住在那里！（合前）約定夕陽西下會，有心人對有心人。（貼）駄我過去。（付）我的靴放在哪裡？（貼）啣在口裡。（合）男有心來女有心，哪怕山高水又深。（貼）有人來了。（付）在那裡唦，約定夕陽西下會，有心人對有心人。南無佛阿彌陀佛。（貼）和

尚，快些過來！（付）就來了。（貼）快些！有人來了。（付）不要忙，待我來吓！累鋤勎，累鋤勎，兩隻脚兒凍得冷冰冰。今夜和尚[3]尼姑一頭睡，來年生個小猢猻。南無佛阿彌陀佛。

（合）

【清江引】纔好纔好方纔好，丟下了僧伽帽。養起頭髮來，戴頂新郎帽，我和你夫妻同到老。

（親嘴渾下）

按　語

〔一〕選刊類似情節的坊刻戲曲選本有：《大明天下春》、《樂府萬象新》、《樂府玉樹英》、《樂府菁華》、《群音類選》、《滿天春》、《萬曲合選》、《醉怡情》、《方來館合選古今傳奇萬錦清音》、閩正堂刊《綴白裘全集》、石渠閣主人輯《續綴白裘》。選抄類似情節的戲曲散齣鈔本有復旦大學圖書館藏佚名抄《戲曲五種選抄》。

3　底本原無「和尚」兩字，參酌文意補。

一捧雪‧換監

末：莫成，莫懷古的僕人。

外：戚繼光。

生：莫懷古，字無懷，戚繼光的朋友。

貼：雪艷，莫懷古的妾。

（末上四顧介）

【鎖南枝】天般恨，海樣深冤，嶮巇世情山與川。驀忽地恩主遭擒，閃得我心驚戰。我，莫成。跟隨老爺避難到此，不想追兵趕至，老爺和雪娘俱被擒獲，我為要求戚爺救俺主人，故此逃脫。不想他每果然將我老爺解到帥府，方纔聞說竟把俺爺監了，趁此夜深人靜，不免跑到帥府門首，候見戚爺，苦求救俺主人則個。心如刺，淚似泉。咳！一霎時咬牙關，不覺的步搖顫。

這裡已是帥府門首，靜悄悄絕無人聲。半夜三更，焉敢傳鼓。只得伏在此處伺候機會便了。

（外便服，雜提燈照上）

【前腔】金蘭痛遭變，臨危無計全，暫假囹圄延緩。難覓天赦金雞，恰似攢心箭。我友莫無懷不知為何事，觸怒嚴家，被擒至此，奉旨立斬回奏。方纔他見我，正欲開口，吾想，倘被這將官識我兩人交好，就難做事了，因此假言喝住，將他監禁。只是，縱然監禁一夜，怎生保全他性命？如今這些軍士俱已酒酣歇息。（顧雜介）過來，你速到監門首，請莫爺和夫人悄悄到後堂來

會。（雜）吓。（下）（末跪介）阿呀老爺，救俺主人的性命吓！
（外驚介）噤聲！是何人，血淚漣，向咱行，懇方便？

　　（末）小的莫成，跟隨家主莫爺至此。（外）我正要問你，老
爺因何遭此大變？（末）家爺有一同行門客，喚做湯勤，原是裱褙
出身。（外）前日我曾見過來。（末）後因家主荐到嚴府，他就獻
了家主的「一捧雪」。（外）什麼「一捧雪」？（末）是一個古玉
杯，乃九世傳家之寶。（外）咳！這樣東西就送與他便了。（末）
家爺只說到家去取，在寓照樣做成一隻送去。（外）這便差了！
（末）誰想嚴爺認作真杯，陞了家主太常正卿。湯勤到來叩賀，家
主醉後失言，露出假杯緣故。（外）你老爺最有斟酌的人，為何如
此？（末）家爺是個直人，以湯勤為心腹之交，一時吐露衷腸。不
想，湯勤報知嚴爺，密至寓中搜取，小人見嚴爺勢頭不好，盜出真
杯，遂得掩飾過了。家爺恐嚴爺別計中傷，故此逃避到此，誰料半
途被執。戚爺吓！若不救拔，家主必登鬼籙矣！（外）吾已差人到
監中去了，到來再作商議。

　　（雜同生、貼鎖肘上，哭見介）（生）仁兄吓！
【哭相思】萬死餘生圖一見，痛煞煞愁淚漣。

　　（外）仁兄被難之由，小弟悉知。只是事已成拙，禍在須臾，
怎生是好？（生）阿呀仁兄吓，小弟今日這條性命呵，
【小桃紅】鬼門關上暫留連，一似那泡影光如電也。莫話
連床，翻成傾刻命歸泉。阿呀仁兄吓，和你膠漆堅，憑伊有
智通神，手偷天，重生我如絲喘也，感洪恩骨鏤心鐫。
（貼[1]、末合）望只望死生交，早拯救斷頭緣。

（外）小弟千思萬想，欲救仁兄，只因你犯差了對頭。你不見方纔那將官呵，

【下山虎】恁般催促，勉強俄延。待把你縲絏陳情辨，怕帝聰隔懸。況悍卒如狼，怎容消遣。（生）仁兄，必定為弟商一萬全之策便好。（外）罷罷罷！我亦拚棄此官，與吾兄呵，塞北天南圖瓦全，肯將薄祿戀，坐視你木囊頭泣斷猿？

（生）阿呀仁兄說哪裡話來！你若同我逃生，你我都有家眷在家，兩處追獲，不唯無益于弟，反有累于兄了。林木池魚累[2]，必然蔓牽，怎如我一死輕生真灑然。

（內四鼓介）（末）老爺，那戍樓上已四鼓了，若至五更，便難措手，怎麼處？（貼）老爺吓：

【山麻稽】痛永訣，懸一線，我待要代你捐身，圖你生還。（生）嬋娟，怎能個廁混卻黛眉顏面？越叫人愁腸戚戚，哭聲耿耿，血淚潸潸。

（末）老爺，且停悲泣，聽小人一言告稟。老爺承先老爺宗祧之重，況公子年幼，未列縉紳，老爺一身關係非小。只有小人世受豢養之恩，此身之外，無可報効。今日呵，

【五般宜】遇著這今生仇夙世孽冤，怎忍見擎天柱未央命捐，我拚得頸血濺黃泉。（生）螻蟻尚然貪生，我死乃分內之事，與汝何干？這個決使不得！（末）老爺！豈不見滎陽紀信，萬年名顯？我這裡如歸視死，望早把身潛害遠。（生）莫成，雖承你高誼，怎忍累及你無辜，我縱偷生，於心何忍？（末）

2　底本「累」字脫，參考曲格，並據明崇禎間《一笠菴新編一捧雪傳奇》
　　（《古本戲曲叢刊》三集景印）補。

那須個守小信硜硜，忘從權和達變。

　　（外）仁兄，事已至此，你上承祖宗之重託，又受不共之大仇，難得他一片好心，你須勉強順從了罷。（末）老爺若不容小人代死，便當碎首堦前，以表我心之堅也！（欲撞介）（外、生扯住介）不可如此！阿呀莫成吓，若果如此，你便是我莫門大恩人了！我倘得生歸故里，汝之父母即我之父母，汝之子孫即我之子孫也。請上受我一拜！（外）如此忠義，下官亦有一拜！（末）可不折殺了小人！（生、貼、外各拜，末答拜介）

　　（外、生、貼合）

【蠻牌令】金石寸心堅，忠義實堪傳。下官聞嬰杵，千古並稱賢。撫育你兒孫幼年，仰事你楡景椿萱。生同出，死獨先，身騎箕尾，名重山川。

　　（內作雞鳴介）（末）雞已鳴了，天明頃刻，望老爺作速把巾服、鎖肘與小人穿戴起來。（生）事雖如此，我心何安！（外）仁兄快些，不可遲滯了！（生脫介）（末戴巾、著衣、上鎖肘介）（外）仁兄此去，決不可回家！小弟有把總劄付一道，與兄填名「歸復」，取他日歸家復仇之意。另備鞍馬一匹、盔甲一副、令箭一枝，仁兄作速打點出關，竟到潮河川魏參將處安身，俟有好音，小弟差人來相請便了。（生）多謝恩兄！小弟所存玉杯，奉兄為壽。（外）豈敢。小弟若利此杯，則與若輩一例矣。只是我兄孤身，豈可懷挈重寶，弟當代為吾兄收藏，俟兄入關，使杯早歸故主便了。（生指貼介）此女幸兄善視之。（外）罪不及于妻孥，弟當竭力保全，安居內室，以俟好音便了。

　　（生披掛介）

【江頭送別】戎衣著，戎衣著，策馬加鞭。孤身向，孤身

向，黃沙荒甸。（向外掩淚介）向伊輾轉肝腸斷，反教人欲
去難前。

　　（外）東方明了，快些出關罷！（生）多謝仁兄，小弟就此去
了。踹破玉籠飛彩鳳，頓開金鎖走蛟龍。（下）（外對雜介）你可
悄悄仍送兩位到監，不可洩漏。（雜）曉得。

【尾】（外）成仁取義心無怨。（貼）自愧我偷生腼腆。
（末）憑著我一點忠心歸九天。

　　（末）阿呀老爺吓！（外看介）嗨！（末）是。（下）

　　（外）難得，難得！世間有此義士。咳，深為可敬，深為可
敬！正是：貪夫逐功名，庸人戀妻子，碌碌世間徒，若個了生死。
難得吓難得！（悶想灑淚下）

按　語 ✎

〔一〕本齣出自李玉撰《一捧雪》第十四齣〈出塞〉。

〔二〕選刊此齣的坊刻散齣選本有：《醉怡情》、閩正堂刊《綴白
裘全集》。

一捧雪・代戮

生、小生、老旦、正旦：士兵。

淨、付：劊子手。

外：戚繼光。

丑：郭宜，神策軍指揮，權臣嚴世藩的家將。

末：莫成，莫懷古的僕人。

貼：雪艷，莫懷古的妾。

（二生扮中軍，二旦扮小軍，淨、付扮劊子，引外上）

【泣顏回】持鉞鎮天驕，玉帳貔貅環遶。風雷號令，山河半壁永保。（生、小生）中軍叩頭。（外）眾將官。（老旦、正旦）有。（外）擺開圍子，行到將臺上去。（眾）得令。（合）營開細柳，颭旌旗影亂雲霞繞。覷黃金斗大腰懸，拜丹鳳書啣天表。（坐介）（眾）軍士們叩頭。（外）起去。

（丑領雜上）

【前腔】弓刀簇擁陣雲高，早見那虎帳曲躬頻禱。小將叩頭。（外）請起。（丑）聖旨嚴限時刻，不可有違！雷霆震怒，頃刻用張天討。星期緊迫，把俘囚赴法雲陽早。（外）曉得了。劊子手。（淨、付）有。（外）速到監中，調取犯官并那婦人來。（淨、付）得令。（合）耀錕鋙閃爍龍文，斬鯨鯢拉摧[1]

1　底本作「推」，據明崇禎間《一笠菴新編一捧雪傳奇》（《古本戲曲叢

枯草。

（淨、付同末、貼上）（淨）犯官進。（付）犯婦進。（眾）進來。（劊）犯官當面。（外）劊子手，把那莫懷古洗剝了，緊緊的綁起來。（淨、付）得令。（貼）阿呀老爺吓！（末）皇天吓皇天！我莫……（作一頓介）懷古死得好無辜也！

（合）

【千秋歲】怨沖霄，不禁哀哀叫，痛裸體渾似俘殍。（貼哭介）阿呀老爺吓！鬢髮蓬鬆，鬢髮蓬鬆，止剩得飲恨含冤聲悄。（外）時辰已至，就押赴雲陽便了。（劊）得令。（外）就煩貴職監斬。（丑）得令。傳軍令，龍吟嘯，鳴金鼓，雷轟鬧，頃刻遊魂渺渺。看雲寒日慘，鬼哭神號。

（劊）開刀！（殺末下，持頭上）稟爺，獻首級。（貼）阿呀老爺吓！

（合）

【越恁好】劍光落處，劍光落處，滴溜溜血似濤[2]。無情三尺，早斷送玉山倒。淚涓涓湧潮、湧潮，淚涓涓湧潮、湧潮，喘吁吁一魂兒追上碧霄。恨怨海仇山，向塿前碎首時，拚葬遠郊。（外）押住了婦人，不許將首級傷損了。（合）生前定，命內招，修短應難保。枉千般痛哭，百計悲號。

（丑）求爺早發回批，小將就要覆旨了。（外）這婦人牌上原無罪犯，且留在此監著候旨。那首級把桶子盛好，文書我已寫就，與你回京便了。（丑）是。（外）吓，差官：

刊》三集景印）改。

2　底本作「桃」，據明崇禎間《一笠菴新編一捧雪傳奇》改。

【紅繡鞋】你把文憑貼肉收牢，收牢。將首級肩上橫挑，橫挑。驅將士，走迢遙。騎戰馬，奔咆哮。離邊塞，覆皇朝。

　　（丑下）（外）中軍。（生）有。（外）可在府內左右打掃空房數間，再撥二名老嫗，整備日逐供應，送莫夫人在彼居住，不可有違！（生）曉得。莫夫人，這裡來。（貼應同下）（外）打道回府。（眾）得令。

【尾】生離死別非輕小，國法王章怎恕饒。吩咐掩門。哪知我就裡機關全故交？（下）

按　語

〔一〕本齣出自李玉撰《一捧雪》第十五齣〈代戮〉。

〔二〕選刊此齣的坊刻散齣選本還有：《醉怡情》、聞正堂刊《綴白裘全集》。

一捧雪‧杯圓

外：戚繼光。
小生：莫昊，莫懷古之子。
生：莫懷古，戚繼光的朋友。
旦：莫懷古之妻。
丑、付：戚繼光的部下。

（老旦、貼扮小軍，淨、末扮中軍執印、劍，小生上）
【引】簪筆離螭頭，金斧霜威重。三秋風色繡衣輕，欽卻
豺狼橫。

　　九霄星鳳人間瑞，萬斛珠犀扇外塵。捧節暫辭三島日，乘軺遍
布一方春。下官重蒙皇命，巡視九邊；敕賜尚方，剔除夙弊。綸言
鄭重，安敢依違。因此，星夜辭闕，走馬來邊，定把這些驕將悍卒
痛懲一番！正是：鐵面森森神破膽，豸冠岳岳鬼魂驚。將校們。
（眾）有。（小生）就此起馬，先往薊鎮行去。（眾）得令。
【二犯江兒水】青驄馳鞚，迤遞到青驄馳鞚，凌雲雄旗
擁。看青霜號令，秋日儀容，展擎天將日捧。〔朝元令〕
羽扇颭春風，油幢捲彩虹。〔柳搖金〕砂磧天空，雁塞雲
濛，趁飛鵬趲行如波浪湧。（丑、付上，跪介）薊州鎮參將、
遊擊、守備、千把總，各哨領兵官，帶領眾將校，迎接大老爺。
（小生）總兵官怎麼不到？（付、丑）舊規在衙門伺候的。（末）
起去。（付、丑）吓。（合）龍泉寶弓、看濟濟龍泉寶弓。川

搖山動、鬧叢叢川搖山動。早來到黑山南紫塞東。

（外上接介）（吹打）（外）賦擲金聲，題柱當年追司馬。（小生）政成鐵面，埋輪今日效張綱。

（各坐介）（付、丑獻茶，各吃介）（付、丑接鍾介）

（外）請問大人，幾時辭朝，行得如此神速？風霜鞍馬，甚覺勞神。（小生）學生甫離蓬樞，蒙聖恩濫叨柏府。自愧才同襪線，職懼素餐。但豸獸尚能觸邪，庭草猶然指佞，釋筆硯而操化權，敢模稜而作不嘶之仗馬乎？（拱介）煩代諭在鎮將佐：「勿玩國法為故習，勿藐天語為弁髦，勿倚金穴為長城，勿視書生為木偶。法之所在……（看劍介）莫道尚方不利也！」（外打恭介）不敢。

（小生）貴鎮控弦幾何？（外）馬步軍五十萬。（小生冷笑）嗄，嗄！大半虛饟而已！軍餉衣甲每歲支費幾何？（外）約有二百餘萬。（小生）半飽私腹耳！操演有定期否？（外）三日一小演，五日一大演。（小生）不過虛演這些故事，那虜至便逃生不逮，何暇對壘！邇來有斬獲否？（外）去秋至冬斬首一千有零，生擒三百餘虜，俱已獻俘過了。（小生）嗄！總是冒濫軍功，斬掠民首以塞責耳！（外跼蹴背介）咻？素昧平生，何故有許多芥蔕？（付、丑）宴完了。（外）大人，薄設樽俎，稍滌塵氛。（小生）這倒不消。（外）看酒。（付、丑）吓。（定席介）（付）上酒。

（合）[1]

【嘉慶子】遏雲裂石絃管沸，更羅列珍饈水陸齊備，綺席寅陳樽罍。憑杯酒，可忘機，逢良會，好舒眉。

---

1 底本原無「合」字，參考明崇禎間《一笠菴新編一捧雪傳奇》（《古本戲曲叢刊》三集景印）補。

（付、丑）稟爺，眾將飯完了。（外）大人，眾將也有小飯。（小生）眾將領賞。（眾）吓，謝爺賞飯。（外）不消，請起。（眾下）（外）看一捧雪過來。（付、丑）吓。（外遞酒介）（小生）呀！

【尹令】驀忽地瓊杯特會，頓觸目心傷憤熾。（外）請上一杯。（小生）住著！酒須慢飲，且問此杯從何而得？（外）是一故人之物。（小生）咳！狹路難容廻避，天遣相遭，洩恨伸仇志怎灰。

（外）大人不用驚疑，此杯實是世友莫無懷的。（小生）咳！你不說「莫」字猶可，提起「莫」字，教我怒髮衝冠！叫手下，把這廝去了冠帶，速速綁著！（眾）得令。（擒外介）（付、丑）大老爺請息怒。（小生）吓，你忘世誼而利所有，殺不辜以奉權要，于情難恕，于法當誅！況嚴賊已干天憲，逆黨怎逃三尺？我定當手刃，以正國法！（外）呀！大、大人，請息雷霆之怒，少聽芻蕘之言。卑職怎敢殺不辜奉權要！向日不敢輕洩，今日可以明言了。（小生）你還有何講？（外）那日我友被擒，卑職恨不得捐軀以代，百計曲全，其實莫兄不曾死。（小生）既不曾死，為何傳首京師呢？（外）其時虧他蒼頭莫成呵，

【品令】他忠肝義膽，代主誓捐軀。權移馬鹿，假首赴京畿。（小生）多是一派胡言！（外）反累卑職呵，公堂勘問，為友身幾斃。（小生）如今藏在何處？（外）只得潛蹤關外，渾似絕人逃世。（小生）你把荒唐言語哄我麼？（外）大人，如今可面質得的，他方纔呵，夫婦重圓，特進天關會晤奇。

（小生）現在哪裡？（外）在內衙。（小生）快請來相見。（外）吓，莫兄，莫嫂，快來，快來快來！（生、旦上）淚流襟上

血，髮白鏡中絲。（外）諕死了，諕死了！為了仁兄，險些送了小弟的命。（生）為何？（外）巡邊御史要請兄相見，快去快去。（生）吓，巡邊御史是哪個呢？（小生）為何還不見請來？（生、旦）吓！聲音好似我孩兒，我且看來。（小生）呀！果然是我爹爹、母親！（各哭介）（生悲介）

【豆葉黃】痛生離死別，血淚頻垂。自分作來世相逢，驀忽地更添驚喜。（合）浪分三地，天圓一期。況又是重新世胄，況又是重新世胄，比當日門楣，倍覺生輝。

（外）可喜，可喜！但尊姓不同，使小弟好難模擬。（生）小兒被難，寄居師舍，故從方姓。我兒過來，我若非你恩伯救拔，已登鬼籙矣！（小生）恩伯請上，受小姪一拜。（外）嘎嘎嘎，豈敢！不殺就夠了，何勞大人賜拜。（小生）此一拜：小姪一則拜謝救父之恩，二則請適纔愚戇之罪……（拜介）

【玉交枝】高深恩義，效啣環稽首堦除。陳、雷友誼真堪擬，比嬰、杵千秋易地。（生）鬼門翻作玉門歸，斑衣換卻朱衣貴。（合）羨團圓千秋事稀，荷恩榮九重寵遺。

（小生）孩兒伏闕上疏，蒙聖恩念爹爹無辜受罪，給還冠帶了。（外）既如此，取太老爺、夫人冠帶過來。（生、旦穿介）（生）我兒，我若非莫成代死，焉有今日？（小生）莫蒼頭之忠義，雪娘之貞烈，真堪不朽！孩兒便當奏聞旌表，今日先遙空拜謝。（合拜介）

【六么令】雙忠媲美，一死鴻毛，萬古名題。行看指日叩彤闈，旌廬墓，賁泉扉。（合）九京冥契歡聲沸，九京冥契歡聲沸。

（淨持人頭上）報！報！報！萬歲爺斬了嚴世蕃，將首級傳示

九邊，特送爺麾下。（外、二生、旦）咳，嚴賊，嚴賊！你如此奸雄，豈知也有今日麼？

（各指頭，合）

【江兒水】梟獍張貪惡，豺狼肆噬臍。專權慣把乾綱戲，壟斷思將金穴砌，殺人以絕忠良輩。天網怎教瞞昧！懸首邊疆，一旦華夷色起。

（外）速去懸掛關上十日，再到別關號令。（丑）得令。（下）

按　語 ✎

〔一〕本齣出自李玉撰《一捧雪》第三十齣〈杯圓〉。

副末

輕薄人情似紙

遷移興廢如棋

蕉鹿塞馬魂夢飛

休羨蝸名蠅利

瓜豆任君栽種

收成自有高低

攘雞奪食落便宜

一旦時衰自斃

白雪紅牙

憑著他錦上添錦

瞇瞇醉眼

且看演戲中之戲

　　　　——交過排場

開場‧八仙上壽

老旦：王母。
淨、生、丑、付、貼、正旦、小生、外：八仙、仙女。

　　（老旦扮王母，淨、生、丑、付、貼、正旦、小生、外等扮八仙、仙女同上）
【園林好】家住在蓬萊路遙，看幾度春風碧桃，鶴駕生風環珮飄，辭紫府下丹霄，辭紫府下丹霄。
　　（淨、生）海上蟠桃初熟。（丑、外）人間歲月如流。（小生、付、貼）開花結子幾千秋。（眾合）我等特來上壽。
【山花子】壽筵開處風光好，爭看壽星榮耀。羨麻姑玉女並朝[1]，壽同王母年高。壽香騰壽燭影搖，玉杯壽酒增壽考。金盤壽果長壽桃，願福如海深，壽比山高。
【大和佛】青鹿啣珠呈瑞草，齊祝願壽山高。龜鶴呈祥戲庭沼，惟祝願壽彌高。華堂壽日多喧鬧，惟願壽基鞏固壽堅牢。享壽綿綿，樂壽滔滔。展壽席人人歡笑，齊慶壽筵中祝壽詞妙。
【紅繡鞋】壽爐寶篆香消，香消。壽桃結子堪描，堪描。斟壽酒，壽杯交。歌壽曲，壽奴姣。齊祝願，壽山高。

1　底本作「超」，據《風月錦囊》的《新編奇妙賽全家錦大全忠義蘇武牧羊記》改。

【尾聲】長生壽域宏開了，壽燭燦煌徹夜燒，但願歲歲年年增壽考。（齊下）

按　語

〔一〕本齣部分曲文曾出現在明嘉靖三十二年重刊《風月錦囊》之《新編奇妙賽全家錦大全忠義蘇武牧羊記》以及清·寶善堂校改鈔本《蘇武牧羊記》第二齣〈慶壽〉。

〔二〕原刊於寶仁堂乾隆二十九年《初編·陽集》書首，正文標目〈八仙上壽〉，版心、目錄作〈八仙〉。乾隆三十二年四編合刊本亦刊於書首，標目同二十九年本。乾隆三十六年改置於《八編》之首，三十九年本及四十一年本同，這三個本子的正文、版心、目錄標目改作〈上壽〉。鴻文堂本、四教堂與集古堂共賞齋系統、學耕堂系統的本子規仿。

〔三〕類似〈八仙上壽〉的劇碼常見戲曲散齣選本選刊，如《風月錦囊》、《樂府紅珊》、《堯天樂》、《崑弋雅調》、《千家合錦》、石渠閣主人輯《續綴白裘》等。其中，《千家合錦》、《續綴白裘》兩版同，餘情節、曲文各異。

荊釵記・別任

小生：王十朋，新科狀元。

生：王士宏，新科進士。

淨：王士宏的僕人。

丑：王十朋的僕人。

外：吏部當該，值班服務發送公文的人。

（小生上）

【稱人心】功名遂了，思家淚珠偷落。妻年少萱堂壽高，恨聞藤來纏擾，教人恥笑。難貪戀榮貴姻親，百年守糟糠偕老。

辛苦芸窗二十年，喜看一日中青錢。三千禮樂才無敵，五百英豪我佔先。因參相，被流連，改調潮陽路八千。泥金已報平安字，慰我高堂望眼穿。下官，王十朋。叨中上第，濫蒙聖恩，除授饒州僉判，已經寫書回去接取家眷到來，同赴任所。誰想不從奸相姻親，將我改調潮陽，以此未得起程。本待再寄封書信回去，奈無便人，如何是好？

（淨隨生上）

【普賢歌】先蒙除授任潮陽，僉判十朋也姓王。丞相倚豪強，將他調海邦，只為不從花燭洞房。

下官，王士宏。蒙聖恩除授潮州僉判，只因王年兄不就相府招贅，把他改調潮陽，將下官改任饒州。今日起程赴任，特來告別。

（淨）啓爺，已到狀元公館了。（生）通報。（淨）曉得。有人麼？（丑上）是哪個？（淨）家老爺拜辭老爺。（丑）少待。稟爺，王老爺拜。（小生）道有請。（丑）家爺出來。（生）迴避。（淨）吓。（下）（小生）吓，年兄請。（生）不敢。年兄請。（作進見禮介）（小生）請坐。（生）有坐。（小生）請問年兄幾時榮行？（生）小弟今日起程，特來告別。（小生）多蒙光降。（生）不敢。小弟正欲請教：那相府招親乃是美事，為何不就，以致改調？（小生）年兄吓，小弟一言難盡！（生）願聞。

（小生）小弟呵，

【白練序】十年力學[1]，今喜成名志氣豪。也只望封妻報母劬勞，誰知那相府逼勒成親苦見招，為不從將咱改調，此心懊惱。

（生）

【前腔】吾兄免自焦，休得見小，論吉人終須造物相保。休辭途路遙，聞說潮陽景致好。（合）焚香告，一心靠著蒼天便了。

（外上）吏部文憑發，忙催赴任行。自家吏部當該是也。為送文憑與王士宏，說到王狀元寓所去了，為此特地而來。此間已是，不免逕入。二位。（二生）請了。到此何幹？

（外）

【婆羅門賺】限期已到，請馳騎登途宜早。（生）意難拋，今朝拜別俺故交。（小生）自懊惱，我往潮陽歸海島，君往

1　底本作「孝」，據《新刻原本王狀元荊釵記》（《古本戲曲叢刊》初集景印）改。

饒州錦繡饒。（外）休嘆息，願此去各家善保，且寬懷抱。

　　（生）外廂伺候。（外下）

【前腔】（生）願赤心報國安民，大凡事理宜公道。（小生）望吾兄，忠心一片天可表。去任所，管取民歌德政好。（生）德政好，時民無擾。多蒙見教。（小生）乏款曲，休嗔免笑。（眾旗傘上）（生）告辭先造。

　　告辭了。昔日與君同獻策，今朝各自奔前程。（眾喝下）

　　（小生）咳，罷了，罷了！叵耐權臣奸詐深，將人無故苦相侵。正是：虧心折盡平生福，咄！行短天教一世貧！

【紅芍藥】切齒恨奸臣，將咱改別調。卻將那王士宏除授改饒，咱授海濱勤勞。空教、空教那厮謀陷我，天憐念豈落圈套。但願得夫妻母子來此永團圓，一家多榮耀。

【前腔】到得潮陽且歡笑，其時放懷抱。施仁佈德愛善除豪，官民共樂唐堯。還教、還教要訓愚共暴，當效他退之施教。但願得三年任滿再還朝，加爵祿官誥。

【尾聲】忠心赤膽報皇朝，功名富貴人難效，姓字凌煙閣上標。

　　逼勒成親吾不從，任教桃李怨東風。饒君使盡千般計，天不從時總是空！（下）

按　語

〔一〕本齣主體情節、曲文接近《新刻原本王狀元荊釵記》第二十七齣。

荊釵記・前拆

旦：錢玉蓮，錢流行之女，王十朋（字梅溪）之妻。

老旦：王十朋之母。

末：信差。

外：錢流行，員外。

付：姚氏，錢流行的繼室。

　　（旦隨老旦上，合）

【傍妝臺】意懸懸，倚門終日，望得眼兒穿。自他去後歷鏖戰，杳沒個信音傳。多應[1]他在京得中選，因此無暇修書返故園。他若是登金榜，怎不錦旋？教娘心下轉縈牽。

　　（末扮承局上）

【賺】渡口離船，早來到錢家宅院前。咱不免偷閒先下彩雲[2]箋。有人麼？（老旦）甚人言？（末）不免逕入。（老旦）原何直入咱庭院？（末）為一舉登科王狀元。（老旦）哪個什麼王狀元？（末）就是王梅溪老爺。（老旦）吓！王梅溪！這就是小兒了吓。（末）如此說，是太夫人了？失敬了。（作揖介）（老旦）不敢。請問先生是哪裡來？到舍有何貴幹？（末）小子是省堂承局。因來便，特令捎帶家書轉。（老旦）有勞了。喜從

1　底本作「都因」，據《六十種曲》本《荊釵記》改。

2　底本「雲」字脫，據《六十種曲》本《荊釵記》補。

人願，喜從人願。

【前腔】吓，先生，他為何不整歸鞭？付與書時有甚言？（末）教傳語，說因參丞相被留連。（旦）婆婆，他說留連，敢是不回來了？（老旦）媳婦的兒吓，你且免憂煎，可備些薄禮酬勞倦。（旦）回房不及了，就把銀簪當酒錢。（老）這也使得。先生，這物輕鮮，權為路費休辭免。（末）在京領過狀元的賞賜。（老旦）不必推辭，請收了。（末）多謝太夫人。**去心如箭，去心如箭。**（末下）

（老旦）媳婦，我每去報與你爹爹知道。（旦）有理。

（合）

【皂角兒】嘆想連年時乖運蹇，喜今日姓揚名顯。步蟾宮高攀桂枝，跳龍門首登金殿。把宮花斜插戴帽沿邊，瓊林宴，勝登仙。早辭帝輦，榮歸故園。那時節，夫妻母子，大家歡忭。

（旦）爹爹，母親有請。（外、付接唱同上）

【尾聲】鵲聲喧，燈花豔。（旦）丈夫有書回來了。（外）媽媽。（付）老老。（外）**果然今有信音傳。**（外）吓！李成家婆，準備華堂開玳筵。

（老旦）親家，孩兒有書回來了。（付）親家母，恭喜，賀喜！（外）親母，這書是哪個寄來的？（老旦、旦）是承局寄來的。（旦）送與爹爹開拆。（外）不敢，還是送與你婆婆開拆。（老旦）還是親家開拆。（付）佳子，吾丒弗要推，看書面上寫囉個開拆就是哉。（外）這句也說得有理。待我看來。「此書煩至溫州城雙門巷錢老貢元岳父大人親手開拆。」喂，媽媽，是我開拆。（付）老老，若是吾開拆，等我尋一管赤毛頭搭吾鬬鬬。（外）開

拆之拆。親母，有佔了。（老旦）好說。（付）老老，念嘿是哉。
（外）你們大家來聽吓。

【一封書】男八拜，吓？這書不像個有才學的人寫的吓？
（付）哪了？（外）兒子寫與母親應寫「百拜」，怎麼是「八
拜」？（付）老老，故嘿真正有才學個寫個。吓兩拜，我兩拜，親
家姆兩拜，夫婦之情也是兩拜，共成八拜。（外）嗨！**拜覆母親
尊前妻父母：離膝下到都，一舉成名身挂綠。**（付）老老，
倩個叫「挂綠」？（外）中了狀元謂之「脫白挂綠」。親母，恭
喜，賀喜！（老旦）同喜同喜。（付）喂！四隣地方！我俚個女婿
中子狀元哉。（外）媽媽，進來。你在外邊嚷什麼？（付）弗是，
嚷拉鄉隣聽聽，免子差使好個。（外）吓，有麝自然香，何必當風
站。（老旦）親家，請看完了。（外）**招贅万俟丞相府。**我兒，
來來來！（旦）爹爹，怎麼？（外）這句有些不妥。（付）咦？倩
了賊頭狗腦？等我去聽聽看。（外）**可使前妻別嫁夫。寄休
書，免嗟吁，草草不恭兒拜覆。**

（付搶書介）拉里哉！好吓，我只道家書，倒是休書！老小花
娘，纏替我走出去！（外）阿呀，這，這是哪裡說起！

（老旦）阿呀！

【剔銀燈】親家母不必怒起，容老身一言咨啓。我孩兒頗
頗知法禮，肯貪榮忘恩失義？（付）小娼根，老花娘，纏走出
去！（外）媽媽，不可如此。須知道，天不可欺，決不肯停妻
再娶。

（付）

【前腔】忘恩義窮酸餓鬼，纏及第輒敢無禮。只因賤人不
度機，教娘受腌臢惡氣。如今，卻元來誤你，羞殺了夫人

面皮。

（外）媽媽，一紙家書未必眞。（付）思量情理轉生嗔。（二旦）霸王空有重瞳目，有眼何曾識好人。（旦）婆婆，怎麼處？（老旦）不妨，有我在此，隨我來。（下）

（付）走出去！（外）媽媽，不要嚷。我去打聽個著實再作道理。（付）老烏龜，快點去打聽。若無介事，饒吥；若有個樣事嘿，我就撞煞拉吥個老入娘賊身浪虱！（外）媽媽，不要動氣，待我去打聽打聽就來。（付）快點去，快點去！（下）

（外）正是：莫信直中直，須防仁不仁。阿呀！難道王十朋果然有此事？我若不信，這書中的筆跡是王十朋的；我若信了，難道教我那女孩兒嘿再去改……吓，阿呀，阿呀！（哭介）我越想越苦吓，越想越惱吓！

（哭介）

【步步嬌】想當初要與王家把姻親結，是我先送過年庚帖。我見他貧窮，是聘禮不求奢，止有這一股荊釵，我也再無別說。咳，老天吓老天，指望百歲永和諧，誰知半路相拋撇。

咳，呀呀呀吔！

【江兒水】說甚今生契，都應是前世孽。喂，王十朋，王十朋，你若幹了這樣沒天理的事，是呀，縱做高官顯爵你的名兒缺。喂，我怎麼樣待你的？阿呀和你共處同居把你全家接，喏！臨行時又把黃金貼。眞是負心薄劣。方纔也不要怪我那婆子吵鬧吓，就是活佛爺爺，（哭介）[3]也倒下蓮臺自跌。

3　底本空兩格，沒有「哭介」兩字，據乾隆三十二年《四編》、乾隆三十六年《七編》補。

【川撥棹】你忒情絕，好、好教人腸寸摺！方纔說這書是承局寄來的，他一定在府前公幹。吓，我如今就、就到府前去尋他便了。我向承局問個枝葉，向承局問個枝葉，好和歹我心始洽。我回家好細說，問他行好辨別。

【尾聲】薄情人做事忒乖劣，閃得人沒下梢來沒下節。咳！我是倒也罷了吓，阿呀只是苦煞我的姣兒他沒話說。

　　　我如今就去打聽，我如今就去打聽。（下）

按　語

〔一〕本齣主體情節、曲文接近汲古閣《六十種曲》本《荊釵記》第二十二齣〈獲報〉，略有增刪。本齣的【步步嬌】、【江兒水】、【川撥棹】、【尾聲】等曲他書未見。

〔二〕選刊此齣的坊刻散齣選本還有：《風月錦囊》、《樂府紅珊》。

荊釵記‧女祭

老旦：錢玉蓮的婆婆，王十朋之母。
末：李成，錢玉蓮娘家的僕人。

　　（老旦上）
【引】柳拂征衣路未央，可憐年邁往他鄉。（末上接）謾自慇懃設奠，血淚灑長江。
　　（老旦）李舅，小姐的繡鞋在哪裡拾的？（末）吓，還在前面些，請老安人再行幾步。
　　（老旦）
【綿搭絮】尋蹤覓跡含淚到江邊。（末）老安人請住步，小姐的繡鞋就在此處拾的。（老旦）吓！小姐的繡……（作哭噎介）就在此處拾的？（末）是。（老旦）擺下祭禮。（末）曉得。（老旦）阿呀媳婦的兒吓！你看，渺渺茫茫浪潑天，可憐辜負你青年。（末）小姐吓，你清名雖則留千古，哪！只是白髮親姑誰可憐？（老旦）看香。（末）吓，有香。（老旦）快些。（末）來了。（老旦）香呢？（末）吓，老安人，男女只為起身得促，那香倒忘了。（老旦）咈！些須小事，你就忘了？（末）咳，真正不小心！（老旦）阿呀媳婦的兒吓！你一炷香也沒福消受，也罷。只得撮土為香，禮雖微表娘情意堅。望靈魂暫且聽言：指望松蘿相倚，誰想你抱石含冤。阿呀媳婦的兒吓！撇得我無倚無依，媳婦的兒吓，你帶我的孝纏是正理，今日裡呵，教娘反披蔴

哭少年。

（末）

【憶多嬌】哭少年，送少年，安人奠酒男女化紙錢。催促登程休辭倦，不必留連，不必留連，要趲程途萬千。

（老旦）李舅，把祭禮撇在江中罷。（末）曉得。小姐吓，保佑老安人在路上好行好走，我們是去了嘘。

（老旦）

【風入松】嘆連年貧苦未逢時，誰想一旦分離？我孩兒自別去求科舉，怎知道妻房溺水。我待說來，猶恐驚駭孩兒。吓，李舅。（末）老安人。（老旦）你決不要與他知。

（末）

【前腔】安人不必恁躊躕，且聽男女區處。只說狀元有信催迫起，先令我送安人來至。那其間方說個就裡，吓，老安人，決不要便驚疑。

【急三鎗】（老旦）痛意情難訴，常思憶，常憂慮。心戚戚，淚如珠。（末）且是登程去，休思憶，休憂慮。在途路上，免嗟吁。

（老旦）

【風入松】你如何叫我免嗟吁？我這老景憑誰？年華老邁難移步，旦夕間有誰來溫顧？恨只恨他們的繼母，逼他嫁，葬魚腹。

【急三鎗】（末）若說是葬魚腹，如何懺，如何度？經與咒，總成虛。（老旦）你在黃泉下，有誰來懺，誰來度？屈死得最無辜。

【風入松】（末）咳！果然死得最無辜，哪！我家的小姐是，

論貞潔真無。姻緣契合從今古，拆散了夫妻皆由天數。
（合）哭啼啼擔愁在途，未知何日裡到京都。

　　（老旦）阿呀媳婦的兒吓！（末）老安人且免愁煩，趲路要緊。（老旦拭淚，末隨下）

按　語

〔一〕本齣主體情節、曲文接近汲古閣《六十種曲》本《荊釵記》第三十齣〈祭江〉。

〔二〕選刊類似情節的坊刻散齣選本有《風月錦囊》，曲文不同。

荊釵記‧男祭

老旦：王十朋之母。
小生：王十朋。
末：李成，僕人。

　　（老旦上）
【引】細雨霏霏時候，柳眉煙鎖常愁。（末隨小生上）昨夜
東風驀吹透，報道桃花逐水流。（合）新愁惹舊愁。
　　（老旦）極目家鄉遠，白雲天際頭。（小生）五年辭故里，灑
淚濕征裘。告稟母親知道，孩兒夜來夢見媳婦扯住孩兒衣袂，說
道：「十朋吓十朋，只與你同憂，不與你同樂。」醒來卻是一夢。
（老旦）兒吓，敢是媳婦與你討祭麼？（小生）孩兒已曾備下祭
禮，請母親主祭。（老旦）阿呀我那媳婦的兒吓！非是你兒夫負你
情，只因奸相妒良姻。生前淑性甘貞潔，死後靈魂脫世塵。餐玉
饌，飲瑤樽，水晶宮裡伴仙嬪。待你兒夫任滿朝金闕，與汝伸冤奏
紫宸。（小生）母親，孩兒告祭了。阿呀我那妻吓！我和你好似巫
山一片雲，秦嶺一堆雪，閬苑一枝花，瑤臺一輪月。到如今，雲散
雪消，花殘月缺，好生傷感人也！
【新水令】一從科第鳳鸞飛，被奸謀有書空寄。幸萱堂無
禍危，痛蘭房受岑寂。捱不過這凌逼，身沉在浪濤裡。
　　（老旦）
【步步嬌】將往事今朝重提起，越惱得肝腸碎。清明祭掃

時，你省卻愁煩，且自酹禮。李舅，看酒來。（小生）卑幼之喪，何勞母親奠酒。（老旦）兒吓，須記得聖賢書，道吾不與祭如不祭。

（小生）看香。（末）有香。（小生、老旦坐介）

【折桂令】爇沉檀香噴金猊，昭告靈魂，聽剖因依。自從俺宴罷瑤池，宮袍寵賜，相府將咱勒贅。俺只為撇不下糟糠舊妻，苦推辭桃杏新室，致受磨折，改調俺在潮陽。阿呀妻吓！因此上耽誤了、耽誤了恁的歸期。

（老旦）

【江兒水】聽說罷衷腸事，阿呀媳婦的兒吓！只為伊，卻原來不從招贅施奸計。懊恨娘行沒仁義，凌逼得好沒存濟。今日個母子虔誠遙祭，望鑒微忱，早賜靈魂來至。

（老旦坐介）（小生）看酒。（末）有酒。

（小生）

【雁兒帶得勝】徒捧著淚盈盈一酒卮，空列著香馥馥八珍味。慕音容不見伊，訴衷曲無回對。（拜介）呀，俺這裡再拜自追思，重會面是何時？搵不住雙流淚，舒不開咱兩道眉。先室，俺只為套書信的賊施計。賢妻，俺若是昧誠心自有天鑒知，昧誠心自有天鑒知。

（老旦）

【僥僥令】這話分明訴與伊，須記得看書時。懊恨娘行忒薄義，拋閃得兩分離在中路裡，拋閃得兩分離在中途路裡。

（小生）

【收江南】呀！早知道這般樣拆散呵，誰待要赴春闈？便

做到腰金衣紫待何如？說來的話兒又恐怕外人知。端的倒
不如布衣，妻吓！只索得低聲啼哭自傷悲。

（老旦）

【園林好】免愁煩回辭了奠儀。我那媳婦的兒吓！我做婆婆
的，本待要拜你一拜，又恐你消受不起，吓，也罷，我只得拜馮
夷多加些護持，早早向波心脫離。惟願取免沉溺，惟願取
免沉溺。

（小生）李舅，化紙。（末）曉得。（化紙介）（小生奠酒
介）

【沽美酒】紙錢飄蝴蝶飛，紙錢飄蝴蝶飛，血淚染杜鵑
啼，好教人覩物傷情越慘悽。魂靈兒想自知，俺不是負心
的、負心的隨著燈滅。花謝有芳菲時節，月缺有團圓之
夜。俺呵！徒然間早起，晚息，想伊，念伊。阿呀妻吓！要
相逢除非是夢兒裡和你再成姻契。

（合）

【尾】昏昏默默歸何處？哽哽咽咽常念你。願伊直上嫦娥
宮殿裡。

（老旦）年年此日須當祭。（小生）歲歲今朝不可違。（老
旦）天長地久有時盡。（合）此恨綿綿無了期。（小生）阿呀我那
妻吓！（老旦前走，小生哭下，末隨下）

按　語

〔一〕本齣主體情節、曲文接近汲古閣《六十種曲》本《荊釵記》第三十五齣〈時祀〉。

〔二〕選刊類似情節的坊刻散齣選本有：《大明天下春》、《詞林一枝》、《摘錦奇音》、《萬曲合選》、《時調青崑》、《怡春錦》、鬱岡樵隱輯《新鐫綴白裘合選》、《醉怡情》、《萬錦嬌麗》、《歌林拾翠》、《方來館合選古今傳奇萬錦清音》、《萬家合錦》、聞正堂刊《綴白裘全集》、石渠閣主人輯《綴白裘全集》、石渠閣主人輯《續綴白裘》、《審音鑒古錄》。其中，《大明天下春》與《摘錦奇音》齣首有【何滿子】一支，是其他選本沒有的。

荊釵記・開眼

外：錢流行，員外。
付：姚氏，錢流行的繼室。
末：李成，錢家的僕人。

（付扶外上）（付）老老，看仔細……

【三臺令】 夜來花蕊銀燈，曉起鵲聲翠屏。（外）何喜到門庭？頓教人側耳頻聽。

（付）坐子。（外）每日心懷耿耿，終朝眼淚盈盈。只為孩兒成畫餅，教人嘔氣傷情。（付）昨夜燈花結蕊，曉來鵲噪聲頻。（外）吓，料我寒門冷似冰，量無好事到門庭。（付）老老，物性有靈，必有佳兆。老老，你坐孞，等我拿茶拉吺吃。（外）就來。（付）是哉。（下）

（末上）

【引】 乍離南粵郵亭，又入東甌郡城。

我，李成。自離吉安，又到溫州，一路來聞得老員外思念小姐，兩目昏花。咳，可憐！已到自家[1]門首了。你看，門景淒涼，不免逕入。（付上）是囉個來外頭？（末）是李成。（付）吺個男兒一向拉囉里，今日勒居來？（末）男女隨狀元在任所。（付）天煞個！吺弗居來，員外為子小姐，一雙眼睛纔哭瞎哉。（末）吓！

---

[1]　底本作「巳」，據《六十種曲》本《荊釵記》改。

雙眼都沒了，可憐！如今員外在哪裡？（付）坐耎中堂，跟我來。老老，李成居來哉。（外）吓！李成回來了麼？（末）員外，小人回來了。叩頭。（外）在哪裡？（末）小人在這裡。（外）來，有話問你。（末）什麼說話？（外）咻！（咬介）你撇得我好……好吓！你起身之時，我再三吩咐你，送王老安人到京，會見了狀元，即便回來。你一去五年，望得我好苦吓！我只道你死了。（末）吓，員外，小人送老夫人到京，見了狀元，本要就回，被苦留相送赴任，所以不能得就回。（付）個樣忘恩負義之人，理俚做僚？（末）老安人吓，那狀元不是忘恩負義之人。（付）夯娘賊！吃子俚耎兩年飯脚水，就護俚耎哉。（末）他當初除授饒州僉判，因奸相招贅不從，改調潮陽煙瘴地方，意欲陷害。後因朝廷體知本官處事廉能，持心公正，陞任吉安府太守。因此，修書打發小人回來迎請員外、安人到任，同享榮華。有書在此。（付）老老，書拉里，拆開來看看寫個哆哈僚個拉上頭。（外）前番一封書，害得我家破人亡，如今又是什麼書？不要看它！（付）正是！前頭個封書休子我里囡兒，那間倒怕俚休子老太婆了。（外）我雙眼昏花，哪裡看得它。李成，你把書拆開來，字字行行念與我聽。（末）小人怎敢。（付）嘮叨！教晤拆便拆哉，有介哆哈推辭！（末）如此，待小人跪了，拆開來念與員外聽。

【一封書】婿百拜岳父母前：員外可聽見？（外）你念。（末）自離膝下已五年。因參相不見憐，改調潮陽路八千。今喜陞為吉安府，遣使來迎到任間。匆匆的奉寸箋，伏乞尊前照不宣。

（外）書呢，書呢？（末）在這裡。（外）我聽了此書呵，

【下山虎】正是見鞍思馬，覩物傷情。觸起我關心事，教

我怎不淚零？如今吾婿得沐聖朝寵榮，我女一身成畫餅。
（末）員外保重，不要哭了。（外）他穩坐在吉安城，我那玉蓮的親兒吓！這猛浪滔天魂未寧，追思越悲哽。況當此衰年暮齡，反要艱難匍匐行。

　　（付）老老，哭弗活個哉，差弗多點罷。（外）李成，我且問你，狀元聞了小姐的死信，怎麼樣光景？（末）員外，狀元聞了小姐之信，痛哭不休，登時悶倒在地。（外）吓！竟悶倒在地。以後便怎麼？（末）以後虧得老夫人和男女救醒。（外）還好。（末）員外，那假書一事已明白了。（外）怎麼明白的？（末）前日在贛州境上，遇著了前日下書的承局在那裡做驛丞。（外）也做了官了？（末）狀元見了，立刻拿下，拷問寄書的情由，原來就是孫汝權套換的。（外）吓！就是這賊子套換的。阿呀，好個周四府吓！（付）正是。（外）喂，李成，自你去後，那孫汝權反告我圖賴婚姻事，虧得周四府精明，審得賴婚是虛，威逼是實，把他打了四十，監在獄中。（付）喂，老老，今朝姑娘來說，孫汝權自知情虛，吊煞拉監裡哉。（外）縊死了？這也是皇天有眼吓！（末）是吓，皇天有眼。

　　（外）李成，狀元母子可感激我每？（末）怎麼不感激？他感得你：
【前腔】義深恩厚，夢繞愁縈。久絕鱗鴻信，因此悶懷倍增。母子修書，遣我來請，料想恩官必待等。（外）況天寒并地冷，未可離鄉背井，且待春和款款行。

　　（付）老老：
【亭前柳】你垂鬢已星星，弱體戰兢兢。況兼寒凜凜，那更冷清清。（合）此行怎去登山嶺？且過殘冬，待春暖共

登程。

（外）媽媽：

【前腔】我不去恐羣情，欲去怕勞形。李成，你須先探試，臨事怎支撐。（末）小人只索從台命。（合）且過殘冬，待春暖共登程。

（末）昔日離家過五秋。（付）今朝書到解千愁。（外）來年回到吉安郡。（合）不棄前盟共白頭。（付）老老，說便是介說，吪卹自去，我不去。（外）為何不去？（付）俚卹拉里千憎萬厭歇，那間我去討俚卹個怠慢。（末）老安人吓，他每不是這樣人，不必多心。（外）是吓，他們不是這樣人。（付）我到底弗去。（外）吓，媽媽，我和你兩個老人家，在路上說說話話，好不熱鬧，還是去的是。（付）旣是更等，我戲箱裡拿個虎面子戴子勒去。（付下）

（外）李成，來，我再問你，狀元可曾續絃？（末）員外吓，狀元是誓不再娶。（外）吓！狀元是誓不再娶？（末）誓不再娶。（外）眞個？（末）眞個！（外）果然？（末）果然！（外）阿呀，哈哈哈！（笑介）好個賢哉女婿吓，賢哉女婿！李成，我的雙眼復明了。（末）吓！員外雙眼復明了。這是什麼？（外）這是柱杖。（末）果然復明了。謝天地！（外）喂，李成，你出門之後，我為了小姐日夜啼哭，雙眼都昏，不想今日復明，這也是難得的。吓，李成，你隨我來。（末）哪裡去？（外）到將仕公家去。（末）去做什麼？（外）他當日為了小姐之事，受了許多氣，今日將這些事報與他知道了，也待他喜歡喜歡。（末）喜歡喜歡。（外）快活快活。（末）快活。（外）隨我來。（末）是，曉得。（下）

按　語

〔一〕本齣主體情節接近汲古閣《六十種曲》本《荊釵記》第三十九齣〈就祿〉。

〔二〕《審音鑒古錄》也選刊此齣。選抄此齣的散齣鈔本有中國社科院圖書館藏《集錦》。

荊釵記・上路

末：李成，錢家的僕人。
外：錢流行，員外。
付：姚氏，錢流行的繼室。

（末上）曲折隨溪踏軟沙，雨餘乘興過山家。雲間絕壁浮喬木，谷口飛泉響落花。一徑欹斜穿碧草，數峯重疊亂明霞。但看山色時多變，世事于今何足嗟！我，李成。自隨王狀元蒞任之後，差我到家中，迎請員外、安人到任所同享榮華。誰想，員外思念小姐悲愁，兩目皆昏，虧得喜信，如今依舊復明。這兩日在舟中悶坐不過，今日天氣晴朗，不免請員外、安人登岸散步一回，有何不可。正是：鳩因雨過頻呼婦，蝶為春深苦戀花。（下）
　　（外上）
【小蓬萊】策杖登程去也，西風裡牢落艱辛。淡煙荒草，夕陽古渡，流水孤村。（付上）滿目堪圖堪畫，那野景蕭蕭，冷侵黃昏。（末上）樵歌牧唱，牛眠草徑，犬吠柴門。
　　（外）〔臨江仙〕綠暗汀洲三月景，錦江風靜帆收。垂陽低映木蘭舟，半篙[1]春水滑，一段夕陽愁。（付）灞水橋東回首處，美人親捲簾鈎，落花幾陣入紅樓。（末）行雲歸楚峽，飛夢遶溫州。

1　底本作「橋」，據《六十種曲》本《荊釵記》改。

（外）老夫錢流行，只為玉蓮投江身死，終朝痛哭，雙眼俱昏。誰料賢婿不棄舊盟，差李成回來，接我老夫婦到任同享榮華，方知始末，喜得雙眼復明。因此，把家事託付與妹子看管，我老夫婦前赴吉安。媽媽，今日風清日麗，景曙花明，大家岸上散步一回，可使得麼？（付）老老，說得有理。（末）請員外、安人緩行前去。

（外）

【八聲甘州】春深離故家，嘆衰年倦體，奔走天涯。一鞭行色，遙指剩水殘霞。牆頭嫩柳籬畔花，見古樹枯藤棲暮鴉。嗟呀，遍長途觸目桑麻。

（付）

【前腔】呀呀，幽禽聚遠沙，對彷彿禾黍，宛似兼葭。江山如畫，無限野草閑花。旗亭小橋景最佳，見竹鎖溪邊三兩家。漁槎，弄新腔一曲堪誇！

（外）行了一回，不覺筋衰力倦，那裡坐一坐便好……（付）真正走弗動哉，坐介坐再走。（末）員外、安人就在這草坡上略坐一坐，待男女去看看船歇在哪裡，來請員外、安人下船便了。（外）就來。（末）曉得。（下）

（付）老老，今日受個樣苦，纔是孫汝權個天煞個害我俚耶。（外）媽媽，不要說了。

【解三醒】為當初被人謊詐，把家書暗地套寫，致我兒一命喪在黃泉下。受多少苦波查！今日幸逢佳婿來迎迓，又還愁逆旅淹留人事賒。（合）空嗟呀，自嘆命薄難苦怨他。

（末上）員外，安人，船兒就在前面，請登舟去罷。

【前腔】步徐徐水邊林下，路迢迢野田禾稼，景蕭蕭疏林

中暮靄斜陽掛。聞鼓吹，鬧鳴蛙。一徑古道西風鞭瘦馬。漫回首，盼想家山淚似麻。（合）空嗟呀，自嘆命薄難苦怨他。

（末）看仔細走吓。（同下）

按 語 ✎

〔一〕本齣主體情節、曲文接近汲古閣《六十種曲》本《荊釵記》第四十一齣〈晤婿〉。

〔二〕選刊類似情節的坊刻散齣選本有：洞庭蕭士輯《綴白裘三集》、《審音鑒古錄》。選抄此齣的散齣鈔本有中國社科院圖書館藏《集錦》。

荊釵記‧男舟

淨：鄧謙，致仕在家的禮部尚書。

付：鄧興，鄧謙的僕人。

丑：驛丞，負責驛站迎送的小吏。

生：錢載和，兩廣巡撫。

旦、老旦：錢載和的隨從。

外：錢載和的手下。

小生：王十朋，太守。

（淨上）

【引】肥馬輕裘，賦詩飲酒，不減少年時候。

　　解任歸來二十年，水邊亭子屋邊田。雖然白髮難饒我，老景安閑便是仙。老夫鄧謙，別號芝山，官拜禮部尚書，年過八旬，位列三台。享朝廷之洪福，賴祖宗之蔭庇，告假歸田二十餘年，終日登山玩水，飲酒取樂。只是一件，求詩畫個最多，甚覺煩冗。今日閑暇，不免捲簾對竹，撫景題詩，消遣長晝，有何不可。鄧興拉亍囉里？

　　（付上）來哉。老爺，叫我做償？（淨）吾去立拉門前，若是求詩畫個呢，說吾弗拉屋裡；若是請吃酒個嘿，說我拉屋裡。（付）是哉。

　　（丑上）纔離太爺府，又到尚書門。有人麼？（付）是囉個？（丑）錢都爺請你家老爺赴席。（付）帖兒在哪裡？（丑）帖兒在

此。（付）少待。等我騙騙俚列介。（淨作吟詩介）山外青山樓外
樓。（付）老爺，求詩畫個拉丟外頭。（淨）唬唬唬！賊肏娘賊，
賊狗腿！我對吓說個，亦來裏哉！阿有囉個丟拿竹片得來，打個賊
狗腿！（付）老爺，吓看子帖子就曉得哉。（淨看）「年家眷弟錢
載和頓首拜，即刻求駕一敘。」原來是請吃酒個！下帖子個囉個拉
里？（付）是驛丞。（淨）叫俚進來。（付）驛大哥，我俚老爺叫
吓進去。（丑）吓，老爺，驛丞磕頭。（淨）阿呀，請起請起。
（丑）不敢。（淨）鄧興，掇一个橙子拉俚坐坐。（丑）不消。
（淨）錢都爺幾時到個？（丑）前日到的。（淨）我弗得知，倒弗
曾去望俚。（丑）錢都爺吩咐停舟避風，風息就行的，為此弗曾來
報。（淨）還請何客？（丑）本府太爺。（淨）既然是介，勞吓去
說聲，說我一請就來，一來就望，一望就吃，一吃就散，我老娘家
磨弗起夜作個哉了。（丑）曉得。（淨）叫俚轉來。（付）老爺叫
你。（丑）老爺，怎麼？（淨）我一向要賞你，今日來得湊巧，剩
一個白銅錢拉里，賞拉吓子。（付）磕頭。（丑）多謝老爺。
（淨）叫俚轉來！（付）叫吓，只管奔個！（丑）老爺，什麼？
（淨）來還子我個銅錢，我還弗曾搭奶奶算帳個來了，改日拿來子
罷。（丑）咦，白磕落子一個頭哉。

　　（淨）鄧興，吩咐寫帖子，開禮單。（付）老爺，僧個多哈樣
數禮物？（淨）備介四樣禮嘿是哉。（付）囉里個四樣？（淨）風
魚哉耶。（付）風魚眼睛烏珠突落個哉。（淨）拿點紅紙頭嵌拉哈
子嘿是哉。（付）一樣哉。（淨）還有火腿丟來。（付）前日子老
爺要吃了割落子一塊個哉。（淨）介個蠢才！拿拉灰裡擂擂，灶墨
撻撻就是哉。（付）有子兩樣哉，還要兩樣。（淨）拿兩個雞蛋，
再拿兩個稻柴，就是四隻盤哉。（付）僧個雞蛋、稻柴？個嘿哪算

盤介？（淨）吓弗曉得，只要帖子上寫得明白：未出公雞一對，未織草鞋一雙──俚乣橫是弗受個。再歇我拿個頭一得，吓退介一步；兩得，退介兩步；第三得，吓竟拿子就走嘿是哉。（付）我曉得哉。（淨）叫轎子。（付）吓。轎伕，轎伕。（內）弗拉屋裡，纔出去挑糞哉。（付）老爺個個酒有點吃弗成。（淨）哪了？（付）轎上纔去挑糞哉。（淨）個星肏娘賊個！阿該應先挑我老爺去，然後去挑糞。（付）弗多路，老爺步行子去罷。（淨）也罷嘖。

【接前引】按撫排佳宴，相邀意非淺。

　　（付）鄧老爺到。（丑上）老爺有請。

　　（兩旦扮軍牢，引生上）

【引】有事掛心頭，坐此江城久。

　　（丑）鄧老爺到了。（生）打扶手。（丑）吓，打扶手。（生）年兄。（淨）年兄弗消上岸，小弟上船來哉。（生）看仔細。（淨）年兄，小弟不知節鉞降臨，有失拜候，又蒙寵召，得罪得罪！（生）小弟久不屈晤，常懷渴想，今幸降臨，幸甚，幸甚。請坐。（淨）有坐。小弟與兄拉哪里一別，直至如今？（生）在車駕司一別，直至如今。（淨）是吓，還是在車駕司一別，直至如今。鄧興，拿禮單來。（付）吓。（淨）年兄，薄禮幾色，伏乞笑納。（生）年兄，這個不敢領。（淨）年兄，弗要作客，隨意點子兩樣嘿是哉。（生）不敢領。（付）老爺，一定要受個。（生）小弟決不敢領。（淨）唷，個是要受個。（付）老爺，一定要全收個。（淨）賊狗腿！說道弗受嘿弗受哉，有個星多嗒！（付）啐出來！忘記哉。轎伕挑子居去罷。（下）

　　（淨）阿呀，阿呀，失謝哉。（生）謝什麼？（淨）向蒙年兄

見惠個幅絹，我說拿來做件員領著著，兩個豚犬看見子，大個亦要，小個亦要，叫裁縫量一量，分一分，一件亦多，兩件亦少，至今還丟起拉丑來。（生）小弟還有，明日著人送來。（淨）如此說，小弟倒不裁哉。（笑介）

（小生上）（外暗上）

【引】春風簫鼓樓頭酒，好景天成就。

（旦）太爺到。（外）啓爺，太爺到了。（生）請下艙來。（外）請太爺下艙。（吹打介）（小生）老大人。（生）豈敢。（淨）老公祖。（小生）老先生。（淨）連日少會。（小生）連日殊失請教。（生）看酒。（淨）弗要定席哉，竟坐子罷。（生、小生）有理。請。（淨）請吓。

（合）

【排歌】位列三台，功高五侯，知機養浩林垃。丹衷常運濟時謀，鶴髮猶存許國憂。（合）白蘋長，碧荇流，錦江波息穩仙舟。談心曲，逐宦遊，晚山深處白雲收。

（淨）阿呀，公祖，昨晚治生家裡失盜。（兩生）咻！失了什麼東西？（淨）了弗得！二三十人打進後門，盜了一坑宿糞去。（兩生）此乃小事吓。（淨）哪說小事？糞乃五穀之精，若無糞擁稻苗，穀子怎得成器？如今盜去不打緊，竟絕子小弟個口糧哉。望公祖與治生追一追。（小生）這個自然。（淨）若追得出來，小弟也不要哉。（兩生）將來何用？（淨）拿來入官，竟上了庫嘿是哉。（各笑介）（生）休得取笑。

（淨）年兄，小弟吃弗慣悶酒個，必須行其一令，取其一樂，何如？（生）妙吓！取色盆大杯過來。（淨）弗要色盆，星零桑郎，弗雅道個，倒是口令罷。（生）斟酒送與鄧老爺。（淨）要小

弟行令偌？（生）自然，請教年兄。（淨）介嘿公祖佔哉。（小
生）豈敢。（淨）乾。無偌酒面個，竟是一個「乾」字便罷。（二
生）請教。（淨）我數個十數，若數著子十字就吃酒個。（生）妙
吓！（淨）我數起哉，一二三四五六七八九十。（生）年兄飲。
（淨）是小弟吃個，是無欺個。乾。年兄請。（生）還是守公請。
（小生）豈敢。（淨）個是順行個。（生）斟酒。（外）吓。
（生）年兄，酒便小弟飲，數要年兄代數。（淨）代數，個個酒也
要代吃個，阿是吓？（生）自然。（淨）篩酒得來。（外）吓。
（淨）代數，酒乾。該年兄數起哉。一二兩三四五溜六七八九十。
（小生）又是老先生飲。（淨）亦是我吃？個也奇哉，斟酒來。
（吃介）（生）年兄方纔重了兩數，有了二不用兩，有了六不用溜
便纔是。（淨）我方纔是介數個了？阿呀，阿呀！大犯，大犯！該
罰，該罰！大鍾來！（生）斟酒。（外）吓。（淨）罰酒。乾。那
間公祖來哉。（小生）老先生，酒便晚生飲，數也要老先生代數一
數。（淨）也要代數？個個代數，酒是也要吃個哉。（小生）自
然。（淨篩酒吃介）代數。酒乾。聽明白子：一二，不用兩，三四
五，不用溜，六七八九十。（生）又是年兄飲。（淨）咦！亦是我
吃？乾。（生）年兄量越好了。（淨）咳！那間吃弗得哉，前番一
呷一鍾。（二生）如今呢？（淨）那間只好兩呷兩鍾哉（小生）原
是一般的。（淨）那間要請年兄行令哉。（生）年兄，我每催花飲
酒如何？（淨）妙吓！（生）折一枝花過來。（外）風大攏不得
船。（淨）隨便偌罷。（生）吓！有子，我袖出荊釵當酒籌。吩咐
起鼓。

　　（小生）吓！

【尾聲】見荊釵，眉先皺，吾家舊物倩誰收？（淨）為偌公

祖見了荊釵掉下淚來？（生介）其中有個緣故，少停便知。（小生）**覩物傷情淚暗流。**（內吹打介）（淨）吓吓吓！一位都爺，一位太爺拉里吃酒，倚人個船能放肆！（生）吓，是老荊的船在後請王太夫人，故此吹打。（淨）旣是年嫂的船拉里，我俚弗便，統個船到烏鵲山去罷。（生）有理。吩咐移船到烏鵲山去。（外傳介）（合）**白蘋長，碧荇流，錦江波息穩仙舟。談心曲，逐宦遊，晚山深處白雲收。**（同下）

按　語

〔一〕本齣曲文接近溫泉子編《新刻原本王狀元荊釵記》第四十七齣，而情節與科諢的基調接近汲古閣《六十種曲》本《荊釵記》第四十七齣〈疑會〉及第四十八齣〈團圓〉前半齣。

〔二〕選抄此齣的散齣鈔本有中國社科院圖書館藏《集錦》。

千鍾祿・搜山

末：嚴震直，工部尚書。

小生：應文，僧人，明建文帝。

生：程濟，道士，前翰林院編修，應文的隨扈。

（末上）

【卜算子】久任歷三朝，寵沐皇恩浩。公臺赫赫位崇高，補袞慚無效。

　　下官嚴震直，湖州烏程縣人也。洪武年間職授河南參政，出使安南，以廉能稱旨，蒙高皇帝敕賜田宅。建文朝進工部尚書，督餉山東，同歷城侯盛庸奏東昌之捷。今上即位，蒙授原官，數載以來，頗多恩賚。近因陳總憲奏稱，向年張將軍所獻建文、程濟二首俱為假偽。皇上輾轉心疑，道下官向曾熟識安南，特命到彼處緝訪，並無蹤跡。昨日回到雲南，方投驛館，有緝採的來報，說鶴慶山中茅菴內，有一僧一道，狀貌非常，此必建文、程濟無疑了。軍士每，你們須要弓上弦，刀出鞘，前往茅菴團團圍住，直入菴中綁縛一僧一道，不得有違！（眾）吓。

　　（末）聽我吩咐：

【好姐姐】向深山茅菴低小，內藏著一僧一道，英偉狀貌，潛蹤似竄逃。（眾合）忙圍剿，穿巖縛取南山豹，破浪忙除北海蛟。（下）

　　（小生上）

【步步嬌】久別欣逢言難料，分手心如搗，空山伴寂寥。我不見史徒一十六載，不想忽然到此，驚喜非常。但此處不可久住，我催他起身。昨日灑淚而別，我命程濟送他出山，尚未回來。咳！我和他年紀衰邁，這大事定爾無成，他的途長[1]決難再至，只此一別，就是死生永訣了。淚濕緇衣，咳！長嘆昏和曉。我那史徒吓，除非是身逐夢魂飛飄，和伊日夕相依繞。

（末、眾上）軍士每，與我外面圍住了，打進去！踏破鐵鞋無覓處，得來全不費工夫。（小生）吓！你每這夥人，為何打進我菴中來？（末）我奉旨特來拿你。（小生）我是出家人，拿我則甚？（末）咳，什麼出家人，你是建文君罷了。（小生）哇！你既認得我是建文君，難道我就不認得你是嚴震直麼？（末）認得我便怎麼？（小生）嚴震直吓嚴震直！

【風入松】你立朝四載厚恩邀，職授尚書非小。（末）已往之事，說他怎麼。（小生）阿呀，從來冠履難顛倒，怎放縱無端輕藐？（末）哪個輕藐你？（小生）既不輕藐呵，為甚的不低恭折膝，兀自矗言直意咆哮？

（末）[2]

【前腔】我奉著巍巍聖旨遍遊遨，特地追尋山凹。（小生）奉什麼聖旨？（末）難道你不曉得，當今聖上靖難以來，御極一十六載，仍授我尚書之職。（小生）你來此怎麼？（末）道你遁逃出禁行蹤杳，怎容得田橫海島？（小生）要我去怎麼？

1　底本作「長途」，參酌文意乙正。

2　底本作「末眾」，參酌文意，並據清鈔本《千鍾祿》（《古本戲曲叢刊》三集景印）刪。

（末）要你去，料不是重披赭袍，又何必語叨叨！

奉聖旨，與我拿下。（眾）吓。（小生）阿呀，罷了，罷了！

【急三鎗】怎把我行強暴，繩穿綁？好一似俘囚樣，狠擒牢。早難道天無日，行弒逆，驅押我雲陽市，去餐刀。

（眾押小生下）

（生上）

【風入松】恭承師命送心交，淚灑臨岐憂悄。我，程濟。蒙大師吩咐我送史親家出山，昨晚同在寺古宿了一宵，清早分手前往，恐大師懸望，因此急急而歸。咳！想人生聚散如飛鳥，南和北離羣渺渺。且喜前面已是菴中了。飛錫處行行不遙，咫尺裡小團瓢。

吓！為何菴門大開？四面窗槅亂倒，器皿毀壞？卻是為何？不免請大師出來。大師，大師！阿呀！

【急三鎗】卻為甚呼不應，尋無影？好一似水中月，影空撈。我不免到山門外各處尋一尋。大師吓大師，阿呀！

【前腔】急、急得我心焦燥，生疑慮。沒處尋消息，問根苗。（內）走吓。（生）呀，那邊有一簇兵馬來了，我且躲過一邊。（眾上）走吓。

【風入松】深山復至搗空巢，緝獲從亡奸狡。方纔老尚書拿了建文君，行至中途，忽然想起還有翰林程濟不曾拿得，特地分撥我每前來拿捉。向草菴再入搜尋到，何處覓道人消耗？程濟，程濟。你看，前後並沒個影兒，難道叫我每變一個與他不成？只索去回覆便了。有理。忙回轉向軍前令消，同叩覆老嫖姚。（下）

（生看介）阿呀，諕死我也，諕死我也！這些軍士明明說嚴尚

書拿了建文君，又來拿我。吓，哪個嚴尚書？哪個嚴尚書？吓！一定是嚴震直了。可惱吓可惱！只是大師被擒，決然性命難保。一來負了大師一十六載千辛萬苦，二來負了眾忠臣拚命捐生。我程濟向來獨力擔承護持大師，今日究竟不能保全大師性命，我程濟萬死莫贖矣！有何面目見方、黃于地下？（哭介）

【前腔】呼天泣地痛哀號，粉骨難全忠孝。當初方相國說：「我為忠臣，君為智士。」今日坐視君亡，程濟吓程濟，你的智勇安在？須索向死中求活把君王保，方顯得智囊神妙。我如今急急趕上去，和嚴震直面講，隨機應變，定能保全大師性命，爛翻舌轟雷捲濤。咳，嚴震直吓嚴震直！管教你肝腸碎魂魄搖。

　　我急急趕上前去，趕上前去。（下）

按　語 ───────────────────✎

〔一〕本齣主體情節、曲文接近清鈔本《千鍾祿》第十八齣〈搜山〉。

〔二〕選抄此齣的散齣鈔本有：中國藝術研究院藏佚名抄《崑弋曲選》、中國國家圖書館藏朱執堂抄《時劇集錦》。

千鍾祿‧打車

丑：嚴震直的下屬。
生：程濟，道士，前翰林院編修，應文的隨扈。
末：嚴震直，工部尚書。
小生：應文，僧人，明建文帝。

（丑持令箭上）朝中天子三宣，闊外將軍一令。小將奉嚴尚書將令，因昨日在鶴慶山獲著建文，連夜製造囚車，牢固監候。今早點齊軍馬，押解起行。又恐餘黨眾多，中途劫奪，命我拿馬牌一道、令箭一枝前往，路經所屬府衢州縣，各撥兵馬沿途護送，以防奸人搶奪，為此飛騎前來。正是：令行山岳動，言出鬼神驚。（下）

（生奔上）阿呀大師吓！

【新水令】挽天心一線繫斜陽，護潛龍阿唷！萬千勞攘。俺不指望黃冠歸故土，只為著赤膽報君王。俺，程濟。送友出山，回到菴中，不見了大師，寸心如割。只見兵馬又來拿我，方知大師被嚴震直拿去，即飛身奔至城中探聽。聞得已將大師上了囚車，押解起行，為此急急趕上前去。苦吓！我行步跟蹌，也顧不得路崎嶇山高曠。我急急趕上前去，趕上前去。（下）

（眾小軍持標鎗引末戎裝、小生囚車上）

【步步嬌】檻鳳囚龍軍威壯[1]，煞氣高千丈。干戈掃夜郎，從此薇垣，倍加清朗。（末）軍士每，行了半日，離省城多少路了？（眾）五十里了。（末）前面山徑叢雜，恐有奸人行劫，你每須要小心防護者。（眾）得令。虎旆正龍驤，旌旗指處妖魔蕩。

　　（生內）嚴老先生暫停車馬，俺程濟來也！（眾）啓爺，前面有一道人飛奔而來。（末）看有多少人馬。（眾）只有一個道人。（末）嗨，一定是程濟了。軍士每，扎住營[2]盤，放他進來。（眾）得令。（吶喊介）（生上）拚身探虎穴，掉臂入龍潭。嚴老先生請了。（末）你是程濟吓？（生）不敢，是程濟。（末）你來怎麼？（生）我麼，特來賀喜。（末）賀什麼喜？（生）阿呀，朝廷訪大師一十六載，費了無數兵馬錢糧，訪大師不著。如今被老將軍獲著解去，建此大功，自然是千金賞、萬戶侯。阿呀呀！好個萬戶侯吓。（末）我身奉御差，幸不辱命。只是我兩次入山，尋不見你也便罷了，你何必又來送死吓？（生）阿呀，這是你的美意。（末）不是吓，我和你同朝之誼，朋友之情，何忍眼睜睜置兄于死地麼？（生）足感你的盛情。吓，這是何人？（末）建文君。（生）呀！這就是建文君？呀呀呸！阿呀嚴震直吓嚴震直，你道是同朝之誼，朋友之情，尚然假惺惺，難道把君臣之誼你就忘了麼？（末）忘了什麼？

　　（生）

1　底本「軍威壯」三字脫，據清鈔本《千鍾祿》（《古本戲曲叢刊》三集景印）補。

2　底本作「宮」，據清鈔本《千鍾祿》改。

【折桂令】你也曾立朝端首領鵷行，食祿千鍾，紫綬金章，頓忘了聖德汪洋。（末）已往之事，說他怎麼。（生）阿呀到如今反顏事敵，你就轉眼恩忘。（末）奉旨緝拿的，也非止俺一人。（生）生擦擦把龍孫囚檻，血淋淋將故主遭殃。（末）自古臥榻之側，豈容他人鼾睡乎？（生）恁不見那唐室睢陽，宋室天祥？過來，怎不學緋衣行刺？怎不學十族方、黃？

（末）[3]

【江水兒】易主非他姓，天心佑北方。我幹功名合應風雲旺，捧綸音似受天符降，立勳猷擬畫麟臺上。（生）咳，只恐不能流芳百世，亦當遺臭萬年了。（末）咳！你何事狂言愚戇？你自送頭顱，請[4]作俘囚同往。軍士每，與我拿下了。（眾）吓。（生）唗！誰敢動手？誰敢動手？阿呀嚴震直，你這樣獸心人面之人，我也不與你講了。吓，阿呀聖上吓：

【雁兒落】痛殺你奉高皇仁孝揚；痛殺你君天下臣民仰；痛煞你覩妻兒盡被傷；痛煞你拋母弟身俱喪！（小生）事已至此，不必說了，只是，有負你一十六載患難相從了。（生）痛煞你受萬苦千辛仍喪亡，恨煞那吠堯厖！咻！我好恨吓！（末）恨著哪個？（生）我恨、恨不得生啖恁那奸臣肉，管、管教你千秋醜惡彰。阿呀聖上吓！我程濟不能保全龍體，萬死莫贖。我只是拚死前往，與你同死便了。蒼蒼，忍坐視含冤喪？雙雙，（怒介）咻！傍君魂入冥鄉，傍君魂入冥鄉。

3　底本作「末眾」，參酌文意，並據清鈔本《千鍾祿》刪。
4　底本作「盡」，據清鈔本《千鍾祿》改。

（哭倒介）（眾）阿呀，這等看起來，我每多差了。哪一個不是建文皇帝的子民？哪一個不吃建文皇帝的糧餉？今日倒幫了別人，拿他去送死，天理何在？

【僥僥令】民心原不死，忠義豈容忘？我每大家散了罷。（末）軍士們，違了聖旨，一個個多要砍的！（眾）咳！不要說砍，就是剮也甘心的。大家散了罷。棄甲拋戈歸田里，怎去助強梁把恩主戕？（下）

（末）軍士每轉來，軍士每轉來！怎麼多散了？

（生）

【收江南】呀！見多少荷戈拋甲蠢兒郎，全不曉禮義共綱常，一霎時良心炯炯棄戎行，絕勝卻沐猴羣冠帶狼[5]豺狼。呔！嚴震直吓嚴震直，我怪伊行不臧，我怪伊行不臧，倒不如無知軍卒姓名香。

請、請押解去。（末）阿呀，罷了！我嚴震直一念差了，不忠不義，罵名萬代，有何面目見高皇帝于地下？阿呀聖上吓：

【園林好】拜吾君恕微臣不良，（生喜介）拜、拜、拜、（生）吓！誰要你拜，誰要你拜！（末）拜良朋忠言直匡。罷！（打車介）劈開了彌天羅網，拚一命付干將，拚一命答天王。

（自刎下）（生）哈哈哈！嚴震直已死，士卒已散。吓，大師呢？大師。（小生奔上）（生）阿呀大師吓，此後再無驚恐，放膽前行。

【沽美酒】和你主和臣性命幫，主和臣性命幫，弟和兄形

5　底本作「行」，據《納書楹曲譜》改。

骸傍，顧不得歷盡艱危道路長。離虎窟走羊腸，龍投海鳳棲篁。急趁著雲飛風颺，踏遍了萬峯千嶂，怕聽樵歌牧唱。俺呵，早覓個仙鄉，帝鄉，天堂，福堂，（小生下）好避著揭天風浪。

　　吓，哈哈哈……（下）

按　語

〔一〕本齣主體情節、曲文接近清鈔本《千鍾祿》第十九齣〈打車〉。

〔二〕選抄此齣的散齣鈔本有：中國藝術研究院藏佚名抄《崑弋曲選》、中國國家圖書館藏朱執堂抄《時劇集錦》。

琵琶記・分別

旦：趙五娘，蔡伯喈之妻。

小生：蔡伯喈。

外：蔡從簡，蔡伯喈之父。

付：秦氏，蔡伯喈之母。

生：張大公，蔡家的鄰居。

（旦上）

【謁金門】春夢斷，臨鏡綠[1]雲撩亂。聞道才郎遊上苑，又添離別嘆。（小生上）苦被爹行逼遣，脈脈[2]此情何限。（合）骨肉一朝成拆散，可憐難捨拚。

（旦）官人，雲情雨意，雖可拋兩月之夫妻；雪鬢霜鬟，竟不念八旬之父母。功名之念一起，甘旨之心頓忘，是何道理？（小生）娘子，膝下遠離，豈無眷戀之心？堂上嚴命，不容分剖之辭，叫卑人如何是好？（旦）官人，我猜著你的意兒了。（小生）猜著卑人什麼來？

（旦）

1　底本作「彩」，據清陸貽典鈔本《新刊元本蔡伯喈琵琶記》（《古本戲曲叢刊》初集景印）、《六十種曲》本《琵琶記》改。

2　底本作「默默」，據清陸貽典鈔本《新刊元本蔡伯喈琵琶記》、《六十種曲》本《琵琶記》改。

【忒忒令】你讀書思量中狀元。（小生）向上之心，孰能無之？（旦）我只怕你才疏學淺。（小生）哪見得才疏學淺？（旦）只是《孝經》、《曲禮》早忘了一段。（小生）《孝經》、《曲禮》，卑人常讀之書，怎見得忘了？（旦）卻不道夏清與冬溫，昏須定，晨須省，親在遊怎遠？

（小生）

【前腔】我哭哀哀推辭了萬千。（旦）張大公如何說？（小生）張大公呵，他鬧吵吵抵死來相勸。（旦）相勸由他，不去由你。（小生）將我深罪，不由人分辨。（旦）他罪你什麼來？（小生）他道我戀新婚，逆親言，貪妻愛，不肯去赴選。

（旦）

【沉醉東風】你爹行見得好偏，（小生）我爹娘只生我一人，也不偏向。（旦）只一子不留在身畔。官人，如今公婆在哪裡？（小生）在堂上。（旦）既在堂上，我和你同去說。（小生）請。（旦欲行又止介）（小生）娘子，為何欲行又止？（旦）吓，凡事三思而行，再思可矣。奴家去說，公公聽我還好，倘然不聽呵，他只道我不賢，要將伊迷戀，這其間教人怎不悲怨？（合）為爹淚漣，為娘淚漣，何曾為著夫妻上意牽？

（小生）

【前腔】做孩兒節孝怎全？做爹行不容幾諫。（旦）為人子者，不當恁地埋怨。（小生）非是我要埋怨，只愁他形隻影單，我出去有誰來看管？（合前）為爹淚漣，為娘淚漣，何曾為著夫妻上意牽？

（外、付上）

【臘梅花】孩兒出去在今日中，爹爹媽媽來相送。但願得魚化龍，青雲得路，桂枝高折步蟾宮。

（見介）（外）孩兒，媳婦，行李收拾完了麼？（小生、旦）完備了。（外）為何還不起程？（小生）只等張大公到來，把爹娘託付與他，庶可放心前去。（生上）仗劍持樽酒，恥為遊子顏，所志在功名。（進介）解元，離別何足[3]嘆？（小生）大公來了。（生）老哥，老嫂。（外）老友。（生）五娘子。（旦）大公。（生）解元的行李收拾了麼？（旦）停當了。（生）老漢帶得白銀三兩，與解元聊為路費，請收了。（小生）多謝大公。爹娘年老，全仗大公週濟。（生）解元放心前去，都在老夫身上。（付）阿呀，我個兒子吓，若不為功名，做娘的怎捨得你前去？（小生）請免愁煩，孩兒就此拜別。（拜介）

【園林好】兒今去，爹媽休得要意懸。兒今去經年便還，但願得雙親康健。（合）須有日拜堂前，須有日拜堂前。

【前腔】（外）我孩兒不須掛牽，爹指望孩兒貴顯。若得你名登高選，（合）須早把信音傳，須早把信音傳。

【江兒水】（付）膝下姣兒去，堂前老母單，臨行密密縫針線。眼巴巴望著關山遠，冷清清倚定門兒盼。（小生）母親，且自寬懷消遣。（付）咳，我個兒子吓，說便是介說，只是教我如何消遣？（合）要解愁煩，須是頻寄音書回轉。

【前腔】（旦）妾的哀腸事，有萬千。（小生）可與卑人一言。（旦）說來又恐怕添縈絆。六十日夫妻恩情斷，八十歲

3　底本作「作」，據清陸貽典抄本《新刊元本蔡伯喈琵琶記》、《六十種曲》本《琵琶記》改。

父母教誰看管？（小生）莫非怨著卑人麼？（旦）教我如何不怨？（合前）要解愁煩，須是頻寄音書回轉。

【五供養】（生）貧窮老漢，託在鄰家，事體相關。此行雖勉強，不必恁留連。你爹娘早晚、早晚間我當相陪伴。（小生哭[4]介）（生）丈夫非無淚，不灑別離間。（合）骨肉分離，寸腸割斷。

【前腔】（小生）公公可憐，俺爹娘望你周全。我身若貴顯，自當效啣環。（旦）有孩兒也枉然，你爹娘倒教別人看管。此際情何限，偷把淚珠彈。（合前）骨肉分離，寸腸割斷。

【玉交枝】（外）別離休嘆，我心中非不痛酸。非爹苦要輕拆散，也只是圖你榮顯。（付）蟾宮桂枝須早攀，北堂萱草時光短。（合）又未知何日再圓，又未知何日再圓。

【前腔】（小生）雙親衰倦，娘子你扶持看他老年。飢時勸他加餐飯，寒時頻與衣穿。（旦）做媳婦事舅姑不待你言；做孩兒離父母何日返？（合前）又未知何日再圓，又未知何日再圓。

【川撥棹】（外）歸休晚，莫教人凝望眼。（小生）但有日回到家園，怕回來親難保全。（合）怎教人心放寬？不由人珠淚漣。

【前腔】（旦）我的埋怨怎盡言？我的一身難上難。（小生）娘子，你寧可將我來埋怨，莫把我爹娘冷眼看。（合）怎教人心放寬？不由人珠淚漣。

4　底本作「眾」，參酌文意改。

（小生拜介）（合）

【尾聲】生離遠別何足嘆？專望你名登高選，衣錦還鄉教人作話傳。

（小生）此行勉強赴春闈。（生）專望明年衣錦還。（外、付）世上萬般哀苦事。（合）無非遠別共分離。（生）小弟告辭了。（外）恕不送了。我兒，送了大公出去。（小生）是。（生）解元，但願你衣錦早還。請了。（小生）多謝大公。（生下）

（外）我兒吓，雙親年老，家道艱難，倘得成名，即便回來。（小生）謹依爹爹嚴命。（外）媽媽，進去罷。（付）是哉。嘸先進去。（外下）

（付哭介）阿呀吾個兒子吓，叫我囉里捨得嘸？（小生）母親請自保重。（付）爺個說話，嘸要記子。路上小心。（小生）曉得，母親請進去罷。（付）我個兒子吓，叫我做娘個囉里捨得嘸介？我個肉吓，肉吓！媳婦，可念夫妻之情，送他一程。（旦）是，婆婆請進去罷。（付哭下）

（小生、旦虛下）

按　語

〔一〕本段主體情節、曲文接近六十種曲本《琵琶記》第五齣〈南浦囑別〉前半齣。

〔二〕選刊此段的坊刻散齣選本還有：《風月錦囊》、《摘錦奇音》、《怡春錦》、鬱岡樵隱輯《新鐫綴白裘合選》、《來鳳館合選古今傳奇》、《萬錦嬌麗》、《歌林拾翠》、《方來館合選古今傳奇萬錦清音》、石渠閣主人輯《綴白裘全集》、《審音鑑古錄》。另，《樂府萬象新》、《八能奏錦》、聞正堂刊《綴白裘全集》三書有「長亭分別」目，惜前二者選文在佚失的卷冊，後者下落不明，內容不詳，不知是否包含此段。

琵琶記·長亭

小生：蔡伯喈。

旦：趙五娘，蔡伯喈之妻。

　　（小生、旦復上）（旦）官人，如何割捨得拋撇了？（小生）叫卑人無奈。

【尾犯序】[1]（旦）懊恨別離輕，悲豈斷絃，愁非分鏡。只慮高堂，風燭不定。（小生）腸已斷欲離未忍，淚難收無言自零。（合）空留戀，天涯海角，只在須臾頃。（旦）官人，你此去呵，蟾宮須穩步，休教別戀忘歸。公婆年老怎支持？一朝波浪起，鴛侶兩分離。（小生）堂上雙親嚴命緊，不容分剖推辭。如今暫別守孤幃，晨昏行孝道，全仗你扶持。

　　（旦）

【尾犯序】無限別離情，兩月夫妻，一旦孤另。此去經年，望迢迢玉京。思省，（小生）娘子，莫非慮卑人此去山遙路遠麼？（旦）奴不慮山遙路遠，（小生）莫非慮著衾寒枕冷？（旦）奴不慮衾寒枕冷。（小生）慮著甚麼？（旦）奴只慮，公婆沒主一旦冷清清。

　　（小生）

1　這支是南中呂宮引子【尾犯】。

【前腔】我何曾，想著那功名？（旦）既不想功名，去怎麼？（小生）欲盡子情，難拒親命。年老爹娘，（揖介）望伊家看承。畢竟，你休怨朝雨暮雲，只替我冬溫夏清。思量起，如何教我割捨得眼睜睜。

（旦）

【前腔】儒衣纔換青，快著歸鞭，早辦²回程。只怕十里紅樓，休得要重娶娉婷。叮嚀，不念我芙蓉帳冷，也思親桑榆暮景。（小生）領命。（旦）頻囑咐，知他記否？空自語惺惺。

（小生）

【前腔】娘子，你寬心須待，我肯戀花柳，甘為萍梗？只怕萬里關山，那更音信難憑。須聽，我沒奈何分情破愛，誰下得虧心短行。從今去，相思兩處一樣淚盈盈。

（旦）官人，此去成名，早寄音書回來。（小生）娘子，音書要寄不難。（拜別介）

【鷓鴣天】只怕萬里關山萬里愁。（旦）一般心事一般憂。（小生）親幃暮景應難保，客館風光怎久留？（下）

（旦）

【又】他那裡，漫凝眸，（小生間望介）娘子，請回罷。（下）（旦）官人請。正是馬行十步九回頭，歸家只恐傷親意，擱³淚汪汪不敢流。

2　底本作「晚」，據清陸貽典鈔本《新刊元本蔡伯喈琵琶記》（《古本戲曲叢刊》初集景印）、《六十種曲》本《琵琶記》改。

3　底本作「闍」，從《全元戲曲》改。王季思主編：《全元戲曲》（北京：人民文學出版社，1999年），第十卷，頁151。

（拭淚下）

按　語

〔一〕本段文字內容接近六十種曲本《琵琶記》第五齣〈南浦囑別〉後半齣。

〔二〕選刊此段的坊刻散齣選本還有：《風月錦囊》、《樂府萬象新》、《樂府玉樹英》、《樂府菁華》、《大明春》、《八能奏錦》、《玉谷新簧》、《摘錦奇音》、《時調青崑》、《怡春錦》、鬱岡樵隱輯《新鐫綴白裘合選》、《來鳳館合選古今傳奇》、《萬錦嬌麗》、《歌林拾翠》、《方來館合選古今傳奇萬錦清音》、聞正堂刊《綴白裘全集》、石渠閣主人輯《綴白裘全集》、《審音鑑古錄》。

萬里圓・打差

末：黃尚枝，仕紳。

淨：按察司的差官。

付：差官的隨從。

丑：黃蒸籠，縣府的差役。

貼：黃占文，黃尚枝的宗姪。

　　（末上）千金一諾重平生，結客翩翩裘馬輕。謾說吳中多義俠，由來江夏舊家聲。俺，黃尚枝。忠孝耕心，豪雄作志。讀書學劍，常懷起舞聞雞；投筆從戎，每切中流擊楫。輕千金于一擲，何妨擔石無儲；笑四海之空囊，博得聲名遠布。向為幕府參軍，今作吳門逸士。塋丘葬祖葬親，不愧先人于地下；有子能文能武，堪稱繼紹之箕裘。宗叔含美，久任雲南未歸，鼎革之後，各憲行文稽察，那些差役紛擾，頗不能堪，俺一向代為料理。近來端木兄弟又往雲南尋親去了，家中只有弟婦與占文姪兒，薪水之事，俺不時週濟。這幾日不曾到彼看看，甚是放心不下，今日閑暇，不免去走遭也。

【新水令】半生名姓薄雲霄，問襟期誰堪同調？不能個經綸匡社稷，且將那蹤迹混漁樵。心事牢騷，拂青萍夜夜裡龍吟嘯。（下）

　　（付隨淨上）（淨）小的兒，走吓。（付）來了。

　　（淨）

【步步嬌】省下差官非輕小，到處人驚倒，錢財賺大包。自家江寧按察司差官便是。今奉本官差到蘇州，提黃家偽官事情，前日投批在縣裡。吳縣差人叫……叫……叫什麼？（付）黃蒸籠。（淨）叫黃蒸籠。這奴才又是個酒鬼，滑叫我瞎跑，一些正事也不幹！小的兒，黃蒸籠呢？（付）在後邊。（淨）叫他來。（付）吓。黃蒸籠，老爹叫。（丑作醉態上）來哉。潦倒奔馳，只管將咱叫。老爹，請了。黃蒸籠在此，有啥見教？（淨）吥！我認得你是黃蒸籠。（丑）正是。（淨）我把你這狗肏的奴才！皮都剝下來，筋都抽掉你的。（丑）吓吪有個樣新刑法個哈？（淨）我且問你，黃家事情怎麼樣了？（丑）我昨日到他屋裡去，弗在家裡。（淨）你終日哄我每跑，跑到縣前，縣前又不見；跑到閶關，閶關又不見；跑到黃家，黃家又不見個人影兒！我問你，你得了他多少銀子，把個犯人藏過了？（丑）阿呀，我個天地神聖爺爺！我幾曾得他一厘含口墊背心個介？我昨日原對吓吪說個吓，到縣前，縣前不見；到閶關，閶關不見；再到黃家去，阿是介說個？（淨）狗肏的，你不要把這樁事看小了吓！（丑）我看得蠻大個拉里。（淨）若是正犯脫逃，少不得將伊代解還賠錢鈔。

（丑）弗難個！如今原跟我到閶關，閶關不見再到縣前，縣前不見原到黃家裡去。（淨）滑哄我瞎跑！小的兒，打這狗肏的！（渾下）

（末上）

【折桂令】遍街衢人語稠嘈，又不是賽會迎神，玩月觀潮。你看，蘇州城中這些人，來來往往的，好不熱鬧也！都只為蟻陣紛紜，蜂衙搶攘，蝸角虛囂。莽形骸斷送在滄桑世界，好光陰埋沒在蕉鹿昏朝。轉眼兒黑鬢點霜毫，夢斷黃

梁，身委蓬蒿。

　　呀！那邊來的好似占文姪兒。

　　（貼上）

【江兒水】嚴父離家遠，齠齡跋涉勞。（末）姪兒，你往哪裡去？（貼）奉親言[1]特向堦庭造。（末）到我家來何幹？（貼）為公差又向寒門鬧。（末）為什麼事情？（貼）說江寧提解須臾到。（末）如此說來，一定又有差官到家了？（貼）憲役行蹤尚杳。（末）你哪裡曉得？（貼）[2]本縣承牌，特地忙忙先告。

　　（末）近來奉過恩赦的了，怎麼又來提解？

【雁兒落】俺只為兩尊行萬里遙，因此上幾年來微軀劬。博得個奉皇恩大赦了，恁嚴親纔放膽向天涯蹈。（貼）既是赦過的了，如何又來提解？（末）呀！這都是風聞未確話蹊蹺，早難道違王命起波濤？（貼）那差人來說的。（末）恁須是放膽兒添歡笑，休得要哭啼啼淚雨拋。（貼）母親說，此事全仗伯父照管！（末）你且放心，有我在此。英豪，憑著俺手擎天除狼豹；伊曹，怎教恁母和兒飽猿梟。

　　（淨、付、丑同上）

【僥僥令】城街都走遍，水月影難撈。真個是踏破鐵鞋無覓處，（丑）來個就是哉。（付）在這裡了，狹路相逢在這遭。

　　（末）放手，放手！（淨）小的兒，放不得手的！（末）吥！

1　底本作「嚴」，據舊鈔本《萬里圓》（《古本戲曲叢刊》三集景印）改。

2　底本「貼」字脫，據舊鈔本《萬里圓》補。

（打付介）

【收江南】呀！為甚的急忙忙擒捕呵，沒半語，但咆哮？又不是彌天大罪犯王條，怎容得官家緹騎恁雄驍！（丑）弗要亂橫，好好能介說，等我來對俚丟說。阿呀，黃爺。[3]（末）你是老黃，認得我的吓。（丑）正是，老相知哉。（末）老承牌舊交，老承牌舊交，為甚麼頓翻面孔也妝喬？

　　（丑）黃爺，我為子個齣事務走得來了弗得。（淨扯丑介）（丑）僘了，僘了？（淨）來，那個戴屄巾子的是哪一個？（丑）就是道前黃爺哉那。（淨）敢是他家的親？（丑）弗是，是自己家裡。有僘說話，對俚說嘿是哉。走來，走來。（淨）怎樣？（丑）黃爺是有體面個人，好好能介說。（淨）我曉得。（丑）走得來。（淨）怎麼樣？（丑）吓阿曉得……（伸拳介）哪！他是會此道的吓，不是好惹的吓！恭恭手嘿是哉，弗要磕頭。（淨）呔！（付）我每老爺叩那個的頭！

　　（淨）老親翁，請了。（末）請了。（淨）這位是令親麼？（末）是舍姪。足下是哪裡來的？（淨）小弟是敝憲衙門江寧按察司差來的。為令親僞官的事情，前日投批在縣裡，縣裡差人叫黃蒸籠，這狗肏的……（末）不要罵！（丑）黃爺，非但罵，還把我打哩。（付）呸，肏娘眼子！（淨）呔！他鎮日哄小弟亂跑，跑到黃家，黃家又不見；跑到閶關，閶關又不見；又到縣前，縣前又不見個人影兒。敝司主又利害得緊，一連拿了七八個違限。小弟沒法了，今日幸遇著老親翁，是蘇州大方的朋友，就是了。（末）吓，原來為僞官的事情，益發不該囉唝了。（淨）沒有哪個囉唝吓。

3　底本全齣誤稱黃尚枝為「王爺」，據上文、舊鈔本《萬里圓》改。

（末）家叔赴任在于未經鼎革之先，阻隔在兵戈載道之外；況上司問明，已將舍弟釋放歸家的了，怎麼今日又來提解？（淨）老親翁，你這句話講錯了。（末）何差？（淨）自古千差萬差，來人不差；螞蟻不釘無縫的磚街，無事不登三寶殿。小弟雖然是這等說，但憑老親翁見教，小弟便領命去了。（末）這等說，你是滅旨拿人了？（淨）你不要講野話吓！

【園林好】我是奉欽差稽查偽僚，持省帖[4]拘拿家小。官法怎容欺藐？休得要絮叨，休得要絮叨。

　　小的兒，打這個毬養的。（丑）住子，住子！有話好好能介說，等我來。黃爺，事務原是介齣事務丒，也弗要怪俚丒。那間黃爺到縣裡去弄一角回文，尋介一個寡紙包，打發俚去子，個樁事務就完哉。（末）起初不曾用錢，如今休想！叫他做夢。（淨）做夢吓，小的兒，綑他去！（付）夯娘眼子！（末打淨、付介）（丑）弗要打，弗要打！（渾下）

　　（末）

【沽美酒】氣沖沖貫斗牛，氣沖沖貫斗牛，心皎皎凌穹昊，急得俺熱血淋淋難打熬。不平事好心焦，無義漢怎輕饒？鋤強暴荊卿絕少，解急難魯連堪表，任義俠朱家堪學。俺呵，一霎裡心豪，氣豪，神搖，膽搖。（貼）伯父，如今怎麼處？（末）不妨，你且到我家中去。呀，這一回纔掃卻胸中煩惱。（末、貼下）

　　（淨上）阿呀，小的兒，小的兒！好打，好打！（付）來了。阿唷，阿唷！（淨）好狗夯的！你闖了禍，連累我老爹打得這般個

模樣。黃蒸籠呢？（付）在後邊。（淨）叫他來。（付）黃蒸籠，黃蒸籠，老爹叫。（丑）哈哈哈！快活，快活！個兩個野蠻肏娘賊，我說道前黃爺是體面的，罵起俚來，討俚一拳一腳。阿歪，阿歪……一個腰纏打痛哉。（淨）黃蒸籠！我甚子得罪了你，叫人打得我這麼個樣子？（丑）何曾叫人來打吥？我原對你每說的，那個道前黃爺是體面的，有話好好的說。哪！纏是吥乱個二夥長拒出小大爺弗好，開口肏你娘，閉口是肏你娘，惱了他，就打起來哉。（付）肏娘，我罵的？（丑）哪弗是吥罵個？（付）我罵的。（淨）吠！我原說這樁事已赦過的了，不要去罷，都是你說張老爺回來賺了多少銀子，李老爺回來賺了多少銀子；今日賺的銀子在哪裡？（丑）拉乱相埋怨哉。（付）我在南京，哪裡曉得今日這個道理！

【清江引】（淨）咳！我命中晦氣空來到，（付）帽傘多打掉。（淨）護書呢？（付）護書不見了。（丑）打得支支叫。（付）老爹，他在那裡笑我每哩。（淨）把繩子拴他到南京去。（付捉丑介）（丑）黃爺來哉！（淨）倒不如快收拾往江寧跑。

　　（淨、付下）（丑）捉、捉、捉！捉個兩個野蠻肏娘賊個轉來。個個狗毧養個，嗓要吃起公人食來。道前黃爺是有體面個，開口肏娘，閉口肏娘；況且有手腳個，惱子俚，一把拖翻子，好打，好打！打得來落花流水，二夥長頭上一頂帽子，乞我拾拉里哉，拿得去換呷酒吃吃嗓是好個。咦！頭頸裡還有一條繩拉里來。呀嘩！只管說閑話，等我進去子，換一齣出來看看咭。（下）

按 語 ✎

〔一〕本齣出自李玉撰《萬里圓》第二十二齣。

〔二〕選刊此齣的坊刻散齣選本有聞正堂刊《綴白裘全集》。

三國志‧訓子

小生：關平，關羽之子。

淨：關羽。

生：漢營的軍官。

付：周倉，關羽的部將。

丑：王文，來自東吳的送信人。

　　（小生上）身披鎧甲逞英雄，小將原來有父風。卻喜趨庭承父訓，須知子孝與臣忠。某，關平是也。今日父王升帳，只得在此伺候。（淨上）氣宇昂昂志氣舒，指天畫日定規模。荊州久鎮無人犯，認取鬚眉大丈夫。（小生）父王在上，臣兒參見。（淨）我兒少禮，坐了。（小生）告坐了。請問父王，當今天下鼎足三分，臣兒不知其故，請父王試說與臣兒知道。（淨）我兒聽者，當今天下鼎足三分，曹操佔據中原，孫權霸住江東，俺大哥首尊西蜀。這都是漢家天下也！

【粉蝶兒】那其間楚漢爭強，嘆周秦早辭了劉項。分君臣先到咸陽，一個兒力拔山，一個兒量寬如海，他兩個一時開創。想當日黃閣烏江，一個兒用了三傑、一個兒立誅八將。

【沉醉東風】[1]一個在短劍下身亡，一個聽靜鞭三下響。這

---

[1]　這支是北中呂宮【醉春風】，底本不確。

的是祖宗傳授與俺的兒孫也，到今日只落得享，享。獻帝他無靠無倚，那董卓不仁不義，呂布一沖一撞。

（小生）請父王再把桃園結義之事試說一遍。（淨）想俺弟兄三人，當日在桃園結義之時，宰白馬祭天，殺烏牛祭地。不願同日生，只願同日死；一在三在，一亡三亡。

【十二月】想當日兄弟在范陽，兄長在樓桑。俺關某在蒲州解良，更有那諸葛在南陽。霎時間英雄出四方，結義了王叔共關張。

【堯民樂】其年三謁臥龍崗，已料定鼎足三分漢家邦。俺哥哥稱孤道寡世無雙，俺關某匹馬單刀鎮荊襄。長也麼長，今經幾戰場，恰便是後浪催前浪。

（生上）會傳天下信，善達世間書。小將叩頭。（淨）沒有某家將令，怎麼擅離汎地？（生）有東吳魯大夫差人下書。（淨）那下書人呢？（生）現在轅門外。（淨）與我把來人搜檢明白，抓將進來。（生）吓。（淨）吩咐大開轅門。（下）

（內吹打，四小軍，付扮周倉，生、丑上）（淨上台介）（生）下書人進。（眾應）（生）下書人當面。（丑）下書人叩頭。（淨）你叫什麼名字？（丑）小的叫做大膽王文。（淨）你的膽有多大？（丑）有巴斗大。（淨）周倉，與我剖開看者。（付應）（丑）阿呀，阿呀！只有芥菜子大。（淨）為何能大能小？（丑）能強能弱。（淨）饒。（付應）（淨）取書上來。（丑）有書呈上。（淨）回去拜上，說是月十三日某家親來赴會，不及回書。放他去罷。（丑）吓，阿呀，諕殺我也，諕殺我也！你看他三個：紅的紅似血，白的白似雪，黑的黑似鐵。叫你明鎗容易躲，暗箭最難防！（下）（淨）吩咐掩門。（眾）吓。（小生）請問父王

書上寫什麼？（淨）吾兒聽者：

【石榴花】上寫著兩朝相隔漢陽江，又寫著魯肅請雲長。
（小生）安排什麼來？（淨）安排下筵宴不尋常，再休想畫堂
咳！別是風光。哪裡有鳳凰盃滿泛葡萄釀？盡多是芭茛共
著砒霜。玳筵前擺列著都是英雄將，再休想開宴出紅妝。

【鬥鵪鶉】安排下打鳳牢龍，準備著天羅咳！地網。哪裡
有待客的筵席？都是殺人、殺人的戰場。再休想誠意誠
心，全不怕後人嗳！來講。（小生）古來筵無好筵，會無好
會，還是不去罷。（淨）既然他緊緊相邀哩，周倉，喒和恁便
親身嗳！前往。

　　（小生）他那裡兵多將廣。

　　（淨）

【上小樓】恁道他兵多將廣，人強馬壯。大丈夫奮勇當
先，一人拚命，萬夫難當。（小生）大江遙遠，恐難接應。
（淨）恁道是隔大江起戰場，急難相傍，著那廝鞠躬躬送
俺到船上。（小生）還是先下手為強。（淨）恁道是先下手
強，後下手殃。我一隻手揪住他的袍帶，臂轉猿猴，劍掣
秋霜。他那裡暗暗藏，我這裡緊緊防，哪怕他狐羣狗黨！
俺可也千里獨行，五關斬將。我兒，準備人馬接應。（小生）
是。（淨）周倉。（付）有。（淨）明日隨俺去赴會者。（付）
吓。

　　（淨）

【尾】雖不比臨潼會上秦穆公，那裡有宴鴻門楚霸王。滿
庭前折磨了英雄將，小可的百萬軍中斬顏良那一場嚷。
（同下）

按　語

〔一〕本齣改編自元代關漢卿撰《關大王獨赴單刀會》雜劇第三折。

〔二〕選刊此齣的坊刻散齣選本還有：《大明天下春》、《樂府萬象新》、《樂府玉樹英》、《樂府紅珊》、《大明春》、《新鐫樂府時尚千家錦》。

金鎖記・私祭

小旦：竇娥。
老旦：魯氏，蔡婆，竇娥的婆婆。

（小旦上）

【引】孤星早照，矢志存節孝。吓！爭奈婆婆年老，悲無限敢聲高？

　　奴家丈夫適遭水厄，心中豈不痛傷？只是未曾婚配，從無半面，難以放聲啼哭，恐被外人譏誚。今日幸喜婆婆睡熟後房，奴家備得一碗涼漿水飯，不免祭奠一番，以盡夫婦之情。我忍淚吞悲只暗傷，略呈水飯與涼漿。音容難想惟遙望，知你游魂在哪廂？

【小桃紅】我未曾把盞淚先拋，想我命真顛倒也。我母氏先亡，孤影蕭蕭。年紀乍垂髫，父親行去求名早，促奴向夫家從姑教也。待結下鳳友鸞交，又誰知有今朝？

　　阿呀丈夫吓！奴家雖不曾見你之面，

【下山虎】聞得你異姿偉貌，怎喪波濤？未叶秦樓調，早阻鳳簫。（老旦暗上，聽介）（小旦）想著你萬頃茫茫，魂逐浪飄，我這裡楚子悲哀何處招？待哭時嫌面老，可憐女孩兒家索自熬。這碗涼漿飯，漫嫌草茅，須知我一片精誠徹九霄。

　　（老旦）阿呀媳婦吓！（小旦）婆婆吓。（老旦）我聽了你半晌，方見你真心，況又未曾一面，難得你這般哀痛，教我好不傷感

也！

【五般宜】我見此清香浮，篆燭影搖，猛地裡心酸痛，遍身火燒，不由人相對淚痕交。（小旦）婆婆，痛你年紀又老，孤兒命殀。痛殺我萱親喪早，爹行去杳。莫不是普天下的淒涼，咱和你多佔了？

（老旦）

【山麻楷】我命運乖，真堪悼，弄得個刈草除根，驅鳥[1]傾巢。蕭條，卻教我竟把誰依靠？吓，媳婦，喜得你待姑如母，守夫不二，甘此寂寥。

（小旦）呀，婆婆年老，他若悲傷，我當勸慰，如今呵，

【江神子】我不合反將悲怨挑，那些個愛彼年高。婆婆，你須住哭號啕，若還因我倍添焦，這的是奴家罪了。

（老旦）媳婦吓，只是我心非木石，哪裡排遣得過。（小旦）且自寬心。（老旦）咳，我鎖兒在日呵，

【亭前送別】膝下幾曾拋，誰想喪波濤？燈花轉眼滅，水月情誰撈？更憐媳婦偏賢孝，我孩兒分淺難消。

（小旦）夜已深了，婆婆且進去用些粥湯，早些睡罷。

（老旦）

【尾】堪堪又是黃昏到，那更有書聲熱鬧。（合）早向床頭昏昏的睡到曉。

（老旦）阿呀我那兒吓！（小旦）婆婆，且免悲傷。（同泣下）

1　底本作「馬」，據清內府精鈔本《金鎖記》（《古本戲曲叢刊》三集景印）改。

按　語

〔一〕本齣出自《金鎖記》第十二齣〈私奠〉。

黨人碑‧打碑

付（前）：酒保。
小生：謝瓊仙，落第書生。
外、付（後）：官兵。

　　（付上）隔壁三家醉，開壜十里香。幸逢明聖主，沉醉有何妨。自家長安城外酒肆中一個店小二便是。好笑今朝絕早開子店，就撞著子一個秀才官人進來，獨自一個對壁撞。個個量倒搭酒保一樣個，半斤頭壺，裡吃子十幾壺哉，還拉丐喊「酒來！酒來！」弗知阿有儕丐身邊？只怕要剝衣裳散場丐介。

　　（小生醉態上）酒保。（付）咦，醲拉丐哉。（小生）酒保，不吃了，我去了。（付）相公算賬：十五壺酒，一隻猪耳朶，一盆鹽豆，一盆瓜虀。（小生搖手介）（付）哪說搖手？（小生）不要算，我有個玉玦在此，留在這裡，明日吃了一總算。（付）相公，就見賜點現個罷。（小生）咻，蠢才！這是神仙留玉珮。（付）妙！弗差，卿相解金貂。相公明朝竟敲大門進來吃嘿哉。（下）

　　（小生）醉眼模糊天地小，脚跟顛倒路途遙。他年若守酒泉郡，不掛詩瓢掛酒瓢。我，謝瓊仙。自與傅人龍為八拜之交，眞是意氣相投，可謂天涯知己，在此頗不寂寞。今早不知他往哪裡去了？小生獨在旅邸無聊，偶爾閑步到酒肆中，沽飲一壺，不覺大……吓，竟吃得大醉。且回到寓所去，看哥哥回來也未。

【端正好】豔陽天，平夷道，眼睞離信步遊遨。只索向醉

鄉中覓幾個真同調，怪眼底乾坤小。

咳，我好笑蔡京那廝，賄賂公行，白丁橫帶，使俺們擎天有志，無路請纓，好不可恨！不如我謝瓊仙今日借此村醪，用澆塊壘，好不洒樂也！

【滾繡球】走荒郊腳步斜，笑春風意興饒，憑著那千杯美酒，盡消得萬種愁苗。休提起際風雲龍虎遭，且締個伴煙霞漁牧交，得意處按襟長嘯，放懷時趁口價長號。俺自有山高水遠能題詠，俺自有鳥語花香伴寂寥，圖什麼青紫金貂！

（作醉望介）你看這一帶溪山煙色，好難描畫也！

【叨叨令】你看一溪紅浸霞光耀，三山黛鎖雲容罩。求魚野叟在江邊釣，鳴春好鳥枝頭噪。兀的不暢殺人也麼哥，兀的不樂殺人也麼哥！添俺個酒痴生獨自兒價多狂叫。

閑步之間，不覺早已來到端禮門了。（見碑介）呀，老兄請了。（作揖介）（跌介）（掙起介）哧，可惡！我謝相公好意與你深深作個揖，你不回禮也罷了，怎麼反把我推上一交？放肆！可惡！

【倘秀才】你道是氣昂昂驚人儀表，直恁的將人欺藐，禁不住老拳頭狠這遭。（打碑作痛介）咦？什麼東西這等硬的？（作細看摸介）（笑介）呀啐！我只道是一個沒理的人，原來是一座石碑，卻打它起來。（笑介）醉了，醉了……且住！這裡我時常在此出進，不曾見有什麼碑在此，緣何今日方見？莫不是新豎的？待我看來是什麼碑記。（念介）「元祐黨人碑。」（作醉語介）什麼黨人？（念介）「奸黨司馬光、呂公著」（怒介）阿呀放屁，放屁！可笑，可笑！那司馬相公就是三歲孩童，哪個不曉得他是個正

人君子，怎麼說是個奸黨？可惱，可惱！是哪個把公評一旦兒都抹倒？這一座黨人碑分明坑儒窖，可不是壞國根苗！

　　你看，後邊還有許多名字，不知又是何等樣人？待我再看。（念介）「蘇軾、文彥博、程頤」呸！益發放屁！把一個程夫子也認做黨人，這樣敗倫傷化之事，也豎在那裡。（作拾石介）待我打沒它。石碑，你受俺打幾下者。

【脫布衫】怪著你岩岩突立在都門道，祇為著排陷人豪，須把那黨人名鐫除早。（大笑介）快活，快活！這許多姓氏都被俺打掉了。石碑，你如今沒用了，請走開，請走開。唗！我謝相公吩咐，你就該走開纔是，還要公然站立在那裡麼？（外、付扮軍牢上）哥吓，我每奉蔡府的鈞旨，著我們看守那黨人碑，若有人在碑前談議，即許擒拿解究。（看小生介）（小生作推碑介）呸！你又不是曹娥墮淚，何須你蠢蠢的怪石空高。

　　（作推倒碑大笑介）好也，好也！快暢，快暢！（外、付）不好了！一座石碑被這醉漢推倒，卻又打壞，怎麼處？（付）啲！你不知死活的狗頭。這一座黨人碑是蔡府所豎的，你將來打壞，又敢推倒，你有多大的膽在此撒潑！拿去見太師爺。（小生）唗！你每這些小人，誰敢上前？我是謝相公，可要認認我的手段？（作打介）（付打，小生跌介）呔！狗弟子，還要行兇。（作鎖介）快走快走！（小生）好，你每扶我回去，多多有賞。

【煞尾】好笑我玉山自倒，（外）吃了酒在外生事。（小生）怎說得不飲從他酒價兒高。怪不得騎鯨跨鶴，枕麴藉糟。（外）你莫思著誤入桃源，管教你入泉臺須早。（推小生下）

按　語

〔一〕本齣情節、曲文接近舊鈔本《黨人碑》第七齣。

〔二〕選刊此齣的坊刻散齣選本還有：李希海嘉趣簃藏洞庭蕭士輯《綴白裘三集》、《醉怡情》、聞正堂刊《綴白裘全集》、石渠閣主人輯《續綴白裘》。

黨人碑‧酒樓

生：傅人龍，打碑人謝瓊仙的結義兄。

付：酒保。

丑：劉直言，劉鐵嘴，算命師。

　　（生上）揮觥對月臥秋霜，騷人俠士豈尋常？隻眼放開天地小，雙眉橫豎血腥香。我，傅人龍，天涯遊蕩，訪尋知己，以寄死生。不想得遇越水謝生，情投意合，方遂衿懷。只是奈他耽于詩酒，醉後狂言，不知天地為何物。昨日早上我因有事出門，他亦不在寓所，坐望至晚，竟不見回來。我想他又無親戚，又無知己在此，往哪裡去了？我今日起來放心不下，恐他少年狂性，別戀翠館紅樓，亦未可知。不免出城去，向那花街柳巷去訪問一番，多少是好。

【新水令】劍橫秋水向垂腰，見不平便聞悲嘯。你看那煙光迷古寺，塔影挂寒濤。多少牢騷，俺心中事有誰曉？

　　吓，來此已是端禮門外，有個酒樓在此，且進去沽一壺再走。店家有麼？（付上）陳平已愧淹車馬，陶令何須吝酒錢。是囉個？（生）要飲酒的。（付）吃酒個，請樓上坐。（生進介）

　　（付）夥計，拿酒拉樓上去。（生）過來，我問你，昨日可有個二十來歲的後生在此吃酒麼？（付）蓋個相公，我俚個樓浪日日輪千輪萬個人出進，後生個、老娘家、中年人、少男兒、和尚、道士……吃子酒，算算帳去哉，囉里記得個多哈？（內亂叫酒來介）

（付）來哉來哉。夥計，多拿兩壺酒後樓去。（內又叫酒介）
（付）來哉。夥計，西邊樓浪要酒，快星燙起來。（內應介）
（生）酒保。（付）儕個？（生）今日樓上飲酒的為何這等多得
緊？（付）相公，兩日軋殺弗開。（生）卻是為何？（付）纔是看
勝會個哉。也有三個一淘，四個一起，替個快活了纔拉酒樓上吃酒
打散。酒也燙弗及，個星雞雜、豬鼻冲、狗耳朵賣得罄盡，就是鹽
豆一粒無得剩！（生）這些人看什麼勝會，這般歡喜？（付）相
公，說也話長，個個勝會真正大勝會，難得看見個個樣豪傑，有手
段個人哉。（生）是個豪傑？（付）大豪之傑而無比！（生）酒
保，你且講一講，這個人幹了何等樣事，就稱為豪傑？（付）我倒
無工夫拉里。（生）走來！少停算賬，多與你幾分銀子便了。
（付）相公多算點酒錢拉小人？（生）正是。（付）介沒，相公請
坐子吃酒，等我一頭篩酒一頭說。（生）妙吓！（付）相公，近日
這裡端禮門內，忽然立起一個大石碑。（生）一座石碑，什麼奇
事？（付）哪！

【步步嬌】這是蔡府新文將先賢表，（生）立碑旌表先賢，
也是個好事。（付）只為公論都顛倒。（生）顛倒公論，敢是
旌表的不是賢人？（付）賢弗賢，小人也弗曉得；只聽得碑上有儕
司馬光、蘇東坡拉浪。（生）這是元祐賢人了，為何反說是奸黨？
（付）英豪逐一標，反道助黨奸人，傳諭各州道。（生）這
也可笑，為何反把賢人視為奸黨？這個自然人心不服了。（付）為
子弗服了，弄出大事務來哉。（生）是哪一個就肯出頭？（付）相
公，我俚長安城裡個人，聽見說子「蔡府」兩字纔畔哉，阿肯出頭
個？有蓋個下路相公，弗知哪哼吃得醉醺醺，摸得去看子個個碑
哉，他就怒氣上眉梢，把碑文細細都抹掉。

（生）這個漢子竟把碑文姓名抹壞了？（付）非唯抹壞，乞俚竟拿個四兩氣力，拿個碑來一掮，竟跌做兩段！（生大笑介）好！這便是一個奇男子。暢快，掮得好！（付）阿是掮得好？（生）是，掮得好！取熱酒來吃。（付）相公，吾嚇聽得高興哉，讓我去拿一壺飛燙個熱酒來吓。（下）

（生）

【折桂令】聽言來髮竪睛搖，我想那個打碑人呵，真個是漁陽撾鼓罵操的根苗，好助俺膽氣偏豪，肝腸愈熱，魂靈旋消！惜不得買新豐蘭漿桂醥，飲中山雲液松濤。我聽了這一節事，一定要與這個打碑人呵，結個刎頸之交，生死相要，三個兒比效桃園，也不枉[1]困守蓬蒿。

且住，這一個人打壞了石碑，難道蔡府就罷了不成？必竟還有些不平之事，待我再喚酒保來問他。酒保！（付）來哉！百滾介一壺熱酒拉里。（生）你且放下，待我來吃。方纔你說的這個人，打壞了石碑，如今怎麼樣了？（付）咳，相公，個個人替眾人面浪爭子個氣，那間缸片剃胎頭，獨是個兒兒子，吃子個苦哉。

【江兒水】燕捉鷹拿去，披枷帶鎖敲。（生）有這等事！如此凌辱，這人可曾死麼？（付）死是弗曾死，拉亙欠命。今朝蔡府將打碑人發下樞密院究問，怎經得三刑六問精皮拷。（生）可有人保救他麼？（付）蓋個相公，吾直頭是痴個！個保人阿要性命個？況且俚是下路人，亦無得朋友親眷，死子一百個，只算得五十雙。（生）走來！你可曾見這個人麼？是怎樣一個人品？（付）我看見個，也拉吾店裡吃子酒列去個，就闖出個樣無頭禍哉。（生）

1　底本作「忘」，參酌文意改。

怎生相貌？（付）是一個白面書生還年少，身材短小無鬚貌。（生）嗨嗨！是一個白面書生，身材短小？（付）正是，正是。（生）過來，他吃了多少酒去的？（付）十五斤清香美醪。（生）他一個人怎吃這許多？（付）我弗是鳥說，俚個酒錢弗曾還，拿個當頭押拉里來。（生）有什麼當頭在此？取來我看。（付取出玉玦與生看介）這玉玦相留，他效取神仙歡笑。

　　（內）酒來！（付）來哉來哉。（下）（生看玉玦介）阿呀，不好了！這玉玦是謝瓊仙腰間所繫之物，這個打碑人一定就是他了。

【雁兒落】驚得俺倒豎²著髮鬖毛；驚得俺無情火睛光燎；驚得俺不平心未肯降；驚得俺殺人心刀欲嘯。呀！到如今無計上雲霄。他那裡銅垣萬仞高，怎負出泰山峽？怎負過漢水潮？我方纔聞了打碑之事，只道世間還有一個義氣的男子，原來就是瓊仙賢弟。呀，他如今已落于虎阱，我若不去救他，豈是丈夫行事！且到樞密院前去打聽。且住，不可造次，這玉玦雖是謝瓊仙的，那打碑人莫非不是謝瓊仙，也未可知。（想介）阿呀！我如今想將起來，一定是他無疑了。前日在凌煙寺和他結拜之時，曾遇劉鐵嘴，問我二人行藏笤訣，他道是朱雀開口之象。笤訣四句是……（想介）吓！他說：「朱雀若開口，醉裡膽如斗。禍向石邊生，雁行還聚首。」他如今吃得大醉，打碑成禍，這是全應的了。只是後面這一句「雁行還聚首」，莫非我兄弟還有相見之日，亦未可知？咳！我好心焦，怎能夠崑崙到？堅牢，怎生把鴻門輕啓敲，把鴻門輕啓敲？不要著忙，且吃完了這一壺酒，壯著

2　底本作「橫」，參酌文意改。

膽，竟闖入樞密院去，再作道理。（吃酒介）

（丑上）

【僥僥令】終日來跌笤，手內擊各敲。走盡南街並北巷，從沒有分文纏[3]在腰。

好笑今日出來，亦見子鬼哉！走子蓋一日，丑得一擋笤。肚裡有點赤稍雄哉，且到店裡去吃子呷黃湯再處。二阿哥。（付）來哉。倽人？（丑）是我。（付）原來是劉白嚼，阿是亦要吃呷哉？（丑）是。吓個笤亦靈子我個，猜得介著。（付）今日生意如何？（丑）好個，謝天地，賺子十二個銅錢，不拉吓子，拿酒來我吃。（付）十二個銅錢嘿吃倽酒。（丑）一碗酒，撮介兩粒鹽豆嚼嚼嘿哉。（付）吙哉。（下）（丑）熱點個。

（生見介）劉先生，你不要買酒吃，我有酒在此，這裡來吃。（丑）阿呀，外日，外日。（生）來得好，請吃酒。（丑）哪哼擾起來，何以克當？（生）是現成的，何妨！（丑）多謝子。（吃介）個一位會相打個朋友阿拉里？（生）咳！不要說起，如今打出禍來了。（丑）自然！後生家硬頭硬腦，惹禍個精塊。（生）前日先生說的多應了，果然醉裡遇石成禍。（丑）我里個笤弗差個，說個句應個句丑。（生）如今又要煩先生跌一笤，看這場禍可有救麼？（丑）有心相擾相公哉，讓我吃完子跌。（生）跌子笤再吃。（丑）跌子再吃嘿哉。關王，關王，吃得精光。（生）什麼精光？（丑）你看欓浪碗裡纔空哉，酒壺裡亦空哉，阿是精光？（生）待我叫酒保再取來就是了。酒保，取酒菜上來。（付拿酒上）酒來哉。

（生）先生，如今請跌笤，慢慢自吃。（丑）我擾子相公一

---

3 底本作「撒」，據舊鈔本《黨人碑》（《古本戲曲叢刊》三集景印）改。

壺，就弗要卦錢哉。（跌介）關王，關王，大將周倉，三請孔明，獨占荊襄。傳信君子，禱告上蒼，吉凶昭報，莫誤行藏。僭用？（生）方纔講的，要救我兄弟，可救得出麼？（丑）救得出個！弟兄爻上卦，只是兜搭大。（生）有什麼阻礙麼？（丑）此乃螣蛇吐舌之象。笤訣有云：「螣蛇來吐舌，陰人面上接。只在戌時邊，救人須救徹。過了戌時中，命斷與祿絕。」是介幾句，但憑宅上去詳嘿哉。（生）我曉得了，只在戌時。天色將晚，不免就此前去打點。吓，酒保。（付上）來哉。客人，哪說？（生）一錠銀子在此，昨日這一位相公吃的酒也在裡頭了。（付）多謝相公。（丑）介嘿弗送哉。（生）先生慢慢的，再用一盃。心忙悲路遠，事急步行遲。（下）

　　（丑吃酒介）（付）劉先生，吭虱個樣好生意介！弗吃力個三兩句嚼蛆，一壺酒，一碗菜，騙得嗒拉頸裡哉。（丑）我里弗單是騙酒吃，還要騙殺子人弗償命個來！竟夜哉僭，我今夜要住拉里哉。方纔有十二個銅錢拉吭處，竟不夜飯我吃子罷。（付）十二個銅錢吃僭夜飯。（丑）就是粥罷哉。（付）就是粥也吃弗來。（丑）走得來，吭不夜飯我吃子，我教子吭個騙酒吃個方法，如何？（付）當眞僭？旣然是介，竟爽爽利利不一碗炒飯吭吃子罷。（丑）有心是介，隨便僭鹽菜拿點我過過罷。（渾下）

按　語

〔一〕本齣情節、曲文接近舊鈔本《黨人碑》第九齣的前半齣。

〔二〕選刊此齣的坊刻散齣選本還有：李希海嘉趣豩藏洞庭蕭士輯《綴白裘三集》、《醉怡情》、聞正堂刊《綴白裘全集》、石渠閣主人輯《續綴白裘》。

黨人碑·計賺

淨：高牙將，丞相府的差官。
生：傅人龍，謝瓊仙的結義兄。
外：樞密院傳令的士兵。
丑：獄卒。
小生：謝瓊仙，傅人龍的結義弟。

　　（淨扮差官上）領卻相府令，忙投樞密來。自家蔡府差官便是。奉丞相爺鈞旨，著我到樞密院去，要抓取打碑人首級回話。來此已是他衙門，緣何靜悄悄在此？想必還未開門。不免在此馬臺上坐一坐，少等一回。
　　（生箭衣掛劍上）
【收江南】呀！俺是個猛姜維，膽大呵黃鶴樓待輕敲，百忙裡驪宮何處覓神蛟？方纔劉鐵嘴所言，道只在今晚戌時可救，為此我回到下處，改扮作差官模樣，到樞密院前去打聽動靜。（見淨介）你看，馬臺上坐著一位將官，手持令箭，不知為著什麼事情？待我去問他個端的。尊官請了。（淨）請了。（生）請問尊官是何衙門，坐在此間？（淨）俺奉蔡府鈞旨，要見童爺的。因未開門，在此坐守。尊駕是何衙門？（生）小弟就是樞密府內傳宣。前日在蔡府與兄會過一次的吓。（淨）是吓……有些面善……（生）老兄尊姓？（淨）小弟姓高。（生）小弟也姓高。（淨）正是，高兄。（生）請問，蔡府此時有何公事，要見我家老爺？（淨

扯生私語介）你是內傳宣，我與你講得的。昨日這個打碑人，就是
戶部侍郎劉逵的女婿，俺老爺怪他彈劾大臣，先要絕他的宗黨，因
此發下令箭一枝，著樞密院先抓打碑人首級回話，故此在這裡候帥
府開門。（生）阿呀，老兄，這個機密事不可向人前談講吓。
（淨）俺曉得，我和你是一家人，就說何妨。（生）便是。只是我
家爺公務未完，還有一會兒開門；可有什麼諭單牌票的？（淨）俱
沒有。（生）既如此，老兄獨坐在此無聊，我和你到前面勾欄院中
李師師家裡，吃一杯兒再來伺候未遲。（淨）這個怎好相擾？況有
公務在身，恐耽誤了，取罪不便。（生）那勾欄院就在帥府左側，
帥府開門少不得聽見的，同老兄略坐一會就來，何妨？（淨笑介）
聞得李師師十分美貌，小弟久已有意要去認一認，只是要兄破鈔，
不當。（生）何出此言！小弟與兄非一日之交，況同宗一高，況
同宗一高。（淨）便是！與兄同姓，也是難得。（生）又兼是
趨承朱紫一同袍。就此同行。（淨）請。（同下）

  （外上）

【園林好】內中軍傳宣最勞，生殺事須臾可挑。自家樞密府
內中軍的便是。俺老爺身子疲倦，不坐晚堂，著我在衙門上察聽，
倘有軍情機密重事，即時進內傳稟。早奉著森嚴敕誥，看銅獸
有誰敲？看銅獸有誰敲？

  （生上）

【沽美酒】逞平生膽氣豪，逞平生膽氣豪，探虎穴入狼
巢。俺待要盜出紅綃剁犬獒，並沒人知曉，賴紅裙陣圖圈
套。阿呀，駭死我也！不道瓊仙賢弟竟有身首兩分之禍。幸喜方
纔遇著這個差官，被我三言兩語騙入勾欄院中，同幾個粉頭將他灌
得大醉，竟不省人事，睡倒在那邊。我如今取了他的令箭，竟投入

樞密院中，只說蔡府要提打碑人犯親自審鞫，倘或騙得出來，亦未可知。不免竟闖入帥府中去。（進介）（外）住了，你是哪衙門差官，竟闖入府來？（生）卑職是蔡府差官。奉太師爺鈞旨，有令箭在此，要提打碑人犯親自審鞫，不知此時可能出堂？（外）我家老爺身子疲倦，今晚不坐堂了。在下是內中軍，老爺吩咐我出來，倘有機密重事，容進內堂傳稟。尊駕既是蔡府來的差官，我就與你傳這一枝令箭進去便了。（生）如此，就煩尊官一傳。只是相府立等，就要回話的。（外）稟過老爺，就有回文的。請轅門少待。（外接令箭下）（生）好了！事有幾分湊巧。那劉鐵嘴笤訣道：「臘蛇來吐舌，陰人面上接。」我如今借娼妓來做成圈套，可不是應了他的嘴了？此番若能哄得出來呵，是縱大海神鰲脫鉤，開雕檻彩鳳鳴皋，哪怕他追兵後擾，怎當俺純鉤出鞘。俺呵！也顧不得山遙，路遙，早離了市曹。呀！此去做林泉高蹈。

　　（外上）差官哪裡？（生）在。可有回文？（外）回文有了。犯人鎖禁班房，差官就此領去，明日老爺到相府面會。隨我來。呦！管班房的！（內應介）（外）將那打碑人犯放出來，交與蔡府差官去。（丑押小生上）打碑人犯在此。（外）交與差官。犯法身無主，官差不自由。（外、丑下）

　　（生扯小生遶場轉一回介）（小生）阿呀，可憐吓！（生）瓊仙賢弟，愚兄在此。（小生）你是哪個？（生）我是傅人龍，特來救你。（小生）阿呀，哥哥，不好了……（生）不要則聲。快些走。

【尾】潑天大禍非同小。（小生）哥哥，駭得我神魂盡蕩搖。（生）賢弟，一言難盡！且離卻天羅地網巢。（扯小生下）

按　語

〔一〕本齣情節、曲文接近舊鈔本《黨人碑》第九齣的後半齣。

〔二〕選刊此齣的坊刻散齣選本還有：李希海嘉趣稼藏洞庭蕭士輯《綴白裘三集》、《醉怡情》、聞正堂刊《綴白裘全集》。

黨人碑・閉城

末：蔡京相府的差官。

外：童貫的部下。

付：童貫，樞密院的掌事。

（末上）

【六么令】昨宵忌猜，樞府緣何不繳鈞牌？自家蔡府差官便是。俺爺昨晚差高牙將到樞密府，要抓打碑人首級，怎麼不見回話？為此，丞相爺又差俺到樞密院問個端的。思唧紫閣到烏臺，你看銅獸冷，閉衙齋。且須擊鼓轅門外，擊鼓轅門外。

（擊鼓介）（外上）何人擊鼓？（末）蔡府差官有緊急軍情事。（外）老爺升堂了。（眾雜扮軍士等，引付上）

【引】畫鼓聲喧，驚把巫山好夢旋。

（末）差官告進。（見介）差官叩頭。奉相府鈞旨，昨宵差高牙將有令箭一枝，著老爺抓打碑人首級回話，如何還不繳令？相爺[1]大怒，特差小的來問端的。（付驚介）咄！昨晚傳進一枝令箭，說相府要提打碑人犯親自審鞫，我已即將人犯付與差官而去，並不曾提起首級一事。（末）這是哪個傳令的？並不見犯人解到，連差官也不曾回府。

1　底本作「府」，參酌文意改。

（付）內中軍過來。（外）有。（付）昨晚是你傳進的，蔡府差官哪裡去了？（外）阿呀老爺，蔡府差官是這等講了，中軍方敢傳進令箭，又奉老爺鈞旨，將人犯親自交與他去，其中緣故，中軍哪裡曉得！（付）阿呀罷了！如此，禁城中有了奸細了。差官先去回覆相府，說我親自追獲人犯，限三日定來回話。（末應下）中軍過來。（外）有。（付）你可私往各城門上，吩咐緊閉，不許擅開；若沒有令箭擅放一人出城者，即刻處斬！（外）得令。（付）軍士過來。（雜）有。（付）每人付你令箭一枝，可同捕快人等，在城內城外，不論大小人家，盡行搜遍，必竟要緝獲奸細。如今日不拿到者，定以軍法從事！（二雜應下）（付）吩咐掩門。（眾）吓，掩門。（同下）

按 語

〔一〕本段情節、曲文接近舊鈔本《黨人碑》第十齣的前半齣。

黨人碑・殺廟

生：傅人龍，謝瓊仙結義兄。

小生：謝瓊仙，傅人龍結義弟。

外：樞密院的衛兵。

丑：劉直言，算命師，人稱劉鐵嘴。

末、淨：捕快。

　　（生扯小生上）兄弟，快些逃出城去。

【六么令】飛天大災，未審何時重見雲開？（外內）守城軍士聽者。（內）怎麼說？（外）樞密府有令，將各城門緊閉！若沒有令箭擅放一人出入者，立刻處斬。（內）吓。（生）兄弟，不好了！城門俱已閉了。只聽得一聲遙喊閉城臺，想必是，奉欽差。這回何處來藏待？這回何處來藏待？[1]

　　（小生）哥哥，怎麼處？哪裡去好？（生）兄弟，事已如此，前面去不得了。這裡有個土地廟宇在此，只得向裡面躲一躲再處。（看介）且藏在神廚底下，不要著忙，縱然就死，有哥哥在此陪你。（二生睥介）

　　（丑上）

【前腔】關王笤來，判斷爻辭，不用疑猜。一張鐵嘴好安

----

[1] 【六么令】末兩句疊，底本後句脫，參考曲格，並據舊鈔本《黨人碑》（《古本戲曲叢刊》三集景印）補。

排，知禍福，定興衰。（打笤響介）各各響誰向前來買？誰
向前來買？

　　咳！幾裡月裡個生意有介多哈阻隔！聽得今日城外頭東岳廟賽
社，論千論萬人拉亙白相，我說，早點吃子飯去趕勝會，生意自然
好個。鼻塌嘴銃趕到城門口，僭個要捉奸細了，今朝弗開城門。阿
是個樣無時運亙！那間到囉里去嚼蛆？（看介）間邊有個土地堂拉
里，弗知阿有僭人來上廟要問笤，等我進去看看介。

　　（末、淨上）

【前腔】自充捕快，急追尋何處藏埋。鉤牌如火鬧垓垓，
過短巷，走長街。窩藏罪犯同招害，窩藏罪犯同招害。

　　（淨）我每捕快的便是。奉樞密院鉤旨，發下令箭一枝，緝獲
打碑奸細。哥吓，城裡大家小戶，逐一搜尋，沒個影兒，莫非不在
城中了？（末）再到庵堂寺觀去搜取，或者隱匿在那裡亦未可知。
（淨）說得有理。這裡是個土地堂。（末）這個裡面窄小，隱藏不
得。

　　（丑上）（淨）哥，劉鐵嘴在這裡，打笤最有準的。我們問他
打一卦，看可緝獲得著。（末）有理！劉先生，與我每跌一笤。
（丑）要現銅錢個，弗去當官白跌笤個。（末）自然與你現錢，快
些跌。（丑跌[2]介）桃園三義士，諸葛孔明賢。馬前問禍福，凶吉
斷來全。僭用？（淨）緝獲奸細的。（丑）尋得著個！此是留連
卦，留連留連，就在眼前；弗在西北，定在東南。（末想介）既是
尋得著，急早去。（下）

　　（丑）防早去尋，弗拉東南，定拉中間，即刻就要尋著個。

2　底本作「丟」，參酌文意改。

（看介）哪亨卦阿弗曾斷完，一溜溜子去哉。吓個兩個入娘賊！白跌笤個。讓我喊俚得轉來，要子卦錢介。喂，轉來！要尋人拉間邊來尋……

（生、小生出上）先生，先生，不要喊，就是我二人，煩先生遮隱一遮隱。（丑）咦，吓丑兩個也是海能介個大膽，個嗒阿是畔得個？還弗快點奔來。（生）城中俱是尋緝之人，一步也行不得。再煩先生跌一卦，看我二人今日可是命盡祿絕之時？若逃得去，付其上上之笤。（丑跌介）（二生）可有生路？（丑）阿呀，二位吓，此卦乃白虎與朱雀相爭，一場大禍之兆。（二生）可能保得性命麼？（丑）嗨！性命雖可保得，只是殺氣重，眼前要見點血光丑。笤訣有云：「白虎與朱雀，殺氣滿屋角。須防人不仁，作事有錯愕。」兜搭得勢里。

（淨、末又上）哥，都尋不見，再去問劉打笤一個明白。（淨撞見二生，丑作呆介）（末）劉先生方纔說在東南，尋去不見，再把笤訣來詳一詳看。（淨）哥吓，這個後生好似打碑人，快些拿！（末）正是奸細，拿住了！（小生作奔介）（淨、末捉住）（生拔劍殺淨、末介）（丑作怕，跌介）（生）兄弟，不要著忙，一不做，二不休，有人來拿，見一個殺一個便了。劉先生，起來。（丑）天地神聖爺爺！哪說是介殺起來？連我也要纏拉渾水裡哉！

（生）劉先生，是你叫我殺的。（丑）佛爺爺！直頭是放屁哉！哪說是我叫吓殺個介？（生）你說白虎與朱雀相爭，眼前要見些血光，因此我便動手，可是你叫我殺的？（丑）阿呀，阿呀我個皇帝爺爺！個是笤訣，哪哼依俚殺起人來？我個阿爹！（生）先生，你且不要多講。如今見了殺氣了，再跌一笤，看我兩人性命可能保全？（丑）還要跌俉硬瓸個笤來！再有俉亦是我哉。我倒有一

個計策拉里。（二生）有何計策？（丑）你二人一出，難保性命。
（生）便是。（丑）城門上有令箭方許出城。（生）這怎麼處？
（丑）來，哪！方纔此說子兩個頭，就借俚個令箭放在身邊。你如
今有了令箭，只說是個差官，再剝他一人青衣、小帽與謝相公穿
了，只說是捕快。大著膽闖到城門上，說奉樞密院令箭，往城外搜
捉奸細，有令箭在此為號，[3]安然出城，可不是有了生路了？
（生）好計！（小生剝衣帽換介）劉先生，倘能脫得此難，後日相
會，自當重報。

【風入松】承蒙一計救驚駘，（作揖介）（丑）快些走罷，唱
俚個唔介！（二生）容犬馬報恩有待。（走介）蒼天若念寒
儒，脫離龍潭虎寨。還打點語言在外，說樞密院奉欽差。
（下）

　　　（丑倒拖關王奔介）咳！劉鐵嘴，劉鐵嘴：

【前腔】只恨你語言出口應，他來把兩人一時殺害。阿彌
陀佛！我個關王爺爺！（看介）啐！跌得昏頭搭腦，一個關王老爺
倒拖拉里哉。我也弗去跌個牢笤哉，等開子城門竟居去罷。家中
也有妻兒在，相拋撇已成半載。只是……出來子半年巴，手頭
無介一兩五錢銀子拿居去，個嘿哪處？今年倒運流年，做做生意，
碰來磕去，就撞著子個兩個瘟囚，弄得介一個嘴臉！拆單單原剩
草鞋，從今後棄了這招牌。（下）

3　底本作「有令箭比號」，據舊鈔本《黨人碑》改。

按　語

〔一〕本段情節、曲文接近舊鈔本《黨人碑》第十齣的後半齣。

黨人碑‧賺師

老旦、正旦：狄能的隨從。

付：狄能，田虎大王的先鋒。

丑：劉直言，劉鐵嘴，算命師。

（老、正二旦扮小軍，引付上）

【西地錦】求士遠離虎墅，臥龍三請茅檐。

按劍談心腹，圖王求大賢；茅廬藏智士，只在白雲間。咱家乃河北田大王帳下狄能是也。俺大王坐鎮雄州，威傾河北，帳下虎將千員，寨外兒郎十萬，將欲圖霸中原，侵分宋室，奈軍中少一員智謀之士。聞說長安帝都，有一個打笤的，渾名劉鐵嘴，此人笤卦無有不驗。俺大王要聘他到來為幕府，凡有興兵刼掠等事，要他占相凶吉然後行事。因此，差俺扮作商賈模樣，來到長安探聽。訪問鄉人，道他住在長安城外五柳村中，為此咱家又移船到此，問他在家也不在家。軍士們。（二旦）有。（付）你把船兒泊在溪邊，待我獨自上岸打聽他下落。你每都在船中伺候，不許上岸閑走。（二旦）曉得。（下）

（付上岸介）呀，上得岸來，那邊有個人來了，待我上前去問他一聲。

（丑急上）咳，囉里說起吓！

【賞宮花】怪咱嘴兒忒尖！我也好笑，自家做個事務，哪了弗跌介一笤？出首是何等大事，這如何不去占？若論這差錯，死

也不開言。正是貪子紅心喝子熱，賣子餛飩買麵添。

（付）請了，借問一聲。（丑）放子手，放子手！我有要緊事體拉里，弗要扯住我。（付）我是問路的。這裡有個五柳村，還有多少路？（丑）前頭三四里就是哉。（走介）

（付扯介）還要問一聲。（丑）天地菩薩，介個兜搭，各人有正經，阿是少欠子唔，儕個了是介一把扯牢子死也弗放？（付）那村中有個姓劉的，住在那裡麼？（丑）做儕介生意個？（付）是打笤的。（丑）唔問俚做儕了？（付）我有一注財物送他。（丑）阿是五百兩頭？（付）不論什麼五百兩，打笤有準，就送他幾百兩何妨！（丑）宅上要跌幾百當笤了？（付）止要打一卦。（丑）一卦就是幾百兩，若是跌子十來當，倒是幾千兩哉！（付）自然！（丑）個句說話對子耳朵裡直括！亦好子五百兩頭……你阿要尋俚了？（付）咱家特地來尋他，望老兄指引。（丑）介便弗消尋得，學生就是。（付）先生就是？不要哄我。（丑）故哪哼騙得唔個了？我有名劉鐵嘴，有文書不對口。（付）兆！兆！（丑）阿是弗差個？（付）果然是劉先生！請到舟中去跌笤。（丑）哪了要到船裡去跌？（付）不是，我財物都在船上。（丑）船歇阢囉里？（付）這裡來。吓，子弟每。（二旦上）（付）劉先生到了，打扶手。（丑）弗妨得，船車浪走慣個。（打扶手下船介）（付）吩咐開船。（二旦）水手，就此開船。（內）吓。（丑）儕個，儕個？慢慢哩！跌子笤等我上子岸介。（付）劉先生，你來得去不得了。（丑）為儕了？（付脫衣介）（丑）天爺爺！亦是一出拉里哉。

（付）

【滴溜子】咱每是，咱每是，寨北勢炎。奉將令，奉將令，遠來相賺。道先生，陰陽有驗，徵書一紙來，急須打

點，拜將築壇，休得再[1]謙。

　　（丑怒介）吚㘃是一班强盜儕！（付）先生休得粗鹵。（丑）我劉鐵嘴拆單單介拉里，吚㘃來搜搜看，阿有儕硬氈袋拉身邊？

【前腔】只看單單拆，拆單單，兩片笞爿。我身上呵，粗布衣，粗布衣，又加破腌。（付）先生此去定有好處。（丑）我倒弗敢勞，我是青青白白介一個人，為何將賊名來染？（付）先生不必多言。我奉大王爺將令，徵書一紙來，急須打點，拜將築壇，休得再謙。

　　（丑）個是囉里說起！（付推丑，二旦同下）

按　語

〔一〕本齣情節、曲文接近舊鈔本《黨人碑》第十四齣。

1　底本「再」字脫，參考下文補。

黨人碑‧拜師

淨：田虎大王，據地稱雄的草頭大王。

付：狄能，田虎大王的先鋒。

丑：劉直言，劉鐵嘴，算命師。

（淨上）

【點絳唇】地接輿圖，山連天府。雄星助，燦爛皇都，指日為民父。

　　天與人歸意氣揚，斬關破寨逞豪強。圖王定霸平生志，一統山河帝德昌。孤乃田虎是也。只為朝廷寵用奸邪，民不堪命，羣雄四起，爭踞一方。如今王慶坐據淮西，宋江義結山東，方臘撫有江南，俺乃稱尊河北。孤家趁此人強馬壯之日，要打幾處州城，因軍中少一員參謀贊畫軍機，為此不敢輕動。聞得長安有個劉鐵嘴，打筶無有不驗，我已差先鋒狄能前去，徵聘他到來，同贊軍務；但凡有破城打州之事，問他打筶而行，諒無差誤。正是：臥龍三請賢能士，扶漢安邦鼎足分。

　　（付、丑同上）先鋒進。（見介）狄能打恭。（淨）徵聘事如何了？（付）奉大王將令，劉打筶已經聘下了，現在轅門。（淨）聘到了？好，請進來。（付）得令。（丑呆介）（付）請先生進去。（丑）咳，個出事務亦弗好里哉。（對付白）好……唗害得我盡情里哉。（進介）（眾喊，丑退出介）阿呀，嚇殺拉里哉！等我進去沒是哉，為僖了是介喊起來？（付）快進去！（眾喝，丑爬進介）

（淨）先生請起。（丑）不敢。（淨）先生請起。作揖。
（丑）立是立弗直個哉！要唱喏，吒扒下來湊子我罷。（淨）扶了
劉先生起來。（末扶介）（丑）介沒，眞個要唱喏哉。大王爺爺，
唱喏。（淨）請了。看坐來。（丑）罷哉，跌子箸就要去個。
（淨）坐了，有話講。（丑坐介）

（淨）先生，咱本中原武弁，殺人避跡江湖，因見蔡京設應奉
局在蘇杭採辦寶玩，孤家想，這宗東西都是民脂民膏，因此中途刼
奪，投奔河北。蒙衆軍士推我為頭領，嘯聚山林，養成甲士十萬，
虎將千員。今欲打入宋室……（丑）吒拉丟白嚌白嚼說個多哈儕
個？我一點也弗懂。（淨）以圖大業。奈孤智愚才淺，（丑）我也
弗深。（淨）不堪掌握軍機。欲求先生鬼谷之才，濟民于水火。因
此不憚千里而來，有屈大駕，願明以見教孤家，幸勿推阻。（丑呆
介）是吒拉丟燒紙個，能介通誠個多哈儕個？（淨）我對先生講。
（丑）也是好笑個，要說也等我拿個箸跌拉地下子，問吒儕用，然
後好講。先拉丟白嚌白漿鬧熱蓬生哉。（淨）不是打箸。（丑）弗
是跌箸要我做儕？（淨）請先生做一個軍師。（丑）儕叫軍師？賣
幾個銅錢一斤？（淨）就是劉備聘諸葛亮的故事。（丑）要我做一
個諸葛亮？（淨）正是。（丑）阿有門角落拉丟？讓我登拉哈。
（淨）這是怎麼說？（丑）有素說個：「門角落裡諸葛亮」喂。
（淨）休得太謙。

（丑）咳！大王差矣。我本一介小民，兩塊窮骨頭，目不識
丁，手不拈筆。自幼讀得一本《關王經》，並非張子房的秘訣；念
得兩行鬼谷數，又不是黃石公的奇謀。四片茭箸，當不得諸葛亮四
輪車輻；一捐牌子，哪裡是姜太公的一根釣竿。青龍白虎朱雀勾
陳，出口難稱六韜三略；甲乙丙丁戊己壬癸，入耳豈是五令三申。

排下打筈圍場，豈堪走馬演武；討來卦錢微細，哪供萬烘軍需。發令自與行人家宅不同，談兵難向求財謀望酷肖。招兵買馬，豈能即是添人進口；殺人放火，哪裡保得大象無妨！將臺上用我介個乾癟老老，阿呀弗好哉！（倒介）（淨）這是什麼？（丑）天井裡讓我做子驚殺大王。（淨）不要如此。扶起來。（末扶介）（淨）眾將官，取金道冠、大紅八卦法衣來與劉師爺穿了。（眾應，吹打換衣介）（淨）妙吓！如今就是個軍師了。

（丑）大王，你今日拿我是介打扮子，今夜還是叫我謝土呢？淨宅？（淨）請軍師登壇，拜付印劍兵符。（末扶丑上臺，淨拜介）（眾）眾將官叩頭。（丑）喂，吾虱山寨裡，阿是一年四季拜個僥？（眾）不是，求師爺發令。（丑）我便是介一個人拉里哉，但憑吾虱哪哼算計子罷，我倒弗曉得僥個發令，直頭搭我摟哉。（眾）師爺登了壇，自然就要發令的。（丑）個也好笑，真正活剝牛皮漫鼓，一味里生做哉。那沒，叫我發僥個令吓？（想介）也罷嘘，只得讓我×一花沒是哉，我竟拿個筈訣上經套子念得去沒是哉。請吓，介沒列位有荇子。吓，叫眾將官。（眾）吓。（丑）咦！倒好白相個。聽我號令。（眾）吓。

（丑）

【滾繡球】與我按下左青龍右白虎，（眾）吓。（丑）前朱雀後玄武。（眾）吓。（丑）那騰蛇動處休要走，朱雀臨門百事無。定國安邦，皆由子孫旺相；斬關破道，必定是父母扶。應[1]世相生，哪怕他銅牆鐵壘；日神生尅，定主有

1　底本作「印」，據《醉怡情》（《哈佛燕京圖書館藏齊如山小說戲曲文獻彙刊》景印）改。

損將亡徒。

　　（眾）是。請問師爺，如今先打哪一帶地方？（丑）打刧就是今夜罷哉。（淨）不是，問軍師先興兵到何處？（丑）個是要請教家師個。（跌笒介）是哉，叫眾將官！（眾）有。（丑）馬到成功，利在西北。（眾）是。（淨）西北是關口山陝地方了。叫眾將官。（眾）有。（淨）師爺有令，就此發兵前去。（眾）得令。

　　（合）

【沽美酒】只見前營移動，不覺又是後營忙。（丑）這是三聖聖，又是三陽陽。（眾）又只見眾兒郎，一個個身披短甲，手執雕弓，挰挰擠擠，都去鬧城牆。（丑）也麼陽陽陽聖，也麼聖陰陽。（眾）又只見眾兒郎，打歪歪，左右兩邊分。（丑）又是陰聖聖，又是三陽陽。（眾）又聽得馬兒嘶嘶嘶，車兒呀呀呀，炮兒哄哄哄，鼓兒咚咚咚。奔兒奔的奔，醺兒醺的醺，都是一班歪喇軍。（丑）也麼陰陰陰聖，又是聖陰陰。（眾）見一座府道城池，銅垣鐵壁，金石銀磚，高似青天，堅如翠嶽[2]，也要打破了不留停。（丑）這是陰陰聖，又是聖陽陰。（眾）又只見旗門下相持厮殺，鞭來鐧[3]擋，鎗去刀迎，一來一往，斬了幾個倒運娘。（丑）也麼陽陽聖陰，以麼聖陰陽。

　　（眾合）

【醉太平】賴軍師助我威，鷹揚奮武，顯得個綸巾羽扇指謀謨。哪怕他有拔山舉鼎夫，哪怕有陸地行舟伍！與宋家

2　底本作「獄」，從清光緒二十一年《繪圖綴白裘》改。

3　底本作「簡」，據舊鈔本《黨人碑》（《古本戲曲叢刊》三集景印）改。

做一個新跋扈，與宋家立一個新帝都。（丑）這是陰聖陰、陽聖陽的笞譜。（同轉下）

按　語 _____ ✐

〔一〕本齣情節、曲文接近舊鈔本《黨人碑》第十五齣。

〔二〕選刊此齣的坊刻散齣選本還有：李希海嘉趣徙藏洞庭蕭士輯《綴白裘三集》、《醉怡情》、聞正堂刊《綴白裘全集》。

安天會‧北餞

外：徐勣，軍師。
末：杜如晦，丞相。
付：殷開山，將軍。
丑：程咬金，將軍。
淨：尉遲恭，將軍。
老旦：玄奘法師。

　　（外上）七寸瀟湘管。（末上）三分玉兔毫。（付上）落在文人手。（丑上）猶如斬將刀。（外）某，徐勣。（末）某，杜如晦。（付）某，殷開山。（丑）某，程咬金。（眾合）請了。（外）今有大唐師父往西天五應度求取三藏金經，奉俺聖人命令，著一十八路總管，都在十里長亭餞行發路。怎麼這時候還不見尉遲老將軍到來？（眾）想必就來也。（淨嗽上）某，覆姓尉遲，名恭，字敬德，乃朔州善陽人也。今有大唐師父，往西天五應度求取三藏真經，奉俺聖人命令，著俺唐家一十八路總管，多在那十里長亭餞行發路。某須索走遭也。（眾）老將軍請了。（淨）吓，列位請了。（眾）老將軍為何來遲？（淨）吓，列位吓！
【點絳唇】一來為帝主親差，（眾）二來呢？（淨）二來為老夫年邁。（眾）我等多要持齋戒了。（淨）持齋戒，只將這香火安排。（合）送師父臨郊外。
　　（眾）遠遠望見長旛、寶蓋，想必師父來也。

（淨）呀！

【混江龍】遙望見長旛和那寶蓋，（眾）那些軍民百姓，好不熱鬧！（淨）見軍民百姓多也鬧垓垓。這一行兒騎從，蕩散了滿[1]面塵埃。坐下馬如同流水急，俺心裡想是朔風來。俺這裡按幞頭、挪[2]玉帶。（老旦上）（淨）見師父禪心倚定，師父將慧眼落得個忙開。

（老旦）一鉢千家飯，身穿百衲衣。貧僧有何德能，敢勞眾位公卿遠遠相送？（眾）不敢。（老旦）此位莫非就是尉遲老將軍麼？（淨）不敢吓不敢。（老旦）久聞老將軍東蕩西馳，南征北討，定下六十四處煙塵，擅改一十八家年號。貧僧只看得幾卷經文佛法，不知老將軍陣上的威風，天色尚早，請老將軍試說一遍，貧僧洗耳恭聽。（淨）師父若不嫌絮煩，待某家試說這麼一遍。（老旦）願聞。

（淨）

【油葫蘆】十八處多將年號改，我扶立起這唐世界。（老旦）可曾殺生害命麼？（淨）師父道俺殺生害命可也罪何該！想當日尉遲恭怎想到今日裡個持齋戒？今日個謝吾師恁便超度了俺這唐十宰。俺這裡便整[3]頓了布袍、拂了土垓，就在那塵埃中展腳可便也舒腰拜。（眾合）望師父特地親取一個法名來。

（老旦）要貧僧取法名麼？就取名慧善、慧能、慧智、慧聰、

1　底本作「海」，據明天啟西爽堂刊《萬壑清音》、《昇平寶筏》改。

2　底本作「那」，據明天啟西爽堂刊《萬壑清音》改。

3　底本作「正」，據明天啟西爽堂刊《萬壑清音》改。

慧信，恁孩兒尉遲寶靈。待貧僧取經回來，一個個與你們摩頂受戒便了。（眾）多謝師父。

（淨）

【天下樂】救度俺眾生的們可便離了苦海，師父恁便虔也麼心，我可也無掛礙，只按著救苦救難的這觀自在。（老旦）參得透？（淨）參得透色即是空。（老旦）參不透？（淨）參不透空即是色。師父那片修行心，可便也有甚麼的歹？

（老旦）那南御園交鋒，勤王救駕一事，貧僧不知；天色尚早，再請老將軍試說一遍。（淨）這節事也非為別的而起……（老旦）端為著誰來？

（淨）哪！

【後庭花】多只為病秦瓊他狠利害，皆因是尉遲恭年老邁。我想那一日相約定、相約定，這多是杜如晦使的計策。老夫聞言聽罷，忿氣可也滿胸懷，這多是唐家、唐家的十宰。那一日鼓不擂、鑼不篩、箭不發、甲也怎生披，只聽得耳根裡報將來，御果園暗計排。（眾合）御果園暗計排。（淨）堪恨那無知、無知的甿耐，我見一人倒在、倒在得這塵埃。（老旦）倒在塵埃的是誰？（淨）那年五月五日蕤賓佳節，借那南御園改作御果園，他弟兄三人做一個插柳會。（老旦）哪三人？（淨）第一建成。（老旦）第二呢？（淨）元吉。（老旦）第三呢？（淨）第三乃是吾主。他遶著御園連轉三次，離百步之外，豎一高竿，高竿之上掛一金錢，要射中金錢之眼。（老旦）可曾射？（淨）那時吾主在飛魚袋內挽一張鞘[4]不長、靶不

4　底本作「稍」，據《昇平寶筏》改。

短、拽得硬、射得遠、銅胎鐵靶、叱咤的寶雕弓。（老旦）好弓也！（淨）在走獸壺中拔一枝撚一撚、轉千遭、水銀灌桿、叮叮噹噹、百步穿楊、棗子狼牙箭。（老旦）好箭也！（淨）扭入硃紅扣，搭上紫金鈚[5]，左手推靶，右手兜絃：左手推靶似挺彈臺；右手兜絃如抱嬰孩。弓開如半輪秋月，箭發似一點寒星。那箭無不發，發無不中，中無不倒，倒無不死。他就颼、颼、颼連射三箭。（老旦）可曾射著？（淨）正中那金錢之眼。（老旦）好神箭也！（淨）那時吾主就扭項回頭，看他二人賣弄哪家的武藝。不道建成就起不良之心，他就掣劍在手，欲傷吾主。（老旦）可曾傷？（淨）不道那劍有些戀鞘；那元吉就把弓來打。（老旦）可曾打著？（淨）又被花枝兒抓住。（老旦）阿彌陀佛，聖天子百靈相助。（眾）大將軍八面威風！（淨笑介）哈哈哈！不敢嚇不敢。（老旦）那時老將軍在于何處？（淨）那時，某家在澄清澗洗馬，忽有軍士來報說：「主公有難，速往救駕！」那時，嚇得某家人不及甲，馬不及鞍，只得劖馬單鞭，趕至御果園。高叫一聲：「呔！勿傷吾主！勿傷吾主！」不道建成、元吉見了某家，也就害慌了。（老旦）見了老將軍這等威嚴，也不怕他不慌。（淨）有詩為證：「建成元吉失霜鋒，頃刻英雄一夢中。不是尉遲鞭在手，（眾合）誰人搭救聖明公？」（淨）那時，被某家挖搭的，一把扯住了他的獅蠻寶帶，滴溜溜滾下馬來。我就腳踹著他胸懷，腳踹著他胸懷，卻叫他怎生樣的鬧閨。叵耐寒才使的計策便把那人殺害，怒氣可也滿胸懷。老微臣唿喇喇一騎馬兒趕將來，

5　底本作「批」，據《昇平寶筏》改。

颺！一鞭兒（眾合）打碎了他的天靈蓋。[6]

（老旦）天色已晚，貧僧趲路去也。（眾）我等再送師父一程。（老旦）不消了。（眾合）

【尾】百忙裡修行大，善性兒分毫不改。梵王宮將金經取回來，望師父徐徐而去，（老旦下）（淨）早早兒的歸來。

（淨笑，同眾下）

按　語

〔一〕本齣主體曲文、情節與清宮《昇平寶筏》第十六齣〈餞送郊關開覺路〉接近。

〔二〕選刊此齣的坊刻散齣選本還有：《萬壑清音》、《萬錦清音》、《樂府歌舞台》、《來鳳館合選古今傳奇》。

〔三〕選抄此齣的散齣鈔本有中國國家圖書館藏朱執堂抄《時劇集錦》。

6　自「堪恨堪恨那無知、無知的时耐」到「打碎了他的天靈蓋」《昇平寶筏》題【青哥兒】。

玉簪記・姑阻

貼：陳嬌蓮，避亂出家的宦家女，法名妙常。
小生：潘必正，書生。
老旦：潘必正的姑母，女貞觀主。

（貼上）

【月兒高】松梢月上，又早鐘兒響。人約黃昏後，春暖梅花帳。潘郎約我在此等候，怎麼這時候還不見到來？我倚定欄杆，悄悄將他望。猛可見的花影動，我便覺心兒癢。那邊聲響，想是他來了。呀，原來不是。那聲兒是風戞簾鉤聲韻長，站在那邊的是……（看介）啐！那影兒是鶴步空庭立那廂。

呀，等了這一回，不見他來，我且回房中去，再作區處。倦立庭前看月色，咳，且回鴛帳坐香消。（下）

（小生上）

【前腔】夢回羅帳，睡起魂飄蕩。纔見芸窗月，心到陽臺上。靜掩書齋，月下閑偷傍。妙常有約，此時該去了。正是：三春花信曾有約，七夕渡河人又來。（下）（老旦上）欲覓閑消息，須教悄地來。夜深人不見，書舘為何開？不知我姪兒哪裡去了，不免叫他一聲。必正姪兒哪裡？（小生急上）來了。忽聽得花間語，小鹿兒在心頭撞。姑娘拜揖。（老旦）你書倒不讀，往哪裡閑走？（小生）姪兒在亭子上乘涼。（老旦）今晚也不當十

分熱吓。（小生）姑娘是老人家，不覺得熱；姪兒是，嘎唷，熱得緊吓！**為愛閑亭風露涼。**（老旦）乘涼罷了，為何如此慌張？（小生）**失候尊前心意忙。**

（老旦）

【前腔】**書當勤講，奮志青雲上。坐待春雷動，一躍桃花浪。**（小生）今晚怎麼這等熱？（老旦）**你姓字爭先，不墮前人望。**姪兒吓，你莫怪我做姑娘的說。（小生）姪兒怎敢！（老旦）**你半夜花間月，休去閑飄蕩。**（小生）姪兒是再不頑耍的，今晚偶然閑走閑走。（老旦）**好把流螢守著囊，當惜春風又過牆。**

（小生）姑娘，這裡熱得緊。（老旦）這裡果然熱。也罷，你隨我到經堂上去，我一邊打坐，你一邊看書。待我出定時，方許你寢息，不可不依。（小生）咦！姑娘，如今覺倒涼了些了。（老旦）吓？你方纔說這裡熱得緊，及至教你到經堂上去，又說涼了，這是怎麼說？（小生）不是吓，姑娘在經堂打坐，姪兒在傍邊看書，可不攪亂了姑娘的禪心？（老旦）不妨，從來佛教通儒教。（小生）姑娘，還請各便的好。（老旦）胡說！要識儒修即佛修。（扯小生下）

按　語

〔一〕本段出自高濂撰《玉簪記》第二十一齣〈姑阻佳期〉前半齣。

〔二〕選刊此段的坊刻散齣選本還有：《詞林一枝》、《八能奏錦》、《堯天樂》、《時調青崑》、《賽徵歌集》、鬱岡樵隱輯《新鐫綴白裘合選》、《醉怡情》、《歌林拾翠》。另，《摘錦奇音》有目無文。選抄此段的散齣鈔本有復旦大學圖書館藏楊文元抄《戲曲選》。

玉簪記‧失約

貼：陳嬌蓮，避亂出家的宦家女，法名妙常。

小生：潘必正，書生。

 （貼上）

【石榴花】聽殘玉漏展轉動人愁，噯！思量起竟含羞。我把玉簪敲斷鳳凰頭，傍孤燈暗數更籌。今日個出乖露醜，這事兒落了他人後。想昨宵雨約雲期，到今朝鳳泣鸞愁。

 （小生慌上）

【前腔】忙來月下恨殺那人留！（進介）娘吓，等壞了！（貼背泣介）（小生）呀，為甚事淚雙流？武陵人抱悶悠悠，夜深沉不餌魚鉤，我心中暗愁。（貼）愁什麼？把人丟下就是了。（小生）阿呀娘吓！這話兒好教我參不透，只指望楚雨巫雲，怎翻做綠慘紅愁？

 （貼）

【泣顏回】休說那風流，一霎時忘卻綢繆。好吓，教我黃昏獨自，看噓，等得我月轉西樓。將人便丟，哪些兒見你的情兒厚？（小生）阿呀，不是小生故意來遲噓，幾乎做將出來！正走到半路，被我那狠心的姑娘走得來叫我，幸爾聽見，只得回轉。不想，帶我到經堂上，他一邊打坐，叫我一邊看書，待他出定時，方許我寢息，故此來遲。乞恕小生之罪！（跪介）阿呀姑娘吓，你害得我好苦吓！（哭介）（貼背介）看他愁模樣堪愛堪

憐，定不是將沒作有。

　　這等沒，起來。（小生）你惱得我緊，怎敢起來。（貼）叫你起來便起來罷了，什麼模樣！（小生）要我起來，你笑一笑，我纔敢起來。（貼）這個，我倒不會笑。（小生）如此沒，小生也不會起來。（貼笑介）阿呀，起來嘻。（小生）娘吓！

【前腔】一日隔三秋，鴛鴦結牢鎖心頭。猩紅一瓣，魂靈兒卻被他鈎。何曾下口，更難忘燈下鞋尖瘦。我若做浪蝶遊蜂，老天，老天！須教是裙馬襟牛。

【尾聲】從今莫忘神前咒，今夜情兒難罷手，怎能個閏一個更兒相聚久？

　　夜深了，和你進去睡了罷。（貼）恐怕師父出來查看，你去罷。（小生）姑娘我已送他進房去了，今晚料不出來。（貼）今晚斷斷不成的了，去罷。（小生）吓，當真？（貼）當真。（小生）果然？（貼）果然。（小生）如此，我真個去了嘻……（貼笑拽小生衣，小生摟貼下）

按　語

〔一〕本段出自高濂撰《玉簪記》第二十一齣〈姑阻佳期〉後半齣。

〔二〕選刊此段的坊刻散齣選本還有：《詞林一枝》、《八能奏錦》、《堯天樂》、《時調青崑》、《賽徵歌集》、《怡春錦》、鬱岡樵隱輯《新鐫綴白裘合選》、《醉怡情》、《歌林拾翠》、《崑弋雅調》、敏修堂刊《清音小集》。選抄此段的散齣鈔本有：復旦大學圖書館藏楊文元抄《戲曲選》、中國社科院圖書館藏《集錦》。

尋親記‧前索

生：周羽，貧儒。
旦：郭氏，周羽之妻。
末：張千，張敏家的掌事、助手。
丑：張千的僕人。

（生上）

【引】雙眉顰皺，問天公何事令人不偶？（旦上）九萬鵬程須展，五百青蚨哪有？

（見介）（生）二月賣新絲，五月糶新穀。醫得眼前瘡，剜卻心頭肉。（旦）官人，你為何道此幾句？（生）只為前日被官司差我做伕，無錢使用，著你到張員外家借了兩錠生錢，如今連本算來，哪得許多還他？（旦）官人，別人家欠了一二百錠，不似你這般煩惱，我和你只借得兩錠，何必如此愁悶？況那張員外幾次說不要利錢。（生）咳，娘子，你說哪裡話！自古「吃酒圖醉，放債圖利」，那些做財主的，巴不得日日加些利錢，你怎麼說他不要？

【雁過聲】思之這一籌，朝夕為此耽生受。我身衣口食尚且不能夠，許多錢終不便干休。（旦）官人，哪有干休之理。（生）他來錢索時，教我如何措手？（旦）官人，他來取討，只得轉個限期便了。（生）你也不會思前并算後，過了一日又添上一日利。（旦）官人，早難道今日愁來明日愁？

（丑隨末上）欲將煩舌說姣娥，未審姣娥意若何？只怕紅粉無

情留意少，青蚨有數謾填多。自家張千，奉員外之命，到周家索債。此間已是他門首。小廝叫一聲。（丑）吠。阿有囉個拉里？（生）是哪個？（丑）我俚是張員外乩。（生）咳，娘子，纔講得過，那討債的就來了。（旦）呀！也未該月。（生）便是。你進去看茶。（旦）曉得。（下）

　　（生出見介）吓，足下何來？（末）小子是前街張員外家。（生）莫非掌事哥麼？（末）不敢。（生）失迎，裡面請坐。（末）周官人先請，小子隨後。（生）家下。（末進介）請轉了。（末）這個怎麼敢。[1]（生）自然的。（末）吓，從命了。周官人拜揖。（生）掌事哥。（揖介）請坐。（末）周官人府上，怎麼敢坐。（生）豈有此理。（末）如此，大膽告坐了。

　　（生）掌事哥何來？（末）方纔在東莊討些小賬回來，在此經過，小廝說此是周官人府上，故此特來叩拜。（生）承顧了。（末）不敢。（生）娘子看茶來。（末）不消賜茶。（生）自然要奉一盃。（末）敢問周官人，前日這節訟事完了麼？（生）學生沒有什麼訟事吓。（末）是這個黃河水決的事體。（生）吓，這節事完了。（末）那官府好沒分曉，秀才官人是朝廷作養人才，怎麼也報了伕？（生）便是！從天降此一禍。（末）況且生員吏役，都是免差的，這也糊塗得緊！（生）這也不干官府之事，都是那些手下人作弊，所以如此。（末）是吓。這節事，周官人用了多少銀子？（生）咳！掌事哥，不要說起，足足費了兩錠。（末）吓，這也還好。我那裡有個做小本經紀的也報了做伕。（生）吓，也報了伕？不知用了多少？（末）他比周官人更多，足足費了四五錠還不止。

---

[1]　底本作「這個怎敢麼」，參酌文意乙正。

（丑）阿爹，轉灣頭豆腐店裡也報子做伕，兩個小猪纏把俚弔捉子去哉。（生）咳，苦死他，苦死他！若在學生身上，一發當不起了。（末）便是。告辭了。

（生）豈有此理，自然要奉茶。娘子，快些拿茶出來。（末）呀，小子倒忘了，員外、院君說，前日娘子來多多簡慢了。（生）好說，前日多蒙院君十分相待，員外慨然應付，又蒙掌事哥再四周旋，一發謝之不盡。（末）豈敢。倒是周官人講起，在下纏敢說。周官人所借的銀子，旣然只用得兩錠，餘下的何不還了我家員外，也省些利錢。（生）吓？借了兩錠，用了兩錠，哪有餘下。（末）兩錠？敢怕不止吓。（生）呀，只得兩錠！（末）這個連小子也不曉得。前日員外偶然提起，對小子說：「張某，若到該月，可到後街周官人家去取。本錢二十錠，利錢不消算得。」（生）呀，豈有此理！多蒙員外慷慨，借我兩錠生錢以濟燃眉，怎麼說是二十錠？或者不是我家。（末）周官人，小子此來原不為取債，況且又未該月，是小子多講。告辭了。（生）呀，掌事哥，旣蒙降舍，又承問及此事，一定要講個明白。（末）這也不難，小子有賬在此，看一看就是了。（生）有賬在此，絕妙的了。（末）小廝，取那總賬過來。（丑）吷。

（取賬末看介）在這裡了。貴表是維翰？（生）是維翰。（末）二月裡借的。（生）是二月裡借的。（末）不差，是二十錠。（生看介）呀，掌事哥，這個小賬是沒用的，學生借銀子的時節，自有親筆文契在府上。（末）文契麼，不知可在這裡？小廝，取這些文契來看。（丑）吷。阿爹，個張阿是？（末）不是。（丑）個張只怕是哉。（末）正是它。（生）在這裡麼？（末）在此！周官人尊諱是羽，是羽毛的羽字？（生）正是。（末）我說不

差的，文契上也是二十錠。（生）借我一看。（末）請站遠些。
（生）咳，我不是這樣人。（末）不是吓，君子小人不同。小廝，
取過了。（丑應，收過介）

　　（生）哎喲！掌事哥，還有一說，前日這個銀子原是我房下來
借的，待我問他，若是兩錠，只還兩錠；果是二十錠，就還二十
錠。請坐了。（末）說得有理。（生）吓，娘子快來！（旦內）茶
就有了。（生）不是，娘子你出來！（旦上）（生）娘子，我且問
你，前日你到張員外家借多少銀子？（旦）就是用的這兩錠了。
（生）我說再不差的，怎麼掌事哥說是二十錠？（旦）二十錠！敢
不是我家？想是記差了。（生）我也是這等說，待我再去問他。娘
子，你去看茶來。（旦虛下）

　　（生思介）阿呀娘子！（旦上）怎麼說？（生）走來。前日那
文契是空頭的，借了銀子，可曾填上數目？（旦作思，哭介）阿呀
天吓！因你有事在身，心忙意亂，不曾填得。（生）呀吥！好，好
個不要利錢！如今頓添上十倍了。

【女冠子】我妻借錢將文約去，誰知道中他謀計。虛填二
十錠來胡取，你還道是不收利。吓，掌事哥，你去多多上覆你
家員外，說君子愛財，取之有理。人惡人怕天不怕，人善
人欺天不欺。（合）到今教人怎生區處？

　　我不管，你自去回他。好個不要利錢！（旦）掌事哥。（末）
娘子拜揖。前日簡慢了，院君多多致意。（旦）好說。掌事哥，前
日奴家來借銀子，文契原是空頭的，因心上有事，失填數目，怎麼
你家員外欺心，填上二十錠？煩你上覆一聲，若是兩錠，該月加利
奉還；若是二十錠，分文也沒有了。（生）走進去！若兩錠，一併
送還；二十錠是分文沒有了，但憑你家怎麼樣。（末）周官人不須

著惱，我家員外生錢也是難借的，最少說些，也有幾萬賬目在外，若是都像你每夫妻，喬相埋怨，終不然罷了不成？（生）唝！我周官人可是賴人錢債的人麼？（末）哪個在此說你賴介？

　　（生）呸，有這等事！人家借了兩錠銀子，要還二十錠的麼？咦，天理何在！（末）周官人，就是二十錠錢鈔呢，若是在你身上也不打緊。（生）咳，閑講！哪個不曉得我是個窮儒，二十錠可是當得起的？（末）吓，周官人，我如今倒有個處置在此。你有什麼釵梳首飾，將來准折與我員外罷。（生）咳，若有釵梳首飾，我也不到你家告借了。（末）若然沒有釵梳首飾，就是那田園屋宇，我家員外也是要的。（生）益發沒有了。（末）嘎嘎，若是兩項都沒有，哦吓，周官人，還有一個宛轉在此……（扯生介）（旦）官人不要去。（生）唝！當小心不小心，難道他扯了我去不成？（末）娘子忒多心了。（生）不要睬他。（末）周官人，莫若到我家去訓幾個蒙童。（生）哦哦，有來歷，有來歷。（末）二來兼管些賬目。（生）這也使得。（末）娘子陪侍院君做些針黹。一者吃些現成茶飯；二來債務又寬；三來權做個當頭。（生打末介）唝！狗才這等放肆！我是未遇時的生員，豈是賣老婆的漢子麼？（丑）阿呀賴賴歪，張家巷上賣柴灰。（背箱介）（末）吓，周羽，賴債的窮坯，打得好，只怕你打出事來了。（丑嚷介，下）（生）放肆！你實契虛填事怎禁。（末）你不還錢債反生嗔。（旦）果然莫信直中術，真個須防人不仁。（末）周羽，你打的好！只叫你打的手在釘上來了！阿唷，阿唷……（下）

　　（生）狗才，難道我是賣老婆的漢子麼？（旦扯介）官人為何如此？（生怒介）他方纔教我呢，搬到他家去訓幾個蒙童，兼管些賬目；叫你陪侍院君吃些現成茶飯。（旦）這是他的好意吓。

（生）什麼好意！他說把你做個當頭。（旦）如此，打少了這狗才！（生）你且開了門，放我出去。（旦）官人請息怒，不消如此。（生）我怎麼樣吩咐你的？文契是空頭的，你不落數目，反說不要利錢的嘘。如今看你怎麼樣，如今看你怎麼樣！（哭踱介，下）（旦）如今怎麼處？（下）

按　語 ✎

〔一〕本齣出自《周羽教子尋親記》第六齣〈催逋〉。

〔二〕選抄此齣的散齣鈔本有中國社科院圖書館藏《集錦》。

尋親記 · 出罪

丑（前）（後）：負責開道、通報的總甲。

外：開封府尹。

旦：郭氏，周羽之妻。

末：書吏。

小生：皂隸。

丑（中）：封邱知縣。

生：周羽。

付：張禁，押解犯人的解差。

　　（丑上）走開！走開！新官新府，弗是取笑個嚇。

【水底魚】引導前來，立進點，個蕩要轉轎個，四方人站開。哑！奔拉囉里去？立定子！行的住步，坐的把身抬，坐的把身抬。（下）

　　（眾引外上，合）

【前腔】除授河南，任民欣滿懷。萬民樂業，奸盜盡沉埋，奸盜盡沉埋。

　　（旦上）阿呀爺爺吓：

【前腔】抱屈啣冤，投詞到馬前。（眾）打下去！（旦）望停鞭鐙，聽取奴訴言。（外）你怎麼不到衙門裡來告？（旦）怕衙門倥您，上下多隱瞞，吏書人作弊，不能到案前，不能到案前。

　　（外）把地方鎖了，婦人帶著。（眾鎖丑、旦介）（眾）開門。（外）帶地方。（丑）有。地方叩頭。（外）哇！我三日前曾有馬牌肅靜街道，怎麼容留婦人攔街叫喊？（丑）太老爺吓，小人一路拉前頭趕，個個堂客拉後頭叫喊，故此並不曉得驚動子太老爺哉。（外）胡說！打！（打介）（眾）一五、一十、十五、二十。打完。（外）趕出去，帶叫喊婦人上來。（丑）㤏穿吓個花娘！囉裡說起！（下）

　　（眾）叫喊婦人進。婦人當面。（外）去鍊。婦人，本府投文放告，自有日期，怎麼沿街叫喊？（旦）爺爺吓，小婦人有極大冤枉，望爺爺超恤！（外）你有甚冤枉？從實講上來。（旦）爺爺聽稟。（外）你是哪一縣人氏？

　　（旦）

【鎖南枝】封邱縣。（外）軍家呢民家？（旦）儒士家。（外）你丈夫叫什麼名字？（旦）周羽妻郭氏投詞下。（外）你丈夫與何人有仇？（旦）與黃德並無仇，不知誰把屍撇下。（外）撇下屍首便怎麼？（旦）那官司裡，多向他，把殺人罪我兒夫屈招下。（外）人命重情，怎麼就招認了？

　　（旦）阿呀爺爺吓：

【前腔】一時被拷打，屈招是虛假。（外）招已定了，又來訴什麼？（旦）只為鋼刀雖快，不斬無罪之人，這冤屈事難甘罷。（外）難道問官問枉了不成？（旦）阿呀爺爺吓，便做到天樣清，日月明，只怕照不到覆盆下。

　　（外）日月雖明，怎照得覆盆之下？取上來。（末）狀詞呈上。（外）過來。到封邱縣提周羽一起，并調原卷聽審。（小生應下）婦人，照訴詞上講來，倘有一字支吾，我這裡就不准。

（旦）爺爺吓：

【玉交枝】正遇天寒雪下，（外）你丈夫在家也不在家？（旦）我兒夫出外到家。（外）回來什麼時候了？（旦）歸來路黑無燈火，（外）既無燈火，怎麼曉得有人在門首？（旦）其時丈夫被絆一跌，覺一物倒臥當途。只道是李謫仙醉眠在芳草坡，那時丈夫叫小婦人將燈一照……（外）便怎麼？（旦）卻原來是楚霸王自刎在烏江渡。（外）那時便怎麼？（旦）急扶抬登時散也囉。（外）這就是移屍了吓。（旦）阿呀爺爺吓，怎知他指鹿作馬。（外）指鹿作馬，是趙高的故事。這婦人一派虛詞，趕出去！（眾）吓。

（旦）阿呀爺爺吓：

【玉山供】詞非虛詐，若虛詞怎敢到府衙。（外）好利口吓！（旦）這多是痛苦真情話，使不得俐齒伶牙。東海殺孝婦，三年天旱無雨下，怎做蒲丞相錯斷賊波查？（外）趕出去。（眾）吓，快些出去。（旦）爺爺吓，若不准小婦人的訴詞呵，怎教曹伯明屈死在天涯？

（外）曹伯明屈死在天涯……取上來。（末）是。（外）婦人外廂伺候。

（小生上）封邱知縣并周羽原卷調到，請爺消籤。

（眾喝丑上）拍轎，拍轎——報門，報門——（眾）封邱縣進。（末）進——（眾）吓——跪——（末）免——（眾）吓——（末）免——（眾）吓——（末）打恭——（眾）吓——（丑傍打兩恭立）知縣遞爵錫，鄒五院貫秦匠。（外）周羽這樁事，貴縣怎麼樣問的？（丑）西，西，西祭。（外）吪！（丑）鄒五為黃河水甩，黃德布正曾爵鄒五郎定銀隻，鄒五唧厭，把黃德布正塔郎。

（外）可有兇器？（丑）爵冒兄弟是姊身。（外）可有證見？（丑）毛西箭。（外）刀？（丑）也不刁，速拍速爵就焦。（外）既無兇器，又無證見，怎麼就問成一個死罪？（丑）細前官問的，小官是個西印。（外）怎麼講？（末）啓爺：是前官問的，他是個署印的官兒。（外）坐。（眾喝介，外）吓！你是個署印的官兒麼？（丑）西，西，西。（外）你起首是個什麼官兒？（丑）小官薺修細個鎗官，鎗官心個義秦，義秦心個子拍。（外）吰？他說什麼？（末）他起首是個倉官，倉官陞驛丞，驛丞陞主簿。（外）你是哪裡人氏？（丑）小官西笏荐，笏酒，笏清獻。（外）哪裡人？（末）他是福建福州府福清縣人氏。（外）你這口聲怎好答應上司，也該學些官話。（丑）小官薺崔薺鶴再學嗓學弗來。（外）回衙理事。（丑）西。（眾）吓——（末）免——（眾）吓——（末）免——（眾）吓——（末）免——儀門打恭——（丑打恭出）帶鄒五，帶鄒五！（眾帶生、旦上）（丑）把你農爵西娘，回來忽忽拍細你！（氣下）

（眾）犯人進。（末）進來聽點。（外）周羽。（生）有。（外）黃文。（眾）有病。（外）周羽，你情眞罪當，怎麼又叫妻子出來訴狀？（生）爺爺吓，小人今日得見青天爺爺，猶如火裡開蓮，死而復生。小人還有口訴。（外）講。（眾）吓。

（生）

【五供養】家貧儒素，為絕糧奔走道途，（外）回來什麼時候了？（生）歸來時天已暮。黑洞洞不見火，覺一物當途路。疑是甚人醉臥，小人被絆一跌，就叫妻子將燈一照嘘，卻是屍橫路。此情實口訴，望乞推詳覆盆冤禍。（外）既如此，就不該招認吓。

（生）阿呀爺爺吓：

【月上海棠】遭冤苦，不由人不認殺人罪。（外）怎麼不訴辯？（生）況無錢使用，教我有口難訴。（外）揣起來。（眾應）（外）吓，我看周羽也不像個殺人的吓。（生）阿呀爺爺吓，我是瘦怯怯怕犯法的書生，怎做得慘酷酷殺人的周處？（外）放下。（眾應）（外）周羽，其時可有證見麼？（生）阿呀爺爺，若問這一句，小人就該得生了吓！有誰知見？爺爺，怎生樣持刀把人殺死？

（外）且住，我想周羽既要殺人，怎不殺在別處，反殺在自家門首？聖經云：「功疑惟重，罪疑惟輕。與其殺不辜，寧失不經。」古人有矜恕之條，下官豈無出死之意？周羽，我將殺人之罪饒你，只是，移屍之罪難免。我如今發配你到廣南雍州蠻地為民，也不問枉了你。（生）多謝爺爺！

（外）吩咐備文書。（末）翻招。（外）哪個該差？（眾）是張禁。（外）喚過來。（眾）張禁。（付上）吓，來了。張禁叩頭。（外）是你該差麼？（付）是小的該差。（外）好，就解周羽到廣南雍州蠻地為民。（付）稟太老爺，小的是短解。（外）吓，你是短解麼？本府今日遷你做個長解。（付）太老爺，小的實是個短解，批到縣家去，自有長解。（外）我曉得，批到縣家去，恐耽誤了日子，本府遷你做個長解。（付）太老爺，小的其實是短解，到縣家去，就有長解。（外）哇！你見犯人有錢，短解就是長解；今見周羽無錢，長解也說是短解了。打！（眾）吓。（眾）小的願解，小的願解。（外）饒。（眾）吓。

（外）聽點！犯人周羽。（生）有。（外）妻。（生）阿呀爺爺吓，小人妻子有七個月身孕，此去不是一個死，定是兩個亡了

嘘。爺爺！（外）吓，也罷，罪坐夫男，妻赦。（生）多謝青天爺爺。（外）解子張禁。（付）有。（外）限你四十日回繳。（付）山路難行，求太老爺寬限幾日。（外）兩月。（付）多謝太老爺！

　　（丑上）地方叩頭。（眾）什麼人？（丑）地方有個稟揭，恐黃文又到別衙門去告，求太老爺批個執照。（外）吓，到庫上取本府俸銀十兩與苦主黃文，將黃德屍棺燒埋，不得再到別衙門去告。（丑應介）（外）周羽，我饒伊一命配他方。（生）謝得恩官作主張。（外）若非郭氏伸冤枉。（合）怎得周生脫禍殃？（外）掩門。（外同眾下）

　　（丑）周官人，恭喜，賀喜！（付）周羽，你好造化！（生）多謝大哥。（付）周羽，你回去把衣服漿洗漿洗，停一兩日就要走的。（生、旦）多謝大哥。（生）妻吓，難為了你了。（丑）快點去收拾收拾罷。（同生、旦下）（付虛下）

按　語

〔一〕本齣出自《周羽教子尋親記》第十三齣〈發配〉前半齣。

〔二〕《周羽教子尋親記》劇作中，開封府尹調來封丘主簿問案，封丘主簿「淨」應工。本齣調問的則是封邱知縣，由「丑」應工。在乾隆二十九年的《綴白裘新集初編‧白集》中，這位「丑」應工的封邱知縣操「福州白」，只有幾句台詞；三十六年的《七編‧方集》同。到了乾隆三十九年《八編‧豐集》也就是最後定型的版本，封邱知縣的「福州白」增多了，當是著眼於演出的效果。筆者頗疑封邱知縣這段是仿擬梨園戲的表演來呈現。首先，本齣已有一位「丑」應工的總甲，並有「付」扮的解差，依照《綴白裘》也就是當時崑劇行當配置慣例，還缺一個「淨」腳，知縣理應由「淨」應工，也就是劇作原來的設定；或者，將劇中無關緊要的總甲改成「淨」應工也行。但本齣一反常態，知縣還是由「丑」應工，如此一來舞台上同時有兩個丑。既然如此，兩個丑的表演肯定有區隔，一是崑劇的丑，一是其他劇種的丑可能性極高。其次，仔細琢磨這段文字，知縣從駐轎，到報門、告進、入衙，到最後的告退，似乎是有一連串慢動作，像極了梨園戲的科步。再次，這位知縣的籍貫乃是福建，安排他仿擬福建著名的梨園戲，增加舞台的趣味性，在情理之中。

尋親記・府場

淨：張敏，土豪。
付：張禁，押解犯人的解差。
生：周羽，貧儒。
旦：郭氏，周羽之妻。
丑：負責開道、通報的總甲。

　　（淨上）心忙來路遠，事急出家門。吓！個是張禁吓，叫哩得轉來。喂！張禁哥。（付）儕人叫我？地方，看好子犯人，我說句話就來。個是囉個吓？吓，原來是員外，囉裡去？（淨）張禁哥，連日哉。（付）正是，久違哉。（淨）喂，周羽個樁事務，太爺哪亨問哉？（付）太爺好得極，竟翻子招哉。（淨）哪說翻子招哉？（付）免死充軍，發到廣南雍州蠻地為民，出子罪哉。（淨）個個太爺做弗開吓，親手殺子人，哪說出子罪介？頭一樁事體就糊塗哉！阿曉得是囉個解哩去？（付）就是小子解去。（淨）個是一場苦差咻。（付）便是哉！官差不自由，沒奈何。

　　（淨）請到照牆後邊來，我有說話商量。（付）有儕說話？（淨）有白銀二十兩送與兄路上盤費。（付）員外個利錢重，不敢領。（淨）不是，有個原故話拉子。（付）吓，莫非周羽是員外儕令親，要路上照顧照顧個意思，阿是？（淨）個個周羽呢，是一個惡棍，為此地方上湊出來個。（付）哪意思？（淨）道是周羽是個憊賴人，叫我送拉兄子，到路上去結果俚個性命，替萬民除害。

（付）旣是介，員外殺生害命，阿各道腥顏爛氣？（淨）阿是嫌少俉？（付）弗約。（淨）成事回來再找二十兩。（付）拉囉個處？（淨）拉我處。（付）如此，多在小子身上。

（淨）周羽囉哩去哉？（付）叫哩居去漿洗漿洗，停一頭兩日走路。（淨）阿呀呀，吓公人飯吃老哉吓！（付）為俉了？（淨）個個周羽是壞人，倘然溜開子，阿是兄替俚抵罪弗成？（付）是不差。依員外哪介？（淨）依我就叫哩虱夫妻兩個拉府場上分別哉那。（付）吓吓吓，個沒，員外，我就試介點手段拉吓看看！（淨）放鬆弗得個噓。（付）我曉得。（淨）匆忙之際，送風弗及，居來替吓接風罷。（付）多謝員外。（淨）張禁哥，我搭吓做子個樣好事務，子孫昌盛個噓。（付）非但子孫昌盛，亦且壽命延長。請吓，請吓。（淨下）

（付）阿呀，我只道是苦差，倒是一椿好買賣！不免喚他每轉來。啲！周羽轉來。（生、旦上）吓，大哥，又喚我轉來怎麼？（付）你回去不及了。（生、旦）為何？（付）方纜太爺傳我進去，說周羽是要緊人犯，停留不得，即刻就要起身了。（生）阿呀大哥，你方纜說放我回去把衣服漿洗漿洗。我夫妻分別，也有幾句言語囑付囑付，還望大哥方便。（付）我豈不知？這是太爺的主意吓。也罷，有什麼說話就在府場上說了罷。（生）吓！府場上？（付）府場上。（生）阿唦，大哥吓，你看府場上人煙湊集，如何使得？（付）吓？使不得？（生）使不得。（付）呔！死囚。（生）阿呀！（旦）大哥。（付）你一路去還要我照顧，這句話就不依我？我就打死你這死囚！（生）大哥不要打，就不回去。（付）也不怕你不依。地方，交與你看好了，我去收拾收拾就來。（丑應，勸付下）

　　（生）阿呀妻吓！我和你今日是活活分離了嚝。（旦）阿呀丈
夫吓！你去終須去，我要留難挽留。我有七八月身孕，不知是男是
女，縱然生下來，也是無父之兒了吓。（生）我的妻吓，我是個該
死之徒，也顧不得身後之事了嚝。阿喲……阿喲……（旦扶住坐
地，旦亦坐地介）阿喲，丈夫吓：

【山桃紅】[1]和你同甘苦受盡飢寒，誰想到遭磨難也。此去
程途有誰見憐？（生）何況涉山川凍餒受顛連！阿呀妻吓！
（旦）阿呀丈夫吓！看你披枷鎖，捱風霜，這苦我也無由見
也。我這裡孤單伊誰管？（合）一旦恩情斷，和你再合甚
年？只指望來生結個未了緣。

　　（生）

【前腔】尪羸身己跋涉山川，料想我終須死不能苟延，誰
收我骨在瘴江邊？若遇金雞赦，我便得生還。何況路途
遙，沒盤纏，好叫我難回轉也。（旦）阿呀丈夫吓，你今別
去，不知可有相見之日了。（生）阿呀我的妻吓，你還想有相見之
日麼？除非是死後靈魂和你重相見。（合）一旦恩情斷，和
你再合甚年？只指望來生結個未了緣。

　　（旦）

【望歌兒】艱難，我欲待隨伊去，又被官府牽。我欲待拚
死相隨，爭奈我又將分娩。縱有孩兒，永不識父親之面。
（合）生不能個相看和你同飽暖，死不能個魂魄和你相留
戀。

　　（生）

1　這支是南越調過曲【小桃紅】，底本不確。

【前腔】我好難言，（旦）阿呀丈夫吓，生離死別只在頃刻，有甚難言介？（生）妻吓，話便有一句，只是難言。（旦）有話快些說來。（生）阿呀，我事到其間，也不得不說了。阿呀妻吓！**你若要重婚嫁，我也難將你管。**（旦）阿呀丈夫吓，你說哪裡話來，我生是周郎妻，死是周家鬼，決不改嫁的嗜！（生）好難得！若如此，我周羽就死在九泉之下，也得瞑目。阿呀我的妻吓，只是你有七個月的身孕，不知是男是女。若生下女兒，咳！萬事休提。（旦）若生下男呢？（生）倘若生下孩兒，也是我周羽一點骨血，千萬與他取名叫……（旦）叫什麼？（生）取名瑞隆。（旦）吓，瑞隆。（生）我周羽也沒有什麼家事所遺，那家中止有這幾本破書。阿呀我的妻吓，你與我教導成人，說與終身怨。（跪介）（旦）丈夫請起！這個何須吩咐。（生背）呀呀呀呸！周羽，你好痴吓！自古道：轉背不知兒女哭嗜！我此身尚然難保，還顧得這許多。阿呀，皇天哪！只怕他叫、叫別人是爹爹，那其間忘了維翰。（合）生不能個相看和你同飽暖，死不能個魂魄和你相留戀。

【黑麻序】（旦）君休疑我將身變遷，不因這遺腹孩兒，死在眼前。丈夫，你疑我有改嫁之心麼？哪！只怕捱不過這飢寒，不久身亡，不能夠教子報冤。（丑上）夫妻淚漣，心事有萬千。（付上）走！（生、旦）催促登程，催促登程，說不盡言。

【尾】生離死別恩情斷，兩下裡愁懷萬千。再得相逢不知是甚年。

　　（付）走吓！（生、旦合）

【哭相思】但願夫妻情不斷，只圖再世重相見。（付）走

吓！（扯生下）（生又上）阿呀妻吓！（付又上，扯生下）（旦倒介）（丑）咳，周娘子，周官人去遠哉，居去罷。咳，苦惱吓！（下）（旦）丈夫在哪裡？丈夫在哪裡？我那丈夫吓！**只今不敢高聲哭，猶恐人聞也淚漣。**

　　阿呀，丈夫吓丈夫！（捧肚哭下）

按　語

〔一〕本齣擷取《周羽教子尋親記》第十三齣〈發配〉後半齣以及第十四齣《賄押》，調整前後次序改編而成。

〔二〕選刊類似情節的坊刻散齣選本有：《摘錦奇音》、《徽池雅調》、石渠閣主人輯《續綴白裘》。

尋親記·刺血

貼：周瑞隆。
外：李好善員外。

（貼上）
【縷縷金】蒙娘命，去尋親，程途涉遠水，好艱辛。來到鄂州界，人煙相近。向人前刺血寫經文，慇勤問緣因，慇勤問緣因。

我，周瑞隆。奉母命來尋父親，此處已是鄂州界上了，人煙湊集。這裡有個大戶人家，不免席地而坐，刺血寫經則個。

【誦子】刺血寫經事有因，七軸蓮花字字新。身體髮膚受父母，毀傷身己為尋親。南無佛無量壽佛。

（外上）賓客不來門戶俗，詩書不教子孫愚。（貼）阿彌陀佛。（外）阿呀，道者，你席地而坐，在此做什麼？（貼）小道是刺血寫經的。（外）吓，是刺血寫經的。刺一個字要多少銀子？（貼）只要三分銀子。（外）常言道「一字值千金」，三分一字也不為多；如此，你與我多刺幾個。

（貼）
【前腔】休言一字值千金，（外）小小年紀，就會刺血寫經。（貼）刺血寫經事有因。父母在堂不恭敬，何用靈山見世尊。南無佛無量壽佛。

（作刺痛哭介）嘎唷，嘎唷！（外）阿呀，阿呀，住了！

【香柳娘】你刺血寫經，你刺血寫經，須要敬持三寶，緣何未寫先自悽惶貌？看出家人做作，看出家人做作，只合散誕與逍遙，直恁的哭號啕。既惜疼怕痛，既惜疼怕痛，別作生涯計較，何須苦惱？

（貼）小道不是刺血寫經的。（外）是做什麼的？（貼）實不瞞老丈說，小道為尋父親到此，將他做個行頭。（外）阿呀喲，如此說，是個孝子了。請起，請起，請到裡面來。孝子是難得見的吓！（貼作進介）老丈拜揖。（外）放了香盤。奉揖，請了，請坐。（貼）有坐。（外）你是哪裡人氏？（貼）老丈聽稟。（外）願聞。

（貼）

【前腔】開封府住居，開封府住居。（外）你父親離家幾年了？（貼）離家二十年餘。（外）姓甚名誰？（貼）姓周名羽維翰表。（外）吓吓！周維翰。他為何到此？（貼）被他人陷害，被他人陷害，與母泣別時，我小子呵，七個月在娘懷裡。（外）後來便怎麼？（貼）後來生下小子，教讀書應舉，教讀書應舉，棄官尋父親，都是娘親教導。

（外）吓，你說棄官尋父，是一位官長了吓？（貼）實不相瞞，小生周瑞隆，忝中第八名進士，除授平江路吳縣知縣。（外揖介）阿喲喲，老夫有眼不識，是一位大人了。吓，請坐，請坐，有罪了。（貼）好說。（外）小廝，看茶來。（向內介）媽媽，周維翰的背生兒做了官，來此尋父親。你們大家出來看看噱，看噱，孝子是難得見的。吓，快些出來。嘎，一把年紀[1]還怕羞麼？嗦嗦

---

[1] 底本作「幾」，參酌文意改。

嚛，倒走了進去了。（笑介）大人，請坐請坐。令尊是周維翰？
（貼）正是。（外）吓，大人，令尊在家下住了二十餘年，與老夫
最契。（貼）既如此，請出來相見。（外）早來兩日便好，他遇了
皇恩大赦，辭別老夫回去了。（貼立起介）如此，告辭了。

　　（外）哪裡去？（貼）待我趕上去。（外）吓吓吓，且住。大
人，你說是背生兒，就是路上遇著，也不相認吓。（貼）是吓！這
便怎麼處？（外）吓吓吓，有了。令尊有一首詩，名曰《臺卿
集》，就是令尊送與我的，我不忍輕棄，常帶在身。如今轉送與大
人，你一路上去，不論茶坊酒肆，有人認得此詩者，就是令尊了。
（貼）這是家父所作，以為報本之心。小生為尋父親，只得領命告
辭了。（外）老夫偶有白銀十兩，權為路費。（貼）家父在此打
攪，豈敢又受厚賜。（外）不必嫌輕，請收了。（貼）如此，老伯
請上，受小姪一拜。（外）不敢，老夫也有一拜。

【前腔】（貼）我嚴親在府，我嚴親在府，蒙員外週全不
小，粉身碎骨恩難報！（外）你棄官尋父，你棄官尋父，[2]
千里受劬勞，四海揚名孝。（合）願前途旅店，願前途旅
店，尋親見了骨肉，團圓歡笑。

　　（外）伊父飄流二十年。（貼）荷蒙收錄得週全。（外）試看
明珠皆合浦。（合）須知月缺再團圓。（貼）請了。（下）

　　（外）吓，大人請轉！（貼上）老伯。（外）令尊還去不遠，
你是後生家，還趕得上。（貼）是，請了。（下又上）老伯，老伯
請轉！（外）怎麼？（貼）講了半日，不曾請教老伯高姓大名。
（外）吓，老夫姓李，字好善，這些鄉黨多稱我是李員外。（貼）

2　這兩句是五言句，底本兩個「你」字卻是小字賓白，參考曲格改。

吓，是李員外！請了。（急下）

　　（外笑介）哈哈哈！慢慢的走，慢慢的走。你看他頭也不回，竟自去了。咳，難得！那周先生眞正是個好人吓。他出門有二十多年，家中有這樣賢哉娘子，教子成名，讀書上進，中了進士，又做了官，今日來此尋親。（笑介）阿喲喲，自古積善之家必有餘慶，我想他們如今回去，是夫妻相會，父子團團。哈哈哈！就是老夫也是喜歡的吓。媽媽，客去了，茶不要了。進去，茶不要了。（笑下）

按　語

〔一〕本齣出自《周羽教子尋親記》第三十一齣〈血書〉。

〔二〕選抄此齣的散齣鈔本有中國社科院圖書館藏《集錦》。

鮫綃記‧草相

末：單慶，押解犯人的解差。
小生：魏必簡，遭誣告，問罪充軍。
丑：相士。

（末上）受人之託，必當忠人之事。自家單慶是也。奉本官差押魏必簡到淮下充軍，臨行時，有劉漢老送我白銀二十兩，著我途中謀害他性命；又將銀簪一隻為記，成事回來，再找三十兩。一路行¹來人煙湊集，難以下手，且到前邊再作道理。呔！魏必簡，快些走上來。（小生）吓，來了。

【縷縷金】心痛切，步徘徊。（末）呔，死囚！這等慢騰騰，幾時得到衛上？（小生）阿呀大哥，奈我兩腿難行動，似刀錐。（末）你走不動，我馱了你？走罷！（小生）大哥吓，可憐方便我略坐一坐。勝念千聲佛，望垂週庇。（末）咦！我倒受你的氣。你要坐？也罷，向綠蔭樹下坐移時，再向前行去，再向前行去。

（小生）阿喲喲，多謝大哥。（末）略坐一坐就要趲路。（小生）是，曉得。吓，大哥，我家業渾如火上冰，此身猶似曉來燈。（末）你自家作孽應難活，禍福無門人自尋，告訴我怎麼！（小生）吓，大哥，明明是一樁屈事！今日生死，皆出大哥之手，若得

---

¹ 底本原無「行」字，參考下文補。

生還，便是我重生父母了。（睡介）（末）這個死囚，好意放他坐坐，有這許多嘮叨。吓，魏必簡，魏必簡……你看，他就如死狗一般睡熟了。且住，一路來人煙湊集，不好下手；如今荒僻去處，四野無人，正好下手。魏必簡，魏必簡！你休怨我，這是你前生造下業，今世轉相逢！（舉棍介）且住，這一棍倘打他不死，喊將起來，反為不美。待我尋一塊大石頭，照頂門一下，把他腦漿打出來纔是了當。（尋介）（丑嗽介）（末）好不湊巧！可可的一個人來了。

（丑上）

【前腔】我在江湖上，走如飛。相面兼風水，子平書。蹤迹無南北，一些盤費。口中吃飯體穿衣，全憑這張嘴，全憑這張嘴。

（末）蓼花灘上鷺窺魚，這不是全憑這張嘴？（丑）呀，老哥，我自走路，賊介一掤；我撞弗開口，亦拿我一插。（末）擦了，便怎麼？（丑）吓，是了，敢是見小子臉上有些黑黑白白？可是？（末）點點楊花入硯池，這不是黑黑白白？（丑）咮！來得快！我要青青白白。（末）一條路界青山色，這不是青青白白？（丑）我如今要個白對白。（末）玉山高並兩峯頭，這不是白對白？（丑）好！難兄不倒。我那間要個蓬蓬半白。（末）呸！走你娘的路，不要在此混賬，走走走！（推丑介）

（丑）好奇怪！他滿面殺氣，必有害人之心。啐，我自[2]走路，管他怎麼！（小生打哼介）（末）哪裡來這個毧入的到此混纏？（丑）好奇怪！草叢中有哼吼之聲，其中必有異物，不免轉去

2　底本作「是」，參考上文改。

尋看。（末）咻！再沒有你這個惹厭的人了。去了又來，來了又去。（丑）呀，老兄，這條是官路，去來由我，你哪裡管得。（末）不是管你，我每行路辛苦，要在此靜坐一回，你只管來纏擾。（丑）不是我來纏擾，我聽見草叢中有哮吼之聲，其中必有異物，因此轉來尋看。（末）要看異物，來，來。哪！這不是異物？一個死囚，什麼異物！（丑）阿呀妙吓！你看這漢子鼻息如雷，必非凡品，待我喚醒他問一問。漢子醒來！（打小生介）

（小生）阿呀大哥吓，纔睡得著，把我棒瘡上打這一下，疼死我也！（末）呸！死囚，不知哪裡撞一個肏娘的來打了你，又是大哥、小哥。（丑）他不知是我；嗚弗要氣，等我去說明白子。（末）這是哪裡說起！（丑對小生介）請了。方纔小子不知，非關他事，不要怪他。（對末介）我說明白個哉。（末）惹厭！

（小生）呀，大哥，你自走路罷了，為何打我這一下？阿唷唷！（丑）在下是個相士。因見你相貌古怪，況且鼻息如雷，為何披枷戴鎖，要喚醒一問，不知棒瘡在腿，所以失手。我倒得罪子嗄，得罪子嗄。（末）這個軷入的是相面的。（小生）吓，是風鑑先生。敢煩一相。（丑）當得。待我扶你起來。（末）呔！不知事的死囚，你身無半文，盤纏都是我的，叫他相了面，哪個與你還相錢？你是死數裡的人了，相什麼面，相什麼面？（丑）阿呀，老哥，他是難中人，哪個要他相錢。（末）你不要相錢的？（丑）分文不取。（末）眞個分文不取？（丑）一個銅錢弗要。（末）你不要，干我甚事。去相，去相。（丑）蓋個傛氣質故朋友，要算生個半邊個哉。（末）是這樣生的！

（丑）吓，請過來。（小生）先生，不要相了。（丑）為傛了？（小生）我是死數裡的人，相他怎麼？（末打介）呔！死囚！

（小生）阿唷，阿唷！（丑）住子住子，故一記亦是為儕了？
（末）你起初要相，見我說了幾句，使性便不要相了；你不要相，
可在我心上，可在我心上！（丑）弗要氣，故一逗逗得是個。定定
能立丑，等我去發作俚。（對小生）呔！你個個人沒理，弗通，刁
鑽！你起初要相，那間亦弗要相，是何解說？（又對末介）弗要氣
哉，我發作子俚哉。（末）惹厭！

　　（丑）個個朋友直頭耐煩得勢丑！吓，來立正子。咦，嘖嘖，
好個相！聽講。（小生）是。（丑）你儀容俊雅，必作高賢。骨格
清奇，終須顯達。莫怪小子說，你結喉露齒，早年骨肉分離。懸望
昏迷，必主人亡家破。（末扯丑轉介）喂！（丑）個一扯為儕了？
（末）好先生，他這等模樣，怕不是人亡家破？虧你猜！（丑）我
不是猜，依相書直講。（末）什麼相書直講，分明亂話。（丑）兄
不信，說[3]是亂話。來，聽我亂完子話介。足下貴庚多少？（小
生）二十三歲。（丑）廿三，廿四，廿五，好！你大運將通。你鐵
面劍眉，兵權萬里。湖目海口，食祿千鍾。等到廿五、廿六，邊城
管事，必有將相之權。

　　（末）喂！（扯丑介）（丑）故一扯亦為儕了？（末）他沒半
文錢在身邊，你奉承他沒用。（丑）我哪個奉承他？依相法直言。
（末）什麼相法直言？竟是放屁！（丑）阿呀，老兄，你不要小覷
了人。起初說我亂話，如今又是放屁。那過去未來的事，你不信也
罷，我如今只把眼前一樁事講一講，看你信也不信。（末）眼前什
麼事？就講。（丑）真個要說？（末）就講。（丑）當真？（末）
講吓！（丑）閃開！漢子，你要防備著。（小生）先生，怎麼？

3　底本作「竟」，參酌文意改。

（丑）今日午時三刻，有人謀害你的性命。（小生）阿呀先生，救一救吓！（丑）弗番道，有我拉里，在我身上，包吓脚指頭弗踢一踢便罷。（看介）方纔直逗個位朋友羅里去哉？兄為鏊了直奔子個搭去？（末）在此看看野景。（丑）來，我也替兄相相。

（末）盤纏短少，不敢相煩。（丑）俗哉，開口就說銅錢銀子。這位兄不要他的，若要子兄個，道是磚兒能厚，瓦兒能薄哉。過來也相一相。（末）如此，多勞。（丑）立正子，把尊冠起一起。（末）是。（丑）八九？（末）七五。（丑）兄這大身，這頭倒小，真正小頭斑剝乤過日脚！（末）休得取笑。（丑）聽講：看你天庭削尖，地角欹斜，一生勞碌奔波，好個賤相！（末）休得取笑。（丑）借手一觀。（末出手，丑看介）那一隻。好一雙近錢手！銀子是會賺的，只是東手接來西手去，弗聚財。俗語云：「錦被蓋雞籠，外頭霍顯裡頭空」，虛名虛利，阿是介個？（末）好先生，銀子其實會賺的，東手接來西手去，不得實惠——先生如見的了。

　　（丑）偌了如見[4]？直頭亂話！（末）休得見罪。（丑）看兄相，是無得兒子個。（末）沒有兒子的……（丑）不但沒有令郎，連令嬡也沒有，兒女俱無！若有，兄說出來。（末）真個，先生，果然男女俱無，竟是神仙了！（丑）偌個神仙！我拉里放屁。（末）得罪得罪！再煩先生相一相終身結果如何。（丑）罷哉，弗看哉嘑。（末）哎，哎，一定再煩相一相。（丑）兩件被我道著了。（末）先生，來來來。（丑）相著子癢筋乤哉。（看末）吓，好奇怪！（末）先生，為何？（丑）起初見你殺氣沖眸，必有害人

4　底本作「民」，參酌上下文改。

之心。（末）如今便怎麼？（丑）如今紅光滿面，頓有救人之意。老兄，凡事要積些陰德，後來二子送終。（末）先生，此人後來如何？（丑）老兄吓：

【好姐姐】看他形容俊偉，必掌握兵權之貴。虧他這幾年，經危歷險，此去皆坦夷。（合）憂為喜，窮冬去後陽和至，萬物榮枯各有時。（小生）我在流離顛沛，似萍梗風波之內。單大哥，先生說我今日午時三刻有難。今朝死生，料因皆在伊。（跪介）（末）喲喲喲，魏先生請起！（丑）他不是這樣人。（末）聽他詳察事理，不由我心中不畏。（丑）老哥，積些陰德與子孫。（末）先生，荷蒙囑咐，不敢不相護持。

　　（小生）先生，再煩一看前途，可保得性命麼？（丑看）好了，日已過午，凶星已退，吉曜來臨。此去一步高一步，再無坎坷了。若到榮貴之日，不可忘了小子。（小生）怎敢忘恩！（丑）閑話已久，就此告別。相逢纏攘攘，話別又匆匆。請。（末、小生）請了。（丑又上）阿呀，老兄！（末）先生為何又轉來？（丑）老哥吓，凡事積些陰德，有二子送終，有二子送終。（下）

　　（小生、末）多謝先生。（末笑介）我若非逢相士，決意害忠良。（小生）單大哥何出此言？（末）罷！我實對你說了罷。我臨行時，有劉員外送我二十兩銀子，又將銀簪一隻為記，成事回去再找三十兩——叫我途中結果你性命。（小生）阿呀大哥吓！我和你前日無冤，往日無仇，怎要害我性命？（末）要害你性命不對你說了。吓，我和你開了刑具。（小生）吓！若得如此，大哥乃重生父母，再養爹娘了！請上，受我一拜。

【憶多姣】承隱惻，蒙拯溺，區區再見天與日。縱[5]是啣環難報德。（合）恩似山澤，恩似山澤，地久天長罔極！

　　（末）善惡無根一念移，須知生死在須臾。（小生）此生若得千金報，不負今朝活命恩。（末）天色晚了，快走罷。（小生）單大哥請。（末）吓，你只是疑我。也罷！我把批文、行李交付與你，由你來也罷，不來也罷。（下）（小生）大哥，還是同去。（下）

按　語

〔一〕本齣出自沈鯨撰《鮫綃記》第十八齣〈相面〉。

5　底本「縱」字脫，參考曲格，並據《鮫綃記傳奇》（《不登大雅文庫珍本戲曲叢刊》景印）補。

翠屏山‧酒樓

末：楊雄，石秀結義兄。
小生：石秀。

（末上）

【引】愁旅寓聽關山，人物蕭條屬歲闌。

驅馬薊門北，往來成古今。結交期一劍，情極為知音。我，楊雄。只因身在公門，一身碌碌，未曾少暇。就是那石秀兄弟，與我恁般情厚，時常不得相親。喜得今日稍閒，不免回去與他相叙相叙。（小生內嗽介）（末）那邊來的好似石家兄弟，不免迎上前去。

（小生上）

【引】遊此地不知還，直道無憂行路難。

（末）兄弟哪裡來？（小生）家裡來。（末）早吓。（小生）小弟要尋哥哥講幾句話，為此起早，特來尋你。（末）尋我？如此，家中可有什麼事情？（小生）家中吓……沒有，沒有。（末）既沒有事情，不消回去了，和你到前面酒樓上去，暢飲三盃，相叙相叙如何吓？（小生）酒樓上倒也使得，哥哥請。（末）兄弟請。行行去去。（小生）去去行行。（末）這裡是了。吶，酒家。（丑）來哉。隔壁三家醉，開壜十里香。楊大爺吃酒俸？石三爺也來裡。（小生）正是，有好酒打一角上樓來。（末）兄弟請。（小生）哥哥請。走來！我們要講幾句話兒，不許客人上來！少停算

賬，多算些與你罷。（丑）吙哉。（下）（末）走來！（丑）借
個？（末）我叫你便來，不叫你不要上來。（丑）吙，曉得個哉。
（下）

　　（末斟酒介）兄弟請，乾。（小生）請。（末）兄弟，我一向
不得工夫，不曾與你相叙，今喜空閑無事，我與你吃個盡興方回。
吓，兄弟請。（小生）哥哥請，乾。小弟借花獻佛，奉敬哥哥一
盃。（末）請，乾。（小生）來吓。（末）住了，兄弟，你方纔說
有什麼話講？（小生）吓，就是那個……咳，吃酒。（末）兄弟，
酒也要吃，話也要講。（小生）是吓，酒也要吃，話也要講，就是
那個……（怒介）咳！（末）阿呀，兄弟！

【風入松】你從來開口沒遮攔，今日裡呵，為甚的欲言如
赧？（小生）就是家中，也該回來走走。（末）兄弟，我一身在
官多羈絆。（小生）一身在官，難道家裡多是不要的？（末）
吓，我曉得了。（小生）哥哥曉得什麼來？（末）敢是家無主，
必竟將伊輕慢？（小生）小弟蒙哥哥如此厚待，「輕慢」二字，
一發赧顏了。（末）這等說，為什麼來？（小生）哥哥，就是這
個……咳！（末）呸！我與你相交半世，難道不曉得俺楊雄的性兒
麼？咱家性須不耐煩，噯！你疾速講免推難。

　　（小生）

【前腔】蒙兄骨肉恁相看，好教俺一言難按。哥哥，自伊
出去歸家晚，腦背後不生雙眼。（末）吓？有什麼事情？（小
生）朝夕裡在公門中事繁，你那家……（末）家什麼？（小
生）家門內怎防閑？

　　（末）吓？敢是我家中有什麼事麼？（小生）是嫂嫂……
（末）嫂嫂便怎麼？（小生）哥哥，原來嫂嫂不是個好人。（末）

怎見得？（小生）小弟已看在眼內多次，故爾直言，哥哥休怪。
（末）我不怪你，你說，是哪一個？（小生）你道是誰？（末）是
誰呢？（小生）就是那海闍黎。（末）可就是那海和尚麼？（看
介）（小生）正是。（末）他便怎麼樣？（小生）哥哥，那和尚
呵：

【急三鎗】他做功德，多顛倒，直到更深散。兩個相嘲，
笑在眉間。（末）以後便怎麼？（生）以後呵，三日後，還經
懺，歸來晚，只見嫂嫂帶著酒，豔妝殘。

　　（末）吓，有這等事！（小生）這個還不打緊，小弟呵，

【風入松】昨宵不寐五更寒，只聽得佛聲高讚。（末）吓，
又是一個！（小生）呸，好沒志氣！是個報曉的頭陀。（末）頭陀
便怎麼？（小生）每夜在後門首叫來叫去，那時小弟就有些疑心
了。我潛身暗裡相凝盼，見一個和尚俗家裝扮，悄出去一
似雞鳴渡關。說甚麼僧未起不如閒！

　　（末）

【急三鎗】咳！怎知道，賊潑賤多淫悍？兄弟，你住著，我
頃刻裡，便除奸。（小生）卻不道，奸情事，須親見。
（末）兄弟，難道你無確見，怎虛攀？

　　（小生）此事必要哥哥親眼看見，方好行事。（末）阿呀兄弟
吓，怎得我親眼見他？

　　（小生）哥哥，不難的，待明日裡呵，

【風入松】只推值宿又輪班，等待三更時分，那時節打進門
環。（末）走了吓。（小生）不走的，他從後門一路常行慣。
那時節，哥哥把住前門。（末）我把住前門。（小生）小弟把住後
門。（末）把住後門。（小生）等那禿驢出來的時節，也呔！我

一一索細莫教他鬆泛。吓,哥哥,歸家去切莫要破顏。哥哥,你要依我。(末)我就依你。(小生)你要依我吓!(末)我依你。罷了,我只得權寧耐且相安。

　　酒家,上在我賬上。(內應)(小生)飲散高樓便轉身。(末)教人怒氣欲沾襟!(小生)五更專等頭陀到。(末)兄弟,準備鋼刀要殺人!請了。(小生)哥哥請轉。(末)兄弟,怎麼說?(小生)今晚回去,切不可提起。(末)我曉得,請了。兄弟請轉。(小生)哥哥,怎麼說?(末)你方纔說,我把住前門?(小生)把住前門。(末)你把住後門?(小生)小弟把住後門。(末)等那禿驢出來的時節,我就……(嗽介)請了。(下)

　　(小生)嘖嘖嘖,是個漢子,是條好漢!方纔被我說了,他就毛髮倒豎,怒氣沖天,不枉我石秀與他結義這麼一場!(笑介)我明日幫他行事便了,吓,明日幫他行事便了。(下)

按　語 ✎

〔一〕本齣主體情節文字接近清雍正九年鈔本《翠屏山》第念齣〈酒樓〉。

〔二〕選刊此齣的坊刻散齣選本還有:《醉怡情》(標目〈憤訴〉)、石渠閣主人輯《續綴白裘》。又,下落不明的閭正堂刊《綴白裘全集》選目也有〈憤訴〉,疑是此齣。

翠屏山・殺山

小生：石秀，楊雄結義弟。

末：楊雄。

貼：潘巧雲，楊雄之妻。

旦：迎兒，潘巧雲的婢女。

　　（小生上）

【山坡五更】[1]鬱葱葱[2]層嵐如靛，急煎煎寒颼如箭。虛飄飄孤蹤似萍，冷颼颼怒髮如虯顫。我也不自憐，愁他作話傳。不平意氣難消遣，因此刃落霜街，塵襟血濺。我還想他，胡做作，沒高見，被我一時賺出閨中媛。若得個迹剖情真，說甚麼言深交淺！

　　迤邐行來，已是翠屏山了。好一個荒僻去處！少不得要在這裡做一個法場。不免站在古墓之中等待。呀，你看，潘氏已出轎，迎兒隨後，楊大哥也來了。（末押二旦上）

　　（末）

【前腔】亂紛紛叢篁如篔，響泠泠幽泉如咽。（旦、貼）愁戚戚一心似呆，意懸懸千轉如揉線。（貼）迎兒，為何只管

1　南商調過曲【山羊轉五更】。

2　底本作「匆匆」，據清鈔本《翠屏山》（《古本戲曲叢刊》二集景印）改。

走到這個荒僻去處來？（旦）便是。（末）我思量起，事到頭來難辭辯。今日一身做事敢向誰埋怨。俺是個男子剛腸，怎肯為妻兒情軟。（小生迎見介）哥哥。（末）賢弟，過來見了。（小生）嫂嫂拜揖（貼）阿呀，叔叔為何也在這裡？（小生）吓，石秀為嫂嫂有句話兒在石秀身上有些干涉，故此特來講個明白。（貼）吓，叔叔，你是個曉事的人喇，何緣，隨人把話煽？（末）咳，雖然，也要還咱一句言。

　　（貼）阿呀天吓！有什麼說話介？（末）住了，你前日對我說，石叔叔幾番調戲你，今日無人在此，對個明白。（小生）正是，對個明白。（貼）阿呀，這是過了的事，提他怎麼？（小生）噯，嫂嫂，你休說這般閑話！今日在哥哥面前，

【古輪臺】問明白，無端浪語為誰來？（貼）叔叔，為何沒事擔驚怪？那些寧耐！（小生）嫂嫂，你休要口硬，我把一件證見與你看看。（二旦）有什麼證見？有什麼證見？（小生）還你個證見。（解介，出衣拋介）這不是？（二旦見衣，呆介）（小生遞刀與末介）哥哥，此事只問迎兒就知明白。（生揪旦介）你這小賤人，我且問你，怎地僧房入奸？如何黃昏勾引，五更敲木魚？快快實說！若有半句胡歪，看取鋼刀磨快。（旦）阿呀官人，待我說，此事與迎兒無干的嗤。那日呵，入寺燒香，酒酣春色，把迎兒發付早和諧。（末）罷了，罷了！後來呢？（旦）姐姐與他約定，但官人不在，夜來香桌早安排。五更出去，暗中來望，頭陀耽帶。不想石叔惹非災，（末）吓？怎麼反說到石三郎身上去？（旦）姐姐恐事情敗露，買囑迎兒，只說石叔叔調戲，都是胡厮賴，眼珠落地不見影兒篩。（貼）阿呀小賤人，怎麼都說出來了！

（小生）哥哥：

【前腔】休猜料，非是我叮嚀裙釵，還問取嫂嫂根節情因，莫教遮蓋。（末揪貼介）你這淫婦，快講！他無語搪塞，怎把你奸情詞改？（貼）官人，看平日夫妻，兩情厮愛，勸你權將怒兒解。（小生）哥哥，含糊不得，須問嫂嫂一個明白。（末）賤人，還不快說！（貼）阿呀天吓！這是前生孽債，托為兄妹同儕，道場留意，僧房約定，往來無礙。（末）前日怎麼說石叔叔調戲你？（旦）前日呵，你酒後露狂乖，多尷尬，駕言嘲戲總難挨。

這是支吾的言語，石叔叔並無此事。（末）罷了，罷了！

【撲燈蛾】我怒從心上起，怒從心上起，惡氣怎分解？（旦）阿呀，官人饒命！此事與迎兒什麼相干介？（末）哇！賤人，送暖與偷寒，這丫頭好生膽大也。（旦）官人饒命吓！（末）留伊貽害，好叫你先喪塵埃。（殺旦下）惱殺這奴胎，從今斬草去根荄。

【又】一時間誤聽，一時間誤聽，惹得交情壞。醉裡露消息，反被你把人來賣也。賤人，你心腸忒歹，險教咱一命難挨。（貼）阿呀，官人饒命吓！石叔叔，勸一勸嘘！（末）先下手，恨舒懷，霎時身首早分開。

（殺貼下）

【尾聲】拋將怒氣雲霄外，狼藉橫屍不可埋。賢弟，我和你何處安身別擺劃？

賢弟，如今淫婦都已結果，和你到哪裡安身便好？（小生）小弟已尋思一個去處在此。（末）是哪裡？（小生）哥哥，我和你都殺了人，少不得吃官司，不如同上梁山入夥罷。（末）且住，那山

上哪個認得我？況我又是個做公的，怎肯收留？（小生）宋公明招賢納士，天下傳名，況小弟前日曾會過神行太保戴宗，不必憂慮，竟去便了。（末）如此甚妙，同去便了。翠屏深處究緣因。（小生）頃刻屍骸化作塵。（末）若欲避他災與禍。（合）梁山泊裡好潛身。（同下）

按　語

〔一〕本齣主體情節文字接近清雍正九年鈔本《翠屏山》第念陸齣〈殺山〉。

〔二〕選刊此齣的坊刻散齣選本還有：《醉怡情》、聞正堂刊《綴白裘全集》、石渠閣主人輯《綴白裘全集》、《續綴白裘》。後二書重複選刊。鈔本《翠屏山》以及上述諸選本比本齣多了一支【沽美酒】。

鳴鳳記・夏驛

淨：驛站的僕工。

生：楊繼盛。

老旦：易氏，夏夫人，太師夏言之妻。

外：押解夏夫人的解差。

付：夏夫人的管家婆。

小生：自京城來報訊的報子。

（淨扮驛子，隨生上）

【玩仙燈】鐵面魚頭，骨鯁志難酬。嘆神龍暫居涸藪，萬里孤臣似風飄柳。只恐這手足皆疲，股肱非舊。

　　一封朝奏九重城，夕貶宜山萬里程。折指不忘匡濟手，丹心還是股肱臣。睜怒目，切朱唇，常懷按劍上彤庭。有朝感悟君王聖，把那誤國奸臣一掃清！我，楊繼盛。只為劾奏仇鸞，卻被奸臣威逼，問官將我手指柫折，脛骨夾損，必欲置我於死地。幸蒙皇上薄賜降謫，貶我為口外邊城典史，又被當道不容，改為廣西宜山驛驛丞。數月之間，奔走一萬五千餘里，孤身到此，不覺踰年。幸喜上司知我是個謫官，不必往來迎送。只是，遐想朝中權臣奸黨，終為國患。近日有人傳說夏太師亦被嚴嵩誣陷，監禁在獄，不日就要處斬。且住，我想自古至今，並無首相典刑之理，未足為信。縱有此事，難道朝中再無一人保救元老？咳，但我官卑職小，未見朝報，是以怏怏於心。今日閒暇，不免到驛前走走。驛子，驛子！咻！

（淨）有。（生）你在那裡睡了麼？（淨）沒有睡吓。（生）來，扶我到驛前走走。（淨）老爺個脚不便，坐坐罷。（生）我今日好些了。（淨）吓。（扶生走介）

（生）吓，地下也不掃一掃。（淨）吓，第二個，老爺說，地下為儕弗打掃打掃，阿是要呒單吃飯？吩咐個哉。（生）這些人在那邊做什麼？（淨）這些人多在那裡骨牌碰和。（生）胡說！這是上司來往的所在，容留閑人在此賭錢，拿過來打這廝！（淨）呔！老爺來捉哉，捉、捉、捉！弗要走，拿兩個頭來咭！那纔奔散哉。

（生）扶我進去。（淨）是哉。（生坐介）過來，有朝報買一本來。（淨）老爺，這裡只有燒餅，油煤鬼，沒有潮糕賣的。（生）是朝報吓！（淨）朝報？吓，是哉，阿是像書能介一本看個吓？（生）正是。（淨）容易，等我去搶一本來。（生）胡說！拿錢買。（淨）吓，拿錢買。（生）來。（淨）又是什麼？（生）你到驛前去看，如有京中人，喚一個來。（淨）老爺，要京東人事做儕？（生）狗才！京裡人吓。（淨）吓，京裡人就叫做京東人，曉得了。（下）

（老旦扮夏夫人，外扮解差，付扮管家婆上）（外）老夫人，走吓。

（老旦）

【引】 遠路風霜催老朽，長途顛沛多憂。

（外）老夫人，這裡是宜山驛了。聞得兵部楊爺謫貶在此，待我進去討個脚力前去也好。（老旦）這也使得。（外）管家婆，你同老夫人在那邊馬臺上坐坐，待我進去。（付）是哉。（同老旦下）

（外）那邊有個人，想是驛子。吓，驛子，驛子。（淨）呸，

胡桃阿弗見，儕個栗子！（外）這裡可是兵部楊爺在此麼？（淨）
正是，你問哩做儕了？（外）你去說聲，京中人要見。（淨看外笑
介）（外）為什麼？這個人想是痴的麼？（淨）你就是京中人？
（外）正是。（淨）好極，好極！我們老爺正想一個丁冬人頑頑。
住乩，等我進去說。（外）就出來。（淨）老爺，拉囉里！老爺，
拉囉里！（生）什麼好笑？（淨）老爺要個丁冬，就有個丁冬人在
外。（生）有了京中人了？（淨）正是。（生）著他進來。（淨）
吓，京中人呢？（外）在這裡。（淨）叫你進去。

　　（外進介）楊爺在上，小的叩頭。（生）起來。（淨）起來，
起來。（生）你是何處人？哪裡認得我來？（外）小的是刑部典
差，在京曾伏侍楊爺過的。（生）吓吓吓！如今解哪個在此？
（外）夏老夫人。（生）哪個夏老夫人？（外）就是當朝夏太師的
老夫人。（生）住了，你可曉得夏太師怎麼樣了？（外）老爺，你
還不曉得麼？夏太師為軍國重情，聖上將他處斬了！（生）吓！夏
太師竟處斬了，阿呀！（頓足痛介）嘎唷，嘎唷！（淨）阿呀老
爺，老爺！呸！唔個人痴個儕？我里老爺個金頭銀金盔金子了刁毹
乩個，難間還錢肉起來哉。（外）楊爺醒來，楊爺醒來！（生）阿
呀，罷了，罷了！（淨）罷了，罷了。

　　（生）解官，如今老夫人解到哪裡去？（外）到廣西全州去。
（生）如今老夫人呢？（外）在驛前。（生）快請！說我出來。
（外）是，老夫人有請。

　　（付、老旦上）你見過了麼？（外）見過了，楊爺相請。
（生）老夫人請。（老旦）大人請。（生）老夫人請上，下官有一
拜。（老旦）大人請上，老身也有一拜。（生）仙鸞儀範，何期邂
逅關西！（老旦）司馬威名，豈意遭逢客邸！（生）不知老夫人到

來，只合遠接，接待不週，望乞恕罪。（老旦）豈敢。（生）請坐。驛子，看坐來。（淨）吓。（反擺椅介）（生）這樣擺。（淨背擺介）（生）咄，狗才！那樣擺。（付）吥介個人，交[1]椅弗會擺個來。（淨）我及要擺個哉。（生）請坐。（老旦）有坐。

（生）解官，你到外廂去坐坐。（外）楊爺，老夫人在此，欲求楊爺個脚力。（生）不消你說，我自有道理。驛子，領解官外廂酒飯。（外）多謝楊爺。（淨）解官已里坐，要吃煙嘷馬屎裡有火拉丑。（外下）（生）驛子。（淨）有。（生）吩咐備飯。（淨）吓。（走介）（生）來。（淨）吓。（生）豐盛些。兩桌：解官那裡一桌，老夫人那裡一桌。（淨）吓。（下）

（生）吓，老夫人，老太師為何遭此大變？這也是罕聞。（老旦）大人吓，一言難盡！（生）請道其詳。

（老旦）

【宜春令】我夫主，剛過柔，（生）剛介乃立朝之本，有何不可？（老旦）為權奸攢成寇仇。（生）難道朝中竟無一人保救元老麼？（老旦）青蠅未聚，毫端無計祈天佑。（生）老太師已死，一家骨肉多拆散了？（老旦）飄零我世澤箕裘，（生）老夫人所得何罪，受此風霜？（老旦）風波我暮年箕箒。（生）這奸賊，果是不共戴天之仇了！（合）這冤情，石爛難忘，海枯不朽。

（生）

【前腔】聽伊語，知遇仇，不要說是親受其禍，使人聞心傷眉皺。老太師呵，暮齡遭難，況無令子承君後。老夫人，你

1　底本作「校」，參酌文意改。

本是天上鸞凰，今日裡反做了風中塵垢。（合）這冤情，
石爛難忘，海枯不朽。

（生）老夫人，你此去廣西，乃荊蠻之地，不比江南富貴之
鄉，況舉目無親，恐難存活。（老旦）這便怎麼處？（生）吓，有
了！下官有一故人，姓張名翀，原籍馬平人氏。前年在京中鄉試，
因與下官相厚，此人平生好義，決不失信于我。況馬平相近全州，
待我修書一封，將老夫人托他週濟。他也仰老太師山斗之望，又與
下官金石之交。老夫人到彼，且暫住幾時，待等天恩大赦，必有還
鄉之日也。（老旦）多謝大人。（淨上）飯完了。（生）請老夫人
後堂小飯，待下官修起書來。（老旦）多謝。難中一紙書，勝似千
金惠！（淨）老親娘，吾篩篩酒。老夫人吃過子，吾就吃子飯罷。
（付）曉得哉。（下）

（生）驛子，老夫人那裡可豐麼？（淨）十六樣。（生）哪十
六樣？（淨）肉哉喲、魚、雞、肉圓、魚湯、雞肫肝。（生）六樣
吓。（淨）還有韭菜炒鴨蛋，算子十樣，阿是十六樣吓？（生）解
官那裡呢？（淨）六樣頭。（生）哪六樣？（淨）白切肉，小炒
肉，醬汁肉，肉湯滾豆腐，還有沸帶拐。（生）這是怎麼說？
（淨）肺搭子拐頭哉哪。（生）胡說！你去取我俸銀五兩三錢；五
兩一大封，三錢一小封。（淨）吓。（走介）

（生）走來，你可明白麼？（淨）曉得個哉，五兩三錢一大
封。（生）蠢才！五兩一大封，三錢另外一小封。（淨）是了。
（走介）（生）來。（淨）吓。（生）小轎兩乘，官馬一匹。
（淨）老爺，亦是儕個上司到哉了？（生）送夏老夫人全州去。
（淨）囉個儕夏老夫人？（生）就是裡邊的。（淨）阿是裡向吃飯
個老親娘？（生）咻！夏老夫人。（淨）介嘥無得。（生）怎麼說

沒有？（淨）我里驛裡個馬要伺候上任有興頭官府個，個樣人，讓哩走走罷哉。（生）咳！狗才！你但知錦上添花，我老爺偏喜的雪中送炭。什麼有興頭沒興頭？看板子來，打這勢利小人！（淨）吓，老爺打人哉，拿介一百塊竹爿出來。老爺，要打囉個？（生）打你這勢利小人。（淨）要打我吓！只好我自家拿子竹爿打自家個哉。啐出來！轎馬亦弗是我個，搭哩瞎爭偌？落得做人情。（下）（生）勢利小人，什麼有興頭沒興頭。

（寫介）

【一封書】京師憶舊遊，遇相知信義周。不想別後兩年，京中有此大變。元臣陷死囚，痛全家徙遠流。佐命忠勳應可惜，莫逆深交更轉求。到全州，望容優，存沒沾恩感不休。

侍生楊繼盛頓首，拜鶴樓張先生厚契門下。（淨上）五兩三錢有了。（生）老夫人用飯完了麼？（淨）吃完子半日哉。（生）請老夫人。（淨）老夫人有請。（付、老旦上）自憐送別無杯酒，須信陽關有故人。多謝大人。（生）因在驛中，多多有慢。（老旦）好說。（外）多謝楊爺賜飯。（生）有慢你。老夫人在上，下官位卑祿薄，聊具白銀五兩，少助路途之費。（老旦）重蒙華翰，如錫百朋，這厚禮決不敢受。（生）老夫人，患難之中，不必推辭。管家婆請收了。（老旦）如此，多謝大人。（生）好說。解官，這是書一封，你到了馬平縣，進東門大街，問鶴樓張相公，前年已進鄉科，送老夫人到彼，早晚要把他看顧。（外）曉得。（生）還有一個小意思，你路上買茶吃。（外）賜飯不當，怎敢又受老爺厚賞！（淨）謝子一聲，走罷哉喂。（生）可曾拿？（外）沒有。（淨）去罷哉喂。（生）咳！方纔這個小意思呢？（淨）像是哩拿個哉。

（生）唗！狗才！（淨）吓！拉里革里，忘記哉。（老旦）告辭了。骨肉飄零實可傷。（生）驛中邂逅意傍徨。（老旦）一時忠義相悲愴。（生）千載芳名共勒章。吩咐打轎。（老旦、付下）

（生）解官，有一匹馬你騎了去。老夫人是年老之人，在路小心照管；我和你在京中自有相會之日。（外）多謝楊爺。（下）（生）解官轉來。（淨）解官轉來，老爺還有說話來。（外上）老爺有何吩咐？（生）那張相公是春元，有旗匾，好問的。（淨）賣春聯個。（生）狗才，只管混鬧。（下）（外下）

（小生上）慣報陞遷事，能傳機密情。來此已是宜山驛了。呔！驛子，驛子。（淨）來哉來哉。今朝好忙吓，亦是僇人？（小生）報哪，說京中人要見。（淨）住亞住亞。老爺，老爺。（生上）做什麼？（淨）又是五兩三錢頭。（生）這怎麼說？（淨）又是一個京東人要見。（生）著他進來。（淨）吓，京東人，京東人呢？（小生）在這裡。（淨）老爺叫唔進去。（小生）老爺在上，京報人叩頭。（生）報何事？（小生）報老爺高陞兵部武選司，有京報呈上。（生）取上來。（看介）即今仇鸞造反，聖上思念楊繼盛前言非謬，合當起用，特陞兵部武選司員外郎之職，星夜赴京。奉聖旨。是這等說，那仇鸞拿下了麼？（小生）拿下了。（生）好，有天理！驛子，賞他一兩銀子。（小生）謝爺賞。（下）

（淨）喂，第二個，老爺高陞子兵部哉，快點收拾過船，多叫星人發行李吓。（生）驛子，你在那裡叫什麼？（淨）吩咐備辦轎馬船隻送老爺。（生）不用，我只一肩行李，就要起身的。（淨）弗用？介嘩小人磕頭。（生）做什麼？（淨）老爺高陞，小人磕頭。（生）吓，你在此伏侍我辛苦，要討賞吓？（淨）弗，小人磕頭。（生）你隨我進來，賞你三……（淨）多謝老爺。（生）賞你

三分銀子。（下）

　　（淨）啐出來！特地磕子一陣頭，他說：「伏侍我辛苦了，賞你三……」我即道三兩嚄，囉里曉得倒說道：「賞你三分銀子」！只怕個三分銀子還要八折，只得二分四釐乣來。（下）

按　語 ✎

〔一〕本齣出自《鳴鳳記》第十一齣〈驛裡相逢〉。

〔二〕選刊此齣的坊刻散齣選本還有：《醉怡情》、聞正堂刊《綴白裘全集》。

鳴鳳記·斬楊

淨、丑：劊子手。

外：陸炳，監斬官。

生：楊繼盛，楊椒山。

小生：吳倫，楊繼盛的同年。

末：王麟，楊繼盛的同年。

旦：張氏，楊繼盛之妻。

付：傳達聖旨的黃門官。

　　（雜扮小軍，淨、丑扮劊子，引外上）

【粉蝶兒】朔雪翩翩，看彤雲佈密四郊飛遍。聽金門上命初傳，把忠良，如草菅，有言難辯。

　　執笏垂紳滿帝京，誰人能掃宇寰清？權奸未滅身先死，長使英雄淚滿衿。下官，錦衣衛都指揮陸炳是也。昨奉聖旨，著我監斬楊繼盛。下官自從職掌錦衣二十餘年，不知拿問了多少官員，羣臣雖嘗劾奏，未有如楊椒山之激切；皇上雖常責問，未有竟至典刑之理。咳，楊椒山，你卻是尋差了對頭了！今早內監口傳聖旨道：「如有大小官員奏免楊繼盛者，一同處斬。」這是楊公無可生之路也！咳，椒山吓，夏太師尚且不免，何況于汝乎！今日你渾身有口不能言，遍體排牙說不得了。（淨、丑）劊子手獻刀。（外）楊爺綁下了麼？（淨、丑）綁下了。

　　（淨、丑押生上）

【引】浩氣沖天，為厲鬼，必殺權奸！

（眾）楊爺綁下了。（外）椒山公吓椒山公，著甚來由受此極刑！

【耍孩兒】圉圉桎梏皆天譴，把事付東流休嘆冤。你忠肝義膽真堪羨，邊城萬里方遭貶，邊城萬里方遭貶。嘆今日兵曹又受顛，少微月犯多災變。你本是皇朝柱[1]石，埋沒在相府塵煙。

（小生、末上）靴尖踢倒鳳凰樓，怒氣沖開鸚鵡洲。海天冤忿憑誰訴？太白旗懸忠義頭。（小生）下官，禮科給事中吳倫是也。（末）下官，監察御史王麟是也。今日楊年兄典刑，特來與他永訣。（眾）科道老爺到了。（外接介）（小生、末）大人生殺在手，可謂有權。（外）感慨在心，不得已也。請問二位可曾保救椒山公麼？（小生、末）聖旨既出，誰敢再奏！此來只為同年之誼，少盡別情而已。（外）椒山在皂纛旗下。（小生、末）楊年兄在哪裡？呀，我那年兄吓，你今日死得好不明白也！

【前腔】念吾兄節義全，眾流中獨挺然。歲寒松柏當朝選，忠良要剖葵心獻，忠良要剖葵心獻。折檻無功反受冤，吞卻魚腸劍。俺非是江州司馬，也落得淚濕青衫。

（小生）年兄，小弟有輓詩二首，以備吾兄他日青史之助。（誦詩介）「食祿分憂士，憐君獨處難。囊頭追孟博，齒舌繼常山。雪映心猶熱，風吹骨愈杳。此心千古恨，揮淚灑斜陽。」（末）小弟次韻一首，表兄忠烈。「食祿分憂士，從容就死難。心懷吞瀚海，義氣壓衡山。魂斷關河杳，名存草木香。丈夫無別淚，

---

[1] 底本作「林」，據《六十種曲》本《鳴鳳記》改。

含笑赴雲陽。」（生）多蒙謬讚，但我死不足以塞責，終無益于朝廷。天下事尚可為，二兄好為之。（小生、末）就此拜別。

【哭相思】見君且飲湘江淚，恐怕愁人速斷魂。（下）

　　（旦內）阿呀！好苦吓！（眾）楊宜人來了。嗏，閑人閃開！

　　（旦上）

【引】奈何，奈何！我兒夫啣冤負屈。相公在哪裡？（眾）在皂纛旗下。（旦）相公在哪裡？（哭介）

【山坡羊】看你面生塵蓬頭垢面。苦殺我夫妻分散，閃得我心如箭攢。相公，我見你繩穿索綁，我恨不能代死從奴願！相公，你今日典刑，本該帶你孩兒出來永訣一番；但我今日到此，存亡未卜，以後雖有一陌紙錢，無人燒化。我只帶得一盃水酒在此。阿呀相公吓，我記昔年曾將酒合歡，（奉生吃，生吐介）王命在身，何暇飲酒。（旦）誰知今日殘酒永訣恩情斷。相公，你那晚寫本之時，妾身何等苦勸？你道婦人之言不可聽信，到今日裡呵，為一點忠心，竟不顧六尺微軀遭難。（眾合）號天！（旦）恨殺奸臣結下冤。（眾合）心酸！（旦）相公吓！你向前行我也隨後捐。

　　（付上）奉聖旨：犯官不得久留，如若遲延，監斬官一併同罪。（外）萬歲，萬歲。大人，王法固不可容，私情也要少盡。（付）聖上猶可，嚴府催促，快些下手！（下）

　　（旦）阿呀奸賊吓奸賊！

【憶多嬌】何必苦恁般，直恁煎，須臾七魄喪九泉。幼子嬌妻肝腸斷。阿呀，事已迫了，可有家事囑咐一聲？（生）哇！婦人家好不曉事，我平生哪有什麼家事！浩氣還太虛，丹心照千古。平生未了事，留與後人補。（旦）我相公之心，惟天可表，待

我拜告天地。拜告蒼天，拜告蒼天，血淚染成杜鵑。[2]

（眾）午時了，開刀！（殺生下）（旦跌介）（眾）楊宜人甦醒，楊宜人甦醒！（旦醒哭介）（眾）好了，好了。

（旦）

【江兒水】再啟吞聲愬，重開血淚箋，阿呀我那相公吓！你粉身猶要將尸諫。大人，此乃未亡人張氏代夫鳴志，尸諫感君之本，煩大人轉達天聽。倘得剪除奸黨，我夫婦二人死在九泉之下，也得瞑目矣！（外）楊宜人，死者不能復生，椒山公尚然如此，何況于汝？勸你不如息了此念罷。（旦）我兩兩哀鳴如鳥怨，人之將死其言善。（旦）大人既不肯上，請略觀情節。（外看介）（旦）阿呀相公吓！只怕萬里君門難見。（外）情辭激切，好生利害吓！左右，送還楊宜人。（旦）吓，大人，此本真個上不得？（外）真個上不得！（旦）果然上不得？（外）果然上不得！（旦）阿呀，罷！我那相公吓，和你同到烏江，免使亡夫心眷。

（自刎下）（眾）楊宜人自刎了。（外）咳！可憐，可憐！

【前腔】夫為綱常重，妻能節義全，雙雙了卻平生願。光岳千年鍾氣鮮，君明臣直孤忠顯。萬古清名不殄。這些碌碌奸雄，顧此獨無覥覥？

左右，將楊宜人屍首好生成服，與楊爺同厝西郊，後日必有旌

2　底本作「血成杜鵑」，參考曲格，並據《鳴鳳記》補。佚名抄：《鳴鳳記》，第一種，收入北京大學圖書館編：《北京大學圖書館藏程硯秋玉霜簃戲曲珍本叢刊》（北京：國家圖書館出版社，2014 年），第三十冊，頁 381。

其忠直者。只是聖上有旨：「楊繼盛斬後，即將其妻孥流徙居庸關外。」我想，楊宜人旣死，又無人與他奏免，罷！只得將他幼子與家人流去便了。正是：臣為君亡實可傷。（眾）妻因夫喪重綱常。（外）請君莫話糾彈事。（眾）一個忠臣九族殃。（同下）

按　語 ✎

〔一〕本齣出自《鳴鳳記》第十六齣〈夫妻死節〉。

〔二〕選刊此齣的坊刻散齣選本還有《萬壑清音》。

白兔記・送子

生：劉智遠。
貼：岳秀英，岳勛節度使之女，劉智遠的第二個妻子。
淨：竇老，劉智遠第一個妻子李三娘家的僕人。
丑：岳府的門房。

　　（生上）
【聲聲慢】梁唐多事，萬姓荒荒，妻子盡皆流蕩。
　　古人云：「得寵思辱，居安慮危」。我，劉智遠。自贅岳府，朝朝寒食，夜夜元宵，竟不知李氏三娘信息如何。正是：甘草黃連分兩下，那頭苦了這頭甜。
　　（貼[1]上）若將容易得，便作等閒看。相公在此何幹？（生）下官在此看兵書。（貼）看到哪裡了？（生）看到曹操與張飛對陣，曹兵把張飛迫至灞陵橋，那張飛大喊一聲，灞陵橋遂分為兩段。（貼）好雄將也！
　　（生）
【高陽臺】權統雄威，兵分八陣，名振四方威勢。呂望六韜，更兼孫武兵書。張飛，一聲大喝斷橋也，論軍令不斬不齊。凱歌回，凌煙閣上，姓字標題。
　　（淨上）一路辛勤不自由，如今且喜到邠州。三日孩兒送到

1　底本作「小旦」，參考後文及〈回獵〉改。

此,未審劉郎收不收?一路問來,說此間已是岳府了。那裡有一個紅頭將軍在那裡,待我去問他一聲。喂,紅頭將軍。(丑上)什麼人?(淨)小老兒問路的。(丑)問什麼路?(淨)這裡可是岳府麼?(丑)正是。(淨)我要尋一個人。(丑)尋哪個?(淨)要尋劉智遠的。(丑)呔!割舌頭。(淨)阿呀,千辛萬苦,再弗道是走子割舌頭個場哈來哉。喂,將軍,吾瓦幾里個舌頭賣幾哈一斤?(丑)這是老爺的名字,你敢亂叫?(淨)個就是吾瓦老爺個名字了?吾去,吾去報。(丑)報什麼?(淨)你去說,徐州沛縣沙陀村火公寶老遞送佳音。(丑)報得的麼?(淨)弗番道,吾去報嘿哉。(丑)住著。(進介)啓爺,外面有個徐州沛縣沙陀村火公寶老遞送佳音。(生)夫人,想是下官家裡有人到此,待下官出去看來。(貼)相公請便。(下)

　　(生)寶公,寶公。(淨)外甥弗見舅公。(見介)阿呀,老爺吓,我是問路個嘅。(生)起來,你可認得我麼?我就是劉官人。(淨)僧個?吾就是劉官人了?臭賊頭浪戴子個個、身浪著子個個,直頭認弗出哉!(生)寶公,你手中抱這孩子是誰家的?(淨)個個就是吾個尾巴。(生)這就是我的孩兒?

【山坡羊】幸我孩兒來至,不覺含悲垂淚。寶公吓,謝伊送我兒來至此。覷他面龐與娘渾無二。寶公,他叫什麼名字?(淨)叫僧名字麼,三娘子與嫂嫂借剪刀沒有,把口來咬斷臍腸的。名咬臍,是他娘自取的。(生)我聞伊見說,使我肝腸碎,兩淚交流一似珠。孩兒,你親娘在哪裡?孩兒,爹在東時娘在西。

　　寶公,你原抱了。(淨)我弗抱哉。(生)為何?(淨)我是抱弗哭男兒個。(生)不是吓,待我進去稟過夫人,然後出來。

（淨）僒個？吼亦有子僒夫人拉里哉了？（生）我又贅在此了。
（淨）眞正石灰布袋，處處有迹個！吼就來吓。（生）就出來的。
夫人。（貼上）怎麼？（生）下官前妻李氏三娘所出一子，如今著
人送來。若夫人肯收，著他進來；若夫人不肯收留，原著人送去。
不知夫人意下如何？（貼）相公說哪裡話！旣是姐姐所生，就如我
養的一般，快抱進來。（生）多謝夫人！寶公，待我抱了，夫人著
你進去。見了夫人，須下個全禮。（淨）這個是弗消吩咐，我會拉
里。（生）夫人，孩兒在此。（貼）好個孩兒！（淨）夫人請上，
待老漢拜見。（貼）老人家，不消了。

（淨）

【奈子花】謝夫人慷慨仁慈。（跌介）（生）起來。（淨）有
子兩年年紀，兩頭重子介弗好個。望收留新養孩兒。劉官人，
吼道個小官人拉囉里養個？在磨房中養下孩兒，被無知嫂嫂
撇在水，是老漢救來還你。（合）若長成，休忘了寶公恩義。

（貼）

【前腔】看孩兒容貌稀奇，與相公面龐無二。收留在此，
猶如嫡子，長成時教他些武藝。（合）若長成，休忘了寶
公恩義。

（貼）三日孩兒我自收，三年乳哺不須憂。兒孫自有兒孫福，
莫與兒孫作遠憂。老人家年紀老了，留在此燒燒香，點點燭，不要
放他回去罷。（下）

（生）寶公，隨我到書房裡來。（淨）還有僒書房乩來？
（生）這裡就是。（淨）好吓！比我里馬坊裡天差地遠，有趣，有
趣。（生）寶公，我且問你，李三公夫妻一向好麼？（淨）好，越
清健哉。（生）李洪一夫妻二人比前如何？（淨）咻，個兩個天煞

個，越弗好哉！（生）我少不得有日會他！（淨）正是，應該個。

　　（生）三姐一向好麼？（淨）囉個？（生）三姐一向好麼？（淨）三小娘？好，好，好……（哭介）自從吓個臭賊出來子嘿，哥嫂逼他改嫁不從，罰他日間挑水無休歇，夜間挨磨到天明，有儕好！（生）阿呀，我那妻吓！（淨）吠！劉窮猫兒哭老鼠，假慈悲。當初三小娘熱一碗、冷一碗不吓吃子，吓那間拉里享榮華受富貴，就忘記子俚哉。無情無義個！（生）寶公，非是我不想，只因王事在身，難以回去。（淨）啐！蓋個無邊煞個老老，我哪倒埋怨俚起來？阿呀，老爺，我老老是個樣性格，老爺弗要氣。（生）還有一說，倘然我不在府中，夫人問及你，有興的話多說幾句，沒興的話不必提起。（淨）個是吃鹽比吓吃醬多覺搭個。倘然夫人問我說：「寶老，你老爺在家裡做儕？」我說：「文呢，著棋，看畫，彈琴，做詩，燒香，吃茶；武呢，踢球，打彈，跑馬，射箭。」（生）吓，好有毅！（淨）走得來！馬鳴王廟裡個隻雞嘿，再弗提起個。（生）休得取笑！隨我來。（生下）

　　（淨）吓看：說著子俚個搣心說話了，對子戲房裡是介直闖介進去哉。（下）

按　語

〔一〕本齣主體情節、曲文與《六十種曲》本《白兔記》第二十四齣〈見兒〉接近。

〔二〕選刊此齣的坊刻散齣選本還有：《醉怡情》、聞正堂刊《綴白裘全集》。選抄此齣的散齣鈔本有中國社科院圖書館藏《集錦》。

十五貫・判斬

外：況鍾，蘇州太守。

淨、末、付、丑：劊子手。

小生：熊友蕙，弟。

旦：侯三姑，熊家鄰居的童養媳。

生：熊有蘭，兄。

貼：蘇成媚，貪女。

丑、老旦：況鍾的隨從。

　　（四雜扮皂役，隨外上）

【點絳唇】雁繡鴻材，朱旛黃蓋，君恩拜。恐負鬚眉，故把民社輕擔貸。

　　乍駕雄車出翠微，蒼生百萬好支持。時人莫慢輕刀筆，千古蕭曹相業推。下官況鍾，字伯律，江西靖安人也。作掾部曹，荐拔主事。今蒙聖上特恩，著為蘇州太守，又親賜璽書，得假便宜行事。到任以來，且喜政平訟理，吏民安堵。目今秋後冬前，正當行刑時候，上臺傳奉部文，連夜決囚四名，委本府監斬回報，已著劊子手前往吊取，只得秉燭以待。正是：王法由來無面目，民風何可不淳良？

　　（眾帶兩生、兩旦上）啟爺，四名人犯帶到了。（外）帶進來。（淨、末、付、丑扮劊子手）斬犯進。犯人當面。（各跪介）（外）呀！

【混江龍】則見他四兇猶在，多則是乾坤戾氣不成材。這一個垂頭喪氣，那一個無語兜腮。這一個愁眉低鎖，那一個倦眼微開。男的呵，溫柔鄉失足；女的呵，風流窟當災。吩咐打開枷杻，洗剝起來。（眾）開刑具。（外）只教恁赤條條不掛寸絲，只算去其牙爪。叫劊子手，與我綁起來！（眾剝衣介）吓，綁起來。（外）免不得密扎扎牢拴四體，赤緊的[1]紧縛爾狼豺。（眾犯哭介）霎時間四命入泉台。（四犯）皇天吓，好冤枉！（外）哦！禁聲！須不比殺之三、宥之三，著你極天叫枉。抵多少五更風、五更雨，則那鳥死鳴哀。（四犯）阿呀爺爺吓，聞說爺爺是龍圖再世，難道四名冤囚竟不能超雪了？（外）嗐！多講！眼見得三推六問早已九重聞，怎教俺一言半語就把縲[2]囚貸？劊子手，須早把鋼刀齊掣，叫一聲惡煞[3]都來。

（眾）曉得。求老爺判定招旗，就此押赴法場便了。（外）取上來。

【油葫蘆】俺這裡一筆千鈞索把高價抬，哪許恁莽無常片刻捱？覷著這出生入死犯由牌。（判介）熊友蘭，熊友蕙……呀，好奇怪！適纔本府還不在心上，一時間想起，前日到廟宿山，夢有兩個野人唧鼠哀泣。野人者，是熊也。這兩宗公案，其間必有萬分冤枉了。既不是飛熊入夢周家齋，又不是維熊應兆宜男

1　底本「緊的」兩字脫，據清順治鈔本《十五貫》（《古本戲曲叢刊》三集景印）補。

2　底本作「累」，據清順治鈔本《十五貫》改。

3　底本作「殺」，據清順治鈔本《十五貫》改。

瑞。好叫俺頓心窩猛自驚，蹙眉頭暗自揣。遮莫是刑書鑄就冤情大，因此上感動鬼神來。

也罷，熊友蘭一起跪過一邊，帶熊友蕙一起上來。（眾應介）（外）熊友蕙，你且說，這宗罪案因何而起？（小生）爺爺吓，小人閉戶讀書，禍與侯氏貼鄰。他家失去金環一雙，寶鈔十五貫，那金環小人偶從書架上拾取，執此為證，便誣陷小人與侯氏通姦，同謀毒死親夫等情。受刑不起，屈招在案的嚇！爺爺吓！（外）這也不為冤枉，馮家失去金環，可可在你架上。侯氏。（旦應介）你家金環緣何入與熊生之手？（旦）阿呀爺爺吓，我公公把金環、寶鈔並付與小女子收藏，暫放床前桌上，偶然睡去，醒來時就無處覓尋了。

（外）熊友蕙，你說架上拾取，那架兒安放何在處呢？（小生）安放在書室中。（外）書室又在何處？（小生）小人的書室與侯氏臥房正是一牆之隔。

（外）侯氏，你丈夫又是怎麼樣死的？（旦）爺爺吓，我丈夫為因索取金環，進房辱罵，登時腹痛身死，那致死情由小女子哪裡曉得！（外）臨死時什麼時候？（旦）還是辰牌時候。（外）住了，那日你公公在家也不在家？（旦）在家。（外）在家，這等實是冤枉了。侯氏既有私贈熊生，何不先將寶鈔使用，反將有色認的金環反向本家露目？致中毒身死，若說同謀，熊生既非同室，白晝何從殺人？若說獨自下手，侯氏又係女流，焉能獨制男子？咳！那原問官雖然據理而斷，據本府看去呵，

【天下樂】都是些捕影追風少主裁，疑也麼猜。釀成禍胎，則俺這軒轅明鏡有高臺。熊友蕙，覷著恁惜惺惺一腐儒，侯氏，諒著你怯生生這女孩，不信有膽門兒大似海。

　　且跪過一邊。帶熊友蘭一起上來。（眾應介）熊友蘭，你把當日犯罪情由一一說上來。（生）爺爺吓，熊友蕙就是小人的親弟。（外）吓！怪道姓名相同，原來就是你同胞弟兄。（生）小人只為家貧，情願受值當梢。為聞我弟受冤，早行在道，背負十五貫，原係商人陶復朱所贈，偶遇蘇成媚同途，不想他家中被刼，貫百相同，遂把小人坐下個同謀弒父的罪名了。

　　（外）如此說，是個孝友之士了。蘇氏，你是女兒家，怎麼清曉出門，又與熊生同走？（貼）爺爺吓，那夜繼父回家，背負十五貫，明說是賣小女子的身價。小女子不肯為婢去，欲求親戚勸解，以此乘早獨行，途中偶遇熊生同走。那家中事體，小女子分毫不知道的噓。（外）這個自然也有冤枉在裡頭了。熊生家住山陽，與無錫相隔千里，平日既無交往，一時那有私情。況錢無廝[4]認，哪裡據了這十五貫就定下一個寸剮的罪名？咳！

【哪吒令】縱書生賣獸，豈殺人手乖？便芳容惹災，敢瞞天計排？況梁溪距淮，[5]怎踰牆穴窺。哪裡有照天燭燃的明，金雞敕頒的快？人命關天，何況四命。似此奇冤，俺況鍾若不與他超拔呵，卻不道等待誰來。

　　跪過一邊。劊子手，這四名剮犯，都有冤枉在內。快與俺帶去班房停刑，伺候本府連夜叩見都爺，與他乞命去也！（眾）阿呀老爺！奉旨決囚，這是停留不得的！耽誤時刻，老爺罰俸降級，連小的們都有未便哩。（外怒）哧！這個難道本府倒不曉得？也只為：

【寄生草】國寶當矜恤，閨英忍棄埋？得情合把人情賣。

4　底本作「所」，據清順治鈔本《十五貫》改。
5　底本作「況梁鴻拒誰」，據清順治鈔本《十五貫》改。

今日鋼刀口內寃魂待，敢向枯魚肆上把生機貸。從來開府蘇郡兩黃堂，俺況鍾不讓包彈在。

（眾）吓，小的們知道了。走走走。（帶四犯下）

（內打三更，丑、老旦扮家丁上）（外）家丁，什麼時候了？（丑）三更了。（外）呀！早又是半夜了。取我的素服過來。（老旦）吓。（取衣換介）（外）吩咐把儀門掩上。（雜應下）（外）隨我到轅門上走遭。（丑、老旦）吓。（提燈照外走介）

【尾】譙樓報子牌，玉宇鳴天籟。則這片刻光陰寧耐，索把血瀝瀝頭顱親自買[6]。帶馬！（丑）吓！（遞鞭喝介）（外）休教喝采，不須驚駭。則說俺況青天夜深猶作大詼諧。

（同下）

按　語

〔一〕本齣出自朱素臣撰《十五貫》第十五齣〈夜訊〉。

〔二〕選抄此齣的散齣鈔本有北京大學圖書館藏佚名抄《綴白裘選抄》。

6　底本作「埋」，據清順治鈔本《十五貫》改。

千金記‧別姬

貼：虞姬，楚霸王的寵妾。

淨：楚霸王。

生：韓信，漢大將軍。

末：鍾離昧，楚將。

（貼扮虞姬上）

【虞美人】一身曾沐君恩寵，暖帳親承奉。香鬢如雲擁，曉裝猶倦，珮環聲細，絳裙風動。

玉容未必傾城國，椒房寵愛君恩極。海棠睡起春正嬌，莫把金珠污顏色。金珠雖豔美未勻，如何顏色從來嗔。但愁春去顏色改，不得君恩常顧身。妾乃西楚霸王麾下虞姬是也。連日見大王眉頭不展，面帶憂容，不知為甚？且待他升帳，問他緣故，便知端的。

（淨戎裝、掛劍上）

【引】蓋世英雄，項羽吓項羽！始信短如春夢。

力拔山兮氣蓋世，時不利兮騅不逝，騅不逝兮怎奈何！虞兮虞兮奈若何！（貼）大王為何發此長嘆？（淨）吓，美人，孤家興兵五載，身經這麼七十餘戰，未嘗有敗；今日天亡我楚，豈不可嘆？（貼）吓，大王，漢兵已略地，四下楚歌聲。大王意氣盡，賤妾何聊生？（淨）阿呀，美人：

【泣顏回】霸業已成灰，（生、眾上作圍下）（淨）論英雄蓋世無敵。時遭折挫，到如今枉自遲疑。思之就裡，嘆當

初悔不聽鴻門計。把孤身冒敵當鋒,時不利豈知今日。

（生又引眾上）眾將官:

【青天歌】與我前隊兩邊分,前隊兩邊分,中隊盤桓,後隊催奔。把都兒們,把都兒們,勢擺一個長蛇陣。（眾下）

（淨）

【泣顏回】我腰間仗劍吐虹霓,空自有拔山之力。天亡吾楚,看看食盡兵疲。聽歌聲四起,漢軍圍,吹散了八千隊。美人吓,我和你難捨分離,禁不住兩行珠淚。

（末上）

【不是路】垓下重圍,帳裡將軍知也未?大王,不好了!（淨）你為何的?（末）大王,那韓信統領十萬之眾圍住垓下,事在危急了!看四下騰騰橫殺氣。（淨）有、有這等事!（望介）阿呀美人吓,我英雄志,當初指望造鴻基。（貼）如今呢?（淨）如今一旦成虛廢。美人,我項羽此行十萬之眾,何足懼哉?只是行軍之際,怎生帶得你行走?也罷!我聞漢王乃好色之徒,你可好生伏侍他去罷。（貼）大王說哪裡話來!自古忠臣不事二君,烈女不更二夫。大王欲圖天下大事,豈可以賤妾為累,願以此身報大王便了。不須疑,大王,乞賜我三尺青鋒先刎死。（淨）阿呀美人,你果有此心?（貼）果有此心!（淨）你實有此意?（貼）實有此意!（淨）罷罷罷!我項羽就死在九泉之下,也得瞑目矣!咳,美人,只是捨你不得!（貼）大王,捨了罷。（淨）罷!我就把……阿呀美人,只是捨你不得。（貼）大王,漢兵來得緊了,快些賜了罷。（淨）咳,罷!我就把青鋒,阿呀捨不得……（貼）大王,捨了罷。（淨）阿呀也罷!我就把

青鋒付與伊。唔！老亞夫吓老亞夫！（貼）大王請上，妾身有一拜。分別去，除非夢裡重相會。（自刎下）（末）大王，虞娘娘自刎了。（淨）怎，怎麼講？（末）虞娘娘自刎了。（淨）呀！（圍場三跳介）阿呀，阿呀美人吓！看、看粉消玉碎，粉消玉碎。

【撲燈蛾】可憐一婦人，可憐一婦人，激烈男兒志。甘自把身軀，須臾喪我龍泉也。阿呀美人魂飛魄散，好叫我一身無計。到如今怎生區處？只恐漢兵又來至。

　　　　（末）

【前腔】大王休遲滯，大王休遲滯，頃刻漢兵至。若還不出戰，及早須臾迴避也。（淨）阿呀美人吓！（割首級介）將伊首級，帶馬！（末）吓。（淨）且將來在馬上懸之。阿呀美人吓！（將屍捧起向內場介）願生死同歸一處，管叫伊名登青史留取好名兒。

　　　阿呀美人吓！（拋介）看鎗！（末）吓。（末下）（淨接鎗舞下）

按　語

〔一〕本齣主體情節、曲文接近明萬曆仇實父繪像《重校千金記》第三十五齣〈別姬〉。

〔二〕選刊此齣的坊刻散齣選本還有：《樂府萬象新》、《樂府玉樹英》、《醉怡情》、閩正堂刊《綴白裘全集》。

義俠記‧捉奸

淨：鄆哥，武大郎的鄰居、朋友。

貼：潘金蓮，武大郎之妻。

付：西門慶，潘金蓮的情夫。

丑：武大郎。

老旦：王婆，媒婆、牽頭。

（淨上）

【香柳娘】有風聲在耳邊，有風聲在耳邊，女歡男悅，梅湯一盞為媒孽。自家鄆哥。聽得個星人說，西門慶勾搭上子武大郎個家主婆，日日拉丑王婆店裡許思氣。我那間捉子哩個破綻，替武大郎說子，叫嘸個老花娘了弗得丑來！格里是哉。咦？見門兒鎖著，見門兒鎖著，敢是計先設，藏人在房內。且潛身再窺，且潛身再窺，但見茶煙未絕，好似僧房客舍。

　　無人拉里，明朝再來。老花娘吓，叫嘸閉門家裡坐，禍從天上來。（下）

　　（貼上）

【玉胞肚】喬才盧謊，好叫我心中暗傷。料應他別戀歌樓，這時節不到茶坊。（付急上）心慌路遠脚兒忙，一日如同隔幾霜。

　　娘吓！我來哉。（貼）啐！你這薄倖的，昨夜竟到張惜惜家中去了，竟把我丟下了！（付）弗是嘘，昨日新到子一個廣東客人，

兒子藥材錢了，所以弗曾來得。（貼）多是謊話。（付跪介）我就罰咒哉，我若是說謊，嘴浪生一個碗大個釘瘡。（貼）旣如此，起來。（付）要吓笑一笑，我起來丑。（貼）我倒不會笑。（付）介嚜，我也弗會起來。（貼笑介）起來嘻。（付）我個娘吓，**心苗意喜兩情長，一日如同隔幾霜。**（抱貼下）

（丑掮杠上）咳，我武大官人做人弗成個哉！

【六么令】鄆哥攔擋，老虔婆怎做隄防？我今便去打茶坊。吓道阿好笑丑？鄆哥對我說，西門慶勾搭上子我裡家主婆，日日拉丑王婆屋裡個干兒。鄆哥說等個奸夫進子門，丟瓜籃為號。（內丟籃介）咦！個個正是鄆哥個籃，像是拉丑裡向哉，等哩出來，讓我不一記哩使使介。開門，開門！門閂住，好難擋。花娘做得好事務吓！西門慶，走出來，認認我武大官人個手段看！（貼上）大郎來了，怎麼處？（付上）弗妨得，吓是進去。（丑）花娘秠殺丑裡向哉！（付）**這回打破瞞天網，這回打破瞞天網。**

（開門，踢丑心，下）（丑）阿嗄，阿嗄！踢殺哉！（貼上，慌叫介）乾娘快來！（老旦上）大郎為什麼？（丑）一個長大人拿我兜心口介一脚踢倒子，奔子去哉。（貼）哪個天殺的把我家主公踢壞了？（丑）臭花娘，纔是假個！（貼）扶你進去睡睡罷。（丑）好吓，叫奸夫踢我！（老旦）看仔細。（丑）慢慢里，慢慢里，拿個糞箕出來。（老旦）做什麼？（丑）奔落子個星趷搭。（老旦）什麼趷搭？（丑）阿曉得矮子肚裡趷搭多，纔跌子出來哉。（下）

（貼）乾娘，如今怎麼處？（老旦）吓吓吓……如今你們要做長夫妻呢？短夫妻？（貼）長夫妻便怎麼？短夫妻便怎麼？（老

旦）短夫妻呢，將息好了武大，自今以後大家撇開。（貼）長夫妻
呢？（老旦）若要做長夫妻，一些也不難，待我到大官人藥舖內賒
一服砒霜毒藥，藥死了他。

【玉胞肚】可不斷送這腌臢魍魎，一把火將他送喪。（貼）
武二回來怎麼處？（老旦）那時節武二回來，棺材又燒化了，
沒蹤跡怎生無狀？（貼）好計，好計！（合）管教地久與天
長，免得明來夜去忙。

　　（老旦）吓，大娘子，我就去買藥，你看好了他。（貼）就來
吓。（老旦）就來的。（貼下）（老旦）正是：不施萬丈深潭計，
怎得驪龍項下珠。（下）

按　語

〔一〕本齣出自沈璟撰《義俠記》第十六齣〈中傷〉。將原作第十
四齣〈巧媾〉鄆哥窺聽奸情的段落（【香柳娘】一支）挪到本齣開
頭，刪去原作武大郎自述耳聞姦情的開場（【六么令】一支），又
將廣東客商賣藥的段落（【玉抱肚】一支）挪到下齣〈服毒〉，改
編之後，主題集中，情節流暢。

〔二〕選刊此齣的坊刻散齣選本還有：《醉怡情》、閒正堂刊《綴
白裘全集》。

義俠記‧服毒

外：販售藥材的商人。
老旦：王婆，媒婆、牽頭。
貼：潘金蓮，武大郎之妻。
丑：武大郎。

（外上）

【玉胞肚】來從廣東，把藥材到陽穀販行。今日裡約定成交，被他人偶爾相妨。自家廣東生藥客人是也。西門大官人要買我的藥材，今日特地來尋他，那店中人說，他在紫石街王婆店中，一路問來，此間已是。王媽媽。（內）怎麼？（外）西門大官人可在這裡？（內）好幾日不曾來了。（外）吶？好幾日不曾來了。他往哪裡去了呢？吓，是了！想他是個富家郎，只在章臺楊柳傍。再到那邊去尋他，到那邊去尋他。（下）

（老旦拿藥上）贖得砒霜至，斷送矮矬人。大娘子。（貼上）吓，來了。乾娘，可曾那個……（老旦）買在此了。（貼）你就與我煎起來。（老旦）你且去扶他起來坐坐，待我就去煎來。（下）

（貼）就來吓。大郎，可要扶你到外邊坐坐？（丑內）使得個耶。（上）（貼）看仔細。（扶丑立椅上介）（丑做痛介）苦惱吓，心頭好痛！（貼）咳，是哪裡說起！（丑）吜個花娘，做得好事務吓！（貼）做什麼事介？（丑）叫奸夫踢我。（貼）啐！哪裡有這樣事！可不屈殺了人吓。

（丑）

【前腔】賊婆無狀，使奸夫把我心腹踢傷。（貼做揉丑心介）（丑）我里兄弟哪了還弗居來勒介？且等待兄弟回來，把此情訴與他行。（老旦拿飯碗上）我今日藥內砒霜，管取他人一命亡！

（招貼介）大娘子，來。（貼）乾娘，怎麼？（老旦）煎在此了，快些拿與他吃。（貼）你來幫著我便好。（老旦）不妨，有我在此。（貼）大郎，我贖得一服心疼藥在此，吃一口。（丑）僖個藥？（貼）心疼藥。（丑）阿好個介？（老旦伴丑背後介）（貼）怎麼不好？你吃了下去就不疼了。（丑）介嘿，拿得來嘘。（貼）在這裡。（丑聞介）姆！介樣僖氣味？我弗要吃。（貼）阿呀，藥是生成是這樣的。那太醫說，吃了這藥就好的，你吃下去嘘。（丑）慢慢里，慢慢里……吓，先生說，吃子個個藥嘿就好個？（貼）就好的。（丑）也罷嘘，若是好子，兄弟居來我也弗搭哩說哉。（貼）快些吃。（丑）慢點，慢點……（吃一口介）（貼怕介）（老旦做手勢教貼灌介）（丑）慢點嘘……（又吃一口介）（老旦又做手勢介）（丑）慢慢里……（吃完介）（貼撈碗上藥淋丑口內介）（丑做鬼臉介）（老旦、貼做怕介）（丑痛介）為僖了？個個藥有點辣蓬蓬個。弗好！舌頭浪蔴蔴齊闌起來哉，阿呀，肚裡痛哉，阿咮歪！肚裡痛吓！阿呀，阿呀，吃子毒藥哉！阿呀，阿呀！（跳下椅滾介）（老旦、貼將單被兜丑頭介）（丑作上下左右場滾，老、貼追跌介）（再將被兜三兜，丑作死介）（老旦看介）死了，和你抬了進去。（抬下復上）

（合）

【尾】拔出眼中釘、除卻心頭賬，管教地久與天長。就是

武二回來也難放佯。

　　（老旦）大娘子，你看好了他，待我去報與西門大官人知道，買棺盛殮再處。（貼）乾娘，你住在此，不要去吓。（老旦）我就來的。（貼）阿呀我怕！（老旦）啐！怕什麼？我就來的。（貼）就來吓。（老旦）就來的，沒用的東西。哭起來嚄，哭！（貼）阿呀，大郎吓！（老旦虛下）（貼）乾娘。（老旦復上）怎麼？（貼）你對大官人說，叫他今夜早些來。（老旦）這樣性急。（下）

　　（貼哭介）阿呀，大郎吓……啐，哭他怎麼！人已死了，哭他怎麼！（下）

按　語

〔一〕本齣根據沈璟撰《義俠記》第十六齣〈中傷〉末，王婆慫恿金蓮鴆殺親夫的幾句話編創而成。錢德蒼編《綴白裘》中有十餘齣崑腔選齣是梨園表演藝術家編創的，它們與原作的關係，可分為擴充、補述、稼接三種類型。本齣是補述類，這類選齣根據劇作內隱或外顯的線索編創而成，若與同劇其他選齣串演，情節線更加完整。本齣實演金蓮鴆夫過程，以便觀眾明瞭事件始末。

漁家樂・納姻

生：簡人同，貧儒。
旦：馬瑤草，官宦千金。
末、丑：馬府的僕人。
老旦：馬瑤草的奶媽。
淨：鄔老丈，漁翁。
貼：鄔飛霞，鄔老丈之女。

　　（生上）荒涼徑路草蕭蕭，蝸舍無煙腹自枵。愁態萬般難訴說，誰來魏地贈綈袍？我，簡人同。只為守著這幾本破書，幾年上弄得功不成、名不就，上無片瓦、下無立錐。曉來唯向雲山揮淚，夜來獨對煙月悲吟。一日不能一餐，一夜不能一睡。如此行止，實難存活。前日賣書，偶遇漁翁，他見我飢寒，留我酒飯，又贈我斗米而歸。更蒙他常來看我，少有所贈，我食之赧顏，受之有愧。這也是窮途，不必言矣！好笑昨晚有一小廝走到我家，口稱馬府，說明日送小姐來成親，只此一言而去。我也好笑得緊，一個人窮到了這個地位，那些邪神野鬼也來嘲笑于我。咳！我也料無生路，唯欠一死而已！

【新水令】欲擎兔管寫牢騷，描不盡寒酸窮調。無眠悲夜月，有淚灑荒郊。誰似我落魄鷦鷯，阿呀皇天吓！這的是屈殺了讀書人在溝渠誰曉！（下）

　　（眾上）

【步步姣】紅葉無媒傳青鳥，強入襄王廟。不須合六爻，玉鏡臺前，羞殺溫嶠。（丑）革里是哉。（老旦）這家就是了？呀啐！（丑）儂了？（老旦）你看蘆壁鼠為巢，小姐吓，果然是月燈為照風為掃。

（丑）棚裡鑽個把人出來！（生上）陌巷無車迹，樂聲何處來？是哪個？（丑）相公，昨日說個賬頭送拉里哉。（生）吓？送什麼？（丑）一個活扭扭，好得勢個。進去，進去。（老旦）小姐吓，住不得的。及早回去和老爺爭鬧一場，猶可挽回，不要錯了主意。（丑）吓個個老媽，亦弗叫吓住拉里，要吓介著急。老爺說，送到門首即便回來，不許一人在此多嘴，還弗走來？（老旦）阿呀小姐，不要進去吓……

（生）住了，你每到此為什麼緣故？（末、丑）奉老爺之命，送小姐到此成親。（生）呀吓！亂話。不是我家。（丑）弗要理俚，吓亢居去。（末下）

（丑）小姐，請進去。（老旦）小姐，不要進去。（丑）吓！還弗走來？（老旦）我是不去的。（丑）吓！有吓介一個老贈嫁亢老面皮。（老旦）阿呀小姐吓……（丑）啐出來，小姐弗哭，吓倒哭起來，走！（老旦下）

（生）阿呀，轉來轉來！住在此，領了小姐回去，不要來害我。（丑）弗害吓個。（生）我是飯也沒得吃在此。（丑）無飯吃，摸隻蚌來嗒嗒沒是哉。（丑下）

（生）轉來，轉來。咳，他們竟自去了，這是哪裡說起！小姐吓，從人還在前面，急急回去，此處不是你站立的所在，休要亂了念頭。請小姐回去，我是眞正窮儒，將來欲入鬼道矣。吓，卑人只得奉揖了，請，請回……吓？反坐下了。嘠！我曉得了。

【雁兒落】莫不是鬼胡纏來花月妖？莫不是朋友每裝圈套？莫不是投東卻走西？莫不是李家冠錯認張家帽？

【沉醉東風】（旦）妾難言來乘鳳簫。（生）為什麼到我家來？（旦）為家尊一言顛倒，將奴在浪花漂，做不得富家閨帷。（生）既是父女不和，只該在家庭爭論；我家又不是親、又不是眷，到此何用？（旦）因此上尋一個鍾[1]情年少。（生）那鍾情年少，或是富室王孫，或是才華士子；卑人猶如乞丐一般，可不大辱門風吓？（旦）論不得窮猿餓梟，論不得山荒野蛸，今見官人吓……（生）不敢不敢。（旦）在彬彬書禮，奴有一個下梢。

　　（生）小姐所言差矣！

【得勝令】呀！這非是鳳凰臺吹玉簫；這非是苧蘿村溪山遶；這非是小桃園劉郎到；這非是党家風貯阿嬌。小姐，你抬起頭來看嘘！似這般蕭條，哪裡有活命丹堪炊灶？再看卑人身上呵，穿一領破袍，遮著肩兒露了腰，遮著肩兒露著腰。還是請回的是。

【忒忒令】（旦）奴不怨門楣敗凋。（生）不怨門楣，難道肚中飢餓也是不怨的麼？（旦）奴不怨飢寒來鬧。自古嫁雞逐雞，自安貧守操。（生）小姐，你身享富貴，一旦落寞，就是一刻也難過的嘘。（旦）奴雖是富家兒，也學三從，知四德，定不做失林的敗鳥。

　　（生）

【沽美酒】呀！則聽他意堅堅將富室拋，意堅堅將富室

---

[1]　底本作「種」，據清康熙景山大班鈔本《漁家樂》改。以下同。

拋，心不怨受牢騷。哪裡是才子佳人會鵲橋？且住，這是他送上門來的，又不是我強娶他的，就成親何妨，成親何妨。咳，簡人同，你好沒天理！看你好一副嘴臉，他香噴噴蘭麝飄，我這窮骨頭怎受消？

（旦）官人不必多言，奴到此地呵，

【好姐姐】又非情牽閒花野草，百年事相依為靠。（生）這般淒涼，如何過得？（旦）淒涼滋味，何須預推敲？君休道。生同一室死同窖，一任雨打梨花根也牢。

（生）

【川撥棹】小姐，你休憑著志氣高，也須當論鸞交。雖則你父親送來，又沒有六禮招搖，媒妁音挑，庚帖為牢，誰做花朝？這不是有些兒陰謀情巧？請、請娘行自揣度。

（旦）

【園林好】恨紅顏生來命薄，貴與賤難容草莽。馬瑤草吓，這場醜傳聞堪笑。罷罷罷！官人既是不納，待奴去罷。（生）這便纔是正道。卑人有罪，恕不遠送。請。（旦哭介）阿呀，馬瑤草吓，這是你由命不由人的下場頭了嘘！奴抱石喪江潮，葬魚腹姓名標。

（生）呀？這個使不得！就住在此，就住在此如何？咳，簡人同吓，怎麼窮裡又生出這段事來吓！

【太平令】富家兒不惜窈窕，窮骨頭偏多腔調。待結個鳳友鸞交，那些個花容月貌。今日呵，又沒有酒餚，素餚，成什麼婚條，禮條。小姐，是便是了，你莫生後悔。（旦）悔些什麼來？（生）不是吓，哪！恐誤你傾城年少。

（淨、貼上）囡兒，走吓。

【川撥棹】漁家樂，賣魚完買酒澆。把清風明月相邀，把清風明月相邀，醉來時蘆花帳遶。（淨）囡兒。（貼）爹爹。（淨）幾里是簡相公乤屋裡哉。兩日弗見出來，弗知阿曾餓殺乤屋裡來。（貼）爹爹，我每進去看看就曉得了。（淨）有理個。簡相公。（生）呀！原來是漁翁、大姐，前日多承，感謝不盡。（貼）爹爹走來。（淨）哪說？（貼）簡相公說是沒有家眷的，為何有位娘娘坐在此？還是沒有帶髻兒的。這事兒有蹊蹺，他話兒怎處拋？

　　（淨）等我去問俚。簡相公走來。㖠！吓一向阿是詐窮啥？（生）漁翁，別樣可以詐得，這個窮哪裡詐得來。（淨）旣弗詐窮，囉里有個銅錢銀子討介一位標致娘娘拉屋裡？（生）咳，漁翁，大姐，我正要告訴你。說也大奇……（淨）哪摸子一隻蟛蜞？（生）昨晚有一小厮走到我家，口稱馬府，說奉老爺之命，明日送小姐來成親。（貼）原來是一位小姐！小姐。（且）大姐。（各福介）（生）只此一言而去。我道，人窮到這個地位，那些邪神野鬼也來嘲笑于我，不想方纔呵，

【梅花酒】聽鼓樂鬧蓬茅，又添個那多嬌，說甚麼配兒曹。（淨）那間個星鼓樂從人到囉里去哉？（生）他每竟將小姐推進了門，竟自去了。（貼）是哪個為媒的？（生）大姐，並沒個月下老。（淨）阿有庚帖？（生）哪裡有庚帖稿？（貼）難道主婚人也沒有的？（生）主婚人也沒有瞧。為此，我在這裡勸小姐回去。（淨、貼）小姐便怎麼說？（生）不想小姐呵，不惜著香軀，願嫁一窮髦。（淨）毛咳！簡相公，吓個時運來哉，造化到了。（貼）便是。

　　（淨、貼）

【錦衣香】他是宦門高，你是窮儒教；他來憐俊髦，你當瓊瑤報。上門買賣，便宜多少。你何須推卻好良宵，莫要兩手脫空，反生懊惱。（生）漁翁，婚姻大事，須要門當戶對，相女配夫，我是陋室窮儒，怎做得朱門坦腹？（貼）呀，相公，這不是你去尋他的吓。他願結絲蘿好，甘為裙布，親任蠶繅，貧戶相偕老。相公，你是讀書人吓，少不得乘鰲上苑，折桂蟾宮，宮花喜報。

　　（生）大姐，承你好言相勸，只是我一身一口，尚且難支，怎又添個吃飯的人吓？

【收江南】呀！卻教他眼看斧甑呵，做不得燮廬陶，大姐，自古道巧婦無米也難燒。（淨）無米，我有拉里。（生）漁翁，還有一說，你來看嘻：床鋪兒怎熬？破被兒怎包？哪裡是洞房春色興偏高！

　　（且）大姐過來。（貼）小姐，怎麼說？（且）你去對他說，柴米不須憂慮，奴雖子身出門，暗裡藏得些金釵珠翠，拿來變賣，可供饘粥；待奴績蔴，可供燈火。只要官人用心讀書，以求上進，奴便死而無怨矣。（貼）好小姐，有志氣！賽過讀書男子。相公，你如今不必再言矣。爹爹，他二人要對天拜一拜，成了夫婦之禮便好。（淨）吾倒是老世事。（貼）啐！（生）漁翁，既無主婚，又無媒妁，苟合實難從命。（淨）弗難個，我俚一把年紀拉里哉，權做主婚，又做媒妁，囡兒做子相伴婆；竟做親哉啥！（生）只怕使不得。（淨）有儕使弗得？囡兒。（貼）爹爹。（淨）俚乩兩個拜吓是弗拉哈個嘻。（貼）啐！

　　（合）

【漿水令】喜才郎天緣湊巧，喜佳人天然俊俏。自然夫婦

合著爻，說甚文鴛錯隨野鳥？（貼）小姐，你休嗟嘆在破
窰，英雄年少多顛倒。（旦下）（貼）爹爹，走來。他每兩下
成親，該吃杯喜酒兒纔好。花燭夜，花燭夜，沒個香醪。釜
灶上，釜灶上，煙火俱消。

　　（淨）個是要個。自古道：「無酒無漿，做弗得道場。」
（生）漁翁，無酒猶可，無米實難。（淨）相公，一點弗難個。今
朝提兩籃魚得出來，一籃魚換子米拉里，拿去燒起飯來。剩一籃魚
拿去乾煎煎，當子夜飯菜。還有三個白銅錢拉里，拿去打壺白酒燙
燙。吃一鍾，趙一談，[2]就做子花燭哉！（生）既如此，漁翁、大
姐住在此。（淨）做僔？（生）吃杯喜酒兒。（淨）三個銅錢酒還
要請人來，話巴哉。（貼笑介）（生）咳！漁翁，只是，手頭乾炙
炙……（吘）相公，個歇乾炙炙，到子半夜巴就有點濕搭搭起來
哉。（生）休得取笑。（下）

　　（淨）囡兒，我里快點下船去罷。（貼）是。（淨）替俚帶上
子門里介。咳！（貼）爹爹，為何？（淨）弗是吓，我想辛辛苦苦
子一夜，今日上街去子半日，纔倒子破尿螫裡去哉。（貼）吓，爹
爹。（淨）哪說？

　　（貼）

【尾】再去釣寒江，弄魚罩，衣食靠取在波濤。爹爹！
（淨）喂！（貼）那濟困扶危也是陰德昭。

　　（騷勢下）（淨）招一個招。（笑下）

2　清康熙景山大班鈔本《漁家樂》作「呷介一鍾，趙介一壇」。

按　語

〔一〕本齣出自朱佐朝撰《漁家樂》第九齣〈做親〉。

〔二〕本齣最早刊於寶仁堂第一階段乾隆二十九年《二編・坐集》，後刊於乾隆三十六年《八編・古集》；標目均為「做親」。最後收入乾隆三十九年的《八編・登集》，標目改為「納姻」。

〔三〕選抄此齣的散齣鈔本有中國社科院圖書館藏《集錦》。又，下落不明的聞正堂刊《綴白裘全集》選目有〈由命〉，疑是此齣。

雙冠誥・齎詔

貼：哈銘，司禮監太監。

　　（付、丑扮小軍，引貼上）

【出隊子】山城如畫，山城如畫，親捧絲綸[1]出帝家。彩雲飛遶玉堂麻，競吐描眉筆上花。咱家司禮監哈銘是也。只因大同探花馮雄之母何氏，冰霜苦節，教子成名，前日探花表奏，官裡准著該府建坊旌表，不想就是馮麟如的婢妾。眞個是忠、孝、節、義萃于一門，古今罕有！咱與馮尙書患難之交，因此一倂奏明，蒙萬歲爺差咱齎詔前往旌表。孩子每，快趲上前去！（眾）吓。古道郵亭，衰楊亂鴉。（下）

按　語 ✎

〔一〕本段出自陳二白撰《雙冠誥》第二十九齣〈團圓〉前半。

1　底本作「綸音」，據天一閣藏清康熙間鈔本《雙冠誥》改。

雙冠誥・誥圓

外：馮家的僕人。

生：馮瑞，兵部尚書。

小生：馮雄，馮瑞之子，探花。

末：馮仁，馮家老僕。

淨：馮瑞的隨從。

丑：張近橋，馮瑞多年前的房東，馮曾託他稍帶家書與安家費。

旦：何碧蓮，馮瑞的通房婢女，馮雄庶母。

貼：哈銘，司禮監太監。

　　（外扮院子上）國難家虞事業新，始知裙布有忠臣。果然吃盡苦中苦，今日方為人上人。自家馮尚書老爺府中院子便是。我老爺向日護駕流落邊郵，虧得三夫人敎子成名，老院公竭力幫助，如今父子榮歸，家聲復振。我老爺感激三夫人與老院公之德，命我特設家宴，一者[1]慶賀團圓，二者報酬恩義。如今俱已齊備，尚待老爺出來。正是：全家並受君皇寵，總是書中讀得來。（下）

　　（生上）

【引】簪纓門第世豪奢。（小生）新畫錦，更堪圖畫。

　　（生）我兒，適纔府中報來，朝廷差哈公公前來旌表我一門，即刻就到，須告知汝母冠珮迎接纔是。（小生）只是母親執意不肯

1　底本「一者」脫，據天一閣藏清康熙間鈔本《雙冠誥》補。

受領冠帶，如何是好？（生）我已曾吩咐院子安排家宴，請他穿戴，料無推阻了。（末上）啓上老大爺，大娘、二娘在大門首伺候四五日，無人通報，為此老奴特來稟知。（生）這樣忘廉喪恥的婦人，還求見我怎麼？趕出去！（小生）告爹爹知道：母子之道，天性也；二位母親雖然女流，一時短見差念，今爹爹若再不收，恐被外人嘲笑。可容孩兒收養，以全生身之道，望爹爹海涵，感恩不盡。（生）旣如此，老院公，看小老爺面上，你可在貞節牌坊下造兩間小房，著他每住下。我兒，你自去養死他，永不許見我之面！（小生）多謝爹爹。（末）吓。

（淨同丑上）負金五百兩，賠利一千板。（淨）啓爺，張近橋拿到了。（生）著他進來。（淨叫丑介）老爺在上，張近橋叩頭。（生）張近橋！當初我的家書、銀子，你卻寄與誰的？後來這凶信是何而起？（小生）從實招來，免受刑法。（丑）老爺在上，恕小人萬死！當初小人齎了家書、銀子前來交送，不想途中遇著一個人，與老爺相貌呵，

【駐雲飛】*毫忽無差，錯認尊容起禍芽。*（生）他姓甚名誰？起什麼禍芽？（丑）他叫萬子淵，是老爺的至友。又說老爺生死未知，遂哄小人，沉沒書中話，銀子均分罷。嗟！*假冒做伊家麟如馮也。*（二生）竟冒了我家姓名，這也可笑。（丑）不想忽有個林提學，只道真正老爺，騙至中途，一命刀頭鍘。地方上不知詳細，*以誤傳訛眾口譁。*

（生）我兒，這是實情了。（丑）真正實情。小人該萬死！（小生）哦！大膽狗才，托你齎銀書，怎便將來瞞過了？家丁，送他到有司從重究治。（丑）求老爺饒狗命，求老爺饒狗命！（生）住了，當初我在他家，承他小心伏侍；況且萬子淵也曾會過，看他

舉動不是端人，此非謬言，饒了他罷。（丑）多謝太老爺。若非君子量，幾送小人身。五百兩頭，直到今日安穩哉。（下）

（生）請夫人上堂。（末）夫人有請。（旦上）

【引】**風流讓彼抱琵琶，青衣還我增身價。**

（生見介）阿呀，夫人，怎麼還是這等打扮？（旦）青衣隨侍，婢女本等，相公為何駭然？（生）吓，夫人，我十年罹災邅難，虧你教育孩兒，今日特設小宴與你更換鳳冠霞帔，理所當然，怎麼還是這般光景？快請換了。（旦）雖蒙相公提挈，只是，妾身微賤，萬萬不敢領受。（生）咳！夫人，你怎說「微賤」二字？我十年呵：

【錦芙蓉】**滯天涯，恨糟糠雙雙棄遐，說甚箕箒矢靡他，我縱歸來一身似客無家。**（末）夫人，這句句是眞話。（旦）什麼眞話！我想相公當初病時，囑付我們，我說：碧蓮是可去可留之人，若久後要做一件事業，也是各人的志氣，言之無用。那時我一身一念都已交付與相公，怎待今日？**想夙昔言詞豈假，又何慕紫誥相加。**（末）阿呀，夫人，老奴還有句話喏。我做老奴的休說，你十二年受苦熬窮，食辛茹蘗；即如老爺當初病時，你將眞話實言，倒惹著他們許多譏誚。你今日受了官誥，也做一個榜樣與天下婦人看一看，也教人人傳說，做女人的，會講話是沒用的，丈夫跟前趨奉也是沒用的；受磨折，受貧苦，到底天公不昧！那賢哲婦人聽了，越發賢哲；不賢哲的婦人聽了，也多化為賢哲。好不好？（旦搖頭介）（末）若不依老奴之言，只得跪在此了，你若戴了，我纔起來。（跪介）（旦）請起，請起。（生與旦戴介）（合）**人中畫，勝金蓮寶車，管教路碑鐫滿是褒嘉。**

（外上）北堂麟鳳集，東閣玳筵開。稟老爺，筵席完備了。

（生）斟酒過來，下官與夫人把盞。（旦）這個，妾身怎敢！
（生）今日此酒，乃是我家的功臣筵宴，你是撫孤守節，延我馮氏
書香的節婦，自然是夫人首席。請吃一盃。（吹打，旦吃介）
（生）老院公過來。（末）老奴在。（生）你是輔助孤寡，成我馮
氏名節的義僕，這一席是你該坐。（末）老爺說哪裡話！老爺出
外，老奴理合在家支值，怎敢蒙老爺賜宴起來？這個斷然不敢。
（生）不必過謙，也有一盃。（末）老奴只得跪飲。（吹打吃介）
（生）我兒過來。（小生）孩兒在。（生）我也敬你一盃。（小
生）這個一發沒有此理！（生）咳！不是這等講。你在襁褓之中，
我就撇了你；若非你謹依母教，奮志用功，縱使他們節義，從何彰
表？今日顯親揚名，你也不失為孝子，也飲一盃。（小生）既蒙爹
爹恩賜，孩兒跪飲一盃便了。（末）老爺。（旦）相公。（小生）
爹爹護駕遘難，全節還鄉，真是國家柱石忠臣，我等同進一盃奉
敬。（生吃笑介）今日忠孝節義萃于一門，[2]好僥倖也！我兒把
盞。（小生定席告坐，末跪告坐）

　　（合）

【玉芙蓉】香閨燦錦霞，畫閣傳盃斝。喜十年困苦，一旦
榮華。不枉了撫孤守節蓮中藥，博得個子贈夫封錦上花。
門風可誇，羨忠孝節義，譜冠名家。

　　（內）聖旨下。（末）啓太老爺，聖旨下了。（生）撤過筵
席。（老旦、丑扮太監，貼捧詔冠誥，淨抬彩亭金匾「忠孝節義」
四字上。）

　　（合）

2　底本作「今日忠孝節義又萃于一門」，「又」字衍，參酌文意刪。

【普天樂前】捧絲綸，離都下，彩雲飛來華廈。看描眉筆底生花，好傳宣紫誥黃麻。

　　（生、眾接介）（貼）聖旨已到，跪聽宣讀。詔曰：「朕聞大節經天，貞操凜日。茲爾何氏碧蓮，以箕帚微姿，砥冰霜苦節，撫他人所棄之親生，延馮氏垂危之一脈，事堪載之國史，風實貫于母儀。馮瑞、馮雄，克忠為國；義僕馮仁，耋年盡瘁。俱應旌表，為世儀型。茲封何氏為貞節夫人，該府建旌節坊表揚；馮瑞進秩太傅；馮雄陞授侍郎；馮仁冠帶榮身。特賜卿御書碑額一座，為忠孝節義之門。欽哉。謝恩。」（眾）萬歲，萬歲，萬萬歲！（生）把御碑扁額懸掛中堂，焚香供奉。（外應介）（生）有勞公公遠涉。（貼）老先生，恭喜，賀喜！（旦）公公在上，這個旌節誥封，賤妾不敢領受。（貼）夫人冰霜苦節，千古罕有，今受天朝旌表，母儀一世，為何反謙辭起來？（旦）公公在上，當初誤聞了相公的僞信，大娘、二娘失身再醮，以致成了碧蓮清白之名。所謂「家中有節婦，大不幸也！」況且受過相公的官誥，妾身已覺僭分，若又賜這副誥封，可不把生子之人十分貶壞？日後孩兒何顏立于廟堂。（跪介）萬望公公拜還誥命。（貼亦跪介）請起，請起。（小生）阿呀，母親聽稟：孩兒不幸見棄所生，若非母親哀憐教育，孩兒怎有今日？不要說一副官誥，就是十副官誥呵，

【普天樂後】春暉大難將報答，請承受皇封罷。

　　（跪介）（旦換鳳冠介）（貼）馮老先，你家義僕馮仁在哪裡？可請來一見。（生）馮仁，過來見了公公。（末）公公在上，馮仁叩頭。（貼）請起。你就是馮仁麼？好難得！你成全馮氏一脈書香，皇爺甚是想你哩。（末）吓！皇爺也想念我？（笑介）（貼）咱家告辭了。（生）有慢。（貼）皇華天子使，馳驛去如

飛。（下）

（生看匾介）「忠孝節義」，妙吓！我方纔將此四字詳論我一家，不想聖上也賜此四字，可見聖恩隆重，若合符節；真乃我傳家世寶也！我等望空拜謝。

（眾合）

【朱奴銀燈】冰霜盡枯木再葩，膺福履慶衍無涯。男並高官女五花，垂國史千秋佳話。大家感恩封荐加，遙頓首九重闕下。

【尾】閨中殷鑒如描畫，普天下賢妻休訝，莫讓那婢女揚名道正室差。（下）

按　語 _____ ✐

〔一〕本段出自陳二白撰《雙冠誥》第二十九齣〈團圓〉後半齣。

〔二〕下落不明的坊刻散齣選本聞正堂刊《綴白裘全集》選目有〈贈冠〉，疑是此齣。

副末

秋月春花流水

紅顏驚變白頭

名韁利鎖枉耽憂

南柯螻蟻熊有幾春秋

蝸角蠻爭觸鬥

黃粱一枕優游

陶情莫勝掃愁帚

樂得當歌對酒

逢場聊作戲

花枝當酒籌

　　　──交過排場

琵琶記・別文

外：牛丞相。
末：牛府的僕人。
淨：牛府的管家婆。
貼：牛小姐，蔡伯喈重婚之妻。
小生：蔡伯喈。
旦：趙五娘，蔡伯喈的元配。

（外上）

【風入松慢】女蘿松柏望相依，況景入桑榆。他椿庭萱室齊輕棄，怎不想著家山桃李？嘆當初，中雀誤看屏裡；到如今，乘龍難駐門楣。

　　自古人無遠慮，必有近憂。老夫當初自不思想，一時招贅伯喈為婿，指望他養老百年。誰想他家父母俱亡，他的妻子五娘竟來尋取他丈夫，今要與我孩兒同去。不知果否？且喚院子出來問他，便知端的。院子哪裡？（末上）來了。紋犀欲下意沉吟，棋局排來仔細尋。猶恐中間差一著，教人錯用滿盤星。老爺，有何吩咐？（外）我聞得狀元的父母俱亡，他的妻子來此，今小姐欲同他去，此事果真否？（末）小人也聞得此說，試問老媽媽便知端的。（外）即喚老媽媽出來。（末）吓，老媽媽，老爺喚。

　　（淨上）來了。

【光光乍】女婿要同歸，岳丈意何如？忽叫老身緣何的？

吓！想必與他做區處。

　　老婢叩頭。（外）起來。我且問你，狀元父母死了，聞得他媳婦來此尋取丈夫，今我小姐要同去，此事果否？（淨）果然，我家小姐要同去。（外）吓！我想他去何幹？（淨）老爺，他父母俱亡，止有一媳婦支持，為此小姐要同去戴孝守喪。（外）可笑！我的女兒如何與別人戴孝？（淨）老爺請息怒，老妾有一言告稟。（外）說來。

　　（淨）

【女冠子】媳婦事舅姑合體例，怎不教女孩兒同去？當初是相公留他，今日裡怨著誰？（外）我不容小姐去便怎麼？（淨）老爺，事須近理，怎使聲勢？休道朝中太師威如虎，更有路上行人口似碑。（合）說起此事，費人區處。

　　（外）

【前腔】咳！當初是我不仔細，誰知道事差遲？痛念深閨幼女多嬌媚，怎跋涉萬餘里？況我嫡親更有誰，怎忍分離？罷！不教愛女擔煩惱，也被傍人講是非。

　　（末）

【前腔】相公只慮多嬌女，怕跋涉萬山千水，可知道女生外向從來語？況既已做人妻，夫唱婦隨，不須疑慮。這是藍田種玉結親誤，今日裡船到江心補漏遲。（合）說起此事，費人區處。

　　（外）你二人倒也說得是，他既要去，由他去罷！（貼上）吓，相公，這裡來。（小生上）夫人請。（末）小姐和狀元出來了。（外）我正要問他。

　　（旦上）

【五供養】終朝垂淚，為雙親，教我心疼。（二旦合）親墳須共守，只得離神京。（旦）夫人，且商量個計策，猶恐你爹行不肯。（貼）若還是爹不肯，只索向君王請命。

　　（小生）岳父。（貼）姐姐且少待，待我與爹爹說起，纔可相見。（旦）曉得。（貼）爹爹。（旦）太師在上，待妾身拜見。（外）這就是伯喈的媳婦麼？（小生）是。（外）不消，不消。咳，如此賢哉孝婦，可敬吓可敬！賢婿，聞你父母去世，此事果真否？（小生）果然如此，正欲稟知。（貼）爹爹，孩兒有言告稟。（外）我兒既有話，起來說。

　　（貼）孟子云[1]：「娶妻所以養親，是為事奉姑舅者也」。孔子曰：「生，事之以禮；死，葬之以禮」。孩兒今與趙氏姐姐同為蔡家媳婦，他便生能竭奉養之力，死能備棺槨之禮，葬能盡封樹之勞。孩兒亦為蔡氏之婦，生不能供甘旨，死不能盡蹄踴，葬不能事窀穸；以此自思，何以為人？誠得罪于姑舅，實有愧于姐姐。今特稟于爹爹之前，情願居于姐姐之下。（外）賢哉我兒，此言有理！

　　（旦）夫人差矣。太師在上，妾聞人有貴賤，不可概論。小姐是香閨繡閣之名姝，妾乃裙布荊釵之貧婦，況承君命以成婚，難讓妾身而居右。（外）五娘子，你今日既無父母，又喪公姑，你便是我女兒一般；況你先歸與蔡氏，年又長于我兒，此實當理，不必多辭。（小生）你二人只做姊妹相稱便了。（外）賢婿言之有理。（旦）多謝太師。（外）正當如此，何謝之有？（旦）夫人，佔了。（貼）好說。

　　（小生）今日小婿欲拜辭岳丈，帶領二妻同歸故里，共行孝

---

[1]　底本作「之」，從集古閣共賞齋本改。

道。待服滿之後，再來侍奉尊顏，岳父請善保尊體。（外）賢婿，其實捨不得！今日你父母既不幸了，我也再難留你。（貼）爹爹，孩兒暫別尊顏，實是無奈；爹爹善保尊體，不必掛懷。（外）吓，兒吓，你如今去拜舅姑的墳墓，竟不念我做爹爹的了。（貼）爹爹，孩兒此去，不過三年之期。少待服滿，即便回家，不必愁煩。（外）怎麼說是三年之期？就是片刻也捨不得你去。女生外向，咳！（小生）岳父請上，小婿就此拜別。（外）不消拜了。

（小生）

【催拍】念蔡邕為雙親命傾，遭不孝逆天罪名。今辭了帝庭，感岳丈深恩，豈敢忘情。痛父母劬勞，卻久負亡靈。（合）辭別去同到墳塋，心慽慽，淚盈盈。

（旦）

【前腔】念奴家離鄉背井，謝相公[2]教兒共行。非獨故里榮，我泉下公姑，死也目瞑。（外）五娘子，我兒少長深閨，凡事你要看顧。（旦）大人，令嫒雖則同去，沒有公婆呵，我自看待你孩兒，不必叮嚀。（合）辭別去同到墳塋，心慽慽，淚盈盈。

（貼）

【前腔】覷爹行衰顏皤鬢，思量起教人淚零。爹爹，我進退不忍，若孩兒不去，棄了公婆，被人譏評。若孩兒去了，撇了親爹，沒人溫凊。（合）辭別去同到墳塋，心慽慽，淚盈盈。

2　《李卓吾先生批評琵琶記》、《六十種曲》本《琵琶記》作「公相」。陸貽典鈔本《新刊元本蔡伯喈琵琶記》作「相公」。

（外）

【前腔】此別去你的吉兇未憑，再來時我的存亡未審。賢婿，吾今已老景，必竟你沒爹娘，我沒親生。若念骨肉一家，早須辦回程。（合）辭別去同到墳塋，心慽慽，淚盈盈。

【一撮棹】（小生）岳丈，你寬心等，何須苦掛縈？（外）賢婿，須把音書寫，頻頻寄郵亭。（貼）老媽媽，我去後，我爹年老，望伊家須是好看承。（淨）小姐，程途裡，各願保安寧。（眾）死別全無准，生離又難定。（合）今去也，何日返神京？

【尾】（合）最苦生離難拋捨，未知再會面何時也。

（小生、二旦下）（外）女婿今朝已別離，老夫孤苦有誰知？管家婆，你看小姐頭也不回，竟隨了狀元去了。（淨）老爺，夫唱婦隨同歸去，一處思量一處悲。（外）阿呀，親兒吓！（下）

按　語

〔一〕本齣主體情節、曲文接近《六十種曲》本《琵琶記》第三十九齣〈散髮歸林〉。

慈悲願‧回回

丑、付：小回回，年輕的回回人。
老旦：唐三藏法師。
淨：老回回，年老的回回人。

　　（丑、付上）
【回回曲】回回、回回把清齋，餓得、餓得叫奶奶。眼睛、眼睛窊進去，鼻子堆出來。
　　自家回回國內小回回的便是。今有大唐師父往西天取大藏金經，在此經過，老回回往東樓叫佛去了，只得在此伺候。（老旦上）迢迢千里路，走盡萬山途。（丑、付）小回回把蘇。（老旦）老回回呢？（丑、付）往東樓叫佛去了。（老旦）喚過來。（付、丑）是。老回回，大唐師父到了，快來迎接。（淨內）來耶。（丑、付）必耶。（內）來耶。（丑、付）南無僧迦耶，南無達摩耶，南無嗒喇摩耶！廝得兒，廝得兒，僧可得兒。嗶喳力，咇巴力，烏得弄哄，婆迦密陀佛。阿彌陀佛！來的緊，來的緊。
　　（淨上）
【高過金盞花】纔離了叫佛樓，我剛下了這叫佛樓，阿囉呵吸把得囉。我這裡望西天，阿囉呵吸把得囉，叫佛了是他那一回。我將這他腰把得兒在我這頭上纏，將我這別樂行急忙披。咦！恁這廝可不誤了我的看經。（丑、付）哪曾誤你看經？（淨）我也數得一刻兒，立雙膝，又得兒判十哈

福哈先，十日兒立戶得。咻！恁這廝兀的不誤了、不誤了我的整整十日，整整十日。

（丑、付）老回回，大唐師父到了，快去迎接。（淨）何不早說？小回回，路上狼蟲虎豹甚多，你每須要伴著我。（付）伴著你行。（淨）兆吓。

【喬木查】喚恁那骨都蠻來得緊，恁便近著些。（丑）阿呀狼來了！（淨）阿呀，好、好教俺走不得行不得、走不得行不得，跑得我便力盡筋疲。阿呀歪也，阿呀歪也。（丑）狼來了！（淨）呀，走，我便氣喘，落得個狼來。

狼在哪裡？（付）他在那裡哄你。（淨）這廝又該罰罪了！呀，不知大唐師父到來，有失迎接。接待不週，勿令見罪。（老旦）到時不接，接時不到，這也罷了。我奉唐王之命，往西天取大藏金經，在此經過。聞得你回回國內好善修齋，待著你來指路。（淨）師父出關有幾時了？（老旦）多年了。（淨）難為了也。（老旦）到西天還有多少路？（淨）師父，你自出關到西天，路程十萬八千餘里。離了俺國，此去就是阿灣、東敖、西敖、水西洋。水西洋往前，又是哈密城、狗西番國、兒烏斯藏、土兒番、車遲國、天竺國、尺柱國、伽毗羅國、舍衛國。那國內有一道恆沙河，其長無計，其闊有八千餘里。此河內有一條橋，名曰天星橋。過了此橋，便是釋迦談經之所，叫做迦耶城。再往西去，便是五印度大雷音寺了。

【沽美酒】（老旦）與唐王修佛力，與唐王修佛力，與俺這眾生每得這佛慈悲。（淨）師父，恁便取經回到俺這西天

得這西下¹國。（丑、付）恁想否，咱師父怎肯來俺這裡？
行、行了些沒爹娘的大田地。

（淨）

【太平令】師父，恁便遠路紅塵也不避，受了風霜兒卻離
了中華到這佛國，恁便來到大獅蠻的田地。見吾師連忙去
頂禮。向前克膝，忙道個薩藍薩藍得這摩尼。師父，恁事
畢，休嘆俺是一個大獅蠻的回回。

（丑、付）喂，老回回，他的年紀小了你的年紀，怎麼倒去拜
他？（淨）小回回，你不曉得，他的年紀小，我的年紀老，他倒是
我師父哩。（丑、付）既如此，你去拜。

（淨）

【川撥棹】這廝恁便毀俺的菩提，吓！那廝恁便毀俺菩
提，向人前沒個道理。噯！克膝空提阿藍車尼。再來時休恁
的，再來時休恁的。²

【豆葉黃】師父，咱凡胎濁骨，俺須是俗眼愚眉，喳師父
則把那憂愁思慮。戒了酒色財氣，與師父添香洗缽換淨
水，向師父跟前的、跟前的念摩訶般若波羅密，噯！將咱
個摩頂個受記。大獅蠻的這老回回，超度的救度的，看清
涼上了龍華會，俺摩薩把得兒救。

（老旦）天色尚早，貧僧趲路去也。（淨）再送一程。（老

1　《納書楹曲譜》（《善本戲曲叢刊》第六輯景印）、《昇平寶筏》（《中
　　國戲劇研究資料》第二輯景印）作「夏」，明天啟西爽堂刊《萬壑清音》
　　作「下」。

2　底本作「再來時依恁的」，據《納書楹曲譜》、《昇平寶筏》改。

旦）不消了。阿彌陀佛！汝等回去罷。（老旦下）

　　（淨）

【尾聲】俺只見黑洞升雲起，更哪堪昏慘慘霧迷了天日。願你個大唐師父向西天取金經回，再沒有外道邪魔可也近得你。

　　（付、丑）呀，狼來了！（奔下，淨）阿呀，阿呀！（下）

按　語

〔一〕本齣主體情節、曲文與《昇平寶筏》第十八齣〈獅蠻國直指前程〉接近。

〔二〕選刊此齣的坊刻散齣選本還有《萬壑清音》，選抄此齣的散齣鈔本有中國社科院圖書館藏《集錦》。又，《來鳳館合選古今傳奇》中專選北曲的第四集〈絃索調〉存目有《北唐僧・西遊》，疑是此齣。

雙珠記‧月下

貼：王九齡，王楫之子。

生：王楫。

小生：陳時策，字獻夫，王楫的妹夫。

（貼上）

【引】猿嘯暮天長，景色淒涼。

雲擁橫山紫翠參，未投荒店日先昏。今宵只傍梅花宿，贏得清芬入夢魂。下官王九齡，昨日偶遇葉清和尚，方知父親改調劍南，為此輕身前往。只因貪趲路途，不覺天色已晚。咳！我以孤獨之身，走荒蕪之地，前不把村，後不著店，怎生是好？

（生、小生上）大舅請。（生）妹丈請。（貼）呀，你看那邊有兩個人來了，不免迎上前去，覓個宿地也好。

（二生）暫解冠裳輕宦況，聊憑風月慰離懷。（生）妹丈你看：流天素彩，至靜無塵。（小生）大舅，可知盈手冰光，雖寒不濕。（貼）當此境界，果然身世兩忘！（生）咻！妹丈，此生甚有曾點氣象，想亦是我道中人，何不迎他一語，如何？（小生）孔門之樂，不拘[1]物我相與，少敘料無不可，上前相見。

（二生）請了。（貼）請了。（小生）好奇怪！看此生面貌與

---

[1]　底本作「俱」，據明汲古閣《繡刻演劇》本《雙珠記》（《古本戲曲叢刊》初集景印）改。

大舅尊容相似。（生）那孔子且似陽貨，何足多訝。（貼）我與二位素未識荊，因何邂逅之初，遂蒙私議？（生）適見尊容與下官相類，故爾偶談，其實無他。（貼背介）呀，你看他自稱下官，必是縉紳流品，待我去問他。吓，二位，乍瞻雅範，頗露官儀，莫非微服過宋者乎？（生）既承洞鑒，焉敢韜藏。下官初授平虜將軍，今陞樞密右僉。（小生）下官初授平虜將軍，今陞樞密左僉。（貼）未通交際，殊失企仰，恕罪恕罪。（二生）不敢。（貼）二位情無隱教，下官理合明言。（二生）願聞。（貼）下官瀛洲奪錦，翰苑談經，得接丰儀，不勝欣幸。（二生）呀，原來是殿元老先生，請轉請轉。久慕輝光，未承動履，今夕之遇，豈曰偶然。

　　（貼）二位何來？今將何往？（二生）來自劍南，往京赴任。（貼）既在劍南歷官，得聞續衣寄書之事否？（小生）事屬奇遇，人皆喜談，殿元問及，亦為是歟？（貼）非也，此女與下官有些瓜葛，乃敢求教。（生）妹丈吓，人固可疑，言亦可駭；待我去問他個來歷，便知端的。（小生）有理。（生）殿元既擢大魁，已屬公望，為何寒夜獨行到此？（貼）一言難盡！（二生）閑中偶叙，願悉其詳。（貼）下官與二位所仕雖非同途，斯文原是一脈，且聽亂言相告。（悲介）

【鎖窗郎】念椿庭補伍荊江，被奸謀陷禁牆。（生）尊翁被人誣陷，問何罪名？（貼）屈招刃殺，抵罪應償。（生）罪該抵死，可向問官訴辯纏是。（貼）一切是羅鉗吉網。（生）問官不明，枉送了性命了？（貼）幸朝廷忽然宣制蒙疏放，得減死，戍邊壤。

　　（二生）既調邊衞，是何地方？（貼）一向不知，近爾借寓僧房，方知改調劍南。（生）父子之情，怎麼說近日方知？（貼）有

個緣故：家父未赦之前，家母將謂家父必死，欲尋自盡，那時將下官呵，

【前腔】螟蛉與陝地王商，十餘年蒙教養。（生）殿元青春幾何？何年得第？（貼）弱齡二八，僥倖賓王。即願得辭官尋父，表章連上。奈朝廷不准此本，竟自輕身前往。至中途逢僧夜語知方向，今轉足，劍南往。

　　（生）

【前腔】妹丈，乍聽他訴罷行藏，驟令人意驚惶。李下整冠，嫌疑當辨，待我再去問他。殿元。（貼）不敢。（生）你通姓氏籍貫何方？（貼）下官王九齡，涿州人氏。（生）尊諱是九齡？（貼）正是。（生）你尋骨肉有何色仗？（貼）有明珠在此，家父自能厮認。（生）如此，乞借一觀。（貼）請觀。（生）阿呀天哪！這是我萱親贈別妻抛漾，今復覩舊形藏。

　　妹丈，此人有些古怪，我心忍至痛，言不成聲，你送還了他明珠，為我問個端的。（小生）大舅且免愁煩，待我再去問他。殿元尊庚一十六歲，已別父母十有餘年，據此論之，殿元去陝西時止有四五歲耳，你離別父母多年——請收了明珠——再請問殿元。

【前腔】恐椿萱諱氏將忘？（貼）這個都記得。家父諱楫，字濟川；家母郭氏。（小生）有些來歷。（生）再去問他。（小生）待我再去問他。殿元，兩年庚，知少長？（貼）這個也記得。家父四十一，家母三十九。（小生）大舅，可是？（生）有些來歷，正是。再問嘘。（小生）殿元，你有無重慶？苦樂存亡？（貼）祖父棄世多年，祖母盛氏，為遭安祿山之亂，飄零數年，今

與家母萍聚[2]在京。（生）一發奇了！（小生）阿呀，殿元要訪尊翁麼？若如此，何須遙訪。（貼）不去遙訪，怎得見家父之面？（小生）殿元，今日呵，**管教骨肉胥無恙**。（貼）敢是先生曉得家父的下落麼？（小生）**或可得慰伊想**。

　　（貼）請問先生上姓，仙鄉何處？（小生）下官陳時策，忝為殿元同鄉。（貼）貴表可是獻夫麼？（小生）然也。（貼）認得孫天彝麼？（小生）阿呀！孫天彝是我故友，殿元何以認得？（貼）如此說，老叔是我父執也。孫叔與小姪同榜，官授監察御史，在京相敘，常誦盛德。（生）喂！大舅，孫天彝也中了，可喜，可喜！咳，袁天罡之言，於此皆驗矣！（小生）孫天彝中了，未足為奇；但與此君同榜，可見數皆前定矣！（貼）二位道及袁天罡之事，正合區區所聞，必知家父去向，可賜明言。

　　（小生）殿元，你果要見令尊，我先問你一個親戚可認得否？（貼）是誰？（小生）適承所問繢衣寄書的宮女，與殿元有甚瓜葛？（生）這句問得妙。（貼）小字慧姬，家父嫡妹，家姑娘也。（小生）如此說，這位就是令尊了。（生）如此說，是我的孩兒了。（貼）阿呀！爹爹吓！

　　（貼跪，生抱哭介）

【十二時】流離彼此如逆障，誰料陽烏仍昶？怎禁得悲喜交相？

　　浩蕩風塵阻雁魚，相逢骨肉共歡歔。眼前跋涉勞無怨，膝下從容樂有餘。（小生）閑中步月，父子相逢，千古奇遇，難得，難得！（生）我兒，到驛中去，見了姑娘。（貼）姑娘也在此？

2　底本作「叙」，據明汲古閣《繡刻演劇》本《雙珠記》改。

（生）正是。我兒，你果然中了狀元了？（貼）孩兒果然中了狀元了！（生笑介）哈哈哈……（同下）

按　語

〔一〕本齣出自《雙珠記》第四十五齣〈月下相逢〉，刪去【浪淘沙】、【秋蕊香】以及四支【五更轉】，篇幅較為精簡。

鮫綃記‧寫狀

付：賈主文，訟師。
淨：劉君玉，土豪。

（付上）

【引】公門雖好是非多，穩步何如車下坡。我假意念彌陀，哪識我修行門路。

心為黃金黑，腮因白酒紅。休論舊日事，柳絮已隨風。自家賈主文的便是。筆硯是我的買賣，律法是我的營生。相交的是六房書吏，使用的是笞杖徒流。外郎叫我阿叔，農民稱我公公。有錢與我的，真正強盜改做掏摸；無錢與我的，廝罵鬥口便要取供。只為生血落口，也顧不得覆嗣絕宗。怕的是當頭霹靂，又愁官府搜窮。因此潛蹤避跡，只得假意裝聾。早上爬起來念幾句阿彌陀佛，好似毒蛇嘆氣；晚間與人刀筆，渾如雞見蜈蚣。在下這刀筆臨安城內算為第一，只因名重，官府又狠，只得潛隱在家，修行念佛——不過是掩人耳目，若有主兒來尋，我只推修行，反要多詐他些，方與他動手。個個男兒！狗肉阿爛來嚄？（內白）弗爛來！（付）爛子沒說聲[1]，我念完子佛就要吃個了。（內白）是哉。（付）那沒我拉亙書房裡吓，若有人來尋我沒，弗要回頭哩，等我見機行事。（內白）吷，曉得哉。（付）南無阿彌陀佛，南無阿彌陀佛……（下）

---

[1] 底本作「生」，參酌文意改。

（淨上）可惱吓可惱！

【引】駕空橋上起風波，下釣爭如撒網羅？打虎要尋窠。沈必貴吓沈必貴！方信我勇如馮婦。

我，劉君玉。因為沈必貴不就我的親事，把媒婆痛打，又將我父子百般辱罵，思之可惱，想之可毒！聞得有個賈主文刀筆甚利，見識又高，我去尋他計較；就要萬金也說不得，一定要與他結訟一番，方好做人。只是，聞他一向不在衙門走動，不肯與人行事個。我曉得吓！多應是掩人耳目，為此，袖介廿兩白物拉里，俚見子必然動火，個個叫做「將我的白老蟲，釣俚個赤練蛇」。幾里是哉。阿呀！關門拉里。吓，讓我喊聲看。阿有羅個乓？

（付上）南無阿彌陀佛。南無阿彌陀佛。（淨）阿有羅個乓？（付）倒像我里掰門響，讓我問聲看。是囉個？（淨）是學生。（付）學生？吓！有來歷乓……等我回頭俚一聲看。我在這裡念佛忙！（淨）手弄菩提八百珠。這不是念佛忙！（付）來得快乓！等我再不一聲拉俚使使看。我在這裡拜佛忙！（淨）獨坐山中禮六時。這不是拜佛忙！（付）奇怪！來煞得乓……（淨）哪單見聲氣弗見人出來介？喂！（付）等我一發再不一句拉俚試試看。我在這裡打坐忙！（淨）不知巢燕污袈裟。這不是打坐忙！（付）詫異喲，故嘴頭子倒好似我個！我且開門看是羅個。（淨）是學生。（付）失迎。（淨）好說。特來奉拜。（付）承顧。（淨）輕造。（付）好說。請。（淨）不敢。（付）舍下呀。（淨）介沒佔哉。（付）請。尷尬乓嗐。（淨）好尷尬面孔！（付關門，念佛介）是我里阿要唱介個喏拉哈吓？（淨）使得個耶。唱一個喏拉哈哉什。（付）請吓。（淨）請了。（付）請坐。（淨）有坐。（付）茶來。（淨）不消。（付念佛介）（淨）是。我里阿要說介句話拉

哈？（付）使得個耶。是故故動問尊府在何處？（淨）聽稟。
（付）願聞。

（淨）

【皂羅袍】家下城居近[2]府。（付）高姓大名？（淨）賤名劉
君玉。（付）阿呀，原來是劉員外！久仰，久仰。故是要庭參個。
（淨）豈敢，豈敢。惶恐，惶恐。（付）久慕公家盛德，無由瞻
拜，幸會，幸會。今日先生賜顧，不知阿有儕見教？（淨）有事相
求，特來奉叩。（付）不敢。請問老生有幾位令郎？（淨）止有一
個豚犬。（付）青春多少？（淨）**有孩兒漢老，弱冠年過。**
（付）曾有令子室否？（淨）弗要說起！因為小兒親事未諧，家邊
有個沈必貴，他有一女，**我欲求織女下銀河。**（付）俚肯也弗
肯？（淨）**被他阻絕藍橋路。**（付）俚弗肯，也倒沒奈何個
嘘。（淨）俚弗肯，學生也怎好怪他？**倚著官勢，欺我魯夫。**
（付）個也弗通。（淨）把我小兒一發比得不好……（付）比儕
個？（淨）**道是雷門布鼓。把自己的女兒，比做瑤臺素娥。**
（付）個便是沈老生忒過分哉。公家下顧，待要怎麼？（淨）**求
君發縱擒狐兔。**

（付）

【前腔】勸你不須發怒，論求親說合，須要下氣謙和。
（淨）俚看得學生低微得極，還有儕個謙和？（付）還有一說。
富家樓閣詠西河，豈無一女成夫婦？（淨）他倚縉紳，我拚
錢鈔；一定要與他見個手段。（付）學生也弗敢相勸。公家雖富，

2　底本作「在」，據清順治沈仁甫鈔本《鮫綃記》（《古本戲曲叢刊》初集
景印）、《鮫綃記傳奇》（《不登大雅文庫珍本戲曲叢刊》景印）改。

也要惜點羽毛沒好。他器邊有鼠，屋上有鳥。俚弗肯允個頭親事，一定令郎有介點弗楷當了。**子須教訓，玉須琢磨**，叫令郎溜勢讀起書來，登子科甲，自有貴戚相扳，那時不求而自至，**卻不道書中有女還無數**。

　　南無阿彌陀佛。南無阿彌陀佛。（淨）學生沒氣質夯夯介，走得來指望兄商量行事，哪說老生倒是介冰生冷介兩句說話？故我來也纏是多餘個哉！（付）阿呀，學生勸公家息訟，也是美事；況且學生向來修行念佛，久不搭人幹個件事務個哉。南無阿彌陀佛。南無阿彌陀佛。（淨）故也只怕難道吓。（付作手勢望上介）阿呀，弟子再不敢私心妄想，伏乞慈悲為念。（淨）喂，你拉丟虛空對羅個說話介？（付）吓，你弗看見了，觀世音立拉丟雲端裡聽我里說話，恐怕我又要動慾心了，說：「老道，你證果已成七七八八，上天已快了，不可再壞了心田吓。」（淨）賊更了拉羅哩個答介？（付）哪哪哪！賊貴搭蕩立丟個就是哉。（淨）突下來沒哪？（付）弗突下來個，有介個鈎子賊介摘住拉丟個。阿彌陀佛，個個我再弗壞心田沒是哉！（淨）好勞鬼話！（亦做手勢介）阿呀，弗關我事嘘。吷，是哉。（付）為僒？（淨）吓，王靈官老爺拿子一根鞭，立拉丟半空中，說：「劉君玉，你走開點，我要打殺個說謊話個人！」（付）若有一字虛言，折盡平生之福！（淨）吓，老生真個弗幹個出事務個哉？（付）若再幹個樣事務勾，弗是人養個哉！（淨）咳，你弗幹沒也罷。吓，只可惜我一片好念頭！我說賈老生是比眾不同個，不要輕了他……（拿出銀介）哪！先送介廿兩白物拉里。（拿上、拿下介）（付看上、看下介）（淨）既是老先生修行念佛，不幹個個此道個哉沒，我哪好罪罪過過個曲求俚壞個個天性介？只好再去尋人罷，告別哉。（付）且慢！（淨）阿呀，

老先生，你弗幹個出事務個哉沒，等我再去尋人罷。（付）弗要性急，等我思量[3]思量看。（淨）罷哉！是你七七八八要上天個哉……（付）天是要上個，沒得個樣長梯了。（淨）觀音菩薩拉乿雲端裡叫吓……（付）等里是叫，我即是弗聽得！（淨）阿是？我說吓是假個。（付）官府利害了。（淨）個倒是實話。（付）等我悶上子個門，到書房裡去坐。幾里來，請進去。（淨）好得勢！幽雅得極。（付）請坐。（淨）有坐。（付）男兒乿，若有人來尋我，竟回頭俚弗拉屋裡。拿個梅水得來泡茶，前日瑤峯和尚送個兩瓶茶葉乿，開一瓶得來，泡兩碗出來。（內應介）

　　（付）請坐。拿個始末根由得來，說拉學生聽介聽，好畫策下文聲哪亨個道理。（淨）當年吓，有個魏從道，襄陽人氏，曾在臨安做過太守。（付）住子！等我思量思量看，甲戌，乙亥，丙子……吓！丁未年有個魏從道，拉里做歇太守個？（淨）正是。（付）兇個嘘，學生吃子俚兩彈，幾乎了弗得！哪亨呢？（淨）我幾里有個沈必貴，是他的同年，他有一女許配魏從道之子魏必簡，學生也弗曉得。（付）介沒老先生囉里曉得個？（淨）因為小兒未有親事，為此央媒去說合。俚弗許我哪好怪俚？獨恨俚弗該應把我父子百般辱罵，萬種低微，又把媒婆痛打出門。（付）老生，你阿曉得俚個意思個？個弗是打媒婆，直腳打子老生哉！（淨）蓋列弗是僑！學生拉臨安城裡頗頗有些體面，不拉俚如此辱罵，叫學生哪亨做人？為此特來求老先生法縱，與學生出口氣。

　　（付）吓，曉得哉。個個尊惠沒學生先領子介。（淨）且慢！見子主語頭就奉。（付）吓，老生要哪亨介個主意？（淨）學生要

3　底本作「良」，參酌文意改。以下同。

告俚圖賴婚姻事。（付）老生要告俚圖賴婚姻事？（淨）正是！
（付）阿呀，老生個個主見只怕無用個嘘……（淨）哪說無用個？
（付）哪！那沈公是縉紳門第，官官相護，未必就贏；縱使全勝，
不過斷還財禮，人還抱弗穩來，豈非無用之極？（淨）吓，依老生
沒，哪介個意思沒好呢？（付）依我個愚見沒，必須要別弄介一個
枝葉沒好。老生，羅[4]個個沈先生個令嬡阿要個哉呢？（淨）就是
活觀音出世擺拉丑，我也弗要個哉。（付）介沒，老生，你既弗要
俚個令嬡哉沒，何消得必竟要說到親事上去？（淨）哪亨呢？
（付）學生倒有介個主意拉里……（淨）僖主意？（付）現今秦檜
弄權，只消寫一紙首狀與他，管教沈、魏兩家有喪身亡家之禍！
（淨）好吓，老先生，你若有個樣本事擺佈得俚丑兩家，就再送十
兩白物、廿擔冬米拉吥，如何？（付）學生手段是有個，只是一生
怕領個樣虛惠個。（淨）學生許出子沒，決不食言，再弗騙個老先
生個。

　　（付）學生沒，是介說吓，諒老生呢決弗是個樣人，竟就打算
沒是哉。單是阿曾帶紙頭來呢？（淨）個倒弗曾帶得。老生若有
沒，借一張來用子，到明朝買來送還罷。（付）學生久弗幹個出事
務個哉，落里來個紙頭介？（淨）吓，介沒哪？喂，個張僖紙頭
了？就拿俚寫子罷。（付）阿唷，怕人施施罪罪過過！個是要畫觀
音菩薩個，啥個就拿俚得來寫狀子介？（淨）介沒告別哉！（付）
落里去？（淨）去買紙頭。（付）去子阿來哉？（淨）拉個搭一
兜，拉個首一轉，遠哉列，只怕弗來哉。（付）罷哉，就拿里得來
寫子罷，省得開門打戶。（淨）阿唷，怕人施施罪罪過過！個是要

4　底本作「賊」，參酌文意改。

畫觀音菩薩個，倷個就拿里得來寫子罷介？（付）由俚歇，觀音菩薩是畫也罷、弗畫也罷。（淨）我說吓個說話纔是假個。（付）我沒，說；你沒，寫。（淨）就煩老先生一揮哉啥。（付）吓外頭問問看，學生顯世子個一生從無一字入公門個。（淨）介沒等我來寫。

（付）老生，個個……（淨）倷沒事？（付）吓，方纔個隻錠介？（淨）拉里呀！（付）拿得出來，擺拉個搭嘮。（淨取出銀介）吠，擺拉個搭。（付）咳！擺拉個搭吉。（淨）擺拉監邊沒一樣個。（付）介沒，擺拉當中公界所在，如何？（淨）竟賊更。（付）寫首狀。（淨寫介）首狀。（付）為同謀合黨行刺事。（淨寫照念介）（付拿錠看介）喂，老生，個隻錠阿好個？（淨）哪弗好！細絲銀子嘮。（付）為倷邊上有點測黑個？（淨）個是油。（付）我要出主會錢沒阿出主得過？（淨）著實丒。（付）吓寫：切有襄陽魏從道，（淨照念）（付）為因失職，（淨照念寫介）（付）怨望朝廷。「朝廷」兩字抬頭。（淨寫照念）「怨望朝廷」，好個句，好得勢！（付取銀藏介）（淨作尋介）阿呀，銀子介？（付）老生尋倷沒事？（淨）個隻錠呢？（付）吓，就是個隻錠麼，學生已受領哉。（淨）哪說受領哉？（付）吓方纔說，見子主語頭就拿去，那間一張狀子寫完快哉，難道還拿弗得來？（淨）吓，也罷嘮！橫世左右要送拉吓個，倒是收子去，省得牽記掛肚腸。

（付）說正經罷，個個魏必簡一向阿曾來？（淨）弗要說起！一向沒弗來，偏偏我俚要去說親個時候沒俚就來哉。（付）好得勢！寫：暗令其子魏必簡，潛隱在沈必貴家，欲刺丞相。個個「丞相」兩字嚜要抬頭。（淨寫，照念至欲刺丞相，住筆想介）囉個倷

丞相？（付）秦檜哉那！（淨）嗳，直頭拉丒簻哉！我為親事要與
沈、魏兩家爭訟，哪說拖介個大老勢哈？真正冬瓜纏子茄畝裡去
介，弗要×吉！（付）阿呀，老生個個自家弗明白子沒，倒認學生
摟白相哉。吼阿曉得，俚丒兩個是縉紳，吾個個西貝個員外雖有兩
個銅錢，落里×得過俚？個叫「雞子沒那搭石子鬪」。虧得學生個
點心空巧了，所以挽介個大老勢得出來搭俚做對頭，你沒竟拉雲端
裡看相殺，有僥弗好？哪說倒是弗要×吉！（淨）吓，依吾說沒，
是寫得個？（付）寫子再寫，寫千寫萬，弗知寫子個幾哈哉。
（淨）介沒，寫！欲刺丞相。我沒哪呢？（付）賊吼麼……吓，有
里哉！寫：我逦近隣，恐後事發，累及不便，故此出首。（淨寫，
照念介）（付）老生，秦檜見此首狀，只叫他有百萬家私盡可化為
烏有！（淨）妙極！好手段！真真六月裡吃生薑，伏臚吼丒。

【剔銀燈】這條計擒龍縛虎，管叫他隨風逐土。方知養女
是賠錢貨，漏船到江心難補。（合）看他災來怎躲，方始
信出言是禍。

　　（淨）告辭哉。（付）簡慢。（淨）好說。（付）老生，此事
只可你我得知，倘若洩漏了，是你機關不密反招殃。（淨）我烈烈
~~轟轟~~做一場。（付）不是漢家能滅楚。（淨）須知帷幄有張良。請
了。（付）老生轉來。（淨）還有僥見教？（付）方纔許個十數，
幾時見賜？（淨）准子狀紙就奉過來。（付）冬米沒就見惠子罷。
（淨）就叫人送來。（付）多謝。（淨）請了。（付）請。（淨
下）（付關門介）南無阿彌陀佛。南無阿彌陀佛。（笑介）快活！
快活！昨夜頭火結燈花，我說要發財耶，弗想今日廿兩頭滾進大
門，而且還有介多哈銀子勒米丒來。咳！幹子個樣事務，子孫要朴
朴長個嘘。（念佛下）

按　語

〔一〕本齣出自沈鯨撰《鮫綃記》，清順治沈仁甫鈔本是在第十齣〈謀害〉，不登大雅堂本《鮫綃記傳奇》與前孔德學校圖書館本《鮫綃記》都是第九齣，無齣名。

〔二〕選刊此齣的坊刻散齣選本還有洞庭蕭士輯《綴白裘三集》。

九蓮燈・火判

小生：閔遠，兵部尚書閔覺之子。

末：富奴，閔家老僕。

淨：火部判官。

（場上先擺設牌位、香燭，小生、末上）（末）舍人，走吓！
（合）

【水紅花】牧童歸去笛聲高，動漁樵，歸家須早。酣歌暢飲滔滔，淚呼招，不知梅梢月到。怎知主僕無奈，被害學離騷？愁山怨海痛傷情也囉！

（小生）蒼頭，一路行來，已是青州地界。你看，天色已晚，沒個安歇之所，怎生是好？（末）舍人不須憂慮，這裡有所古廟在此，且進去安歇一宵，明日再行。（小生）有理。（末）裡面有人麼？吓，廟祝，廟祝。（小生）蒼頭，你看：窻槅傾頹，牆垣不整，想是一所破落院宇，沒有人的。（末）舍人，這牌位上寫著是何神道？（小生）待我看來。（看介）南方離明大聖火德熒惑星君。吓！是火神聖帝。（末）就在神廚傍住了罷。（小生）有理。（末）舍人，我和你受盡飢寒何日罷？（小生）蒼頭吓，我是萬千愁恨在心頭！（齊睏左側邊介）

（淨扮火判上）猙獰俠烈滿空庭，陰風吹動殿頭鈴。簿書生死頻查究，須知筆下不容情。某，火部判官是也。上帝因察讒臣惑亂宮闈，敕命火靈聖母娘娘主司六丙神等，焚燒宮闈刑獄。聖駕臨

凡，俺星主護駕隨行，著俺看守殿庭。適纔兩人投進廟來，睡在神廚下，未知何人，待我看來。（看介）呀！原來是[1]忠臣之子閔遠、義僕富奴。我想，上天震怒，正為此一椿冤獄未明。吓，也罷！待俺提他過來，與他說個明白。（提末一轉丟介）（末見判介）呀！你是什麼邪魅妖神？我小主人行路辛苦，況有大仇在身，好好待他安寢，休得驚動了他。（淨）富奴，我非邪魅妖神，乃本廟火部判官是也。（末呆介）吓！原來是判官老爹。（叩頭，跪介）（淨）富奴，你老主人大難將臨，不思援救之策，徒自在此偷睡麼？（末）判官老爹，我老主人大難將臨，莫非目下就要處決了麼？（淨）非也，俺上帝呵，（判坐側邊介）

【醉花陰】為京國君臣無分曉，背民情違天也那亂條。棄忠良，絕英豪，因此上玉敕下靈霄，把宮闈刑獄來傾掃。

　　（末）請問判官老爹，那宮闈刑獄，不知天降何等災殃？（淨）聽者：

【出隊子】遵奉著轟天火號，忙整備萬鴉壺將弓弩煙標把宮闈獄擾。忽喇喇威風猛助勢招搖，朴颭颭不住電光燎，這的是君德無良要把那王宮獄擾。

　　（末）原來宮闈刑獄盡要焚燒。阿呀判官老爹吓，那宮闈有許多妃子，那刑獄有許多犯人，難道不分皂白，一概燒死不成？

　　（淨）

【刮地風】呀！若說起宮闈俺可也惱甚焦！與讒臣混肆鴟鴞。（末）刑獄便怎麼？（淨）那律條不把蕭曹效，一椿椿憑著內侍宮僚。只見那為國的魂先耗，又見那為民的身送

1　底本「是」字脫，據《附九蓮燈》（《古本戲曲叢刊》五集景印）補。

早。這不是臣性讒君志驕？天呵！怎與你共潦草？把玉石等燎毛，顧不得萬姓遭殃霎時間盡悲號。

（末）若如此說，一概都要焚死的了？（淨）然也。（末）阿呀判官老爹吓！我家老爺為國亡家，理所當然；但是有個俠士代我小主人赴難，我富奴有願在前，誓必力救，如今怎生救得他便好？（淨）富奴，你休得瞞俺！代你小主人者非俠士，乃俠女戚輕霞也。

【四門子】他他他為著姻緣錯配鸞鳳鳥，因此上喬打扮做個英豪。（末）阿呀判官老爹吓，望你神威救一救吓！（淨）這的是三天門下有功曹，把姓名來記著非小。（浪板介）（末哭介）（淨）你哀哀枉自哭嚎啕，這的是數定莫輕饒，（末）我富奴有願在前的。（淨）有什麼誓願休將來肩上挑。一個是忠良義標，一個是俠女英豪，呀！青史內芳名須頓表。

（末）判官老爹吓，其實是戚氏小姐。他非親非故，挺身代難。這原是富奴的勾當，只因保孤無人，故爾暫緩。如今富奴情願代他一死。判官老爹吓，你拿火部生死之簿，乞求作主，救他一救！（淨）這天庭之事，俺星主尚且不能作主，吾等怎生救得？（末）阿呀判官老爹，我富奴情願代他焚死！（淨）呀，我看他一腔俠氣，人僕少有。也罷！你且起來，不須啼哭，看你的造化，待我查他有救無救。

（末）判官老爹，到哪裡去查？（淨）俺星主受詔，會同火部正神造焚死冊部一本，是俺掌管在此。待我與你查取一查，就知明白了。（看簿介）吓，富奴，救便救得，只是，有一大難題目在此，怎麼處？（末）判官老爹，有什麼難題目？（淨）你且來看，

註得明白在此：「獄犯忠臣閔覺，更兼俠女輕霞……（鑼鼓介）義標千古事堪誇，魔障多災目下。欲脫火坑煙窄，九蓮燈引無差。有緣自遇妙蓮花，誰把界牌一跨？」

（末）判官老爹，如此看起來，我老爺和戚小姐必要什麼九蓮燈方可救得麼？（淨）正是。（末）這九蓮燈……判官老爹，你可有麼？（淨）我哪裡有來。此燈出在蓮花山香果洞，道德真人駕前有。此九盞蓮燈，內按九宮八卦，諸天星辰。上能照徹天門，下能照開地獄，中能解難度厄。你若借得此一盞蓮燈，你老主人和戚氏都轉凶為吉矣。（末）那蓮花山凡人可去得麼？（淨）怎麼去不得？方纔那冊簿上明白註道：「有緣自遇妙蓮花。」去是去得，只怕你年紀老了，受不得這樣苦楚……（打急鑼鼓介）

（末）阿呀判官老爹吓，只要有路可通，我富奴怎惜一死，就上劍山刀嶺也說不得了。只是小主身伴無人，如何是好？（淨）咳，怎顧得這許多。你小主今科功名有分，何不叫他改姓求名？你自去幹你的事，何必苦苦慮他？（末）既如此，我富奴就要去了。只是，蓮花山從哪條路去？（淨）從兗州西去，百里之外，即入此界矣。（末）吓，判官老爹，不要哄我吓。（淨）咳！（拉架介）

【水仙子】俺俺俺、俺怎說虛花調，恁恁恁、恁怎不必再三兀自絮叨叨。早早早、早把那麻鞋悄，記記記、記取煙霞道。他他他、他那裡清淨道德高，你你你、你須自合掌再拜莫輕饒。苦苦苦、苦將那冤情、苦將那冤情一一從頭告，望望望、望慈悲救度忠與豪，休休休、休望著界牌逃。

（提末睏介）

【尾聲】呀！他昏昏的魂縹緲，俠氣沖沖神鬼驚嚎。俺想

那善惡到頭終有報,只爭個遲早。(下)

　　(隨腔鑼鼓,末醒介)吓,判官老爹,我問你……(小生醒介)蒼頭,為何如此驚嘆?(末)判官老爹,那個界牌是什麼界牌?(小生)蒼頭,是我!什麼判官?(末呆介)吓,原來是一場大夢!(小生)蒼頭,為何這般光景?(末)阿呀舍人吓,老爺與戚小姐不好了!(小生)蒼頭,你醒一醒。(末)老奴方纔睡去,夢見火部判官,道老爺與戚小姐合當獄中焚死。老奴再三的哀告求救之策,他將冊簿查看,除非到蓮花山,有九蓮燈方可救得。又問他去路,他道從兗州西去,百里之外,即入其界。舍人,我想神人之言,寧可信其有,不可信其無,老奴只得要行了。(小生)蒼頭,你又來了!這是你救主心堅,故有此夢。況此燈未知有無,就有了燈,又不知救取之法,這是虛渺之言,哪有憑據?

　　(末)舍人,方纔夢中吩咐,一一記取明白。那判官道:舍人今科功名有分,須當改姓移名。老奴竟向蓮花山求取蓮燈,若救得老爺與戚小姐,也不負老奴一點救主之心。倘然錯此機會,萬一有變,則我抱終天之恨矣!(小生)阿呀蒼頭吓!和你相依到此,爭忍分離。(末)舍人不必啼哭,老奴也是出于無奈。舍人把「閔」字去了門字,以文為姓;把「爾登」兩字去了爾字,以登為名,取名「文登」。只在京中相會便了。天色已明,舍人請上,老奴就此拜別。(拜介)

【哭想思】只為神明夢語記堅牢,一番焦處又添焦。從此難捱茅店月,好將愁淚灑荒郊。舍人保重,老奴是去了。(各哭介)(末下)(小生)蒼頭轉來!(末轉介)怎麼說?(小生)方纔說哪裡相會?(末)京中相會。(各分下)(末)舍人轉來!(小生轉介)怎麼說?(末)記取「文登」要緊吓。(小生)曉得

了。（各哭介）（分下）（小生）富奴已去，只得拜辭神道。從此難捱茅店月，好將愁淚灑荒郊。（哭下）

按　語

〔一〕本齣出自朱佐朝撰《九蓮燈》。本齣及以下〈問路〉、〈闖界〉、〈求燈〉的曲文、情節與《古本戲曲叢刊》五集景印的清道光九年梨園鈔本接近。

〔二〕選抄此齣的散齣鈔本有北京大學圖書館藏佚名抄《綴白裘選抄》。

九蓮燈・問路

末：富奴，閔家老僕。
丑：天聾，文昌帝君駕前侍者。
付：地啞，文昌帝君駕前侍者。

（末上）

【降黃龍】舍人吓！望入煙霞[1]，山外雲山，疊裏崆峒。芒鞋踏破，歷遍了閑花，紅紫芳叢。我富奴聽信神道之言，要投蓮花山去。與舍人分手，行了幾日，且喜已過兗州地方，從此西去百里，即入此界。只是，我兩腿痠麻，更不知天南地北了。我匆匆，傍林依木，想夢中語必無虛哄。舍人吓！料微軀未知生死，可能再得重逢？（下）

（丑、付上）不知歲月忘今古，唯伴疊花山草香。我每二人乃文昌帝君駕前天聾、地啞是也。今日帝君往三天門下定狀元榜去了，兄弟，和你閑在此，鬥百草耍子去吓。（尋草混介）

（末上）

【滾】呀！我行行路窮，行行路窮，雞犬無聲哄。野渡無人，舟自橫相送。走得水盡山窮，但見荒郊曠壟。呀！見

---

[1] 底本作「籠」，據清道光鈔本《附九蓮燈》（《古本戲曲叢刊》五集景印）改。

雲霞已近，芝草香，莫非來仙洞？[2]呀，這裡是三叉路口，不知從哪條路去？

你看，崗上有兩個小廝頑耍，不免問他一聲。小廝。（付下，末扯丑介）我是問路的，蓮花山往哪裡走？（丑介，末）咳！又是個啞巴子。借問你，我要到蓮花山，打從哪裡去？（丑指介）（末）吓？哪裡走？（丑扯住末介）（末）吓？你為何扯住了我？必竟有個緣故。小哥，你會寫字麼？（丑點[3]頭介）（末）在此沙地上寫與我看。（丑寫介）（下）（末念介）蓮花山，即陰界也。小廝！小廝為何不見了？阿呀且住，我只道蓮花山乃有道修行之所，誰知是陰界！

【前腔】我聞言頓自沖，聞言頓自沖，膽顫心驚恐。自揣俗子凡夫，怎上得蓬萊洞？阿呀，我想，方纔那小廝是個啞巴子，不要被他哄了吓。莫非神衰鬼弄，將胡言亂哄？呸！且奔前途，再問著，蓮臺擁。（下）

2　這支是南黃鍾宮過曲【黃龍滾】。底本作「呀！我行行路窮，行行路窮，雞犬無聲哄。野渡無人，舟自橫相送。但見荒郊曠壟。呀！見雲霞已近，芝草香，莫非來仙洞？呀，這裡是三叉路口，不知從哪條路去？走得水盡山窮。」誤把第六句「走得水盡山窮」放到曲末，參考曲格，並據清道光鈔本《附九蓮燈》改。

3　底本作「得」，參酌文意改。

按 語

〔一〕本齣出自朱佐朝撰《九蓮燈》。

〔二〕選抄此齣的散齣鈔本有：中國國家圖書館藏佚名鈔《戲曲選抄》、北京大學圖書館藏佚名鈔《綴白裘選抄》。

九蓮燈‧闖界

外：看守陰陽界的界牌官。
老旦：道德真人的差官。
末：富奴，閔家老僕。

　　（小鬼跳上，外扮陰陽官上）

【點絳唇】六道循環，四生旋轉。森羅殿，明鏡高懸，善惡昭然顯。

　　善哉，善哉！我乃看守陰陽界界牌官是也。凡陽世陰府死生化育，俱從此界牌出入，必須掛號。今日乃陰府判生日期，鬼卒，好生看守界牌。（鬼應介）（內）噢！界牌官聽者：今有貴人四十名往陽世投胎，在此掛號。（外）請出界牌。（四官上）（下）

　　（外）

【駐馬聽】這是貴戚英賢，襲寵叨恩享萬年。朱輪甲馬，黃蓋飛熊，職掌朝班。（內）今有富人四十名往生掛號。（外）送出界牌。（四鬼褶子巾上）（下）（外）這是金珠無數廣田園，石崇豪富真堪羨。享受緜緜，要結來生之事須廣行方便。

　　（內）今有貧人四十名往生掛號。（外）趕出界牌！（三鬼上）（下）（小鬼）還有一名。（外）快趕！（小鬼）快走！（花面）我原是偷來個人身。（下）

　　（外）

【前腔】都是命蹇顛連，六極三刑無告免。鶉衣百結，病倒[1]聾鍾，一命歸泉。（內）今有畜類四十名往生掛號。（外）打出界牌！（四畜上）（下）（外）披毛帶角足瘸瘸，狼狽鼠竄應難免。宿世冤牽，生生世世須遭刑憲。

　　（老旦拿旛上）蓮花山道德法旨下。真人有旨，傳諭界牌官：今有陽世義僕富奴，投界入陰，求燈救主，恐屍首混入六道四生，命界牌官好生看守，待他還魂。不得有違！（外）領法旨。鬼卒，現[2]有義僕富奴投界入陰，好生看守界牌。（鬼應介）

　　（末上）

【前腔】受盡迍邅，說起教人心痛瘐。早難道神明虛哄，夢寐無憑，使我含冤？那啞巴子之言，雖不足信，為何行到這裡，紅日無光，山川失色？蕭然又換一方天，想我身已入陰司殿。罷！不必哀憐，盡忠竭力死而無怨。

　　（看介）陰陽界。吓，阿呀！我記得青州火部判官說：「有緣得遇妙蓮花，誰把界牌一跨？」我只為「界牌」二字不明，誰想這裡果有陰陽界牌在此！吓，想進此牌即是陰府了。（內作鬼聲介）舍人吓！老奴今生再沒有和你相見之日了嘻！

【泣顏回】俠氣滿胸填，（煙火介）阿呀你看，一陣陰風，吹得我毛骨悚然！撲面陰風疾捲。昏昏如夢，使我氣急身軟。老爺吓，你忠心盡言，問蓮花未知肯把蓮燈現？呀咍！我想人生在世，少不得要從此路去的，不要遲延了。再、再休想怕死

1　底本作「痛到」，據清道光鈔本《附九蓮燈》（《古本戲曲叢刊》五集景印）改。

2　底本作「既」，參酌文意改。

貪生，入油鍋我也心堅。

（闖進關，鬼踢出介）（末）阿呀！我闖將進去，只見牛頭獄卒將我又出界牌。什麼意思？呀，我曉得，他不知我的來歷，待我與他說個明白。呔！界牌裡面聽者，我是富奴，乃廣陵人也，為救主求燈，特特到此的嘘！

【千秋歲】我情願把身捐，奉著恩東命，負冤獄京國生變。來上蓮臺，來上蓮臺，告真人賜我蓮燈回轉。呔！可曾聽見？你如今不要攔阻我了。我富奴是，哪！年雖邁，精神健，有俠氣，人爭羨。做個人間漢，早難道，做了失路桃源？

（又進跌介）吓，他們怎麼不容我進去？呔！難道陰司內一個冤鬼多不得的？嗳！我偏要進去。（外上）富奴，你怎麼把陽神沖開我的界牌？我這裡是陰府，你走差了路了。（末）阿呀冥官爺爺吓：

【撲燈蛾】我已知陰府廷，已知陰府廷，無意偷生轉。地獄自敲門，怎不將人勾入也？望冥官老爺指引我到蓮花山去。（外）咻，你要到蓮花山去？是何人指引你到此的？（末）是青州火部判官。（外）住了，那蓮花山乃是道德真人洞府，你是凡胎，怎生入此仙境？（末）阿呀冥官爺爺吓，我年華五十，總在世月缺難圓。把我臭皮囊溝渠埋掩，望恩官，陰魂勾引到蓮前。

（跌死介）（外）鬼卒，把屍首送至青州火神廟中去安置。可將他陰魂帶來。（鬼應，抬末下）（末披髮又上）（外）鬼卒，好生看守界牌。（鬼應下）（外）富奴，你隨我來。

【尾】苦哀哀將冤情辨，為主忘身堪羨。（末）願取慈悲賜九蓮！

（外）隨我來。（同下）

按　語

〔一〕本齣出自朱佐朝撰《九蓮燈》。

〔二〕選抄此齣的散齣鈔本有：中國國家圖書館藏佚名抄《戲曲選抄》、北京大學圖書館藏佚名抄《綴白裘選抄》。

九蓮燈‧求燈

老旦：道德眞人駕前侍香童子。

外：看守陰陽界的界牌官。

生：道德眞人。

末：富奴，閔家老僕。

　　（老旦上）

【點絳唇】繞上蓮臺，降臨凡界。長旛寶蓋，瑞靄雲來，道德眞無賽。

　　捲簾花露滴，曉日掃雲霓。自家香果洞道德眞人駕前侍香童子是也。今有義僕富奴投界入陰求燈，奉眞人法旨，只得在此伺候。（外上）此外紅塵都不染，唯餘玄度得相尋。侍者請了。奉眞人法旨，引富奴陰魂到此叩見眞人，煩侍者通報。（老旦）且待眞人昇座，與你通報便了。（四道童長旛，引生上）

【粉蝶兒引】山徑花香，空餘著彩雲來往。見白鶴成隊翺翔，集松蔭，棲瑞草，峯巒閑曠。

　　（老旦）啓眞人，界牌官引富奴陰魂到了。（生）著他進來。（老旦）著界牌官進來。（外）界牌官叩見眞人，願眞人聖壽無疆。（生）富奴屍首在何處？（外）屍首在青州火神廟中，陰魂在此。（生）著他進來，你自迴避。（外）是。富奴，過來見了眞人。（下）（末）富奴叩見眞人，願眞人聖壽無疆。（生）你到此怎麼？（末）小人特來求燈救主，望眞人早發慈悲！（生）富奴，

你此來差了，上帝呵，

【尾犯序】為天子德無良，社稷摧殘，黎庶悽愴。玉石難分，休得悲惶。（末）瞻仰，菩提路慈悲恩廣，般若境渡人無量。這冤情，無門哀懇望乞渡蓮航。

【前腔】（眾合）天條，已定那災殃。洞府清高，生死非常。（末）我力邁年衰，受盡千般徬徨。（生）這天數已定，我這裡怎生救得你？你快快回去。（末）真人！小人蒙火部靈官道：「欲離火坑煙窄，九蓮燈引無差。」因此，小人不避生死到此，專訪、禮拜著慈悲仙丈，願神官哀憐困壤。（生、眾合）你心誠敬，捐身救主投取到蓮邦。

　　（生）富奴，你赤心為主，世間罕有。我這裡將九蓮燈救你主人便了。（末）多謝真人！（生）侍從過來。你將蓮燈一盞下界，到青州火部廟中引富奴還魂，待八月十五日子時三刻，待刑獄火起，將蓮燈護住忠臣閔覺併戚氏輕霞，使他不能燬身便了。（眾）領法旨。（生）正是：三千徧灑楊枝露，管教火焰化紅蓮。（下）（吹打下）（兩童執燈送末）

　　（合）

【古輪臺】離清涼，珮聲猶自響叮噹，果然洞府清高曠，蓬萊仙仗。紫霧飛揚，曲徑鸞凰聲唱。松室花房，晚霞雲帳，不知何處自飄香。嘆紅塵鞅掌，爭望著名利之場。縱錦衣玉食，朝鐘暮鼓，通宵歡賞。但人世有無常，爭似仙家況？不知日月去來忙。

【尾】抬頭晃影山河朗，那裡是閻浮之上。（眾下）（末）執燈使者慢走！等一等……為何不見了？這裡是火神廟中。吓，為何在此？吓，是了！想我已還陽世了。我不免竟往京中尋見舍人，

救取老爺便了。若得個骨肉團圓，答上蒼！（下）

按　語

〔一〕本齣出自朱佐朝撰《九蓮燈》。

〔二〕選抄此齣的散齣鈔本有北京大學圖書館藏佚名鈔《綴白裘選抄》。

釵釧記・講書

小生：皇甫吟。

付：韓時中，皇甫吟的學友。

　　　　（小生上）

【引】篤志寒窗，潛心古典，學詩學禮趨庭。

　　　小生皇甫吟，昨日期約到韓兄家講書，來此已是。韓兄在家麼？

　　　　（付上）

【引】朋友偲偲切切，當責善，無玷斯文。

　　　皇甫兄來哉！請了。（小生）韓兄請。百歲光陰過隙駒，少年不學待何如？（付）今朝可畏因循易，明日無文後悔遲。（小生）異姓如同骨肉義，斯文千載一般宜。（付）唯堪秋雨連床話，不識東風解袷衣。皇甫兄，我和你久困寒窗，飽餐經史，奈足下無雲，不能上達，正所謂「潛龍勿用，反被魚蝦之誚；五穀不熟，不如荑稗之成。」（小生）韓兄，我和你閉戶攻書，埋頭著力，豈可計功於旦夕，責效於平時？正是：人事盡而天理見，天爵修而人爵至也。（付）承教。皇甫兄，如今正是秋涼時候，燈火稍可親，簡編可舒展，兄阿可以拿個書經講究一遍？（小生）既如此，兄先請。（付）在家下，豈有佔先之理！（小生）既如此，佔了。

【降黃龍】虞夏商周，二帝三皇，聖聖相繼。皋陶伊尹，傳說周公，是輔弼王臣。詳論，帝堯置曆，神禹治水，萬

世沾恩。《尚書》內良臣聖主，同道同心。

（付）講得好！精明體切，經書大意詳明。足見得我兄山斗之學，魁解之才，使人茅塞頓開。胸藏萬斛，腹飽五車，講得好！（小生）韓兄謬讚。（付）小弟哪得敢謬讚？其實好。（小生）韓兄，如今要請教《易經》了。（付）個囕罷哉嚕。兄是介錦繡能個一講，叫小弟講出僭來？（小生）一定要請教。（付）畢竟要小弟講，介嘿獻醜得罪哉。

【前腔】《易經》，伏羲畫卦，文王繫辭，孔子象形。爻辭小象，開示[1]蘊奧，周孔叮嚀。筮咏，乾坎艮震，巽離坤兌，八卦攸分。《易經》內探微闡幽，難察難精。

皇甫兄，講完哉，講完哉。（打介）（小生）好！講得妙！（付）兄呫講呢，小弟賊介側耳恭聽；小弟講，為僭了兄出神倒鬼？若是小弟弗打個記，連搭個「好」字兄讚弗出來。（小生）其實好。夏兄此時還不見來……（付）個老夏奇得極，兩遭來遲。朋友畢竟要有興，要罰哉。（小生）罰多少？（付）罰俚介三錢銀子，以作紙筆之費。

（小生）告辭了。（付）兄哪了只管要去，故哪說？就作算老夏弗來，我搭兄吃子點心，盡興一講；若是吓去子，一點興無哉。拿點心來吃。（小生）不消，家下有些小事。（付）宅上有僭事，不待言而可知矣！阿有囉個拉呫？走一個出來，吩咐「天」字號個米斛一擔，送拉皇甫官人呫。再對太太說，拿個五百銅錢送拉親娘買[2]點心、小菜吃個。（小生）屢蒙厚惠，何以克當！（付）通家

1　底本作「視」，據清鈔本《釵釧記》（《古本戲曲叢刊》二集景印）改。

2　底本作「賣」，參酌文意改。

兄弟，何出此言！請坐了，拿點心出來吃。兄平日間弗賊介個，為僥今日出神倒鬼？畢竟有心事。（小生）小弟沒有什麼心事。（付）兄就差哉！小弟與兄忝在同學，況為知己。小弟有僥事體，未嘗弗對兄說，我搭兄個朋友，眞乃肺腑之交。吓有僥事務，就該替小弟商量，當行則行，當止則止，或者與兄出得一臂之力，亦未可知。無乃苦苦瞞我何也？（小生）事便有一件，只是不好說得。（付）但說何妨！

（小生）昨日小弟回去，家母對小弟說，我岳丈要將女兒改嫁，為此悶悶不樂。（付）為令岳瓾個事務吓，扯淡！兄豈不聞俗語云：「一家女兒，吃弗得兩家茶」，自古「一絲為定，千金不易」。不要愁，囉哩有介事！或者有點僥弗到之處，故此有這些說話。依小弟論之，還是催親之故。（小生）韓兄，怎見得是催親之故呢？（付）兄吓，自古男大須婚，女大須嫁。兄替令正纔是長大哉，令岳見兄今年弗娶，明年弗討，故此說話，無非催兄早娶。兄弗要怪子令岳，人家養子囡兒拉屋裡，猶如私鹽包拉屋裡，一日擔一日個干係。催兄畢子姻，一節大事體就完哉。（小生）依兄高見，還是催親之意？（付）憑吓說到天邊去，還是催親之故。

（小生）韓兄，人家多有了。（付）何等樣人家？（小生）魏樞密家。（付）就是公廉老先生麼？只怕無介事！此老做人極樸實、極忠厚，仁德君子，小弟認得個。蓋一家人家出來定一頭親事，難道弗打聽打聽？畢竟要差一個人拉外頭踏訪一個著實，難道再無人家哉？畢竟要拉我里學裡朋友面上用工夫？再無介事個！

（小生）日子都有了。（付）哪日腳纔有哉？弗難！等我明朝去望個老魏，替兄講明其事，說道：「這頭親事，我里學裏朋友定瓾個。」如此一說，他若別娶，罷哉；倘然俚一定要娶令正，那時

節要學生出來哉。打聽俚娶親個日，等我寫星傳單，不要多子，只消三四十，叫齋夫不一飛俚使使，叫個星朋友到家下吃子個夜飯，鬮牌個鬮牌，遊和個遊和，擲骰子個擲骰子，追飛宕個追飛宕……叫男兒打聽外頭遠遠哩看見，低低打打吹得來哉，拿個兩頭巷門落子鎖，眾朋友一擁而出，兄只要說介五個字……（小生）哪五個字？（付）說道：「貧乃士之常」。小弟只說一個字……（小生）說一個字？（付）打！（小生）打得的？（付）哪說打弗得。兄呢，扯住了轎子，眾人纔動手，拿個星銅角喇叭彎折俚個，得勝鼓踏穿俚個，打燈扯碎哉，梅花龍燈嚥踏破哉，大古轎子打得俚粉粉碎！明朝帶子儒巾，著子藍衫，到縣尊府尊藩撫二台當道諸公不一講俚使使，叫個老史吃弗盡衣兜兜亂來！說便是介說，還是催親之意，一千年倒底是吓個令正，阿怕俚賴子皇官人個頭親事？吓，小男拿茶來吃。

　　（小生）還有一事與兄商議，房下思念寒家乏聘，使婢子雲香來，約小弟八月十五夜到他後花園中去，要贈小弟什麼東西，以作娶親之資。韓兄，此事還是可行不可行？（付）吓！有介事？令正念兄家道艱難，約兄去贈兄什麼東西？（小生）正是，韓兄，你道可去不可去？（付）該去個吓，令正一團美情，兄若弗去，辜負子俚哉。學生教兄一個法子，到個夜頭吃子夜飯，即算看月步得去，促搭子物事拿得居來，竟擇子日腳做親哉啥。（小生）去得的。承教了。

　　（付）你亂令正真乃女中丈夫也！只是，個星說話，僊人來說個？（小生）房下著使女雲香來說的。（付）吓，吓……雲香來對兄說，兄哪亨回頭俚個？（小生）那日小弟不在家中。（付）兄弗曾看見？（小生）正是，不曾看見。（付）既不曾看見，囉個對兄

說故星說話？（小生）小弟回家，家母對小弟說的。（付）是令堂對兄說個？（小生）正是。（付）個個令正與兄定親之後，可曾會面幾次？（小生）從不曾會面。（付）弗是學生苦苦問兄，或者年裡去拜節，兄呢弗看見令正，令正或者倒拉遮堂背後張見歇兄，亦未可知？（小生）小弟從不曾上門的。（付）弗曾會面個？方纔兄說個使女雲香，個個丫頭常拉宅上走動，自然認得兄個哉？（小生）也不認得的。（付）纔弗認得個？咦！事有可疑，等我思量思量看。唔……阿呀兄吓，個是一條奸計哉！學生起初只道催親之意，如今改嫁之情顯然！

　　（小生）兄怎見得是奸計？（付）這不是令正好意，是你令岳的奸計。要將女兒改嫁，難道兄就罷哉？畢竟要與他興詞涉訟。故此使人來詐說此情，哄騙你前去。半夜三更，無人見證，不是一刀，定是一棍！將你打死，絕其後患，好把女兒改嫁。吓，老史，老史，好個遠算計趴！（小生）豈有此理！人命關天，焉能可殺？（付）兄但能讀書，不曾觀律。（小生）律上便怎麼？（付）律上有一款說：「賣夜入人家，非奸即盜，登時打死不論！不論！」（小生）賣夜入人家，非奸即盜，登時打死不論的？（付）打殺子一百個，即算得五十雙。（小生）阿呀，若非吾兄高見，險遭毒手！韓兄，謝你：

【滾】[3]才高識見廣，才高識見廣。我志窄知機少，若非藥石言，險被人輕勦。祖宗積德，皇天有道。蒙指敎，不遭奸，謀計高。

　　（付）

---

[3] 指南黃鍾宮過曲【黃龍滾】。

【前腔】忝與幼同學，忝與幼同學。契結非輕小，一朝患難相扶持，方盡朋友道。兄吓，你潛蹤隱迹，他敢別調？他若改嫁之時，寫情詞，告官司，同偕老。

【尾】（小生）這場禍事非輕小。（付）萬金軀被人欺藐。（小生）小弟呵！直待紫閣名登方把此仇報。

（付）自古男兒志氣崇，莫將些小介心胸。（小生）滿懷疑惑今朝解。（付）教他無限奸謀一旦空！（小生）告別了。（付）兄，還有一言。既是令正好心，何弗日裡就叫雲香個個丫頭送子宅上來，何必又要兄半夜三更到他後花園中去麼？奸計顯然，性命為重。（小生）是吓！小弟決不敢去。（付）兄若弗怕死，原去走一遭。（小生）難道小弟不要性命的？請了。（小生下）

（付）自古道：「雖有智慧，不如乘勢。」那皇甫吟託在知己，故把此事與我商議。我聞得此女美貌非凡，非但有贈，而且還有私合之意。料他不敢前去，何不待我假扮作皇甫吟模樣，前去飽睡一夜，有何不可。（作呆想介）只是朋友面浪，弗好意思！吓，若是俚曉得子，即算是我代勞而已。（下）

按　語

〔一〕本齣出自月榭主人撰《釵釧記》第十齣〈講書〉。

〔二〕選刊此齣的坊刻散齣選本還有：《醉怡情》、閩正堂刊《綴白裘全集》。

釵釧記‧落園

旦：史碧桃，皇甫吟的未婚妻。

貼：雲香，史碧桃的婢女。

付：韓時中，皇甫吟的學友。

（貼隨旦上）

【梁州序】碧天霞落，長空雲斂，一片冰輪舒展。藍橋亭畔，乘槎擬約同歡。只見銀涵華屋，涼透香肌，露濕欄杆淺。夜深苔徑滑，步輕款，月到天心分外圓。（合）情懷暢，心慵懶，向朱扉繡戶閑憑遍。（付上接）清意趣，少人見。

　　小生韓時忠，假扮做皇甫吟的模樣，特來赴約。此間已是花園門首，待我輕輕的敲一下，看可有人接應否。（敲介）（貼）小姐，花園門響動，想是秀才官人來了。（旦）雲香，你去悄悄問他個端的，不可造次！（貼）曉得。（咳嗽介）（付接嗽介）（貼）你是哪個？（付）小生是韓……（住介）（貼）是哪個阿？（付）是寒儒皇甫吟。（貼）皇甫官人，你來了麼？（付）正是，來哉。（貼）哪個著你來的？（付）吓，是雲香姐對家母說了，家母叫我來的。（貼）秀才官人，你在門外等一等，待我對小姐說了，然後開你進來。（付）就來吓。（貼）小姐，秀才官人在外。（旦）可曾問個明白？（貼）言語相同，一些也不差。（旦）如此，開他進來。（貼）秀才官人，外邊可有人麼？（付）無人。（貼）待我開

你進來。（開門介）

（付）小姐拜揖。（貼）我不是小姐。（付）你是哪個？（貼）我是侍妾雲香。（付）雲香姐，前日到舍下來，茶也無得，怠慢子你。（貼）好說，這裡來。小姐，秀才官人來了！（旦）請上前相見。（貼）請秀才官人相見。（付）拉㕙囉里？（貼）在亭子上。（付）小姐拜揖。（旦）雲香，你去對他說：「當初盟訂已久，因何不行六禮迎娶？」（貼）吓，官人，小姐說：「當初盟訂已久，因何不行六禮迎娶？」（付）小姐在上，非是小生不來迎娶，只為家父去世之後，家業日漸凋零，再扒也扒不起。聞得岳丈要將小姐改嫁，因此錯過佳期，言之苦楚！（放聲哭介）（貼按住介）秀才官人，不要哭！（旦）我爹娘雖有改嫁之心，但奴家不從改嫁之禮，故此著雲香前來相約。你須要快快來迎娶，只宜向前，不可落後。（付）小姐若有此心，是小生前生之幸，非今世之幸也。（貼）秀才官人，俺小姐是富室之兒，繁華生長，不圖貴戚，甘守荊釵。奇花異種君須恤，莫認楊花作雪看。

【梁州序】告官人聽啓奴言，因何事故遲姻眷？我娘行思念，姑已衰年。（付接哭介）感謝卿卿憐念，若得週全此恩非淺。（旦）我是一鞍一馬，怎肯再移天？及早催親莫遲延。（合）情懷暢，心慵懶，向朱扉繡戶閑庭畔[1]。清意趣，少人見。

（旦）雲香，你去房中，箱籠內手帕包的，快拿了來。（貼）曉得。秀才官人，小姐著我進去拿東西，你住在此，不要動吓。（付）個是阿敢個介？（付看貼下）

---

[1]　底本作「徧」，參考下文改。

【前腔】呀！小亭中驀見嬋娟，頓教人情牽意亂。小姐，對月明作證，和你鳳倒鸞顛。（抱旦，旦轉身介）秀才，和你佳期有日，這苟合之事，決難從命！（付）小姐，今夜中秋佳節，相逢樂地，何必過辭？只怕玉簫三弄，烏鵲雙飛，良夜情無限。物理尚然如此，何況人乎？（又抱旦，旦轉介）秀才，你既讀孔聖之書，必達周公之禮，豈可一毫有玷乎！況百年夫婦，情意久常，豈可以一宵苟合，遺[2]臭他年？決不可如此！（付）呀！他操持堅守節，使我好羞慚。我此來差矣！卻做南柯一夢圓。（旦）雲香快來！（貼上）情懷暢，心慵懶，向朱扉繡戶閑庭畔。清意趣，少人見。

（貼）秀才官人，你可曾動麼？（付）動吓弗敢動。（貼）方纔叫你朝那邊的，如今怎朝了這邊？（付）個搭個風大了，吹轉來個。（貼）小姐，東西有了。（旦）雲香，一一交付與他。（貼）曉得。秀才官人，小姐贈你金釵二股，珠串一雙，還有銀子。小姐，銀子多少重吓？（旦）五十兩。（貼）銀子五十兩。（旦）雲香，去對他說，這種東西，爹娘都是認得出的，叫他拿回去，更改更改拿來。（付）是哉，釵釧拿居去，改換改換，銀子換子銅錢列拿得來嘿是哉。（旦）恐怕婆婆在家懸望，雲香，我和你送了他出去罷。（貼）秀才官人，小姐送你出去。你今回去與安人商議，早早來迎娶，不可遲誤。俺小姐是：

【節節高】這是嫦娥愛少年，把玉輪碾，彩鳳飛下離瓊苑。似神仙眷，鸞鳳翩，雨雲亂。殷勤自覺情留戀，蓬萊閬苑真堪羨。（合）只恐相逢是夢中，別時不久重相見。

2　底本作「移」，參酌文意改。

（旦下）（付）**別時不久重相見。**

重相見……（貼推付介）進去不得的！那邊員外、安人的臥房在那裡，進去不得的。（付）我還有說話拉里來。（貼）有話為何方纔不說？（付）方纔一句說弗出，那間想著拉里哉。（貼）有話對我說了是一般的。（付）對吓說子嘿一樣個？明朝小姐嫁過來，吓阿來個？（貼）小姐過門，我自然要隨嫁來的。（付）若是要來個，阿可以先搭吓白相相？（貼推開，關門下）開子，開子！竟關子門進去哉。丫頭吓丫頭，我乞個急子了尋吓吓，倒要做作起來哉。咳！

【尾聲】今朝誤入天台院，好姻緣反做惡姻緣。咳！韓時忠吓韓時忠，使盡心機也枉然。

咳！我韓時忠因為如此，所以如此；早知如此，何苦如此？只是朋友面浪弗好意思。罷！只此一遭，下次再不敢了。（下）

按　語

〔一〕本齣出自月榭主人撰《釵釧記》第十一齣〈落園〉。

〔二〕選刊此齣的坊刻散齣選本還有：《醉怡情》、聞正堂刊《綴白裘全集》。

釵釧記・會審

外：**賈棟樑**，真州地方的首領官。

末：衙門的吏典。

生：**李若水**，欽差大學士。

付、小旦、正旦：皂吏。

貼（前）：門子。

丑：**竇正**，犯人。

淨：**錢甲**，犯人。

小生：**皇甫吟**，史碧桃的未婚夫。

貼（後）：**雲香**，史碧桃的婢女。

外：**史直**，史碧桃之父。

　　　　（末隨外上）

【引】職授真州為首領，民無菜色和平。

　　　晏安黎庶得安生，雨順風調樂太平。雨後有人耕綠野，月明無犬吠荒村。下官真州首領官是也。今有欽差李學士到此恤刑，不免整點各犯文卷，前去伺候。吏典過來。（末）有。（外）各犯文卷都齊了麼？（末）都齊了。（外）候大老爺開門送進去。（末）曉得。（各下）

　　　（內吹打，付、小旦、正旦扮皂吏，老旦扮軍牢，貼扮門子，引生上）

【引】鳳凰池上聚鵷班，嘆國事多艱。王臣蹇蹇匪肱股，

奉君命敢辭煩？

　　官居清要職非輕，暫脫金門奉使行。今日始知君意重，慚無俸祿子[1]臣心。下官姓李，名若水，官拜宋朝觀文殿大學士，奉欽命到真州等處恤刑。我想，當今之世，赭衣滿道，墨吏充途，箠楚之下，何求不得。下官不勝心傷眉皺！必須洞鞫其情，上不負天子之洪恩，下不虐小民之冤苦。正是：與其鍛鍊無辜者，孰若寬恩釋不經。今日閱詞審錄，吩咐開門。（眾應）

　　（外上）（眾）報門。（外）真州府首領官告進。（眾）進來。（外兩跪，兩作揖）（生）請。（外）恭喜老大人，望隆朝野，名重巒坡，何幸降臨敝邑！真乃萬民有賴。（生）此迺聖天子恤典洪恩，何勞貴州褒獎。請回州理事，著一名該吏在此伺候。（外）是。（眾）儀門打恭。（外）文卷進去，須要小心吓。（下）

　　（末）是。承行吏叩頭。（生）吏典過來，今日共有幾起？（末）共有二十四起。（生）吩咐各犯照牌挨次而進，不許混亂。（末照說，皂吏轉向內照說介）

　　（末）憲綱册呈上。（生）第一起，江洋大盜劫財殺命事：「審得陳希等，泊輕舟於江岸，聚亡命於舟中，攔截東西，覷覦南北。一逢客艓，蜂擁登舟，將商人之血本，供大盜之齒牙。粉身莫贖，罪惡滔天，律應處斬，罪不容誅。」咳！這事不消辯了，不必帶進，還監。（末傳介）

　　（生）一起忤逆不孝事：「審得寶正狼獸為心，不思報本，酗酒逞兇，毆逼雙親，死有餘辜。其中有親母伏狀之善，忤逆顯然已

1　底本作「了」，據清鈔本《釵釧記》（《古本戲曲叢刊》二集景印）改。

露。」（生看卷，想介）吓，若論酗酒逞兇，毆逆雙親，情真罪當，律該問絞，罪無可辯。但招由內有親母伏狀之善，理宜減免。帶忤逆不孝一起進來。

　　（末傳付，付帶丑上）犯人進。（眾）進來。（末）絞犯寶正當面。（生）寶正，父母生你出來，指望長大成人，養老百年。你不思養育之恩，反去忤逆他，這怎麼說？（丑）阿呀老爺吓，小人是極孝順個嘻。正月裡領子去看燈，二月裡去遊春，三月裡上子墳，四月十四到神仙廟裡去看柳樹精，五月端午看划龍船翻身，六月六牽俚河裡洗浴，牽痛子頭頸了，故此告小人忤逆哉；小人極是孝順個嘻！（生）胡說！若論你酗酒逞兇，毆逆嚴親，情真罪當，但原招內有親母伏狀之善，這是你一線生路。我今饒你的罪名，自今以後，須要孝順父母，以釋今日不孝之名。劈開枷杻！（眾）吓。（生）打！（眾打介）

　　（生）

【玉交枝】劬勞是父母，苦推乾就濕頗多。屬毛離裡心思慕，惟恐有疾病相扶。不孝順父母，身從何來？養兒待老侍鬢皤，博弈好飲反逆忤。（丑）謝恩官點迷指途，回去奉雙親效丁蘭刻木。

　　（生）須要孝順父母。趕出去！（丑）多謝老爺。（眾）打錢來！（丑）僭個打錢？我爺娘弗怕，怕嗚？要打錢？入娘賊！我里阿媽是好個，爺個老入娘賊弗好，進子大門，先打俚一記黑虎偷心舐！（下）

　　（末又呈稿上）（生）一起販賣私鹽拒殺官兵事：「審得趙龍等，糾集亡命之徒，背卻公家之法，盜販私鹽，濫圖微利。一逢捕獲，拒敵官兵，致傷人命。理應該斬，罪不容誅。」這也是十惡

了，不必帶進，發回海防。

（末傳介，又呈稿上）（生）一起打死人命事：「審得錢甲好勇鬥狠，恃力逞兇。與同里方二素有私仇，於七月初三路逢險處，觸目橫心，拳打傷腹，致方二於十月中身故。親手打死，律應處斬。」吓？七月初三鬥毆至十月中身故，是保辜限外了，理宜減免。帶打死人命一起進來。（末傳付，付向內傳介）呔！帶打死人犯上來。（淨上）僭我里拉個一起哉了？（付）犯人進。（眾）進來。（末）聽點，錢甲。（淨）有。（生）錢甲，你與方二何仇？怎麼樣打死的？（淨）阿呀老爺吓，小人是湖州人，拉里蕩開豆腐店個，個個娘戲個討䊆糠錢，立罵起來個，賊介里掰拉我拳頭上掰殺個，弗是小人打殺個嘸。（生）胡說！我看招由內七月初三鬥毆，至十月中身故，是保辜限外了。我今饒你的罪名，自今以後學做好人，若仍前好勇鬥狠，今番死罪無逃矣。劈開枷杻！（眾）吓。（生）打！（眾打介）

（生）

【前腔】你方剛血氣，好鬥勇為人戒之。逞兇的必定拘牢獄，哪曾見守分的遭厄？你逞一時之勇，將人打死，及至坐在獄中，你一家骨肉倚靠誰？百年嗣絕誰承繼？（淨）謝恩官臨刑罪釋，回去念彌陀隨緣度日。

（生）要學做好人。趕出去！（淨下）（眾）呔！住乩，打錢來！（淨）僭個打錢？（付）衙門規矩。（淨）介娘秤個，打子何大倒要沙打錢！何大就是介一拳頭沒好。走開點，打殺人弗償命個來哉！（下）

（末又呈稿上）（生）一起因奸致死人命事：「審得皇甫吟之父皇甫倫與史直相善，兩吐情懷。直有女碧桃，遂聯姻眷。豈料倫

身故家貧，吟無以迎娶。爾碧桃思千載良緣，一生結髮，遣婢雲香期吟會於中秋月下，贈與金釵，以作畢姻之資。痛吟既索其金，復又強其就奸，而碧桃堅貞不苟，吟反不娶，使碧桃抱恨沉江。吟因奸致死，應坐死律，律該問絞，罪無可辯。」唔……我想既是女夫，就不為奸騙了，其中必有情弊。帶因奸致死一起進來。（末）吓，大老爺吩咐，帶因奸致死一起犯人聽審。（付）吓。犯人帶進。（眾）進來。（末）聽點：史直，皇甫吟，雲香。（生）干證是個女子麼？（末應介）（生）史直、雲香下去，帶皇甫吟上來。（小生）有。

　　（生）皇甫吟，你今日沒有什麼辯了？（小生）阿呀爺爺，冤枉吓！（生冷笑介）吓，哪一個犯人上來不說冤枉的？皇甫吟，你八月十五夜潛至史氏園中，情真罪當，怎麼還說冤枉？（小生）爺爺吓，小人有一紙訴詞在此，望爺爺龍目觀看。（生）既有訴詞，就該在前問官手內去訴，今日卻遲了。（小生）爺爺吓，小人一時難辯，只得屈打成招的嘻！（生）屈打成招的麼？取上訴狀來。「犯人皇甫吟訴為誣陷賴婚事：苦吟從幼業儒，素守清規。父未捐館，憑媒聘下史直之女為妻。苦吟父喪，四壁一空，室如懸磬，蹉跎未娶。痛直陡起狠心，背卻前盟，立意退婚，將女碧桃改許魏氏。恐吟興訟，無詞抵飾，扭捏惡婢雲香作證，假付釵釧、銀兩，誣陷平人，誣告枉罪。無法無天，極冤大變，懇乞明臺電鞫飛霜。激切上訴。」唔，皇甫吟，那史直告你因奸致死人命事：你到他園中接受那個葵花寶釵，重八兩；龍頭珠釧，重十二兩；又銀五十兩。怎麼，你那訴詞上推得毫無干涉麼？（小生）阿呀爺爺，小人並未曾去的嘻。（生）也罷，你照訴詞上講來，若有一字支吾，我這裡不准！

（小生）

【玉抱肚】略容訴啓，（生）這親事是你父親定下的麼？（小生）父在日曾聘此女。（生）看你年紀也不小，為何不迎娶？（小生）奈家私日漸凋零，乏聘財未敢行娶。（生）你平昔作何生理？（小生）家貧守儒，勤苦讀詩書。（生）讀書可能上達？（小生）阿呀爺爺吓，小人雖不肖，忝在黌門一腐儒。

（生）唔！還虧你說是生員，你既是個秀才，這節沒天理事，益發不是你幹的了。（小生）阿呀爺爺吓：

【前腔】再聽吟語，（生）還有何辯？（小生）小人岳父嫌貧愛富，要將女兒悔嫁改移。（生）改嫁何等樣人？（小生）魏樞密。（生）嗐！魏樞密可是官至洪州的麼？（小生）正是。（生）後來便怎麼？（小生）小人岳父呵！魆地裡暗設機謀，令侍妾忽到吾家裡。（生）侍妾可就是干證雲香麼？（小生）正是。（生）他到你家來何幹？（小生）約中秋十五夜，私自會佳期。（生）你可曾去？（小生）爺爺，小人不曾去。（生）為何不去？（小生）恐中機謀不妄為。

（生）吓，你曉得史直將女兒改嫁，恐怕設什麼計策害你，你心上狐疑，不敢前去麼？（小生）正是。（生）我想嫌貧愛富之心，這也有之。下去。帶干證雲香。（貼）有。（生）你家主告你是個干證，你把兩家事之[2]有無，情之虛實，從直講上來，不可陷害平人；若有一些調謊，我這裡刑法利害，看梭子伺候！

（貼）

2　底本作「之事」，據清鈔本《釵釧記》（《古本戲曲叢刊》二集景印）乙正。

【玉抱肚】聽妾訴啓，（生）期約那皇甫吟，史直著你去的麼？（貼）是小姐使奴去的。（生）著你去何幹？（貼）**可憐他家道艱難，欲贈他聘禮之資。**（生）至期皇甫吟可曾來呢？（貼）爺爺吓，**他至期果到贈金珠，奸騙錢財明月下歸。**

（生）這些東西何人付與他的？（貼）爺爺吓，是小婦人親手交付與他的嘑。（生）是你親手交付與他的？（貼）正是。（生）唔，我看你這小婢子，小小年紀，緣何曉得如此情弊？吓，我曉得，敢是你家主教導你講的？（貼）阿呀爺爺吓，小婦人家主並不知情的嘑。（生）吓？你家主並不知情的？（貼）是不知情的。（生）唔，下去。（貼應）

（生）帶皇甫吟上來。（眾）吓，帶皇甫吟。（小生）有。（生）哇，我把你這瞞心昧己的狗弟子，這等可惡！你自己一個妻子，奸騙他的釵釧、銀兩，就該迎娶，反又不娶，致他身死。我今日問你，還不把原招裡面情由講與我聽，反寫什麼訴詞搪塞！我想你既不曾去，緣何成了供招？倒被你混了。打下去！（小生）阿呀爺爺吓：

【前腔】他鋪謀設計，望公相將衷情細推。岳丈嫌貧愛富，要將女兒改嫁，聞此女誓不相從，守節操不從父意，投江身死難遂伊。此女不從父命，守節投江而死，岳丈懷恨于我，女兒受了魏家聘禮，無可推托，故使利口雲香虛揑詞。

（生）准了。唔……嫌貧愛富或者有之，取上來。皇甫吟，你妻子著雲香期約，贈你畢姻之資，況你是個貧儒，自古窮人遇寶，焉有不去之理？（小生）爺爺吓，既是妻子的好意，何不著雲香日間送到小人家裡，又要小人半夜三更前去？阿呀爺爺吓，謀計顯然，望青天爺爺詳察！（生）這也辯得是，若果是實情，就該日裡

送去，何須半夜三更？奸計顯然，准了。下去。（小生）多謝爺爺。（生）若是如此說，通是這老狗才可惡。此計杜絕兩家之患，帶史直。（外）有。

（生）史直，你那女兒還是親生的呢，是螟蛉的？（生）是親生的。（生）當初與皇甫吟連姻，還是兩相情願的呢，還是有人在內攛掇的？（外）是兩相情願的。（生）是兩相情願的？打！（眾應介）（生）我把你無恥的老狗才！既是你親生女兒，情願許嫁了皇甫吟就罷了，怎麼嫌貧愛富，又要改嫁？豈不聞「一絲為定，千金不易」？又道是「一女不受兩家茶」。好！倒是你那女兒有志氣，不從改嫁，投江身死，此亦世之鮮矣！可不羞殺你那老狗才？打！（外）爺爺吓，小的年老，受刑不起，求大老爺開恩。（生）你這老狗才好薄情！我想，若不是你逼他改嫁，焉得他赴水身死？那皇甫吟不來告你就罷了，如何誣陷平人？我本該用上一等板子，打你個治家不正纔是，可惜你年老，受刑不起，況我又是恤刑衙門。饒打。（外）多謝爺爺。

（生）史直，你那女兒這些清白，哪裡知道的？（外）死後知道的。（生）這又是渾話！一個人已死，緣何知道？（外）是江邊打撈屍首，是雲香說出來的。（生）我看原招內屍首沒有檢驗，何以知他投江而死？（外）有汗衫血詩為證。（生）有什麼汗衫血詩麼？（外）是。（生）取過來。（外）有。（生看）果有幾行字。（念介）「綱常在我不擔當，溺水誰將駕葦航？阿婦重倫多烈性，男兒薄倖少綱常。一片貞心難污沒，千年枯骨尚留香。人生自古誰無死，留取芳名翰墨香！」這詩是你女兒做的麼？（外）是我女兒做的。（生）倒是一個有才的女子，苦了他了。下去。若論這汗衫詩句，皇甫吟的罪逃到哪裡去！帶皇甫吟。（眾應）

　　（小生）有。（生）皇甫吟，你八月十五夜去的，怎麼說不曾去？（小生）實是不曾去。（生）既不曾去，怎麼汗衫詩中間有一聯說「阿婦重倫多烈性，男兒薄倖少綱常」？你是讀書之人，豈不明白那「薄倖」二字，明明嗔恨著你，怎麼說不曾！（小生）爺爺吓，若論詩句，小人益發有辯了。那史碧桃不出閨門之女，哪裡認得他筆迹？爺爺，這是史直明明做出來暗害小人的。爺爺，死無憑據！（生）是麼，那汗衫詩雖然作得不准，你接受他的釵釧、銀兩是實了。（小生）爺爺，沒有什麼釵釧、銀兩，實是不曾去。（生）你不曾去麼？下去。（小生應介）

　　（生）吏典。[3]（末）有。（生）取釵釧來。（末）沒有什麼釵釧。（生）原贓釵釧！（末）沒有追。（生）寫牌提承行吏過來。（末）就是小吏。（生）就是你承行的？（冷笑介）好吓，打！（末求介）（生）你既參一吏，必知衙門規矩。你見本官問這節事，就該稟說原贓沒有追，屍首沒有檢驗，難以成招定罪。倘日後申詳上司的時節，申詳過還好，申詳不過，駁將下來，連你本官體面何在？打！（末）大老爺，前間官據汗衫詩句問的，小人是新參的，與小吏無干。（生）還要胡說！適纔那皇甫吟也辯得是，史碧桃是個不出閨門的處女，你見他的筆迹是怎麼樣的？你倒認得？你倒拿去認來！（末想介）（生）我本該打上你一頓板子，遠遠問配你去纔是。可笑問官錯了，正所謂「官也糊塗，吏也糊塗」！饒打。（末）多謝大老爺洪恩。

　　（生）這等可惡放肆！且住，起初期約是雲香去的；贈那些東西又是雲香親手交付與他的；以後一個已死了，江邊打撈屍首，又

3　底本作「典史」，參考上文乙正。

是雲香說出來的；今日干證，哈哈，又是雲香。咮！這小婢子是個情之首，禍之魁了。帶雲香。（眾應）（貼）有。（生）揣起來，這副臉就是入人死罪的了。放下！（眾）吓。

　　（生）雲香，這節事我已查明在此了。只是要問你，當初期約那皇甫吟，是你去期約的麼？（貼）正是。（生）期約是你去期約的，他卻不曾來？（貼）阿呀爺爺吓，他來的嚧。（生）嘖，胡說！我想那皇甫吟是個懦弱書生，他見史直將女兒改嫁，恐怕設什麼計策害他，他那膽兒窄小，不敢前來，這是一段真情。你見皇甫吟不來，你就將機就計，私挽一人假扮皇甫吟模樣，潛入園中。史碧桃是個不出閨門的處女，哪裡認得親丈夫、假丈夫？他就把那個釵釧、銀兩一一交付與他。你和那人兩下均分了，那史碧桃只道親丈夫拿了這些東西就來娶他了，誰想懸懸不至，史直又要逼他改嫁，可憐他是個烈女，含恨在心，只得投江而死。你見人又死了，事情堪堪敗露，恐家主摧挫著你，你便一口咬定著皇甫吟了。（冷笑介）我把你這小婢子！你只顧脫自己的干係，哪顧入人的死罪麼？（貼）爺爺吓，小婦人家主家法甚嚴，小婦人怎敢胡為！實是皇甫吟來的。

　　（生）是吓，你年紀尚小，必定被人騙了。你如今只要招出那人，我只問那人的罪，把你做個不知情罷了。你若不招，我這裡刑法利害哩！（貼）實是他來的，教小婦人招哪個？（生）是哪個來的？（貼）是皇甫吟來的。（生）還說皇甫吟來的？杸！（眾應，杸介）（生）問他八月十五夜是哪個來的？（眾照問介）（貼）皇甫吟來的！（生）還說是皇甫吟來的？吩咐敲！（眾應，敲介）（生）哪個來的？（貼）皇甫吟！（生）不招，再敲連杸！帶下去。帶史直。（外）有。（生）我問你，雲香是從幼到你家來的

呢，還是長大了來的？（外）那雲香從幼在小人家裡長大的。
（生）可有父母親戚往來？（外）沒有，是個隻身。（生）是個隻
身。下去。吏典過來，吩咐天色晚了，只問皇甫吟一起，餘犯帶去
收監。（末應，傳介）

　　（生）且住，這小婢子被我如此拷打，只是一口咬定皇甫吟來
的。我想其中必有人前去。帶皇甫吟。（小生）有。（生）皇甫
吟，雲香期約你，他怎麼樣對你講的？（小生）爺爺，那雲香來期
約，小人不在家裡。（生）對哪個說的？（小生）對小人母親說
的。（生）你母親多少年紀了？（小生）六十三歲了。（生）也老
了。是親母呢，繼母？（小生）是親母。（生）兄弟幾人？（小
生）只生小人一個。（生）下去。帶雲香。（眾應）

　　（貼）有。（生）你去期約那皇甫吟，你怎麼樣對他講？他怎
麼樣回你的？（貼）爺爺，當時小婦人期約那皇甫吟，他不在家
裡。（生）哪裡去了？（貼）朋友家講書去了。（生）這些說話對
哪個講的？（貼）對他母親說的。（生）如此說，兩下口詞相同。
放桉。下去。帶皇甫吟。

　　（小生）有。（生）皇甫吟，不是我苦苦的來問你，我憐你是
個秀才，在我案下不能脫獄，倘別位撫按到來，你的罪就難逃了。
（小生）爺爺，小人在水火之中，望高臺拯救，筆下超生！（生）
你且實對我說，哪見得謀計顯然，執意不去？（小生）他來期約，
小人原要去的，被一個好朋友提醒了，小人就不敢前去。（生）跪
上來！好朋友叫什麼名字？（小生）叫韓時忠。（生）韓時忠。
寫。（末寫介）（生）何等樣人？（小生）也是個秀才。（生）你
怎麼樣對他講？他怎麼樣阻你？（小生）那日小人在他家講書，見
小人鬱鬱不樂，他問小人為著何事，小人便將此事與他商議。他

說：「這是你岳丈使的奸計，要來謀害你。」又說：「律上有一款，夤夜入人家，非奸即盜，登時打死不論！」小人聽見他說得利害，就不敢前去。爺爺吓，虧了好朋友救了小人性命，今日得見青天！（生）好？那人見得是蠢才。虧了好朋友，先入你一個死罪！正所謂「機不密則禍生矣」。史直、雲香召保。（眾應）（外、貼下）

　　（生）皇甫吟帶去收監。皇甫吟，你到監中有人問你，不要說我這等問的。（小生）小人曉得。（下）

　　（生）更過來。（末）有。（生）行一角文書到真州學裡去，說本院恤刑，忝在翰林，要借觀人才，考較書生。一學生員，都要赴考，如有一名不到，教官聽參。吩咐掩門。我想：機不密則禍生。我如今行這角文書去，韓時忠自然來。且待明日赴考的時節，看他怎麼樣一個人品。正是：有事莫信真，有人莫認仁；要辨真和假，來日見分明。吩咐掩門。（眾應，同下）

按　語

〔一〕本齣出自月榭主人撰《釵釧記》第二十齣〈恤刑〉。

釵釧記‧觀風

付：韓時忠，生員。

末（前）：夏時綏，生員。

生：李若水，欽差大學士。

末（後）：衙門的吏典。

　　　　（付、末同上，合）

【引】今朝驥足暫留連，有日鰲頭獨占。

　　　　（付）小生韓時忠。（末）小生夏時綏。（付）夏兄，恤刑李
學士借觀人才，非他分內之事，無非收幾個門生而已；我等進去，
各要用心。（末）說得有理，請吓。

　　　　（合）

【出隊子】經書萬卷，經書萬卷，讀盡無遺志益堅。芹宮
此日有誰參？桂闕明朝任我攀。動筆成文，落紙雲煙。

　　　　（生上）

【引】清光依日月，逸思繞風雲。

　　　　（眾）教官免參。眾生員挨次而進，不許混擠。（付、末兩跪
介）（生）請起。眾生員，今日此舉，原非老夫分內之事；聞貴州
乃文獻之邦，為此借觀人才。眾生員各通姓名。（末）生員夏時
綏。（付）生員韓時忠。（生）吓，就是韓時忠。好吓！老夫出京
時就聞你的名了。（付）但是宗師到此歲考，不出二三之外。

　　　　（生）請過一邊。夏生員，我有一題在此：「致中和，天地位

焉，歲物育焉。」破來。（末）生員有了：「推極一心之德，斯成萬化之妙。」（生）好！請過一邊。韓生員過來，我有一對，你可對來。「尹公他他孟姜女入張子房之房，非奸即盜。」對來。（付）生員有了。「閔子騫騫冉伯牛耕鄭子產之產，為富不仁。」（生）好個為富不仁！真乃魁解之才，他日必為皇家大用。左右，取花紅先送夏生員和諸生每出去。韓生員留在後堂，待老夫事畢了，還要請教。（付、末下）

（生）看時忠獐頭鼠目，行動徘徊，是個歹人。韓生員雖在，怎生賺得釵釧出來？我想若無原贓，此獄決難明白。我適纔呵，

【三學士】就裡機關聯內隱，一時難辨清渾。吓，有了！無端風擁漫天霧，有日雲開月一輪。吏過來。我有小票一紙，你到無人處開看，照票行事；若成了回來，重重有賞。（末應下）

（生）該吏此去，若賺得他釵釧出來時，則皇甫吟冤獄可明矣！照出秦臺須現形，真和假頃刻分。

正是：渾濁不分鱔共鯉，水清方見兩般魚。（下）

按　語

〔一〕本齣出自月榭主人撰《釵釧記》第二十一齣〈觀風〉。

釵釧記‧賺贓

淨：韓時中之父。
丑：韓時中之母。
末：衙門的吏典。

（淨、丑上）

【引】家世善良溫飽，何嘗倚富欺貧。（丑）孩兒長大未婚姻，每日裡憫憫愁悶。

　　員外。（淨）媽媽。老漢家居村落，祖代純良。有男時忠，且喜他學問有成，奈他婚姻未遂，使我朝夕挂懷。（丑）孩兒年當弱冠，正該婚配，但願得他早遂桃夭之化。（淨）媽媽，恤刑李學士借觀人才，孩兒赴考去了，我和你庭前閑步一回。

　　（合）

【憶多姣】看牆角東，菊蕊紅，佳節重陽酒麗濃，滿眼韶華撚指中。景物無窮，景物無窮，遠水遙山可聳。

　　（末上）傳遞急如火，官差不自由。此間已是。有人麼？（淨）媽媽，有客來了，進去點茶。（丑）曉得。（下）

　　（淨）是哪個？（末）是我在這裡。（淨）原來是位相公，請到裡面去，請了。（末）請了。（淨）請坐。（末）有坐。（淨）到舍有何見諭？（末）有一樁喜事在此。（淨）有何喜事？（末）恤刑李老爺借觀人才，考得令郎文章第一，留在私衙講書，問及緣由，說起還沒有親事。（淨）便是！還沒有親事。（末）那李老爺

有一位小姐，要招令郎為婿，求一聘物。說有什麼釵釧在家，特著小子來取。（淨）既承美意，何不著媒人來說？（末）老爺欲央媒人來說，只恐是非不便，待公務完後，親自到門謝允。（淨）媽媽哪裡？

（丑上）怎麼說？（淨）可喜孩兒得恤刑李學士考他文章第一，留在私衙講書。問及緣由，知道孩兒尚無親事，那學士有一位小姐，要招孩兒為婿，要求聘禮。孩兒說有什麼釵釧在家，特著人來取。（丑）孩兒從不曾說起什麼釵釧……（淨）或者孩兒有心，放在自己箱籠內，你去尋一尋看。走來，再封二兩銀子出來。（丑）曉得。（下）

（末）與學士老爺做一個兩親家，這是極難得的。（淨）只恐老夫沒福。

（末）

【前腔】那學士公，氣概雄，羨汝賢郎錦繡胸，欲結朱陳意甚濃。（合）富貴無窮，富貴無窮，繾綣一朝喜逢。

（丑上）

【鬭黑麻】可喜佳兒，才足學充，柱國東床，實為慚悚。老兒，釵釧有了。（淨）在哪裡？（丑）在書箱內。（淨）銀子呢？（丑）這是二兩銀子。（淨）先生，釵與釧，付伊儂，繫足赤繩，藍橋路通。外有白銀二兩，勞君隆重，微忱表寸衷。（末）受賜不當，受賜不當，卻之不恭。

吓，員外，你生得好兒子！（淨）這是祖宗積德。（末）好個祖宗積德！請了。（下）（淨）有慢了。

（淨、丑合）

【前腔】和氣門闌，喜色倍濃。打掃前廳，忙呼小童。有

佳客至，敘匆匆，春茗蘭漿，須當疾烹。翰林名重，冰清玉潤同。一介書生，一介書生，幸喜玉堂貴公。

　　欲結朱陳未遂姻，牛郎今喜會天孫。有意種花花不發，無心插柳柳成蔭。（淨）哈哈哈！我好快活吓！（同丑下）

按　語 _____✎

〔一〕本齣出自月榭主人撰《釵釧記》第二十二齣〈賺釵〉。

釵釧記‧出罪

生：李若水，欽差大學士。

末：衙門的吏典。

付、丑：皂吏。

外：史直，史碧桃之父。

小生：皇甫吟，史碧桃的未婚夫。

貼：雲香，史碧桃的婢女。

（生上）

【引】為王事受驅馳，藏機密費心思。

　　（末）吏典進。（眾應）（末）吏典叩頭。（生）你回來了麼？事體如何了？（末）釵釧有了！（生）有了。取上來。妙吓！是何人付你的？（末）他父親交付與小吏的。（生）是他的父親拿出來的？好吏典，能幹事！（末）還有二兩銀子。（生）就賞了你罷。（末）多謝老爺。（生）帶因奸致死一起犯人進來。（眾應[1]，付、丑帶外、貼、小生上）（生）皇甫吟，你的冤獄已明了，下去。帶史直上來。（外）有。（生）吓，史直，那釵有多少重？（外）八兩。（生）什麼樣？（外）葵花樣。（生）釧有多少重？（外）十二兩。（生）那釵釧、銀兩若在，你可認得出麼？（外）小人倩匠在家打造的，怎麼不認得？（生）拿去與他認。（外、

---

[1] 底本原無「應」字，參酌文意補。

貼）正是它！（生）不要認錯了吓。（外、貼）正是。（生）把皇
甫吟打開刑具。（外、貼）爺爺，真贓現在，怎麼不干他事？
（生）不要慌，我還你一個皇甫吟就是了。後堂喚韓生員出來。
（眾）韓相公有請。（付上）

【引】蒙恩待，忝過褒，若非才學焉能到？

　　多謝大人賜飯。（生）韓生員，你的文字雖好，只是你行止有
虧。有人告你在我案下。（付）生員閉戶攻書，再不敢妄為外事。
但學中有事，都是生員在裡頭料理，無一個不感激生員，哪一個敢
告生員？（生）告你的事卻也不小，因奸致死人命事，就是皇甫吟
這一起。（付）吓！皇甫吟這節事，生員有辯。（生）有何辯？
（付）那皇甫吟其實與生員是好朋友，見他家道艱難，生員去資助
他。以後為他妻家之事，犯罪獄底，一向不曾資助他，故此在老大
人面前扳扯生員在裡頭。（生）如今皇甫吟現在丹墀，你自去與他
講。（付）喂！老皇，一身做事一身當，哪了扳扯我起來？（生）
雲香，丹墀下有兩個皇甫吟，你去認一認，是哪一個來的？（貼扯
付介）爺爺，是他來的。（付）唗！公堂之上，焉敢婦人殺潑，毆
辱斯文！老大人，拿粗星個掭子尿頭掭俚個出來。（生）真贓現
在，還要強辯！（付）生員並非做賊，有什麼真贓現在？（生）拿
下去與他看。（付）來，我對吾說，釵釧落裡來個？（末）是你父
親拿出來的。（付）故樣爺直頭應該打、該殺！正所謂「父母之
仇，不共戴天！」（生）去了衣巾！（付）留生員體面。（生）怎
麼不跪？（眾喝，跪介）

　　（生）皇甫吟託你心腹好友，把此事與你商量，你怎麼幹此沒
天理的事？（付）老大人在上，生員……（生）還稱生員？掌嘴！
（眾打介）（付）老爺在上，那一日皇甫吟在小人家裡講書，見他

甚有鬱鬱不樂之意，小人就問他，他便就把這節事與小人商議。我說：「這是你岳丈的奸計，不可去。」（生）你便怎麼對他說？（付）小人對他說：「你丈人要把你妻子改嫁，怕日後有說話，故此哄你前去，半夜三更，無人見證，弗是一刀，定是一棍！將你打死，絕其後患，好把女兒改嫁。自古黃夜入人家，非奸即盜，登時打死不論！」老皇，我阿是介對吽說個？一句弗曾差！他見說得利害，怕死不敢前去。

（生）他便怕死，你怎麼這等不怕死？（付）老爺在上，豈不聞「為朋友死者，死而無怨」？（生）好個死而無怨！你拿了這些東西，就該設個法兒送還他纔是，猶可解釋，今日倒難了。（付）我個意思，原要還俚個……其夜到花園中去時，約有四鼓了，天氣風涼得極，著子單海青冒子點寒哉。走得居來，屋裡睏得測靜，肚裡亦餓，只見書房裡檯上有個月餅，一缾三白酒拉丟，替我鬆忒子泥頭，一連吃子七八碗，竟忘記還子俚哉！吽看，那間還酒中拉里來……

（生）如今這椿事，你倒處一處，便怎麼？（付）一點弗難個，老爺打一角文書到學裡去，給還子俚衣巾，阿好？我來說人情，釵釧、銀子叫史直寫張領紙領子去。（生）史碧桃的命誰償？（付）故故是俚自家弗好，半夜三更拉河灘頭忒里忒，忒子下去。自家無命，就活一百歲橫是要死個。（生）你該問何罪？（付）正是，我沒哪亨？吓，有里哉！拿一條紅春橇出來，讓我躺拉浪子，揀一塊小點個板子，仃倒子，打介一記，醒子故呷酒。（生）打！（眾打介）（付）阿呀！此痛非凡之痛，蓋天下之痛，無加之痛，無一毫而不痛者也乎！吽個人痴個像，如此大毛板，儘力而下，豈不疼乎？（打完介）（生）畫供。（付畫介）

【清江引】韓時忠不合誤入桃源里，一心只要使謀計。害了史碧桃，受了雲香氣，今日做鬼在黃泉裡。

（眾）供完。（生）都帶上來聽審單。（眾）吓！跪齊聽審單。（生）審得韓時忠居文獻之邦，叨衣巾之列，偷香竊玉，套皇甫吟之密語，誘史碧桃之釵金。使烈女抱恨沉江，致書生含冤縲絏。今幸天道昭彰，使吟覆盆得雪。皇甫吟仍給衣巾，復學肄業。史直、雲香，姑念無知，釋放寧家。韓時忠死有餘辜，難逃大辟，轉詳刑部，秋後處決。黏卷是實。把韓時忠上了刑具，帶去收監。（付下）

（生）皇甫吟，你該怨自己不是，這樣事可是輕易與人商議的？若非我一片苦心，怎得你今朝覆盆出獄？只是，辜負了你妻子一點好念頭，反又害他一條性命。念你又受了無限的苔楚，也罷，明年是大比之年，待我打一角文書與學院，給還你衣巾，再討一名科舉，與你進場便了。（小生）多謝爺爺，萬代公侯！

（生）史直，釵釧明日補一張領紙來領了去。你說年老無嗣，何不把皇甫吟為嗣，與他覓一婚姻，他接你的宗祀，卻不是好？（外）老爺吩咐，小的是肯的，只恐皇甫吟不允。（生）肯不肯由你，允不允由他。出去。吩咐掩門。（眾俱下）（生）除奸旌善察冤情，不負皇家重敕欽。負屈男兒終不屈，皇天在上照分明。（下）

按　語 _____ ✎

〔一〕本齣出自月榭主人撰《釵釧記》第二十三齣〈後審〉。

西廂記·跳牆

貼：紅娘，崔鶯鶯的婢女。

旦：崔鶯鶯，相國千金。

小生：張生，張君瑞，書生。

丑：琴童，張君瑞的書僮。

　　（貼上）花香繞徑東風細，竹影橫堦淡月明。今日小姐著我送書與張生，當面有許多假意，原來書中暗約張生在後園相會。小姐呢也不對我說，我也只做不知，且到其間，看他怎生瞞我。（旦內嗽介）（貼）呀，言之未已，小姐出來了。

　　（旦上）

【引】東風寒透碧紗窗，對菱花晚妝纔罷。

　　寂寂花枝閉小園，玉人相近立瓊軒。含情欲說心中事，鸚鵡籠前不敢言。（貼）小姐，焚香、煮茗都已停當，請小姐到後園燒香去。（旦）如此，閉上房門。（貼）曉得。

【駐馬聽】（旦）不近喧嘩，嫩綠池塘藏睡鴨。自然幽雅，新柳拖黃，暗隱棲鴉。（貼）金蓮蹴損牡丹芽，玉簪兒抓住荼蘼架。（合）苔徑泥滑，露珠兒濕透凌波襪。

　　（貼）

【前腔】日落窗紗，兩下含情看月華。風光瀟灑，雨約雲期，楚臺巫峽。殘霞影裡噪歸鴉，兩下裡捱一刻如過一夏。（合）風送飛花，紛紛亂撲香階下。

（旦）紅娘，我在太湖石畔站一站，你到角門首去看一看，恐有人窺聽我們說話，不當穩便。（貼）曉得。（旦）悄悄的就來吓。（貼）是。（旦下）（貼）這時候這涎臉兒也該來了吓。

【前腔】月照銀紗，風動庭槐噪暮鴉。只見影分高下，我道是什麼東西，卻是多才，帽側烏紗。（小生上）玉人已許西廂下，待月今宵夜裡逢。已到角門首了。（貼）**一個潛身曲檻未撐達，一個無言獨立湖山下。**（小生）在這裡了。（貼）是哪個吓？（小生）紅娘姐，是我。（貼）早又是我，若是老夫人，便怎處？（小生）就是老夫人也說不得了。（貼）啐！**休得謊咱，多應是窮漢餓眼生花。**

（小生）小姐在哪裡？（貼）在太湖石畔。（小生）待我進去。（貼）住了，我且問你，小姐約你哪裡進來的？（小生）約我跳牆進來的。（貼）既是這等，請跳。（小生）一個人怎麼跳起牆來？（貼）人急跳梁，狗急跳牆。（小生）這樣高牆，叫我怎麼跳得過去？（貼）既跳不得，也罷，方便了你。那邊有個狗洞在那裡，鑽了進去罷。（小生）怎麼將人比畜？紅娘姐，做個方便，放我進去罷。（貼）住了！我若從角門放你進去，只道是我引你進去的了。（小生）如此怎麼處？（貼）事不在急，待我與他下棋，把言語探他動靜，方可進來。（小生）不要誤了我的大事吓。

（旦上）紅娘。（貼）來了。（做手勢，小生下）（旦）紅娘。（貼）在這裡。（旦）角門外可有人？（貼）沒有人，只有一隻狗在那裡走來走去。（旦）可曾把角門閉上？（貼）閉上了。小姐，你看好月色吓。（旦）果然好月色。（貼）小姐，昨夜的月沒有這樣圓，今日愈加圓了。（旦）愈加圓了。（貼）昨夜是一個人賞，今夜是兩個人賞，所以愈加圓了。（旦）怎麼是兩個人賞？

（貼）你一個，我一個，不是兩個？（旦）你看：庭月如鋪練，池星似散棋。（貼）小姐，有棋在此，對一局如何？（旦）倒也使得，只是，沒有棋枰。（貼）有吓，待紅娘去取來。（走介）這涎臉兒想必來也。（下）

（小生上）為約西廂下，來申月下期。這樣高牆怎生跳得過去？待我許下個願心。花園土地，保佑張珙跳過此牆。（丑暗上）（小生）買大大三牲祭獻。（丑）琴童貼一髭酒拉裡。（小生）啐！狗才這等放肆，可惡！（打丑下）待我這邊來。紅娘這丫頭今夜偏偏作難，待我扳住柳梢跳過去。（立椅上望介）

（貼持棋枰上）這涎臉兒怎麼還不見來？（小生）喂，紅娘姐。（貼）張先生，你來了麼？跳下來嘻。（小生）來扶我一扶。（貼）叫我怎麼扶得你？（小生）這等高牆，可不要跌死了？（貼）啐，自古「牡丹花下死，做鬼也風流。」放大了膽跳下來。（小生）如此，我來了嘻。（在椅背上跳下介）（丑上，立椅上介）相公，看仔細，阿曾跌壞？等我到清寧齋裡去買一張膏藥來吓。（小生）啐！狗才還不走，還不走！（丑）嚇殺子俚哉！（下）

按　語 ✎

〔一〕孫崇濤教授指出《南西廂記》版本概可分為二系，一是以富春堂本《南調西廂記》為代表的雜調系，二是以汲古閣本《南西廂記》為代表的崑腔系。本齣接近汲古閣本第二十三齣〈乘夜踰牆〉前半齣。

〔二〕選刊《南西廂記》（含雜調系與崑腔系）這一齣的坊刻散齣選本還有鬱岡樵隱輯《新鐫綴白裘合選》。選刊王實甫撰《崔鶯鶯待月西廂記》相同情節的坊刻散齣選本有：《詞林落霞》、《摘錦奇音》、《時調青崑》、《賽徵歌集》、《來鳳館合選古今傳奇》四集〈絃索調〉上、《方來館合選古今傳奇萬錦清音》（目錄與版心題《南西廂》，內文實為《王西廂》）、《歌林拾翠》。又，《樂府歌舞台》選目有〈跳牆〉，惜在佚失的卷冊，不知出自《南西廂》抑或《王西廂》。

西廂記‧著棋

貼：紅娘，崔鶯鶯的婢女。
旦：崔鶯鶯，相國千金。
小生：張生，張君瑞，書生。
丑：琴童，張生的書僮。

　　（小生）小姐呢？（貼）在亭子上，待我引你進去。（小生）是。（貼將棋枰遮小生進，躲帳後介）小姐，棋枰在此。（旦）來了麼？（貼）來了。（旦）吓，棋枰雖在此，難道叫我獨自個下不成？（貼）我同小姐對一局如何？（旦）吓，你年未及笄，如何會下？（貼）小姐不知，我父親在日，常與棋客往來，故此略知一二。（旦）既如此，我要盤你一盤。（貼）盤紅娘什麼來？（旦）我問你，棋有名乎？（貼）怎麼沒有？有名數，有品格，皆本乎動靜方圓。三百六十，應週天之數，中有一路黑白相公，乃陰陽小易之道。（旦）戰鬥之理若何？（貼）高者藏于腹，低者揚于言，寧棄數子，勿失一先；若欲戀子以求生，莫若棄子而取勢。勝不言，敗不語，君子也；贏則喜，輸則怒，小人哉。（旦）是哪個留下來的？（貼）是堯訓丹朱而作。

【梁州序】三百六十，先賢留下，（旦）這個丫頭倒有些意思。（貼）彀中一路難抹。棋逢敵手，作者怎施謀略？紅娘也要請問小姐。（旦）要問什麼？（貼）棋有定勢乎？（旦）這丫頭倒來盤我麼？聽者：酒防亂性隨量飲，棋不求贏信子拋。（貼）

棋有益乎？（旦）有什麼益？不過遣興而已。（貼）好吓，好個興
吓！（旦）棋理還將文理通，未分南北走西東。古人造下今人愛，
著局全無半點同。（貼）有茶在此，小姐請用一盃。（旦接茶吃
完，貼再篩，小生躲桌下吃介）（旦）引入門來，便與單關，
卻怕他沖開打斷也。紅娘，紅娘。（貼）吓，在這裡聽。
（旦）要奪角，他路強攻我路弱。（貼）好吓，小姐果然高
見！（旦）紅娘，失形¹勢，怎收縛？

　　紅娘，你坐了。（貼）紅娘怎敢坐。（旦）坐了好下。（貼）
紅娘不敢與小姐相對，待我喚一個來與小姐相對，如何？（旦）這
丫頭胡說。（貼）不是吓，恐難盡小姐的興吓。（旦）閑講。
（貼）小姐，還是聽琴的好呢，還是弈棋的好？

　　（旦）紅娘吓：

【玉芙蓉】棋中有密機。（貼）小姐吓，怕輸去難廻避。
（旦）謹關防，卻被那人先覷。（貼）只圖兩下相黏住。
（旦）怎當得他人急據提？（小生在貼後動介）（旦）紅娘，
你為何只管動？（貼）紅娘沒有動吓。（旦）我看你的身子只管搖
吓、擺吓。（貼）小姐你休猜忌，待紅娘做眼，引入其中，
今宵不枉會佳期。

　　（旦）

【前腔】雙關話可疑。（貼）什麼可疑，難道棋子沒有雙關的
麼？（旦）我把你一敲打作兩段。（貼）小姐吓，敲斷隨伊意。
（旦）紅娘你看：蜘蛛網上什麼東西？（貼）待紅娘看來。（貼起
看，且偷下一著介）（貼）小姐，沒有什麼東西吓。（小生隱且背

1　底本作「行」，參酌文意改。

後指介）（貼）呀，小姐，你怎麼背了我偷下一著？（旦）這丫頭胡說，下在哪裡？（貼）哪哪哪！這不是麼？**暗中行何事，對奴明語。**（旦）我恨你不過，點瞎你的眼！（貼）**紅娘的眼終不被你點瞎，我一雙好眼、好眼常看你。**（旦）紅娘你看：天上星移過去了。（貼）又是什麼星移過去了？沒有吓。小姐，沒有什麼星移吓。（旦）你沒有看見麼？（小生在旦後又指介）（貼）吓，小姐，你為何偷起我這一著來？（旦）這丫頭只管胡說。

（貼）這個使不得，待我搜一搜。（旦）吓，你要搜麼？搜嚧。（旦）在那隻手。（旦）可是沒有？（貼）在那隻手。（旦）**實是沒有。**（貼）在這裡了，你倒做了偷棋犯著的。（旦）吓，紅娘，我只為下你不過，故此偷起這一著。（貼）哪裡是下紅娘不過？我曉得吓……（旦）你曉得些什麼來？（貼）**非奴對，須尋一個對手，兩下裡和平，不枉會佳期。**

【前腔】（旦）**無情我便輸。**（貼）小姐輸便輸了，說什麼無情有情？（旦）丫頭，**休要發狂語。**（貼）小姐，你下了這一著，是輸了嚧。（旦）不算！要悔這一著。（貼）這是悔不得的。（旦）一定要悔的！這一著，今夜必然要悔的。（貼）小姐吓，今宵下定如何悔？（旦）一定要悔！（貼）悔不得。

（旦）吓，紅娘，你怎麼有三隻手？（貼）沒有三隻吓。（旦）待我來數。（貼）數嚧。（旦）哪哪哪！（貼）小姐，這是月影喲。**月色偏將手影移。**（旦）果然是月影。（貼）只怕小姐倒是三隻手了。（旦）這丫頭好胡說！在哪裡？（貼）待紅娘也來數。（旦）數嚧。（貼）哪哪哪！（旦）啐，這丫頭眼花了。（貼）是紅娘眼花了。（旦）紅娘，**收棋去，向夫人行看取，早早回身，莫待悔時遲。**

（貼收棋下）（小生）吓，小姐。（旦）是哪個？（小生）是小生。（旦）你來了麼？

【前腔】佯羞話可疑，今夜難當抵。（小生）小姐，想殺小生也！（旦）住了！你從哪裡進來的？（小生）跳牆過來的。（旦）可曾跌壞？（小生）沒有跌壞。（旦）可有人看見？（小生）只有紅娘姐看見。（旦）啲啐，紅娘快來！（貼上）吓，來了。小姐，怎麼說？（旦）不好了，花園中有賊。（貼）有幾個賊？（旦）只有一個。（貼）不要說一個，就是十個，待紅娘去拿來。賊在哪裡，賊在哪裡？（小生）賊在這裡。（貼）呀啐，小姐，賊是有一個，是好好的熟賊。（旦）賊有什麼好歹生熟？（貼）就是張生。（旦）管什麼張生李生！拿去見老夫人。（貼）走走走……（小生）阿呀，不是我自己進來的，有小姐親筆花箋約我進來的嘍！你將書暗約，我故來此。（旦）胡說！問君我寄書何處？（小生）哪哪哪！這不是伊家寄我書？（貼搶介）在這裡了，須奪取。（旦扯碎介）他明明詐我。（擲地，小生拾介）可惜！鎮家之寶扯碎了。還有個「情」字，待我裱它起來。（貼）為何？（小生）表情而已。（貼）啐！我且問你，你從哪裡進來的？（小生）欲近嫦娥，自有上天梯。

（旦）不要睬他，扯他去見老夫人。（貼）走走走……（小生）我正要去見老夫人。（貼）你怎麼倒要去見老夫人呢？（小生）哪！見了老夫人，我說：「老夫人吓，不是我自己要來，有小姐親筆花箋約我來的嘍。」我就從頭至尾，一直說到今夜變卦。（旦）快扯他去！（貼）去見老夫人。（小生）就去，走吓……（貼）住了。吓，小姐，此時老夫人已經睡熟，小姐自己發落了罷。（旦）但憑你。（小生）見了老夫人，先打紅娘三十。（貼）

咻！打哪個吓？（小生）不是，我說難為你了。小姐怎麼說了？
（貼）小姐饒了你了。還有一句知心話對你說，拿耳朵來。（小生
側耳，貼暗解汗巾扣住頸介）在這裡了。犯人一名，張珙，帶進。
（小生）進來。（丑暗上，立椅上介）今日晚了，帶去收監，明日
聽審。（小生）唉！這狗才，還不走，還不走！（丑）真正話靶。
（下）

　　（貼）犯人當面。（且）張生。（貼）答應。（小生）有。
（丑）你既讀孔聖之書。（貼）你既讀孔聖之書。（且）必達周公
之禮。（貼）必達周公之禮。（且）夜靜更深，到此何幹？（貼）
快快招來，免受刑法。（小生）都是紅娘這丫頭不好。（貼）啐，
與我什麼相干，都是小姐不好。（且）唉！賤人胡說！張生。
（貼）答應。（小生）有。（貼）響些。（小生）有！

　　（且）

【黃鶯兒】今日見何差！不是我一家兒喬坐衙，對伊家說
句衷腸話。只道你文章有海樣深，誰知你色膽有天來大。
怎不去跳龍門？倒來學扁馬。（貼）小姐，看紅娘薄面，饒了
他罷。（且）若不看紅娘之面，怎饒得你過？（貼）多謝小姐。
謝姐姐賢達，看奴面情干罷。若到官司詳察，張生吓，你
準備著精皮膚吃頓打。

　　（且）今日從寬饒了你，若有再犯，決不干休！（貼）小姐饒
了你了。（小生）多謝小姐。（貼）下次再不要說出我來。（小
生）下次再不敢說出紅娘姐來了。（且）此情若到官司理，定是非
奸當賊拿。紅娘，扯他出去，你就進來。（下）

　　（小生）吓，來了來了！（貼）哪裡去吓？（小生）小姐叫我
就進去。（貼）啐！老夫人的臥房在那裡，還不出去！（小生）如

此，開了角門噓。（貼）待我來開噓。（小生）走，走！（貼）阿呀，阿呀！做什麼？（小生）咘！好端端的一樁事，被你弄壞了，我如今不管，要在你身上完我的事來！（貼）噯！完你什麼事來？（小生）紅娘姐，自古說：「春宵一刻值千金」噓。（貼）噯！

【普天樂】再休題春宵一刻千金價，準備著寒窗更守十年寡。猜詩謎羞了杜家，尤雲殢雨堪誇。莫指望西廂月下，山障了隔牆兒花枝低亞。（小生）在這裡了。（貼）放手，放手。（小生）不相干。（貼）阿呀好厭吓！（推小生跌介）**偷香手做了話靶，參不透風流調發。**（小生）不相干，要完我的事。（貼）起來噓，**好詞兒早已折罰。**

（小生）快些罷。（貼）恐怕老夫人呼喚，我要進去了。（小生）老夫人睡熟了，不妨的。（貼）在哪裡介？（丑上）（小生）就在地下罷。（貼）有人來便怎麼處？（小生）沒有人來的。（丑）無人來勾。（貼）呀？是哪個吓？（丑）無人冒。（貼）阿呀，阿呀！（慌下）（小生）唗！狗才，（打介）這等放肆！（丑）住子，相公打嘿打子，倒底無人看見噓。（小生）狗才，狗才，這等放肆，可惡之極！（下）（丑）打囉由呩打，罵囉由呩罵，是個一嚇，只怕明朝要生白濁病厾來。（下）

按　語

〔一〕本齣出自李日華撰《南西廂記》，富春堂本第二十二折後半齣，暖紅室本是第二十四齣〈臨期反約〉。

西廂記‧長亭

正旦：張生，書生。
小旦：崔鶯鶯，張生之妻。
貼：紅娘，崔鶯鶯的婢女。
作旦：琴童，張生的書僮。
老旦：車伕。

此齣時下新興，俱用旦腳裝，不用生、丑，名曰「女長亭」。正旦扮張生，小旦扮鶯鶯，貼旦扮紅娘，作旦扮琴童，老旦扮車伕。如班中旦腳少者，仍照舊小生、丑腳等做也。

（正旦、小旦上，貼拿酒盤，作旦挑琴劍書箱，老旦推車同上）

（正旦、小旦合）

【普天樂】碧雲天，黃花地，西風緊北雁南飛。曉來時誰染霜林？都管是別離人淚。恨相見遲，怨疾歸去，柳絲長情難繫。倩疏林掛不住斜暉，去匆匆程途怎隨？念恩情使人如醉如痴。

【雁過聲】思之，不忍分離。見安排著車兒馬兒，不由人不熬熬煎煎的氣。有甚心情，打扮得姣姣媚？整備著衾兒枕兒只索沉沉睡，憂患訴與誰？昨宵個繡衾香暖留春住，

今日裡翠被生寒有夢知。

　　（各坐地介）

　　（正旦、小旦合）

【傾盃序】淒其，頃刻間冷翠幃，寂寞增十倍。前暮私情，昨夜成親，今日別離，此恨誰知？全不念腿兒相挨，臉兒相偎，手兒相攜。怎割捨得須臾？輕別離，霎時便拋擲。

　　（正旦騎馬，小旦坐車合唱，眾各走介）

【玉芙蓉】秋風聽馬嘶，落日山橫翠。害相思，無夜無明相繼。淚添九曲黃河溢，恨壓三峯華岳低。長吁氣，車兒投東馬兒向西，端的是教人立化做了望夫石。

　　（各下馬，下車）

　　（合）

【小桃紅】淋漓袖，啼紅淚，奈眼底人千里。執手未登程，先問歸期。（貼奉酒與正旦、小旦，各吃，拜別介）別酒將傾未飲心先醉。魚來雁去書頻寄，免使人心內成灰。

　　（各上馬，上車，走介）

【尾】蝸角名蠅頭利，拆散鴛鴦兩下裡。（正旦）小姐請走罷。（小旦）官人慢行。（作旦挑行李，同正旦下）（小旦、貼合）笑吟吟一處來，哭啼啼獨自歸。

　　（老旦扮車伕，推小旦[1]、貼下）

1　底本作「正」，指「正旦」，參酌文意改。

按　語

〔一〕孫崇濤教授指出《南西廂記》版本概可分為二系，一是以富春堂本《南調西廂記》為代表的雜調系，二是以汲古閣本《南西廂記》為代表的崑腔系。本齣接近汲古閣本第二十九齣〈秋暮離懷〉。

〔二〕選刊崔李《南西廂記》（含雜調系與崑腔系）這一齣的坊刻散齣選本還有：《纏頭百練二集》、《玄雪譜》、《方來館合選古今傳奇萬錦清音》、《審音鑑古錄》。這些選本當中，《方來館合選古今傳奇萬錦清音》版次序與眾不同，先唱【賀聖朝】、【臨江仙】、【催拍】四支（到京師、我但願你、笑吟吟、這憂愁）、【一撮棹】，再接【普天樂】、【雁兒犯】、【傾盃序】、【玉芙蓉】、【山桃紅】、【尾】，而其正文齣名下有小字註：「與坊本異」。選刊王實甫撰《崔鶯鶯待月西廂記》相同情節的坊刻散齣選本有：《風月錦囊》、《樂府紅珊》、《堯天樂》、《時調青崑》、《賽徵歌集》、《歌林拾翠》。

萬里圓·跌雪

淨：賈老虎，強盜。
生：黃向堅，尋親孝子。
外：山寺的老住持。
丑：山寺的小和尚。

　　（淨背虎頭插刀、持棍上）樑上稱君子，山中叫大王；若無財共寶，棍下便身亡！自家撫州狀元嶺上一個剪徑的好漢，賈老虎的便是。你道為何叫做「賈老虎」？我這裡山中老虎最多，行路的哪一個不害怕？被我躲在半山，看有單身客人到來，就霹靂般大喊一聲：虎來了！饒你鐵漢，先唬得他骨軟身癱。那時，我戴上虎頭趕去，劈頭一棍打倒他，搶了貨物就走，豈不是個乾淨生意？當初一日要做他幾樁，如今年時荒亂，客商稀少，舊年生意澹薄，勉強過了殘年。這兩日賭得精光，今日出來發發利市，又遇著這等大雪，哪裡有人行走。且住，或者那些客人，道是雪天定然沒有短路的，倒悄然行走，也未可知。我且躲在樹林中，再作道理。正是：不將辛苦易，難近世間財。（下）
　　（生背包裹、撐傘上）好冷阿！
【傾盃賞芙蓉】一天風雪泣窮途，阿唷，好難行吓！欲進難移步。阿唷，好大雪吓！兀的不餓殺蘇卿，阻殺韓文，臥死袁安，凍殺林逋！我，黃向堅。在許灣客店過了數夕，歲朝就要行走，因雨雪連綿，蒙主人家再三挽留，一住五天，見天氣晴

朗，辭別出門。行了兩日，已到撫州界上，不想又是這般大雪。阿呀你看山路崎嶇，好難行走也！**沾衣點點寒侵骨，撲面星星冷剝膚。**（淨內喊介）虎來了！（生驚跌右場角介）救人吓，救人！**心驚怖，聽聲聲有虎。**阿呀救人吓！**閃得我上天入地全無路。**

　　（淨上棍打，生跌左場角，淨剝衣、奪包裹。拿傘看，丟傘下）（生漸醒介）阿呀，可憐吓！又不知是人，又不知是虎，把我衣服、包裹都搶去了。赤光光一個身子，這等大雪，前不巴村，後不著店，可、可不要凍死了？只剩得一把傘兒在此，不免撐著他走罷。阿喲，阿呀我手……（作抖介）

【普顏回】**手癴瘲，形如踞；足趔趄，行還仆。**（抖介）阿唷！**戰牙關氣噎飢喉，生寒栗凍裂殘軀。**（跌坐左牆角介）

（立起望介）好了好了，遠遠望見幾間房室，一定是人家了。阿呀天吓，你看漫山大雪，又沒個人影兒，知道哪條是路？叫我怎生捱得到彼！**只見嶙峋山谷，白茫茫認不出高低路。**（丟傘右場角，跌居中介）阿呀跌死了嘻！**鬼門關打個盤旋，**阿呀救人吓！**奈何橋恁般苦楚。**

　　（外上）

【朱奴帶錦纏】**茅菴內蕭蕭影孤，空山畔聲聲叫苦。**老僧在蒲團上打坐，只聽得外邊廝叫救人，不免開門一看。阿唷好大雪吓！**一望青山四面無，看不盡瓊林千樹。**（生低叫介）救人吓！（外見介）呀，原來是一個人倒在雪中。這樣冷天，赤條條一個身子，可不要凍死了！**赤體倒泥途，微微氣息，殘喘怕難甦。提起慈悲念，救人一命勝造浮屠。**

　　道人快來！（丑上）灶前纔向火，門外又聲呼。師父，叫我做

傍？（外）一個人凍倒在雪中，你與我扶他進去。（丑）拉囉里介？（外指介）在這邊。（丑）阿呀！精精出介一個人凍僵個哉，師父，弗要攢棺材出喪哉。（外）我們出家人，慈悲為本，方便為門。這人還是活的，若不救，就要凍死了，快扶他起來。（丑）好，師父，介沒扶哩進去嚇。（丑扶生坐椅上介）

　　（外）漢子，你是哪裡人？（生）蘇州人。（丑）蘇州人是虛花個，傍了倒凍弗殺？（外）休要胡語！為何到此？（生）往雲南去尋親的。（外）許多路去尋親，是個孝子了。難得，難得！為何這般模樣？（生）遇了虎，又遇了盜。（外）咳！可憐，可憐！道人，你去尋件舊衣服與他穿，你的舊唐巾尋一頂與他戴上。（丑）噢哉。看里弗出，倒是個吃三十六方個亊。（下）（取衣上）衣裳拉里。（外）替他披好了，你去端正些熱湯水與他吃。（丑）噢哉。（下）

　　（外）吓，漢子，你受了苦了，且進去吃些熱湯水，櫂在我菴內暫住，等待天晴行路罷。（生）多謝師父。

　　（外）

【尾聲】且暫安眠禪關幕。（生）阿呀何日見哀哀父母？（外）吓，漢子，少不得有願須成仗佛力扶。

　　（外攙生下）（生復逗上）阿呀，爹娘吓……（外）看仔細，看仔細。（生哭，同下）

按　語

〔一〕本齣出自李玉撰《萬里圓》第十二齣。

荊釵記‧遣僕

外：錢流行，員外。
末：李成，錢家的僕人。

（外上）

【出隊子】追思前事，心下如同理亂絲。雖然頗頗有家私，怎奈年衰無後嗣。怎不教人，朝夕怨咨？

萬般皆是命，半點不由人。當初招王十朋為婿，只道一天好事，誰知我那婆子嫌貧愛富，定要嫁與孫家，我女不從母意，因此變作參商，反成仇怨。是我一時將機就計，將孩兒送過王門，不覺又是半年矣。咳，真個光陰似箭！聞得賢婿赴京科舉，思慮他家無人，意欲將西首書房收拾潔淨，去接親家母、女孩兒同來居住，早晚也好看管。李成哪裡？

（末上）水將杖探知深淺，人聽言詞見腹心。員外有何吩咐？（外）書房打掃了麼？（末）打掃潔淨了。

（外）

【好姐姐】聽吾一言說與，王解元欲求科舉。料他去後，有甚積儲？（合）還堪憂慮，形單影隻添淒楚，只得分宅迎來此並居。

（末）

【前腔】小僕聽東人囑付，到彼處傳說衷曲。料他聞請，必定無間阻。（合）勤看顧，推食解衣從所欲，方表骨肉

親情果不虛。

　　（外）不忍他家受慘悽。（末）恩東惜樹更連枝。（外）黃河尚有澄清日。（末）豈可人無得運時？（同下）

按　語

〔一〕本齣主體情節、曲文接近汲古閣《六十種曲》本《荊釵記》第十三齣〈遣僕〉。

荊釵記・迎親

老旦：王十朋之母。
旦：錢玉蓮，王十朋之妻。
小生：王十朋，貧儒。
末：李成，錢玉蓮娘家的僕人。

（老旦上）

【掛真兒】天付姻緣事諧矣，夫和婦如魚似水。（小生上）慈母心歡，賢妻意美。（旦上）深喜一家和氣。

（小生）母親，蘋蘩已喜承宗嗣，功名未遂平生志。黃榜正招賢，囊空無一錢。（老旦）家寒難斡運，謾自心頭悶。（旦）應舉莫蹉跎，光陰能幾何？（小生）母親，孩兒自與娘子成親之後，不覺半載。目今黃榜動，選場開，郡中刻限十五日起程，爭奈缺少盤纏，如何是好？（老旦）兒吓，自你父親亡後，家業日漸凋零，你今缺少盤纏，叫我做娘的實難措辦！（旦）官人，此係前程大事，況兼府尊催行，家道雖則艱難，盤纏實難辭免。可容奴家回去懇及爹爹，或錢或鈔，借些與官人為路費，不知尊意若何？（小生）如此甚妙！

（末上）若無漁父引，怎得見波濤？迤邐行來，此間已是。有人麼？（老旦）哪個在外？（小生）待孩兒去看來。是哪個？（末）王官人拜揖。（小生）足下何來？（末）小子是錢宅來的。（小生）少待。母親，岳丈那裡有人在外。（旦）待媳婦看來。原

來是李成。（末）小姐。（旦）爹媽一向好麼？（末）託賴小姐，
俱各平安。（旦）我在此半年，爹爹怎不著人來看我一看？（末）
家中有事，不曾來看得小姐。（旦）今日到此何幹？（末）見了安
人，自有話說。（旦）住著。婆婆，媳婦家李成要見婆婆。（老
旦）久聞親家那裡有個李成，請進來。（旦）吓，李成，隨我來。
（末）是。（旦）你見了老安人，須要下個全禮。（末）曉得。
（見介）老安人在上，李成叩頭。（老旦）呀，李舅請起。（旦）
婆婆，這是媳婦的家裡人喲。（老旦）說哪裡話來！敬其主以及其
使。李舅，二位親家平安麼？（末）託賴俱各平安。（老旦）今日
到舍，有何說話？（末）老安人請坐，待小人拜稟：

【宜春令】恩東命，遣僕來上覆，近聞知官人赴都。算來
出路，料想家中添淒楚。待收拾客館書房，請安人同居另
住，為此，令男女造宅傳語。

　　（老旦）

【前腔】蒙錯愛，為眷屬，這深恩當銘肺腑。奈緣貧苦，
欲報瓊瑤慚無措。到如今又特地邀迎，轉教人心中猶豫。
我媳婦，還是怎生區處？

　　（小生）

【前腔】因科試，欲就途，少不得拋妻棄母。千思百慮，
母老妻嬌卻教誰為主？既岳翁借宅棲身，分明是連枝惜
樹。（老旦）繼母，只怕不相容許。

　　（旦）

【前腔】夫出路，百事無，況家中前空後虛。寒暄朝暮，
媳婦孤身如何顧？拚得個愁臉羞顏，且幽居蓽門蓬戶。我
婆婆！慎勿再三推阻。

（末）老安人在上，俺員外說道，王官人赴京，家中惟有女流，外無老僕，內無小僮。我小姐旣受蘋蘩之託，恐缺甘旨之奉。為此，將西首書房請安人、小姐另居，父女又得相親，婦姑又且得所，王官人衣錦榮歸，一發光耀寒門。教李成稟上老安人，請自三思，幸垂一諾。（旦）婆婆，李成之言甚為有理，只望俯從。（老旦）媳婦，多承親家美意，我怎麼不去？只是，家貧羞往見新親。（小生）世務艱難莫認眞。（旦）料得沉吟無別意。（末）徑傳消息報東人。（下）

（老旦）

【繡衣郎】半生在陋巷幽棲，甘守清貧無所希。重蒙不棄，大廈千間相周庇。待孩兒異日榮身，報岳翁今朝恩義。（合）願從今奮前程萬里，願從今奮鵬程萬里。

（小生）

【前腔】念埋頭十載書幃，黃卷青燈不暫離。春闈催試，看一掃千言如流水。非是我忍撇斑衣，只圖個高攀仙桂。（合）願從今奮前程萬里，願從今奮鵬程萬里。

（旦）

【前腔】想蒼天豈負黃虀？一舉成名天下知。錦衣歸第，不枉人稱風流婿。那時節贈母封妻，纏得個揚眉吐氣。（合）願從今奮前程萬里，願從今奮鵬程萬里。

（小生）春闈催試怕違期。（老旦）但願皇都得意回。（旦）躍過禹門三級浪。（合）管教平地一聲雷。（同下）

按　語

〔一〕本齣主體情節與汲古閣《六十種曲》本《荊釵記》第十四齣〈迎請〉同，但曲文多有不同。

荊釵記‧回門

外：錢流行，員外。
末：李成，錢家的僕人。
老旦：王十朋之母。
小生：王十朋，貧儒。
旦：錢玉蓮，錢流行之女，王十朋妻。

　　（外上）
【疏影前】光陰荏苒，嘆孩兒去後，愁病相兼。（末上）為念窮親，迎歸別院，佇看苦盡回甜。
　　員外。（外）吓，李成，你回來了麼？（末）男女回來了。（外）我著你到王宅去接取安人、小姐同居，不知可肯來否？（末）老安人初時只說不好攪擾，也還推阻，被男女稟上幾句，況小姐又從傍攛掇，先打發男女回覆，老安人、官人、小姐隨後就來了。（外）吩咐廚下備酒。你在門首伺候，到時通報。（下）（末）曉得。（下）
　　（老旦上）
【疏影後】粗衣糲食心無歉，借居怕惹憎嫌。（小生上）欲赴春闈，暫拋親舍，凶吉難占。
　　（末上）吓，老安人、官人、小姐都來了，待男女通報。員外有請。（外上）怎麼？（末）老安人和秀才官人、小姐都來了。（外）說我出來。（末）吓，員外出來。（外出迎接介）親母請。

（老旦）親家請。（外）親母請裡面相見。（老旦）老親家先請。（拜介）（外）老夫接待不周，幸勿見罪。（老旦）寒家貧乏，無一絲為聘，言之可羞！（外）小女自幼失教，蘋蘩惟恐有缺。（老旦）未遑造謝，反蒙寵招。（外）重荷輝臨，不勝欣幸！

（老旦）十朋，過來見了岳丈。（小生）岳丈請台坐，待十朋拜見。（外）常禮罷。（拜介）（小生）念十朋三尺童稚，一介寒儒，忝居半子之稱，託在萬間之庇。有違參拜，無任戰兢。（外）小女得操箕箒，侍奉巾櫛，使老夫暮年有託。（旦）半載離膝，有缺甘旨，恕孩兒不孝之罪。（外）侍姑即侍父，何罪之有。（老旦）親家，請親母出來拜見。（外）老荊有些小恙。（小生）小婿不知，失問了。（外）不得陪侍，容日另請見。（老旦）親母有恙，媳婦，去問來。（旦）待媳婦進去問來。（下）

（外）親母，聞知賢婿不日赴京科舉，恐怕親家宅上無人，老夫打掃西邊空房一所，請親母到來，與孩兒同住，早晚也好照應。（老旦）只是，相擾尊府，甚覺不安。（外）好說。賢婿，幾時起程？（小生）郡限頗嚴，就在今日起程。（外）今日就行？李成，收拾行李。（旦上）婆婆，母親多多拜上，容日請罪。（老旦）好說。（外私問旦介）方纔母親可曾說什麼？（旦）母親睬也不睬。（外）咳！不必說起。李成，看酒來。（旦）爹爹，酒是小事，官人起身，盤纏要緊。（外）我曉得了。親母，老夫有水酒一盃，一來與親母接風，二來與賢婿餞行。（老旦）多謝老親家。（外送酒介）

【降黃龍】草舍茅簷，蓬蓽塵蒙，網羅風颸。尊親到此，但有無一一望相遮掩。（老旦）恩沾，萬間周庇，悄一似寒灰撥焰。使窮親歡來愁去，喜悅腮臉。

（旦）

【前腔】心歡，甫效鶼鶼。為取功名，反成拋閃。君今赴選，又恐怕別擁富家嬌豔。（小生）休言，我貞心守，怎肯便甘為不檢？把糟糠一朝輕棄，行虧名欠。

（外）

【黃龍滾】休將別淚彈，休將別淚彈，謾把愁眉斂。（老旦）奪利爭名，進取須當漸。（旦）路途迢遞，不無危險。纔日暮，問路程，尋宿店。

（小生）

【前腔】萱親省愁煩，萱親省愁煩，娘子休憶念。（旦）記取叮嚀，莫負卻炊燹。（合）此行惟願，鰲頭高占。功名遂，姓字香，門楣顯。

（小生）

【尾】隨身不慮無琴劍，慮只慮盤纏缺欠。（外）李成，取銀子來。（末應遞銀，外送介）些少白金行色添。

（小生收介）多謝岳丈厚意。（外）願賢婿名登金榜，早去早回。（老旦）我的兒吓！若不為「功名」兩字，怎忍捨你前去？我今好似樹頭上黃葉，荷葉上水珠，朝不保暮了！我有幾句言語囑咐你：我兒，你未晚先投宿，雞鳴早看天。逢橋須下馬，過渡莫爭先。世間危險事，都在道途間。

（小生拜老旦介）

【鷓鴣天】謝得萱堂訓誨深，感蒙岳丈贈南金。娘子，在家須為供甘旨。（旦）及第先教寄好音。（合）流淚眼觀流淚眼，斷腸人送斷腸人。（外）李成，送下船去。（末）曉得。（小生同下）（老旦）兒去也，自沉吟。（外）人生苦被

利名侵。（旦掩淚介）晚來只恐傷親意，不敢高啼淚滿襟。

（外）孩兒，扶親母到西書房中坐罷。孩兒引路。（旦）是。

（重坐介）（外）我兒，夫婿上京取應，好把婆婆恭敬。
（旦）甘旨理宜趨承，謹奉爹爹嚴命。（老旦）多幸，多幸，骨肉
團圓歡慶。

（老旦）

【園林好】深感得親家見憐，助南金恩德萬千。更廣廈容
留，貧賤得所，賜喜絲絲，蒙所庇，意拳拳。

（外）

【沉醉東風】我孩兒三生有緣，與才郎忝為姻眷。今日裡
赴春闈，程途遙遠，助盤費尚憂輕鮮。（旦）婆當暮年，
父當老年，只願我兒夫榮歸故苑。

（老旦）

【川撥棹】他憑取才[1]學上京赴選，又恐怕功名緣分淺。
（外）老親母不必縈牽，不必縈牽，羨賢郎文章燦然，管
取登科作狀元，管取登科作狀元。

（合）

【紅繡鞋】旦夕祝告蒼天，週全。願他獨占魁選，榮顯。
瀛洲步，錦衣旋。門閭耀，姓名傳。母妻封贈受皇宣。

【尾】從今且把眉舒展，遇良辰自宜消遣，骨肉永遠團
圓。

（老旦）舉子紛紛爭策藝。（外）此行願取登高第。（旦）馬

---

[1]　底本作「你」，據《新刻原本王狀元荊釵記》（《古本戲曲叢刊》初集景
印）改。

前喝道狀元來。（合）這回好個風流婿。（外）老親母，別了。
（老旦）多謝親家。媳婦，送了親家出去。（旦）是。（送介）
（外）但有欠缺，你可對我說，我叫李成送來。（旦）曉得。（外
下）

　　（旦）爹爹說，但有欠缺，教李成送來。（老旦）深感親家厚
意，明日你可去與我致謝。（旦）是。（同下）

按　語

〔一〕本齣主體情節與汲古閣《六十種曲》本《荊釵記》第十五齣
〈分別〉同，但曲文多有不同。

〔二〕選刊類似情節的坊刻散齣選本有《風月錦囊》。

一捧雪‧審頭

末：陸炳，錦衣衛都指揮。
付：湯勤，湯裱褙，湯經歷，權臣嚴世藩的門客。
生：權臣嚴世藩的管家。
丑：郭宜，權臣嚴世藩的家將。
外：戚繼光。
貼：雪艷，莫懷古之妾。
小生：傳聖旨的校尉。

（兩小軍引末上）

【引】鱗袍颭金印懸肘，不羨文章山斗。

蟻蛭為高泰岳卑，世情顛倒正如斯。不如痛飲中山酒，朝野安危總不知。下官錦衣衛都指揮陸炳是也。執掌刑名，管領六曹兵馬；操持法律，統壓五府牌官。鐵面森森，哪管甚王孫貴戚；丹書凜凜，唯奉著電擊霆摧。正是：一心遵守蕭何律，萬國咸知天子尊。今日奉旨，為莫太常首級有誤，拿問戚總兵。我想，莫無懷以一杯之微致忤嚴家，遂至戮身，已為冤極，況又株累無辜，益為慘毒！咳！我陸炳豈肯以「莫須有」三字受罵名萬代乎？只是旨意如此，且面鞫一番，再作區處。

（生扮家人，付扮湯裱褙，丑扮家將上）（生）九天雨露三春暖，一道風霜六月寒。（見末揖介）奉司空爺鈞旨，送湯經歷同原拿家將證勘假首。（末）曉得了。留二位爺在此面執，管家先請回

罷。（生）速速勘明，擬罪覆旨，俺爺立等回話。（末）這個自然。（生揖介）發奸須有術，摘伏定如神。你每進去。（下）（眾）經歷進，家將進。（付）經歷見大人。（丑）小將叩頭。（末）起過一邊。帶戚總兵。（眾）吓，戚老爺有請。

　　（外上）

【引】一片丹誠天鑒剖，讒成蕙莢何憂。（貼上）九原忠魄誓追遊，一死心酬，千古名留。

　　（眾）犯官、犯婦進。（進介）（末）請聖旨過來！（眾）吓。（外）阿呀，聖上吓！腔中血，腰間鐵，永保金甌無缺。蘇卿節，常山舌，息壤功成謗滿篋，聖明祈霣雪。（末）請過聖旨。（眾）吓。（末）戚繼光，你可知罪麼？（外）小將分符重鎮，刻竹雄藩。發矢雷驚，奕奕雄風生白羽；揮戈日返，桓桓鴻烈耀青氈。有開疆拓土之能，無折將覆軍之禍。不敢鳴功，也無由認罪。

　　（末）你怎麼擅縱重犯莫懷古，假殺無辜，冒將假首欺誑朝廷呢？（外）那莫懷古犯罪之由，小將亦不敢代辯，日後自有公論。但何得以懷半面之識，遂陷繼光一網之誅？大人在上，念戚繼光呵：

【梁州新郎】睢陽忠矢，淮陰功奏，怎做誑楚陳平欺謬？（末）那日可有同監斬的麼？（付）吾說哪亨拿到弗殺，亦隔子一夜呢？（丑）斬是小將監斬的。只是那晚拿到，戚繼光不肯就斬，又羈遲了一夜，次日綁出，小將其實辦不明白。（外）阿呀！那日千軍萬馬，都是目擊的吓！況你睜睜監視，丹書親判囊頭。

　　（付）莫太常平時頂有三台骨，腦後枕骨如拳，都是經歷熟識，如今頂尖腦削，豈不是假的麼？（外）憑你說莫太常生前三頭六臂，哪個與你證得明白？總是捕風捉影，噴血含沙羅織排機彀。

　　（付）莫太常原要投奔你處，不想恰恰解到你手內，正合你二人的

奸計了吓！（外）想仕途上哪裡沒有熟識的麼？你只為弓蛇杯影也強追求，怎得載鬼張狐把法浪謅？

（末）下去。帶雪豔。（貼）有。（末）那首級眞假，家主死生，一定知情，快快說出，倘然掉謊，就要用刑了吓！

【賀新郎犯】研死骨，證生口，把眞情供出休拖逗。三尺法肯輕宥？

（貼）爺爺吓，小婦人呵，

【前腔】生同拘執，刑隨枷杻，痛覩餐刀莫救。只這將官呵，若有些微疑似，臨刑早起戈矛。（付）只這幾塊骨頭都不是了。（貼）爺爺，他人都是猜摹，小婦人同同衾枕，難道倒不認得？爺爺吓，我老爺並沒有什麼三台枕骨的嘑！只此同衾骸骨，共枕頭顱，九死相厮守。（付）大人，他如簧巧辨也總機謀，卻不道官法如爐鐵可柔。（末）論來，還該細細去辨辨纔是，也不可執一己之見，株累無辜。律雖設，情須叩，豈忍嚴刑不照盆冤覆？眞共假細推究。

（小生上）聖旨下。（末）帶過一邊。（小生）聖上有旨：「商大輅罪犯不赦，理宜斬首，著錦衣衛都指揮陸炳即刻前去監斬覆旨。謝恩。」（末）萬歲，萬歲，萬萬歲！（小生下）

（末）左右，將各犯暫帶耳房，候我監斬回來再審。（眾）吓。請戚老爺耳房少坐。（外）精忠貫日華夷見，氣節凌雲天地知。（下）

（末）家將過來。前日薊州是你看斬的，今日也同我去看一看綁人、殺人。（丑）是。（末）未央旣擾淮陰首，澤畔應招楚子魂。（下）

（老旦）湯爺，耳房少坐。（付）我拉几里罷。（老旦）是。

（貼）阿呀老爺吓，你死得好無辜也！（付笑介）

【前腔】我覷丰姿分外嬌羞，況孤單合咱消受。想老莫死哉，弗消說起，縱然弗死，他逃生無暇，[1]豈能再抱衾裯。

（四顧介）雪娘，個個頭是死個，吓哭俚做僖？你個歇阿要活？

（貼）好端端一條性命，怎麼不要活？（付）吓個性命，只要我輕翻舌底，略簸唇尖，生死分途驟。（貼）噯！休說你向日與我老爺一番交誼，只是天理也要存的。一個人死了就可以罷了，又來屈陷我們！（付）咳，個歇個人囉里顧得舊情，依得天理？只是，我說個頭是眞個，你就得生哉；我說個頭是假個，弗要說死罪是穩個，只打上個一套，吓就活弗成哉！（貼）若得方便一聲，就是你的陰德了。超生入死也仗賢侯，銘骨鐫心把大德酬。

（付）說個樣空感激個說話是無用個，只要依我一件，就全子吓丟兩條性命哉。（貼）依你什麼來？（付）哪！文君寡，相如奏，眞個是氤氳早註鸞凰偶，蒙許諾[2]我便開生竇。

　　（貼）吓！（哭介）

【前腔】痛紅顏誓死優遊，拒豺狼禍連生友。（付）弗要疑惑，肯弗肯就回頭聲[3]我。（貼）恐貽人談笑，琵琶又抱他舟。（付）笑是虛個，死是現個，弗要認差子念頭！（貼）罷罷罷！只要你片言折獄，一語回天，我也何惜青青柳？（付）說便說子，弗要懊悔吓！（貼）說哪裡話！千金一諾也等山

1　底本作「他逃生生無暇」，「生」字衍，參考曲格，並據明崇禎間《一笠菴新編一捧雪傳奇》（《古本戲曲叢刊》三集景印）刪。

2　底本「蒙許諾」三字脫，參考曲格，並據明崇禎間《一笠菴新編一捧雪傳奇》補。

3　底本作「生」，參酌文意改。

丘，倘食前言劍下休。（付）阿呀好快活吓！（貼）你且不要快活，你也要賭咒，須要一總出脫我們便好。（付）娘子弗要疑心，就對天賭誓：老天在上，念我湯勤呵，**深深拜，諄諄咒：倘言詞反覆真禽獸，刀劍下，異身首！**

　　（丑、末上）纔離風刀獄，又上攝魂臺。請戚老爺出來。（眾）戚老爺有請。（外上）

　　（末）家將過來。你前日監斬，可是與方纔一般看綁、看殺的麼？（丑）是一般樣看綁、看殺的。（末）哇！我只道綁縛停當了，叫你遠遠看的，卻原來你當面看綁、看殺的。難道隔夜看的人就不認得了麼？（外）大人在上，犯官雖與莫懷古交好，難道郭家將的言語也是買出來的麼？咳！我死何足惜？必當為厲鬼殺之！（末）住了！不可造次，還要細審。湯經歷過來。此事非同小可，三條性命都在頃刻，你也該細認一認纔是。（付）經歷也在這裡想……（末）想什麼？（付）那家將面綁、面殺，決是無疑。但這幾塊骨頭稍異……論來，生人筋骨舒展，死子沒……未免筋收骨縮阿拉。

【節節高】我把真情仔細搜[4]，費躊躕，或者是筋收骨斂皆非舊。（外）卻又來！疑關透，城府休，冤情剖。（貼）生前死後無差謬，望宏開法網恩波懋。（合）明鏡高懸照蟄幽，春回化雨沾枯朽。

　　（末）監斬無差，證于家將之所目觀；頭骨無誤，出于經歷之細研。如今再沒得說了？（付）如今再沒得說了！（末）如今再沒

4　底本「搜」字脫，參考曲格，並據明崇禎間《一笠菴新編一捧雪傳奇》補。

得講了？（付）如今再沒得講了！（末）如此，我要上本了吓。
（付）噢。

【尾聲】（末）持平國法心無疚。（外）仗天日光照塵垢。
（合）佇看取雷電威靈翻成化雨流。

　　（末）各犯且暫押出，候旨定奪便了。（眾）是。（末）吩咐
掩門。（眾）掩門。（同下）

　　（外）丈夫唯忠義。（貼）生死期無愧。（外、貼下）（付）
吩咐人卽叫雪娘另尋寓所，弗許搭戚總兵同住。正是：凡事留人
情，後來好相見。（丑）湯爺，這頭原是眞的，你為何說是假的？
（付）那間個事體要眞嘿就眞，我要假嘿就假哉偺！（下）

　　（丑）咏！可不嚇殺了小將！（下）

按　語

〔一〕本齣出自李玉撰《一捧雪》第十八齣〈勘首〉。

千金記‧楚歌

小生：張良，漢軍師。
正旦、老旦：唱楚歌的歌姬。
付：漢兵，潛入楚軍為間諜。

　　（小生上）沙場醉臥冷霓裳，風捲清歌音韻長。欲使山河成一統，設成奇計破天荒。我，張良。未遂報韓之志，先佐炎漢之基。爭奈項羽有八千子弟兵，剛強兇勇，難以破敵。為此，我心生一計，將自身扮作仙翁模樣，再命兩個歌姬扮為仙女，又將燈鷂數隻趁風放起虛空，使彼望之以為神鳥。我集了楚歌一曲，等待風清月朗之夜，向高阜去處，悠揚吹唱。再令軍士扮作楚軍，混入楚營，一人傳十，十人傳百，吹散了他八千子弟，項羽不勞而滅矣！不免教歌姬們照依行事便了。正是：計就月中擒玉兔，謀成日裡捉金烏。歌姬們哪裡？

　　（正旦、老旦上）桃花扇底皆相似，楊柳樓臺月正明。師爺在上，歌姬每叩頭。（小生）罷了。你二人穿著霓裳羽衣，隨我到高阜之處悠揚吹唱，不得有違！（二旦）曉得。（小生）歌姬齊用意，吹散八千兵。（同下）

　　（內起更介）（付上）一自從軍入戰場，不知歷盡幾風霜。若能遂得還鄉願，辦炷名香答上蒼。自家乃漢王麾下一個頭目便是。奉軍師之命，著我混入楚營，要吹散他八千子弟兵。今夜風清月朗，正好行事，待我喚他們出來。喂！眾兄弟們哪裡？（雜眾上）

來了。隨他苦戰爭，受盡萬千辛；眾軍都折盡，止剩八千兵。長官有何吩咐？（付）列位，我想，隨了楚王今日征、明日征，征下江山無我分。（眾）今日殺、明日殺，殺得頭皮光蹋蹋。（付）撇下父母老小在家，好不苦楚！趁今晚無事，且大家睡他娘！（眾）說得有理！我們怎麼樣一個睡法？（付）我們井欄睡。（眾）何謂「井欄睡」？（付）你的頭頂著他的屁股，他的頭頂著你的屁股，這叫做「井欄睡」。（眾）如此，我們大家來睡吓。（同睡介）

（內細吹打）（老旦、正旦隨小生暗上）（小生）對此良宵，不免唱楚歌一曲，少遣時光。

（二旦）

【罵玉郎】為念征人誠可悲，一自從軍去不能回。家中撇下爹和媽，向誰依？他終日裡盼望孩兒。到寒時想衣，到寒時想衣，飢時誰進甘肥？空攢著皺眉，空攢著皺眉。只落得頭顱如寄，不能彀功成早歸。嘆人生誰沒椿萱？嘆人生誰沒椿萱？誰不相隨？誰不相聚？我此身軀念劬勞，此意須知，怎忍見北邙山憑他做鬼。（下）

（付）吓，怎麼還不見起來？（眾）呀？是什麼響吓？（付）咦，來了！列位起來，列位起來，聽是什麼響？（眾）咻？是哪裡響吓？（付）是在天上。（眾聽，望介）真個在天上！（聽介）（付）列位，你聽歌中之意，分明是神仙指引，不免望空遙拜。（眾）有理！

【前腔】頂禮真仙引路迷，一字一聲萬轉百悲啼。從今再不著征衣，早知機，相逢處父母妻兒。把簷牆脫離，把簷牆脫離，想從戎命怎期？苦猶然不離，苦猶然不離，動不動索捆雙臂，動不動箭穿兩耳。想人生誰沒生涯？想人生

誰沒生涯？漁竿樵斧，牧豎畊犁。我此身軀自何勞，此意
須知，怎忍見生巴巴他鄉做鬼。

　　（眾）說得有理吓！（下）

按　語

〔一〕本齣曲文、賓白與沈采撰《千金記》傳世諸版本不同，出處
待考。可能是梨園編創。

〔二〕選刊類似情節的坊刻散齣選本有：《萬壑清音》、《纏頭百
練二集》，二者文字同，出自明萬曆仇實父繪像《重校千金記》第
三十三齣〈悲歌〉。

千金記・探營

貼：虞姬，楚霸王的寵妾。

付：漢兵，潛入楚軍為間諜。

小生：張良，漢軍師。

（內起更介）（旦扮宮女，隨貼上）

【石榴花】金風颯颯，角韻動淒涼，對樓閣暮雲黃。乍明乍滅閃蟾光，暮笳聲，戍鼓殘腔。妾乃西楚霸王麾下虞姬是也。適纔陪大王夜宴，大王已醉臥帳中，不免往帳外閑步一回。（內打二更介）呀！冰輪湧光上，皎皎團團照徹山河朗。哀噎噎孤雁投荒，悲切切鶺鴒飛往。

（付、眾內）

【俏秀才】起颼颼颯秋風漸爽，從到此十餘年把家鄉來撇漾。我離了爹娘誰奉養？雁魚音信杳，妻子每哭斷了肝腸，痛征人未返鄉。

（貼）

【石榴花】思鄉念傷，猛聽笛聲揚，一句句斷人腸。空勞寂寞轉悲傷，動征夫，淒慘恓惶。聽悠揚清朗，戰沙場枉惹離家況。恨漫漫宿露餐霞，怨聲聲戴月披霜。

（內打三更介）

（付、眾內）

【滾繡球】為軍難實可傷，為軍難實可傷。吹得那吡喇聲

嘹喨，楚之聲楚之曲，吹斷了胡腔。嘆人生在天地間七尺
軀從哪裡長？何故把爹娘來疏曠？怎不把父母來思量？歸
兮歸兮宜及早，歎光陰不久長，問君家何日裡得還鄉？

（付）列位吓，我們別了父母、妻子出來，幾年不得相見，聽
此楚歌，不覺淒慘。不如逃回家去，早見父母老小一面，有何不
可？（眾）長官說得有理，我們都有妻兒老小在家，不如大家散了
罷！（內打四更介）

（貼）

【山坡羊】聽聲聲歌韻哀傷，悲切切感動迴腸。怨騰騰痛
哭號呼，亂紛紛勢急驚慌。（眾）我們散了罷！（貼）呀！你
聽：三軍分明怨恫大王，大勢已去矣！驚慌亂竄皆逃往，盡拋
離旗幟刀鎗。事已急了，不免報與大王知道。興亡，全憑著主
將。報君王，慌忙急往。（下）

（內打五更介）（眾上）（付）列位，走吓！（眾）走吓！

（合）

【脫布衫】俺只見四野蒼蒼，又只見銀河朗朗。當此景叫
人可傷，對此景使人淒愴。

【小梁州】仰望征人淚兩行，想這等恓惶，算來何不早還
鄉。打伙離營帳，拋旗幟共刀鎗。一聲清，半天星月朗；
一聲悲，孤雁飛過了瀟湘；一聲咽，猿鶴唳寒霜。使離人
怏怏，寸寸斷肝腸。

【醉太平】聽楚歌叫人可傷，思親淚汪汪，品梅花鐵笛兒
弄斷人腸。俺爹娘在那廂，家中妻子懸懸望，俺這裡要歸
歸不得空思想。罷罷罷！快快的把鐵衣卸卻早還鄉，走吓！
早離了戰場。

　　　（同下）（付）好軍師吓，好軍師！你看卸的盔甲如山，丟棄刀鎗似笋。待我請師爺出來。師爺有請。（小生上）柳營朝繫馬，虎帳夜談兵。（付）啓師爺，果然眾軍卸甲丟鎗，都已逃散了。（小生）吓，吩咐新來軍士，沒有衣甲的，都來領去。（付）吓。（小生下）

　　　（付）新來軍士聽者：軍師有令，沒有衣甲的都來領去。（內應介）吓。（雜眾上場，一轉下）（付上）噯，哪、哪說纔拿子去哉？罷嘘，還剩一頂三叉盔拉裡來，等我帶子罷……（帶三叉架渾下）

按　語

〔一〕本齣部分曲文接近明萬曆仇實父繪像《重校千金記》第三十三齣〈悲歌〉、第三十四齣〈散楚〉。

清忠譜‧書鬧

丑：周文元，說書場老闆。

淨：顏佩韋。

末：楊念如。

旦：馬傑。

貼：沈揚。

付：李海泉，說書人。

生、外：淮安客商。

老旦：顏佩韋之母。

（丑上）

【字字雙】閭門好漢我為頭，名舊。飛鴻六順好拳頭，傳授。賭場到處慣拈頭，打就。人人認得老扒頭，年幼，年幼。

自家姑蘇城外有名個周老男兒周文元便是。少年無賴，獨霸一方。城裡玄妙觀前有個李海泉說得好《岳傳》，我請俚拉幾里李王廟前，開一個說書場。每日倒有個一二千銅錢掠下來，除子俚個酒飯、書錢，其餘剩個，儘夠我買酒吃，賭場裡白相個哉！昨日說過子金兀朮大破鄜延州，今日亦要說童貫起兵，鬧熱得勢個。阿呀！日頭直過里哉，等我催俚開書。正是：要知千古興亡事，須聽當場評話來。（下）

（淨上）年年花酒鬧閶城，不愛身軀不愛名。說到人間無義

事，挺胸裂眥罵荊卿。自家顏佩韋的便是。生平任俠，意氣粗豪。閃爍目光，不受塵埃半點；淋漓血性，頗知忠義三分。聞得李王廟前日日拉亖說《岳傳》，我想個個岳老爺是忠孝之臣，俚個書必然好聽個，為此，替我娘說子，前去聽他一回。（內嗽介）吥看有幾個朋友踱得來哉，想是嚷要去聽書個。

　　（末、旦、貼上）相逢何必曾相識，都是蟠桃會上人。（淨拱手介）列位請了，列位請了。落里去？（眾）我們到李王廟前去聽書的。（淨）如此，挈帶同行。（眾）請，行過施茶亭，就是李王廟。（丑上）聽書個人齊哉，板橙、檯子快點搬出去！（眾）這時候也該開書了！（丑）先生到子就開。（付上）興來舌戰詞壇上，贏得腰纏作酒錢。列位請了。（眾）請了。（丑）先生為俉直到個歇程光來？（付）有點小事務了。（眾）開書罷，開書罷！（丑）我去拿茶來。（下）

　　（生[1]、外上）走吥。逢場來作戲，鬧裡去奪爭。（拱手介）李海老，我們是淮安人[2]，在此楓橋賣豆。久慕你的大名，我每眾朋友要請你到寒山寺開講一月，書錢從厚相謝！去去去……（淨）阿呀，哪說扯子就走？（丑上）吰！我俚說得弗多幾日來，哪說到吥亖去？（付）且待此間講完了，小子便來請教。（外、生）這裡有錢，難道我們是沒錢的？等不得，一定要就去的！（扯付介）（淨）住子！凡事有個先後，嚷要有終有始。（外、生）這個人怎麼這個氣蓋？（淨）生就個那了。（付）二位今日且在此聽了書，明日再議，何如？（外、生）海老這等說……罷了。喂，老兄，得

1　底本作「小生」，參考下文改。
2　底本原無「人」字，參酌文意補。

罪了。（淨）介沒罷哉。（丑）列位坐定子，開書哉。列位知趣
點，弗要多說閑話，幫襯，幫襯。（淨）汆個多說多話，說書錢加
倍罰俚！（眾）有理！（丑）等我拿茶來。（下）

　　（付開書介）徽宗無道坐龍亭，宋室乾坤不太平。蔡京王黼真
奸相，楊戩高俅兩賊臣。朱勔弄權花石運，童貫稱王掌大兵。金邦
百萬雄師至，萬里江山一旦傾。話說宋朝太祖兵變陳橋，得了周家
天下以後，七代皇爺都是四海昇平，黎民樂業。傳至第八代徽宗皇
帝，他卻不理朝政，信任奸臣，寵用了內監童貫。那童貫玩弄威
權，濫封了廣陽王之位，滿朝文武，盡出其門，又挑動邊釁，惹得
金人時常攻打邊關。那邊上極要緊的所在叫做雄州關，卻得一位足
智多謀、勇力善戰的招討大元帥鎮守。那元帥姓韓，雙名世忠。其
時，秋高馬肥，金人統領百萬人馬，殺進了賀蘭山，衝過了寧夏
衛，大勝了離虎山，攻破了鄜延州，看看直殺到雄州關來了！

　　（丑拿茶上）先生，茶拉裡。（付）是哉是哉。夜不收飛報韓
元帥。韓元帥連夜奏聞朝廷，候旨發兵征戰。隔了幾天，卻沸沸揚
揚傳說，朝廷差了一位孫總兵，領十數萬人馬來退金人了。

　　（丑篩茶，淨吃介）（丑）喂，朋友，吾吃子醃魚飯列來個
僑？（淨）哪了？（丑）個個茶是我篩拉先生吃個，吾倒吃哉！
（淨）巨！吃子吾個茶，多不個把銅錢拉吾沒是哉，耍個多說多
話。惹惱子我，是領起來小雞能個一甩沒好！（付）茶罷哉，僑個
大事務了介？（丑）吃子我個茶，倒要拿我小雞能介甩！阿呀，我
則忒個看銅錢銀子面浪了嗄。

　　（付）探子報入中軍，韓元帥道：「我在此鎮守，怎麼又差別
人？況且朝中大將並沒有個姓孫的。如今他奉旨到我地方上，理無
不接。」急急差了四員將官去接那孫總兵，那四員將官應聲而去。

你道那孫總兵是誰？就是韓元帥本營的孫高。向日他犯了軍令，韓元帥將他綑打四十，趕出營中。他到京投在童貫麾下，今日領兵到此。那四員將官去了一日，一齊奔到堂前，跪下稟道：「奉爺將令到彼營中」，那孫總兵高聲喝道：「嗃！本府奉萬歲爺聖旨、廣陽王的鈞旨，統兵到此，你主將有多大的官兒，不來迎接？本該把你每綑打四十一個，且待我破了金人，與你主帥計較。喝叫軍士，與我將亂棒打出去！」（淨）好虿！（眾）果然好！（淨）測測能。先生吃茶。（付）得罪得罪。韓元帥道：「有這等事！小人得志，一至於此！」正說時，只聽得轟雷砲響，鼓角齊鳴，撥兒馬把喇把喇報入中軍道：「啓元帥，孫總兵大隊人馬已從飛龍嶺出去了。」韓元帥道：「且住，那孫高有甚本事，哪裡退得金人？此去必然大敗，連我關隘難保，卻怎麼處？速即傳令，喚前營韓彥直上堂。」原來，韓彥直就是韓元帥的公子，年方一十四歲，有萬夫不當之勇，慣用兩柄金鎚，重一百二十斤，現為前營先鋒大將。傳不多時，但見韓公子頭帶金盔，身穿鎧甲，腰懸寶劍，手執金鎚，當堦[3]跪下，稟道：「爹爹有何差遣？」韓元帥道：「金兵入寇，朝廷差孫高領兵出關交戰，你可帶領五千鐵騎，悄悄護送孫高。倘孫高有失，你可殺入金營救取孫高，不容金兵一人一騎進我關隘！」把令箭付與公子，公子飛身起兵去了。且說孫高纔出關前，只聽得轟雷砲響，大隊金兵一齊殺到。但見征塵滾滾，殺氣騰騰。征塵滾滾，捲起四野烏雲；殺氣騰騰，沖滿一天黑霧。拐子馬奔突咆哮，鐵浮圖週圍密匝。兒郎兇狠，一個個羅刹哪吒；將帥雄強，一人人揭諦金剛。雁翎刀、偃月刀、潑龍刀，光耀日月；飛龍旗、繡虎

3　底本作「街」，參酌文意改。

旗、豹纛旗，招颭雲霄。漫天蓋地殺將來，海湧山奔攔不住。孫總
兵諕得手腳無措，同著將官正待抵敵，霎時間，金兵來到。第一隊
紅袍、紅鎧、紅纓、紅甲。那兀朮四太子手執宣花月斧，匹馬當
先。孫總兵正待攔阻，早被兀朮劈頭一斧，翻身落馬。咳！可憐得
勢行兇將，做了南柯一夢人。

（淨拍案介）好！殺得好！（眾）為何？（淨）個樣人弗殺俚
殺泵個？

（付）啐！魂僑嚇突拉俚身上子個！孫營各隊見帥旗一倒，各
自逃生，金兵圍裏將來，殺得屍橫遍野，血流成河！那邊韓公子望
見孫高兵敗，喝叫軍士：「一齊上前，隨我廝殺！」好公子吓，把
紫金冠按一按，獅蠻寶帶緊一緊，手執金鎚，直望金營殺去。劈面
撞著兀朮，兩馬相交，兵器並舉，大戰三百回合。金營中三十六員
大將一齊來戰公子，公子毫不懼怯，越鬥越狠。鎚起處，如流星趕
月；鎚落處，似彈打流鶯。鎚往鎚來，似兩輪紅日；鎚上鎚下，似
萬點寒星。左一鎚，蒼龍獻爪；右一鎚，猛虎翻身。探馬鎚，大鵬
展翅；撒花鎚，彩鳳騰雲。鎚著人，半天霹靂；鎚著馬，一命歸
陰。鎚風刮處鬼神驚；鎚響聲聞天地震。那韓公子鬥了半日，殺翻
了數員金將。粘罕聞知韓家兵馬接應，急急鳴金收軍，眾將不敢戀
戰，各歸營寨。韓公子三番殺入金營，砍了無數金兵，尋取孫高不
見。金家人馬退了三十里之地。韓公子入關固守，即差飛騎將捷音
報知元帥去了。隔不得數日，只見提塘飛報說：「皇帝差廣陽王童
貫統領二十萬禁軍到雄州來了。」韓元帥聞言，嘆道：「咳！朝廷
如此用人，怎能成得大功？」道猶未了，只見鎮守三山口汛地將官
差飛騎來報：「廣陽王前站已到三山口了。」韓元帥吩咐將牛、
羊、酒、米等項快送到廣陽王軍前供應，自己領著隨身兵將前往迎

接。行了一回，望見廣陽王大營已經紮定。韓元帥到了營前，中軍官報進，只見裡面走出十來個頂盔貫甲的將官，說道：「奉千歲爺令旨，著韓元帥一人進見。」

（淨）想是要封贈俚哉。（眾）未必吓。

（付）韓元帥走入軍中，只見整千將佐，簇擁著廣陽王。那廣陽王頭帶七曲纓冠，身穿大紅蟒袍，腰繫碧玉帶，高高的坐在一把銀交椅上。韓元帥站在帳前，廣陽王走出座外，問道：「你就是韓招討麼？」韓元帥道：「是。」廣陽王吩咐：「請聖旨過來。」十來個將官抬出龍亭，裡面又走出一員官來，捧著聖旨站在中間。韓元帥恭身下跪，那官兒開了詔書，讀道：「韓世忠按兵不動，喪師辱國，失守封疆，著囚解來京。」讀詔纔罷，眾將擁著一輛囚車到帳前。廣陽王道：「奉聖旨，速將韓世忠跣剝了，上了刑具，釘入囚車，解京候旨定奪。」眾軍士就將韓元帥跣剝下盔甲，上了鐐杻，推入囚車，四面把鐵釘釘了。韓元帥那時真個：渾身是口不能言，遍體排牙說不得。

（淨）住盂！吾拉盂噴個多哈耍個姐。（眾）為何又嚷起來？（淨）列位，童貫弄權，陷害忠良，叫我落里按納得住？

（付）喂，朋友，書上沒嗹有好個，嗹有歹個；吾既然賊介惱囊氣，阿可以弗出來聽得個喂。（淨）吾阿可以透突子個了？（付）書浪載個沒，哪亨透突？（淨打付介）賊肏娘賊！搭我回唇拍嘴。（眾）他是講書先生，怎麼打他起來！（付）個約可笑，個約可笑！（外、生）到我們那裡去。（付）罷，罷！省淘氣子點罷。此處不留人，自有留人處。（外、生、付下）

（丑）先生呢？（末、旦[4]、貼）被這個人打了去了。（丑）
倽個？我里好好能個書場，不拉吥個屍養個趕散哉。（淨）倽？吥
出來橫撐船倽？（丑）今日要相打個哉。（淨脫衣介）

【鎖南枝】我沖沖氣，貫斗牛，老拳奮時神鬼愁。（丑）
饒你勇力千斤，怎入區區手。（末、旦、貼）二位不可認真！
逢場戲，無怨尤，又何須，強爭鬥。

（丑拿淨）（淨）弗知死活個，倒要來拿我。（丑）非但拿
吥，還要打得吥落花流水！落里個家拳法我弗曉得？少林拳，太祖
長拳，江湖浪有名個十八家打法，落里個家弗熟吓！

【前腔】拳師我為頭，你班門莫浪搊。（淨）但憑落丟打
法，我即是沙家老實打拉里。我拿出沙家本事，一拳黑虎偷
心，打得你翻觔斗。（淨打倒丑）（末、旦、貼）朋友，不可
如此！看我們眾人面上，放了手。公言勸，須罷休；願賠情，
望寬宥。

（老旦上）

【前腔】聽傳報，急奔投。呀！果然與人爭未休。畜生，還
不放手！打死了人不要償命的麼？（淨放丑，穿衣介）呵唷，娘來
哉！（老旦）還不跪下！畜生吓，時常勸戒，不把良言守。下
次可敢了？（淨）再弗敢個哉。（老旦）起來。（淨）噢。（眾）
列位起先還道他是好漢，原來是怕老婆的。都頭，這樣人睬他怎
麼，我們去罷。（丑）倒是怕家婆個。（淨）若弗看我娘面上，摜
殺吥個屍養個！（眾）原來是他的母親！（丑）介沒倒是俚個娘，
我恠穿吥個老！（淨）呔！（老旦）適纔小兒冒犯，老身特來請

---

4 底本作「正」，指正旦，為前後一致起見，參考上文改。以下同。

罪。（末）眾兄弟，方纔見他路見不平忿忿大怒，是個義士；如今他尊奉母親，又是個孝子了。（眾）便是。兄吓，**你懷公憤，是忠義儔；又奉親言，眞孝友。**

　　（老旦）小兒是粗魯之人，豈敢承列位謬讚！（眾）請問尊姓大名？（淨）在下顏佩韋。（眾）原來就是顏大哥。（丑）便介了，姜姜個兩記結實。（淨）請問尊姓貴表？（末）小弟楊念如。（淨）就是楊大哥。得罪。久仰，久仰。這三位？（末）此三位就是周文元、馬傑、沈揚，都是近邊有興朋友。（淨）住子，周老男兒阿就是尊駕？（丑）不敢不敢。（淨笑介）哈哈，相逢一笑皆知己。（眾）豈是區區陌路人？（末）顏大哥在上，今日小弟輩幸逢大哥有這等孝義，眾心欽伏，欲屈大哥和弟輩四人共訂一盟，結為兄弟；未知老伯母允否？（老旦）小兒得蒙眾位提挈，是極妙的了。（淨）個呷叫子「不打不成相識」哉。（眾）果眞不打不成相識。（末）請問大哥，尊庚多少了？（淨）小弟齊頭三十。（末）兄長我五年。（淨）介沒念五歲哉。（末）這三個都是二十三、四的人。是顏大哥居長了，小弟次之。（丑）我周文元第三。（旦）我馬傑第四。（貼）我沈揚第五。（末）幸得伯母在此主盟，我們對天一拜如何？（丑）我俚對李王老爺拜沒哉。（眾）有理！

【前腔】盟言向天剖，精誠金石侔。不用烏牛白馬，依然義結桃園，骨肉恩偏厚。（轉對老旦拜介）金蘭誼，生死週；弟兄情，天地久。

　　（老旦）我兒，請四位同到草舍盃酒談心。（眾）小姪輩正要登堂奉拜，就此奉送伯母回家便了。（淨）阿姆先居去，我俚就居來哉。（老旦下）

　　（淨）列位兄弟，虱做阿哥個有介句說話拉里。（眾）大哥有

話請說。（淨）我俚自今以後有官同做。（眾）有官同做！（淨）有馬同騎。（眾）有馬同騎！（淨）有苦同受。（眾）有苦同受！（淨）有患同難。（眾）有患同難！（淨）弗要三心兩意。（丑）有個圦哈多說，就是殺頭沒嘇，要殺拉一堆個！（眾）說得是，有理！（淨）我哩纔到舍下去。（眾）請吓。（同下）

按　語 _____✎

〔一〕本齣出自李玉撰《清忠譜》第二折〈書鬧〉。

清忠譜‧拉眾

淨：顏佩韋，蘇州的義士。

末：楊念如，蘇州的義士，顏佩韋的結義兄弟。

小生：王節，蘇州的秀才。

老旦：劉羽儀，蘇州的秀才。

丑：周文元，蘇州的義士，顏佩韋的結義兄弟。

付：和尚。

　　（淨上）十年磨一劍，霜刃未曾試。今日把示[1]君，誰有不平事？我，顏佩韋。一生落魄，半世粗豪。不讀詩書，自守著孩提真性；略知禮義，偏厭那學究斯文。路見不平，即便拔刀相助；片言不合，哪肯佛眼相看？怪的是不忠、不孝，不義之財毫不取；敬的是有仁、有義，有些肝膽便投機。前日在李王廟前聽說《岳傳》，說到童貫殺害忠良，阿喲！氣得我頭頂裡個火直迸，拿個說書個入娘賊，打得飛奔介逃走子。弗腔道這個搭結拜子四個好漢，纔是志同道合個人，我也快活得極！只是，昨日街浪個星人紛紛傳說，北京差子校尉到蘇州來提儕鄉紳。我想，個星校尉必竟是魏太監差來個吓。只是，搭魏家裡做對頭個鄉紳弗多幾家，纔是好人；若是要捉俚乱沒，弗要傷子天理個介，倒叫我一夜眠弗著。今朝爬得起來，且到街上去打聽打聽看。一路行來，已是上塘街了。

1　底本作「似」，參酌文意改。

【北鬥鵪鶉】俺生平心性痴獃，一味價肝腸可也慷慨。不貪著過斗錢財，也不戀如花女色。單則是見弱個興懷，猛可的逢兇作怪。遇著這狠狼豺驚駘，憑著俺掣電轟雷，俺只索翻江可也攪海。

（末內）走吓。（淨）咦！吓看前頭一個人飛介能個奔得來哉，弗知為僥事務，等我挨上去看……（末急上）阿喲，阿喲！

【南縷縷金】我心急遽，脚忙抬，一事天來大，實奇哉。（淨奔上掭末介）（淨）啐，原來是楊兄弟。（末）原來是顏大哥。（淨）對吓說，吓逗逗能介落裡去吓？（末）顏大哥，不好了嘸！（淨）僥事務介？（末）哪哪！街市喧傳遍，人人驚壞。（淨）弗知僥個蟹麻能，為僥個了？（末）你不曉得麼？（淨）弗曉得吓。（末）北京校尉到蘇臺。（淨）住子，住子！我正要問。吓個個校尉是來提囉個吓？（末）你道拿哪個？（淨）囉個介？（末）周宦忙提解，周宦忙提解。

（淨）囉個僥周宦？（末）就是林家巷內吏部周老爺。（淨）囉個吓？（末又說介）（淨）就是林家巷裡個吏部周老爺？（末）正是。（淨）阿呀且住！我想，個周老爺清廉正直，萬民感仰，哪說校尉捉俚起來？喂，楊兄弟。（末）顏大哥。（淨）反哉？（末）反了！（淨）眞當反哉？（末）當眞反了！（淨）反哉反哉！

【北紫花兒序】我驀聽清官被逮，緹騎南來。喂，楊兄弟，我曉得個哉。（末）曉得什麼來？（淨）多應是閹黨私差。（末）原是這個意思吓。（淨）呵喲，呵喲！諕、諕得我神驚膽戰，意、意亂個心乖[2]。（末）公論也不服。（淨）飛也波

2　底本作「歪」，據清順治《一笠菴彙編清忠譜傳奇》（《古本戲曲叢刊》

災，（末）眞個一場奇事！（淨）苦只苦九重閶遠隔雲山外。
（末）如今便怎麼處呢？（淨）那間也弗難，早則是廣聚朋
儕，直入官堦，說個明白。

　　（末）顏大哥，我們如今一路去拉些朋友進城，相機行事便
了。（淨）楊兄弟說得有理！我俚就去。一心忙似箭。（末）兩脚
走如飛。（淨）走吓。（末）走吓。（同下）

　　（小生、老旦扮秀才上）請吓，請吓。

【南縷縷金】嗔魏賊，似狼豺，排陷東林黨，絕根荄。又
逮周銓部，忠良遭害。膠庠公憤沒安排，頻將淚兒灑，頻
將淚兒灑。

　　（小生）小生王節。（老旦）小生劉羽儀。（小生）劉兄，那
周蓼老無辜被逮，駕帖已到，今日在西察院內開讀。（老旦）我輩
盡懷公憤，快進城去商量個萬全之策便好。（小生）有理，有理！
（走介）（淨、末、小生、老旦[3]撞上）走吓，走吓。呀，原來是
王、劉二位相公。（小生、老旦）原來是顏、楊諸位仁兄。（淨）
兩位相公來得極好個哉！周吏部老爺無辜被逮，我俚眾百姓抱弗
平，要去救俚。只是我俚儕是粗粗魯魯，草草莽莽，幹弗得正經。
兩位相公是周老爺個好朋友，要大家畫一個計策出來救俚沒好。
（小生、老旦）我們亦為此事而來，若得眾位相幫，是極好的了。
（淨）我方纔一面吩咐個星眾兄弟分頭拉閶門、胥門拉個星小朋友
進城去哉。我一面亦吩咐草菴裡個老和尚敲梆，催個星眾人纔到西
察院前去哉。（小生、老旦）好吓！難得諸兄如此義氣。（眾）兩

　　三集景印）改。

3　「小生、老旦」底本作「二旦」，參酌文意改。

位相公，俺們呵，

【北小桃紅】義氣吳門遍九垓，千古應無賽。今日裡公憤沖天難寧耐，怎容得片時捱。任官旗狼虎威風大，俺這裡呼冤叫枉，喧天動地堪哀，管教你一霎時掃塵埃。

（丑上）列位吓！你丟纏跟我來，纏跟我來。阿嘎，阿嘎！

【南縷縷金】渾身汗，走穿鞋。各處人聲沸，鬧垓垓，要救周鄉宦。捧香奔快，一人一炷喊聲哀。天心也回改，天心也回改。

（淨、末）好哉，周兄弟來哉。（丑）列位，來來來！纏執子香求告官府去。（眾各執香介）（淨）蓋張騷硬卵，求俚做倚！俚若是肯放周老爺便罷……（丑）若是弗肯放沒哪？（淨）若是弗肯放沒，列位吓，我俚蘇州人一窩蜂，等我俚弟兄領子頭，轟轟烈烈做介場驚天動地個事務出來！（丑）列位，若是囉個縮頭縮腦，就是烏龜王八，家婆氐千人氐氐爿個臭烏龜氐！（末）妙吓！大家協力同心便了。

（小生、老旦）住了！列位不可造次。我們急急進城，拉了三學朋友寫一辦呈，同了列位去求毛撫臺，懇他出疏保留，這便纏是。（淨）咳！你丟差哉！老毛是魏太監個乾兒子，此番來捉周鄉宦，儕是俚個線索。（丑、眾）因為了儕是俚個線索。（淨）俚沒阿肯出疏保留個！（小生、老旦）如今怎麼樣呢？（淨）弗是介個，吭丟纏跟我來前頭去，我有道理拉丟。（眾）吓，我們且到前面去。走吓，走。阿喲！

【北禿廝兒】心、心兒裡滿堆著禍胎，百忙裡難保和諧。俺這裡沖沖怒氣怎擺畫？一步步奔長街，非駭。走吓，走吓。（下）

　　（付扮和尚，敲梆上）阿彌陀佛！林家巷裡吏部周老爺清廉正直，萬民感仰。那間校尉來捉，開讀在即，一街兩巷，眾位老爺纏到西察院前，執香懇求上臺出疏保留。此係士民公舉，不可遲延誤事。阿彌陀佛！（淨說響[4]話上，同付各轉一轉，磜介）僧人吓？

　　（付）囉個吓？阿呀，原來是顏老爺！（淨）㕥是草庵裡個老和尚？（付）正是。顏老爺，小僧稽首。（淨）罷哉罷哉。老和尚。（付）哪亨？（淨）我且問㕥，有幾哈人進城去哉？（付）顏老爺，小僧各處敲梆叫喊，論千論萬，無數個人纏進城去哉。（淨）好，好！喂，老和尚。（付）顏老爺。（淨）對㕥說。（付）哪亨介？（淨）我那間再煩你到楓橋，（淨說一句，付答應一句）（淨）寒山寺、削筯墩、上下津橋、李王廟前、社壇裡、三官殿頭、蔥菜河頭、南北兩濠。（付應介）（淨）是個幾搭，我個小朋友極多，快星催俚㕥進城去。（付）吷，是哉。（淨）就去。（付）曉得哉。（淨下）

　　（付）我曉得今日要奔殺個哉！說弗得吓，只得要再奔再喊嚕。阿彌陀佛，阿彌陀佛！（照前念亂奔下）

　　（淨、眾上）（眾）顏大哥，眾人都在那裡等你。（淨）列位吓！

【煞尾】疾忙奔走無耽待，看此去百萬軍中顯將才。管教你漫天煙霧霎時開，遍地風波頃刻裡解。

　　眾兄弟，你㕥纏跟我進城去，僧來吓僧來！（眾同下）

4　底本作「鬼」，疑是「响」字形訛，參酌文意改。

按　語

〔一〕本齣出自李玉撰《清忠譜》第十折〈義憤〉。

清忠譜・鞭差

丑：吳縣縣衙的差人。
付：北京東廠到蘇州提人的張校尉。
淨：北京東廠到蘇州提人的李校尉。
二旦：校尉的隨從。

（丑上）

【梨花兒】我做差人真納答，見了錢財腰內撒，開言便把酒來呷。嗟！差了苦差叫苦薩。

　　苦差合縣有，惟我獨承當。自家非別，吳縣裡四班上真正一個替身快手便是。囉里說起！再弗曉得北京差個校尉下來捉周鄉宦，應該我俚吳縣承值，堂拉西察院裡子，本縣堂上老爺要撥個人去聽差啾。弗腔道我里個星有樣範個大阿叔亞，纔去叮囑子書房裡，哩弗開名字進去，竟攛拿我俚個樣新充役苦惱子公人撥得去聽差，瞎得獨自我去頂缸列受罪個哉！一關關拉西察院裡子，苦惱吓！頭也出弗得。個星校尉，說得起來人也怕殺，纔是故樣臀迭肚窮個，一走走得出來，動弗動：「呔！叫差人，咱要長吓……」再歇兒是亦特一個出來：「叫差人，咱要短吓……」我若偶然弗經心，答應遲子點，是輕則拳頭腳尖，重則皮鞭刀背，亂抽亂砍。更兼賠飯折工夫，半個牢錢無處尋，倒受子無數打罵！日日守死能介守拉里，吥道阿要累殺阿？苦惱！方纔乞我攛子一肚皮個燒酒拉里哉，且搭個星尻養個叉得去嘘。

（付內）呔！手下的。（二旦內應）拿火酒來喝。（二旦應介）（付）燙著些。（二旦）吓。（丑）介入娘賊亦亂裡向吆吆喝喝哉。（付）拿出來喝罷！（二旦）是。（丑）壞哉，壞哉！走出來哉。弗是介，等我伴拉夾廂裡，躲過子個屍養個頭陣列介。（下）

（二旦喝，付上）

【前腔】駕上差來天也塌，推托窮官沒錢刮。惱得咱家心性發，嗏！拿到京中活打殺。

李老爺呢？（二旦）睡在裡面。（付）請他起來。（二旦）是。張老爺請老爺出來。

（淨打哈軒上）

【前腔】久慣拿人手段滑，這番差使差了瞎。自己乾兒沒設法，嗏！一把松香便決撒。

（付）李老爺。（淨）張老爺。坐了。（付）李老爺，咱們奉了駕帖到處拿人，差千差萬，不知賺了多少銀子。如今差到蘇州，拿一個吏部官兒周順昌。蘇州是個富饒的所在，況且吏部又是美官，直不得在犯官身上弄萬把銀子送與咱每？開口說是個窮官，閉口說是個窮官，難道咱每三千七百里路來，白白的回去不成麼？（淨）張老爺，可笑那毛一鷺做了咱每的官兒，咱每到了這裡，也該盡力設法，怎麼竟把咱每撂在這冷屋裡頭，自己來也不來？張老爺。（付）李老爺。（淨）若周順昌弄不出，定要倒毛一鷺的包哩！（付）李老爺講得有理。差人呢？（二旦）在這裡吓。（付）喚那砍頭的來。

（丑暗上）（二旦）啲！差人，老爺每喚。（丑）奈勢，奈勢。（淨）快喚過來。（二旦）是。啲！老爺喚你。（扯丑上）

（丑）拉里，拉里。不知老爺有何吩咐？（付）狗攮的，差你在這裡伺候，面也不見，你躲在哪裡？（丑）小人弗曾躲在哪裡。（淨）連連叫你，不見你來。（丑）撞是流水拉里答應哉。（付）要你在此做什麼？打這狗頭！（丑）阿呀！求老爺饒打。（淨）張老爺不要與他講，只是打這狗頭就是了。手下的。（二旦）有。（淨）拿皮鞭著實打這狗頭！（二旦）吓。（打丑，丑亂跳叫痛介）阿唷，阿唷！苦惱，苦惱！打弗起了，可憐！

　　（淨、付）你快去對毛一鷺說。（丑）吓。（淨）說咱每奉皇爺的聖旨、廠爺的鈞旨。（丑）是，是。（付）到此拿人。問他做誰家的官兒。（丑）曉得了。（淨）直不得在犯官身上弄萬把銀子送與咱每？（丑）知道了。（付）有銀子呢，教他快快抬來。（丑）明白了。（淨）若沒有銀子，咱每也不要周順昌了。（丑）各搭了？（付）咱每就自上去了。（丑）是了。（淨）叫他自己把周順昌送到京裡來便了。（丑）吓。（付）快去說！（丑）是，是。（淨）就來回覆！（丑）吓。（付）走！（丑）是吓。（二旦扯）快去罷！

　　（丑）吓，是。阿呀天地神聖爺爺，個是囉里說起！苦惱吓，遭子娘儕個瘟，亦乞俚氽陣捫打。打殺哉，打殺哉！及至半句說話亦聽弗出，好像含子卵拉嘴裡哈能個烏魯烏魯。（二旦）呔！你在那裡罵爺麼？（丑）阿呀我個大爺吓！（二旦）呔！（丑）大爺，我沒阿敢罵老爺每的吓，只是方纔老爺每的說話，再聽也聽弗出，弗知儕個做叫咱每、咱每？（二旦）你不懂麼？爺稱自己叫做咱每、咱每。（丑）吓，爺稱自家叫做咱每、咱每？（二旦）呔！（丑）我曉得了。若弗問明白子沒，囉里覺搭介？吓，爺稱自己呷得叫做咱每、咱每……弗是介個，等我裏明白子介。

　　（二旦）差人又來了。（付）這狗頭怎麼不去，倒又來了？再打！（二旦）吓。（丑）阿呀老爺，弗要打，弗要打！咱每有說話裏上二位老爺。（付）你有什麼話講麼？（丑）二位老爺吓，這個，咱每吓，咱每是魚縣差人吓。（付）什麼差人？（二旦）啲！爺問你什麼差人？（丑）咳！累殺哉！這個，咱每吓，哪官話聽弗出個？直話呢，是吳縣，官話沒，魚縣哉那。（二旦）他是吳縣差人。（付）這狗攮的，你是吳縣差人怎麼樣呢？（丑）這個，這個……咱每吓是個魚縣差人，蓋沒不好去見那都老爺吓。故此，咱每不便把這多哈說話去裏吓。二位老爺，阿是咱每說得弗差？咱每真當說得弗差勾嘘。（淨）這砍頭的刁得緊，只是個打！（二旦應，丑扯住二旦介）阿呀二位老爺吓，故歇晨光就打殺子咱每，咱每是委實不敢去說的嘘。（二旦）呔！快去罷！

　　（丑）咳！蓋星偌個大爺，介不是故樣硬生捆緊的，這是咱每的干係。那間呢，咱每倒有個道理在此。故歇求二位老爺差一位管家，押了咱每同去見那都老爺。如不然，教咱每哪哼去見都老爺吓？咱每真當說得弗差的嘘。（付）這狗攮的不中用，手下的。（二旦）有。（付）你押了他去，照方纔咱每的說話對那毛一鷺說，立等回話。（二旦）是。（丑）二位老爺，咱每是去了吓。（內喊介）（丑）住孔，住孔！等咱每去裏明白子介。咱每還有話裏二位老爺。（淨）這狗攮的，怎麼還不去？（丑）外面人山人海，想是來看咱每開讀的。這般挨擠，教咱每那哼去得？咱每其實再軋也軋不上，咱每兩個腰子幾乎軋落了。（淨）手下的！（二旦）有。（淨）把皮鞭打開條路，送他每兩個出去。（眾）咻，走開，走開！（丑）呔！咱每對你說，你每站開些，咱每要出去，放條水路讓咱每走吓。（渾下）

（付）咱每小的去，少不得有個回覆。（淨）不怕那毛一鷺自己不來回覆。（付）咱身子裡不耐煩得緊，到裡面去喝些涼酒罷。（淨）咱也用得著了。（付）只等飛黃傳信去。（淨）管教貫索就擒來。啲！小的們，快拿涼酒來解渴。（內應，淨、付下）

按　語

〔一〕本段出自李玉撰《清忠譜》第十一折〈鬧詔〉前半齣。

清忠譜‧打尉

外（前）：寇太守。

末（前）（後）：陳文瑞，吳縣的知縣。

小生：王節，蘇州的秀才。

老旦：劉羽儀，蘇州的秀才。

淨（前、後）：顏佩韋，蘇州的義士。

丑：周文元，蘇州的義士，顏佩韋的結義兄弟。

付（前、後）：毛一鷺，撫台，應天巡撫。

淨（中）：北京東廠到蘇州提人的李校尉。

末（中）：楊念如，蘇州的義士，顏佩韋的結義兄弟。

生：周順昌，員外郎，削籍居家。

外（後）：傳令的士兵。

旦：馬傑，蘇州的義士，顏佩韋的結義兄弟。

貼：沈揚，蘇州的義士，顏佩韋的結義兄弟。

付（中）：北京東廠到蘇州提人的張校尉。

　　（外上）

【引】民憤急呼轅下，淚飛血染塵沙。（內喊介）周吏部第一清廉鄉宦，地方仰賴，眾百姓嵓候太老爺做主，鼎言救援哩！（末上）眾百姓休要啼哭。上司自有公平論，且從容莫用喧嘩。

　　（內喊介）陳老爺，你是周老爺第一個門生，益發坐視不得的

嘘。（末見外介）老大人，眾百姓執香號哭者塞巷填街，哀聲震地，卻怎麼處？（外）足見周老先生平日深得人心，所以如此。貴縣且去吩咐士民中老成的喚一二人上前講話。（末）是。眾百姓聽者：太老爺吩咐，士民中老成的喚一二人上前講話。

（小生、老旦上）生員王節。（老旦）生員劉羽儀。老公祖、老父母在上：周銓部居官侃侃，居鄉表表，如此品行，千古卓然；蒙羅奇冤，實實百姓怨恫。老公祖，老父母在地方親炙高風，若無一言主持公道，何以安慰民心？（淨、丑上）（淨）啐，弗是介說個。青天太老爺，若是周鄉宦果然得罪於朝廷，我等情願入京代死。（丑）也弗是介說個，青天老爺，今日若真正聖旨來捉周鄉宦，就是冤枉，弗敢弗放；今日是魏太監假傳聖旨，殺害忠良，眾百姓其實弗服。就殺盡子滿城百姓，再弗放周老爺去個嘘！

（外）眾百姓聽者：這椿事非府縣所能主張，少刻都老爺到來，你們眾百姓齊聲哀求，本府與吳縣自當竭力周旋。（眾）太老爺真正是青天哉！都爺來哉，大家上前號哭去求吓。阿呀，憲天爺爺做主，出疏保留周鄉宦吓！（下）

（付大怒上）反了反了！有這等事！皇上拿人，百姓抗拒，地方大變。罷了，罷了，做官不成了！（外、末[1]接介）老大人請息怒。周鄉宦深得民心，也是平日正氣所感，倘有一線可生之路，還望老大人挽回。（付）咳！逆黨聚眾，抗提欽犯，叛逆顯然，有什麼挽回，有什麼挽回？

【風入松】呼羣鼓噪鬧官衙，（內喊介）（付）聖旨公然不怕。你府縣有地方干係，可曉得官旗是哪一家差來的？天家緹騎

1　底本作「生」，參考下文改。

魂驚讀，若抗拒一齊搭咤！逆了聖旨還好彌縫，逆了廠爺，咻！比著抗聖旨題目倍加，頭顱上怎好戴烏紗。

（內）憲天爺爺，若不題疏力救周鄉宦，眾百姓情願死在憲天爺爺臺下！（外、末）老大人，卑職不敢多言，民情洶洶如此，還求老大人一言撫慰纔是。（付）撫慰些什麼來？拿幾個進來打便了！（外、末）老大人請息怒。眾百姓呵，

【前腔】哭聲震地慘嗟呀，卑職呵，不敢施威喝打。倘一言激變難禁架，定弄出禍來天大。（末）老大人若無一言撫慰，就是周宦在外，卑職也不敢解進轅門。（付）為何？（外、末）人兒擁紛紛如亂麻，就有幾個皂隸也難拿。

（付）吓，也罷！快去傳諭：眾百姓且散，若要保留周宦，且具一公呈進來。（外、末）是，領命。（下）

（付）哈哈哈！好個駭官兒！苦苦要本院保留，這本兒怎麼樣寫？且待犯官進來再作道理。張老爺、李老爺在哪裡？（淨上）吓，毛老爺不要亂叫，咱每的心事怎麼樣了？到京裡去，還要咱每在廠爺面前講些好話的哩。（付）知道了，自然從厚。（同下）

（生上）平生盡忠孝，今日任風波。（淨、末、丑、旦、貼擁上）周老爺且慢，我們眾百姓裹過都堂出疏保留了。（生）列位，素昧平生，多蒙過愛。我周順昌自忖無他，料到京師決不殞命，列位請回。（眾）當今魏監弄權，有天無日，決不放周老爺去的。

（眾合）

【前腔】權璫勢燄把人摣，到口便成肉鮓。死生交界應非耍，怎容向鬼門占卦？（小生、老旦上）周老先生，好了，晚生輩三學朋友已具公呈保留，台駕且回尊府，晚生輩靜候撫臺批允便了。（生）多謝諸兄盛情。小弟與兄俱讀孔聖之書，君命召，駕

且不俟，今日奉旨來提，敢不趨赴？我周順昌此去有日還蘇，再與諸兄相聚，萬分有幸了。（小生、老旦）老先生說出此言，晚生輩愈覺心痛了。你看被逮諸君，哪一個得保全的吓？投陷阱都成浪花，見哪個得還家？

　　（生）列位不必悲哀，我周順昌呵，

【前腔】打成草稿在脣牙，指佞庭前辱罵。疊成滿腹東林話，苦掙著正人聲價。姑蘇誌休教謬誇，我只是完臣節，死無差。

　　（外扮中軍上）都老爺吩咐開讀且緩，傳請周爺商議。（眾）放吳個屁！（淨搶中軍帽帶介）（丑奪令箭折斷介）（外）列位既具公呈，自然要議妥纔好出本。（眾）出疏保留，士民公事，何消周爺自議？不要聽他。（生）列位，還是放學生進去的好。（丑）列位，料想西察院裡無得後門個，也弗怕俚走子劉娘娘亂去。（丑扯外介）來，還子吳個臭馬桶！（與淨探帽，外戴介）匇匇圇圇一個周老爺交拉吳子，停歇出來，少子半根眉毛，吳個兒兒子小心點吓！（外同生下）（內）掩門。（眾）奇怪，為何掩起門來？（內）聖旨已到，跪聽宣讀。詔曰。（眾）列位，為何開讀起來？（淨、丑）測測能，我俚聽吓。（內）犯官上刑具。（眾）不好了，大家打進去！（打介）

　　（付上）喲！你們這些狗頭，皇帝也不怕，敢來搶欽犯麼？

【前腔】妖民結黨起波渣，倡亂蘇城獨霸。搶咱欽犯思逆駕，擒將去千刀萬剮。（眾）假傳聖旨思量諕咱，眾好漢怎饒他。

　　（淨）佳子！我俚吊清打。吙！吳阿認得我蘇州城裡城外第一條好漢叫做顏佩韋？（末）可曉得我是楊家將楊念如？（丑）阿認

得我十三太保小青龍周老男兒周文元？（旦）我叫馬傑。（貼）我叫沈揚。（付）你每都是一班強盜，砍你們這班狗頭！（眾）打吓，打吓！（齊下）

（外引，生鎖上）老公祖，此番大鬧，我周順昌倒無生路了。（外）且到本府衙門再作商量。（同下）

（丑扯付校尉上，推付跌介）（丑）毪娘！好打！（付急奔下介）（丑急扯出介）（丑）走出來！（付苦介）（丑、付互相渾打介）（丑打，付詐死介）（丑）哪哼死哉？個樣弗見打個。（下）

（付起看兩邊，急躲桌下介）（淨、末、丑、旦貼追眾校尉上，各打介，追下）（丑）阿呀，囉裡去哉？只怕拉裡革裡。（扯付出，打下）

（淨、眾扛一校尉上，各打介）（淨）弗要打哉，肚皮吓打穿哉，拖俚拉城頭浪去不拉狗吃。（眾扛下）

（末引付上）（付）這等放肆！各役不知哪裡去了？（末）執事就在前面，待知縣護送老大人去。（同下）

（眾上）毛都堂來哉，搨俚一身陽溝泥勒介，打得快活，官府纔弗見哉。（丑）阿呀，周老爺介？（淨）囉裡去哉？列位，我俚一面去尋周老爺，一面到山塘上去拆魏太監個祠堂，如何？（眾）有理！（丑）列位，再分一半人，到胥門外頭去，拔校尉個船起來燒吓！（眾）有理！

【前腔】兇徒打得盡成渣，裂地翻天無那。逋逃沒影真奇詫，空察院止堪養馬。周鄉宦深藏在哪家？細詳察覓根芽。

（淨同眾下）

（丑）從來相打，再弗曉得今朝打得快活。阿呀！一件物事忘

記忒裡哉。大個，大個！（淨復上）哐出來！亦是倽個？（丑）一件物事弗見哉。（淨）倽物事介？（丑）一把日照傘弗見哉。（淨）呀，哐出來！唔手裡拿丢個倽物事了？（丑）阿呀，打渾拉裡哉。（笑同下）

按　語

〔一〕本段出自李玉撰《清忠譜》第十一折〈鬧詔〉後半齣。

尋親記‧遣青

淨：張敏，土豪。
末：張千，張敏家的掌事、助手。
丑：宋青，張敏家養馬的傭人。

　　（淨上）

【青歌兒】周娘子儀容絕妙，見了他皮膚發燥。張千今日去索錢，如何不見他回報？若從我便把娘叫。

　　（末上）嘎唷！周羽，你好打吓好打……

【前腔】終日裡與人尋鬧，說著時這般好笑。他們守節甚清高，東人枉自心焦躁，且商量再作計較。

　　（見淨作氣介）嗳！（淨）咄，張千，吼個入娘賊氣質夯夯，僚個意慮？（末）這是哪裡說起！（淨）個是僚意思？叫吼出去討債，居來也弗說道張家裡沒那、李家裡沒[1]那，囉㕦有、囉㕦無……哪說牽手舞脚變面㕦？啥[2]人家屋裡養出吼個樣討債個人來？（末）叫我出去討債，倒受人家這樣氣！（淨）吓，我看吼吃得面頭紅脹，倒拉㕦殺酒風。（末）哪個吃酒就吃員外的尿。（淨）弗吃酒，哪了面孔紅子？（末）吃酒是滿面紅的，難道是半邊紅的？（淨）也有個坐子吃，也有個立子吃。吼個入娘賊要自

1　底本作「歌」，參考上文改。
2　底本作「咮」，參酌文意改。

在，睏子吃嘅，所以半邊紅哉。（末）被人打的。（淨）放屁！弗要說是人，就是一隻狗走出去，個星人看見子，說：「走開點，張員外狗來哉，張員外狗來哉。」阿敢打俚一記。（末）別人打的也不為希罕。（淨）是囉個打個？（末）是周羽打的。（淨）周羽打個？打得好！該打，該打。（末）為什麼該打？（淨）吾自然直擢拳對俚說：「我俚員外要搭吾亂家婆白相相亂」，弗打吾打囉個？（末）員外，你且坐了，待男女告稟。

　　（淨）快點嚼，為儕起見？（末）男女登門取索，便將數目教知，他夫妻兩口盡驚疑。（淨）為儕了？（末）都道虛填文契。（淨）個原是虛填個，吾該好好哩替俚說，阿有儕個產業准折也罷。（末）並無田園屋宇。（淨）阿有釵梳首飾？（末）又無首飾金珠。（淨）極妙個哉！就拿個心事說得上去，一拍一抿縫哉。（末）他心如鐵石不差移。吓，員外，看來是這段姻緣尚未。（淨）放吾個狗屁，參吾個冷痢！我員外恨弗得今夜頭就做親，哪說尚未？（末）他夫妻兩口相留戀，何曾半步分離。員外，你果然要那周娘子麼？（淨）囉個搭吾簍了？（末）也不難，除非殺卻那窮儒，方得稱心遂意。（淨）吓嗄，外頭人說張員外兇，囉裡曉得我俚張千也不善。我要俚個家婆，哪說還要殺俚？真正豈有此理！（末）不殺也不成事。（淨）必要殺個？（末）必要殺的！（淨）介嘿吾去殺子來回話。（末）去殺哪個？（淨）殺周羽哉那。（末）不要殺周羽。（淨）倒殺囉個？（末）要殺黃德保正。（淨）我說吾吃醉亂哉，我要周羽個家婆，哪說殺起黃德保正來？阿是東瓜纏子茄畞裡去？（末）有個緣故……（淨）有儕緣故？（末）前日黃德報了周羽做伕，許了他兩錠銀子。如今暗裡將黃德殺了，把那屍首抬放周羽門首。周羽回來見了，必定移屍，那時叫

破四鄰地方，只說周羽倒贓挾仇，故把黃德殺死。那周羽就問不成死罪，這移屍之罪斷乎難免；不是充軍，就是流徙。等他問罪出去，那時，這個老婆穩穩是員外的了。

　　（淨）妙阿，好計策！快點去殺防早。（末）員外，男女是不會殺人的。（淨）放屁！吾不會殺，難道倒叫我員外去殺弗成？（末）我家那養馬的宋青，他心粗膽壯，倒可去得。（淨）介嘿叫俚得來。（末）員外叫他出來，只說養瘦了馬，要打他。待男女在傍解勸，然後叫他去。（淨）是哉。（末）吓，宋青哪裡？（丑上）來哉。

【水底魚】養馬辛勤，名兒叫宋青。一跌一絆，跌出鼻伶仃，跌出鼻伶仃。

　　阿爹，唱喏。（末）罷了。員外惱得緊，在那裡叫你。（丑）為倽了？（淨）叫宋青。（丑）阿呀！（奔下，末扯住介）哪裡去？（丑）阿爹好人，替我回頭聲，只說宋青鳥瘀脈殺哉。（末）胡說。（丑）好人便罷哉。（末）不妨，有我在此，替你解勸便了。（淨）宋青拉亴囉里？（末）宋青來了，跪在此。（丑）員外，宋青磕頭。（淨）拿竹爿來先打一百！（丑）阿呀員外，男兒小，打弗起嘸。（淨）介嘿五十。（丑）打弗起。（淨）一記弗打。（丑）益發打弗起哉。（淨）一記弗打還說打弗起！（丑）多謝員外。（走介）（末扯介）住著！員外饒了你，還有話說。（丑）阿爹，放子我去罷。（末）不妨，有我在此。（丑）若是打默，輕點。（末）不打你。（淨）我且問吾，為倽了養瘦馬？（丑）毪穿吾個花娘！囉個拉員外面前搬是非，說我養瘦馬？我宋青窮得飯阿無得吃，還要說我養瘦馬。（末）你罵哪個？（丑）我罵個鳥說坏！（末）不是吓，說你養瘦了員外的坐騎。（丑）吓！

坐騎瘦子了……有辯！員外的老馬衰了賽馬，所以賽了。（淨）哪說？（丑）員外的老馬衰了賽馬，所以賽了。（淨）個個入娘賊，白虀白漿，拉虱說個多哈僑個？（末）好好的講。（丑）哪官話纔聽弗出個？員外個老馬養子小馬了，所以瘦哉。（末）吓，員外的坐騎生了駒子了。（淨）吓，養了小馬哉。僑顏色？（丑）點子青。（淨）阿有花？（丑）滿身纏是花，屁股浪一搭花，像員外面孔一樣個。（淨）咳！放屁！介默張千到當裡去捉一件棉襖拉俚，再賞俚五百銅錢。（末）是，曉得。（丑）謝員外賞。（忙奔下）

（淨）住虱。（末）住著，員外還有話問你，只管走！（丑）阿曉得得風就轉防好住？（淨）看吾僑了能忙！（丑）小人個兩日忙吓。（淨）僑個忙？（丑）前日看牛忙。（淨）昨日介？（丑）看馬忙。（末）今日呢？（丑）看員外忙。（淨）呔！（末）見員外！（丑）吓，見員外，見員外……

（淨）我且問你，你吃囉個個？（丑）吃員外。（淨）著囉個個？（丑）著員外。（淨）家婆囉個討個？（丑）家婆員外討個，兒子員外養個。（淨）亂話！（末）養育之恩。（丑）正是，養育之恩。（淨）阿感激我？（丑）著實感激，日夜介拉里感激。（淨）既然感激我，要叫吾幹事。（丑）僑個？要叫我幹事？阿早點說，等我混堂裡去浴也豁豁。阿爹，吾朝子個蕩。（末）做什麼？（丑）弗要看，看子要眼睛吾思個。（末）看什麼？（丑）員外叫我幹事了，弗道是介把年紀還要交卯運來。員外：粗臀奉獻！

（淨）呸出來！介個蠢才，我要吾幹所謀之事，僑個意慮！（丑）吓，員外叫小人幹個所謀之事？個默弗敢欺，但憑員外叫我水裡去就拉水裡去，要火裡去就拉火裡去，天浪去就到天浪去。

（淨）咻？天浪嘿哪哼上去？（丑）天浪默，時常上去白相相個啥。（淨）介默先替我天浪去。（丑）吠哉，我想員外書房裡樣樣有，等我上天去，扳介一塊青雲下來，鑲嵌介一架屏風拉書房裡擺擺，阿好？（淨）介默快點去。（丑）是哉。（末）你上去默，揀那小些的，也帶一塊與我。（丑）佢！糞擔過吓纔要蘸蘸個介！喂，縮來多時弗曾上去，覺道高子點哉。個首低點，等我來，噯，縮來……阿爹，弗要呆看，掇一張梯拉我。（末）我哪有上天梯？（丑）介嘿，我也無得介拿雲手。（末）啐！講這樣大話。（淨）啐！介個入娘賊，倒拉乩說天話。拿耳朵來，我對吓說話。（丑）吠。（淨）吓！希臭。（丑）馬屎香個儕！

（淨）對吓說，叫吓去殺個人。（丑）儕？要殺人吓？（淨）吓！弗要響咭。（丑）介嘿，要殺幾個？（淨）啐，人吓，儕個殺幾個，只要殺一個。（丑）少星顏闌氣，極少殺兩個。（淨）哪了要殺兩個？（丑）湊子一擔好挑。（淨）亂話！（丑）員外，要殺囉個了？（淨）吓去拿個黃德保正殺子，大家張千拿個屍首，抬放拉周羽乩門前子，居來重重有賞。（丑）弗去！（淨）為儕了？（丑）辛辛苦苦吃吃力力殺子人，倒裝別人家個體面。（淨）依吓默哪？（丑）哪！我去殺子黃德保正，一掮掮得居來，放拉大廳浪，開直子個大門、二門，拿介一面金鑼得來，是介堂，堂，堂，張員外乩殺子人哉，張員外乩殺子人哉！個星人說，我俚去看吓，是介一淘進一淘出。內中有個識貨個朋友就贊哉，說道：「個個人弗知囉個殺個？殺得好，殺得乾淨相！」那其間我就踱得出來，搭子狗肉架子，立拉個死人身邊，說：「殺人者，區區宋青也。」（淨）弗要拉乩亂嚼哉。（丑）員外，吓為儕要殺哩了？（淨）哪！那周羽呵，

【刮鼓令】他家裡最貧，我聲名人共聞。要他妻房歸順，事做不成吃人笑哂。今夜裡去殺人，把屍首抬到他家大門。（丑）殺人吓！（淨）弗要嚷！（末）禁聲！（合）恐隔牆有耳且低聲，窗外豈無人。

（丑）

【前腔】蒙驅使宋青，既知恩當報恩。今夜裡持刀前去，管教他一命傾。員外，若娶得那佳人，先請我宋青好酒嗜都嗜都吃幾瓶。殺人吓！（淨、末）禁聲！恐隔牆有耳且低聲，那窗外豈無人。

（淨）三人不可泄機謀。（末）事到頭來不自由。（丑）教他雖無紀信難。（合）算來也有屈原愁。（淨）今夜頭，吾乩兩個去殺子來回頭我。（丑）阿呀，員外，殺弗成。（淨）為儕了？（丑）無得「利支勞」。（淨）儕個「利支勞」？（丑）「刀」哉那。（末）這便怎麼處？（淨）個是要緊物事吓？吾隨便囉里去借一把來用用罷。（丑）員外嘮專要借刀殺人，使弗得個！（末）這是要緊的。（丑）吓，有乩！馬坊裡有一把閘馬料個刀拉乩，等我去拿出來。（淨）拿拉我看。（丑拿刀介）員外，阿好？（淨）好是好乩，單差鏽子點。（丑）等我磨磨快沒是哉。（吐沫介）呸！呸！（磨介）員外，那是風快個哉，吾伸長子頭頸。（淨）哪了？（丑）吾來試試看。（淨）入娘賊，個個儕取笑得個？（急下）

（丑）吾元怕個，別人嘮遭子儕個瘟，該應填刀頭個？（末）不要說了，天色已晚，我和你快些去罷。（丑）囉里去？（末）到黃德家去。（丑）走嘘。（同走介）（丑）阿爹，街浪墨測黑哉，我俚轉去點介一椀燈籠，照子吾走吓。（末）正要黑暗裡纔好行事

吓。（丑）介噁阿爹看仔細，好好能走，弗要跌折子脚，無人駝吓嚒。（末）休要胡說！此間已是他家了，你去問一聲可在家裡。

　　（丑）吓，等我來。黃[3]伯伯阿拉屋裡嚒？（內）吼是囉個嚒？（丑）我是宋……（末急掩丑口介）呸！不要說宋青，說我是周羽秀才。（丑）吓，我是周羽秀才。（內）做僥了？（丑）阿爹，哪哼說？（末）前日為黃河水決，詐了我兩錠銀子。我到縣前去查查，並沒有我的名字，今日特來取討；有得還便罷，沒有得還我要殺了！（丑照依說介）（內）個是殺弗得個！今朝縣前點卯去子，弗曾居來勒，等俚居來說子，叫俚還吼嚛是哉。（丑）掃興！殺弗成，居去罷。（末）不是這等說。和你候到縣前去。（丑）介嘿，走嚒。（同下）

按　語

〔一〕本段出自《周羽教子尋親記》第七齣〈傷生〉。

3　劇作中這位被殺的保正姓「黃」名「德」，底本誤作「王」，據上文與
　　《六十種曲》本《尋親記》改。下齣同。

尋親記‧殺德

付：黃德，保正。
末：張千，土豪張敏家的掌事、助手。
丑：宋青，土豪張敏家養馬的傭人。

　　（付醉上）請吓，明朝會。吃了卯時酒，昏昏直到酉。（丑、末暗上）（末）前面來的就是他。（丑）吃醉歪。（末）醉的正好動手。（丑扶付上）黃伯伯，囉里吃得能醉？（付）儕人？阿是背娘舅儕？（丑）我是周羽。（付）吓，周官人，前日個椿事阿虧我？（丑）我到縣裡去查查，並無我個名字。吭詐子我兩錠銀子，今朝還子我嘿罷。（付）弗還嘿哪？（丑）弗還，我就殺哉！（作殺介）

　　（丑抖介）阿嘎，殺人介儕吃力個！等我放好子刀介。阿爹，阿爹，殺哉。（末）好！殺了，在哪裡？（丑）拉里幾里，等我摸摸看……壞哉！殺差哉，殺子一個瘸腳哉。（末）待我來看……不差，殺欠了筋扯得直的。（丑）吓！扯得直個？（扯介）黃伯伯，弗關我事，張員外叫我殺個嘐。（末）吓！死人嘿與他說話。（丑）有數說個：「死人身邊有活鬼」，對俚說明白子咭。（末）我與你抬到周羽門首去。（丑）阿爹，吭抬子頭，我抬脚。（末）你抬頭，我抬脚。（丑）阿曉得我有點抬頭弗起拉里了？（末）不要多講，快些來。（丑）阿唷，阿唷！肚裡痛。阿爹，吭立介歇，讓我去上一個坑勒來。（末）吓！快些抬。（丑）阿唷！要出出來

哉嘿。（末）噯，急死了！（丑）我要上坑，倒急殺子哬！（同抬，渾下）

按 語 ✎

〔一〕本段出自《周羽教子尋親記》第七齣〈傷生〉結尾。

尋親記‧送學

旦：郭氏，周瑞隆之母。

貼：周瑞隆。

末：義學的教師。

小生：林學士，義學創辦人。

丑：林學士之子。

（旦上）

【引】玉翠香消鏡臺荒，綠雲撩亂懶梳妝。

　　百年光景如梭擲，三月韶光似箭催。奴家丈夫因遭遠配，別時有七個月身孕，且喜生下個孩兒。我吃盡萬千苦楚，今已長成一十二歲，取名瑞隆。因家貧力薄，不能送他去讀書，如今且喜林學士家開一義館，不論親疏遠近都去就學。不免喚他出來，送他去讀書，有何不可。瑞隆孩兒哪裡？

（貼上）

【引】月冷萱堂夜迢迢，感風木，動悲號。

　　母親拜揖。（旦）罷了。兒吓，玉琢方成器，木揉始作輪。勤學為君子，懶學為廢人。兒吓，你爹爹臨別時，再三囑咐教你讀書，你只是頑劣不肯向學。如今後街林學士家開一義館，我如今送你去讀書，休得仍前兒戲。（貼）謹依母親慈命。（旦）拿了書包隨我前去。（貼）是。（旦）待我閉上了門。

　　（合）

【宜春令】兒今去，讀聖書，過花街穿著柳衢。向人煙聚處，市井闤闠書生輩。想學堂中都是富室之兒，（內讀書介）（旦）猛聽得讀書聲沸。只得引領孩兒，步入街除。

　　此間已是，你去叫一聲。（貼）曉得。有人麼？

　　（末上）

【引】兀坐書齋，是何人來就學？

　　（貼）先生拜揖。（末）學生何來？（貼）家母在外。（末）說我出來。（貼）母親，先生出來了。（末）娘子請進去。（旦）先生請。（末）請問娘子，到此何幹？（旦）特送小兒從學，望先生容納。（末）書是老夫教，館是林大人開的，還請林大人出來。書僮，請老爺出來。（內）老爺有請。

　　（小生上）

【引】玉堂金馬無心戀，一經教子窗前。

　　（各見介）先生。（末）大人，這位娘子特送令郎從學，故此請大人出來做主。（小生）娘子拜揖。（旦）大人。（小生）請問娘子是何宅？（旦）妾身乃前街周羽之妻。（小生）吓！原來是周維翰的令正，失敬了。（旦）豈敢。（小生）維翰別後，沒有令郎的吓？（旦）是遺腹之子。（末）大人，周維翰是何等樣人？（小生）也是吾輩朋友，被人陷害，遠配他方。（旦）特送小兒從學，望大人容納。（小生）令郎可曾取名？（旦）取名瑞隆，望先生更改一更改。（末）這名兒甚好，不須更改了。

　　（旦）我兒過來，拜了先生。（貼）是。先生請上，待學生拜從。（末）不消。（貼）望先生開我愚蒙，啓我茅塞，他日成名，不負大德。（末）讀書以懈惰荒淫為戒，勤力不息自強。（旦）先生和大人請上，受妾身一拜。（末、小生）豈敢。人家只有弟子拜

先生，哪有父母拜先生之理？（旦拜介）此一拜非拜先生，只可憐
他是個無父之兒！

【一封書】蒙容納意美，望哀憐他是無父兒。兒頑劣無
知，望責罰休怨罪。兒吓，若得你讀書成大器，莫忘了先
生指教迷。（合）讀詩書，但[1]勤劬，期取功名天下知。

　　（小生）

【一封書】觀此子可喜，那容顏多秀麗。看此子可悲，
（末）大人，為何悲淚起來？（小生）他父不在虧他母教兒。
（末）娘子放心。老夫呵，我當竭力專心勤教導，不怕你孩
兒不成大儒。（合）讀詩書，但勤劬，期取功名天下知。

　　（小生）娘子，學生開的是義館，來者不拒，去者不追。令郎
就在此吃些茶飯，待朔望放他回來便了，不須掛念。（旦）多謝大
人，只是攪擾不當。（小生）好說。（旦）兒吓，你終日攻書不憚
勞。（小生）賢哉娘子教兒曹。（末）世上萬般皆下品。（合）思
量惟有讀書高。（旦）告辭了。（小生）簡慢。（旦）好說。兒
吓，須要用心攻書，不可頑劣，先生要打的嚇。到朔望日，我來接
你。（貼扯介）母親吓……（旦）你在此不妨，我去了就來看你。
（下）

　　（末）大人，令郎今日為何還不進學？（小生）有這等事！書
僮，快請舍人出來上學。（下）（內介）舍人有請。（丑上）來
哉。

【大齋郎】我是富家兒，不怕肚中飢。先生教我讀詩書，
我想讀書有何好處？弗如吃酒學串戲。

1　底本「但」字脫，據下文、《六十種曲》本《尋親記》補。

　　先生，唱喏。（末）罷了。（丑）咦？個個男兒囉里來個吓？（末）這是新送來的。過來見了，大家作揖。（貼）是。（丑）罷哉。（末）畜生，你怎麼受他的揖？（丑）先生，他是貧家子，我是富家兒。（末）學堂中論什麼貧富！大家作揖。（丑、貼作揖介）（丑）吼喲，吼喲！閃子腰哉。（末）畜生！（丑）先生，個個男兒是囉丒個？（末）是前街周維翰家的。（丑）是周家裡個？吓，是哉是哉！先生，俚丒阿姆搭張員外兩個鬼搭搭個噱。（末）唗！畜生，說什麼話？討打！（丑）好意對吓說子倒怪我。

　　（末）周瑞隆，來讀書。（貼）是。（末念）人皆苦炎熱。（貼照念介）（末）我愛夏日長。（貼照念介）（末）薰風自南來。（丑）先生，我要去出恭哉。（末）纔來就要去出恭。（丑）來子半日哉。（末）去了就來。（丑）是哉。（帶鬼臉跳介）（末念）殿閣生微涼。（貼照念介）（末）吓，去了半日還不見來。（走見丑打介）（末）畜生，拿來！（丑）我要白相個默。（末）拿來！書儘，送與老爺看。（丑坐介）（末念）人皆苦炎熱。（貼）先生，背得出了。（末）好！背來。（貼背書介）（丑）羞吓，教得一遍就背得出個哉！先生教子我二三百遍，磨心弗起來。（末）還虧你說！他聰明，你怎學得他來？（丑）先生，我曉得哉，俚是開子聰明孔了，先生也替我開子聰明孔。（末打介）畜生，什麼說話！拿書來上書。（丑）吓。（末念）南昌故郡。（丑）女著褲子。（末打介）畜生！什麼？（丑）先生說「男著布裙」，我說「女著褲子」哉那。（末）南昌故郡。（丑）吓，郡。（末）洪都新府。（丑）公偷新婦。（末）什麼？（丑）吓，新府。（末）星分翼軫。（丑）麻腐十度。（末）什麼？先生說「眞粉十斤」，我說「麻腐十度」。（末）星分翼軫。（丑）吓，眞。

（末）地接衡廬。（丑）先生老驢。（貼）他罵先生老驢。（末）怎麼罵我是老驢？（丑）弗曾吓。（末）這等可惡！周瑞隆背起來打。（丑取鑼打介）（末）拿來。（丑）個是阿姆道是我吃弗下飯了。（末）胡說！放下來。（丑）放弗下個哉。（末）為何？（丑）下頭鑲牢子笋頭哉。（末打介）哧！

【駐雲飛】畜生無知，直恁顛狂懶讀書。君子和為貴，顛倒爭閑氣。嗏！偏他會讀書，蠢才沒志。打你愚痴，今後休如此。（貼）謝得先生指教迷。

　　（丑打貼介）汏！

【駐雲飛】打你無知，偏你聰明把我欺。我吃飯強似你，會讀成何濟？嗏！打你沒爹兒，推出門去。今後休來，惱我肝腸碎。（貼）謝得先生指教迷。

　　（末）讀書休得恁猖狂。（丑）枉讀詩書沒飯噙。（末）休道朱門生餓殍，也須白屋出朝郎。周瑞隆，收了書包回去罷。（貼）曉得。（末下）

　　（丑）小毑養個要拉幾里走個，等俚來打俚兩記列介。（貼走，丑扯介）汏！囉里去？（貼）回去。（丑）居去吓，吓個小毑養個，先生我里作樂慣個，儕了擸掇先生打我？（貼）先生打的，與我何干。（丑）先生打我，我便打你！（打貼，貼推倒丑，下）

　　（丑）阿呀弗好哉，弗好哉！倒乞俚打倒哉，亦打輸拉俚子。故默哪處？吓，有哩哉！等我居去告訴子阿姆，多叫兩個爺來，明朝去打殺個小毑養個。有理個，有理個！（下）

按　語

〔一〕本齣出自《周羽教子尋親記》第二十四齣〈就教〉。

衣珠記‧折梅

小生：趙旭，貧儒。
丑：劉家的茶僮。
貼：荷珠，劉湘雲的婢女。
旦：劉湘雲，劉廷輔之女，趙旭的姑表妹。
末：趙旺，劉家的僕人。

　　（小生上）

【引】天涯姑姪久違顏，貧富參商意失聯。廻廊冷落不成眠，含淚朝來叩膝前。

　　小生前日來訪姑娘，不知何故，把我發在廻廊下安置，甚是冷落，今日已過三日，只得求見。這裡已是內堂了，原來閉門在此。開門。（丑上）一聞呼喚，隨即趨前。（開門介）是囉個？（小生）是我。（丑）吓，阿就是趙官人？（小生）正是，老安人起身了麼？（丑）起身哉。（小生）相煩通報一聲，說我要見。（丑）官人且慢，有句話請問吓：前日官人來個日阿是大雪？（小生）咳，正是！偏偏遇著這等大雪。（丑）個日員外、安人正拉亢園裡亭子浪賞雪，吃得鬧熱蓬生，我俚個趙伯伯進來，說道：「趙官人到哉。」我俚員外喜之不勝，說道：「趙官人多時弗來，快點請進來。」（小生）吓，安人怎麼說？（丑）我俚安人問道：「趙官人轎來個？馬來個？有幾個人跟來？」我俚個趙伯伯是個老實頭，直脚送說：「並無轎馬，嘸無人跟隨。」我俚安人個面孔登時變哉，

拿個酒鍾得來一瓮，說道：「十年弗見面，還是蓋個戎形嘴臉，還來見我做儕？叫俚到迴廊下住兩日再處。」

（小生）是這個原故。今日已過三日了，與我說聲。（丑）要見吓？請嘻。（小生）放我進去。（丑）咦，老實頭討屁臭，只好拿個螺螄窟以麼溜……（關門下）（小生）呀！他竟閉了門進去了。咳，苦吓！小生涉遠而來，只望資助些盤費上京應試，誰想姑娘這般看待我！趙旭吓，

【駐雲飛】直恁無緣，咳，姑娘吓，你把勢利招牌掛額前。苦不相憐念，自恨時乖蹇。嗟！怒氣轉加添，遭人輕賤。我是個失水蛟龍，未遇風雷變，有日飛騰上碧天。

（貼折臘梅上）

【前腔】來到名園，（小生見介）咳，不知可是我的表妹？（看下）（貼）偶見翩翩美少年。蘊藉風流鮮，頓使人欽羨。嗟！若得配英賢，我荷珠呵，便做偏房情願。若得個天意從人，遂卻奴心願，今日相逢非偶然。

這人想就是前日來的趙官人，看他丰姿奇偉，豈是久困人下的？安人有眼無珠，把他輕慢。咳，老安人吓，你好不識人也！（旦內）荷珠。（貼）呀，小姐出來了。

（旦上）

【引】凝寒眉黛銷金鈿，欲覓香葩，飛不到妝前。

（貼）小姐。（旦）荷珠，你在此自言自語，說些什麼來？（貼）適在園中折得臘梅一枝，正欲回房，偶然遇見趙官人自內堂而來，表表非俗，動人驚駭。看他：

【玉抱肚】魁梧堪羨，貌堂堂丰神朗然。皎如玉樹風前，似神龍未出泥蟠。雖教眼下苦迍邅，有日飛騰上九天。

　　（旦）趙家哥哥十年不來，母親待他這等輕薄。我素聞爹爹說他是個才子，羨慕已久，今日被你觸動此機。自古說：「君子周急不濟[1]富。」今夜初更時分，約他到後園來，待我贈他些盤費上京應試，成就他功名，也是好事。你道如何？（貼）小姐此言，甚是有理！

　　（旦）

【前腔】他是人中琬琰，價連城深藏璞間。（貼）更深夜靜，倘然洩漏怎處？（旦）古來多少俠女做得好大事，我們兄妹，怕些什麼？又何妨伐卻荊山，只管得具眼相看。那趙家哥哥，有朝廊廟貴瑚璉，不久衡門歌考槃。

　　（貼）小姐，荷珠悄悄去約他罷。（旦）你怎麼好去！那院公趙旺，他原是從嫁來的，託他去相約初更時分到後花園來，不得有誤！（貼）曉得。（旦）憐念王孫非市義，傍人莫作等閑看。（下）

　　（貼）小姐進去了。他倒也重賢哩。咳！我想起來，我雖憐念，奈貴賤不同，怎能親近？不若將機就計，著院公去約他三更時分，待我扮作小姐，把些財物贈他。若得僥倖，天緣輻湊，我荷珠就死也得瞑目！不免叫老院公出來。吓，趙旺哥哪裡？（末上）忽訝嚴冬囀鶯舌，原來堂上喚人聲。荷珠姐，叫我做什麼？（貼）小姐叫你悄悄的去約那趙官人，三更時分到後花園中來。（末）半夜三更，孤男寡女，如何使得？（貼）不是，小姐見老安人輕覷趙官人，故此仗義私下贈他些盤費，好叫他上京去應試。（末）原來如此，好個賢哉小姐！老安人吓：

1　底本作「繼」，參酌文意改。

【玉抱肚】你無珠有眼，薄寒儒全無見憐。你道是銅臭堪誇，笑文章不耐傾煎。咳！老安人吓，總然十萬在腰纏，怎比得當場那七篇。

　　荷珠姐憐才仗義，雖乃好事，但邪正兩途，不可不認。約他幾更時分？（貼）三更時分，不要錯了。（末）曉得了。正是：無意功名有意書，娘行雅意重鴻儒。（貼）家尊不及人知哲。（合）彼固勤劬此慢渠。（下）

　　（貼）老院公轉來。（末上）怎麼？（貼）三更時分，不可差了！（末）知道了。（貼下）（末）小姐有這樣好意，難得吓，難得！

按　語

〔一〕本齣情節、曲文與舊鈔本《衣珠記》第四齣〈羨材〉接近。

衣珠記・墮冰

生：金波龍神。

旦：劉湘雲，千金小姐。

（四雜扮蝦、蟹、蚌、螺四水卒，引生上）

【引】妙德濟無窮，司甘露，品物流行。

　　巨浪漫漫萬簇[1]煙，遙瞻何處是中原？江神河伯朝靈駕，水國分符地界寬。我乃金波龍神是也。前日赴宴飲醉，化身遊玩，遇一釣叟垂五臘之餌，我戲啖之，誰料遭難！欲展神威，又恐傷殘萬姓，違犯天條，是以隱忍受辱。幸逢秀士趙旭買放，得以隱居于此。查得他有妻劉氏，乃中表之親，尚未聘定，彼此莫知，今當水厄，吾當救而相報。已經託夢與夷陵王氏，又將照乘之珠藏于衣領之內，暗與佳人相贈，一來合彼姻緣，二來作彼進取，三則完我報恩之意。叫水族們。（眾）有。（生）今夜初更時分，有一女子墮冰，爾等好好相救，領來見我。（眾）領旨。（生）大抵乾坤都一照，免教人在暗中行。（下）

　　（旦上）

【園林好】聽譙樓初更點鳴，動棲鴉心兒猛驚。啓戶欲行還省，非瓊報木桃情，哀進食念王孫。

1　底本作「族」，從汪協如點校《綴白裘》改。《綴白裘》（北京：中華書局，2005年），第五冊，第九集，頁208。

　　奴家劉氏湘雲。曾約趙家哥哥初更相贈，爭奈荷珠這妮子早去睡了，又把房門緊閉，想是忘了這件事兒。他與母親臥房只隔一壁，因此不敢高聲驚喚。又恐哥哥等待，只道奴家爽信，沒奈何只得自往。你看積雪如許，路徑與池塘一般平了，教我怎生辨得？

【江兒水】步怯金蓮冷，雲封玉屑平，茫茫不辨池塘徑。淒淒沒個人蹤影，慌張張自覺心難定，等待那人相贈。啐，痴了！我想，趙家哥哥從未識面，總見書生，羞答答怎生通問？

　　且自回房，明日叫荷珠送去便了。

【川撥棹】行未穩，露侵衣，步履冰。女孩家怎輕出閨門？女孩家怎輕出閨門？猛思量教人戰驚，須索要轉回身。（鬼上扶介）（且）呀！不好了！這地上渾然是冰，莫非池上了？冰早裂，喪奴身。（作跌倒，鬼扶下）

　　（生、眾上）

【引】珠璣簇擁瑞靄，光騰照玉宮。

　　（鬼引且見介）啓上大王，救得劉小姐在此。（生）請起，小姐緣何墮冰到此？看坐來。（且）大王在上，妾身怎敢坐。（生）請坐不妨。使小姐受驚，我之罪也。但不知小姐因甚到此？（且）大王聽稟。（生）願聞。

　　（且）

【啄木兒】只為憐才，義濟困窮。（生）周濟誰來？（且）趙氏兄稱名未通。我那母親呵，只為著富爾忘親，妾因不憤，[2]把微資欲贈英雄。正行之間，猛想愧赧，[3]嫌疑所存難親

2　底本「妾因不憤」闌入曲文，參考曲格，並據舊鈔本《衣珠記》（《古本

贈，回旋欲待令人送。誰料靈池到寶宮！

　　（生）小姐，你因失足到此，如今不能回舊路了。我有些少相贈，可資食用。外有衣裌一件，汝可持去。待等正月十二日巳時，有一貧士倩汝縫衣，可即將此衣贈他，後來自有好處。我已曾託夢與嫠婦救汝，汝可以母道待之。所言之物悉在匣內，還有錦囊一枚，待貧士去後開看。（旦）求大王送我回家纔好。（生）不能夠了！若到家中，反有災迍，不若離家的好。此去程途遙遠，又恐妖魔作耗，吾當親送一程。水族們。（眾）有。

【尾】與我穿江過海遙相送，涉險乘危任去從。休道是還在靈池一勺中。

　　（眾吆喝同下）

按　語

〔一〕本齣情節、曲文與舊鈔本《衣珠記》第六齣〈墮冰〉接近。

戲曲叢刊》三集景印）改為帶白。

3　底本「猛想愧報」闌入曲文，參考曲格，並據舊鈔本《衣珠記》改為帶白。

衣珠記・園會

貼：荷珠，劉湘雲的婢女。
小生：趙旭，劉湘雲的姑表兄。
丑：劉家的茶僮。

（內打二更介）（貼斜插鳳，拿前次旦披風上）非仙非魅亦非妖，檢點精神扮阿姣。描寫東君雅意高，情蹤未許人知道。不須靈鵲駕星橋，鶬鶊已佔枝頭早。我，荷珠。只為小姐約那趙生初更時分到後園來相贈他，被我假傳作三更，果然小姐等他不至，想是回房去了。我見他房門已閉，我卻悄然扮作小姐模樣。我想，趙官人與小姐從未識面，哪曉得我是荷珠吓？為此，竊得些東西在此贈他，若能個鳳友鸞交，也不枉為人一世！已將舖陳停當在迎仙洞了。我進得園來，專等那人來也。（內打三更介）

【梁州序】銅壺催箭，三更漏傳，不覺無明難咽。此時已是三更時分，不要耽擱了，且到那邊亭子上去。哪哪哪！這件好衣服是我家小姐的喲，被我竊得在此，待我打扮起來。驀生機變，我如今是小姐了噓，須知扮得嫣然。暗把黃金寶釧，白玉珠環，竊帶奴身畔。今宵相會也跨青鸞，願效于飛共百年。（小生上）阿唷好冷吓！霜天雪身驚顫。天涯瓜葛相憐念，徐徐步入名園。

那邊亭子上想就是小姐，不免上前相見。（貼）怎麼這時候還不見來？咻，那邊來的是哪個？（小生）是卑人趙旭。（貼）吓，

趙家哥哥來了麼？（小生）可就是賢妹小姐麼？（貼）正是。（小生）賢妹拜揖。（貼）哥哥萬福。（小生）早間為賢妹見招，說有周濟愚兄之意；卑人湖海飄零，今蒙賢妹此舉，真乃女中之豪傑也！使卑人不勝感激。（貼）好說，前日哥哥冒雪而來，我父母白眼相看，真乃燕雀不知鴻鵠之志，使奴負罪多矣！（小生）豈敢。（貼）請問哥哥，功名之事若何？（小生）賢妹聽稟。（貼）願聞。

　　（小生）

【前腔】青燈黃卷，孤身運蹇，自負扶搖翩展。鵬程萬里，明珠久墜深淵。（貼）舅舅、舅母一向好麼？（小生）咳！不幸雙親連喪。（貼）吓！沒了？咳，可憐吓！（小生）囊橐蕭條，彈鋏無魚嘆。（貼）可曾行聘麼？（小生）紅絲繡幕也未曾牽。（貼）不孝有三，無後為大，婚姻不可遲了。（小生）賢妹吓，百歲姻緣皆在天。

　　（貼）哥哥此來，無可為贈。奴有白銀二十兩，金釵一對，為哥哥上京之費。（小生）多謝賢妹。（貼）走來。（小生）怎麼？（貼）他日成名，無忘今日之助吓。（小生）賢妹說哪裡話！愚兄孤身到此，**囊橐蕭然**，蒙賢妹今日之雅，若忘此情嘿，哪！唯天可表。（貼）吥，這便纔是。吓，哥哥，什麼時候了吓？（小生）吓吓吓，約有三更時分了。（貼）吓！三更了？（小生）吥。（貼）阿呀，為何奴家身上只管冷將起來？（小生）吓，想是夜深了，賢妹請歸繡閣罷，愚兄要去了。（貼）吥。阿呀！

【前腔】夜深沉不耐嚴寒，出香閨急難回轉。望尊兄憐念，扶過花前。（小生）賢妹吓，卑人雖為兄妹，實難近前，不

便相扶。（貼）哥哥差矣！我和你既有[1]兄妹之稱，何別男女之分吓？（小生）吓，如此嘿，待愚兄勉強相扶賢妹過去便了。（貼）唔，多謝哥哥。（小生）賢妹，看仔細吓。（貼）**轉過荼䕷亭畔，來到迎春洞，**（落釵介）**願把衿裯薦。**（小生）吓，賢妹差矣！因為周急，愚兄故斗膽而來。今賢妹出此言語……唔，切為不可吓，不可！（貼）呀，妾之此舉，實出于至誠，兄若不棄，妹子終身有託也。（小生冷笑介）豈有此理！（貼）**那鵲橋偷渡也且從權。**（小生）這個如何權得！（貼）**莫認郵亭一夜歡。**哥哥，哥哥……（小生）吓吓吓，賢妹，不可如此吓！（貼）**和你歡會也在名園。**

　　（小生）賢妹吓，

【前腔】**感卿卿青眼垂憐，反締我百年姻眷。奈嫡親中表，禮法相關。**（貼）中表配偶，古來儘多。況久聞大名，今夜得瞻儀表，妾以為終身有託，故不以自薦為恥。兄轉如此趑趄，倘父母知道，君必敗行矣嚇！咳！（小生）吓，就知道何妨！清者自清，濁者自濁。（貼）唔！（小生）**青白由來可辨，我是白玉無瑕，怎受青蠅玷？**（貼）哥哥。（小生）賢妹，請尊重些。（貼）咳！罷，罷！正是：我本將心託明月，誰知明月照溝渠！妾有從兄之意，兄轉如此，況奴醜態盡露君前，何以為人？罷！不如投在池中死了罷。（小生）呀，賢妹不要性急，待愚兄三思嚇。（貼）吓，三思麼？（小生）唔！（貼）你去想。（小生）吓，想。（貼）去想。（小生）且住，蒙他一片熱心待我……（貼）看他怎麼樣……（小生）我若不從，他要投水。阿呀，非唯負他，亦

1　底本作「以」，參酌文意改。

且不忍。（貼）待我聽他，是吓。（小生）也罷！不如成就此姻，未為不可。（貼）閃開！讓我投水……（小生）賢妹不可如此！非是愚兄不從。（貼）卻是為何？（小生）哪！只是**山雞羞配也敢扳鸞**？恐負嫦娥愛少年。（貼）兄既見允，奴家之願足矣。須要星前月下，海誓山盟，免使奴有白頭之嘆。（小生）吓，要愚兄罰願麼？這有何難。老天在上，我趙旭若負賢妹今夜之情，永遠前程不吉。（貼）吥，住了。（小生）如此，賢妹來噓。（貼）唪！（合）和你情兒逗心兒戀，眉流目注神撩亂。（浪介）**攜素手且把帶兒寬。**

　　（貼扯介）（小生）不可吓，不可。（貼）唪！來噓。（同下）

　　（丑上）酒不醉人人自醉，色不迷人人自迷。自家乃劉員外家茶僮便是。方纔員外、安人拉亭子上吃酒，替我多嚼子呷，吥竟醉倒拉亭子上。眠子一忽，身上覺道冷冰冰。吓，進去眠罷。咦！臘梅樹腳底下倈個亮燦燦？等我拾起來看。咦，原來是一枝碧玉簪兒。像是小姐突落個，待我叫荷珠姐送還子小姐，自然有賞個。荷珠姐，荷珠姐！房門開拉里，為倈人阿弗見？想是小姐房裡去哉。我想小姐失落個枝簪兒，

【節節高】必竟搔頭墜鬢邊，在花前，翠鈿決被花枝絆。心私算，這簪兒值幾錢，真歡忭！明朝去把香醪換，從今莫使人知見。常將一甕在床邊，閒來醉倒糟邱畔。好快活，好快活！（下）

　　（小生、貼攜手上）

【前腔】翩翩美少年，配嬋娟，春宵一刻千金換。心撩亂，話更甜，從人願。今宵了卻前生念，風流被底流香

汗。只恐分離各一天,別時怎得重相見?

【尾】今宵恩愛情無限,明日天涯各淚漣。哥哥吓,願你
獨占鰲頭早把信音傳。

　　(小生)天色將明,賢妹請進去罷,愚兄要去了。(貼)可去
別我爹娘了?(小生)這等待我,還去別他怎麼!愚兄倘有寸進,
決不忘賢妹今夜之情。(貼)多謝哥哥。(小生)賢妹請上,愚兄
就此拜別。(貼)妹子也有一拜。

　　(合)

【哭相思】話別臨期各慘然,雙垂別淚意懸懸。送君千里
終須別,咫尺天涯各淚漣。

　　(貼)哥哥請轉,哥哥請轉!(小生)賢妹,怎麼說?(貼)
哥哥,你路上須要自己保重吓。(小生)這個我曉得。賢妹請進去
罷,愚兄是去了嗻。(貼)哥哥去罷,去罷。(小生)是。(貼)
吓,唔……(看小生下)吓,哥哥,阿呀我那哥哥吓!唔唔唔……
啐,啐!他已去了,哭也無用。吓,阿呀,想我荷珠這節事,做得
來停當有趣,又無人知覺。我想,方纔與他這些光景,是……阿
呀,不要說了,不要說了。(下)

按　語 _____

〔一〕本齣情節、曲文與舊鈔本《衣珠記》第七齣〈贈釧〉接近。

〔二〕選刊此齣的坊刻散齣選本還有《怡春錦》。

衣珠記‧埋怨

外：劉廷輔，員外。

付：趙氏，劉廷輔之妻。

末：趙旺，劉家的僕人。

（外上）

【引】兵亂後家家煩惱，老年來難度春秋。（付上）苦惱吓！衣食無求，怎生餬口？這飢寒實難禁受。

（外）媽媽。（付）老測死個！（外）咳！常將有日思無日，莫待無時思有時。我，劉廷輔。親丁三口，向來頗自溫飽，不想茫牙赤作亂，家私盡行搶散，只有一個女兒又沒了。荷珠這丫頭親生一般的看待他，只望略略依傍，又被賊人擄去。如今丟下我兩口，舉目無親，只靠著趙旺賣柴養膳，如何過得日子吓！（付）老賊吓，唔做人弗積德，盤放刻剝，所以有今日之下場[1]噪！（外）噯，你平日欺貧重富，故此親朋斷絕，如今無人肯週濟，你反來埋怨著我！（付）老賊吓，有數說個：「要吃要著了嫁家公」，那間吃無得吃、著無得著，倒要說我弗好。我不管，要飯吃！（外）咳！世亂年荒，非關我事吓。（付）放屁！弗關唔事，難道倒關我事？（外）媽媽，

【懶畫眉】只為胡人塗毒使人愁，年老無兒鎮日憂，（付）

---

[1] 底本原無「場」字，參酌文意補。

個是吓自家無本事，弗是我養弗出吓。（外）咘，什麼說話！家無擔石少良謀。（付）嗳，老賊吓，我飢寒未慣難禁受，和你不是冤家不聚頭。（外）媽媽，這是你我的命該如此，埋怨我也沒用吓。（付）無得吃、無得著，哪弗要埋怨吓？

　　（末持扁擔上）

【東甌令】挑薪賣，度春秋，口食身衣沒處求。買臣當日遭妻詬，富貴洗前羞。（外）趙旺回來了，柴可曾賣完麼？（末）柴已賣完，米已糴下。還有一樁喜事，報與員外、安人知道。（外）有什麼喜事？（付）吓，有俉喜事，快點說嘸。（末）目今西川安撫平定蠻夷，道那成都百姓遭亂，人民飢餒，明日開倉賑濟，每一個人支糧三斗。（付）住吼，等我算算看。（外）算什麼？（付）哪！一個人三斗，那間我里三個人纏去，阿是九斗吼哉？（末）不差，是九斗。（外）既然如此，我們明日大家都去。（付）正是介，大家纏去。（合）官司賑濟滿街頭，百姓喜悠悠。

　　（外）自從苗虜入邊來。（付）一旦流離實可哀。（末）萬事不由人計較。（合）一生都是命安排。（付）老老，我里今夜頭拿個兩件破衣裳得來，縫做兩個叉袋，明朝好去袋米吓。（外）說得有理！連夜縫起來！明日大家同去，大家同去。（付渾同下）

按　語

〔一〕本齣情節、曲文與舊鈔本《衣珠記》第二十四齣〈埋怨〉接近。

衣珠記・關糧

淨：趙旭的下屬。

雜：軍牢、皂吏、捕快等。

小生：趙旭，按撫大人。

外：劉廷輔，趙旭的姑父。

付：趙氏，劉廷輔之妻，趙旭的姑母。

末：趙旺，劉家的僕人。

（淨上）龍虎臺前出入，貔貅帳下傳宣。自家乃按撫老爺麾下一個旗牌是也。俺老爺平定賊寇，奉旨封為西川按撫。只為成都遭亂，百姓饑荒，今日開倉賑濟，只得在此伺候。

（雜扮軍牢、皂、快等，引小生上）

【引】授命西川撫鎮，忍見黎民饑饉？

（眾吆喝介）（小生坐介）（淨）旗牌告進。（眾）進來。（淨）旗牌叩頭。（小生）起過一邊。（淨）吓。（小生）下官，趙旭。幸逢明主，領授西川按撫，託賴聖上洪福，苗寇一掃而平。但成都百姓連遭荒亂，餓死無算。我想，上帝有好生之德，下官豈無恤民之心？為此，今日開倉賑濟。左右。（眾）有。（小生）但有支糧百姓，按名給發，不許攔阻。吩咐開倉。（眾）吓，開倉。

（外、付、末上）

【引】聞說官司賑濟，一家三口忙臨。

（雜）支糧人進。（眾）進來。（外、付、末）爺爺在上，請

糧人叩頭。（小生）這老兒多少年紀了？（外）爺爺聽稟：

【皂羅袍】年紀龍鍾虛長。（小生）叫什麼名字？（外）念小人姓劉，名廷輔宗黨，（小生）那個呢？（外）蒼頭趙旺侍吾行。（小生）這個婆子是你何人？（外）荊妻趙氏同績紡。（小生）不許抬頭。（眾）呔！不許抬頭。（小生）可有兒子麼？（外）為老年無子，不勝慘傷。（小生）可有女兒麼？（外）止生一女，及笄夭亡，夫妻兩口無依傍。

（小生）左右。（雜）有。（小生）把這兩個老頭兒放在迴廊下，不許縱放他，也不許難為他，待三日後發落。留這趙旺在此。（雜）吓。走走走！（付）苦惱吓！個是儕個意思介？（外）咳，不知為何。（雜）這裡來。（扯外、付下）（小生）聽差過來（淨）有。（小生）傳諭支糧人戶少停給散，止留你在此伺候。吩咐掩門。（眾）吓，掩門。（眾下）

（小生）喚趙旺後堂來。（淨）吓。呔！趙旺，這裡來見了大老爺。（末）是。趙旺叩頭。（小生）抬起頭來。（末）吓。（小生）趙旺，你可認得我麼？（末）咦！（笑介）原來是趙官……（淨）呔！是大老爺。（末）是！是大……大老爺。（小生）起來。（末）是。（起立介）老爺有何吩咐？

（小生）趙旺，我且問你，你家員外有萬貫家私，為何落薄至此？（末）不要說起！自從老爺別後，連遭賊人搶擄，家私盡行搶去。員外、安人一無依靠，是我賣柴養膳他們。昨日聞知官府賑濟，特來請糧，不想趙官……（淨）呔！（末）啐，啐！老爺為何將他放在迴廊之下？（小生）趙旺，你可知我當初未遇之時，雪天來訪，竟不相見，將我放在迴廊下三日？故此，我今日也將他放在迴廊下三日。（末）老爺，君子不念舊惡，還求老爺憐念這兩個老

人家。

　　（小生）吓，趙旺，

【前腔】我想那日雪中相訪，他將我輕視，放在迴廊。（末）這原是我家員外、安人有眼無珠吓！（小生）咳，趙旺，他只道百年富貴享膏粱，哪知人情世態如反掌。（末）是吓。（小生）笑重瞳無目，海水斗量。都虧你家小姐，把金珠相贈，身留帝鄉。（末）咳！好個小姐，可惜死了。（小生）咻！你家小姐何曾死！（末）怎麼不曾死？（小姐）哪！現今呵，五花冠誥隨夫唱。

　　（末）這等說，我家小姐真個不曾死？（小生）何曾死！（末）小人不信。（小生）你不信麼？（末）不信。（小生）過來。（淨）有。（小生）你領趙旺到私衙內去見夫人，待我放了糧就來。（淨）吓。趙旺這裡來。（末）是。這也奇了，不信小姐在此。（淨領末下）（小生）正是：不是一番寒徹骨，怎得梅花撲鼻香。吩咐開門。（內應介）（小生下）

按　語

〔一〕本齣情節、曲文與舊鈔本《衣珠記》第二十五齣〈放糧〉接近。

衣珠記・私囑

丑：荷珠的婢女。

貼：荷珠，原劉家的婢女，假扮小姐與趙旭成親。

淨：趙旭的下屬。

末：趙旺，劉家的僕人。

小生：趙旭，按撫大人。

（丑扮梅香，隨貼上）

【引】簾幕低垂春雨微，鞦韆庭院落花飛。

　　南園滿地堆輕絮，暗思昔日陽臺雨。雨後見斜陽，氤氳花氣香。我，荷珠。當日冒充做小姐，得與趙郎相會，不想今日五花冠誥，夫唱婦隨，豈非夙世良緣？奴家自遭胡人之擄，我家員外、安人只道我已為胡人之婦，哪裡得知趙郎奉旨平定賊寇，遇見奴家，帶回任所，成其夫婦，不覺已是兩月。但不知員外、安人這兩個老人家安否若何，好生掛念！今日相公賑濟成都，欲待託他尋訪二人消息，猶恐他說出真情，反為不美。若是不叫他尋訪，哪有人家的女兒不想念父母的道理？如今小姐已死，怎生得個人兒，悄地通個消息與他兩個？說我荷珠遇見了趙官人，認作小姐，趙官人已納為夫人，叫那兩個老人家權認我為女兒纔好。咳！奈沒個便人，好悶人也！

　　（淨上，末隨上）（淨）這裡來。（末）錦衣歸故里，端的是男兒。（淨擊雲板介）（丑）僕人吓？（淨）是我。（丑）做僕

了？（淨）老爺著我領趙旺進來，要見夫人的。（丑）住虱，等我先稟聲勒介。（淨）是吓，煩你先稟一聲。（丑）吓，夫人。（貼）怎麼說？（丑）老爺叫聽差官送個僑趙，趙，趙……（貼）趙什麼？（丑）吓，送個僑趙旺拉虱外頭，要見夫人了。（貼）吓？趙，趙，趙旺！（丑）正是。阿要叫俚進來介？（貼）嗯……也罷！吩咐聽差迴避，單著趙旺進來。（丑）是哉。夫人吩咐，叫聽差官迴避，單叫趙旺進去。（淨）曉得。（下）

（末）姐姐，夫人在哪裡？說趙旺求見。（丑）啐！吓身浪臘離臘塌，哪哼去見夫人介？（末）姐姐，是老爺著我來的吓。（丑）介嘿，跟我來。夫人，趙旺拉里。（末）小姐在哪裡？小姐在哪裡？咻！這是荷……（貼）嗯！（丑）呸！賊入娘賊，見子夫人頭阿弗磕，僑個鵝阿鴨！（貼）哇！小賤人，他是太老爺手下的人，怎麼叫他磕頭？（丑）我哩平常日腳弗磕頭，弗打就罵。（貼）小賤人，還不走進去！（丑）我里那間弗磕頭哉。（下）

（貼）小賤人，跪在那裡不許起來！這小賤人……吓，原來是趙旺哥。（末）荷珠姐，奉揖。（貼）趙旺哥，請坐。（末）這個所在可坐得的麼？（貼）不妨，沒人在此，坐得的。（末）吓，坐得的？如此坐嘑。（跌介）阿唷，阿唷！（貼）看仔細，起來坐好了。趙旺哥一向好麼？（末）咳，有什麼好！（貼）員外、安人康健否？（末）不要說起！自從你被賊人擄去，家產俱已搶盡，是我賣柴養膳。（貼）吓，這等倒難為你了吓。（末）聞得官府賑濟，因此同員外、安人特來請糧，不想就是趙官人！（貼）嗯！就是趙官人嚜。（末）他竟將那兩個老人家放在廊下，說待三日後纔與他糧米，又說他的夫人就是我家小姐，故此著我進來相見。荷珠姐，煩你引我進去見了小姐，求他討個情面，勸趙官人認了這兩個老人

家罷。（貼）吓，你要見小姐麼？（末）正是，要見見小姐。
（貼）吓，也罷，我還你一個小姐就是了嚇。（末）咻咻咻！怎麼
說還我一個小姐？（貼）趙旺哥：

【風入松】伊家諱自問行藏。（末）怎麼不要問？（貼）**小
姐今在何方？**（末）咻！老爺說他的夫人是小姐吓。（貼）趙旺
哥，可記得那晚，小姐著你去約趙官人，三更時分到後花園中來
麼？（末）記得的。（貼）那晚我與小姐面贈金帛，小姐回歸繡
閣，不想池上結冰，冰上積雪，認不出路徑，墮於池中死了。
（末）小姐果然死了？（貼）果然死了啲。（末）阿呀，小姐吓小
姐！荷珠姐，後來便怎麼？（貼）奴家後來呵，**被胡人擄去無倚
傍。**（末）你被胡人擄去，哪裡得見趙官人呢？（貼）那趙官人
平定賊寇，做了西川按撫。**我在他鄉得遇裴航。**（末）荷珠
姐，你的說話我一些也不解。（貼）不是吓，這趙官人那晚雪夜
嘿……哪哪哪！只見得小姐一面，還認得不真嚇。我假……（笑
介）（末）荷珠姐，不要笑，說嘘，說。（貼）哪！那趙官人雪夜
只見得小姐一面。（末）是，只見得一面。（貼）還認得不真吓，
我假、假扮做雲英配阮郎。（末）吓？你見小姐死了，竟冒充
做小姐？（貼）唔……（末）哈哈哈！倒會，倒會！（貼）趙旺
哥。（末）怎麼？（貼）我如今煩你多多上覆員外、安人，相見時
千萬不要說我是荷珠。（末）說你是哪個呢？（貼）抬舉我做了小
姐罷。（末）抬舉你做了小姐？（貼）唔。（末）噯！（貼）吓，
趙旺哥。（末）唔！（貼）趙伯伯，趙伯伯。（末）噯噯噯！
（貼）好人，好人，**你切莫說短和長！**

　　（末笑介）（內）掩門。（貼）阿呀！老爺進來了，你站了起
來。（推末立，自正坐介）（小生上）

【引】天涯瓜葛已相逢，方寸不勝慚悚。

　　（貼）相公回衙了！（小生）夫人。（貼）相公。（小生）趙旺，見過夫人了麼？（貼對末搖手、丟眼色介）（末）見過小姐了。（小生）夫人，可知你爹爹之事？（貼）相公怎麼把我爹娘放在迴廊下，是何道理？（小生）夫人，我當初未遇之時，雪天相訪，他放我在迴廊下，三日不曾見面，我今也效前番意思。（貼）相公，自古君子不念舊惡，還是請來相見。（小生）咦！思之可恨，要過三日。（貼哭介）阿呀我那爹娘吓！（末）阿呀老爺，不要苦壞了小姐。（小生）夫人不須如此。趙旺。（末）有。（小生）就著你去請員外、安人相見。（末）吪吪吪，就是我去，就是我去。（貼）多謝相公。趙旺快去！（末）是，就去，就去。（下）（小生）夫人請進去。（貼）相公請。（小生、貼同下）

按　語

〔一〕本齣情節、曲文與舊鈔本《衣珠記》第二十六齣〈見姑〉前半齣接近。

衣珠記‧堂會

末：趙旺，劉家的僕人。

外：劉廷輔。

付：趙氏，劉廷輔之妻，趙旭的姑母。

小生：趙旭，按撫大人。

貼：荷珠，原劉家的婢女，假扮小姐與趙旭成親。

　　（末笑上）當時冷落廻廊客，今日榮華堂上賓。員外、安人，快來！（外、付上）來了。只為家貧來請糧，誰知放在冷廻廊。（末）哈哈哈！（付）趙旺，阿是吾吃飽弎哉，僐哪能介快活？（末）員外，安人，有樁天大的喜事報與員外、安人知道。（外）有何喜事呢？（付）有僐個喜事介？（末）你道那放糧官是誰？（外）是哪個呢？（付）是囉個了？（末）就是我家的趙官人！（付）阿呀！個是我個阿姪兒子。哪說放我拉廻廊下，個是僐個意思？（末）只因安人當初放他在廻廊下三日，他如今也放你在廻廊下三日。（付）老老，個是還報風嘻。（外）咳！當初是你短見，如今怎麼處？（付）當初雖然我賊介，吾弗要趁脚蹺嘿好嚹，哪倒來埋怨我！

　　（末）員外、安人不要埋怨，還有一樁異事。（付）什麼異事？（末）我家的荷珠……（外、付）他被賊人擄去了吓。（末）他被賊人擄去，不想趙官人平定賊寇，遇見了他，帶回任所。他見我家小姐已死，竟冒認做了小姐，與趙官人結為夫婦，現在衙內。

（外）喂，媽媽，這丫頭倒會使乖。（付）看俚面浪倒有點福氣叾。（末）為此，著我多多拜上員外安人，進去相見時，千萬不要說是荷珠。（外、付）吓？稱他什麼？（末）竟認做我家的小姐。（付）小姐沒小姐哉那！（外）嗄！他是我家的使女，如何使得！（付）新鑄銅錢兩折一，有儕使弗得？呸個老老一把年紀，時勢噥看弗出個。弗要說俚叫我做娘，就是我叫俚做娘也說弗得哉。竟是小姐！（末）竟是小姐！哈哈哈……（同走介）（末）老爺、夫人有請。

（小生、貼上）（貼暗對末介）可曾說明白？（末）說明的了。（小生）員外、安人請到了麼？（末）請到了。（貼）爹爹、母親在哪裡？（外、付）我兒在哪裡？（付）我個嫡嫡親親個兒子吓！（小生）姑爹、姑娘在哪裡？

（合）

【哭相思】只道永分離，豈料重相見！

（小生）姑爹、姑娘請上，待姪兒拜見。（外、付）不消。（貼對付做手勢介）母親。（付點頭，末笑介）（貼）啐！走出去。（末笑下）（小生、貼同拜）

（小生[1]）

【玉抱肚】雪中相訪，別尊顏山遙水長。喜膚才得見君王，掃胡塵萬姓安康。（外、付合）淹淹弱息，天涯萍梗會遐荒，今日相逢在故鄉。

（貼）爹爹、母親請坐。（外、付）兒吓，你把別後事情說與我知道。（貼）爹爹、母親聽稟：

【前腔】容兒細講，料今生必然喪亡。在窮荒得遇仁兄，

1 底本作「合」，參酌文意改。

誰知婦隨夫唱！（付）兒子阿，吾個終身之事倒完哉。（貼）母親，什麼終身事完了！哪！**他男兒薄倖，須臾擇日鳳求凰。**（付）姪兒，哪說吾要重婚？個是使不得個嘻。（小生）非干姪兒之事，這是聖上主婚的。（付）兒子吓，是皇帝做主個。（貼）母親不要聽他，哪裡是聖上主婚，哪！**都是他每自主張。**

（付）

【前腔】不須惆悵，聽老身一言細講。兒吓，吾做姑娘個面浪無僑好親好眷，止有這一點親生，並沒有半枝親黨。方纔說個重婚，再使弗得個嘻。從來古語，一夫一婦效鸞凰，須信男兒要主張。

（小生）夫人，吩咐備酒接風。（外）**一別多年不見蹤。**（付）**誰知此日卻相逢。**（貼）**今朝謄把銀缸照。**（合）**猶恐相逢在夢中。**（小生）姑爹、姑娘請到裡面去。（外、付）姪兒請。（小生虛下）（貼扯付、外介）員外、安人一向好嗎？（作跪介）（小生又上）姑爹、姑娘請到裡面去。（貼急起，咬指介）（小生同外先下）

（付）阿呀，我個兒子吓，想殺子我哉！（貼）多謝母親。（付）兒子吓。（貼）怎麼？（付）我身浪個衣裳齷齷齪齪，阿有僑個好衣裳，換兩件我著著嘿好？（貼）好衣服都已做停當在那裡的了。（付）僑個？做停當丑個哉？（貼）做停當的了。（付笑介）阿呀呀，好殺！比嫡親囡兒勝百倍丑嘻。（貼）啐！（付）亂話哉，亂話哉！（貼）進去罷。（付）吠，吠，吠。（同下）

按　語

〔一〕本齣情節、曲文與舊鈔本《衣珠記》第二十六齣〈見姑〉後半齣接近。

衣珠記‧珠圓

末：方朋，西安僉判，主婚官員。

丑：驛丞。

旦：劉湘雲，趙旭之新婚妻。

小生：趙旭，按撫大人。

老旦：王媽，劉湘雲的義母。

外：劉湘雲之父。

付：劉湘雲之母。

貼：荷珠，劉湘雲的婢女，假扮小姐與趙旭成親。

　　（二小軍、末上）

【引】花燭燦煌，玉音親迎夷陵。

　　下官方朋是也，奉命迎接夫人。左右，喚驛丞進來。（丑上）聽得喚驛丞，慌忙上前奔。驛丞磕頭。（末）起來，你可認得我麼？（丑）原來是店主人。（末）你在此為官好麼？（丑）不要說起，終日辛苦，倒不如走堂安逸。（末）休得胡說。喚掌禮人過來。（丑）掌禮個無得。（末）這是要緊的，怎麼沒有？快去喚來！（丑）弗要說哉！店主人做子媒人，個個掌禮個自然是小二哉。吩咐起轎。

　　（旦、老旦上）

【甘州歌】香飄馥郁，似神仙天上降謫塵俗。笙歌繚繞，鳳凰台上愧非弄玉。舊都原是新人土，卻把夷陵認故國。

時已換，景物初，椿萱晚景意何如？赤繩已繫足，生前月老主婚牘。

（丑）老爺有請。（小生上）

【引】金花插帽，香袍染，擁神仙。

　　（末見介）（小生接老旦、旦拜）（丑贊禮）（眾下）（小生）岳母，後堂小宴。（老旦下）（小生）想當年下官貧窘，蒙夫人贈我衣衲，今日蒙聖上主婚，得以配偶，豈非前緣宿世也？

【園林好】想那日夷陵道寒，感卿卿隔簾憫憐，今日裡匆匆開筵設宴。夫人，請開懷飲一杯。（旦）噯……（小生）為何有悶懷添？有甚事體相關？

　　（旦）

【前腔】想龍神靈言果非凡，待說來令人慘然。那日隔簾垂盼，將衣衲贈英賢，思故土淚空彈。

　　（小生）

【江兒水】蒙贈衣和衲，令人體不寒。妝前敢把前情慢？感夫人贈我衣衲幸得不寒。在京旅店中夜間看書，見滿身華彩紅光現，剔開衣領睜睛看，見一粒明珠充滿。我想，夫人何處得此照乘明珠？敢是天仙上帝謫來塵畔？

　　（旦）

【前腔】暗想當年事，含悲苦怎言？奴家實非此母所生，成都姣養家聲羨。我家有個表兄，只為家貧雪中投奔雙親，賤奴心欲去行方便，我家有個院子趙旺，原是我母親從嫁來的，著他期約表兄，初更時分到後花園中，贈他金帛，以為上京之資。其時不料侍女荷珠熟睡，只得自往。忽然想起，雖為兄妹，男女授受不親，禮也，急急將身回轉，我家後園有一靈池，其時大雪池

上結了冰，冰上積了雪，辨不出路徑，忽墮池中。卻原來是龍宮海殿，那龍神道陽壽未終，賜我衣納一領，說正月十二日巳時有個貧士來，你可贈他，後來必有好處。哪知衣納藏珠，送我夷陵途畔。

（小生）

【五供養】聞言驚駭，這情蹤似我當年。夫人，你表兄何姓字，說與我莫留連。（旦）雪中相探，我在繡閣何曾目眩。聞他名趙旭，才貌世蹁躚，只為世態炎涼哪知長短。

【前腔】（小生）再將言探，趙姓貧儒事體相關。夫人，你既是成都人氏，椿萱今在否？一定有名傳。（旦）家君劉漢廷輔，門楣聲羨。（小生）伊家休亂道，切莫妄胡言！那劉廷輔是我的姑夫，趙旭就是下官。表妹當初贈我金帛，後遭胡人之擄，我已帶回成親兩月，昨日父母重逢，不勝之喜。你怎麼又說是我的表妹？吓，是了！你是貧家之女，焉得有此照殿明珠？一定是花月之妖鬼魅相纏。

（旦）我倒不是鬼魅，只怕你倒遇了妖怪了。（小生）吓，表妹是妖怪，難道姑夫、姑娘也是妖怪？（旦）在哪裡？請來相見。（小生）有理！姑夫、姑娘快來。

（外、付上）

【玉交枝】洞房燭焰，卻緣何新人鬧喧？（小生）有一樁異事。昨宵相見者是何人之女？（付）是我的親生女兒。（小生）可有大姨、小妹？（付）我獨養個個囡兒。（小生）我夷陵娶來的夫人，又說是你令嬡嬋娟。（付）如今在哪裡？（小生）在那邊。（見介）我的兒！（小生）嗳！一家都是妖怪。（外、付、旦）只道今生已入鬼門關，猶如望鄉台上重相見。想煞我

袁殘暮年，相見處不勝慘然。

【玉交枝】（小生）令人難辨，姑娘，你說獨養的這個女兒，如今那個又是你女兒，說來言詞兩般。（外、付背介）說來又恐他埋怨，教我有口難言。（小生）有口難言？難道那壁廂表妹倒是妖怪不成？（外、付）非妖非怪亦非仙，待他兩下來覰面。請麻姑來會謫仙，這其間由他分辨。

　　（小生）夫人，快來！

【鮑老催】（貼）聞呼喚步移出閣前，（付）我兒，就是荷珠。（小生）夫人，有一樁好笑的事情。夷陵娶來的夫人說是我的表妹，反說是你不是。（貼）豈有此理！（旦）荷珠。（貼）咄！什麼賤人，輒敢無禮！誰把我舊日名牽？誰把我舊日名牽？（小生）上前去看來。（貼）認佳人匆忙向前，呀！原來是小姐！這相逢非偶然。（小生）夫人你是正房妻反跪偏？（貼）我不是你表妹。（小生）是何人？（貼）我是侍妾荷珠羞言、怎言。（小生）夫人，那晚何人諧鳳鸞？（貼）這是我假扮做嬋娟。我知你是個豪傑，因此故把駑駘馬配少年。（小生）原來如此！（旦）荷珠，若非今日講明，那晚趙家哥哥只道是奴家，我芳名臭萬年，恨鷦鷯已佔先。

　　（小生）夫人：

【尾】相逢到此休埋怨，今日荷珠珠再圓。卻把衣珠作話傳。

　　（同下）

按　語

〔一〕本齣情節、曲文與舊鈔本《衣珠記》第二十七齣〈會合〉接近。

〔二〕《衣珠記》傳世僅舊鈔本，末齣〈珠圓〉尾殘，正文到「只道今生已入」止，本齣完整，可補闕文。